Revival
Stephen King

STEPHEN KING

스티븐 킹

이은선 옮김

리바이벌

Revival

황금가지

REVIVAL
by Stephen King

차례

내 집의 주춧돌 역할을 한 사람들에게 바친다.

메리 셸리
브램 스토커
H. P. 러브크래프트
클라크 애슈턴 스미스
도널드 원드레이
프리츠 라이버
오거스트 덜리스
셜리 잭슨
로버트 블록
피터 스트라우브

그리고 「판이라는 위대한 신」이라는 단편소설로
평생 내 기억에 아로새겨진 아서 매컨.

죽지 않는 것은 영원히 존재할 수 있으나
기묘한 영겁 속에서는 죽음마저도 죽으리라.

—H. P. 러브크래프트

I
제5의 인물.
해골산.
평화의 호수.

어떻게 보면 우리 인생은 영화와도 같다. 주연은 가족과 친구들이다. 조연은 동네 주민, 직장 동료, 선생님 그리고 날마다 만나는 사람들이다. 그 밖의 출연진도 몇 명 더 있다. 미소가 예쁜 슈퍼마켓 아가씨, 동네 술집의 친절한 바텐더, 일주일에 세 번씩 헬스클럽에서 같이 운동하는 사람들. 엑스트라는 수천 명이다. 체로 거른 물처럼 하루하루 스치고 지나가는, 두 번 다시 못 만날 사람들. 서점에서 잡지 코너로 건너가느라 ("지나갈게요." 하고 중얼거리며) 지나쳤던, 그래픽노블을 뒤적이던 학생. 신호등에 걸려 있는 동안 옆 차로에서 립스틱을 다시 바르던 여자. 후딱 끼니를 해결하려고 들어간 노천 식당에서 아이의 얼굴에 묻은 아이스크림을 닦아 주던 엄마. 야구 경기장에서 땅콩을 판 노점상.

하지만 어떤 범주에도 속하지 않는 사람이 출연하는 때도 있다.

몇 년에 한 번씩, 특히 힘든 시기에 불쑥 모습을 드러내는 조커라고 할까. 영화에서는 이런 인물을 제5의 인물 또는 변화 유발자라고 한다. 그런 인물이 영화에 등장하는 이유는 시나리오를 쓴 작가가 그 장면에 그를 넣었기 때문이다. 그런데 우리의 인생을 집필하는 작가는 누구일까? 운명일까 우연일까? 나는 우연이라고 믿고 싶다. 진심으로 그렇게 믿고 싶다. 나에게 제5의 인물이자 변화 유발자이자 숙적이었던 찰스 제이컵스가 내 인생에 등장한 것이 만에 하나라도 운명이었을지 모른다고 생각하고 싶지는 않다. 그렇다면 그 모든 끔찍한 사건들이, 그 경악스러운 일들이 일어날 수밖에 없는 운명이었다는 뜻이 되지 않겠는가. 만약 그렇다면 이 세상에 빛이라는 것은 존재하지 않고, 빛이 존재한다는 믿음은 헛된 망상이 된다. 만약 그렇다면 우리는 굴속에서 사는 짐승이나 땅속 깊은 데서 사는 개미처럼 어둠 속에 갇힌 존재가 된다.

그것도 너 나 할 것 없이 말이다.

* * *

나는 클레어 누나에게 여섯 번째 생일선물로 받은 병정 부대를 늘어놓고 1962년 10월의 어느 토요일에 대규모 전투를 준비 중이었다.

우리 집은 4남 1녀의 대가족이었고 나는 막내라서 늘 이런저런 선물을 많이 받았다. 최고의 선물을 주는 사람은 늘 클레어 누나였다. 막이라서 그랬는지 아니면 하나뿐인 여자 형제라서 그랬는지 아니면 둘 다라서 그랬는지, 그건 잘 모르겠다. 아무튼 그때까지 누나에게 받은 여러 가지 멋진 선물들 중에서도 병정 부대가 최고였다. 전부 합해서 200개의 초록색 플라스틱 병정 가운데 어떤 녀석은 소총을, 어떤 녀석은 기관총을 들었고, 누나의 설명에 따르면 박격포라고 하는 튜브처럼 생긴 장치에 매달려 있는 녀석들도 있었다. 그런가 하면 트럭이 여덟 대, 지프차가 열두 대였다. 그중에서도 단연 압권은 녀석들을 담아 두는 상자였다. 막사에서 소지품을 넣어 두는 작은 사물함을 본떠서 초록색과 갈색의 위장색으로 칠한 종이 상자 위에 '미군용품'이라고 적혀 있었다. 누나가 그 아래에다 스텐실로 '제임스 모턴 사령관'이라고 찍어 주었다.

그게 바로 나였다.

"테리 만화책 뒷면에 실린 광고를 봤거든." 내 기쁨의 비명이 멈추자 누나가 말했다. "내가 그걸 뜯으려고 했더니 못 뜯게 하더라. 누가 심통이 아니랄까 봐……"

"맞아." 여덟 살인 테리 형이 말했다. "나는 심통이 형이야."

형은 손가락 두 개로 포크를 만들어서 자기 콧구멍에 꽂았다.

"그만." 우리 어머니가 말했다. "생일에 형제들끼리 싸우고 그러지 않기. 테리, 코에 꽂은 손가락 빼라."

"아무튼." 클레어 누나가 말했다. "쿠폰을 복사해서 보냈지. 늦으면 어쩌나 걱정했는데 제때 왔네. 마음에 든다니 다행이다."

그러면서 내 관자놀이에 입을 맞추었다. 누나는 늘 거기에 입을 맞추었다. 오랜 세월이 지난 지금도 그 부드러웠던 입술이 생각난다.

"진짜 좋아!" 나는 사물함 모양의 상자를 가슴에 안고 외쳤다.

"평생 가지고 놀 거야!"

내가 좋아하는 블루베리 팬케이크와 베이컨으로 아침식사를 마치고 난 다음이었다. 우리 모두 생일날에는 장작 난로와 기다란 식탁과 툭하면 고장이 나는 식기세척기가 있는 부엌에서 자기가 가장 좋아하는 메뉴를 먹었다.

"제이미한테 평생은 대략 5일이지."

콘 형이 말했다. 콘 형은 열 살이었고 호리호리했으며 그때부터 벌써 과학에 대한 관심이 지대했다.

"멋진데, 콘래드." 아버지는 '리처드'라는 이름이 왼쪽 가슴 주머니에 금색으로 새겨진 출근복을 입고 있었다. 오른쪽 가슴에는 '모턴 오일'이라고 새겨져 있었다. "감동적이야."

"고맙습니다, 아빠."

"네 말주변을 칭찬하는 뜻에서 엄마랑 같이 아침상 치울 기회를 주마."

"앤디 차롄데요!"

"차례가 바뀌었어." 아버지는 한 장 남은 팬케이크에 시럽을 부으며 말했다. "행주 집어라, 말 대장. 그릇 깨지 말고."

"아빠 때문에 쟤 어리광만 늘잖아요."

콘 형은 그렇게 말하면서도 행주를 집었다.

내 평생의 기준을 두고 '코니'가 한 말은 틀린 말이 아니었다. 앤디 형이 선물한 수술하기 게임은 5일 만에 침대 밑에서 먼지를 뒤집어쓰는 신세로 전락했다.(앤디 형이 유레카 그레인지 자선 바자회에서 25센트를 주고 사 온 거라 인체 기관 몇 개가 없기도 했다.) 테리 형이 선물한 직소퍼즐도 마찬가지였다. 콘 형이 선물한 뷰마스터는 그보다 좀 더 오래가기는 했지만 결국에는 옷장에 처박혀서 두 번 다시 빛을 보지 못했다.

　엄마와 아빠가 준비한 선물은 옷이었다. 내 생일이 8월 말인데 그해에 내가 1학년으로 입학할 예정이기 때문이었다. 나는 텔레비전 화면 조정 시간에 뜨는 영상만큼이나 새 바지와 셔츠에 감흥이 없었지만 그래도 애써 열띤 목소리로 고마워했다. 아마 부모님은 내 속마음을 간파했을 것이다. 여섯 살짜리가 가짜로 흥분한 척하면 티가 나기 마련이다. 물론 우리들 대다수가 이런 기술을 비교적 빠르게 습득한다는 것이 슬픈 현실이기는 하지만 말이다. 아무튼 새 옷은 다른 옷들과 함께 빨려서 옆 마당의 빨랫줄에 널렸다가 개켜져서 서랍 안으로 들어갔다. 그러고는 9월이 돼서 꺼내 입을 시점이 찾아올 때까지 눈과 머릿속에서 잊혔다. 제법 멋진 스웨터도 있었던 기억이 난다. 갈색 바탕에 노란 줄무늬 스웨터였다. 나는 그 스웨터를 입으면 말벌 슈퍼히어로가 된 척했다. 악당들아, 내 벌침을 받아라!

* * *

　하지만 병정 부대가 든 종이상자를 놓고 콘 형이 내린 판단은 틀렸다. 나는 날이면 날마다 그 병정들을 앞마당 한쪽 구석으로 들고 나가서, 우리 집 잔디밭과 그 당시에는 흙길이었던 메소디스트 대로 사이의 흙밭에서 놀았다. 그 당시 할로에서는 9번 도로와 부자들이 쉬러 오는 리조트가 있는 고트산으로 향하는 2차로 말고 나머지는 전부 흙길이었다. 건조한 여름날이면 집 안으로 들어온 흙먼지를 한 번씩 쓸어내던 어머니의 모습이 아직까지 눈에 선하다.

가장 친하게 지냈던 빌리 퍼쿼트, 앨 놀스와 같이 놀 때가 많았지만 찰스 제이컵스가 내 인생에 처음으로 등장한 그날에는 나 혼자였다. 빌리와 앨이 같이 놀지 않은 이유는 기억나지 않지만 모처럼 나 혼자라서 좋았던 건 기억이 난다. 일단 병정들을 세 부대로 나눌 필요가 없었다. 그리고 (이게 더 중요한 이유였는데) 이번에는 누가 이길 차례인지를 놓고 싸울 필요가 없었다. *내* 병정 부대이고 *내* 사물함인데 내가 왜 져야 하나 싶어서 사실 나로서는 억울하게 느껴졌다.

생일이 지나고 며칠 뒤, 어느 무더운 여름 저녁에 내가 이런 속내를 털어놓자 어머니는 내 어깨를 잡고 눈을 똑바로 들여다보았다. 인생의 교훈을 또 하나 가르쳐 주겠다는 확실한 신호였다.

"세상에서 벌어지는 골치 아픈 일들의 절반이 그런 '내 거야' 심보 때문에 생기는 거야. 친구들이랑 같이 놀면 병정 부대는 너희들 모두의 것이라고 봐야지."

"서로 편을 갈라서 싸워도요?"

"그럼. 빌리하고 앨이 저녁을 먹으러 집으로 돌아가고 병정들을 다시 상자에 넣으면……"

"상자가 아니라 *사물함*이에요!"

"맞다, 사물함. 거기에 넣으면 다시 네 것이 되지. 너도 어른이 되면 알겠지만 세상에는 온갖 방식으로 못되게 구는 사람들이 있는데 내가 보기에 못된 행동들은 전부 단순한 이기심에서 비롯되는 거야. 너는 절대 이기적인 사람이 되지 않겠다고 약속해."

나는 약속했지만 그래도 빌리와 앨이 이기는 건 싫었다.

* * *

쿠바라는 열대지방의 조그만 섬나라에 전 세계의 운명이 아슬아슬하게 걸려 있었던 1962년 10월의 그날에는 나 혼자서 양쪽 부대를 조종하고 있었으니 승리는 내 차지였다. 땅을 고르는 그레이더가 일찌감치 메소디스트 대로를 쓸고 가서(우리 아버지는 늘 "돌멩이나 이리저리 움직이고 그만."이라며 투덜거렸다.) 흙이 많았다. 나는 흙을 끌어다 점점 더 높게, 거의 내 무릎까지 쌓았다. 처음에는 그 둔덕을 고트산이라고 부를까 했지만 기발한 구석이라고는 없는(20킬로미터만 가면 진짜 고트산이 나오지 않는가 말이다.) 지겨운 이름이라는 생각이 들었다. 그래서 고민 끝에 해골산이라고 부르기로 했다. 눈처럼 구멍도 두 개 뚫어보려고 했지만 흙이 워낙 푸석푸석해서 구멍이 자꾸 메워졌다.

"하는 수 없지." 나는 사물함 안에 누워 있는 플라스틱 병정들에게 말했다. "세상이 어디 만만한 줄 아냐? 원하는 걸 전부 다 누릴 수는 없는 거야." 아버지가 입버릇처럼 하던 말인데 먹여 살려야 하는 아이들이 다섯 명이나 되었으니 그렇게 생각할 만도 했다. "구멍이 뚫려 있다 치지, 뭐."

병정 절반을 해골산 꼭대기에 배치하자 어마어마한 강적이 탄생

했다. 떡하니 한 자리를 차지한 박격포 부대가 특히 마음에 들었다. 이쪽이 독일놈이었다. 미군이 있는 곳은 우리 집 잔디밭 가장자리였다. 가파른 산비탈을 달려 올라가는 장관을 감상하고 싶어서 지프차와 트럭은 전부 다 미군 쪽으로 배치했다. 올라가다 몇 대는 전복되겠지만 적어도 몇 대는 꼭대기까지 올라갈 수 있을 것이다. 박격포 부대를 향해 그대로 돌진하면 적군은 살려 달라고 비명을 지를 것이다. 그런다고 목숨을 부지하지는 못할 테지만.

"죽어라." 나는 용감무쌍한 마지막 미군 몇 명을 바닥에 세우며 중얼거렸다. "히츠머, 다음은 네 차례다!"

내가 만화책에나 나올 법한 기관총 소리를 흉내 내며 그들을 한 줄씩 전진시키고 있었을 때 전장 위로 누군가의 그림자가 드리워졌다. 고개를 들어 보니 어떤 남자가 서 있었다. 오후의 태양을 등지고 서 있어서 무슨 일식 현상처럼 시커먼 윤곽선의 주변이 황금빛으로 반짝였다.

주변에서는 여러 가지 일들이 벌어지고 있었다. 우리 집에서는 토요일 오후마다 늘 그랬다. 앤디 형과 콘 형은 길쭉한 뒷마당에서 고함을 지르고 깔깔 웃어 가며 자기 친구들과 뜬공 세 개, 땅볼 여섯 개를 잡는 야구 게임을 하고 있었다. 클레어 누나는 *자기* 친구들과 방에서 임페리얼 파티 타임 전축으로 「로코모션The Loco-Motion」, 「솔저 보이Soldier Boy」, 「팰리세이즈 파크Palisades Park」 같은 노래를 듣고 있었다. 우리 아버지가 '로드 로켓' 혹은 '불멸의 프로젝트'라고 불렀던 51년형 포드를 테리 형과 함께 고치느라 차고에서도 망치질 소리가 들렸다. 한번은 아버지가 그 차를 똥 덩어리라고 부른 적이 있었는데 나는 그 단어를 기억해 두었다가 지금도 가끔 써먹는다. 우울한 기분을 날려 버리고 싶을 때 아무거나 두고 똥 덩어리라고 부르면 대개 효과 만점이다.

아무튼 그렇게 많은 일들이 벌어지고 있었지만 그 순간에는 온 사방이 고요해진 것처럼 느껴졌다. 잘못된 기억(음울한 연상들로 가득한 여행 가방은 말할 나위도 없고)으로 인한 착각이라는 것은 나도 알지만 내 머릿속에 남은 인상이 워낙 강렬하다. 뒷마당에서 고함을 지르던 아이들이, 2층에서 들리던 음악이, 차고에서 들리던 망치 소리가 갑자기 사라졌다. 지저귀는 새 한 마리 없었다.

남자가 허리를 숙이자 서쪽으로 저물어 가던 태양이 그의 어깨 너머에서 이글거리는 바람에 잠깐 눈앞이 캄캄해졌다. 나는 한쪽 손을 들어서 햇빛을 가렸다.

"미안, 미안."

남자는 그렇게 말하며 내가 햇빛을 피해서 그를 쳐다볼 수 있게 옆으로 움직였다. 그는 위에는 예배용 검은색 재킷과 V자형의 노치트 칼라가 달린 검은색 셔츠를 입고 있었다. 아래에는 청바지를 입고 여기저기 긁힌 자국이 있는 단화를 신고 있었다. 그래서 동시에 두 사람 역할을 하려는 것처럼 보였다. 여섯 살 때 나는 어른을 세 부류로 나누었다. 젊은 어른, 어른, 노인. 이 남자는 젊은 어른이었다. 그는 무릎에 손을 얹고 적군을 쳐다보고 있었다.

"누구세요?"

"찰스 제이컵스."

어디에선가 들어 본 적 있는 이름이었다. 그가 손을 내밀었다. 나

는 당장 그 손을 잡았다. 내 비록 여섯 살에 불과했지만 예의가 뭔
지는 알았다. 우리 형제들 모두 그랬다. 어머니, 아버지가 그것만큼
은 철저하게 가르쳤다.

"왜 칼라에 구멍이 난 옷을 입고 있어요?"

"목사거든. 앞으로 일요일에 교회에 오면 내가 있을 거야. 목요일
저녁의 청년회 예배 시간에도 내가 있을 거고."

"라투어 씨가 우리 목사님이었는데. 하지만 돌아가셨어요."

"나도 알아. 가슴 아프게 생각한다."

"그럴 필요 없어요. 엄마가 그러는데 별 고통 없이 곧장 천국으로
가셨다고 하니까요. 그런데 라투어 씨는 그런 칼라가 달린 옷을 입
지 않았는데."

"왜냐하면 빌 라투어 씨는 평신도 사역자였거든. 그러니까 자원
봉사였다는 뜻이야. 교회를 맡을 사람이 없었을 때 교회를 맡아 준.
아주 고마운 일이지."

"우리 아빠는 목사님을 아실 거예요. 교회 집사님이거든요. 헌금
걷는 일을 하세요. 물론 다른 분들하고 번갈아 가면서 해야 하지만."

"함께 하는 건 좋은 일이지."

그는 그렇게 말하며 내 옆에 무릎을 꿇고 앉았다.

"기도하시려고요?"

나는 조금 놀란 목소리로 물었다. 기도는 교회에서 아니면 누나와
형들이 목요일 저녁 수업이라고 부르는 감리교 청년회 예배 시간에
드리는 거였다. 만약 제이컵스 씨가 청년회 예배를 다시 시작한다
면 나는 학교뿐 아니라 그 단체에서도 신입생이 될 것이었다.

"아빠 만나러 오신 거면 테리 형이랑 같이 차고에 계세요. 둘이서 로드 로켓 클러치를 바꾸고 있거든요. 뭐, 사실 아빠 혼자 고치는 거예요. 형은 그냥 공구 건네주고 옆에서 구경이나 하죠. 테리 형은 여덟 살이에요. 저는 여섯 살이고요. 아마 엄마는 뒷문 앞에서 다른 형들이 뜬공 세 개, 땅볼 여섯 개 하는 거 구경하고 있을 거예요."

"우리 어렸을 때는 그 게임을 '데굴데굴 방망이'라고 불렀는데."

그는 그렇게 말하면서 미소를 지었다. 환한 미소였다. 나는 당장 그에게 호감을 느꼈다.

"그래요?"

"응. 공을 잡으면 방망이로 쳐야 했거든. 이름이 뭐니?"

"제이미 모턴요. 여섯 살이에요."

"나이는 아까 들었지."

"지금까지 우리 집 앞마당에서 기도한 사람은 아무도 없었던 것 같은데요."

"나도 기도하려는 거 아니야. 네 병정들을 좀 더 가까이서 보고 싶어서 그런 거지. 어느 쪽이 러시아군이고 어느 쪽이 미군이니?"

"음, 여기 이 바닥에 있는 애들은 미군 맞는데 해골산 위에 있는 애들은 독일놈이에요. 미군이 이 산을 차지해야 하고요."

"앞을 가로막고 있으니까 말이지. 해골산을 지나야 독일로 가는 길이 나오니까."

"맞아요! 그리고 놈들의 대장도! 히츠머!"

"수많은 악의 근원이로구나."

"네?"

"아무것도 아니다. 그런데 악당들을 그냥 독일군이라고 부르면 안 될까? '독일놈'은 좀 나쁜 말이잖아."

"아니에요, 나쁜 말 아니에요. 독일놈이 독일군이고 독일군이 독일놈이에요. 우리 아빠가 참전 용사예요. 마지막 1년뿐이었지만 텍사스에서 트럭을 고쳤어요. 목사님도 참전하셨어요?"

"아니, 너무 어렸거든. 한국전쟁 때도 그랬고. 어떤 작전으로 저 언덕을 차지할 생각이십니까, 모턴 장군님?"

"돌격해야죠!" 나는 고함을 질렀다. "기관총을 쏘면서! 피융! 다-다-다-다-다!" 그런 다음 이번에는 목소리를 나지막이 깔았다. "타각-타각-타각!"

"고지로 돌격하는 건 위험한 작전인 것 같은데요, 장군님. 저라면 부대를 이렇게 나누어서……" 그는 미군을 반으로 갈라서 절반은 왼쪽, 나머지 절반은 오른쪽으로 옮겼다. "협공 작전을 펼칠 겁니다." 그러고는 엄지손가락과 집게손가락의 끝을 맞붙였다. "이렇게 핀셋처럼 양쪽에서 적을 덮치는 거죠."

"그러게요." 나는 피 튀기는 정면 공격을 좋아했지만 제이컵스 씨의 의견도 마음에 들었다. 뒤통수를 치는 작전이라 좋았다. 뒤통수를 치는 데서 짜릿한 쾌감을 느낄 수도 있었다. "구멍도 몇 개 뚫으려고 했는데 흙이 너무 푸석푸석해요."

"그러게 말이다." 그가 해골산 안으로 손가락을 넣었다 빼자 흙이 무너지면서 구멍이 메워졌다. 그는 일어나서 청바지 무릎을 털었다. "앞으로 1~2년만 지나면 우리 아들도 너랑 같이 아주 신나게 병정놀이를 할 수 있겠다."

"지금 같이 해도 되는데." 나는 이기적이지 않은 아이처럼 보이려고 그렇게 말했다. "지금 어디 있는데요?"

"아직 자기 엄마랑 같이 보스턴에 있어. 싸야 할 짐이 많거든. 아마 수요일쯤에 올 거야. 아무리 늦어도 목요일. 하지만 모리는 어려서 병정놀이 못 해. 집어 던지기나 할걸?"

"몇 살인데요?"

"이제 겨우 두 살이야."

"그럼 아직 바지에다 쉬하겠네요?"

나는 큰 소리로 묻고 웃음을 터뜨렸다. 버릇없는 짓일지 몰라도 참을 수가 없었다. 바지에다 쉬하는 아이를 생각하면 배꼽이 빠졌다.

"맞아." 제이컵스는 웃으며 대답했다. "하지만 크면 안 그러겠지. 아버지가 차고에 계시다고?"

"네."

어디에서 이 남자의 이름을 들었는지 이제 생각이 났다. 엄마와 아빠가 저녁을 먹으면서 보스턴에서 오는 새 목사 이야기를 한 적이 있었다. *너무 젊지 않아?* 엄마가 물었다. *그렇지. 연봉도 나이를 감안해서 책정될 거야.* 아빠는 그렇게 대답하며 씩 웃었다. 그 뒤로 좀 더 대화가 이어졌던 것 같은데 나는 한 귀로 듣고 한 귀로 흘렸다. 앤디 형이 으깬 감자를 모조리 먹어 치우고 있었던 것이다. 앤디 형은 늘 그랬다.

"그 종사 작전을 구사해 봐." 그가 걸음을 옮기며 말했다.

"에?"

"핀셋 작전 말이야."

그가 엄지손가락과 집게손가락을 핀셋 모양으로 다시 붙이면서 말했다.

"아. 네. 좋아요."

나는 그 작전을 시도해 보았다. 효과 만점이었다. 독일놈들이 전멸했다. 하지만 스릴 넘친다고 표현할 수는 없는 교전이라 이번에는 정면 돌격을 감행했다. 트럭과 지프차들이 해골산의 가파른 비탈에서 굴러떨어졌고 독일놈들도 뒤로 나자빠지며 단말마의 비명을 질렀다. "아아아아악!"

전투가 맹위를 떨치는 동안 엄마와 아빠와 제이컵스 씨는 앞 현관에서 아이스티를 마시며 교회와 관련된 대화를 나누었다. 우리 아빠만 집사였던 게 아니라 엄마도 여신도 보조회 회원이었다. 회장은 아니지만 부회장이었다. 그 당시에 엄마가 얼마나 근사한 모자를 쓰고 다녔는지 모른다. 그런 모자가 열 개도 넘었을 것이다. 그때만 해도 우리 가족은 행복했다.

엄마가 누나와 형들뿐 아니라 친구들까지 불러서 새로 부임한 목사님에게 인사를 시켰다. 나도 가서 하려고 했지만 제이컵스 씨가 손사래를 치며 나하고는 이미 인사한 사이라고 했다.

"전투를 계속하시죠, 장군님!"

나는 전투를 계속했다. 콘 형과 앤디 형의 친구들도 다시 나가서 놀았다. 클레어 누나와 친구들도 다시 2층으로 올라가서 춤을 추었다.(엄마가 음악 소리는 제발 줄여 달라고 했다.) 모턴 부부와 제이컵스 씨는 한참 동안 이야기를 나누었다. 나는 수다를 늘어놓는 어른들을 보며 종종 놀라워했던 기억이 난다. 얼마나 지겨울까 싶었다.

나는 작전을 바꿔 가며 해골산 전투를 반복하느라 여념이 없었다. 가장 그럴듯한 시나리오는 제이컵스의 핀셋 작전을 개조해서 일부 미군은 앞에서 계속 독일군을 괴롭히고 나머지는 뒤로 돌아가서 기습 공격을 감행하는 것이었다. *"아니, 이게 모지?"* 한 독일군은 이렇게 외치자마자 머리에 총을 맞았다.

전쟁놀이도 슬슬 지겨워져서 이제 그만 들어가서 케이크나 먹을까 고민하는 찰나(콘 형과 앤디 형의 친구들이 다 먹어 치웠을지 모르겠지만), 나와 전장 위로 또다시 그림자가 드리워졌다. 고개를 들어 보니 제이컵스 씨가 물 잔을 들고 서 있었다.

"너희 어머니한테 물 한 잔만 달라고 했단다. 내가 뭐 하나 보여 줄까?"

"뭔데요?"

그는 다시 무릎을 꿇고 앉더니 해골산 꼭대기에 물을 부었다.

"천둥 치면서 비가 내리는 거예요?"

나는 큰 소리로 물으며 천둥소리를 냈다.

"그래, 뭐 그렇게 생각할 수도 있겠다. 번개도 번쩍번쩍하고. 자, 이제 잘 봐." 그는 악마의 뿔처럼 손가락 두 개를 내밀어서 축축해진 흙 속으로 쑤셔 넣었다. 이번에는 구멍이 무너지지 않았다. "짜잔. 동굴이다." 그는 독일군 두 명을 구멍 안에 넣었다. "이 두 명까지 소탕하려면 힘이 들 겁니다, 장군님. 그래도 미군 앞에 불가능은 없겠죠."

"우와! 고맙습니다!"

"구멍이 무너지면 물을 좀 더 부어."

"알았어요."

"전투가 끝나면 부엌에 물 잔 갖다 놓는 거 잊지 말고. 할로에 부임한 첫날부터 너희 어머니한테 미움을 사고 싶지는 않거든."

나는 약속하며 손을 내밀었다.

"그런 뜻에서 악수나 하시죠, 제이컵스 씨."

그는 웃으며 나와 악수를 했고, 쫓겨나기 전까지 앞으로 3년 동안 가족들과 함께 머물게 될 목사관을 향해 메소디스트 대로를 걸었다. 나는 그의 뒷모습을 바라보다가 다시 해골산 쪽으로 고개를 돌렸다.

다시 전투를 시작하려는데 또 다른 그림자가 전장 위로 드리워졌다. 이번에는 우리 아빠였다. 아빠는 미군을 깔고 뭉개지 않도록 조심해 가며 한쪽 무릎을 꿇었다.

"제이미, 네가 보기에는 새로 오신 목사님이 어떤 것 같니?"

"마음에 들어요."

"나도 그렇다. 너희 엄마도 마찬가지고. 너무 젊은 데다 실력이 좋으면 금세 다른 교회로 옮겨 가겠지만 잘 이끌어 나가실 것 같아. 특히 청년회를. 원래 젊은 사람들끼리 마음이 잘 맞잖니."

"이것 보세요, 아빠. 제이컵스 씨가 동굴 만드는 법을 가르쳐 주셨어요. 흙에 물을 부어서 진흙처럼 만들기만 하면 돼요."

"그러게." 아빠는 내 머리칼을 헝클어뜨렸다. "저녁 먹기 전에 깨끗이 씻어라." 그러고는 물 잔을 집었다. "아빠가 이거 대신 가지고 들어갈까?"

"네, 고맙습니다."

아빠는 물 잔을 들고 집을 향해 걸음을 옮겼다. 나는 다시 해골산 쪽으로 고개를 돌렸다. 흙이 말라서 동굴이 무너지는 바람에 안으로 들어갔던 병사들이 생매장을 당했다. 그래도 상관없었다. 어차피 나쁜 놈들이었으니까.

* * *

그 당시에는 사회 전반적으로 성적인 문제에 점점 예민하게 반응하는 추세였기 때문에 제정신이 박힌 부모라면 여섯 살 난 아이를 혼자 사는 남자의 집에 (단 며칠만이라도) 보내지 않았을 텐데 그다음 주 월요일 오후에 우리 엄마는 아무 거리낌 없이 나를 내보냈다.

제이컵스 목사(엄마가 말하길 제이컵스 씨가 아니라 제이컵스 목사님이라고 불러야 된다고 했다.)가 메소디스트 언덕을 걸어 올라와서 우리 집 문을 두드린 것은 2시 45분쯤이었다. 나는 그때 거실 바닥을 색칠하고 있었고 엄마는 「전화벨이 울리면 상품을 드립니다」를 보고 있었다. 그달의 1등 상품인 일렉트로룩스 진공청소기를 노리고 WCSH 방송국으로 엽서를 보냈기 때문이었다. 확률이 희박하다는 거야 익히 아는 바였지만 엄마가 말하길 희망은 악마처럼 샘솟는 법이라고 했다.* 물론 말장난이기는 했지만.

"막내 아드님을 30분만 빌릴 수 있을까요?" 제이컵스 목사가 물었다. "차고에 아드님한테 보여 주고 싶은 게 있어서요."

---

* 알렉산더 포프의 시 「인간론」의 도입부에 나오는 "Hope springs eternal"이라는 구절에서 영원하다는 뜻의 'eternal'을 악마 같다는 뜻의 'infernal'로 바꾼 말장난이다.

"뭔데요?" 나는 벌써 몸을 일으키고 있었다.

"깜짝 선물. 뭐였는지 나중에 어머니한테 알려 드리렴."

"엄마, 가도 돼요?"

"그럼. 그런데 학교 갈 때 입을 옷 말고 다른 옷으로 갈아입고 가, 제이미. 제이미가 옷 갈아입는 동안 아이스티 한잔 드실래요, 제이컵스 목사님?"

"좋죠. 그런데 저를 편하게 찰리라고 불러 주시면 안 될까요?"

엄마는 고민 끝에 대답했다.

"아뇨. 하지만 찰스라고 불러 드릴 수는 있을 것도 같네요."

나는 청바지와 티셔츠로 갈아입었고, 다시 내려가 보니 두 분이 어른들 이야기를 하고 있기에 밖으로 나가서 스쿨버스를 기다렸다. 콘 형과 테리 형과 나는 9번 도로에 있는 교실 하나짜리 학교(우리 집에서 설렁설렁 400미터만 걸어가면 나왔다.)에 다녔지만 앤디 형은 콘솔리데이티드 중학교에 다녔고 클레어 누나는 강 건너 게이츠폴스 고등학교 신입생이었다.(엄마는 신입생이라고 애송이처럼 굴지는 말라고 했다.) 스쿨버스가 서는 곳은 9번 도로와 메소디스트 대로가 만나는 네거리, 그러니까 메소디스트 언덕 기슭이었다.

버스에서 내려서 평소처럼 티격태격하며 언덕을 터벅터벅 걸어오는 그들의 모습이 보였다. 그들의 목소리를 들으며 우편함 옆에 서서 기다리는데 제이컵스 목사가 나왔다.

"갈까?"

그가 물으며 내 손을 잡았다. 자연스럽기 그지없었다.

"네."

우리는 언덕 중간에서 앤디 형과 클레어 누나를 만났다. 앤디 형이 나더러 어디 가느냐고 물었다.

"제이컵스 목사님 댁에. 나한테 보여 주실 깜짝 선물이 있대."

"너무 늦게까지 있지는 마." 클레어 누나가 말했다. "오늘 네가 상 차릴 차례니까."

누나는 제이컵스를 흘끗 쳐다보더니 계속 보고 있기 힘든 사람처럼 얼른 시선을 돌렸다. 우리 누나는 그해가 지나기 전에 대책 없는 짝사랑에 빠졌고 누나의 친구들도 마찬가지였다.

"금방 돌려보낼게." 제이컵스가 약속했다.

우리는 손을 잡고 9번 도로까지 내리막길을 내려갔다. 거기서 왼쪽으로 꺾으면 포틀랜드가 나오고 오른쪽으로 꺾으면 게이츠폴스, 캐슬록, 루이스턴이 나왔다. 우리는 걸음을 멈추고 오가는 차가 없는지 확인한 다음(여름이 아닌 이상 9번 도로를 오가는 차가 거의 없었으니 웃기는 짓이었다.) 풀밭과 옥수수 밭을 지났다. 이제는 옥수수 줄기들이 말라서 부드러운 가을바람에 바스락거렸다. 10분 뒤에 하얀색의 조그만 집에 까만 덧문이 달린 목사관이 나왔다. 그 너머에 할로 제일감리교회가 서 있었다. 할로에 감리교회라고는 여기 하나뿐인데 제일감리교회라니 그것 역시 웃기는 이름이었다.

할로에 다른 교회는 실로교회뿐이었다. 우리 아버지는 실로교회 신도들을 중상 수준의 별종으로 간주했다. 그들은 마차를 타고 다니거나 그러지는 않았지만 외출할 때 남자들은 나이를 불문하고 전부 다 까만 모자를 썼다. 여자들은 발목까지 내려오는 원피스를 입고 하얀 모자를 썼다. 아빠가 말하길 실로교회 신도들은 세상이 언제 멸망할지 안다고 주장하고 다닌다고 했다. 자기들만 아는 책에 쓰여 있다는 것이었다. 어머니는 미국에서는 남에게 피해를 주지 않는 한 누구나 종교를 선택할 자유가 있다고 했지만…… 아빠 말이 틀렸다고 하지는 않았다. 우리 교회는 실로교회보다 크지만 아주 평범했다. 그리고 뾰족탑이 없었다. 예전에는 있었는데 1920년인가, 아무튼 오래전에 허리케인이 들이닥쳤을 때 무너졌다.

제이컵스와 나는 흙먼지 날리는 목사관 앞 진입로를 걸었다. 나는 파란색 플리머스 벨베데레를 보고 호기심이 동했다. 이렇게 멋진 차를 몰고 다니다니.

"일반 기어예요, 아니면 버튼식이에요?"

그는 놀란 표정을 짓더니 씩 웃었다.

"버튼식. 장인어른이 주신 결혼선물이야."

"장인이면 나무나 그런 걸로 뭐 잘 만드는 사람 아니에요?"

"맞아." 그는 이렇게 말하고 웃음을 터뜨렸다. "차 좋아하니?"

"우리는 전부 차를 좋아해요." 우리 가족 전부라는 뜻에서 한 말이었지만…… 엄마와 누나는 별로 그렇지 않을 듯했다. 여자들은 차의 기본적인 매력을 이해하지 못하는 것 같았다. "로드 로켓이 다 고쳐지면 우리 아빠가 그걸 몰고 캐슬록 스피드웨이 경주에 출전할 거예요."

"진짜?"

"음, 사실 아빠는 아니에요. 엄마가 그러는데 너무 위험해서 다른 사람이면 모를까, 아빠는 안 된대요. 어쩌면 드웨인 로비쇼가 몰 수도 있어요. 부모님이랑 같이 브라우니 스토어를 운영하는 사람이에요. 작년에 9기통을 몰고 스피드웨이에 출전했는데 엔진에서 불이 났어요. 아빠 말로는 그래서 다른 차를 찾고 있대요."

"그 가족들도 교회에 다니니?"

"음……."

"안 다닌다는 뜻으로 받아들이마. 차고로 들어가자, 제이미."

차고는 어둑어둑하고 퀴퀴한 냄새를 풍겼다. 나는 어둡고 냄새가 나서 조금 무서워졌는데 제이컵스는 신경을 쓰지 않는 눈치였다. 나를 어둠 속으로 좀 더 깊숙이 데려가서 걸음을 멈추더니 손가락으로 무언가를 가리켰다. 나는 그걸 보고 헉 소리를 냈다.

제이컵스는 빙그레 웃었다. 사람들이 자부심을 느낄 때 짓는 미소였다.

"평화의 호수에 온 것을 환영한다, 제이미."

"우와!"

"팻시와 모리를 기다리는 동안 만들었지. 그럴 시간이면 일을 하는 게 맞지만 우물 펌프도 고치고 제법 여기저기 손을 봤다. 팻시가 가구를 들고 내려오기 전에는 할 수 있는 일이 별로 없기도 하고. 너희 어머니와 다른 여신도 보조회 회원들이 얼마나 깨끗하게 청소를 해주셨는지 몰라. 라투어 씨는 오어스 섬에서 왔다 갔다 했기 때문에 제2차 세계 대전 이후로 아무도 여기서 살지 않았거든. 내가 너희 어머니께 직접 감사하다고 말씀드렸지만 너도 다시 한 번 고맙다고 전해 주겠니?"

"네, 알았어요."

나는 이렇게 대답했지만 고맙다는 두 번째 인사를 전했을 것 같지는 않다. 차고의 거의 절반을 차지한 테이블에 온 정신이 팔려서 그의 말이 거의 들리지도 않았다. 테이블 위에 파릇파릇한 구릉지대가 설치되어 있는데 해골산이 무색할 정도로 장관이었다. 나는 그런 장관을 그때 이후로 숱하게 보았지만(주로 장난감 가게 쇼윈도에서) 하나같이 복잡한 전동 열차가 지나갔다. 하지만 제이컵스 목사님이 설치한 테이블에는 열차가 없었다. 사실 그건 진짜 테이블도 아니라 톱질 모탕을 줄줄이 세워 놓고 그 위에 합판을 몇 장 얹은 것이었다. 그 합판 위에 가로 약 1.5미터, 세로 약 3.5미터의 시골 마을 모형이 만들어져 있었다. 45센티미터 높이의 송전탑이 마을을 사선으로 가로질렀고, 떡하니 자리 잡은 호수에는 진짜 물이 담겨서 어둠 속에서도 파랗게 반짝였다.

"금방 부숴야 해. 안 그러면 차고에 차를 집어넣을 수가 없을 테니까. 그러면 팻시가 싫어하겠지."

그는 무릎 위에 손을 얹고 허리를 숙여서 굽이치는 언덕과 실처럼 가는 송전선과 널따란 호수를 물끄러미 바라보았다. 호숫가에서 풀을 뜯는 플라스틱 양과 젖소들도 있었다.(비율이 전혀 안 맞았지만 나는 알아차리지 못했고, 알아차렸더라도 개의치 않았을 것이다.) 불빛을 비출 시내나 도로가 없는데도 신기하게 가로등이 많았다.

"여기서 네 병정들을 가지고 여러 전투를 치를 수 있겠지?"

"네."

나는 고개를 끄덕였다. 아예 전쟁을 벌일 수도 있겠다는 생각이 들었다.

그는 고개를 끄덕였다.

"하지만 그건 안 돼. 평화의 호수에서는 다들 사이좋게 지내고 싸움은 금물이거든. 그런 의미에서 천국 비슷하지. 청년회 예배를 다시 시작하면 교회 지하실에 가져다놓을 생각이야. 너랑 너희 형들 도움 좀 받아야겠다. 아이들이 좋아하지 않을까 싶어서."

"당연하죠!" 나는 이렇게 외치고 우리 아버지한테 예전에 들은 말을 덧붙였다. "당삼 빳대루죠!"

그는 껄껄 웃으며 내 어깨를 때렸다.

"이제 기적을 보여 줄까?"

"그럴까요?"

나는 대답은 그렇게 했지만 사실은 머뭇거려졌다. 무서울지 모른다는 생각이 들었던 것이다. 차도 없는 오래된 차고에, 몇 년 동안 잠겨 있었던 듯한 냄새를 풍기는 먼지 자욱한 빈 공간에 우리 단둘이 있다는 사실이 퍼뜩 실감났다. 밖으로 나가는 문이 열려 있었지만 1킬로미터도 넘게 느껴졌다. 제이컵스 목사도 그럭저럭 마음에 들었지만 집에서 그냥 바닥에 색칠이나 하고, 엄마가 청소기에 당첨돼서 여름 먼지와의 끝없는 전쟁에서 드디어 유리한 고지를 점령할 수 있을지 보고 있을 걸 그랬다는 생각이 들었다.

그때 제이컵스 목사가 평화의 호수 위로 천천히 손을 움직이자 나는 불안감을 잊었다. 급조한 테이블 아래에서 우리 집 필코 텔레비전이 워밍업을 할 때 나는 웅웅거리는 소리가 나지막이 들리더니 조그만 가로등이 일제히 켜졌다. 눈이 부시도록 하얀 불빛이 파릇파릇한 언덕과 파란 호수를 마법의 달빛처럼 비추었다. 그림자가 생겨서 그런지, 플라스틱 양과 젖소 들이 좀 더 실감나게 보였다.

"우와, 어떻게 하신 거예요?"

그는 씩 웃었다.

"솜씨가 제법 훌륭하지? '하나님이 이르시되 빛이 있으라 하시니 빛이 있었고 빛이 하나님이 보시기에 좋았더라.' 하지만 나는 하나님이 아니니까 전기를 썼지. 전기라는 건 참 근사하지 않니, 제이미? 스위치를 켤 때마다 신이 된 듯한 기분을 만끽하게 하는, 주님의 크나큰 선물이지."

"그러게요. 우리 에이머스 할아버지는 전깃불이 없던 시절을 기억하세요."

"그런 분들이 많지. 하지만 조만간 그런 분들이 전부 다 돌아가시면…… 전기가 얼마나 엄청난 기적인지, 얼마나 신비로운 물건인지 다들 별 관심이 없겠지. 전기의 작동 원리는 다들 알지만 작동 원리를 아는 거랑 그게 *어떤 건지*를 아는 건 전혀 별개의 문제거든."

"어떻게 불을 켜셨어요?"

그는 테이블 저편에 달린 선반을 가리켰다.

"저기 있는 조그만 빨간색 전구 보이지?"

"네."

"광전지야. 가게에서도 팔지만 저건 내가 직접 만들었어. 거기서 눈에 보이지 않는 광선이 뿜어져 나오거든. 내가 그걸 차단하면 평화의 호수 주변의 가로등이 켜지는 거야. 다시 한 번…… 이렇게 가리면……." 그가 풍경 위로 손을 움직이자 가로등 불빛이 작은 점으로 희미해지다가 완전히 꺼졌다. "알겠지?"

"캡방이다." 나는 탄성을 터뜨렸다.

"너도 한번 해 봐."

나는 손을 위로 뻗었다. 처음에는 아무 변화도 없었지만 내가 까치발을 하고 서자 손끝에 광선이 가려졌다. 테이블 아래에서 웅웅거리는 소리가 다시 들렸고 가로등이 켜졌다.

"켜졌어요!"

"당삼 뺏대루지!"

그는 그렇게 말하며 내 머리칼을 헝클어뜨렸다.

"웅웅거리는 소리는 뭐예요? 우리 집 텔레비전에서 나는 소리랑 비슷하던데."

"테이블 아래를 봐. 잘 보이도록 차고 불을 켜 줄게."

그가 벽에 달린 스위치를 켜자 먼지를 뒤집어쓰고 매달려 있던 전구에 불이 들어왔다. 그래도 퀴퀴한 냄새는 여전했지만(이제는 뜨끈뜨끈한 기름 냄새도 느껴졌다.) 덕분에 어둠은 조금 가셨다.

나는 허리를 숙이고(나이가 나이인지라 많이 숙일 필요는 없었다.) 테이블 아래를 들여다보았다. 아래쪽에 상자 모양의 무언가가 두세 개 매달려 있었다. 그곳이 웅웅거리는 소리와 기름 냄새의 진원지였다.

"건전지야. 그것도 내가 직접 만들었지. 내 취미가 전기 만지는 거거든. 그거랑 이런저런 장치 만드는 거." 그는 어린애처럼 씩 웃었다. "내가 그런 걸 워낙 좋아해서 아내가 미치려고 해."

"제 취미는 독일놈들 상대로 싸우는 거예요." 이렇게 말을 하고 보니 일전에 그가 독일놈은 좀 나쁜 말이라고 했던 게 생각났다. "그러니까 독일군 말이에요."

"사람은 누구나 취미가 있어야 해. 그리고 기적도 한두 번 경험해야 하고. 그래야 요람에서 무덤으로 터벅터벅 걸어가는 게 인생이 아니라는 걸 알 수 있지. 기적 하나 더 보여 줄까, 제이미?"

"네!"

한쪽 구석에 테이블이 하나 더 있었다. 여러 가지 공구와 전선 조각, 분해된 트랜지스터라디오 서너 개(클레어 누나와 앤디 형이 듣는 라디오와 비슷했다.), 가게에서 파는 평범한 C형 건전지와 D형 건전지로 뒤덮인 테이블이었다. 조그만 나무 상자도 있었다. 제이컵스는 상자를 집고 한쪽 무릎을 꿇어서 나와 눈높이를 맞추더니 상자를 열어서 하얀 옷을 입은 사람을 꺼냈다.

"이분이 누군지 아니?"

내가 잠잘 때 켜 놓는 야간등과 거의 똑같이 생겼기 때문에 누군지 알 수 있었다.

"예수님이잖아요. 짐을 짊어진 예수님."

"그냥 짐이 아니야. 건전지 다발이지. 볼래?" 제이컵스는 바늘만 한 경첩이 달린 건전지 다발 뚜껑을 열었다. 안에 조그만 땜질 자국이 점점이 박힌 반짝이는 10센트짜리 동전 몇 개가 들어 있었다. "이것도 내가 만들었어. 이렇게 작고 강력한 건전지는 가게에서 팔지 않거든. 내가 특허를 내도 될걸? 나중에 기회가 되면……" 그는 말을 하다 말고 고개를 저었다. "아니다."

그는 다시 뚜껑을 닫고 예수님을 평화의 호수 근처로 들고 갔다.

"호수가 얼마나 파란지 너도 느꼈니?"

"그럼요! 제가 지금까지 본 호수 중에서 제일 파랬어요!"

그는 고개를 끄덕였다.

"그것 자체가 기적이라고 할 수 있겠지만…… 자세히 들여다보면 얘기가 달라진단다."

"네?"

"그냥 물감으로 칠한 거거든. 나는 가끔 그런 걸 생각한다, 제이미. 잠이 안 올 때 말이야. 물감으로 살짝 칠하면 얕은 물도 얼마나 깊어 보이나, 그런 거."

무슨 그런 한심한 생각을 하나 싶었지만 나는 아무 말도 하지 않았다. 그는 퍼뜩 정신을 차리고 예수님을 호수 옆에 내려놓았다.

"청년회 예배 때 쓰려고 만든 거란다. 이런 걸 교구라고 하지. 그렇지만 너한테 미리 살짝 보여 줄게. 어때?"

"좋아요."

"마태복음 14장에 나오는 이야기야. 주님의 성스러운 말씀을 믿고 따를 거지, 제이미?"

"네, 그럼요."

나는 다시 불안해지기 시작했다.

"그래, 그래야지. 왜냐하면 어렸을 때 배운 게 제일 오래가거든. 좋아, 얘기를 시작할 테니까 잘 들어라. '예수께서 즉시 제자들을 재촉하사.' 재촉했다는 건 얼른 하라고 시켰다는 뜻이야. '자기가 무리를 보내는 동안에 배를 타고 앞서 건너편으로 가게 하시고, 무리를 보내신 후에 기도하러 따로 산에 올라가시니라.' 너도 기도하지, 제이미?"

"네, 매일 밤마다 해요."

"착하네. 좋아, 그럼 다시 본론으로. '저물매 거기 혼자 계시더니 배가 이미 육지에서 수 리나 떠나서 바람이 거스르므로 물결로 말미암아 고난을 당하더라. 밤 사경에 예수께서 바다 위로 걸어서 제자들에게 오시니 제자들이 그가 바다 위로 걸어오심을 보고 놀라 유령이라 하며 무서워하여 소리 지르거늘 예수께서 즉시 이르시되 안심하라 나니 두려워하지 말라.' 이런 내용이야. 주님의 성스러운 말씀을 축복하여 주소서. 멋진 이야기지?"

"네. '이르시되'라는 게 그 사람들한테 말을 했다는 뜻이죠?"

"맞아. 예수님이 평화의 호수 위를 걷는 거 보여 줄까?"

"네! 보여 주세요!"

그가 예수님의 하얀 옷 아래로 손을 뻗자 예수님이 움직이기 시작했다. 평화의 호수에 닿아도 물에 빠지지 않고 수면 위를 잔잔하게 미끄러지듯 이동했다. 그런 식으로 20초 정도 만에 호수를 완전히 건넜다. 그리고 나서 앞을 가로막은 언덕 위로 올라가려고 했지만 아무래도 쓰러질 것 같았다. 쓰러지기 전에 제이컵스가 예수님을 붙잡았다. 그가 하얀 옷 아래로 다시 손을 뻗어서 예수님을 껐다.

"성공이에요! 물 위를 걸었어요!"

"흠……." 그는 미소를 지었지만 서글픈 미소였다. 한쪽 입꼬리가 아래로 처졌다. "그렇기도 하고 아니기도 하지."

"그게 무슨 말씀이세요?"

"예수님이 어디로 호수를 건넜는지 봤지?"

"네……."

"거기다 손을 넣어 봐. 뭐가 있을 거야. 전선 건드리지 않게 조심하고. 진짜 전기가 흐르고 있거든. 세지는 않지만 정신이 번쩍 들 거야. 젖은 손으로 만지면 특히."

나는 조심스럽게 손을 넣었다. 그가 테리 형이나 콘 형처럼 장난을 치는 것 같지는 않았지만, 낯선 사람과 낯선 곳에 있었으니 방심할 수 없었다. 호수가 깊어 보였는데 파란 물감과 수면에 비친 불빛 때문에 생긴 착시현상이었다. 깊이가 내 손가락 첫 마디 정도밖에 되지 않았다.

"거기 말고. 좀 더 오른쪽으로. 오른쪽이랑 왼쪽 구분할 줄 알지?"

나는 오른쪽과 왼쪽을 구분할 줄 알았다. 엄마한테 배웠다. 글씨 쓰는 손이 오른손이야. 물론 우리 아빠가 '왼빼'라고 부르는 클레어 누나와 콘 형은 그 반대였다.

손을 움직이자 뭔가가 만져졌다. 홈이 파인 쇳조각이었다.

"찾은 것 같아요."

"그래. 예수님이 그걸 밟고 호수를 건넌 거야."

"마술사들이 부리는 묘기 같은 거네요?"

나는 「에드 설리번 쇼」에서 마술 쇼를 본 적이 있었고, 허공에 떠다니는 공과 사라지는 달걀 말고는 도구를 전부 다 잃어버렸지만 콘 형이 생일선물로 받은 마술 상자도 있었다.

"맞아."

"그 배까지 바다 위를 걸어갔던 예수님처럼 그런 거잖아요!"

"가끔은 그래서 불안해질 때도 있어."

그의 표정이 너무 슬프고 멍해 보여서 다시 살짝 겁이 났지만 또 한편으로는 안쓰러운 마음도 들었다. 하지만 차고에 평화의 호수처럼 완벽한 가상의 세계가 있는데 그렇게 슬퍼할 일이 뭐가 있을까 싶어서 이해가 안 되기는 했다.

"진짜 훌륭한 묘기였어요."

나는 그의 손을 토닥였다.

그는 다시 정신을 차리고 나를 보며 씩 웃었다.

"맞아. 내가 아내와 아이가 보고 싶은 모양이다. 그래서 제이미, 널 빌려왔나 봐. 하지만 이제 너를 다시 너희 어머니에게 돌려 드려야겠지."

9번 도로에 도착하자 이쪽과 저쪽으로 지나가는 차가 한 대도 없는데도 그는 다시 내 손을 잡았고, 우리는 메소디스트 대로까지 그렇게 손을 잡고 걸어갔다. 나는 그래도 상관없었다. 그의 손을 잡아서 좋았다. 나를 챙기려고 그런다는 걸 알기 때문이었다.

* * *

며칠 뒤에 제이컵스 부인과 모리스가 도착했다. 모리스는 기저귀를 차고 다니는 꼬맹이에 불과했지만 부인은 미인이었다. 제이컵스 목사가 우리 교회에서 설교를 시작하기 하루 전날인 토요일에 테리 형과 콘 형과 내가 그와 함께 평화의 호수를 교회 지하실로 옮겼다. 앞으로 매주 목요일마다 청년회 예배가 그곳에서 열릴 예정이었다. 물을 빼자 호수의 얕은 수심과 홈이 파인 궤도가 확연하게 드러났다.

제이컵스는 테리 형과 콘 형에게 함구하고 있겠다는 다짐을 받아냈다. 어린아이들에게 환상을 심어주고 싶다고 했다.(그 말을 들었을 때 나는 형님이 된 것 같아서 기분이 좋았다.) 형들은 알겠다고 했고 아무한테도 비밀을 누설하지 않았을 듯했지만, 교회 지하실이 목사관 차고보다 훨씬 환했기 때문에 가까이서 들여다보면 평화의 호수가 넓은 웅덩이에 불과하다는 것을 누구라도 알 수 있었다. 홈이 파인 궤도도 훤히 보였다. 크리스마스 무렵에는 모두들 비밀을 알아차렸다.

"완전 개뻥이야." 어느 목요일 오후에 빌리 퍼쿼트가 내게 말했다. 그 녀석과 형 로니는 목요일 저녁 수업을 싫어했지만 어머니 때문에 억지로 다녔다. "다시 한 번 더 그걸 보여 주면서 물 위를 걸으신 예수님 어쩌고 하면 토 나올 것 같아."

나는 한 대 때릴까 고민했지만 빌리의 덩치가 나보다 컸다. 그리고 내 친구였다. 게다가 그 녀석의 말이 맞았다.

II
3년 뒤.
콘래드의 목소리.
기적.

제이컵스 목사는 1965년 11월 21일에 한 설교 때문에 교회에서 쫓겨났다. 추수감사절 바로 전주 일요일이었다는 결정적인 단서가 있기 때문에 며칠이었는지 인터넷에서 금세 찾을 수 있었다. 그는 그로부터 일주일 뒤에 혼자서 우리 곁을 떠났다. 청년회 아이들이 껌딱지라고 불렀던 모리스와 팻시는 그 전에 떠나고 없었다. 버튼식 플리머스 벨베데레도 마찬가지였다.

평화의 호수를 처음 본 날부터 끔찍한 설교를 들은 날까지 3년 동안은 내 머릿속에 선명한 기억으로 남아 있다. 하지만 이 글을 쓰기 전에 누가 나에게 물었다면 기억나는 게 거의 없다고 했을 것이다. 여섯 살에서 아홉 살까지 벌어진 일들을 세세하게 기억하는 사람이 어디 있느냐고 반문했을 것이다. 그런데 글이라는 것은 경이로운 동시에 끔찍한 도구다. 글을 쓰면 기억이라는 깊은 우물의 뚜껑이 열린다.

　지금 이 이야기가 아니라, 지금 내가 속한 삶과 180도 달랐던 그 시절의 이야기로 책 한 권(그것도 제법 두툼한 책 한 권)을 채울 수도 있을 것 같다. 슬립 차림으로 아침 햇살을 맞으며 다리미판 앞에 서 있었던, 미치도록 아름다웠던 우리 어머니가 생각난다. 보기 싫은 진초록색 수영복을 입고 해리의 연못에서 형들과 같이 헤엄을 쳤던 것도 생각난다. 우리는 그때 연못 바닥이 쇠똥으로 덮여서 미끈미끈하다고 서로 얘기했지만 사실은 그냥 진흙이었다.(아마 그랬을 것이다.) 교실 하나짜리 웨스트할로 초등학교의 맞춤법 시간에 겨울 외투를 입고 앉아서 머리가 살짝 모자라는 디키 오스굿에게 기린의 철자를 가르쳐 주려고 애를 썼던 나른한 오후도 생각난다. 심지어 그가 이렇게 말했던 것까지 생각이 난다.

　"저-저-절대 기린을 볼 일이 없을 텐데 어-어-어떻게 쓰는지 왜-왜-왜 알아야 해?"

　우리 마을을 거미줄처럼 열십자 모양으로 관통했던 흙길도, 코가 떨어지도록 추웠던 4월의 쉬는 시간에 학교 운동장에서 했던 구슬치기도, 기도를 마치고 침대에 누우면 소나무 사이로 들리던 바람 소리도 생각난다. 손에는 렌치를 든 채 '모턴 오일'이라고 적힌 모자를 푹 눌러쓰고, 손마디에 묻은 기름얼룩 사이로 피를 흘리며 차고에서 걸어 나오던 우리 아버지도 생각난다. 「마이티 90 쇼」에서 켄 매켄지가 뽀빠이 만화를 소개했던 것도, 클레어 누나와 친구들이 들이닥치면 「아메리칸 밴드스탠드」의 출연진이 어떤 옷을 입었는지 확인하고 싶어 해서 텔레비전을 내주어야 했던 것도 생각난다.

우리 아버지의 손마디에서 흐르던 핏방울처럼 시뻘겠던 저녁노을
도 생각이 나는데 이제는 그 장면이 떠오르면 몸서리가 쳐진다.

좋았던 추억들은 이것 말고도 많지만 내가 장밋빛 선글라스를 쓰
고 향수에 젖으려고 컴퓨터 앞에 앉은 것은 아니다. 과거를 선택적
으로 기억하는 것은 노인들이 저지르는 가장 큰 잘못이고 나는 그
럴 시간이 없다. 모든 게 다 좋지는 않았다. 우리는 시골에서 살았고
그 당시에는 시골 생활이 만만치 않았다. 아마 지금도 그렇겠지만.

내 친구 앨 놀스는 아버지의 감자 선별기에 왼손이 빨려 들어가
는 바람에 놀스 씨가 말을 잘 듣지 않는 그 위험한 물건을 *끄기* 전
까지 손가락 세 개를 잃었다. 나는 그날 그 자리에 있었기에 빨갛게
물들었던 벨트를 기억한다. 앨이 어떤 식으로 비명을 질렀는지도
기억한다.

우리 아버지는 (전혀 아무것도 모르기는 해도 믿음직한 조수 테리 형
과 함께) 로드 로켓을 고치는 데 성공했고(아버지가 시동을 걸었을 때
얼마나 요란하게 덜커덩거렸는지 모른다.) 차를 넘겨받은 드웨인 로비
쇼는 새로 칠을 해서 옆면에 19번이라는 숫자를 달고 캐슬록에서
열린 스피드웨이 경주에 참가했다. 그런데 예선에서 처음 한 바퀴
를 도는 동안 그 멍청이 때문에 데굴데굴 굴러서 완파되고 말았다.
드웨인은 긁힌 상처 하나 없었다.

"액셀 페달이 들러붙었나 봐요."

그는 바보처럼 씩 웃으며 이렇게 말했다. 그런데 사실은 '액셀' 페
달이 아니라 '애스' 페달이라고 했고 우리 아버지는 애스가 핸들을
잡는 바람에 그렇게 된 거라고 말했다.*

"이번 일을 계기로 귀중품을 로비쇼한테 맡기면 안 되겠다는 교훈을 얻었으면 해."

어머니가 이렇게 말하자 아버지는 속옷이 드러나 보일 정도로 깊숙이 주머니에 손을 넣었다. 손이 주머니를 탈출해서 가면 안 되는 어떤 곳으로 향하는 사태를 막기 위해서였을 것이다.

집배원의 아들 레니 매킨토시는 빈 파인애플 깡통에 넣은 빨간 공 모양 폭죽이 왜 안 터지는지 보려고 허리를 숙였다가 한쪽 눈을 잃었다.

콘래드 형은 벙어리가 됐다.

그러니까…… 모든 게 다 좋지는 않았다.

* * *

제이컵스 목사가 처음으로 설교단에 오른 날에는 뚱뚱하고 사람 좋았던 백발의 라투어 씨가 취지는 좋지만 뜻이 잘 와 닿지 않는 설교를 하고, 자칭 어머니의 주일이라고 부른 어머니의 날에는 눈시울을 붉히며 교회를 지켰을 때보다(이런 세세한 부분들은 몇 년 뒤에 어머니에게 들었다. 나는 라투어 씨를 거의 기억하지 못한다.) 훨씬 많은 사람들이 예배에 참석했다. 스무 명이었던 평소 인원의 족히 네 배는 되어 보였는데, 송영 시간에 「만복의 근원 하나님 온 백성 찬송 드리고」를 부르던 그들의 목소리가 얼마나 우렁찼는지 기억이 난

---

* 영어로 ass에 바보, 멍청이라는 뜻이 있다.

다. 그 소리에 나는 소름이 돋았다. 제이컵스 부인의 오르간 연주도 훌륭했다. 딱 한 장뿐인 스테인드글라스 사이로 쏟아져 들어온 무지갯빛 햇살이 까만 리본으로 묶은 그녀의 금발 위에서 반짝였다.

일요일에 신는 새 신발로 흙먼지를 일으키며 온 가족이 다 함께 집으로 돌아갈 때 나는 부모님 바로 뒤에서 걸었기에 엄마의 호의적인 평가와 안도의 한숨을 들을 수 있었다.

"하도 젊고 그래서 시민의 권리나 징병 반대, 뭐 이런 이야기를 늘어놓을 줄 알았더니 성서를 바탕으로 아주 근사한 교훈을 들려주시네. 사람들이 다시 올 것 같지 않아요?"

"당분간은." 아버지는 이렇게 대답했다.

"어이구, 석유왕이 어련하시겠어. 냉소적인 양반 같으니라고."

어머니는 이러면서 장난스럽게 아버지의 팔을 꼬집었다.

두 분의 예상은 양쪽 다 맞아떨어졌다. 우리 교회 신도들의 출석률은 라투어 씨 수준(그러니까 겨울에는 열댓 명밖에 안 되어 장작 난로를 땔 때는 외풍이 심한 건물에서 한데 옹송그리고 체온을 나누는 수준)으로 떨어지지는 않았지만, 60명에서 50명으로, 다시 40명 근처로 서서히 떨어져 변덕이 심한 여름날 기압계처럼 그 언저리에 머물렀다. 제이컵스 씨의 설교 때문이라고 탓하는 사람은 아무도 없었다. 그의 설교는 늘 분명하고 유쾌하며 성서에 기반을 두고 있었다.(원자탄이나 자유 행진*처럼 심란한 얘기도 절대 꺼내지 않았다.) 사람들이 하나둘씩 빠져나갔을 따름이다.

---

* 1960년대 인종 차별 폐지 운동 지지 행진.

"요즘 사람들은 하나님을 중요하게 생각하지 않나 봐." 출석률이 유난히 실망스러웠던 날에 우리 어머니는 이렇게 말했다. "나중에 후회할 날이 올 텐데."

* * *

그 3년 동안 우리 감리교 청년회도 가벼운 부흥기를 거쳤다. 라투어 시대에는 목요일 저녁 예배 참석자가 열댓 명을 넘은 적이 거의 없었고, 그 가운데 네 명이 모턴 집안의 클레어, 앤디, 콘, 테리였다. 라투어 시대에는 내가 너무 어려서 이 자리에 참석하지 못했고, 그 때문에 앤디 형은 가끔 내 머리를 쥐어박으며 재수도 좋은 놈이라고 했다. 한번은 내가 예전에는 어땠느냐고 묻자 테리 형은 심드렁하게 어깨를 으쓱했다.

"노래 부르고 성경 공부하고 술을 마시거나 담배를 피우지 않겠다고 맹세했지. 그러면 라투어 씨가 우리더러 어머니를 사랑하라면서 가톨릭은 우상을 숭배하고 유대인은 돈을 좋아해서 지옥에 갈 거라고 했어. 한 아이가 음담패설을 하면 예수님이 듣고 있으니 생각해 보라고도 했고."

하지만 새로운 체제로 바뀌자 6세부터 17세까지 참석 인원이 30여 명으로 늘어서 접이의자를 더 사다가 교회 지하실에 구비해 놓아야 할 정도가 되었다. 제이쿱스 목사가 만든 평화의 호수를 건너는 예수님 인형 때문에 그런 건 아니었다. 그 인형의 감동은 금세 사라졌다. 심지어 나조차도 그랬다. 그가 벽에 붙여 놓은 성지 사진들 때문에 그런 것도 아니었다.

가장 결정적인 이유는 그의 젊음과 열정이었다. 설교뿐 아니라 게임과 활동 시간도 있었다. 잊을 만하면 그가 지적했다시피 예수님의 설교는 대부분 야외에서 이루어졌는데 그 말은 곧 교회가 기독교의 전부가 아니라는 뜻이었다. 성경 구절을 찾는 훈련은 계속됐지만 의자 먼저 차지하기 게임과 함께 이루어졌기 때문에 신명기 14장 9절이나 디모데서 2장 12절을 찾다가 누구 하나가 바닥으로 넘어지기 십상이었다. 아주 배꼽 잡는 광경이었다. 그런가 하면 콘 형과 앤디 형이 그와 함께 우리 집 뒷마당에 만든 다이아몬드 볼* 구장도 있었다. 목요일에 남자아이들이 거기서 야구를 하면 여자아이들이 응원을 했다. 그러면 다음 주 목요일에는 여자아이들이 소프트볼을 하고 남자아이들이 (자기들이 소프트볼 할 차례라는 걸 깜빡하고 치마를 입고 오는 여자아이가 있길 바라며) 응원을 맡았다.

제이컵스는 목요일 저녁의 '청년회 대화' 시간에 전기에 대한 관심을 종종 드러냈다. 어느 날 오후에 그가 우리 집으로 전화해서 앤디 형에게 목요일 저녁에 스웨터를 입고 오라고 했던 때가 생각난다. 아이들이 전부 다 모였을 때 그가 우리 형을 앞으로 부르더니 죄의 짐이 어떤 건지 보여 주겠다고 했다.

"앤드루, 너는 지은 죄가 그리 많지 않다는 걸 알지만 말이다."

그의 말에 형은 억지로 미소를 지으며 아무 대꾸도 하지 않았다.

"너희들을 겁주려고 그러는 게 아니야. 그런 방법이 효과가 있다

---

* 야구보다 좀 더 간단한 공놀이.

고 생각하는 목사님도 있지만 난 아니다. 보면 알겠지만."(내가 경험한 바에 따르면 사람들은 바지에 똥을 지리도록 겁을 주려고 할 때 대개 이런 소리를 한다.)

그는 풍선 몇 개를 불어서 각 풍선의 무게가 10킬로그램이라고 생각해 보자고 했다. 그가 첫 번째 풍선을 들고 말했다.

"이건 거짓말을 한 죄야."

제이컵스가 자기 셔츠에 풍선을 몇 번 열심히 비비고 앤디 형의 스웨터에 갖다 대자 풀칠이라도 한 것처럼 들러붙었다.

"이건 남의 물건을 훔치는 거."

그가 형의 스웨터에 풍선을 또 하나 붙였다.

"이건 화를 내는 거."

정확하게 기억은 나지 않지만 그는 저마다 끔찍한 죄명을 붙여서 일곱 개의 풍선을 엄마가 떠 준 앤디 형의 순록 스웨터에 붙였던 것 같다.

"이걸 다 더하면 무게가 100킬로그램이야. 무게가 엄청나지? 그런데 누가 세상의 죄를 거두어 줄까?"

"예수님이요!"

우리는 고분고분하게 한 목소리로 외쳤다.

"그렇지. 예수님에게 용서를 빌면 이렇게 되지."

그는 핀을 꺼내서 풍선들을 하나씩 터뜨렸다. 떨어지는 바람에 다시 붙인 풍선도 예외는 아니었다. 우리 모두 정전기를 경험한 순간보다 풍선을 터뜨린 순간에 훨씬 더 신바람이 나지 않았을까 싶다.

전기의 작용을 가장 극적으로 보여 준 그의 발명품은 일명 야곱의 사다리였다. 야곱의 사다리는 내 병정들이 사는 사물함과 크기가 비슷한 금속 상자였다. 거기에 텔레비전 안테나처럼 생긴 전선두 개가 꽂혀 있었다. 이 상자에 달린 플러그를 꽂고(건전지가 아니라 전기를 끌어다가 썼다.) 옆에 달린 스위치를 켜면 눈이 부시도록 환한 스파크가 전선을 타고 올라갔다. 꼭대기에 다다르면 정점을 찍고 사라졌다. 이 위에다 화약을 살짝 뿌리자 스파크가 여러 색상으로 변했다. 그걸 보고 여자아이들은 좋아서 탄성을 질렀다.

여기에도 무슨 종교적인 교훈이 담겨 있었을 텐데(최소한 찰스 제이컵스의 의도는 그랬을 것이다.) 뭐였는지 죽어도 기억이 나지 않는다. 성 삼위일체를 보여 주려는 거였을까? 야곱의 사다리와 여러 빛깔로 튀기는 스파크와 화가 난 수고양이처럼 빠직거리는 전류가 시야에서 사라지면 성 삼위일체니 뭐니 하는 외국어 같은 단어들은 금세 지워지기 마련이었다.

하지만 아주 또렷하게 기억이 나는 미니 설교가 하나 있다. 그는 의자에 거꾸로 앉아서 등받이 너머로 우리를 바라보고 있었다. 그의 아내는 두 손을 얌전하게 무릎 위에 얹고 그의 뒤편 피아노 의자에 앉아서 고개를 살짝 숙이고 있었다. 기도를 하고 있었을까. 그냥 지겨워서 그랬을까. 나도 알다시피 많은 청중들이 지겨워하고 있었다. 그 무렵 할로 감리교회 청년들은 전기와 전기가 연출하는 장관에 싫증을 내고 있었다.

"얘들아, 과학적으로 밝혀진 바에 따르면 전자라는 하전 소립자가 전기를 실어 나른다고 해. 전자가 움직이면 전기가 발생하는데 전자의 속도가 빠를수록 전압이 높아진단다. 그런 게 과학이고 과학도 멋진 학문이야. 하지만 과학에는 *한계가* 있지. 지식이 다하는 지점도 늘 등장하기 마련이고. 전자가 정확히 뭘까? 과학자들은 전기를 띤 원자라고 대답하겠지. 그래, 좋다 치자. 그런데 원자는 뭘까?"

그는 파란 눈(그 눈에 전기가 흐르는 것 같았다.)으로 우리를 똑바로 쳐다보며 등받이 위로 몸을 숙였다.

"*그게 뭔지 아무도 몰라!* 바로 그 지점에서 종교가 등장하는 거지. 무한에 이르는 주님의 여러 갈래 길 가운데 하나가 전기라고."

"차라리 전기의자를 가져다가 흰쥐나 튀겨 주지." 한번은 축도가 끝났을 때 빌리 퍼쿼트가 콧방귀를 뀌며 이렇게 말한 적도 있었다. "*그럼* 재미있을 텐데."

성스러운 전압이 자주 화제로 등장했고 설교가 점점 지루해져 갔지만 그래도 우리들은 대부분 목요일 저녁 수업을 손꼽아 기다렸다. 제이컵스 목사님은 자기가 집착하는 주제에서 일단 벗어나면 성서에 담긴 교훈을 주제로 생기 넘치고 가끔은 재미까지 겸비한 이야기를 얼마든지 들려주었다. 교내 폭력에서부터 공부를 안 한 과목 시험을 볼 때 다른 친구 시험지를 훔쳐보고 싶은 유혹에 이르기까지 우리들 모두가 실생활에서 맞닥뜨리는 문제에 대해서도 이야기했다. 게임도 좋았고, 성경 봉독도 대부분 좋았고, 제이컵스 부인이 같은 찬송가를 지겹도록 반복하지 않는 유능한 반주자였기 때문에 노래 부르는 것도 좋았다.

그녀는 찬송가 말고도 아는 노래가 많았다. 절대 잊을 수 없는 어느 날 저녁에는 그녀의 반주에 맞춰서 비틀스의 노래를 「나에게서 너에게From Me To You」, 「그녀는 너를 사랑해She Loves You」, 「그대 손을 잡고 싶어I Want to Hold Your Hand」 이렇게 세 곡을 연달아 부른 적도 있었다. 우리 어머니는 팻시 제이컵스의 피아노 실력이 라투어 씨보다 70배 낫다고 했고, 그녀가 헌금으로 포틀랜드에서 조율사를 부르고 싶다고 했을 때도 집사들은 만장일치로 찬성했다.

"하지만 비틀스 노래는 자제하는 게 좋겠어요." 켈턴 씨는 할로 감리교회를 가장 오랫동안 섬긴 집사였다. "그런 노래는 라디오에서도 들을 수 있잖습니까. 우리는 사모님이 좀 더…… 뭣이냐……. *기독교적인* 노래를 고수해 주셨으면 합니다."

제이컵스 부인은 얌전하게 시선을 내리깔고 알겠다고 중얼거렸다.

* * *

그것 말고 다른 이유도 있었다. 찰스 제이컵스와 팻시 제이컵스는 성적 매력이 있었다. 앞에서도 이야기했다시피 클레어 누나와 누나의 친구들은 그에게 반해서 난리도 아니었다. 그리고 대부분의 남자아이들은 아리따운 팻시 제이컵스에게 이내 마음을 빼앗겼다. 그녀의 머리는 금발이었고 피부는 크림 같았고 입술은 도톰했다. 살짝 꼬리가 들린 눈은 초록색이었는데 코니는 그녀가 그 초록색 눈으로 자기 쪽을 쳐다볼 때마다 다리에서 힘이 풀린다며 마녀 같은 재주가 있는 게 분명하다고 주장했다. 이런 외모를 갖추었으니 립스틱을 살짝 바르는 것 이상으로 진하게 화장을 했더라면 말이 돌았겠지만, 스물세 살의 그녀에게 그 이상의 화장은 필요 없었다. 젊음이 그녀의 화장품이었다.

여자들의 치맛단이 슬금슬금 올라가기 시작한 시대였음에도 불구하고 그녀는 일요일마다 무릎이나 정강이까지 내려오는 나무랄 데 없이 단정한 원피스를 입었다. 청년회 예배가 열리는 목요일 저녁에는 나무랄 데 없이 단정한 바지와 블라우스를 입었다.(우리 어머니에 따르면 십 앤드 쇼어에서 산 옷이라고 했다.) 그래도 엄마와 할머니 신도들은 그녀를 예의 주시했다. 그토록 나무랄 데 없이 단정한 옷차림이 몸매를 더욱 돋보이게 해서 우리 형의 친구들이 가끔 눈을 부라리거나 누군가가 깜빡하고 켜 놓은 스토브 버너를 건드리기라도 한 것처럼 손을 터는 등의 반응을 보이기 때문이었다. 그녀는 여학생들 차례가 되면 같이 소프트볼을 했는데, 한번은 달리는 그녀를 감상하는 자체가 종교적인 체험이라고 앤디 형(아마 그때 열네 살로 넘어가기 직전이었을 것이다.)이 하는 말을 내가 엿들은 적도 있었다.

그녀가 목요일 저녁에 피아노를 치고 청년회의 거의 모든 활동에 참여할 수 있었던 것은 어린 아들을 데리고 다닐 수 있었기 때문이었다. 아이는 말 잘 듣는 순둥이였다. 모두들 모리를 예뻐했다. 내 기억에는 젊은 무신론자의 길을 걷고 있었던 빌리 퍼쿼트마저 거의 우는 법이 없는 모리를 예뻐했다. 모리는 넘어져서 무릎이 까져도 훌쩍이는 게 고작이었고 나이 많은 여학생이 안아 주면 그마저도 그쳤다. 게임을 하려고 다 같이 밖에 나가면 남학생들을 어디든 쫓아다녔고, 그게 힘들면 성경 공부 시간에 자기를 챙기고 노래 시간에는 박자에 맞춰서 빙글빙글 돌려주는 여학생들을 쫓아다녔다. 그래서 별명이 껍딱지였다.

클레어 누나는 유난히 모리를 좋아했다. 장난감들이 놓인 한쪽 구석에서 모리스는 아이용 의자에 앉아 있고 클레어 누나는 그 옆에 무릎을 꿇고 앉아서 같이 색칠 공부를 하거나 도미노 뱀을 쌓던 모습이 내 눈에 선하다.(아마 똑같은 광경이 숱하게 반복돼서 그럴 것이다.)

"나중에 결혼하면 그런 아이를 네 명 낳고 싶어요."

누나가 어머니에게 이렇게 말한 적도 있었다. 아마 감리교 청년회 졸업을 앞둔 열일곱 살이 되기 직전이었을 것이다.

"행운을 빈다." 어머니는 이렇게 대꾸했다. "어쨌든 모리보다 예쁜 아이들이 태어나길 빌겠다만, 클레어-베어."

조금 모질기는 해도 괜한 소리는 아니었다. 찰스 제이컵스는 미남이었고 팻시 제이컵스는 누가 봐도 젊고 아리따웠지만 껍딱지 모리는 으깬 감자처럼 볼품없었다. 한 치의 오차도 없이 동그란 얼굴은 찰리 브라운을 닮았다. 머리는 아무 특징 없이 거무스름했다. 아버지의 눈은 파란색이고 어머니의 눈은 그토록 황홀한 초록색인데 모리의 눈은 평범한 갈색이었다. 그런데도 여학생들은 10년 뒤에 낳을 친자식의 원조라도 되는 것처럼 모두 그 아이를 사랑했고, 남학생들은 막내 동생 취급했다. 그 애는 우리의 마스코트였다. 우리의 껍딱지 모리였다.

2월의 어느 목요일 저녁에 우리 5남매는 교회 뒤편에서 볼이 새빨개지도록 썰매를 타고(제이컵스 목사가 썰매장을 따라 전구를 설치했다.) "나는 헨리 8세.*"라고 목이 터져라 노래를 부르며 집으로 향했다. 앤디 형과 콘 형이 유난히 깔깔댔던 기억이 난다. 우리 터보건을 들고 가서 쿠션을 깔고 모리를 맨 앞에 태웠더니 배의 앞머리에 붙이는 선수상처럼 겁도 없이 썰매장을 질주했기 때문이었다.

"너희들, 목요일 예배 시간이 재미있는 모양이로구나?"

아버지가 물었다. 살짝 놀라워하는 목소리였던 것 같다.

"네!" 내가 말했다. "오늘 저녁에는 성경 구절 찾는 훈련을 한 천 번쯤 한 다음 나가서 썰매를 탔어요! 제이컵스 부인도 같이 탔는데 계속 밖으로 떨어졌어요!"

내가 웃음을 터뜨리자 아버지도 따라 웃었다.

"재미있었겠네. 그런데 뭘 *배우고*는 있는 거니, 제이미?"

"인간의 뜻은 주님의 뜻의 연장선상에 있어야 한다는 거요." 나는 그날 저녁에 배운 교훈을 앵무새처럼 읊었다. "그리고 건전지의 양극와 음극을 전선으로 연결하면 합선이 일어난다는 거요."

"그렇지. 그래서 자동차에 점프 시동을 걸 때 조심해야 하는 거야. 그런데 그 안에 무슨 기독교적인 교훈이 들어 있는지 그건 잘 모르겠네."

"좋은 결과가 나올지 모른다고 잘못된 길을 선택하면 안 된다는 거잖아요."

"아." 아버지는 근사한 재규어 XK-E가 표지 사진으로 실린 《카 앤드 드라이버》 최신호를 집어들었다. "이런 말이 있는 거 알지, 제이미? 지옥으로 가는 길은 선의로 포장되어 있다." 아버지는 잠시 생각한 끝에 다시 덧붙였다. "그리고 전구가 불을 밝히고 있다."

---

* 허먼스 허미츠가 리메이크한 「나는, 나는 헨리 8세(I'm Henry the Eighth, I Am)」의 가사다.

아버지가 폭소를 터뜨리자 나는 농담을 알아듣지도 못하면서, 농담이 맞는지도 모르면서 따라 웃었다.

* * *

앤디 형과 콘 형의 친구 중에는 놈 퍼거슨, 핼 퍼거슨 형제가 있었다. 그들은 우리가 평지 출신이라고 부르는 외지인이었다. 보스턴에 살아서 보통 여름방학에만 만날 수 있었다. 우리 집에서 1.5킬로미터 남짓 가면 나오는 룩아웃 호수에 그들의 별장이 있었는데, 그쪽 형제와 우리 형제는 여름 성경학교라는 또 다른 교회 행사에서 만난 사이였다.

퍼거슨 가족은 고트산 리조트 회원이었기 때문에 콘 형과 앤디 형은 가끔 그 집 스테이션왜건을 타고 같이 가서 수영을 하고 '클럽'에서 점심을 먹었다. 그들 말로는 수영장이 해리의 연못보다 천배는 더 좋다고 했다. 우리 동네 수영장도 나쁘지 않았고 우리에게도 친구가 있었기 때문에 테리 형과 나는 그런가 보다 했지만 클레어 누나는 부러워서 죽으려고 했다. 누나는 "다른 사람들이 어떻게 사는지" 보고 싶어 했다.

"우리랑 똑같아." 어머니가 말했다. "부자들은 다르다고 하는 건 전부 다 거짓말이야."

누나는 오래된 우리 집 탈수기 안에 빨래를 넣다 말고 얼굴을 찡그리며 입을 삐죽 내밀었다.

"과연 그럴까요?"

"앤디 형이 그러는데 풀장에서 수영하는 여자들은 비키니를 입는대요."

어머니는 내 말에 코웃음을 쳤다.

"차라리 브래지어하고 팬티 차림으로 수영을 하시지."

"나도 비키니 입고 싶은데."

클레어 누나가 말했다. 내가 보기에는 열일곱 살짜리 여학생의 주특기라 할 수 있는 일종의 도발이었다.

어머니는 짧게 깎은 손톱에 묻은 비눗물을 뚝뚝 흘리며 누나에게 손가락질했다.

"그런 거 입고 다니다 임신하고 그러는 거야."

누나는 어머니가 넘긴 공을 깔끔하게 받아넘겼다.

"그럼 콘이랑 앤디도 못 가게 해요. 걔네들이 임신시킬 수도 있으니까."

"그만 입 다물어." 어머니가 내 쪽을 눈짓하며 말했다. "조그만 것들이 귀는 밝다고 하잖아."

어머니는 나를 '임신시킨다'는 게 무슨 뜻인지도 모르는 애 취급하고 있었다. 여자를 눕혀 놓고 느낌이 올 *때까지* 그 위에서 몸을 씰룩이면 된다. 그러면 고추에서 정체불명의 물이 흘러나온다. 그게 여자의 배 속으로 들어가면 열 달 뒤에 기저귀와 유모차가 필요해진다.

누나가 아무리 심술 맞게 짖어도 부모님은 콘 형과 앤디 형을 여름 동안 매주 한두 번씩 리조트에 보냈고, 1965년 2월에 내려온 퍼거슨 가족이 같이 스키를 타자고 두 형을 초대했을 때도 군소리 없이 허락했다. 그들은 퍼거슨 형제의 반짝이는 새 스키가 얹힌 스테이션왜건 지붕에 흠집투성이인 낡은 스키를 나란히 얹고 떠났다.

그런데 스키를 타고 돌아온 콘 형의 목에 시뻘겋게 부푼 자국이 남아 있었다.

"코스를 이탈해서 나뭇가지에 부딪친 거냐?"

퇴근해서 저녁 식탁에 앉은 아버지가 상처를 보고 물었다.

스키 실력이 남달랐던 콘 형은 벌컥 화를 냈다.

"무슨 소리 하시는 거예요, 아빠. 저하고 놈이 시합을 했거든요. 둘이서 나란히 열라 빠르게 내려오고 있었는데……"

어머니가 포크로 형을 겨누었다.

"죄송해요, 엄마. 엄청 빠르게 내려오고 있었는데 놈이 모굴에 부딪치는 바람에 중심을 잃고 팔을 이렇게 뻗은 거예요." 콘 형은 어떤 식인지 보여 주려다 하마터면 우유 잔을 엎을 뻔했다. "그래서 그 자식 폴에 목을 맞았어요. 진짜…… 아팠는데 지금은 좀 괜찮아졌어요."

하지만 그건 착각이었다. 다음 날이 되자 상처는 시퍼런 목걸이를 한 것처럼 희미해졌지만 목이 쉬었다. 그날 저녁부터 형은 속삭이는 정도로밖에 말을 하지 못했다. 이틀 뒤에는 아예 벙어리가 되었다.

* * *

경부 과신전으로 인한 후두 신경의 긴장. 르노 선생님이 내린 진단이었다. 그는 전에도 이런 증상을 보았다며 1~2주 안으로 목소리가 돌아올 거라고 했다. 3월 말이면 멀쩡해질 테니 걱정할 필요가 없다고 했다. 그의 진단은 맞았다. 남들은 몰라도 그는 걱정할 필요가 없었다. 그의 목소리에는 아무 문제가 없었다. 하지만 우리 형은 그렇지 않았다. 4월이 다가왔는데도 콘 형은 필요한 게 있으면 종이에 적고 손짓으로 전달해야 했다. 양쪽 손바닥에 각각 '예'와 '아니요'라고 써서 수업에 참여하는 문제를 (어느 정도나마) 해결하자, 다른 친구들이 놀리기 시작했는데도 학교는 계속 다니겠다고 고집을 부렸다. 형은 필요한 문장을 대문자로 적은 색인 카드 뭉치를 들고 다녔다. 친구들이 특히 웃겨 죽겠다고 한 카드는 '화장실에 다녀와도 될까요'였다.

콘 형은 더 심하게 놀림을 당하지 않으려면 달리 방법이 없다는 것을 알기에 의연하게 대처하는 듯했지만, 어느 날 저녁에 테리 형과 둘이서 같이 쓰는 방에 내가 찾아가 보니 침대에 누워서 소리 없이 눈물을 흘리고 있었다. 나는 다가가서 왜 그러느냐고 물었다. 이유를 알면서 묻는 바보 같은 질문이었지만 *무슨 말이라도* 해야만 하는 상황이었고, 나는 운명의 스키 폴로 형의 목을 후려친 범인이 아니었기에 그렇게 물으면 안 될 이유가 없었다.

나가! 형은 입모양으로 벙긋거렸다. 여드름이 점점이 새롭게 돋아난 두 뺨과 이마가 시뻘겋게 이글거리고 있었다. 두 눈은 퉁퉁 부었다. *나가라고!* 그 뒤로 이어진 충격적인 세 마디. *씨발, 나가라니까, 개새끼야!*

그해 봄에 어머니는 처음으로 흰머리가 나기 시작했다. 어느 날 오후에 아버지가 평소보다 피곤한 얼굴로 퇴근하자 어머니는 포틀랜드의 전문가에게 큰 형을 데려가서 진찰을 받아야겠다고 이야기를 꺼냈다.

"기다릴 만큼 기다렸잖아. 그 바보 같은 조지 르노 영감은 자기 마음대로 지껄이라고 해. 하지만 어떻게 된 일인지 당신도 알고 나도 알잖아. 그 조심성 없는 부잣집 도련님 때문에 우리 아들의 성대가 찢어진 거라고."

아버지는 식탁에 쿵 주저앉았다. 두 분 다 부엌 뒷문 앞에서 유난히 뜸을 들여 가며 운동화 끈을 매고 있는 나를 알아차리지 못했다.

"그럴 만한 여력이 안 되잖아, 로라."

"게이츠폴스의 하이럼 오일을 인수할 여력은 되면서?"

어머니는 듣기 싫은 말투로 빈정거리다시피 물었다. 내가 그때까지 들어 본 적 없는 말투였다.

아버지는 어머니가 아니라 빨간색과 하얀색의 체크무늬 방수 식탁보밖에 없는 식탁을 쳐다보았다.

"그래서 여력이 안 되는 거지. 우린 지금 살얼음판을 걷고 있어. 지난겨울이 어땠는지 당신도 알잖아."

우리 모두 아는 바였다. 지난겨울은 따뜻했다. 수입이 난방유에 의해 좌우되는 집안에서 자라다 보면 추수감사절에서부터 부활절 사이 기간 동안 온도계를 예의 주시하며 수은주가 올라가지 않길 바랄 수밖에 없다.

어머니는 개수대 앞에서 비누거품 속에 손을 묻고 있었다. 그런데 그릇을 씻으려는 게 아니라 깨뜨릴 작정인지 거품 아래에서 요란하게 덜거덕거리는 소리가 났다.

"사지 않을 수가 없었지?" 계속 그 말투였다. 듣기 싫었다. 꼭 아버지를 자극하려는 것 같았다. "석유 재벌이니까!"

"콘이 사고를 당하기 전에 한 계약이야." 아버지는 여전히 고개를 들지 않았다. 이번에도 주머니 깊숙이 손을 넣고 있었다. "8월에 한 거라고. 우리 둘이 같이 《노련한 농부의 역서》*에 제2차 세계 대전이 끝난 이후로 가장 춥고 눈이 많이 내리는 겨울이 될 거라고 적힌 걸 보고 좋은 기회라고 결론을 내렸잖아. 당신이 계산기를 두드렸고."

비누거품 아래에서 그릇들이 더 요란하게 덜거덕거렸다.

"그럼 대출을 받든지!"

"받을 수야 있지. 하지만 로라…… 내 말 좀 들어 봐." 아버지는 드디어 시선을 들었다. "대출금으로 여름을 버텨야 할지 몰라."

"당신 아들이잖아!"

"*이런 망할, 그걸 누가 모르나?*"

아버지가 버럭 고함을 질렀다. 그 소리에 나도 놀랐지만 어머니는 화들짝 놀랐는지 이번에는 비누거품 속에서 단순히 덜거덕거리는 소리가 아니라 와장창 깨지는 소리가 났다. 어머니가 손을 들었다. 한쪽 손에서 피가 나고 있었다.

어머니는 그 손을 들어 보이며(말을 못 하게 된 형이 수업 시간에 '예'와 '아니요'를 표현할 때 그러듯이) 이렇게 말했다.

"당신이 지금 무슨 짓……" 이때 장작더미에 앉아서 부엌을 빤히 쳐다보고 있던 내가 어머니의 눈에 띄었다. "나가! 나가서 놀아!"

---

* 해마다 천체의 움직임, 조수의 간만, 작물의 파종이나 수확 시기, 축제일, 미국 각지의 연간 일 기예보 등을 게재해서 배포하는 정기 간행물.

"로라, 제이미한테 괜히……"

"*나가라고!*" 어머니는 소리를 질렀다. 콘 형이 만약 벙어리가 되지 않았다면 나에게 그렇게 소리를 질렀을 것이다. "*어디서 엿듣고 난리야!*"

어머니는 울음을 터뜨렸다. 나도 눈물을 흘리며 문 밖으로 뛰쳐나갔다. 메소디스트 언덕을 달려 내려가서 차가 오는지 살피지도 않고 9번 도로를 건넜다. 목사관으로 갈 생각은 없었다. 너무 속이 상해서 목사에게 조언을 청해야겠다는 생각조차 하지 못했다. 만약 팻시 제이컵스가 작년 가을에 심은 나무에서 꽃이 피었는지 앞마당에서 살피고 있지 않았다면 나는 쓰러질 때까지 달렸을지 모른다. 하지만 앞마당에 나와 있던 그녀가 내 이름을 불렀다. 나는 계속 달리고 싶은 마음도 있었지만 앞에서도 이야기했다시피 아무리 속이 상해도 예의가 뭔지 알기에 자리에 멈추어 섰다.

그녀는 고개를 숙이고서 숨을 헐떡이는 나에게 다가왔다.

"왜 그러니, 제이미?"

나는 아무 대꾸도 하지 않았다. 그녀는 내 턱을 잡고 고개를 들게 했다. 장난감 트럭을 늘어놓고 목사관 현관 옆 풀밭에 앉아 있는 모리가 보였다. 눈을 휘둥그레 뜨고 나를 쳐다보고 있었다.

"제이미? 왜 그러는지 얘기해 봐."

우리는 예의를 지켜야 한다고 배운 한편으로 집 안에서 벌어지는 일에 대해서는 함구해야 한다고도 배웠다. 그것이 양키의 전통이었다. 하지만 다정한 그녀의 목소리에 모든 게 봇물이 터지듯 쏟아져 나왔다. 콘 형의 상태(우리 부모님은 진심으로 걱정하긴 했어도 사태의 심각성을 제대로 몰랐을 것이다.), 성대가 찢어져서 영영 말을 못 하게 되는 건 아닌지 두려워하는 어머니, 전문가를 찾아가 보자는 말에 여력이 안 된다고 했던 아버지. 그리고 무엇보다 두 분 사이에서 오갔던 고성. 어머니의 입에서 흘러나온 낯선 말투에 대해서 이야기하지 않은 이유는 어떤 식으로 설명하면 좋을지 알 수 없었기 때문이었다.

마침내 내 이야기가 끝이 나자 그녀가 말했다.

"창고로 가자. 찰리한테 얘기하는 게 좋겠어."

* * *

벨베데레가 목사관의 차고로 제자리를 찾아갔으니 창고는 제이컵스의 작업실이 되었다. 팻시가 나를 데리고 들어갔을 때 그는 화면이 없는 텔레비전을 어설프게 고치고 있었다.

"이 녀석을 다시 조립하면 마이애미, 시카고, 로스앤젤레스의 방송을 볼 수 있을 거야." 그는 내 어깨에 팔을 두르고 뒷주머니에서 손수건을 꺼내며 이렇게 말했다. "눈물 닦아라, 제이미. 닦는 김에 코도 좀 닦고."

나는 얼굴을 닦으며 장님이 된 텔레비전을 휘둥그레 쳐다보았다.

"정말 시카고랑 로스앤젤레스 방송을 볼 수 있는 거예요?"

"아니, 농담이야. 8번 채널 말고 다른 것도 보고 싶어서 신호 증폭기를 만들어 보려고 하는 중이거든."

"6번이랑 13번도 있잖아요. 6번은 화면이 좀 지직거리기는 하지만요."

"너희 집은 지붕에 안테나가 달려 있어서 그런 거야. 우리 집은 텔레비전에 달린 안테나가 전부란다."

"하나 사시면 되잖아요. 캐슬록에 있는 웨스턴 오토에서 파는데."

그는 씩 웃었다.

"그거 좋은 생각이네! 교구 운영 회의 시간 때 집사님들한테 헌금으로 안테나를 사야겠다고 얘기해야겠다. 모리한테는「마이티 90 쇼」를 보여 주고 우리 부부는 화요일 저녁에「페티코트 정선」을 보고 싶다고 말이야. 그건 됐고, 제이미. 왜 그렇게 흥분했는지 얘기해 보려무나."

나는 반복해서 설명하는 번거로움을 덜고 싶어서 제이컵스 부인 쪽을 돌아보았다. 하지만 그녀는 조용히 사라지고 보이지 않았다. 그는 내 어깨를 잡고 톱질 모탕 쪽으로 데리고 갔다. 내 키로 간신히 그 위에 걸터앉을 만한 높이였다.

"콘 때문에 그러니?"

물론 그도 짐작했을 것이다. 어려움을 겪는 청년회 회원이 있으면 늘 그랬던 것처럼(골절상이 가장 일반적이었지만 바비 언더우드는 화상을 입었고 캐리 다우티는 딸아이의 머릿속을 기어 다니는 이를 보고 경악한 어머니 때문에 머리를 완전히 밀고 식초로 감는 굴욕을 감수해야 했다.) 그해 봄에는 목요일 저녁 예배가 끝날 때마다 다 같이 콘 형의 목소리를 돌려 달라는 기도를 드렸다. 하지만 부인뿐 아니라 제이컵스 목사님도 콘 형의 상태가 얼마나 심각한지, 형의 증상이 아주 고약한 세균처럼 우리 가족을 얼마나 괴롭히고 있는지는 모르고 있었다.

"아빠가 작년 여름에 하이럼 오일을 인수하셨거든요." 나는 다시 질질 짜기 시작했다. 어린애처럼 그러기 싫었지만 어쩔 도리가 없었다. "워낙 싸게 나와서 인수한 건데 겨울 동안 날이 따뜻해서 난방유 가격이 1갤런당 15센트로 떨어지는 바람에 전문의한테 진찰을 받을 여력이 안 된대요. 목사님도 우리 엄마 말투를 들으셨다면 누군가 하셨을 거예요. 그리고 아빠는 가끔 주머니에 손을 넣는데 왜 그런가 하면……"

하지만 입이 무거운 양키 본능이 이때 마침내 고개를 들자 나는 "왜 그러시는지 저도 잘 모르겠어요."라고 말문을 맺었다.

그는 주머니에서 다시 손수건을 꺼냈고 내가 눈물을 닦는 동안 작업대에 놓인 금속 상자를 집었다. 잘못 깎은 머리처럼 전선이 온 사방으로 삐죽삐죽 튀어나온 상자였다.

"이게 수신 증폭기야. 내가 발명한 거지. 그걸 텔레비전에 장착한 다음 전선 하나를 창밖으로 처마까지 끌고 올라가서 *저기다*…… 연결하면 돼." 그는 한쪽 구석을 가리켰다. 녹슨 발을 비죽 내민 갈퀴가 거꾸로 세워져 있었다. "제이컵스의 사제 안테나라고 할까."

"잘 될까요?"

"글쎄. 잘 될 것 같은데? 그런데 그게 성공하더라도 텔레비전 안테나의 시대는 조만간 끝이 날 거라고 본다. 10년만 지나면 텔레비전 신호가 전화선으로 수신돼서 채널이 세 개 이상으로 늘어날 거야. 1990년대나 그쯤 되면 위성에서 신호를 쏠 테고. SF처럼 들리겠지만 이미 개발된 기술이야."

그는 특유의 멍한 표정을 지었고 나는 생각했다. 우리 형 *이야기*

는 *까맣게 잊어버리셨군.* 하지만 그건 나의 착각이었다. 나에게 진정할 시간을 주기 위해서, 그리고 어쩌면 자기도 생각할 시간을 벌기 위해서 그런 이야기를 꺼낸 거였다.

"처음에는 사람들이 놀라워하다가 나중에는 그러려니 할 거야. 다들 그냥 '맞아, 이제는 전화선으로 텔레비전을 보지.' 아니면 '이제는 인공위성으로 텔레비전을 보지.' 이러고 말겠지만 그건 착각이지. 지금은 전기가 워낙 어디서나 볼 수 있는 흔한 게 돼서 다들 무시하는 경향이 있지만 전부 전기 덕분에 누릴 수 있는 혜택이거든. '방 안의 코끼리'라는 표현이 있잖니? 워낙 커서 못 본 척할 수 없는 건데, 방이 워낙 길면 심지어 코끼리도 못 본 척할 수 있다는 뜻이야."

"똥을 치워야 하는 때가 되면 못 본 척할 수 없겠죠."

내 말에 그는 껄껄대며 웃었고 나도 울어서 퉁퉁 부은 눈으로 따라 웃었다.

그는 창가로 가서 밖을 내다보았다. 손깍지를 껴서 뒷목에 대고 한참 동안 아무 말도 하지 않았다. 그러다 나를 돌아보며 말했다.

"오늘 밤에 콘을 목사관에서 만났으면 하는데. 네가 데려와 줄래?"

"그럴게요."

나는 다시 기도를 하려나 보다 생각하고 심드렁하게 대답했다. 기도를 해서 나쁠 건 없었지만 지금까지 콘 형을 위해 수없이 올린 기도는 아무 효과가 없었다.

* * *

  우리 부모님은 목사관에 다녀와도 좋다고 했다.(그날 저녁 내내 두 분이 서로 말을 거의 섞지 않았기 때문에 한 분씩 따로 물어보아야 했다.) 어깃장을 놓은 사람은 코니였다. 어쩌면 나부터가 확신이 없었기 때문에 설득을 하지 못한 것일 텐데 목사님에게 약속을 했으니 그 대로 포기할 수는 없었다. 나는 클레어 누나에게 도움을 청했다. 기도에 대한 믿음이 나보다 훨씬 강한 데다 누나만의 능력이 있기 때문이었다. 유일한 여자 형제라서 그랬겠지만 누나가 동그랗게 뜬 눈을 깜빡이며 부탁하면 거절할 수 있는 사람은 우리 4형제 중에서 가장 나이 차가 안 나는 앤디 형밖에 없었다.

  떠오르는 보름달에 그림자를 길게 드리우며 셋이서 9번 도로를 건너는데 콘 형(까만 머리와 호리호리한 체구의 소유자로 이제 막 열세 살이 되었고 앤디 형에게 물려받은 빛바랜 격자무늬 재킷을 입고 있었다.) 이 어디든 들고 다니는 메모지를 꺼내 들었다. 걸으면서 쓰다 보니 글씨가 비뚤배뚤했다. **이건 바보 같은 짓이야.**

  "그럴지도 모르지." 클레어 누나가 말했다. "그래도 쿠키를 먹을 수 있잖아. 제이컵스 부인이 항상 쿠키를 준비해 놓으니까."

  이제 다섯 살이 된 모리도 우리를 기다리고 있었다. 모리는 잠옷 바람으로 콘 형에게 달려들어서 품에 안겼다.

  "아직도 말 못 해?"

  형은 고개를 끄덕였다.

  "우리 아빠가 고쳐 주실 거야. 오후 내내 준비하셨거든." 모리는 그러더니 이번에는 우리 누나를 향해 팔을 벌렸다. "안아 줘, 클레어 누나. 안아 줘, 클레어-베어 누나. 그럼 뽀뽀해 줄게!"

누나는 웃으며 콘 형에게서 모리를 건네받았다.

제이컵스 목사는 빛바랜 청바지에 스웨터를 입고 창고에 있었다. 한쪽 구석에서 전기난로가 시뻘겋게 용을 쓰고 있는데도 안이 썰렁했다. 여러 가지 프로젝트로 바빠서 월동 준비를 하지 못한 모양이었다. 일시적으로 장님이 된 텔레비전은 이사할 때 쓰는 누비이불을 뒤집어쓰고 있었다.

제이컵스는 클레어 누나를 끌어안은 뒤 뺨에 입을 맞추고 콘 형과 악수했다. 형은 **다시 기도를 해 주실 건가 보네요**라고 적힌 메모지를 들어 보였다.

내가 보기에는 조금 버릇없는 말투였고, 찡그린 얼굴로 보았을 때 누나도 같은 생각인 듯했지만 제이컵스는 웃기만 했다.

"시간이 되면 기도도 드릴 수 있겠다만. 먼저 다른 걸 한번 시도해 보자." 그는 나를 돌아보았다. "하나님은 어떤 사람들을 도와주시지, 제이미?"

"스스로 돕는 사람들이요."

"그렇지."

그는 작업대로 가서 천으로 된 두툼한 벨트 아니면 세상에서 가장 얇은 전기담요 비슷하게 생긴 물건을 들고 왔다. 윗면에 슬라이드 스위치가 달린 하얀색의 조그만 플라스틱 상자에 코드가 대롱대롱 매달려 있었다. 제이컵스는 벨트를 들고 서서 심각한 표정으로 콘을 쳐다보았다.

"내가 작년 한 해 동안 틈틈이 만든 거다. 이름은 전기 신경 자극기고."

"이것도 목사님의 발명품이겠네요." 내가 말했다.

"그건 아니야. 전기로 통증을 줄이고 근육을 자극하겠다는 발상은 역사가 아주 오래됐거든. 예수님이 태어나기 60년 전에 스크리보니우스 라르구스*라는 로마의 의사는 전기뱀장어를 꽉 밟고 있으면 발과 다리의 통증이 완화된다는 사실을 발견했지."

"거짓말!"

클레어 누나는 반박하며 까르르 웃었다. 콘 형은 웃지 않았다. 천으로 된 벨트를 빨려 들어갈 듯이 바라보았다.

"진짜야. 하지만 이 장치는 내가 만든 소형 건전지를 쓴다는 점에서 다르지. 메인 주 중부에서 전기뱀장어는 구하기도 난감하고 그걸 목에 두르기는 더 난감하니까. 사제 전기 신경 자극기를 네 목에 걸려고 한다. 성대가 찢어지지 않았다는 르노 선생님의 진단이 맞을지 모르거든, 콘. 어쩌면 점프 시동을 걸어 주기만 하면 될지 몰라. 나는 한번 시험해 볼 의향이 있다만 너한테 달렸다. 어떻게 할래?"

콘 형은 고개를 끄덕였다. 나는 형의 눈빛에서 오랫동안 보지 못했던 것을 느꼈다. 희망을 느꼈다.

"이 장치를 청년회 예배 시간에는 왜 한 번도 보여 주지 않으셨어요?"

클레어 누나가 물었다. 거의 나무라는 투였다.

---

* 고대 로마 클로디우스 황제의 주치의. 전기가오리로 두통을 치료했다.

제이컵스는 놀란 한편으로 살짝 어색한 표정을 지었다.

"기독교적인 교훈과 어떤 식으로 연관을 지으면 좋을지 알 수 없어서 그랬던 것 같은데. 오늘 제이미가 찾아오기 전까지만 해도 앨 놀스한테 써 볼까 고민 중이었거든. 앨이 불의의 사고를 당한 거 알지?"

우리는 일제히 고개를 끄덕였다. 감자 선별기에 손가락이 잘린 사고 이야기였다.

"앨이 그러는데 손가락이 있는 것처럼 느껴지고 아프다지 뭐냐. 그리고 신경이 손상돼서 그 손을 움직이는 게 많이 불편해졌다고 하고. 아까도 얘기했다시피 나는 오래전부터 전기로 그런 증상을 치료할 수 있다는 사실을 알고 있었거든. 이제 콘, 네가 모르모트가 되어 주어야겠다."

"그러니까 운 좋게 마침 그런 장치가 있었다는 건가요?"

누나가 물었다. 그게 뭐가 중요한지 모르겠는데 그런 모양이었다. 적어도 누나가 보기에는.

제이컵스는 나무라는 눈빛으로 누나를 보며 말했다.

"믿음이 없는 사람들이 주님의 뜻을 표현할 때 우연이나 운이라는 단어를 쓰지, 클레어."

그 말에 누나는 얼굴을 붉히며 자기 운동화를 내려다보았다. 그새 콘 형은 메모지에 뭐라고 끼적여서 들어 보였다. **아플까요?**

"아닐 거다. 전류가 아주 약하거든. 사실 극소량이야. 혈압 측정기처럼 내 팔에 차 봤는데 저렸던 팔이나 다리가 풀릴 때 찌릿하는 정도였어. 아프면 손을 들어라. 그럼 당장 전류를 차단할게. 이제 목에 매 주마. 꼭 맞긴 해도 너무 조이지는 않으니까 숨 쉬는 데 아무 문제 없을 거다. 버클은 나일론이야. 그런 걸 쇠붙이로 만들면 안 되지."

그는 벨트를 콘 형의 목에 둘렀다. 두툼한 목도리 같았다. 형은 겁에 질린 표정으로 눈을 휘둥그레 떴지만 제이컵스가 준비됐느냐고 묻자 고개를 끄덕였다. 내 손가락에 와 닿는 클레어 누나의 손가락이 느껴졌다. 차가웠다. 나는 이제 제이컵스가 성공을 기원하는 기도를 할 줄 알았다. 어떻게 보면 기도를 한 셈이긴 했다. 허리를 숙이고 콘 형의 눈을 똑바로 쳐다보며 "기적을 기대해 보자."라고 했으니 말이다.

콘 형은 고개를 끄덕였다. 형이 침을 꿀꺽 삼키자 목에 두른 천이 올라갔다가 내려왔다.

"그래. 시작한다."

제이컵스 목사가 자극기에 달린 스위치를 움직이자 나지막이 웅웅거리는 소리가 들렸다. 콘 형의 머리가 움찔거렸다. 이쪽 입가가 실룩이더니 다음번에는 저쪽 입가가 실룩였다. 손가락이 급속도로 펄럭이기 시작했고 팔이 움찔거렸다.

"아프니?" 제이컵스가 물었다. 당장이라도 끌 수 있게 집게손가락을 스위치 위에 올려놓고 있었다. "아프면 손을 들어라."

콘 형은 고개를 저었다. 잠시 후, 자갈을 한입 가득 물고 이야기하는 듯한 목소리가 들렸다.

"아프지…… 않아요. *따뜻해요.*"

클레어 누나와 나는 흥분한 눈빛으로 서로 쳐다보았다. *내가 제대로 들은 거 맞나?* 그런 생각이 텔레파시처럼 강렬하게 우리 둘 사이를 오갔다. 누나는 이제 아플 정도로 세게 내 손을 쥐고 있었지만 그래도 상관없었다. 다시 제이컵스 쪽으로 고개를 돌려 보니 그가 미소를 짓고 있었다.

"무리하지 마라. 아직은. 내 시계로 2분 동안 벨트를 돌릴게. 단, 아프지 않은 한. 아프면 손을 들어라. 그럼 당장 끌 테니까."

콘 형은 손을 들지 않았지만 보이지 않는 피아노를 연주하는 것처럼 손가락을 계속 위아래로 움직였다. 윗입술이 몇 번 뒤집혀서 본의 아니게 으르렁거리는 표정이 나왔고, 눈꺼풀은 계속 퍼덕였다. 형이 귀에 거슬리는 그 걸걸한 목소리로 중간에 이렇게 말했다.

"이제…… 다시…… 말을 할 수 있어요!"

"쉿!"

제이컵스가 엄한 목소리로 나무랐다. 그는 당장이라도 기계를 끌 수 있도록 스위치 위에 집게손가락을 올려놓고, 째깍째깍 움직이는 손목시계 초침에 시선을 고정했다. 영원처럼 느껴지는 시간이 지났을 때 그가 스위치를 밀자 웅웅거리던 소리가 멎었다. 그는 버클을 풀고 우리 형의 머리 위로 벨트를 벗겼다. 콘 형은 당장 손으로 목을 만졌다. 살갗이 조금 벌게지기는 했지만 전류 때문에 그런 게 아니었다. 벨트에 눌려서 그런 거였다.

"자, 콘. 날 따라해 봐라. '우리 집 개는 벼룩이 있어, 벼룩한테 무릎을 물렸지.' 목이 아프면 당장 그만하고."

"우리 집 개는 *벼룩*이 있어." 콘 형은 귀에 거슬리는 이상한 목소리로 따라했다. "*벼룩한테 무릎을 물렸지.*" 그러고는 말했다. "침 좀 뱉어야겠어요."

"목이 아프니?"

"아뇨. 그냥 뱉어야겠어요."

클레어 누나가 창고 문을 열었다. 콘 형은 고개를 밖으로 내밀고 헛기침을 하더니 거의 문손잡이만 해 보이는 가래를 뱉었다. 형은 한 손으로 목을 주무르며 다시 우리 쪽으로 몸을 돌렸다.

"우리 집 개는 *벼룩*이 있어." 여전히 내가 기억하는 형의 목소리가 아니었지만 그래도 좀 전보다 또렷하고 인간에 가까웠다. 눈에 고인 눈물이 형의 뺨을 타고 흘러내리기 시작했다. "벼룩한테 무릎을 물렸지."

"당장은 그만하면 됐다. 이제 집에 들어가서 물 한 잔 마시자. 큼지막한 잔으로. 물 많이 마셔야 해. 오늘하고 내일까지. 목소리가 다시 정상으로 돌아올 때까지. 알았지?"

"네."

"집에 가거든 어머니와 아버지에게 인사 드려라. 그런 다음 방에 들어가서 무릎 꿇고 목소리를 돌려주셔서 감사하다고 기도 드려. 알았지?"

콘 형은 열심히 고개를 끄덕였다. 형은 목 놓아서 울고 있었는데 혼자만 그러는 게 아니었다. 클레어 누나와 나도 흐느끼고 있었다. 제이컵스 목사만 멀쩡했다. 너무 놀라서 눈물도 나오지 않았던 게 아니었을까 싶다.

놀라지 않은 사람은 팻시뿐이었다. 집 안으로 들어갔을 때 콘 형의 팔을 잡고 담담한 말투로 "착하기도 하지." 하고는 그만이었다.

모리가 우리 형을 끌어안았고 형도 뼈가 으스러질 정도로 세게 그 애를 끌어안았다. 팻시가 수돗물을 한 잔 받아 주자 형은 한 방울도 남김없이 마셨다. 고맙다고 인사했을 즈음에는 거의 원래 목소리에 가까워졌다.

"고맙긴, 뭘. 모리를 재울 시간이 훌쩍 지났네. 너희들도 이제 그만 집에 가야지." 그녀는 모리의 손을 잡고 계단 쪽으로 앞장서면서 뒤도 돌아보지 않은 채로 이렇게 덧붙였다. "너희 부모님께서 정말 기뻐하시겠다."

정말이지 그냥 기뻐하신 정도가 아니었다.

* * *

부모님은 여전히 침묵으로 일관하며 거실에서 《버지니안》을 보고 있었다. 두 분 사이에 흐르는 냉랭한 기운을 느낄 수 있었다. 앤디 형과 테리 형은 서로에게 뭐라고 투덜거리며 2층에서 쿵쾅거리고 있었다. 그러니까 평소와 다름없었다는 뜻이 되겠다. 어머니가 뜨다 만 아프간 담요를 무릎에 얹은 채 바구니에 담긴 실을 풀려고 그 위로 몸을 숙였을 때 콘 형이 말했다.

"다녀왔습니다, 엄마. 다녀왔습니다, 아빠."

아버지는 입을 떡 벌리고서 형을 빤히 쳐다보았다. 어머니는 한쪽 손으로는 바구니를, 다른 쪽 손으로는 뜨개바늘을 잡은 채 그대로 얼어붙었다. 어머니가 천천히 고개를 들고 물었다.

"방금 뭐라고……?"

"다녀왔다고요."

콘 형이 똑같은 인사를 반복했다.

어머니는 비명을 지르고 뜨개 바구니를 발로 차 가며 자리에서 벌떡 일어나 형을 세게 붙잡았다. 우리가 어렸을 때 잘못을 저지르면 어머니가 가끔 그렇게 붙잡고 흔든 적이 있었다. 하지만 그날 밤에는 형을 붙잡고 흔든 게 아니라 흐느껴 울면서 와락 끌어안았다. 무슨 일인가 싶어서 테리 형과 앤디 형이 쿵쾅쿵쾅 달려 내려오는 소리가 들렸다.

"다른 말도 해 봐!" 엄마는 울부짖었다. "꿈이 아니라는 걸 알 수 있게 다른 말도 해 봐!"

"그러면 안 되는……"

클레어 누나가 말문을 열었지만 콘 형이 말허리를 잘랐다. 이제는 그게 가능했다.

"사랑해요, 엄마. 사랑해요, 아빠."

아버지가 형의 어깨를 잡고 목을 뚫어져라 쳐다보았지만 아무것도 없었다. 빨간 자국도 이제는 사라지고 없었다.

"하나님, 감사합니다." 아버지가 말했다. "하나님, 감사합니다."

클레어 누나와 나는 서로 쳐다보았다. 이번에도 무슨 생각을 하는지 말로 설명할 필요가 없었다. 제이컵스 목사님한테도 고맙다고 해야 하는데.

우리가 처음에는 목을 아껴야 된다고 전하면서 물을 많이 마셔야 된다고 하자, 앤디 형이 부엌으로 달려가서 아버지가 쓰는 특대형 커피 잔(옆면에 캐나다 국기와 함께 '1영국 갤런의 카페인'이라고 적힌 잔)에 물을 가득 담아 왔다. 콘 형이 물을 마시는 동안 누나와 내가 번

갈아 가며 어떻게 된 영문인지 자세하게 설명했다. 콘 형도 한두 번 끼어들어서 벨트가 켜졌을 때 어떤 식으로 간질거렸는지 이야기했다. 형이 끼어들 때마다 누나가 입 다물고 있으라고 나무랐다.

"믿기지가 않는다."

엄마는 이 소리를 몇 번이고 반복했다. 콘 형에게서 눈을 떼지 못하는 것 같았다. 날개가 달린 천사로 둔갑해서 날아가 버릴까 봐 겁이라도 나는지 몇 번이고 형을 붙잡고 끌어안았다.

"교회에서 난방비를 부담하는지 모르겠다만 앞으로 제이컵스 목사님은 난방비 걱정할 필요가 없을 거다."

이야기가 끝났을 때 아버지가 말했다.

"다른 방법이 생각나겠지." 어머니는 멍하니 대꾸했다. "지금은 축하 파티를 열어야겠다. 테리, 클레어 생일 때 먹으려고 아껴 놓은 아이스크림 들고 와라. 콘의 목에도 좋을 거야. 너하고 앤디는 상을 차려. 다 먹어 치울 거니까 큰 그릇으로 꺼내. 그래도 괜찮지, 클레어?"

누나는 고개를 끄덕였다.

"생일보다 더 기쁜 날인걸요."

"저는 화장실 다녀올게요. 물을 하도 많이 마셨더니. 그런 다음 기도해야 해요. 목사님이 그렇게 하라고 하셨어요. 그러는 동안 잠깐 기다려 주세요."

콘 형은 2층으로 올라갔다. 앤디 형과 테리 형은 나폴리 아이스크림을 꺼내러 부엌으로 건너갔다.(우리는 그 아이스크림을 바닐-초코-딸기라고 불렀다. 그런 것까지 생각이 나다니 신기하다.) 어머니와 아버

지는 의자에 앉아서 멍하니 텔레비전을 바라보았다. 어머니가 더듬
더듬 한 손을 내밀자 아버지가 그럴 줄 알았다는 듯이 쳐다보지도
않고서 그 손을 잡았다. 그 광경에 나는 기뻤고 마음이 놓였다.

누군가가 내 손을 세게 잡아당겼다. 클레어 누나였다. 누나는 각
자의 몫을 놓고 크네, 작네, 옥신각신하는 앤디 형과 테리 형을 지나
서 부엌 뒷문 앞으로 나를 데려갔다. 그러고는 동그랗게 뜬 눈을 반
짝이며 나를 쳐다보았다.

"봤어?"

누나가 물었다. 그냥 물은 게 아니라 따져 묻는 투였다.

"뭘?"

"바보, 제이컵스 목사님 말이야! 내가 그 벨트를 청년회 예배 시
간에는 왜 한 번도 보여 주지 않았느냐고 물었을 때 목사님 얼굴을
봤느냐고."

"어…… 응…….."

"목사님 말로는 1년에 걸쳐서 만든 거라고 했지만 그 말이 사실
이라면 우리한테 보여 줬을 거야. 뭐든 만들면 보여 주잖아!"

그가 클레어 누나한테 허를 찔리기라도 한 것처럼 놀란 표정을
지었던 기억이 나지만(나도 허를 찔리면 그런 표정을 한두 번 지은 게 아
니었다.) 그래도……

"목사님이 거짓말을 했다는 거야?"

누나는 열심히 고개를 끄덕였다.

"응! 거짓말을 한 거야! 그리고 사모님도 알고 있었고! 내 생각을
알려 줄까? 내가 보기에는 너를 만난 직후에 그걸 만들기 시작한 것

같아. 전부터 막연하게 그림은 그려 놓았을지 몰라도 말이야. 생각해 놓은 전기 장치들이 워낙 많으니까 팝콘처럼 펑 하고 떠올릴 수 있겠지. 어제까지만 해도 아무것도 없었을걸?"

"맙소사, 누나, 그래도……"

누나는 내가 진흙탕에 빠져서 꺼내 주어야 하는 상황이라도 되는 것처럼 잡고 있던 내 손을 홱 잡아당겼다.

"그 집 식탁 봤지? 한 자리에 빈 접시랑 빈 잔이 그대로 놓여 있었잖아! 목사님이 저녁까지 굶어 가며 그걸 만든 거야. 손을 보니까 미친 듯이 매달린 모양이더라. 시뻘겋고 물집이 두 군데나 잡혔더라고."

"콘 형을 위해서 그렇게까지 하셨단 말이야?"

"그건 아니라고 봐."

누나의 시선은 내 눈을 떠날 줄 몰랐다.

"클레어! 제이미!" 어머니가 불렀다. "와서 아이스크림 먹어라!"

누나는 부엌 쪽으로 고개를 돌리지도 않았다.

"목사님은 청년회 회원들 중에 너를 맨 처음 만났고 너를 제일 좋아하시잖아. 널 위해서 만드신 거야, 제이미. 널 위해서."

그 말을 마친 누나는 어안이 벙벙해진 나를 장작더미 옆에 남겨 둔 채 부엌으로 들어갔다. 만약 클레어 누나가 좀 더 오랫동안 내 곁에 머물렀고 내가 놀라움을 극복할 기회가 있었다면 누나에게 내 직감을 전할 수 있었을지 모른다. 제이컵스 목사님도 우리만큼 놀라워했다고 말이다.

그는 그 장치가 효과가 있을 줄 몰랐던 것이다.

III
사고.
우리 어머니의 이야기.
충격적인 설교.
작별.

1965년 10월, 따뜻하고 구름 한 점 없었던 주중의 어느 날에 퍼트리셔 제이컵스는 부모님에게 결혼 선물로 받은 플리머스 벨베데레 앞좌석에 껌딱지 모리를 태우고 게이츠폴스에 있는 레드 앤드 화이트 마켓으로 향했다. 그 당시에 양키들이 쓰던 표현을 빌자면 "장보기를 하러" 나선 길이었다.

그 시각에 5킬로미터 멀리에서는 조지 바턴이라는 농부(읍내에서는 고독한 조지라고 불리는 일생 독신남)가 포드 F-100 픽업트럭 뒤편에 감자 캐는 기계를 매달고 집 앞 진입로를 나서고 있었다. 감자 캐는 기계를 매달고 낼 수 있는 최고 속도가 시속 30킬로미터였기 때문에 남쪽으로 가는 차량들이 쌩쌩 지나갈 수 있도록 계속 갓길로 달렸다. 고독한 조지는 남을 생각할 줄 아는 사람이었다. 훌륭한 농부였다. 좋은 이웃이자 교육청 위원이자 교회 집사였다. 그런가 하면 또 한편으로는 '간질 환자'였다. 그는 사람들 앞에서 당당하달 수 있는 목소리로 이렇게 밝히고 나서, 르노 선생님에게 발작을 '거의 완벽하게' 잡아 주는 알약을 처방받아서 먹고 있다고 얼른 덧붙이곤 했다. 그 말이 사실이었을지 몰라도 그날 그는 트럭 운전석에서 발작을 일으켰다.

"놓지 말고 다른 데서는 운전을 하면 안 되는 거였을 수도 있죠." 르노 선생님은 훗날 이렇게 말했다. "하지만 그런 일을 하는 사람에게 어떻게 운전을 포기하라고 할 수 있겠어요? 대신 핸들을 맡길 부인이나 다 키운 자식도 없는데. 그에게서 면허증을 빼앗는 건 가장 돈을 많이 준다는 사람에게 농장을 팔라고 하는 거나 다름없어요."

팻시와 모리가 레드 앤드 화이트 마켓으로 출발하고 얼마 지나지 않았을 때 아델 파커 부인이 시로이스 언덕을 내려왔다. 시로이스 언덕은 급회전의 위험한 커브길이 있어서 교통사고가 잦은 곳이었다. 그녀는 서행하고 있었기 때문에 비틀거리며 도로 한복판을 걸어오는 여자를 치기 직전에 간신히 차를 멈출 수 있었다. 여자는 뭔가가 뚝뚝 떨어지는 꾸러미를 한 팔로 끌어안고 있었다. 다른 쪽 팔이 팔꿈치에서 뜯겨 나가서 팻시 제이컵스는 한 팔밖에 쓸 수가 없었다. 얼굴에서는 피가 쏟아져 내리고 있었다. 두피 한 자락이 어깨 옆으로 늘어졌고 피로 떡이 진 머리칼이 가을 산들바람에 나부꼈다. 오른쪽 눈동자는 뺨 위에 들러붙었다. 미모가 한순간에 뜯겨 나갔다. 미모란 그렇게 부질없는 것이다.

"우리 아기 좀 살려 주세요!"

파커 부인이 낡은 스튜드베이커를 세우고 내리자 팻시가 외쳤다.

뭔가가 뚝뚝 떨어지는 꾸러미를 안은 피투성이 여인 너머로 거꾸로 뒤집힌 채 불길에 휩싸인 벨베데레가 보였다. 앞이 찌그러진 외로운 조지의 트럭이 차체를 맞대고 있었다. 조지는 운전대 위로 고꾸라져 있었다. 전복된 감자 캐는 기계가 트럭 뒤에서 9번 도로를 막고 있었다.

"우리 아기 좀 살려 주세요!"

팻시가 꾸러미를 내밀었다. 아델 파커는 꾸러미의 정체를 확인한 순간(아기가 아니라 얼굴이 뜯겨 나간 남자아이였다.) 눈을 가리고 비명을 질렀다. 그녀가 다시 눈을 떠 보니 팻시는 기도라도 하는 것처럼 무릎을 꿇고 있었다.

시로이스 언덕을 돌아 나온 또 다른 트럭이 하마터면 파커 부인의 스튜드베이커를 들이받을 뻔했다. 그날 조지를 도와서 감자를 캐기로 한 퍼널드 드웟이었다. 차에서 뛰어 내린 그는 파커 부인에게 달려가다가 대로에 무릎 꿇고 앉아 있는 여자를 보았다. 그러자 그 길로 충돌 현장을 향해 달려갔다.

"어디 가요?" 파커 부인이 외쳤다. "부인을 도와줘야죠! *이 여자를 도와줘야죠!*"

해병으로 태평양 전쟁에 참전했던 퍼널드는 그 당시에 끔찍한 광경을 여러 번 목격했기에 걸음을 멈추지 않고 그대로 달리며 어깨 너머로 외쳤다.

"부인하고 애는 가망 없어요. 조지는 아닐지 몰라도."

그의 예상은 틀리지 않았다. 팻시는 캐슬록에서 구급차가 도착하기 한참 전에 숨을 거두었지만 외로운 조지 바턴은 80대까지 살았다. 그리고 두 번 다시 운전대를 잡지 않았다.

여러분은 이렇게 물을 것이다.

"제이미 모턴, 당신이 그걸 어떻게 알아요? 그때 겨우 아홉 살밖에 안 됐으면서."

맞는 말이지만 나는 안다.

* * *

1976년에 우리 어머니는 비교적 젊은 나이에 난소암 진단을 받았다. 그 당시 나는 메인 대학교에 재학 중이었지만 어머니의 마지막을 함께할 생각에 2학년 2학기를 휴학했다. 모턴 집안의 아이들은 더 이상 아이들이 아니었지만(콘 형은 수평선 너머 하와이의 마우나 케아 천문대에서 펄서 행성을 연구하고 있었다.) 전부 다 집으로 내려와서 어머니와 시간을 보내고, 너무 상심이 커서 대처 능력을 상실한 아버지를 다독였다. 아버지는 집 안을 하릴없이 배회하거나 숲 속을 오랫동안 산책하는 것 말고는 아무것도 할 수가 없었다.

어머니가 집에서 마지막을 보내고 싶다고 분명하게 못을 박았기 때문에 우리는 번갈아 가며 식사와 약을 챙기고 곁을 지켰다. 어머니는 그 무렵 피골이 상접했고 모르핀으로 통증을 달랬다. 모르핀은 희한한 약물이다. 그걸 맞으면 난공불락의 벽(입이 무겁기로 유명한 양키의 본능)이 무너진다. 어머니가 돌아가시기 일주일 전쯤이었던 2월의 그날에는 내가 어머니의 곁을 지킬 차례였다. 눈발이 날리는 엄동설한이라 북풍이 집을 흔들고 처마 아래에서 비명을 질러

됐지만 집 안은 따뜻했다. 사실상 뜨끈뜨끈했다. 여러분도 기억하다 시피 우리 아버지는 난방유 사업을 했는데, 파산 위기에 직면했던 1960년대 중반의 그 끔찍했던 한 해 이후에 성공한 정도가 아니라 부자가 됐다.

"담요 좀 치워 줘, 터렌스." 어머니가 말했다. "왜 그렇게 많이 덮었니? 쪄 죽겠다."

"저 제이미예요, 엄마. 테리 형은 아버지랑 차고에 있어요."

내가 담요를 한 장 걷어내자 섬뜩하게 화사한 분홍색 잠옷이 드러났다. 안에 아무것도 들어 있지 않은 것처럼 보였다. 어머니의 머리카락(암 진단을 받았을 때 이미 백발이었다.)은 다 빠져서 거의 남지 않았다. 입술이 말려 올라가는 바람에 이가 대문짝만 하게 드러나서 말 비슷한 인상을 풍겼다. 달라지지 않은 곳은 눈뿐이었다. 눈만큼은 여전히 젊고 가슴 저미는 호기심으로 충만했다. *내가 왜 이러는 거니?*

"제이미, 제이미, 제이미라고 부른다는 게 엉뚱한 이름이 나왔네. 약 하나만 줄래? 오늘따라 통증이 심하네. 이렇게 아픈 적이 없었는데."

"15분 있다가 드릴게요, 엄마."

원래는 두 시간 있다가 드려야 했지만 이렇게 된 마당에 무슨 차이가 있을까 싶었다. 약을 한꺼번에 몽땅 드리자는 클레어 누나의 제안을 듣고 앤디 형은 충격을 받았다. 우리들 중에서 제법 엄격했던 종교적인 가르침을 그때까지 고수한 사람은 앤디 형뿐이었다.

"엄마를 지옥으로 보낼 참이야?" 형은 이렇게 물었다.

"우리가 드리는 거니까 엄마는 지옥에 가지 않을 거야." 누나가
말했다. 내가 보기에는 논리적으로 맞는 얘기였다. "엄마는 알지도
못하실 테고." 나는 그 뒤로 이어진 말을 듣고 하마터면 가슴이 찢
어질 뻔했다. 어머니가 입버릇처럼 하시던 말이었던 것이다. "이제
는 천지 분간이 안 되실 거 아냐."

"그런 짓 하지도 않을 거면서."

"맞아." 누나는 한숨을 쉬었다. 그 무렵에 누나는 서른을 목전에
두고 있었고 그 어느 때보다 아름다웠다. 드디어 사랑하는 사람을
만나서 그런 걸까? 만약 그런 거였다면 그보다 더 얄궂을 수가 없었
다. "난 그럴 만한 용기도 없지. 엄마의 고통을 지켜볼 용기라면 모
를까."

"천국에 가시면 고통도 한낱 환영이 될 거야."

그러면 된 거 아니냐는 듯이 앤디 형이 말했다. 아마 형은 진심으
로 그렇게 생각했을 것이다.

* * *

으르렁거리는 바람에 한 장뿐인 침실의 낡은 유리창이 덜컹거렸
고 어머니가 말했다.

"나는 이제 너무 말랐어. 너무 말라 버렸어. 결혼했을 때만 해도
예쁘다고 다들 그랬는데 로라 매켄지는 이제 너무 말라 버렸어."

슬픔과 고통으로 어머니의 입술이 울상을 짓는 피에로처럼 일그
러졌다.

테리 형과 교대하려면 세 시간이 남았다. 중간에 어머니가 주무실 수도 있지만 지금은 깨어 있으니 스스로 갉아먹고 있는 육신이 아니라 다른 데로 어떻게든 어머니의 관심을 돌리고 싶었다. 어쩌다 보니 찰스 제이컵스가 생각났을 뿐, 다른 뭐든 될 수 있었다. 나는 그가 할로를 떠나서 어디로 갔을 것 같으냐고 어머니에게 물었다.

"아, 그때 끔찍했지. 부인이랑 아이가 끔찍한 사고를 당했지 뭐냐."

"그러게요. 저도 알아요."

임종을 앞둔 어머니는 약에 취해서 몽롱한 눈빛으로 나를 무시하듯 쳐다보았다.

"너는 몰라. 너는 모르지. 어느 누구의 잘못도 아니었기 때문에 끔찍한 거야. 분명 조지 바턴의 잘못은 아니었지. 발작이 난 걸 어쩌겠니."

어머니는 그러고 나서 내가 좀 전에 여러분에게 한 이야기를 들려주었다. 죽어 가던 여자의 모습이 머릿속에서 지워지지 않는다고 아델 파커에게 직접 들었다고 했다.

"나는 뭐가 잊히지 않는가 하면, 목사님이 피바디에서 질렀던 비명이야. 사람이 그런 소리를 낼 수 있을 줄 몰랐거든."

* * *

퍼널드의 아내인 도린 드윗이 어머니에게 전화해서 소식을 전했다. 그녀는 로라 모턴에게 가장 먼저 연락할 이유가 있었다.

"부인이 목사님한테 소식을 전해 주어야겠어요."

우리 어머니로서는 경악할 일이었다.

"어머, 안 돼요! 난 못 해요!"

"어쩔 수 없어요." 도린은 침착하게 말했다. "전화로 전할 소식이 아닌데 늙은 까마귀 같은 마이라 해링턴 말고는 부인이 제일 가까운 데 살잖아요."

모르핀 때문에 말문이 터진 어머니는 이렇게 말했다.

"용기를 내서 대문을 나서자마자 오줌이 마렵지 뭐냐. 결국 다시 들어가서 뒷간으로 달려갔지."

어머니는 언덕 내리막길을 걷고 9번 도로를 건너서 목사관으로 찾아갔다. 말은 하지 않았지만 그때까지 살면서 거기까지 가는 길이 그렇게 멀게 느껴진 적은 아마 처음이었을 것이다. 어머니는 문을 두드렸지만 안에서 라디오 소리가 들리는데도 그는 나오지 않았다.

"무슨 수로 노크 소리를 들을 수 있었겠니?" 어머니는 나를 옆에 앉혀 두고 천장에 대고 물었다. "내가 손마디로 문을 건드릴락 말락 했으니 말이다."

두 번째에는 좀 더 세게 문을 두드렸다. 제이컵스가 문을 열고 방충망 사이로 어머니를 쳐다보았다. 한 손에 책을 들고 있었는데, 어머니는 그 오랜 세월이 지난 지금까지 제목을 기억했다. 『양성자와 중성자: 전기의 신비로운 세계』.

"아, 로라. 괜찮으세요? 얼굴에 핏기가 하나도 없네요. 들어오세요, 들어오세요."

어머니는 들어갔다. 제이컵스는 왜 그러느냐고 물었다.

"끔찍한 사고가 벌어졌어요." 어머니가 말했다.

그는 한층 걱정하는 표정을 지었다.

"딕한테요 아니면 아이들한테요? 제가 건너가 볼까요? 앉아요, 로라. 금방이라도 기절할 것 같아요."

"우리 식구들은 다 괜찮아요. 저기…… 찰스. 팻시예요. 그리고 모리도."

제이컵스는 큼지막한 책을 현관 테이블에 조심스럽게 내려놓았다. 어머니는 그때 제목을 보았을 텐데, 그랬으니 기억할 만도 했다. 그런 상황에서는 모든 게 눈에 들어오고 기억에 남는 법이다. 나도 경험해 봐서 안다. 몰랐으면 좋겠지만.

"얼마나 심하게 다쳤답니까?" 그는 그러고는 어머니가 미처 대답을 하기도 전에 다시 물었다. "세인트스티븐스에 있나요? 그렇겠죠? 제일 가까운 병원이 거기니까. 부인의 스테이션왜건을 타고 가도 될까요?"

세인트스티븐스는 캐슬록에 있는 병원이었지만 물론 두 사람은 그곳으로 옮겨지지 않았다.

"찰스, 충격적인 소식이 기다리고 있으니까 마음 단단히 잡수셔야 해요."

그는 어머니의 어깨를 잡았다. 어머니의 말로는 아프지 않게 살짝 잡았는데 어머니의 얼굴을 쳐다보는 눈빛은 이글거렸다고 했다.

"얼마나 심한데요? 로라, 두 사람이 얼마나 심하게 다쳤는데요?"

우리 어머니는 울음을 터뜨렸다.

"죽었어요, 찰스. 어쩌면 좋아요."

그는 어머니의 어깨를 놓고 팔을 옆으로 떨어뜨렸다.

"아뇨, 그럴 리 없어요."

단순한 사실을 이야기하는 말투였다.

("내가 거기까지 차를 몰고 갔었어야 하는 건데." 어머니가 말했다. "스테이션왜건을 몰고 갔었어야 하는 건데. 생각이 짧아서 그냥 갔지 뭐니.")

"그럴 리 없어요." 제이컵스는 똑같은 말을 반복했다. 그는 고개를 돌려서 벽에 이마를 댔다. "아니에요." 그러고는 근처에 걸려 있던 어린 양을 안고 있는 예수님의 그림이 흔들릴 정도로 세게 이마로 벽을 박았다. "아니에요."

그가 다시 이마로 벽을 박자 그림이 떨어졌다.

어머니는 그의 팔을 잡았다. 팔이 힘없이 축 늘어졌다.

"찰스, 그러지 마요." 그런 다음 상대가 다 큰 어른이 아니라 어머니의 아이라도 되는 것처럼 달랬다. "그러지 마요. 착하지."

"아니에요." 그는 다시 이마로 벽을 박았다. "아니에요!" 또 한 번 박았다. "*아니라고요!*"

이번에는 어머니가 그의 두 손을 잡고 멀찌감치 끌어냈다.

"그만해요! 당장 멈춰요!"

그는 멍한 눈빛으로 어머니를 바라보았다. 선명한 붉은색 자국이 이마 위로 도드라졌다.

("그 절망적인 표정이라니." 십수 년이 지난 지금, 임종을 앞둔 어머니가 말했다. "보고 있기 힘들었지만 별수 없었지. 한번 시작했으면 끝을 내야 하는 일이었으니까.")

"저랑 같이 우리 집으로 가요." 어머니가 제이컵스에게 말했다. "가서 딕이 마시는 위스키 한 잔 드릴게요. 뭐라도 드셔야 하는데 여기는 그런 게 있을 턱이 없으니까……"

그는 웃음을 터뜨렸다. 충격적인 반응이었다.

"……그런 다음 게이츠폴스로 모셔다 드릴게요. 두 사람, 지금 피바디에 있대요."

"피바디요?"

어머니는 이 말뜻이 그의 머릿속으로 접수될 때까지 기다렸다. 그도 피바디가 어떤 곳인지 알았다. 그때까지 제이컵스 목사가 주관한 장례식만 해도 수십 번이었다.

"팻시가 죽었을 리 없어요." 그는 끈기 있게 가르치는 말투로 이렇게 말했다. "오늘이 수요일이잖아요. 수요일은 모리가 스파게티 왕자의 날이라고 부르는 요일이에요."

"같이 가요, 찰스."

어머니는 그의 손을 잡고 현관문을 지나서 화창한 가을 햇살 속으로 끌어냈다. 그는 그날 아침에 아내와 함께 눈을 떴고 아들과 마주 보고 앉아서 아침을 먹었다. 그들은 남들처럼 이런저런 대화를 나누었다. 우리는 절대 모른다. 어느 날이라도 당장 쓰러질 수 있는데 우리는 그걸 절대 모른다.

9번 도로(햇볕이 내리쪼였고 고요했고 평소처럼 오가는 차량이 거의 없었다.)에 다다르자 그는 개처럼 고개를 모로 꼬고 사이렌 소리가 들리는 시로이스 언덕 쪽을 돌아보았다. 지평선 위로 연기가 번졌다. 그는 우리 어머니를 쳐다보았다.

"모리도요? 확실한가요?"

"가요, 찰리."("내가 목사님을 찰리라고 부른 건 그때가 처음이

자 마지막이었다." 어머니는 내게 그렇게 말했다.) "길바닥에서 이
러지 말고 가요."

* * *

두 사람은 우리 집의 낡은 포드 스테이션왜건을 타고 캐슬록을
경유해서 게이츠폴스로 갔다. 캐슬록을 경유하면 거리가 아무리 못
해도 30킬로미터는 늘어나는데 그 무렵 우리 어머니는 충격이 어느
정도 가라앉은 다음이었기 때문에 이성적으로 판단을 내릴 수 있었
다. 몇십 킬로미터를 뱅 돌아가는 한이 있더라도 절대 사고 현장은
지나갈 수 없었다.

피바디 장례식장은 그랜드 가에 있었다. 회색 캐딜락 영구차가 이
미 진입로에서 대기하고 있었고 차량 몇 대가 길가에 주차되어 있
었다. 그중 한 대가 레지 켈턴의 뷰익이었다. 옆면에 **모턴 오일**이라
고 적힌 배달용 트럭을 보고 어머니는 엄청난 부담감을 덜었다.

어머니가 어린애처럼 고분고분해진 제이컵스 목사님을 데리고
걸어가는 동안 아버지와 켈턴 씨가 밖으로 나왔다. 그는 단풍이 절
정에 도달하려면 얼마나 남았는지 가늠이라도 하려는 사람처럼 위
를 보고 걸었다.

아버지가 제이컵스를 끌어안았지만 그는 아무 반응도 보이지 않
았다. 손을 내린 채 가만히 서서 나뭇잎만 올려다볼 따름이었다.

"찰리, 정말 안타깝게 생각합니다." 켈턴이 굵은 목소리로 나지막
이 웅얼거렸다. "모두 같은 마음이에요."

그들이 그를 데리고 너무 달짝지근한 꽃 냄새가 나는 안으로 들어갔다. 속삭임에 가까울 정도로 나지막한데 왠지 모르게 섬뜩하게 느껴지는 오르간 연주 소리가 천장에 달린 스피커에서 흘러나왔다. 웨스트할로의 모든 주민들이 '할무니'라고 부르는 마이라 해링턴이 이미 와 있었다. 도린이 우리 어머니에게 전화했을 때 공용선으로 엿들은 모양이었다. 엿듣는 것이 그녀의 취미 생활이었다. 그녀는 로비의 소파에 앉아 있다가 산만 한 몸을 일으켜서 그 어마어마한 가슴으로 제이컵스 목사님을 끌어안았다.

"사랑스러운 부인과 귀여운 아드님이 그렇게 되다니!" 그녀는 특유의 높고 가냘픈 목소리로 외쳤다. 어머니는 아버지를 쳐다보았고 두 분 다 당황해서 움찔했다. "그래도 이제 천국으로 갔을 거예요! 그 생각을 하면 위로가 될 거예요! 어린 양의 보혈로 구원을 받아서 영원히 그 품에 안겼다고 생각하면!"

할무니의 뺨을 타고 눈물이 흐르자 두껍게 바른 분홍색 파우더 사이로 줄이 갔다.

제이컵스 목사님은 가만히 안겨 있다가 1~2분 정도 뒤에(어머니는 "그쯤 되니까 나도 그 어마어마한 젖통이에 목사님이 숨 막혀 죽기 전에는 놓아주지 않겠구나 하는 생각이 들지 뭐니."라고 말했다.) 그녀를 밀쳐냈다. 아프지 않게, 하지만 단호하게 밀쳐냈다. 그러고는 우리 아버지와 켈턴 씨를 돌아보며 말했다.

"이제 두 사람을 보았으면 하는데요."

"아뇨, 찰리, 아직은 안 돼요." 켈턴 씨가 말했다. "조금만 기다리세요. 피바디 씨가 깔끔하게 단장한 다음……"

제이컵스는 어떤 할머니가 마호가니 관에 누워서 마지막 대면을 기다리는 안치실을 가로질러서 뒤편으로 복도를 걸어갔다. 그는 어디로 가면 되는지 알았다. 어느 누구보다 잘 알았다.

아버지와 쿀턴 씨가 허둥지둥 그를 따라갔다. 우리 어머니는 의자에 주저앉았고 할무니는 구름처럼 새하얀 머리 아래로 눈을 반짝이며 어머니의 맞은편에 앉았다. 그녀는 당시 팔순의 노인이었는데 수십 명 되는 손자나 증손자 들이 찾아왔을 때가 아닌 이상 극적이거나 충격적인 소식을 들어야 정신을 반짝 차렸다.

"저이가 어떻게 받아들였나 모르겠네." 그녀는 들으라는 듯이 중얼거렸다. "자네가 같이 무릎을 맞대고 기도했나?"

"나중에요, 마이라. 피곤해 죽겠어요. 지금은 눈을 감고 잠깐 쉬고 싶은 생각뿐이에요."

하지만 어머니는 쉴 수 없었다. 바로 그때 염습실이 있는 장례식장 뒤편에서 비명이 들렸던 것이다.

"오늘 밖에서 부는 바람 소리 비슷했어, 제이미. 그보다 100배 더 소름 끼치기는 했지만." 마침내 어머니는 천장에서 시선을 거두었다. 나는 어머니와 눈을 마주치기 싫었다. 어머니의 눈빛 속에서 죽음의 그림자가 느껴져서 싫었다. "처음에는 아무 말도 없이 밴시*의 울음소리만 들렸지. 나는 끝까지 그랬으면 좋겠다고 생각했지만 그럴 턱이 있나. '얼굴은요?' 이렇게 울부짖더구나. '우리 아들 얼굴은 어디 갔나요?'"

---

* 구슬픈 울음소리로 가족 중에 죽을 사람이 있다는 것을 알린다는 여자 유령.

* * *

누가 장례 예배를 주관할 것인가? 생각하면 심란한 문제였다.(이 발사의 머리를 누가 자르느냐 하는 문제처럼.) 나는 나중에 소식을 전해 들었지만 장례식장에 가지는 못했다. 어머니가 당신이랑 아버지, 클레어 누나, 콘 형만 갈 수 있다고 딱 잘라서 말했기 때문이었다. 나머지 셋은 정신적으로 충격을 받을 수 있으니(장례식장 염습실에서 흘러나왔던 그 소름 끼치는 비명을 염두에 두고 한 말일 수도 있었다.) 앤디 형이 남아서 테리 형과 나를 책임지기로 했다. 나로서는 쌍수 들고 환영할 만한 결정이 아니었다. 앤디 형은 특히 부모님이 안 계시면 가끔 못된 망나니로 돌변했다. 세례까지 받은 신자가 인디언처럼 팔을 잡고 비틀거나 머리를 잡고 주먹으로 눌러서 비비는 것을 좋아했다. 너무 세게 그럴 때면 별이 보일 지경이었다.

팻시와 모리의 합동 장례식이 열린 토요일에는 그런 고문이 벌어지지 않았다. 앤디 형은 우리더러 부모님이 저녁때까지 오지 않으면 인스턴트 식품을 데워 주겠다고 했다. 그때까지 조용히 텔레비전이나 보라고 했다. 그러고는 2층으로 올라가서 내려오지 않았다. 가끔 심술을 부리고 대장질을 할 때가 있긴 했어도 앤디 형 역시 우리처럼 껌딱지 모리를 좋아했고 팻시를 짝사랑했다.(우리도 마찬가지였지만…… 콘 형은 예나 지금이나 여자에 관심이 없었다.) 2층에 올라가서 기도를 했을 수도 있고(사도 마태도 골방에 들어가서 문을 닫으라고 하지 않았던가.) 그냥 가만히 앉아서 이 사태를 이해하려고 애를 썼을 수도 있다. 두 사람의 죽음으로 형의 믿음이 와르르 무너지지는

않았지만(죽을 때까지 보수적인 기독교도였다.) 심하게 흔들린 것만큼
은 사실이었다. 나의 믿음도 두 사람의 죽음으로 무너지지는 않았
다. 나의 믿음을 무너뜨린 주범은 충격적인 설교 사건이었다.

게이츠폴스 회중교회의 데이비드 토머스 목사님이 우리 교회에
서 팻시와 모리의 추모사를 낭독했을 때 의아하게 생각한 사람은
아무도 없었다. 우리 아버지도 얘기했다시피 "회중교회와 감리교회
는 일말의 차이점도 없기" 때문이었다.

하지만 제이컵스가 윌로 그로브 공동묘지에서 열린 추도예배를
스티븐 기븐스에게 맡겼을 때는 다들 의아해했다. 기븐스는 실로교
회의 목회자(자기 스스로 목사가 아니라 목회자라고 했다.)였다. 그 교
회 신도들은 아이들이 사소한 잘못을 저지르더라도 부모가 매로 가
르쳐야 하며("여러분이 그리스도의 교사가 되어야 합니다."라고 했다.) 젖
먹이들까지 36시간 동안 금식해야 한다고 주장했던 프랭크 웨스턴
스탠퍼드라는 종말론자의 교리를 아직까지 철석같이 믿고 따랐다.

실로교회는 스탠퍼드 사후에 많이 달라졌지만(그래서 요즘은 여타
의 개신교 교회와 별반 다를 게 없지만) 1965년에는 해묵은 낭설이 끈
질기게 따라다녔다. 신도들이 희한하게 옷을 입고 다니는 데다 지
구의 종말이 머지않았다고 공표했으니 더욱 그럴 수밖에 없었다.
그런데 알고 보니 우리 교회의 찰스 제이컵스와 그 교회의 스티븐
기븐스는 몇 년 동안 캐슬록에서 커피를 마시며 친목을 다진 친구
지간이었다. 충격적인 설교 사건 이후에 읍내에서는 제이컵스 목사
님이 "실로교회에 전염됐다"고 말하는 사람들도 있었다. 어쩌면 그
랬을 수도 있지만 어머니와 아버지에 따르면 기븐스는 차분하고 편

안하며 격식에 맞게 추도예배를 집전했다고 했다.(두 분보다 더 믿을
수 있는 콘 형과 클레어 누나의 의견도 동일했다.)

"종말론은 단 한 번도 들먹이지 않았어."

클레어 누나가 말했다. 감청색 원피스(검정색에 가장 가까운 옷이었
다.)에 어른처럼 스타킹을 신은 그날 저녁 누나의 모습이 얼마나 아
름다웠는지 나는 지금도 기억한다. 저녁을 거의 입에 대지 않고 접
시에 담긴 음식을 이리저리 뒤적이기만 해서 개밥처럼 만들었던 것
도 기억한다.

"기브스가 어느 구절을 읽었어?" 앤디 형이 물었다.

"고린도전서." 엄마가 대답했다. "거울로 보는 것같이 희미하다는
구절 알지?"

"현명한 선택이네요." 형은 잘난 체했다.

"목사님은 어땠어요?" 내가 엄마에게 물었다. "제이컵스 목사님
말이에요."

"제이컵스 목사님은…… 조용했어." 엄마는 심란한 표정으로 대
답했다. "묵상하느라 그랬겠지."

"아니에요." 접시를 치우면서 클레어 누나가 말했다. "충격으로
멍해서 그랬던 거예요. 맨 앞에 놓인 접이의자에 그냥 앉아 있었고,
기브스 씨가 맨 먼저 흙을 뿌리고 자기랑 같이 축도를 하지 않겠느
냐고 물었을 때도 손을 무릎 사이에 끼운 채 고개를 숙이고 가만히
앉아 있기만 했잖아요." 누나는 울음을 터뜨렸다. "나는 지금도 악
몽처럼 느껴져요."

"그래도 결국에는 일어나서 흙을 뿌렸잖니." 아버지가 한쪽 팔로

누나의 어깨를 감싸 안으며 말했다. "나중에는 양쪽 관에다 흙을 한 줌씩 뿌렸잖아. 안 그러니, 클레어-베어?"

"맞아요." 누나는 더욱 서럽게 울었다. "그러고 나니까 그 실로교회 사람이 목사님 손을 잡고 그만하라고 말리다시피 했죠."

콘 형은 아직까지 아무 말도 하지 않았다. 이제 보니 식탁에 앉아 있지도 않고 타이어 그네가 매달려 있는 뒷마당의 느릅나무 옆에 서 있었다. 양손으로 나무를 움켜쥐고 어깨를 떨며 고개를 나무껍질에 대고 있었다.

하지만 형은 클레어 누나와 다르게 저녁을 먹었다. 나는 기억한다. 접시에 담긴 음식을 다 먹어 치우고 씩씩하고 분명하게 한 그릇 더 달라고 했다.

* * *

이후로 3주 동안 집사단이 외부 설교사를 초빙했지만 기븐스 목회자는 후보 명단에 없었다. 윌로 그로브 공동묘지에서 차분하고 편안하며 격식에 맞게 예배를 집도했더라도 아무도 그에게 이야기를 꺼내지 않았을 것이다. 양키들은 선천적으로 그리고 후천적으로 입이 무거운 동시에 종교와 인종에 대해서 스스럼없이 편견을 갖는 성향이 있다. 3년 뒤에 게이츠폴스 고등학교에서는 한 선생님이 다른 선생님에게 화가 난 목소리로 이렇게 말한 적도 있었다.

"아니, 왜 킹 목사를 쏘겠다는 거야? 훌륭한 검둥이잖아!"

사고 이후에 청년회 예배는 취소되었다. 우리 모두 좋아했던 것 같다. 심지어 성경 구절 찾기 대왕이라고 불렸던 앤디 형조차 그랬다. 제이컵스 목사님이 우리를 대면할 준비가 되어 있지 않았던 것처럼 우리도 그를 대면할 자신이 없었다. 클레어 누나와 다른 여학생들이 모리와 함께 놀았던 장난감 코너도 쳐다보기 끔찍할 것이었다. 게다가 찬양 시간에 누가 피아노 반주를 하겠는가? 읍내에 대타가 있었겠지만 찰스 제이컵스는 누군가에게 부탁할 만한 상황이 아니었고, 「주 사랑하는 자 다 찬송할 때에」처럼 신나는 곡에 맞춰서 몸을 흔들 때마다 덩달아 흔들리던 팻시의 금발이 없으면 다를 수밖에 없었다. 그녀의 금발은 이제 땅속에 묻혀 새틴 베개 위에서 바스러져 가고 있었다.

11월의 어느 우중충한 오후에 테리와 내가 우리 집 유리창에 스프레이 스텐실로 칠면조와 풍요의 뿔을 그리고 있었을 때 전화벨이 한 번은 길게, 한 번은 짧게 울렸다. 우리 집 전화였다. 전화를 받은 엄마가 간단하게 통화를 하더니 수화기를 내려놓고 테리 형과 나를 보며 웃었다.

"제이컵스 목사님 전화였어. 돌아오는 일요일에 추수감사절 설교를 하시겠대. 잘됐지?"

* * *

몇 년 뒤, 내가 고등학생이고 매사추세츠 대학교에 다니던 클레어 누나가 방학을 맞아서 집으로 내려왔을 때, 누나에게 왜 아무도 그를 말리지 않았느냐고 물은 적이 있었다. 우리는 뒷마당에서 낡은 타이어 그네를 밀고 있었다. 누나는 누구를 말하는 거냐고 물을 필요도 없었다. 그날의 설교는 우리 모두에게 상처를 남겼으니까.

"워낙 *논리정연하게* 들렸으니까. 워낙 *정상적*으로 말이야. 목사님이 사실은 무슨 소리를 하고 있는지 알아차렸을 때는 이미 엎질러진 물이었고."

그럴지도 모르지만 거의 막판에 이르렀을 때 레지 켈턴과 로이 이스터브룩이 중단시키려고 했던 기억이 났다. 그리고 나는 설교가 시작되기 전부터 이상한 낌새를 느꼈던 것이, 제이컵스는 그날의 말씀을 봉독한 뒤에 평소와 다르게 '주님의 성스러운 말씀을 축복하소서.'라고 하지 않았다. 내가 그를 만난 날에도, 전기의 힘으로 평화의 호수를 건넌 예수님의 인형을 보여 주었을 때도 절대 그 말을 빼먹은 적이 없었는데 말이다.

충격적인 설교 사건이 있었던 날, 그가 선택한 구절은 기븐스 목회자가 하나는 크고 하나는 작은 윌로 그로브 묘지의 쌍둥이 무덤 앞에서 낭송했던 고린도전서 13장의 같은 구절이었다. "우리가 부분적으로 알고 부분적으로 예언하니 온전한 것이 올 때에는 부분적으로 하던 것이 폐하리라. 내가 어렸을 때에는 말하는 것이 어린아이와 같고 깨닫는 것이 어린아이와 같고 생각하는 것이 어린아이와 같다가 장성한 사람이 되어서는 어린아이의 일을 버렸노라. 우리가 이제는 거울로 보는 것같이 희미하나 그때에는 얼굴과 얼굴을 대하여 볼 것이요, 이제는 내가 부분적으로 아나 그때에는 주께서 나를 아신 것 같이 내가 온전히 알리라."

그는 설교단에 놓인 큼지막한 성서를 덮었다. 세게 덮지는 않았지만 우리 모두 쿵 하는 소리를 들었다. 그날 웨스트할로 감리교회는 꽉 차서 빈자리가 하나도 없었지만 기침 소리조차 들리지 않을 만큼 고요했다.

마이라 해링턴(할무니)이 맨 앞줄에 앉아 있었다. 내 쪽으로 등을 보이고 있지만 늘어진 살로 반쯤 덮여 있어도 탐욕스럽게 반짝이고 있을 누르스름한 눈동자가 그려졌다. 우리 가족은 늘 그렇듯 세 번째 줄에 앉았다. 엄마의 얼굴은 침착했지만 흰 장갑을 낀 손으로 성서를 어찌나 세게 움켜쥐고 있는지 책이 U자로 휠 정도였다. 클레어 누나는 립스틱을 잘근잘근 씹어 먹었다. 성서 봉독이 끝나고 이후 할로에서 끔찍한 설교 사건으로 불린 그 일이 벌어지기 전까지 정적이 흐른 시간이 5초, 길어야 10초를 넘지 않았을 텐데 내게는 영원처럼 느껴졌다. 그는 가장자리에 금박을 바른 큼지막한 설교단 성서 위로 고개를 숙였다. 그러다 마침내 고개를 들고 차분하고 침착한 얼굴을 보였을 때 희미한 안도의 한숨이 신도들 사이로 물결처럼 번졌다.

"저는 그동안 괴롭고 힘든 시간을 보냈습니다. 굳이 말씀드릴 필요가 없겠죠. 우리는 속속들이 알고 지내는 긴밀한 공동체니까요. 여러분은 물심양면으로 저를 도와주셨고 그 은혜는 평생 잊지 않을 겁니다. 특히 다정하고 조심스럽게 가슴 아픈 소식을 전해 주신 로라 모턴 부인, 감사합니다."

그는 어머니를 향해 고개를 숙였다. 어머니는 웃는 얼굴로 따라서 고개를 숙이고 흰 장갑을 낀 한쪽 손을 들어서 눈물을 닦았다.

"저는 가슴 아픈 사건이 있었던 그날부터 오늘 아침까지 심사숙고와 연구를 거듭했습니다. 여기에 *기도*라는 단어까지 포함해야 마땅하겠지만 몇 번이고 무릎을 꿇어도 주님의 존재를 느낄 수 없었기에 심사숙고와 연구를 거듭하는 수밖에 없었죠."

신도석은 고요했다. 모든 시선이 그에게로 향했다.

"《뉴욕 타임스》 기사를 검색하려고 게이츠폴스 도서관에 갔는데 철해 놓은 신문이 《위클리 엔터프라이즈》밖에 없기에 캐슬록으로 가 보니, 마이크로필름으로 보관되어 있더군요. '찾으라 그러면 찾을 것이요.' 사도 마태가 한 말이 참으로 정확하지 않습니까?"

몇 명이 나지막한 웃음으로 화답했지만 웃음소리는 이내 잦아들었다.

"날마다 찾아가서 머리가 아플 때까지 마이크로필름을 보았는데 거기서 알게 된 몇 가지 사실을 여러분에게 말씀드리려고 합니다."

그는 검은색 양복 재킷에서 색인 카드를 몇 장 꺼냈다.

"작년 6월에 소규모 토네이도가 오클라호마 주의 메이라는 마을을 세 차례 관통했습니다. 재산 피해는 있었지만 인명 피해는 없었죠. 마을 사람들은 침례교 예배당에 모여서 찬송가를 부르고 감사의 기도를 드렸습니다. 그런데 그들이 거기 모여 있는 동안 네 번째 토네이도, F5 등급의 몬스터 급이었던 그것이 메이를 휩쓸고 지나며 예배당을 무너뜨렸습니다. 41명이 목숨을 잃었죠. 30여 명이 중상을 입었는데 팔다리가 잘린 어린아이들도 있었다고 합니다."

그는 그 카드를 맨 아래로 집어넣고 다음 카드를 들여다보았다.

"몇 분은 이 사건을 기억할 수도 있겠네요. 작년 8월, 한 남자와 두 아들이 보트를 타고 위티피소키 호수로 나섰습니다. 집에서 기르는 개와 함께요. 애완견이 물에 빠지자 두 아이가 그 개를 구하려고 한꺼번에 뛰어들었죠. 허우적거리는 두 아들을 보고 아버지도 뛰어들었는데 덤벙대느라 보트가 뒤집혀 버렸습니다. 세 사람은 모두 목숨을 잃었습니다. 개는 헤엄쳐서 빠져나왔고요."

그는 고개를 들고 언뜻 미소를 지었다. 추운 1월의 어느 날, 두툼한 구름 장막 사이로 고개를 내민 햇살 같은 미소였다.

"그 개가 어떻게 됐는지, 남편과 두 아들을 잃은 안주인이 그대로 길렀는지 아니면 죽였는지 알아보려고 했습니다만 아무 정보도 없더군요."

나는 누나와 형들을 훔쳐보았다. 테리 형과 콘 형은 그냥 어리둥절해하는 표정이었지만 앤디 형은 공포와 분노로 얼굴이 새하얗게 질렸다. 무릎 위에 올려놓은 손을 으스러져라 쥐고 있었다. 클레어 누나는 소리 없이 울고 있었다.

다음 색인 카드로 넘어갔다.

"작년 10월. 허리케인이 노스캐롤라이나 주 윌밍턴 인근의 내륙지방을 덮쳐서 17명의 사망자를 냈습니다. 그 가운데 여섯 명이 교회 어린이집에 있었던 어린아이들이었죠. 실종자로 기록된 아이가 한 명 더 있었고요. 그 아이의 시신은 일주일 뒤에 발견됐습니다. 나무 위에서."

다음.

"이번은 벨기에령 콩고, 지금은 자이르*로 이름이 바뀐 걸로 압니

---

* 콩고민주공화국의 옛 이름.

다만, 아무튼 그 나라에서 가난한 사람들에게 식량과 의약품과 복음을 전하던 선교사 가족과 관련된 사건입니다. 모두 다섯 명이었는데 살해를 당했답니다. 《뉴욕 타임스》에 실릴 만한 소식이 아니라 기사에 명시되어 있지는 않지만, 식인 성향이 있는 자들의 소행인 것 같더군요."

레지 퀠턴을 중심으로 불만 섞인 웅얼거림이 번졌다. 제이컵스는 그 소리를 듣고 축도라도 하는 것처럼 한 손을 들었다.

"더 자세하게 파고들 수도 있지만 그럴 필요는 없겠죠. 화재, 홍수, 지진, 폭동, 암살…… 세계는 이런 사건들로 몸살을 앓고 있으니까요. 이런 기사들을 읽다 보니 고통을 겪는 사람이 저 혼자가 아니라는 사실에 위로가 되더군요. 하지만 많은 위로가 되지는 않습니다. 제 아내와 아들과 마찬가지로 다들 워낙 잔인하고 종잡을 수 없는 죽음을 맞이했으니까요. 예수님은 온전한 육신으로 승천하셨다는데, 사지가 잘린 고깃덩어리로 전락할 때가 많은 이 땅의 가엾은 우리 인간들을 보면 똑같은 질문이 계속해서 머릿속을 쩌렁쩌렁 울립니다. 이유가 뭡니까? 이유가 뭡니까? 이유가 뭡니까?

처음에는 어머니의 무릎 위에서, 그다음에는 감리교 청년회에서, 그다음에는 신학교에서 평생 성서를 읽고 지낸 사람으로서 자신 있게 말씀드리지만 성서에서 그 문제가 직접적으로 다루어진 적은 없습니다. 가장 근접한 부분이 있다면 사도 바울이 '신도들이여, 물어봐도 소용없습니다. 어차피 여러분은 이해하지 못할 테니까요.'라고 말하는 거나 다름없는 고린도서죠. 욥이 하나님에게 직접 물었을 때는 이보다 더 퉁명스러운 대답을 듣습니다. '내가 땅의 기초를 놓을 때에 네가 어디 있었느냐.'라고 하시죠. 우리 교구의 젊은 신도들이 쓰는 말로 옮기자면 '꺼지시지, 친구.'가 되겠죠."

이번에는 아무도 웃지 않았다.

제이컵스는 입꼬리에 희미하게 미소를 머금고 우리를 유심히 쳐다보았다. 스테인드글라스를 관통한 햇살이 그의 왼쪽 뺨을 파란색과 빨간색 다이아몬드로 수놓았다.

"힘든 시기가 찾아왔을 때 종교가 위로가 되어야 합니다. 위대한 시편에서는 주님이 우리의 지팡이이자 막대라고 선포합니다. 우리가 사망의 음침한 골짜기를 어쩔 수 없이 건널 때 주께서 우리와 함께하시고 우리를 안위하실 거라고 합니다. 또 다른 시편에서는 주님이 우리의 피난처시요, 힘이라고 하죠. 오클라호마의 예배당에서 목숨을 잃은 사람들은 반론을 제기할 수도 있겠습니다만…… 입이 달려 있어야 반론을 제기할 수 있겠죠. 애완견을 구하려다 물에 빠져 죽은 아버지와 두 아들은 또 어떻습니까? 그들은 주님에게 이게 어찌된 영문이냐고 물었을까요? 왜 이러는 거냐고 물었을까요? 그럼 주님이 허파에 들어찬 물로 숨이 막히고 죽음의 그림자로 이성이 마비된 그들에게 '잠시 후에 알려 주마.'라고 하셨을까요?

사도 바울이 어떤 뜻에서 거울로 보는 것같이 희미하다고 했을지 솔직하게 얘기해 봅시다. 모든 세상사를 믿음으로 받아들이라는 뜻에서 그렇게 얘기했겠죠. 우리의 믿음이 강하면 천국으로 부름을 받을 테고 천국으로 건너가면 모든 걸 이해할 수 있을 거라고요. 이승에서의 삶은 그냥 장난이고 천국에 가야 비로소 우주만물의 핵심이 뭔지 설명을 들을 수 있다, 이건가요?"

이제는 여자들이 나지막이 흐느껴 우는 소리가 들렸고, 불만스럽게 웅성거리는 남자들의 목소리는 점점 커졌다. 하지만 일어나서 밖으로 나가 버리거나 제이컵스 목사에게 신성 모독에 점점 가까워지고 있으니 자리에 앉으라고 하는 사람은 아직 없었다. 다들 너무 놀라서 멍한 상태였다.

"무고한 사람들이 종잡을 수 없고 아주 끔찍한 죽음을 맞이한 사건들을 조사하느라 기독교에 얼마나 다양한 교파가 있는지 알아봤는데 맙소사, 얼마나 많은지 놀랄 노자였습니다! 교리의 탑이더군요! 가톨릭, 감독교회, 감리교회, 보수파와 온건파 침례교회, 영국 국교회, 영국 성공회, 루터교회, 장로교회, 유니테리언교회, 여호와의 증인, 제칠안식일예수재림교회, 퀘이커, 그리스 정교회, 동방 정교회, 그리고 빠뜨리면 안 될 실로교회에 이르기까지 50개가 넘더군요.

여기 이 할로에서 사는 우리들에게는 온갖 기본 방침이 있는데, 제가 보기에는 그중에서도 가장 중요한 방침이 종교인 듯합니다. 일요일 아침마다 천국과 연결된 전화선이 얼마나 정신없을지 생각해 보세요! 그런데 제가 가장 흥미롭게 느낀 부분은 뭐였는지 아십니까? 그리스도의 가르침을 섬기는 모든 교파마다 자기들만 전능하신 하나님과 연결된 직통 전화선이 있다고 생각한다는 겁니다. 이슬람교, 유대교, 신지학 협회, 불교, 8년 또는 십몇 년의 악몽과도 같았던 세월 동안 히틀러를 떠받들었던 독일인들처럼 미국을 열렬하게 떠받드는 사람들은 또 어떻고요."

바로 그때 이탈자가 나오기 시작했다. 처음에는 뒷줄에 앉았던 몇 명이 (매질이라도 당한 것처럼) 고개를 숙이고 어깨를 움츠린 채 일어나서 나가는가 싶더니 점점 더 숫자가 많아졌다. 제이컵스 목사는 아랑곳하지 않는 눈치였다.

"평화를 추구하는 교파와 종파도 있지만 대부분은, 가장 잘나가는 이들은 감히 그들의 신을 거부한 자들의 피와 유골과 비명을 바탕으로 건설이 됐습니다. 로마인들은 기독교도들을 사자에게 먹이로 주었죠. 기독교도들은 이단이나 마법사나 마녀로 간주된 자들의 사지를 찢었고요. 히틀러는 인종의 순수성이라는 거짓 신 앞에 수백만 명의 유대인을 제물로 바쳤습니다. 지금까지 수백만 명이 화형과 총살과 교수형과 고문과 독살과 전기의자 처형을 당하고 개에게 갈기갈기 뜯겼습니다. 전부 다 신의 이름으로 말이죠."

어머니가 흐느껴 울고 있었지만 나는 돌아보지 않았다. 돌아볼 수가 없었다. 그 자리에서 옴짝달싹도 할 수가 없었다. 물론 공포심 때문이었다. 그때 나는 겨우 아홉 살이었다. 하지만 진실을 가감 없이 폭로하는 사람이 드디어 나타났다는 후련함이 미칠 듯이 고개를 들고 있기 때문이기도 했다. 나는 그가 멈추어 주길 바라는 마음도 있었지만 계속해 주길 간절히 바라는 마음이 더 컸고 나의 소원은 이루어졌다.

"예수님은 우리에게 다른 쪽 뺨까지 내어 주며 원수를 사랑하라고 가르치셨습니다. 우리는 말로는 그러겠다고 하지만 대부분 뺨을 맞으면 두 배로 갚아 주려고 하죠. 예수님은 환전상들을 성전에서 몰아내셨지만 우리도 알다시피 이 불로소득의 귀재들은 오래 물러나 있는 법이 없습니다. 교회 빙고라는 열광적인 게임판에 끼어 보았거나 전도사가 헌금을 구걸하는 라디오 방송을 들어 보신 분이라면 제 말이 무슨 뜻인지 아실 겁니다. 이사야는 우리가 그들의 칼을 쳐서 보습을 만들 거라고 예언했지만 지금과 같은 암흑시대에 만들어진 것은 원자 폭탄과 대륙간 탄도 미사일뿐이죠."

레지 켈턴이 자리에서 일어났다. 앤디 형의 얼굴이 새하얬다면 그의 얼굴은 시뻘겋다.

"목사님, 앉으시죠. 지금 제정신이 아니시네요."

제이컵스 목사는 앉지 않았다.

"우리는 믿음의 대가로 무엇을 받고 있습니까? 수백 년 동안 우리는 이 교회 아니면 저 교회에 목숨과 재산을 바치고 있지 않습니까? 그 끝에 천국이 기다리고 있고 천국에 올라가면 우주만물의 핵심이 뭔지 설명을 듣고 '아하! *이제 알겠네!*' 하고 외칠 수 있다는 믿음 하나로 말입니다. 그건 엄청난 보상이죠. 우리는 어렸을 때부터 귀에 못이 박히도록 들었습니다. 천국, 천국, 천국! 거기에 가면 떠나보낸 아이들을 만날 수 있고 사랑하는 어머니가 우리를 안아 주실 거라고 말이죠! 그게 당근이라면 채찍은 지옥, 지옥, 지옥이죠! 저주와 고통이 그치지 않는 나락. 우리는 먼저 떠난 제 아들처럼 어린아이들에게까지 사탕을 훔치거나 새 신발이 어쩌다 젖었는지 거짓말을 하면 평생 불구덩이 속에서 괴로워할 수도 있다고 이야기합니다.

이런 사후세계가 존재한다는 증거는 없습니다. 과학적인 근거도 없고요. 노골적인 장담과 *처음부터 끝까지 말이 된다*고 믿고 싶은 우리의 강력한 욕구가 어우러졌을 뿐이죠. 하지만 저는 피바디 장

레식장의 뒷방에서 천국보다 디즈니랜드를 훨씬 가고 싶어 했던 아이의 처참한 잔해를 보며 한 가지 깨달음을 얻었습니다. 종교는 보험 사기극과 같다는 깨달음이었죠. 말장난해서 죄송합니다만 한 해, 두 해 너무나도 독실하게 보험금을 납입하고, 그렇게 납입한 보험금의 혜택을 누릴 때가 돼서 찾아보면 내 돈을 가져간 회사가 존재하지도 않는 그런 사기극 말입니다."

사람들이 급속도로 빠져나가고 있었던 그때 로이 이스터브룩이 벌떡 일어섰다. 그는 프리포트 선과 가까운 마을 동쪽에 녹슨 트레일러하우스를 세워 놓고 거기서 지내는, 수염이 덥수룩한 거인이었다. 대개 크리스마스 때만 예배에 참석하는데 오늘만은 예외였다.

"목사님. 목사님이 쓰시던 자동차의 사물함에 독한 술이 한 병 들어 있었다고 하던데요. 머트 피바디가 사모님을 염습하려고 그 위로 허리를 숙였더니 술 냄새가 코를 찔렀다고요. 그래서 이러는군요. 그래서 이렇게 생각하는 거였어. 주님의 뜻을 받아들이지 못하겠다고요? 마음대로 하세요. 하지만 남들까지 건드릴 건 없잖아요."

이스터브룩은 그 말을 끝으로 느릿느릿 걸어 나갔다.

제이컵스는 더 이상 아무 말도 하지 못했다. 새하얗게 질린 얼굴로 두 눈을 이글거리고 입술이 보이지 않을 정도로 입을 꾹 다문 채 설교단을 붙잡고 서 있기만 할 따름이었다.

이제 우리 아버지가 일어섰다.

"찰스, 내려와요."

제이컵스 목사는 정신을 차리려는 듯이 고개를 저었다.

"네. 그래야겠네요, 딕. 제가 무슨 말을 하든 아무 변화도 없을 테니까요."

하지만 아니었다. 적어도 한 소년만큼은 아니었다.

제이컵스는 뒤로 물러서서 거기가 어딘지 모르는 사람처럼 두리 번거리다가, 남은 신도가 우리 가족과 집사단, 여전히 맨 앞줄에서 눈을 동그랗게 뜨고 있는 할무니밖에 없는데도 불구하고 다시 앞으로 걸어 나왔다.

"마지막으로 한 말씀만 드리죠. 우리는 미지의 세계에서 건너왔고 미지의 세계를 향해 나아갑니다. 그곳에 뭔가가 있을 수도 있지만 교회에서 이야기하는 하나님은 아닐 거라고 봅니다. 서로 모순되는 헛소리를 보면 여러분도 알 수 있을 겁니다. 상충하는 부분을 전부 지우면 아무것도 남지 않아요. 진실을 원하는 분이 있다면, 엄청난 권능을 느끼고 싶은 분이 있다면 번개를 보세요. 한 번 번개가 칠 때마다 수십억 볼트의 전압과 수십만 암페어의 전류가 흐르고 온도는 2800도에 달합니다. 그런 게 엄청난 권능이죠. 이 건물에는 그런 권능이 없느냐고요? 없습니다. 뭐든 믿고 싶은 대로 믿으셔도 좋지만 이 말씀은 드려야겠습니다. 사도 바울이 말한 거울 뒤에 도사리고 있는 것은 거짓밖에 없다고요."

그는 설교단에서 물러나 옆문으로 나갔다. 우리 가족은 폭탄이 터지고 난 뒤에 흐릿직한 정적에 휩싸였다.

* * *

집으로 돌아갔을 때 어머니는 혼자 있고 싶다며 큼지막한 뒷방으로 들어가서 문을 닫았다. 어머니는 날이 저물 때까지 나오지 않았다. 클레어 누나가 저녁을 차렸고 우리는 거의 아무 말도 없이 저녁을 먹었다. 중간에 앤디 형이 목사님의 논리를 전면으로 반박하는 성경 구절을 몇 마디 꺼내려고 했다가 아버지에게 주둥이 닥치라는 소리를 들었다. 형은 호주머니 깊숙이 들어간 아버지의 손을 보고 입을 다물었다.

저녁식사가 끝나자 아버지는 로드 로켓 2호를 뚝딱거리기 위해 차고로 나갔다. 아버지의 충실한 조수이자 거의 시종이나 다름없었던 테리 형이 웬일로 가만히 있기에 내가…… 고민 끝에 따라 나갔다.

"아빠? 뭐 하나만 여쭤 봐도 돼요?"

아버지는 한 손에 램프를 들고 바퀴 달린 작업용 등받이에 누워 차 아래에 있었다. 카키색 바지를 입은 다리만 밖으로 내놓은 채였다.

"글쎄다, 제이미. 오늘 아침에 있었던 그 빌어먹을 사건은 아니지? 그 사건에 대해서 물어보려고 하는 거면 너도 주둥이 닥치는 게 좋을 거다. 오늘 저녁에는 생각도 하기 싫으니까. 내일이면 시간이 날 거야. 뉴잉글랜드 감리교 협의회에 파면을 요구하는 청원서를 접수하면 *그쪽에서* 그걸 들고 보스턴에 있는 매튜스 감독 목사를 찾아가겠지. 우라지게 복잡하지? 내가 이런 단어를 썼다고 이르면 너희 엄마가 나를 비오는 날 먼지 나도록 두들겨 패겠다만."

내가 물어보려고 했던 질문이 끔찍한 설교 사건과 관련이 있는지 없는지 알 수 없었지만 아무튼 입이 근질거려서 견딜 수 없었다.

"이스터브룩 씨가 한 얘기가 사실이에요? 부인이 술을 마셨다는 거 말이에요."

차 아래에서 움직이던 불빛이 멈추었다. 잠시 후에 아버지는 밖으로 빠져나와서 나를 올려다보았다. 화가 났나 싶어서 겁이 났지만 그런 건 아니었다. 그냥 우울한 표정이었다.

"전부터 그런 쑥덕거림이 들리긴 했다만 그 바보 같은 이스터브룩이 공개적으로 터뜨렸으니까 이젠 삽시간에 소문이 번지겠지. 하지만 내 말 잘 들어라, 제이미. *그건 상관없는 문제야.* 조지 바턴이 간질 발작을 일으키는 바람에 차선을 넘어갔는데 부인이 앞이 잘 안 보이는 커브를 돌아 나왔다가 쾅 하고 부딪친 거니까. 부인이 정신이 멀쩡했든, 고개를 숙이고 엉덩이를 계기판 위에 올려놓고 있었든 마찬가지였을 거야. 마리오 안드레티*라도 그 사고는 피할 수 없었을 테니까. 한 가지 부분에서만큼은 목사님이 옳았어. 사람들은 안 좋은 일이 벌어지면 이유를 찾고 싶어 하지. 이유가 없을 때도 있는데."

아버지는 빈손을 들어서 기름얼룩이 묻은 손가락으로 나를 가리켰다.

"그 나머지는 상심한 인간의 헛소리였다. 그건 명심해라."

* * *

추수감사절 바로 직전 수요일은 오전 수업만 하는 날이었지만 나

---

* 미국의 레이싱 챔피언.

는 남아서 칠판을 닦고 너덜너덜한 책들밖에 없는 조그만 도서관을 정리하겠다고 모린 선생님께 약속한 게 있었다. 내가 그 이야기를 꺼내자 딴 데 정신이 팔린 어머니는 손을 저으며 저녁 먹기 전까지만 들어오라고 했다. 어머니는 벌써부터 오븐에 칠면조를 넣고 있었는데 우리 가족이 먹을 건 아니었다. 일곱 명이 먹기에는 너무 작았다.

케이시 파머(우리 반에서 그나마 선생님께 귀여움을 받으려고 애를 쓰는 아이)도 돕겠다고 남아서 일이 30분 만에 끝났다. 앨이나 빌리의 집에 가서 총싸움이나 하면서 놀까 고민했지만 충격적인 설교 이야기를 꺼내면서 제이컵스 부인이 곤드레만드레 취하는 바람에 모리와 함께 죽은 거라는 둥(소문이 아예 기정사실이 됐다.) 그럴 것이 분명했다. 그런 이야기는 듣고 싶지 않았기에 나는 그냥 집으로 갔다. 말도 안 되게 따뜻한 날이라 창문들이 다 열려 있어서 어머니와 누나가 옥신각신하는 소리가 들렸다.

"저는 *왜* 가면 안 되는데요?" 클레어 누나가 물었다. "이 한심한 마을에서 그래도 그분의 편이 몇 명 있다는 걸 알려 드리고 싶다고요!"

"아버지하고 나는 우리 아이들이 그분이랑 가깝게 지내면 안 된다고 생각하니까."

어머니가 말했다. 두 사람은 부엌에 있었고 나는 창문 밖에서 얼쩡거렸다.

"저도 이제 *어린애가* 아니에요, 어머니. 열일곱 살이라고요!"

"미안하지만 열일곱 살도 아직은 애야. 그리고 여자애가 그분을 찾아가면 수상하게 보일 거야. 엄마 말 믿어."

"어머니는 괜찮고요? 할무니가 어머니를 볼 테고 그럼 공용 전화선을 타고 20분 안으로 온 동네에 소문이 다 날 텐데도요? 어머니가 가시면 저도 따라갈래요!"

"안 된다고 했다. 그걸로 얘기 끝이야."

"그분 덕분에 콘이 목소리를 되찾았잖아요!" 누나는 고함을 질렀다. "그런데 이렇게 못되게 굴면 안 되는 거 아니에요?"

한참 정적이 흐른 뒤에 어머니가 말했다.

"그래서 내가 찾아가려는 거야. 내일 드실 음식을 마련해 드리려는 게 아니라 그렇게 끔찍한 말씀을 하셨어도 우리는 고마워하고 있다고 전하려고."

"그분이 왜 그런 말씀을 하셨는지 아시잖아요! 얼마 전에 아내와 아들을 잃었는데 제정신이겠어요? 반쯤 미쳤겠죠!"

"나도 안다." 어머니는 언성을 낮추었고 누나는 울고 있었기 때문에 귀를 쫑긋 세워야 무슨 말을 주고받는지 알아들을 수 있었다. "그래도 사람들이 받은 충격은 달라지지 않아. 정도가 지나쳤거든. 너무 지나쳤지. 다음 주에 떠나실 거야. 그게 상책이지. 잘릴 걸 아는데 먼저 사표를 내는 게 낫지 않겠니? 그래야 일말의 자존심이라도 챙길 수 있지."

"집사들 손에 잘리시는 거겠죠." 누나는 빈정거리다시피 말했다. "그러니까 아빠 손에 말이에요."

"너희 아버지도 어쩔 수 없어. 너도 이제 어른이 됐으면 그런 걸 헤아리고 아버지를 딱하게 여길 줄도 알아야지. 그 때문에 아버지도 심란해하고 있는데."

"그럼 가세요. 칠면조 가슴살 몇 조각과 고구마 몇 개로 그분이 당하는 푸대접을 만회할 수 있을까요? 입에 대지도 않으실걸요?"

"클레어…… 클레어-베어……"

"그렇게 부르지 마세요!"

누나가 고함을 지르고 요란하게 계단을 올라가는 소리가 들렸다. 2~3년 전에 어머니가 열다섯 살이면 도니 캔트웰과 자동차 극장에 가기에 너무 어린 나이라고 했을 때 그랬던 것처럼 자기 방에 부루퉁하니 틀어박혀서 좀 울고 나면 괜찮아질 것이다.

나는 어머니가 저녁 특식을 들고 집을 나서기 전에 얼른 뒷마당으로 건너가기로 마음먹고, 숨은 건 아니지만 그렇다고 훤히 보이지도 않게 타이어로 만든 그네에 앉았다. 10분 뒤에 앞문이 닫히는 소리가 들렸다. 모퉁이 너머로 내다보니 어머니가 포일을 덮은 쟁반을 들고 길을 걸어가고 있었다. 포일이 햇빛을 받고 반짝였다. 나는 집 안으로 들어가서 계단을 올라갔다. 밥 딜런의 대형 포스터가 붙어 있는 누나의 방문을 두드렸다.

"누나?"

"가! 너랑 얘기할 기분 아니야!"

레코드플레이어가 돌아가고 있었다. 볼륨을 최고로 키운 야드버즈의 노래가 흘러나왔다.

어머니는 한 시간쯤 뒤에 돌아왔고(그냥 음식을 들고 간 것치고는 제법 오래 있다 온 축에 속했다.) 테리 형과 내가 거실에서 텔레비전을 보며 낡은 우리 집 소파의 가장 좋은 자리(스프링이 엉덩이를 찌르지 않는 가운데 자리)를 차지하려고 몸싸움을 벌이고 있었는데 그런 줄도 거의 모르는 눈치였다. 콘 형은 2층에서 생일선물로 받은 기타를 치고 있었다. 기타를 치며 노래를 부르고 있었다.

* * *

추수감사절이 지나고 다음 번 일요일에는 게이츠폴스 회중교회의 데이비드 토머스가 다시 예배를 주관했다. 그날 교회는 다시 한 번 만석을 기록했다. 제이컵스 목사님이 또 등장해서 또 끔찍한 소리를 늘어놓으려고 할지 다들 궁금했던 것이다. 하지만 그는 등장하지 않았다. 만약 그가 그러려고 시도했다면 운을 떼기도 전에 저지당했든지 들려 나갔을 것이다. 양키들은 종교를 심각하게 생각하니까.

다음 날인 월요일에 나는 학교에서부터 집까지 400미터를 달려갔다. 좋은 수가 생각나서 스쿨버스를 앞지르고 싶었기 때문이었다. 스쿨버스가 도착하자 나는 콘 형을 붙잡아서 뒷마당으로 끌고 갔다.

"웬 난리야?"

"나랑 같이 목사관에 가자. 제이컵스 목사님이 조만간 떠나시는데, 내일 가실 수도 있는데 그 전에 만나야지. 우리는 그래도 목사님을 좋아한다고 말씀드려야 하지 않겠어?"

콘 형은 내 손을 떼어 내더니 나한테서 세균이 옮기라도 한 것처럼 아이비리그 티셔츠에 대고 자기 손을 비볐다.

"미쳤냐? 난 안 가. 그 사람은 하나님이 없다고 했잖아."

"목에 전기를 흘려보내서 형의 목소리를 되찾아 주신 분이잖아."

형은 어색하게 어깨를 으쓱했다.

"그런 거 안 했어도 돌아올 거였어. 르노 선생님이 그랬잖아."

"르노 선생님은 1~2주 있으면 돌아올 거라고 했는데 그때가 2월 이었어. 그런데 4월까지 돌아오지 않았잖아. 두 달이 지난 뒤에도."

"그래서 어쩌라고? 좀 오래 걸린 거지, 뭐."

내가 제대로 들은 게 맞는지 의심스러울 지경이었다.

"형이 이런 겁쟁이였어?"

"다시 한 번만 그런 소리 하면 나한테 두들겨 맞을 줄 알아."

"최소한 고맙다는 인사는 해야 하는 거 아니야?"

형은 벌게진 얼굴로 입을 꾹 다물고 나를 쳐다보았다.

"만나지 말라고 엄마, 아빠가 그러셨잖아. 그 사람은 제정신이 아니고 아마 자기 부인처럼 술꾼일 거야."

나는 아무 말도 할 수가 없었다. 두 눈에 눈물이 맺혔다. 슬픔의 눈물이 아니었다. 분노의 눈물이었다.

형이 말을 이었다.

"게다가, 아빠 퇴근하시기 전에 장작통을 채워 놓지 않으면 난처해진다고. 그러니까 그 얘긴 이제 집어치워, 제이미."

형은 나를 두고 먼저 들어가 버렸다. 훗날 세계적으로 손꼽히는 천문학자가 된 우리 형이(2011년에 생명체가 존재할 가능성이 있는 이른바 '골디락스 행성'을 발견했다.) 나를 두고 먼저 들어가 버렸다. 그리고 찰스 제이컵스 이야기는 두 번 다시 꺼내지 않았다.

∗ ∗ ∗

　다음 날인 화요일에도 나는 학교가 끝나자마자 9번 도로로 내달
렸다. 하지만 집에 가지는 않았다.

　목사관 앞 진입로에 새 차가 서 있었다. 엄밀히 말해서 새 차는 아
니었다. 흙받이에 녹이 슬고 조수석 유리창에 금이 간 58년형 포드
페어레인이었다. 트렁크가 열려 있기에 안을 들여다보니 여행가방
두 개와 제이컵스 목사가 어느 목요일 저녁 청년회 예배 시간에 보
여 주었던 덩치 큰 오실로스코프*가 들어 있었다. 제이컵스는 창고
를 개조한 작업실에 있었다. 뭔가가 덜거덕거리는 소리가 들렸다.

　새로 산 고물차 옆에 서서 이제는 불에 탄 고철 덩어리가 되어 버
린 벨베데레를 떠올리자 집으로 내빼고 싶어졌다. 그때 집으로 도
망쳤다면 내 인생이 얼마나 달라졌을지 궁금해진다. 그래도 지금
이 글을 쓰고 있었을지 궁금해진다. 아무도 모를 일이다. 거울 어쩌
고 한 사도 바울의 이야기는 너무나도 정확했다. 우리는 날마다 거
울을 들여다보지만 보이는 것은 우리의 모습뿐이다.

　나는 도망치는 대신 용기를 내서 창고로 찾아갔다. 그는 전기 장
비들을 주황색 나무 상자에 넣고 꾸깃꾸깃하게 구긴 갈색 포장지
로 빈 곳을 채우느라 처음에는 나를 보지 못했다. 그는 청바지에 흰
색 무지 셔츠를 입고 있었다. 노치트 칼라가 사라지고 없었다. 어린
아이들은 대개 어른들의 변화에 둔한 편인데 아홉 살밖에 안 된 내

---

* 전류의 변화를 화면으로 보여 주는 장치.

가 봐도 살이 빠졌다는 것을 알 수 있었다. 그는 쏟아지는 빛기둥을 받으며 서 있다가 내가 들어오는 소리를 듣고 고개를 들었다. 얼굴에 못 보던 주름이 생겼는데 나를 보고 미소를 짓자 주름살이 사라졌다.

나는 생각하고 말고 할 겨를도 없이 그에게로 달려갔다. 그는 팔을 벌리고 나를 안아 올려서 뺨에 입을 맞추었다.

"제이미! 너는 알파요 오메가라."

"네?"

"요한계시록 1장 8절. '나는 알파요 오메가라. 이제도 있고 전에도 있었고.' 내가 할로에 왔을 때 제일 처음 만난 애가 너였는데 제일 마지막으로 만나는 애도 너라서. 와 줘서 정말, 정말 기쁘다."

나는 울음을 터뜨렸다. 울고 싶지 않았는데 참을 수가 없었다.

"죄송해요, 제이컵스 목사님. 전부 다 죄송해요. 교회에서 맞는 말씀을 하셨는데 이건 너무해요."

그는 다른 쪽 뺨에 입을 맞추고 나를 내려놓았다.

"내가 몇 마디 하지도 않았는데 너는 핵심을 간파했구나. 내가 한 이야기를 심각하게 받아들일 건 없어. 내가 제정신이 아니었거든. 너희 어머니는 그걸 아셨지. 근사한 추수감사절 요리를 가져다주면서 그 말씀을 하시더라. 그러면서 좋은 일만 있길 바란다고 하셨어."

그 소리를 들었더니 마음이 조금 풀렸다.

"그리고 훌륭한 충고도 몇 가지 들려주셨어. 메인 주 할로에서 가능한 한 먼 데로 가서 다시 시작해 보라고. 장소를 옮기면 믿음이 되살아날지 모른다고. 과연 그럴까 싶다만 떠나는 게 좋겠다는 너희 어머님의 생각은 옳았지."

"목사님을 두 번 다시 못 만나겠네요."

"그런 소리 하지 마라, 제이미. 살다 보면 만나기 마련이야, 그것도 절대 생각하지 못했던 곳에서." 그는 뒷주머니에서 꺼낸 손수건으로 내 눈물을 닦아 주었다. "아무튼 나는 너를 잊지 않을 거야. 너도 가끔 내 생각을 해 주면 좋겠다."

"그럴게요." 그러다 기억이 났다. "당삼 빳대루죠!"

제이컵스는 이제 서글프게 비어 버린 작업대로 돌아가서 맨 마지막으로 남은 물건들을 포장했다. 그가 '건전지'라고 부른 정사각형 모양의 큼지막한 배터리 몇 개였다. 그는 상자 뚜껑을 닫고 튼튼한 끈으로 두 번 묶기 시작했다.

"코니 형도 같이 와서 고맙다는 말씀을 전하고 싶어 했는데 오늘…… 음…… 축구 연습이 있나 봐요. 아마도."

"괜찮아. 내가 한 일도 없는데, 뭐."

나는 깜짝 놀랐다.

"형의 목소리를 되찾아주셨잖아요! 목사님이 만든 장치로요!"

"아, 그래. 내가 장치를 만들었지." 그는 두 번째 줄의 매듭을 짓고 세게 당겼다. 소매를 걷어붙이고 있어서 근사한 근육이 드러나 보였다. 나는 처음 보는 근육이었다. "전기 신경 자극기."

"그거 만들어서 파세요, 제이컵스 목사님! 그럼 떼돈을 버실 거예요!"

그는 상자 위에 팔꿈치를 올려놓고 한 손으로 턱을 받치고 나를 물끄러미 쳐다보았다.

"그럴 것 같니?"

"네!"

"아닐걸. 그리고 내가 만든 자극기 덕분에 너희 형이 목소리를 되찾은 건 아닐 거야. 그날 만든 장치거든." 그는 웃음을 터뜨렸다. "그리고 모리의 로스코 로봇 장난감에서 슬쩍한 아주 조그만 일본제 모터로 작동시켰고."

"진짜요?"

"응. 기본 발상 자체는 근거가 있다고 장담할 수 있지만, 실험을 통해 중간 과정을 검증하지도 않고 그런 식으로 대충 만든 시범 모델은 제대로 작동하는 경우가 거의 없거든. 그래도 가능성이 있다고 생각한 건 애초에 르노 선생님이 내린 진단을 믿었기 때문이야. 신경이 긴장했을 따름이라는 진단 말이다."

"하지만……"

그는 상자를 들었다. 팔 근육이 불거지고 혈관이 불룩 솟았다.

"가자, 얘야. 같이 나가자."

나는 그를 따라서 차로 갔다. 그는 뒤쪽 흙받이 옆에 상자를 내려놓고 트렁크를 훑어보더니 여행 가방들을 뒷자리로 옮겨야겠다고 했다.

"작은 건 네가 옮겨 줄래, 제이미? 무겁지는 않아. 장거리 여행을 할 때는 가볍게 떠나는 게 제일 좋거든."

"어디로 가세요?"

"모르겠다. 하지만 도착해 보면 알겠지. 그때까지 이 녀석이 고장 나지 말아야 할 텐데. 기름은 또 어찌나 많이 먹는지 텍사스가 잠기고도 남을 정도야."

우리는 여행 가방들을 포드 뒷자리로 옮겼다. 제이컵스 목사는 끙 끙거리며 큼지막한 상자를 트렁크에 실었다. 그런 다음 쾅 소리 나 게 문을 닫고 트렁크에 기대고 서서 나를 빤히 쳐다보았다.

"제이미, 너는 참 훌륭한 가족을 두었어. 제대로 관심을 기울일 줄 아는 훌륭한 부모님을 두었고. 내가 그분들에게 아이들의 특징을 설명해 보라고 하면 이렇게 말씀하시겠지. 클레어는 엄마 같은 성 격이고 앤디는 대장질을 좋아하고……"

"그건 진짜 정확해요."

그는 씩 웃었다.

"이 녀석아, 집집마다 그런 사람은 꼭 한 명씩 있어. 테리는 기계를 좋아하고 너는 몽상가이고. 두 분이 콘에 대해서는 뭐라고 하실까?"

"공부 좋아하는 아이요. 아니면 기타가 생긴 뒤로 포크송만 부르 는 아이요."

"그럴지도 모르지. 하지만 두 분 머릿속에 제일 먼저 떠오르는 생 각은 그게 아닐걸? 너, 콘의 손톱 본 적 있니?"

나는 웃음을 터뜨렸다.

"미친 듯이 손톱을 씹죠! 한번은 아빠가 일주일 동안 손톱을 안 씹으면 1달러를 주겠다고 하신 적도 있는데 못 받았어요!"

"콘은 불안한 아이야, 제이미. 너희 부모님은 100퍼센트 솔직해지 기로 마음먹으면 그렇게 말씀하실 거다. 마흔 살쯤 됐을 때 궤양이 생기기 쉬운 아이. 콘은 스키 폴에 맞아서 목소리가 안 나왔을 때 영영 돌아오지 않으면 어쩌나 걱정하기 시작했어. 돌아오지 않으니 까 평생 그럴 거라고 믿었고."

"르노 선생님 말로는……"

"르노 선생님은 훌륭한 의사야. 양심적인 의사고. 모리가 홍역에 걸렸을 때도, 팻시가…… 부인병에 걸렸을 때도 당장 달려오셨지. 둘을 말끔하게 치료해 주셨고. 하지만 아주 실력 좋은 명의처럼 자신만만해 보이지 않잖아. '어이, 별거 아냐, 금방 괜찮아질 거야.' 이런 식으로 말이다."

"그렇게 말씀하셨는걸요!"

"그래. 하지만 르노 선생님이 설득력이 없었기 때문에 콘래드는 설득당하지 않은 거야. 선생님이 몸의 병은 치료할 수 있을지 몰라도 마음의 병은? 그렇지가 못하지. 그런데 마음을 고쳐먹으면 낫는 게 절반이거든. 어쩌면 절반보다 더 많을 수도 있고. 콘은 이렇게 생각한 거야. '내가 말 못 하고 지내는 데 익숙해지도록 선생님이 거짓말을 하는 거야. 나중에 진실을 밝히시겠지.' 너희 형이 그런 성격이란다, 제이미. 늘 긴장한 상태로 사는 건데, 그렇게 살다 보면 마음이 반란을 일으킬 수 있어."

"형은 오늘 같이 오지 않겠다고 했어요. 그거, 거짓말이었어요."

"그래?"

제이컵스는 별로 놀란 눈치가 아니었다.

"네. 같이 가자고 했는데 무서워했어요."

"그랬다고 섭섭하게 생각하지 마. 겁에 질린 사람들은 자기만의 감옥에서 살거든. 콘이 벙어리 증상을 만들어 낸 것처럼 자기들이 만드는 거 아니냐고 할 수도 있지만, 어쩔 수가 없는 거야. 성격이 그래서. 그러니까 딱하고 가엾게 여겨줘야 해."

그는 벌써부터 방치된 분위기를 풍기는 목사관을 돌아보며 한숨을 쉬었다. 그러고는 다시 내 쪽으로 고개를 돌렸다.

"자극기가 어떤 역할을 했을 수도 있어. 이론상으로는 모든 면에서 믿을 만한 근거가 있으니까. 하지만 그러지는 않았으리라고 본다. 제이미, 너희 형은 아마 내 속임수에 넘어갔을 거다. 아니면 내 *사기극*에 넘어갔든지. 신학교에서 가르치는 기술이야. 말로는 믿음에 불을 지피는 방법이라고 하지만. 나는 전부터 그런 데 재주가 있어서 부끄럽기도 하고 기분이 좋기도 했단다. 나는 너희 형에게 기적을 기대해 보자고 한 다음 스위치를 올리고 그럴듯하게 포장한 장난감을 작동시켰지. 너희 형이 입술을 실룩이고 눈을 깜빡이는 것을 보았을 때 효과가 있겠다는 것을 알아차렸고."

"끝내주는데요?"

"그렇지. 그리고 약간 비도덕적이기도 하고."

"네?"

"아니다. 중요한 건 뭐냐면 너희 형한테는 비밀로 해야 한다는 거야. 그럴 일은 없겠지만 다시 목소리가 안 나올 수도 있거든." 그는 손목시계를 확인했다. "오늘 내로 포츠머스에 도착하려면 잡담은 이쯤에서 접어야겠다. 너도 이제 집에 들어가는 게 좋겠고. 오늘 네가 나를 만나러 온 것도 우리 둘만의 비밀이다, 맞지?"

"맞아요."

"할무니네 집 앞을 지나오지는 않았지?"

내가 바보인 줄 아느냐고 묻는 듯이 눈을 부라리자 제이컵스는 다시 웃음을 터뜨렸다. 그 많은 일들이 있었음에도 내가 그의 웃음보를 터뜨릴 수 있다는 것이 좋았다.

"마스텔라 아저씨네 밭을 건너왔어요."

"잘했다."

나는 가고 싶지 않았고 그를 떠나보내고 싶지도 않았다.

"뭐 하나만 더 여쭤봐도 돼요?"

"응. 하지만 짧게."

"교회에서…… 그러니까……" 왠지 위험하게 느껴져서 설교라는 단어를 쓰고 싶지 않았다. "얘기하셨을 때 번개의 온도가 2800도라고 하셨잖아요. 진짜예요?"

그의 얼굴이 환해졌다. 전기가 화제로 등장했을 때만 나오는 표정이었다. 클레어 누나가 보았더라면 질리지도 않는지 모르겠다고 했을 것이다. 우리 아버지가 보았더라면 집착이라고 했을 것이다.

"정말 진짜지! 아마 자연계를 통틀어서 지진과 해일 다음으로 강력한 게 번개일 거야. 토네이도보다도 강력하고 허리케인보다도 훨씬 강력하거든. 번개가 지상을 때리는 거 본 적 있니?"

나는 고개를 저었다.

"하늘에서만 봤어요."

"얼마나 근사한지 몰라. 근사하고 무섭지." 그는 번개를 찾기라도 하려는 것처럼 고개를 들었지만, 그날 오후의 하늘은 파랬고 남서쪽으로 천천히 움직이는 하얀색의 조그만 솜털 구름밖에 없었다. "가까이서 보고 싶으면…… 롱메도가 어딘지 알지?"

두말하면 잔소리였다. 고트산 리조트로 가는 길 중간에 주립 공원이 있었다. 그 공원이 롱메도였다. 거기 가면 동쪽으로 한참 멀리까지 볼 수 있었다. 아주 맑은 날에는 프리포트에 있는 메인 사막까지 보였다. 그 너머의 대서양까지 보일 때도 있었다. 감리교 청년회에서는 매년 8월에 롱메도로 소풍을 떠났다.

"롱메도에서 계속 올라가면 고트산 리조트 정문 관리실이 나오는데……"

"……회원이나 투숙객이 아니면 들여보내 주지 않죠."

"맞아. 계급 제도가 시행되고 있지. 하지만 정문으로 들어가기 직전에 왼쪽으로 자갈길이 하나 있거든. 거긴 아무나 들어갈 수 있어. 주 정부 땅이라서. 그 길을 따라서 5킬로미터쯤 가면 스카이탑이라는 전망대가 나와. 위험해서 너희들을 데리고 가지 못했는데, 그냥 화강암으로 된 비탈에 아래는 600미터 낭떠러지거든. 울타리도 없고 가까이 접근하지 말라는 경고판뿐이야. 스카이탑 전망대 꼭대기에 6미터짜리 쇠막대가 꽂혀 있어. 바위 깊숙이. 누가, 왜 꽂았는지 모르겠지만 아주, 아주 오래전부터 있었던 거야. 그러니까 녹이 슬었어야 하는데 슬지 않았어. 왜 그런지 아니?"

나는 고개를 저었다.

"번개에 여러 번 맞아서 그래. 스카이탑은 특별한 곳이란다. 쇠막대를 구심점 삼아서 번개를 유인하거든."

그는 꿈을 꾸는 듯한 눈빛으로 고트산 쪽을 바라보았다. 로키 산맥(아니면 뉴햄프셔의 화이트 산맥)에 비하면 아무것도 아니지만 메인 주 서부의 굽이치는 언덕들 중에서는 으뜸이었다.

"저기 올라가면 천둥소리는 더 크게 들리고 구름은 더 가까이 보인단다. 몰려드는 먹구름을 보고 있으면 내가 아주 작아지는 듯한 기분이 드는데 걱정이나…… 의구심으로 괴로울 때는…… 작아지는 듯한 기분을 느끼는 것도 나쁘지 않아. 조만간 번개가 칠 때가 되면 알 수 있어. 숨이 막히는 느낌이 들거든. 그러니까…… 음…… 타는 것 없이 타는 느낌이라고 할까? 머리카락이 곤두서고 가슴이 답답해지지. 살갗이 떨리고. 기다리면 천둥이 치는데 우르르 쿵쾅거리지 않아. 얼음을 이고 있던 나뭇가지가 마침내 꺾이듯 쩍 하는데 그보다 100배쯤 소리가 크지. 그러고 나서 정적이 흐르고…… 구식 스위치에서 나는 딸깍 소리가 들려. 그런 뒤에 천둥이 치고 번개가 들이닥치지. 실눈을 뜨고 봐야 해. 안 그러면 번개 때문에 눈이 멀어서 쇠막대가 용광로에 넣은 편자처럼 까만색에서 옅은 자주색으로, 거기서 다시 붉은색으로 변하는 걸 볼 수가 없거든."

"와우."

그는 눈을 깜빡이더니 정신을 차렸다. 새로 산 고물차의 타이어를 발로 찼다.

"미안. 내가 가끔 넋을 잃을 때가 있어."

"어마어마할 것 같아요."

"어마어마한 정도가 아니야. 좀 더 나이를 먹으면 가끔 올라가서 직접 확인해 봐. 쇠막대 주변만 조심하면 돼. 번개가 치면 비탈에 깔린 바위 부스러기가 쩍쩍 갈라지거든. 한번 미끄러지기 시작하면 걷잡을 수 없을 거야. 자, 제이미, 나는 이제 진짜로 출발해야겠다."

"안 가셨으면 좋겠는데."

나는 무슨 말이든 좀 더 외치고 싶었지만 참았다.

"네 마음은 고맙고 가슴 뭉클하지만 그런 말도 있잖니. 원하는 대

로 다 되면 거지들도 부자가 될 거라고." 그는 팔을 벌렸다. "다시
한 번 안아 주겠니?"

나는 그를 꽉 끌어안았고 숨을 크게 들이쉬며 그의 비누 냄새와
머리에 바른 영양제 냄새를 기억에 담았다. 우리 아버지도 쓰고 이
제는 앤디 형도 쓰는 바이탈리스였다.

"너는 내가 제일 예뻐한 아이였어." 그가 내 귀에 대고 속삭였다.
"이것도 우리 둘만 아는 비밀이다."

나는 말없이 고개만 끄덕였다. 클레어 누나는 이미 안다고 말할
필요는 없었다.

"목사관 지하실에 뭐 하나 남겨 놨어. 네가 좋아할지 모르겠다만.
열쇠는 도어매트 아래에 있다."

그는 나를 내려놓고 이마에 입을 맞춘 다음 운전석 문을 열었다.

"이 차, 정말 볼품없구먼, 친구." 그가 양키 사투리를 써 가며 이
야기하자 나는 우울한 기분에도 불구하고 웃음이 나왔다. "그래도
굴러는 가겠지."

"사랑해요."

"나도 사랑한다. 하지만 다시는 나 때문에 울지 마, 제이미. 더 이
상 가슴 아파지면 내가 감당이 안 되거든."

나는 그가 갈 때까지 울음을 참았다. 그 자리에 서서 진입로를 빠
져나가는 그를 바라보았다. 시야에서 사라질 때까지 바라보았다. 그
런 다음 집으로 걸어갔다. 당시에는 뒷마당에 수동 펌프가 있었기
에 얼음처럼 차가운 물로 세수를 하고 들어갔다. 어머니에게 눈물
자국을 들켜서 이유를 추궁당하기는 싫었다.

* * *

기구했던 제이컵스 가족의 흔적을 전부 지우고 새로운 목사를 맞이할 수 있도록 목사관을 구석구석 깨끗하게 청소하는 것은 여신도 보조회가 할 일이었지만 아버지 말로는 서두를 필요가 없다고 했다. 뉴잉글랜드 감리교 주교 관할구의 톱니바퀴는 워낙 천천히 움직여서 이듬해 여름 전에 새 목사를 배정받으면 다행이라고 했다.

"당분간 그 상태 그대로 내버려 두죠."

이것이 아버지의 제안이었고 여신도 보조회는 그 제안을 기꺼이 받아들였다. 그들은 크리스마스가 지난 다음에서야 빗자루와 솔과 진공청소기를 들고 청소를 하러 나섰다.(앤디 형이 그해 평신도 설교를 맡자 우리 부모님은 뿌듯해서 어쩔 줄 몰라 했다.) 그때까지 목사관은 빈집으로 남았고 거기서 유령이 나온다고 주장하는 학교 친구들이 등장하기 시작했다.

하지만 손님이 한 명 있었으니 바로 나였다. 나는 이번에도 도런스 마스텔라의 옥수수 밭을 가로지르는 수법으로 해링턴 할무니의 감시망을 피해 가며 어느 토요일 오후에 목사관을 찾아갔다. 도어 매트 아래에 감추어진 열쇠로 문을 열고 들어갔다. 무서웠다. 유령이 있을지 모른다는 소리에 콧방귀를 뀌었는데 막상 들어가 보니 고개를 돌리면 썩어 가는 팻시와 껌딱지 모리가 눈을 희번덕거리며 손을 잡고 서 있을 것만 같았다.

바보 같은 생각하지 마. 나는 속으로 중얼거렸다. *둘 다 다른 세상으로 건너갔거나 제이컵스 목사님이 얘기한 것처럼 아무것도 없는*

어둠 속으로 사라졌을 거야. 그러니까 무서워하지 마. 바보 겁쟁이처럼 굴지 말라고.

하지만 토요일 저녁에 핫도그를 너무 많이 먹으면 배가 아플 수밖에 없는 것이 진리이듯 바보 겁쟁이처럼 굴지 않을 도리가 없었다. 하지만 도망치지는 않았다. 그가 뭘 두고 갔는지 보고 싶었다. 그가 뭘 두고 갔는지 *보아야만* 했다. 그래서 아직까지 포스터와(예수님이 1학년 때 나와 같은 반이었던 딕, 제인과 비슷하게 생긴 아이들의 손을 잡고 있는 포스터였다.) **어린아이들을 용납하고 내게 오는 것을 금하지 말라**고 적힌 안내판이 걸려 있는 문 앞으로 다가갔다.

나는 불을 켜고 계단을 내려가서 벽에 기대고 서 있는 접이의자, 뚜껑이 닫힌 피아노, 이제는 조그만 테이블에 도미노도 색칠공부 책도 크레용도 없는 장난감 코너를 바라보았다. 그런데 평화의 호수와 전기로 움직이는 예수님이 담긴 조그만 나무 상자는 남아 있었다. 그가 남기고 간 선물이 그것이었고 나는 어마어마한 실망감을 느꼈다. 그래도 상자를 열고 전기로 움직이는 예수님을 꺼냈다. 트랙이 시작되는 호숫가에 놓고 전원을 켜려고 옷 속으로 손을 집어넣었다. 바로 그때 어린 시절을 통틀어서 가장 엄청난 분노가 나를 강타했다. 제이컵스 목사님이 스카이탑 전망대에서 보았다는 번갯불처럼 갑작스럽게 찾아온 분노였다. 내가 팔을 휘두르자 전기로 움직이는 예수님은 저쪽 벽까지 날아가서 부딪쳤다.

"*진짜도 아니잖아!*" 나는 소리를 질렀다. "*진짜도 아니잖아! 속임수 덩어리잖아! 예수님은 무슨, 빌어먹을! 예수님은 무슨, 빌어먹을! 예수님은 무슨, 빌어먹을, 빌어먹을, 빌어먹을!*"

나는 앞이 거의 안 보일 정도로 펑펑 눈물을 흘리며 계단을 달려
올라갔다.

* * *

우리는 끝까지 새 목사님을 만나지 못했다. 인근 목사님 몇 명이
빈자리를 메우려고 했지만 출석률이 거의 0까지 떨어지는 바람에
내가 고등학교 3학년이었을 때 우리 교회는 문을 닫았다. 그러거나
말거나 나는 상관없었다. 내 믿음은 그 전에 끝이 났다. 평화의 호수
와 전기로 움직이는 예수님은 어떻게 됐는지 알 길이 없었다. 몇 년
이 지난 뒤에 목사관 지하의 청년회 예배실로 내려가 보니 아무것
도 없었다. 천국처럼 아무것도 없었다.

IV
두 대의 기타.
크롬 로지스.
스카이탑에서 본 번개.

　지난날을 돌아보면 일정한 패턴이 있는 것처럼 느껴진다. 무언가가, 혹은 누군가가 우리의 발걸음을(헛디딤까지) 설계해 놓기라도 한 것처럼 모든 사건이 타당하게 느껴진다. 예를 들어 자기도 모르게 나에게 25년짜리 일자리를 만들어 준 욕쟁이 퇴직자만 해도 그렇다. 그건 운명일까 아니면 단순한 우연일까? 잘 모르겠다. 내가 무슨 수로 알 수 있겠는가? 이발사 헥터가 낡은 실버톤 기타를 찾으러 나선 날 저녁에 나는 그 자리에 있지도 않았다. 나는 옛날 같았으면 우리가 걷는 길은 무작위로 선택하는 거라고 했을 것이다. 그런데 이 일이 있고 나서 다른 일이, 그러고 나서 또 다른 일이 벌어졌다. 이제 나는 그렇게 어리석지 않다.

　세상에는 어떤 기운이 있다.

* * *

　1963년, 비틀스가 등장하기 전에 짧지만 강력한 포크 음악 열풍이 미국을 휩쓸었다. 이 기회를 노리고 등장한 「후트내니」라는 텔레비전 프로그램에는 채드 미첼 트리오나 뉴 크리스티 민스트럴스처럼 흑인 음악을 나름대로 해석한 백인들이 출연했다.(피트 시거나 존 바에즈 같은 *빨갱이* 백인들은 초대받지 못했다.) 콘래드 형은 빌리 퍼쿼트의 형인 로니와 단짝 친구였고 그 둘은 매주 토요일 저녁마다 퍼쿼트네 집에서 「후트내니」를 봤다.

　그 당시에 로니와 빌리는 할아버지와 같이 살았다. 그는 거의 50년 동안 이발관에서 일을 했기 때문에 '이발사 헥터'라고 불렸지만 그 모습은 잘 상상이 되지 않았다. 모름지기 이발사라고 하면 바텐더처럼 재미있게 말을 잘 하는 성격이라야 할 텐데 이발사 헥터는 말이 거의 없었다. 거실에 앉아서 뚜껑에 따른 버번위스키를 커피에 넣어 마시고 티파릴로 시가를 피우는 게 전부였다. 그 냄새가 집 안 구석구석까지 찌들었다. 말을 하더라도 욕을 많이 썼다.

　그런데 「후트내니」를 좋아해서 늘 콘 형과 로니와 함께 보았다. 어느 날 저녁에 어떤 백인 남자 가수가 연인이 떠나서 가슴이 너무 아프다는 노래를 부르자 이발사 헥터는 콧방귀를 뀌었다.

　"염병. 야, 저런 건 블루스도 아니다."

　"그게 무슨 말씀이세요, 할아버지?" 로니가 물었다.

　"블루스는 엄청난 음악이야. 그런데 저 녀석은 침대에 오줌을 쌌는데 엄마한테 들킬까 봐 벌벌 떠는 인간처럼 노래를 부르잖냐."

형들은 재미있기도 하고 헥터가 음악 비평을 할 줄 알다니 놀랍기도 해서 웃음을 터뜨렸다.

"잠깐 기다려 봐라."

　그는 울퉁불퉁하게 마디가 진 손으로 난간을 잡고 천천히 계단을 올라갔다. 하도 한참 동안 소식이 없어서 형들이 헥터의 존재를 거의 잊어버렸을 때 그가 낡아 빠진 실버톤 기타의 목을 잡고 내려왔다. 흠집투성이 몸체는 너덜너덜한 삼줄로 묶여 있었다. 줄감개는 구부정했다. 그는 끙 소리와 함께 방귀를 뀌며 자리에 앉아서 기타를 뼈만 남은 자기 무릎 위에 올려놓았다.

"그 쓰레기는 꺼라."

　헥터의 말에 로니가 텔레비전을 껐다. 안 그래도 프로그램이 거의 끝나 가던 참이었다.

"할아버지가 기타를 치시는지 몰랐어요." 로니가 말했다.

"안 친 지 한참 됐지. 관절염이 기승을 부리기 시작했을 때 치워 버렸으니까. 이 우라질 녀석 조율이나 할 수 있을지 모르겠네."

"말씀 가려서 하세요, 아버님." 퍼쿼트 부인이 주방에서 외쳤다.

　이발사 헥터는 들은 척도 하지 않았다. 그는 으깬 감자를 달라고 할 때가 아닌 이상 그녀에게 신경 쓰는 법이 없었다. 그는 들릴락 말락 하게 욕을 늘어놓으며 천천히 조율을 하기 시작했고, 잠시 후 제법 그럴듯하게 들리는 코드를 연주했다.

　("아직 음이 잘 안 맞긴 했어." 나중에 나에게 이야기를 전하면서 콘 형은 이렇게 말했다. "그래도 엄청 근사하더라.")

"와우!" 로니가 외쳤다. "무슨 코드예요, 할아버지?"

"E. 이 썩을 것들은 전부 E로 시작하지. 그런데 이건 아무것도 아니야. 이 호래자식을 어떤 식으로 만지면 되는지 아직도 기억하고 있는가 모르겠네."

주방에서 소리가 들렸다.

"말씀 가려서 하세요, 아버님."

그는 이번에도 들은 척하지 않고 니코틴으로 누레진 뾰족한 손톱을 피크 삼아서 낡은 기타를 치기 시작했다. 처음에는 금지된 단어를 또 한 번 중얼거리며 천천히 시동을 걸었지만 점점 더 속도를 높여서 리듬 기타를 치자 두 형은 놀라서 서로 흘끗거렸다. 기억 세포들이 털털거리며 되살아나자 처음에는 서툴게 지판을 오르내리던 손가락들도 움직임이 좀 더 부드러워졌다. B에서 A에서 G를 거쳐 고향인 E로. 내가 수만 번 반복한 코드 진행이지만 1963년의 나는 E코드가 뭔지도 몰랐다.

로니의 할아버지는 평소 말할 때와 전혀 다르게 높게 울부짖는 목소리로 노래를 불렀다.

"쓰러져 버리지그래, 달링. 당신 아빠가 볼 수 있게…… 당신은 뭔가가 있어, 달링. 그래서 나는 계속 불안해……"

퍼쿼트 부인이 9번 도로 한복판을 걸어오는 신기한 새(타조나 에뮤나 뭐 그런)를 보기라도 한 것처럼 행주에 손을 닦으며 부엌에서 나왔다. 빌리와 기껏해야 다섯 살밖에 안 됐을 꼬맹이 론다 퍼쿼트도 계단을 반쯤 내려와서 눈을 휘둥그레 뜨고 난간 너머로 할아버지를 쳐다보았다.

("「후트내니」에서 들은 것과는 전혀 다른 *비트였어*." 콘 형은

나중에 그렇게 말했다.)

이발사 헥터는 이제 박자에 맞춰서 발까지 굴러 가며 씩 웃었다. 콘 형은 그 노인장의 웃는 얼굴을 한 번도 본 적이 없었는데 노래하는 흡혈귀로 돌변한 것 같아서 조금 무서웠다.

"우리 엄마는 밤새도록 싸돌아다니지 못하게 해…… 혹시라도 내가…… 혹시라도 내가……" 헥터는 뜸을 들였다. "못난이 취급 당할까 봐!"

"할아버지, 잘한다!"

로니는 큰 소리로 외치고, 웃으며 손뼉을 쳤다.

헥터가 다이아몬드 잭이 스페이드 퀸에게 어디 한번 계속해 보라고, *음흉한 수작을 부려 보라고* 이야기한다는 두 번째 소절로 넘어갔을 때 기타 줄이 끊어졌다. **탕.**

"이런 씨발놈을 봤나."

이발사 헥터의 즉흥 콘서트는 그것으로 끝이 났다. 퍼퀴트 부인이 기타를 낚아채더니(끊긴 줄이 그녀의 눈앞에서 위험하게 대롱거렸다.) 계속 그런 식으로 얘기할 작정이면 현관으로 나가서 하라고 쏘아붙였다.

이발사 헥터는 현관으로 나가지 않고 익숙한 침묵 속으로 물러났다. 형들은 그의 노래와 연주를 두 번 다시 듣지 못했다. 그는 이듬해 여름에 세상을 떠났고 (비틀스의 해였던 1964년에는 아직 건장했던) 찰스 제이컵스가 장례식을 집전했다.

* * *

아서 '빅 보이' 크루덥이 부른 「우리 엄마가 내게 허락하지 않네 My Mama Don't Allow Me」 축약본을 들은 다음 날, 로니 퍼쿼트는 화가 난 어머니가 갖다 버린 기타를 뒷마당의 잔반통 안에서 발견했다. 그걸 학교로 들고 가자 중학교에서 음악을 가르치는 영어 전담 칼훈 선생님이 줄을 갈아 끼우고, 장송 나팔 첫 3음을 기준으로 조율하는 법을 가르쳐 주었다. 그리고 「바브리 앨런 Barb'ry Allen」 같은 노래의 가사와 코드표가 실린 《싱 아웃!》이라는 포크 음악 전문 잡지도 선물했다.

그 뒤로 2~3년 동안 형들은 그 낡은 기타를 돌려쓰며 포크 음악을 한 곡씩 배워 나갔다.(운명의 스키 폴 때문에 코니가 벙어리가 됐을 때는 잠시 중단됐지만.) 리드벨리*도 수감 시절에 그렇게 기본적인 코드를 뚱땅거렸을 것이다. 둘 다 연주 실력은 별 볼 일 없었지만 콘 형의 목소리가 상당히 좋았기에(사랑해 마지않았던 블루스를 소화하기에는 너무 달콤했지만) 둘은 '콘과 론'이란 이름으로 몇 번 공연도 벌였다.(누구 이름을 앞에 넣을지는 동전을 던져서 정했다.)

콘 형은 결국 자기 기타를 장만했다. 체리목으로 마감한 깁슨 통기타였다. 이발사 헥터의 낡은 실버톤보다 훨씬 훌륭했기에 두 사람은 유레카 그레인지에서 열린 장기자랑 대회에서 「일곱 번째 아들 Seventh Son」과 슈가랜드의 노래를 부를 때 그 기타를 들고 나갔다. 우리 부모님은 격려를 아끼지 않았고 로니의 부모님도 마찬가지였지만, '쓰레기를 넣으면 쓰레기가 나온다'는 말은 컴퓨터뿐 아니라

---

* 미국 컨트리 포크 블루스 음악의 거목.

기타에도 적용된다.

　나는 포크 듀오로 우리 동네를 주름잡으려고 했던 '콘과 론'의 행각에 관심이 없었고, 깁슨 기타에 대한 형의 애정이 시들해지기 시작했을 때도 알아차리지 못했다. 제이컵스 목사가 새로 산 고물차를 몰고 할로를 떠나자 내 인생에 구멍이 뚫린 듯한 기분이 들었다. 신과 어른 친구를 동시에 잃었으니 한동안 우울했고 어렴풋한 공포를 느꼈다. 어머니는 내 기분을 풀어 주려고 했다. 클레어 누나도 마찬가지였다. 심지어 우리 아버지까지 나섰다. 나는 다시 즐겁게 지내려고 애를 썼고 결국에는 성공했지만, 1965년이 1966년에서 다시 1967년으로 바뀌는 동안 2층에서 들리던 「두 번 생각하지 마, 괜찮으니까Don't Think Twice, It's All Right」 같은 곡의 형편없는 연주가 끊긴 것조차 포착하지 못했다.

　그 무렵 콘 형은 고등학교 체육 활동에 여념이 없었고(기타보다 그런 데 훨씬 소질이 있었다.) 나로 말할 것 같으면…… 아스트리드 소더버그라는 여자아이가 우리 동네로 이사를 왔다. 그녀는 비단 같은 금발과 수레국화 같은 파란 눈의 소유자였고 장차 풍성한 젖가슴으로 발전할 수 있는 2차 성징이 시작된 상태였다. 같이 학교를 다닌 처음 1년 동안 숙제를 베끼거나 그럴 때라면 모를까, 그녀는 내가 안중에도 없었을 것이다. 반면에 나는 끊임없이 그녀를 생각했다. 그녀에게 머리카락을 만져도 좋다는 허락이라도 받는 날에는 심장 마비에 걸릴 수도 있었다. 하루는 참고도서 책꽂이에 꽂혀 있던 웹스터 사전을 내 책상으로 들고 가서 '키스'의 뜻 위에다 대문자로 **아스트리드**라고 정성껏 적은 적도 있었다. 홀딱 *반했다*는 표현이 딱 맞았다. 내가 바로 그 심정이었다.

나는 콘 형의 깁슨 기타를 만질 생각조차 한 적이 없었다. 음악을 듣고 싶으면 라디오를 켰다. 하지만 소질이라는 것은 섬뜩한 녀석이라 알맞은 때가 찾아오면 조용히, 하지만 확실하게 고개를 든다. 마약처럼 처음에는 친구인 척 다가와서 나도 모르는 새 폭군으로 발전한다. 나는 열세 살이 되었을 때 그 사실을 알아차렸다.

그런데 이 일이 있고 나서 다른 일이, 그러고 나서 또 다른 일이 벌어졌다.

* * *

내 음악적 재능이 어마어마한 건 아니었지만 콘 형이나…… 다른 형제들에 비해 많기는 했다. 그렇다는 사실을 내가 알아차린 것은 1969년 가을의 어느 지루하고 흐린 토요일이었다. 다른 가족들은(심지어 주말에 잠깐 집에 내려온 대학생 클레어 누나까지) 미식축구 경기를 보러 게이츠폴스에 갔다. 그때 2학년이었던 콘 형이 게이츠폴스 그레이터스 팀의 테일백으로 활약하기 시작한 참이었다. 나만 집에 남은 이유는 배가 아팠기 때문인데 사실 그렇게 심하지는 않았다. 나는 미식축구를 별로 좋아하지 않았던 데다 비가 올 것 같았다.

잠깐 텔레비전을 보았지만 두 채널에서는 미식축구를, 다른 채널에서는 그보다 더 끔찍한 골프를 중계했다. 클레어 누나가 쓰던 방이 이제는 코니의 방이 되었지만, 누나가 읽었던 책들이 벽장에 몇 권 남아 있어서 애거서 크리스티의 작품이나 한 권 읽을까 싶었다.

누나가 말하길 쉽게 읽히고 마플 양이나 에르퀼 푸아로와 함께 추리해 나가는 재미가 있다고 했다. 그 방에 들어가 보니 콘 형의 깁슨 기타가 묵은 《싱 아웃!》 잡지에 둘러싸인 채 한쪽 구석에 세워져 있었다. 나는 한참 동안 방치된 그 기타를 쳐다보며 생각했다. *저걸로 「체리, 체리*^Cherry Cherry *」를 연주할 수 있을까.*

내가 그 순간을 첫 키스만큼이나 선명하게 기억하는 이유는 콘 형의 방에 들어갔을 때 하고 있던 생각과 아무 상관없는, 전혀 이질적인 발상이었기 때문이다. 성서에 대고 맹세할 수 있는데 그런 생각이 떠오른 것도 아니었다. 속삭임이 들린 거나 다름없었다.

나는 기타를 집어서 콘 형의 침대에 앉았다. 줄은 건드리지 않고 먼저 그 곡을 떠올려 보았다. 내가 코니의 통기타로 「체리, 체리」를 연주하면 좋겠다고 생각한 이유는 어쿠스틱 리프(그때는 이런 용어를 몰랐지만)를 기반으로 만들어진 곡이기 때문이었다. 나는 머릿속에서 흐르는 멜로디를 듣다가 눈앞에 떠오르는 코드 진행표를 보고 깜짝 놀랐다. 지판을 어떤 식으로 누르면 되는지만 모를 뿐, 나는 모든 것을 알고 있었다.

《싱 아웃!》을 되는 대로 집어서 아무 블루스나 찾아보았다. 「당신을 부자로 만들어 줄게I Will Turn Your Money Green」이라는 곡에 E코드 짚는 법이 나와 있기에(*이 썩을 것들은 전부 E로 시작하지.* 이발사 헥터는 콘 형과 로니에게 그렇게 말한 적이 있었다.) 기타로 연주해 보았다. 소리가 탁하기는 했지만 맞았다. 깁슨 기타는 방치돼 있어도 줄이 느슨해지지 않는 훌륭한 악기였다. 나는 왼쪽 세 손가락으로 좀 더 세게 눌렀다. 아팠지만 상관없었다. E코드가 맞았다. E코드는 신의 선

138

물이었다. 내 머릿속에서 들리던 소리와 완벽하게 맞아떨어졌다.

콘 형은 「해 뜨는 집The House of the Rising Sun」을 배우는 데 6개월이 걸렸고 그러고 나서도 D에서 F로 넘어가려면 손가락의 위치를 바꾸느라 뜸을 들여야 했다. 나는 코드 세 개로 이루어진 「체리, 체리」리프(E에서 A에서 D에서 다시 A)를 10분 만에 배웠고, 이 세 가지 코드만 알면 섀도우스 오브 나이트의 「글로리아Gloria」와 킹스먼의 「루이, 루이Louie Louie」도 연주할 수 있다는 사실을 깨달았다. 나는 손끝이 고통의 아우성을 치고 왼손을 거의 구부릴 수도 없을 때까지 기타를 쳤다. 그러다 결국 멈춘 것도 그럴 수밖에 없는 상황이기 때문이었는데 얼른 다시 치고 싶어서 좀이 쑤셨다. 뉴 크리스티 민스트럴스나 이언 앤드 실비아나 여타의 밥맛인 포크송 가수들에게는 일말의 관심조차 없었지만 「체리, 체리」는 하루 종일 연주해도 질리지 않을 듯했다. 내 가슴을 울리는 뭔가가 있었다.

기타를 정말 잘 칠 수 있게 되면 아스트리드 소더버그가 나를 보는 시선이 달라질 수도 있었다. 하지만 그건 부수적인 부분이었다. 기타를 치고 있으면 내 안의 구멍이 메워졌다. 기타 그 자체에 감정적인 진실이 담겨 있었다. 기타를 치고 있으면 내가 다시 진짜 사람이 된 듯한 기분이 느껴졌다.

* * *

3주가 지나서 다시 토요일 오후가 됐을 때 미식축구 시합을 마친 콘 형이 후원단이 마련한 야외 바비큐 파티를 건너뛰고 일찍 집으로 돌아왔다. 나는 그때 층계참에 앉아서 「와일드 싱^{Wild Thing}」을 연주하고 있었다. 나는 형이 노발대발하면서 기타를 뺏고, 「불어오는 바람 속에^{Blowing in The Wind}」처럼 감성적인 저항의 노래에 걸맞은 악기로 코드 세 개만 알면 되는 트로그스의 바보 같은 곡이나 연주하는 신성모독을 저지르고 있다며 화를 낼 줄 알았다.

하지만 콘 형은 그날 세 번의 터치다운을 기록했고, 러싱 야드 학교 신기록을 갱신했고, 게이터스는 C리그 결승전 진출을 확정지었다. 그래서 "내가 라디오에서 들은 제일 어처구니없는 노래가 그 곡이야." 하고는 그만이었다.

"아니지. 나라면 「서핑 버드^{Surfin' Bird}」에 한 표. 그 곡도 칠 줄 아는데 들려줄까?"

"염병할, 됐다."

어머니는 정원에 있고, 아버지와 테리 형은 차고에서 로드 로켓 3호를 고치고 있었고, 신심이 두터운 큰형은 따로 나가서 살고 있었기에 욕을 할 수 있었던 것이다. 앤디 형도 클레어 누나처럼 이제는 메인 대학교(형의 주장에 따르면 "한심한 히피들"로 우글거린다는) 학생이었다.

"그래도 형 기타 좀 쳐도 되지?"

"실컷 쳐." 콘 형은 나를 지나갔다. 왼쪽 뺨에 시퍼렇게 멍이 들었고 땀 냄새가 코를 찔렀다. "하지만 망가뜨리면 네가 물어내야 해."

"안 망가뜨릴게."

망가뜨리지는 않았지만 줄은 여러 번 끊어 먹었다. 로큰롤은 포크보다 줄에 가해지는 부담이 더 컸다.

*** *

    1970년에 나는 앤드로스코긴 강 건너편의 게이츠폴스에 있는 고등학교에 입학했다. 이제 3학년으로 뛰어난 운동신경과 우수한 성적 덕분에 진정한 거물이 된 콘 형은 나를 본 체 만 체했다. 그건 상관없었다. 그건 괜찮았다. 하지만 홈룸 시간에는 내 뒷줄에 앉고 1학년 영어시간에는 내 바로 옆에 앉는 아스트리드 소더버그도 그렇다는 건 문제였다. 그녀는 이제 머리를 하나로 높게 묶고 다녔고 치마 길이는 아무리 못해도 무릎 위 5센티미터였다. 그녀가 다리를 꼴 때마다 나는 숨이 멎었다. 그녀를 짝사랑하는 마음은 그 어느 때보다 커져 갔지만 점심시간 때 그녀가 체육관 관람석에 앉아서 친구들과 함께 나누는 이야기를 엿들어 보니 그들의 관심사는 오로지 상급생이었다. 나는 새롭게 시작된 고등학교 생활이라는 대서사극의 엑스트라에 불과했다.

    하지만 나를 눈여겨 본 다른 사람이 있었으니…… 앤디 형이 한심한 히피라고 표현한 족속과 같은 범주에 속하는, 비쩍 마른 장발의 3학년 선배였다. 어느 날 아스트리드와 키득대는 무리들과 두 줄 거리를 두고 체육관에서 점심을 먹고 있는데 그가 나를 찾아왔다.

    "네가 제이미 모턴이냐?"

    나는 조심스럽게 그렇다고 대답했다. 그는 무릎에 천 조각을 덧댄 헐렁한 청바지를 입고 있었고, 날마다 두세 시간만 자고 버티거나 아니면 마스터베이션을 너무 자주 하는 사람처럼 눈 아래가 시커멨다.

    "밴드실로 가자."

"왜요?"

"가자면 가는 거지, 인마."

나는 한데 모여서 웃고, 소리 지르고, 서로 밀치고, 사물함을 쾅 닫는 학생들 사이를 헤치고 그를 따라갔다. 얻어맞는 건 아니기만 바랄 따름이었다. 사소한 이유로 2학년 선배에게 얻어맞는 거라면 모를까(2학년생들이 신입생에게 실시하는 신고식은 원칙적으로 금지조항이었지만 실질적으로는 빈번하게 자행됐다.) 3학년 선배에게 얻어맞는 그림은 상상이 되지 않았다. 우리 형을 보면 알 수 있다시피 3학년생들은 1학년생들이 살아 있다는 것조차 거의 알아차리지 못했다.

밴드실에는 아무도 없었다. 다행이었다. 이자가 나를 손볼 생각인지 뭔지 몰라도 옆에서 거들 다른 친구들은 없다는 뜻이었다. 그런데 그는 나를 때리기는커녕 손을 내밀었다. 나는 그 손을 잡았다. 그의 손가락은 힘이 없고 축축했다.

"놈 어빙이다."

"만나서 반갑습니다."

그게 사실일지 아닐지는 모르는 일이었다.

"듣자하니 기타를 친다며?"

"누가 그래요?"

"너희 형. 그 미식축구 선수가."

놈 어빙은 기타 케이스로 그득한 벽장 문을 열었다. 그중에서 하나를 꺼내 걸쇠를 벗기자 새까만 야마하 전기기타가 위용을 드러냈다.

"SA30이야. 2년 전에 장만했지. 아빠랑 여름 내내 이 집, 저 집 페인트 칠해 주고 받은 돈으로. 앰프 켜 봐. 아니, 큰 거 말고 네 바로 앞에 있는 불노즈."

나는 미니 앰프 앞으로 다가가서 스위치나 버튼을 찾았지만 보이지 않았다.

"뒤에 있다, 꼬맹아."

"아."

나는 로커 스위치를 찾아서 눌렀다. 빨간 불이 들어오면서 나지막이 웅 하는 소리가 났다. 나는 그 소리가 처음부터 마음에 들었다. 전기를 상징하는 소리였다.

놈은 기타 캐비닛에서 코드를 하나 꺼내서 끼웠다. 그의 손가락이 줄을 훑자 미니 앰프에서 짧게 **부웅** 하는 소리가 났다. 화음도 아니고 음악도 아닌데 더할 나위 없이 아름다웠다. 그가 내 쪽으로 기타를 내밀었다.

"왜요?" 나는 놀란 동시에 짜릿했다.

"너희 형이 그러는데 너 리듬 기타 칠 줄 안다며? 어디 한번 들어 보자."

내가 기타를 받아들자 발치에 놓인 조그만 불노즈 앰프에서 또다시 **부웅** 하는 소리가 났다. 형의 통기타보다 훨씬 무거웠다.

"전기기타는 쳐 본 적 없어요."

"똑같아."

"무슨 곡으로 할까요?"

"「그린 리버Green River」 어때? 할 수 있겠냐?"

그는 헐렁한 청바지의 호주머니에서 피크를 꺼냈다.

나는 어찌어찌 피크를 떨어뜨리지 않고 받았다.

"E코드로요?"

물어볼 필요가 뭐가 있었을까. 이 썩을 것들은 전부 다 E로 시작하는 것을.

"꼬맹이 네 마음대로."

나는 머리 위로 끈을 넘기고 패드를 어깨에 맞게 움직였다. 기타가 너무 낮게 내려왔지만(노먼 어빙의 키가 나보다 훨씬 컸다.) 떨려서 조절할 생각조차 하지 못했다. 나는 E코드를 쳤다가 막힌 밴드실을 쩌렁쩌렁 울리는 소리를 듣고 화들짝 놀랐다. 그걸 보고 그가 씩 웃자(그대로 방치하면 나중에 많이 골치 아파질 치아가 드러났다.) 마음이 한결 편해졌다.

"문 닫혀 있다, 꼬맹아. 소리 높여서 마음껏 연주해 봐."

볼륨이 5에 맞추어져 있었다. 7로 높이자 **왜애애앵** 하고, 이 정도면 됐다 싶게 요란한 소리가 났다.

"노래는 전혀 못 해요."

"노래는 할 필요 없어. 내가 하니까. 너는 리듬 기타만 치면 돼."

「그린 리버」는 기본적인 로큰롤 비트다. 「체리, 체리」와 같지는 않지만 비슷하다. 나는 다시 E코드를 쳤고 머릿속에 떠오르는 그 노래의 첫 구절을 들으며 맞는다는 결론을 내렸다. 노먼이 노래를 부르기 시작했다. 기타 소리에 묻혀서 거의 들리지 않았지만 목소리가 좋다는 것 정도는 알 수 있었다.

"차가운 물이 흐르는 그곳으로 나를 다시 데려가 주오……"

내가 코드를 A로 바꾸자 그가 노래를 멈추었다.

"계속 E죠? 죄송해요, 죄송해요."

처음 세 구절을 전부 다 E로 연주한 뒤에 대부분의 로큰롤 진행에 따라서 다시 A로 코드를 바꿨는데 이번에도 틀렸다.

"뭐예요?" 나는 노먼에게 물었다.

그는 뒷주머니에 손을 꽂고서 나를 빤히 쳐다보기만 했다. 나는 머릿속에 떠오르는 노래를 듣고 다시 한 번 시도해 보았다. 네 번째 구절에 다다랐을 때 A로 코드를 바꾸자 이번에는 맞았다. 처음부터 다시 시작해야 했지만 그다음부터는 일사천리였다. 이제 필요한 것은 드럼, 베이스 그리고…… 리드 기타뿐이었다. 내 주제에 크리던스의 존 포거티*처럼 파워풀한 리드 기타리스트는 언감생심이었다.

"기타 줘 봐."

나는 실망감을 감추며 기타를 건넸다.

"빌려줘서 고마워요."

나는 이렇게 말하고 밖으로 나가려고 했다.

"잠깐만. 모턴." 큰 차이는 아니었지만 그래도 꼬맹이에 비하면 발전한 셈이었다. "오디션 아직 안 끝났다."

오디션?

그는 캐비닛에서 좀 더 작은 케이스를 집더니 흠집이 잔뜩 난 케이 사의 세미 할로 기타를 꺼냈다. 궁금해하는 독자를 위해 밝히자면 900G 모델이었다.

"큰 앰프에 연결하고 볼륨을 4로 조절해. 그 케이는 하울링이 우

---

* 「그린 리버」를 부른 크리던스 클리어워터 리바이벌의 리드 싱어 겸 리드 기타리스트.

라지게 심하거든."

나는 그가 시키는 대로 했다. 내 몸에는 야마하보다 케이가 더 잘 맞았다. 연주하느라 등을 구부릴 필요가 없었다. 줄 사이에 피크가 끼워져 있기에 꺼냈다.

"준비됐냐?"

나는 고개를 끄덕였다.

"원…… 투…… 원-투-쓰리-앤……"

나는 「그린 리버」의 단순한 리듬을 파악하는 동안에도 전전긍긍했는데 만약 노먼의 실력이 어느 정도인지 알았더라면 아예 연주를 시작하지 못했을 것이다. 그 길로 줄행랑을 놓았을 것이다. 그가 팬터지 레코드 사에서 싱글로 출시된 버전 그대로 포거티의 파트를 똑같이 연주하기 시작했다. 나는 얼떨결에 따라 들어갔다.

"더 크게!" 그가 내게 고함을 질렀다. "우라질 하울링은 신경 쓰지 말고 힘껏 쳐 봐!"

나는 큰 앰프의 볼륨을 8로 높이고 다시 합류했다. 기타 두 대가 경찰차 사이렌 소리처럼 왱왱거리자 거기에 묻혀서 노먼의 목소리는 들리지도 않았다. 그래도 상관없었다. 나는 리듬에 맞춰서 그가 이끄는 대로 따라갔다. 2분 30초 동안 끊임없이 들이닥치는 유리 같은 파도를 탄 듯한 느낌이었다.

노래가 끝나자 정적이 요란하게 내려앉았다. 나는 귓속이 윙윙거렸다. 놈은 고민하는 표정으로 천장을 빤히 쳐다보다가 고개를 끄덕였다.

"훌륭하지는 않지만 형편없지도 않네. 조금만 연습하면 스너피보다 나아질 수도 있겠어."

"스너피가 누군데요?" 내가 물었다. 귓속이 계속 윙윙거렸다.

"매사추세츠로 이사 간 녀석. 이번에는 「니들스 앤드 핀스Needles and Pins」를 해보자. 서처스 노래 알지?"

"E예요?"

"아니, D인데 그냥 D가 아니야. 좀 변형시켜야 해."

그가 새끼손가락으로 높은 E를 어떻게 잡으면 되는지 알려 주자 나는 곧바로 터득했다. 우리의 연주 소리가 음반과 똑같지는 않았지만 그래도 얼추 비슷했다. 끝내고 보니 내가 땀을 뚝뚝 흘리고 있었다.

"좋아." 그가 기타를 풀며 말했다. "'흡구'로 나가자. 담배 한 대 피워야겠어."

* * *

직업훈련소 뒤편이 흡연구역이었다. 구레나룻족과 히피, 짙은 화장에 대롱거리는 귀걸이를 하고 짧은 치마를 입고 다니는 여학생들의 아지트였다. 남학생 둘이 실눈을 뜨고 금속공예실 저쪽 끝을 쳐다보고 있었다. 노먼처럼 얼굴은 알지만 이름은 모르는 학생들이었다. 한 명은 모랫빛이 도는 금발에 여드름투성이였다. 다른 한 명은 아홉 갈래로 뻗은 특이한 빨간 머리의 소유자였다. 둘 다 별 볼 일 없는 인간인 듯했지만 상관없었다. 노먼 어빙도 별 볼 일 없는 인간처럼 생겼지만 내가 직접 연주를 들은 기타리스트 중에서 최고였다.

"어때?"

모랫빛이 도는 금발머리가 물었다. 알고 보니 그의 이름은 케니 러플린이었다.

"스너피보다 나아." 노먼이 대답했다.

정신 사나운 빨간 머리는 씩 웃었다.

"그게 뭐 대수라고."

"맞아. 그래도 아무라도 있어야 토요일 저녁에 그레인지에 나갈 수 있잖아." 그는 쿨스 담뱃갑을 꺼내서 내 쪽으로 내밀었다. "피우냐?"

"아뇨." 나는 이렇게 대답하고, 어처구니없다는 생각을 하면서도 이렇게 덧붙였다. "죄송해요."

노먼은 내 말에 아무 대꾸도 하지 않고, 옆면에 뱀과 **밟지 마시오**라는 문구가 새겨진 지포라이터로 불을 붙였다.

"이쪽은 케니 러플린. 베이스를 맡고 있어. 빨간 머리는 폴 부샤르. 드럼. 이 꼬마는 코니 모턴의 동생이야."

"제이미라고 합니다." 나는 그들의 환심을 사고 싶었지만(그들 무리에 끼고 싶었지만) 단순히 미식축구 선수의 동생으로 간주되는 것은 싫었다. "제이미라고 불러 주세요."

나는 손을 내밀었다.

그들도 노먼처럼 손에 힘이 없었다. 나는 그레이트폴스 고등학교의 밴드실에서 노먼 어빙에게 오디션을 받은 이래 수많은 기타리스트와 함께 공연했지만 그들은 하나같이 죽은 물고기처럼 악수를 했다. 로커들은 연주를 위해 모든 기운을 비축하나 싶을 정도였다.

"네 생각은 어떠냐?" 노먼이 물었다. "같이 밴드 할래?"

같이 밴드를 하겠느냐고? 그가 신고식으로 운동화 끈을 먹어야 한다고 말했더라도 나는 그 자리에서 당장 끈을 풀어서 씹기 시작했을 것이다.

"좋아요. 그런데 술을 파는 데서는 연주할 수 없어요. 열네 살밖에 안 됐거든요."

그들은 놀란 눈으로 서로를 쳐다보더니 웃음을 터뜨렸다.

"유명해지면 홀리나 듀스포 같은 데서 섭외가 들어왔을 때 고민해 볼 수도 있겠지." 노먼이 콧구멍으로 연기를 내뿜으며 말했다. "지금은 중고등학생 댄스파티가 전부야. 유레카 그레인지 같은 데서 열리는 거 말이다. 너, 거기 출신이지? 할로."

"하우-로우(How-Low)." 케니 러플린은 낄낄거렸다. "우리는 거길 그렇게 부르지. 너희 같은 촌놈들은 얼마나 밑바닥을 때려야 정신을 차리냐, 이렇게 물을 때 쓰는 용도로."

"아무튼 같이 하고 싶은 건 맞지?" 놈은 한쪽 다리를 들어서 너덜너덜한 비틀 부츠로 담배를 눌러서 껐다. "너희 형 말로는 픽업*이 없는 자기 깁슨 기타로 연습한다던데 케이를 쓰면 돼."

"기악부에서 뭐라고 안 할까요?"

"알지도 못할 거야. 목요일 오후에 그레인지로 와. 내가 케이를 들고 갈게. 하울링이 우라지게 심한 그 바보자식을 망가뜨리지만 않으면 돼. 장비 설치하고 리허설할 거야. 코드표 적을 수 있게 공책 들고 와."

---

* 전류 신호를 소리로, 소리를 전류 신호로 바꾸는 장치.

종이 울렸다. 다들 담배를 끄고 학교 쪽으로 어슬렁어슬렁 걸어가기 시작했다. 지나가던 여학생 하나가 노먼의 한쪽 뺨에 입을 맞추고 헐렁한 청바지의 엉덩이를 토닥였다. 그는 거들떠보지도 않는 눈치였다. 어마어마하게 세련된 반응을 접하고 그에 대한 존경심이 한 단계 더 높아졌다.

다른 밴드 멤버들은 종소리에 아랑곳하지 않는 듯했기에 나 혼자 걸음을 옮겼다. 그러다 문득 생각난 것이 있어서 뒤를 돌아보았다.

"밴드 이름이 뭐예요?"

그러자 놈이 대답했다.

"예전에는 건슬링어스*였는데 너무 군국주의적이라고 생각하는 사람들이 많아서. 지금은 크롬 로지스(Chrome Roses)야. 술에 취한 채로 우리 아빠네 집에서 원예 프로그램을 보다가 케니가 생각해 낸 이름이야. 멋지지?"

나는 그 뒤로 4반세기 동안 J-톤스, 로빈 앤드 더 제이스 그리고 헤이-제이스(전부 다 제이 페더슨이라는 세련된 기타리스트가 이끄는 밴드)의 멤버로 활약했다. 히터스, 스티프스, 언더테이커스, 래스트 콜 그리고 앤더슨빌 로커스 멤버로도 활약했다. 펑크의 전성기 때는 팻시 클라인스 립스틱, 테스트 튜브 베이비스, 애프터버스 그리고 더 월드 이즈 풀 오브 브릭스를 거쳤다. 심지어 더즈 더즈 콜 더 퍼즈라는 로커빌리** 그룹에 몸을 담은 적도 있었다. 하지만 내가 보기에 크롬 로지스보다 더 근사한 밴드 이름은 없었다.

---

* 특히 서부영화에 등장하는 청부살인업자를 가리키는 단어.
** 로큰롤과 힐빌리를 결합하여 이르는 말로 리듬앤블루스에 컨트리 리듬이 만나 발생한 장르.

"글쎄다." 어머니는 이렇게 말했다. 화가 났다기보다 두통으로 고생하는 듯한 얼굴이었다. "너는 이제 열네 살밖에 안 됐잖니, 제이미. 코니가 그러는데 다른 아이들은 너보다 *훨씬* 나이가 많다며?" 우리는 클레어 누나와 앤디 형이 없어서 훨씬 넓어 보이는 식탁에서 저녁을 먹고 있었다. "걔들 담배 피우니?"

"아뇨."

어머니는 콘 형을 돌아보았다.

"걔들 담배 피우니?"

콘 형은 크림을 섞은 옥수수를 테리 형에게 넘기면서 일말의 망설임도 없이 대답했다.

"아뇨."

나는 콘 형을 와락 끌어안고 싶었다. 우리는 여느 형제들처럼 그동안 숱하게 부딪치며 지내 왔지만, 위기가 닥치면 형제들끼리 똘똘 뭉치기 마련이었다.

"술집 같은 데서 하는 것도 아니잖아요, 엄마." 나는 이렇게 얘기했지만…… 대부분의 멤버들이 스물한 살이 되기 한참 전부터 술집으로 진출할 것 같은 예감이 들었다. "기껏해야 그레인지예요. 이번 주 목요일에 리허설 하기로 했어요."

"너는 리허설 엄청 많이 해야겠다." 테리 형이 빈정거렸다. "폭찹 더요."

"'더 주세요.'라고 해야지, 터렌스."

어머니는 딴 데 정신 팔린 목소리로 그렇게 말했다.

"폭찹 더 *주세요*."

아버지가 접시를 건넸다. 아버지는 지금까지 아무 말도 하지 않았다. 좋은 징조일 수도 있고 나쁜 징조일 수도 있었다.

"리허설 하는 데까지 어떻게 갈 건데? 리허설은 그렇다 치고 그 뭐냐…… 공연장마다 무슨 수로 따라다니려고?"

"놈한테 폭스바겐 미니버스가 있어요. 그 선배 아버지 차이기는 한데 옆면에 밴드 이름을 적어도 된다고 했대요!"

"그 놈이라는 애도 기껏해야 열여덟 살일 거 아냐." 어머니는 더 이상 식사를 하지 않았다. "운전을 안전하게 할지 안 할지, 무슨 수로 믿겠어."

"엄마, 그쪽에서 제가 필요하대요! 리듬 기타리스트가 매사추세츠로 이사 가는 바람에. 리듬 기타를 칠 사람이 없으면 토요일 저녁에 공연을 할 수 없어요!" 어떤 생각 하나가 유성처럼 내 머릿속을 스치고 지나갔다. 아스트리드 소더버그가 그 댄스파티에 참석할지 모른다는 생각이었다. "중요한 자리예요! 엄청난 행사라고요!"

"그래도 안 되겠어."

어머니는 이제 관자놀이를 문질렀다.

마침내 아버지가 입을 열었다.

"하라 그래, 로라. 걱정하는 당신 마음은 알지만 거기에 소질이 있는 걸 어쩌겠어."

어머니는 한숨을 쉬었다.

"알았어."

"고맙습니다, 엄마! 고맙습니다, 아빠!"

어머니는 포크를 집었다가 다시 내려놓았다.

"담배나 마리화나 피우지 않고 술도 마시지 않겠다고 약속해."

"약속할게요."

나는 그 약속을 2년 동안 지켰다.

얼추 그 기간 동안 지켰다.

* * *

유레카 그레인지 넘버7에서 벌인 첫 번째 공연에서 가장 기억에 남는 대목이 뭔가 하면 넷이 같이 무대에 올랐을 때 내 몸에서 풍기던 땀 냄새다. 땀 냄새에 관한 한 열네 살짜리 청소년을 이길 사람이 어디 있을까. 첫 공연을 앞두고 온수가 더 이상 나오지 않을 때까지 20분 동안 샤워를 했건만, 빌린 기타를 집으려고 허리를 숙이는 내 몸에서 풍기는 두려움의 냄새가 코를 찔렀다. 케이를 어깨 위로 둘러메는데 100킬로그램은 됨 직하게 느껴졌다. 나는 겁에 질릴 만한 이유가 있었다. 로큰롤이 아무리 본질적으로 단순한 음악이라 해도 놈 어빙이 내준 숙제(목요일 오후부터 토요일 저녁까지 30곡 배우기)는 나도 못을 박았다시피 불가능, 그 자체였다.

그는 어깨를 으쓱하면서 내 음악 인생 사상 가장 유익한 충고를 했다. 자신 없으면 가만히 서 있으면 된다는 충고였다. 그는 썩어 가는 이를 드러내며 씩 웃었다.

"게다가 내 기타 소리가 워낙 커서 네 소리는 들리지도 않을걸."

폴이 짧은 드럼 연주로 청중들의 관심을 모으고 심벌즈를 한 번 때리는 것으로 마무리를 지었다. 기대에 찬 박수 소리가 잠깐 이어졌다. 모두들(내가 보기에 수백만 명은 되는 듯했다.) 조명을 받으며 우리 넷이 옹기종기 모여 있는 조그만 무대를 올려다보고 있었다. 모조 다이아몬드가 박힌 내 조끼(크롬 로지스가 건슬링어스였던 시절에 입던 조끼)가 한심하게 느껴지면서 이러다 토를 하는 건 아닐까 걱정했던 기억이 난다. 점심은 깨작거렸고 저녁은 아예 먹지를 못했으니 그럴 가능성은 없어 보였지만 느낌상으로는 분명 그랬다. 그래서 나는 이렇게 생각했다. 토는 *하지 말고 기절하자. 그래, 기절하면 되겠다.*

정말로 기절할 수도 있었는데 놈이 그럴 만한 여유를 주지 않았다. "저희는 크롬 로지스라고 합니다. 다들 일어나서 춤출 준비 되셨죠?" 그러고는 우리를 향해 외쳤다. "원…… 투…… 어떻게 하면 되는지 알지?"

폴 부샤르가 톰톰* 연주로 「기다려 슬루피^{Hang On Sloopy}」의 서막을 알렸고 그렇게 우리의 공연은 시작됐다. 놈이 리드 보컬을 맡았다. 케니가 맡은 두세 곡만 예외였다. 폴과 나는 백 보컬을 맡았다. 처음에는 소심하기 그지없었지만 앰프를 통해 흘러나오는 내 목소리가 얼마나 다르고 얼마나 어른스럽게 들리는지 알아차린 다음부터는 대담해졌다. 나중에 알게 된 사실이지만 없으면 서운해할지 몰라도…… 백업 보컬에 귀를 기울이는 사람은 없었다.

---

* 손으로 두드리는, 좁고 아래위로 기다란 북.

나는 플로어 위로 올라가서 춤을 추기 시작하는 커플들을 바라보았다. 다들 그럴 생각으로 이 자리에 참석한 거겠지만 내가 가담한 밴드의 연주에 맞춰서 춤을 추려는 사람이 있다니 믿기지가 않았다. 야유를 받으며 무대 밖으로 내쫓기지는 않겠다는 생각이 들기 시작하자 황홀경에 가까운 희열이 내 안에서 샘솟았다. 나는 그 뒤로 온갖 약물을 섭렵했지만 아무리 비싼 약물이라도 그때 처음으로 느꼈던 그 기분에 필적한 적은 없었다. *우리의* 연주에 맞춰서 *저들*이 춤을 추고 있었다.

우리의 공연 시간은 7시부터 10시 30분까지였다. 9시 무렵에 20분 쉬는 시간이 주어지자 놈과 케니는 기타를 내려놓고 앰프를 끈 다음 담배를 피우러 밖으로 달려 나갔다. 나로서는 그 시간이 꿈만 같았기 때문에 좀 느린 곡을 연주했을 때(아마 「누가 이 비를 멈출 것인가Who'll Stop the Rain」였을 것이다.) 왈츠를 추며 지나가는 어머니와 아버지를 보고도 놀라지 않았다.

어머니는 아버지의 어깨에 얼굴을 묻고 있었다. 눈은 감았고 꿈을 꾸는 듯 희미한 미소를 머금고 있었다. 아버지는 눈을 뜨고 있다가 무대 앞을 지나면서 나를 향해 윙크했다. 부모님의 등장에 당황할 필요는 없었다. 고등학교 댄스파티나 루이스턴 롤러스케이트장에서 열리는 PAL 댄스파티는 전적으로 아이들을 위한 자리지만, 유레카 그레인지나 게이츠의 엘크회관, 재향군인회관에서 열리는 댄스파티는 어른들도 많이 참석했다. 첫 번째 공연의 유일한 문제점이 있었다면 아스트리드의 친구들은 몇 명 보이는데 정작 그녀는 보이지 않는다는 것이었다.

우리 부모님은 일찍 가셨고 놈이 낡은 마이크로버스로 집까지 태워다 주었다. 다들 성공적으로 공연을 마친 데 신이 나서 웃으며 긴장을 푸느라 정신이 없었다. 놈이 10달러짜리 지폐를 내밀었을 때 나는 그 돈의 정체를 알 수 없었다.

"네 몫이야. 출연료로 50달러를 받았거든. 나는 20달러. 내 버스이고 내가 리드 보컬이니까, 너희들은 각자 10달러씩."

나는 꿈을 꾸는 듯한 기분에서 헤어나지 못한 채 돈을 받았고 욱신거리는 왼손으로 옆문을 열었다.

"이번 주 목요일에 리허설이다." 놈이 말했다. "방과 후에 밴드실로 와. 그런데 그날은 집까지 태워다 주지 못해. 아빠를 도와서 캐슬록에 있는 집을 하나 칠해야 하거든."

나는 알았다고 했다. 콘 형이 안 된다고 하면 히치하이크를 할 생각이었다. 9번 도로를 타고 게이츠폴스와 할로를 오가는 사람들 중에 나를 모르는 사람은 거의 없으니 기꺼이 태워 줄 터였다.

"「갈색 눈의 소녀Brown Eyed Girl」 연습해. 그거 한참 부족하더라."

나는 알았다고 했다.

"그리고 제이미?"

나는 그를 쳐다보았다.

"다른 곡들은 괜찮았어."

"스너피보다 나았어." 폴이 말했다.

"그 자식보다 훨씬 나았어." 케니가 덧붙였다.

아스트리드가 오지 않아서 속상했던 마음이 거의 다 풀렸다.

아버지는 침실로 들어갔지만 어머니는 차를 한 잔 두고 식탁 앞에 앉아 있었다. 플란넬 잠옷으로 갈아입었지만 화장은 아직 지우지 않아서 아주 예뻐 보였다. 어머니가 미소를 짓는데 두 눈에 눈물이 가득 고여 있었다.

"엄마? 아무 일 없는 거죠?"

"응. 너를 생각하니까 좋아서 그래, 제이미. 조금 겁이 나기도 하고."

"그러지 마세요."

나는 어머니를 끌어안았다.

"그 녀석들이랑 어울려 다니면서 담배 피우고 그러지 않을 거지? 약속해라."

"약속했잖아요, 엄마."

"한 번 더 해."

나는 다시 한 번 약속했다. 열네 살 때는 약속하기가 땀 한 방울 흘리기보다 더 쉬운 법이다.

2층으로 올라가 보니 콘 형이 침대에 누워서 과학책을 읽고 있었다. 재미 삼아 그런 책을 읽는다는 게 말이 될까 싶었지만(그것도 잘 나가는 미식축구 선수가) 코니가 그랬다. 형은 책을 내려놓고 이렇게 말했다.

"제법 잘하더라?"

"어떻게 알았어?"

형은 미소를 지었다.

"잠깐 들여다봤지. 그 토 나오는 곡 연주하고 있던데?"

"「와일드 싱」 말이지?"

물어볼 필요조차 없었다.

* * *

    다음 주 금요일 저녁에는 재향군인회관에서, 토요일에는 고등학교 댄스파티에서 공연을 펼쳤다. 토요일 공연 때는 놈이 "이제 두 번 다시 애를 태우지 않겠어."라는 가사를 "이제 두 번 다시 너를 태우지 않겠어."로 바꿔서 불렀다. 가사를 귀담아 듣는 법이 없는 보호자들은 알아차리지 못했지만, 아이들은 알아차리고서 열광했다. 게이츠 고등학교의 체육관이 워낙 넓어서 자체 앰프 역할을 했기에 특히 「굿 러빙Good Lovin'」처럼 시끄러운 곡을 연주하면 사운드가 엄청났다. 영국 밴드 슬레이드의 노래 제목*을 살짝 바꿔서 표현하자면 참 요란하게 잘도 떠들었다. 쉬는 시간에 케니가 놈과 폴을 데리고 흡연구역으로 나가기에 나도 따라갔다.

    그곳에 여학생이 몇 명 있었다. 내가 오디션을 본 날에 놈의 엉덩이를 두드렸던 해티 그리어도 있었다. 그녀는 그의 목을 팔로 감싸 안고 자기 몸을 바짝 갖다 댔다. 놈은 그녀의 뒷주머니에 손을 넣고 더 바짝 끌어당겼다. 나는 애써 시선을 피했다.

    뒤에서 누군가가 조그만 목소리로 소심하게 나를 불렀다.

    "제이미?"

    나는 고개를 돌렸다. 아스트리드였다. 그녀는 일자로 내려오는 하얀색 치마에 파란색 민소매 블라우스를 입고 있었다. 단정했던 학교에서와는 다르게 풀어 놓은 머리가 얼굴을 양옆에서 덮었다.

---

* 슬레이드의 「너희들은 요란하게 놀지(You Boyz Make Big Noize)」를 말하는 것이다.

"안녕." 이렇게 말해 놓고 보니 부족하게 느껴졌다. "안녕, 아스트리드. 안에서는 못 봤는데."

"보니랑 보니네 아빠 차를 같이 타고 오느라 늦었어. 너희 밴드 진짜 잘한다."

"고마워."

놈과 해티가 맹렬하게 입을 맞추고 있었다. 놈이 어찌나 요란한 소리를 내는지 엄마가 쓰는 일렉트로룩스 청소기하고 조금 비슷했다. 좀 더 조용하게 쪽쪽거리는 다른 커플도 있었는데 아스트리드는 모르는 눈치였다. 그 반짝이는 두 눈이 내 얼굴을 떠날 줄 몰랐다. 그녀는 개구리 모양의 귀걸이를 하고 있었다. 블라우스하고 색을 맞춘 *파란색* 귀걸이였다. 그런 때는 별 게 다 눈에 들어오는 법이다.

내가 무슨 말이라도 더 해주길 기다리는 눈치기에 나는 좀 전에 한 말에 살을 붙였다.

"정말 고마워."

"담배 피우려는 거야?"

"나 말이야?" 그녀가 우리 엄마를 대신해서 첩자 노릇을 하고 있을지 모른다는 생각이 퍼뜩 내 머리를 스치고 지나갔다. "나는 담배 안 피워."

"그럼 나랑 같이 들어갈래?"

나는 그녀와 함께 걸었다. 흡연구역에서 체육관 뒷문까지는 400미터였다. 400미터가 아니라 4킬로미터면 얼마나 좋을까 싶었다.

"누구랑 같이 왔어?" 내가 물었다.

"보니랑 칼라랑. 여자친구들하고만 같이 왔어. 우리 부모님은 열다섯 살이 될 때까지 남자친구를 못 만나게 하거든."

그녀는 그게 얼마나 한심한 발상인지 증명이라도 하려는 듯 내 손을 잡았다. 뒷문 앞에 다다랐을 때 그녀가 나를 올려다보았다. 나는 하마터면 그 자리에서 입을 맞출 뻔했지만 용기가 없었다.

남자들은 가끔 바보 같아질 때가 있다.

* * *

댄스파티가 끝난 뒤에 폴의 드럼 세트를 마이크로버스 뒤편에 싣는데 놈이 아버지에 버금가는 심각한 말투로 내게 물었다.

"쉬는 시간 이후로 엉망진창이더라? 왜 그랬어?"

"글쎄요. 미안해요. 다음번엔 잘할게요."

"그래 주기 바란다. 실력이 좋아야 공연도 하지. 실력이 없으면 공연도 못 해." 그는 마이크로버스의 녹슨 옆면을 토닥였다. "우리 벳시가 공기를 먹고 달리는 거 아니잖아. 나도 마찬가지고."

"그 여자애 때문이야." 케니가 말했다. "하얀 치마 입고 온 금발예쁜이 말이야."

놈은 이제 알았다는 표정을 지었다. 그는 내 어깨에 손을 올려놓더니 아버지처럼 나를 살짝 흔들며 아버지 같은 목소리로 말했다.

"개랑 사귀어. 가능한 한 빨리. 그러면 실력이 늘 거다."

그러더니 내게 15달러를 주었다.

* * *

    우리는 12월 31일에 그레인지에서 무대에 올랐다. 눈이 내렸다. 아스트리드도 그 자리에 있었다. 모자에 털이 달린 파카를 입고 있었다. 나는 비상계단 아래로 그녀를 데리고 가서 입을 맞추었다. 그녀의 립스틱에서 딸기 맛이 났다. 내가 입술을 떼자 그녀는 그 커다란 눈으로 나를 쳐다보았다.

    "끝까지 안 할 줄 알았어."

    그녀는 이렇게 말을 하고 쿡쿡 웃었다.

    "괜찮았어?"

    "다시 한 번 해 봐. 그럼 알려 줄게."

    놈이 내 어깨를 두드릴 때까지 우리는 비상계단 아래에서 입을 맞추었다.

    "얘들아, 이제 그만. 공연 시간 다 됐다."

    아스트리드는 내 뺨에 쪽 소리 나게 뽀뽀를 했다.

    "「와일드 싱」 들려줘. 나는 그 곡 좋더라."

    댄스화를 신은 그녀는 뒷문 쪽으로 달려가서 안으로 스르륵 자취를 감추었다.

    놈과 나는 뒤따라갔다.

    "잔뜩 꼴렸냐?" 그가 물었다.

    "네?"

    "됐다. 걔가 신청한 곡부터 연주할 거야. 어떤 식으로 하면 되는지 알지?"

신청곡도 많이 연주했기 때문에 어떤 식으로 하면 되는지 알았고 기꺼이 나설 준비도 되어 있었다. 케이 기타가 내 앞에 있으면 자신감이 생겼다. 플러그만 꽂으면 언제든 움직일 준비가 되어 있는 전기 방패나 다름없었다.

우리는 무대로 올라갔다. 폴이 우리 밴드가 돌아와서 한바탕 뒤흔들 준비가 됐음을 알리는 드럼 리프를 선보였다. 놈이 내게 고개를 끄덕이고 손댈 필요가 없는 기타 스트랩을 만지작거렸다. 나는 센터 마이크로 걸어가서 큰 소리로 외쳤다.

"아스트리드에게 바치는 신청곡입니다. 왜냐하면…… *미친 짓이지만 내가 너를 사랑하는 것 같거든!*"

보통은 놈의 역할이었지만(밴드 리더에게 주어지는 특권이었다.) 이번에는 내가 카운트를 셌다. 원, 투, 어떻게 하면 되는지 알지. 플로어 위에서는 아스트리드의 친구들이 그녀를 때리며 비명을 질러 댔다. 그녀는 뺨이 시뻘게졌다. 그녀가 내게 손 키스를 날렸다.

아스트리드 소더버그가 내게 손 키스를 날렸다.

* * *

이렇게 해서 크롬 로지스 멤버들에게 여자친구가 생겼다. 어쩌면 꽁무니를 쫓아다니는 팬일 수도 있었다. 아니면 둘 다일 수도 있었다. 밴드 활동을 하다 보면 선을 긋기가 애매해진다. 놈에게는 해티가 있었다. 폴에게는 수전 푸르니에가 있었다. 케니에게는 캐럴 플러머가 있었다. 그리고 나에게는 아스트리드가 있었다.

해티, 수전, 캐럴이 공연하러 나선 우리의 미니버스에 끼어 탈 때도 있었다. 아스트리드는 허락이 안 떨어져서 미니버스는 타지 못했지만 수전이 부모님의 차를 빌려서 몰고 나오면 다른 여학생들과 함께 그 차에는 탈 수 있었다.

그들은 가끔 플로어로 올라가서 자기들끼리 춤을 출 때도 있었지만 대부분은 자기들끼리 모여 서서 구경만 했다. 아스트리드와 나는 쉬는 시간마다 입을 맞추었고 그녀에게서 담배 맛이 느껴지기 시작했다. 그래도 나는 개의치 않았다. 그녀는 그 사실을 알아차린 다음부터(여자들은 눈치가 범이다.) 내 앞에서 담배를 피우기 시작했고 키스를 하는 동안 내 입속으로 담배 연기를 불어넣은 적도 몇 번 있었다. 그러면 어찌나 발기가 심하게 되는지 그걸로 콘크리트도 부술 수 있을 정도였다.

열다섯 번째 생일에서 일주일이 지났을 때 아스트리드는 미니버스를 타고 우리와 함께 루이스턴에서 열리는 PAL 댄스파티에 갈 수 있게 되었다. 우리는 집으로 가는 내내 입을 맞추었고 내가 그녀의 외투 속으로 손을 집어넣어서 풋사과보다 많이 봉긋해진 가슴을 감쌌을 때 그녀는 평소와 다르게 내 손을 밀쳐내지 않았다.

"기분 좋다." 그녀가 내 귀에 대고 속삭였다. "그러면 안 된다는 거 알지만 그래도 기분이 좋아."

"그러면 안 된다는 걸 아니까 기분이 좋은 것일 수도 있어."

내가 말했다. 남자들은 가끔 똑똑해질 때가 있다.

한 달이 지나자 나는 그녀의 브래지어 안으로 손을 집어넣을 수 있었고 두 달이 지나자 치마 속 구석구석을 탐험할 수 있었다. 내 손이 드디어 은밀한 곳에 가서 닿자 그녀는 이번에도 기분이 좋다고 고백했다. 하지만 그 이상은 절대 허락하지 않았다.

"첫 밤에 임신이 될 게 분명하거든."

세워 놓은 차 안에서 분위기가 유난히 후끈 달아올랐던 날 밤에 그녀가 내 귀에 대고 속삭인 말이었다.

"약국에 가서 그걸 사 오면 되잖아. 아무도 나를 모르는 루이스턴에 가서."

"캐럴이 그러는데 그게 가끔 찢어질 때도 있대. 케니랑 할 때 그런 적이 한 번 있어서 한 달 내내 걱정이 돼서 죽을 뻔했대. 생리를 안 하면 어쩌나 하고. 그런데 다른 방법도 있다더라. 캐럴한테 들었어."

다른 방법도 제법 좋았다.

* * *

나는 열여섯 살에 면허증을 땄다. 주행 시험을 한 방에 통과한 사람은 우리 형제들 가운데 나 하나뿐이었다. 운전 교육 덕분이었지만 시서로 어빙 덕분인 게 더 컸다. 놈은 머리를 금발로 염색한 마음씨 좋은 어머니와 게이츠폴스에서 살았지만, 주말은 거의 대부분 모턴의 할로 선 맞은편에 세워 놓은 지저분한 트레일러하우스에서 아버지와 함께 지냈다.

우리는 토요일 저녁에 공연이 있으면 여자친구들과 함께 토요일 오후에 시서로의 트레일러하우스에 모여서 피자를 먹었다. 마리화나 담배도 말아서 피웠는데 나는 거의 1년 동안 거절하다가 항복하고 한 대 피워 보았다. 처음에는 연기를 머금고 있기 힘들었지만 다들 경험해서 알다시피 하다 보면 점점 쉬워진다. 그 당시에는 약을 많이 하지 않았다. 공연을 앞두고 긴장을 풀 수 있을 정도로만 했다. 약기운이 남아 있으면 연주가 더 잘됐고, 그 낡은 트레일러하우스에 있으면 우리는 항상 많이 웃었다.

시서로에게 다음 주에 면허시험을 본다고 이야기하자 그는 장소가 캐슬록이냐 아니면 시내, 그러니까 루이스턴-오번이냐고 물었다. 내가 후자라고 대답하자 그는 점잔을 빼며 고개를 끄덕였다.

"그러면 조 캐퍼티가 감독관이겠네. 20년 동안 그 친구가 맡고 있거든. 예전에 내가 캐슬록에서 순경으로 일했을 때 멜로 타이거에서 같이 술도 마시고 그랬는데. 캐슬록이 정식 지서가 생길 만큼 커지기 이전에 말이다."

법 집행 기관에서 근무하는 시서로 어빙(머리는 반백이고 눈은 충혈되었으며 젓가락처럼 말랐고 낡은 카키색 바지와 끈이 달린 티셔츠만 입고 다녔다.)의 모습은 상상하기 어려웠지만 사람들은 변하기 마련이다. 계단을 올라가기도 하고 내려가기도 한다. 계단을 내려갈 때는 보통 다양한 약물이 개입된다. 그만 해도 마리화나 담배를 말아서 아들의 10대 친구들과 나눠서 피우는 데 도가 텄다.

"조이는 한방에 합격시키는 경우가 거의 없어. 그러면 안 된다고 생각하거든."

그건 나도 아는 사실이었다. 클레어 누나, 앤디 형, 콘 형은 모두 조 캐퍼티에게 걸려들었다. 테리 형은 다른 사람이 걸렸고(아마 캐퍼티 순경이 그날 병가였을 것이다.) 운전대를 맨 처음 잡은 순간부터 능숙한 솜씨를 자랑했지만 그날 긴장하는 바람에 일렬주차를 하다가 소화전을 들이받았다.

"합격하고 싶으면 세 가지를 기억해라." 시서로는 방금 전에 만 마리화나 담배를 폴에게 건네며 말했다. "첫째, 면허시험이 끝날 때까지 이 우라질 것에는 손대지 않는다."

"좋아요."

그건 사실 다행스러운 일이었다. 마리화나가 좋기는 했지만 한 모금 피울 때마다 어머니와 한 약속을 어기고 있다는 생각이 들었다. 그래도 담배나 술에는 아직 손을 대지 않았으니 타율이 6할 6푼 6리는 된다고 나 자신을 위로했다.

"둘째, 그를 선생님이라고 부른다. 차에 오를 때 '고맙습니다, 선생님'이라고 하고 내릴 때도 '고맙습니다, 선생님'이라고 해. 그 친구는 그러면 좋아하거든. 알았니?"

"알았어요."

"가장 중요한 셋째, 빌어먹을 머리를 자른다. 조 캐퍼티는 히피를 싫어하거든."

그건 전혀 내키지 않는 조언이었다. 나는 밴드에 합류한 이래 키가 8센티미터나 컸지만 머리가 자라는 속도는 굼벵이 수준이었다. 거의 어깨까지 기르는 데 1년이 걸렸다. 부모님도 나더러 노숙자처럼 보인다고 해서 헤어스타일을 놓고 서로 충돌이 잦았다. 앤디 형은 그보다 더 직설적인 의견을 내놓았다.

"제이미, 계집애처럼 보이고 싶으면 그냥 원피스를 입지그래?"

이걸 과연 그리스도교도다운 논리적 담론이라고 할 수 있겠는가.

"으아, 머리를 자르면 찐따같이 보일 텐데!"

"안 그래도 찐따 같아 보여."

케니가 말하자 전부 웃음을 터뜨렸다. 심지어 아스트리드까지 웃었다.(그러고 나서 나중에 내 허벅지에 한쪽 손을 올려놓는 것으로 무마했다.)

"그래." 시서로 어빙이 말했다. "면허증을 딴 찐따 같아 보이겠지. 폴리, 그 담배에 불붙일 거냐 아니면 앉아서 계속 감상만 할 거냐?"

* * *

나는 약을 끊었다. 캐퍼티 순경을 선생님이라고 불렀다. 회사원처럼 머리도 잘랐다. 내 억장은 무너졌지만 어머니는 좋아했다. 일렬주차를 할 때 뒤차 범퍼와 살짝 부딪쳤지만 그래도 캐퍼티 순경은 통과시켜 주었다.

"나는 너를 믿는다."

"고맙습니다, 선생님. 실망시키지 않겠습니다."

* * *

내가 열일곱 살이 되던 날 이제는 앞에 포장도로가 깔린(근대화의 물결이 우리 동네까지 덮쳤다.) 우리 집에서 생일파티가 열렸다. 아스트리드도 당연히 초대를 받았고 직접 뜬 스웨터를 선물했다. 8월이라 나는 당장 입어 보았다.

어머니는 케네스 로버츠의 역사소설 시리즈를 하드커버로 선물했다.(사실 읽은 거였다.) 앤디 형은 앞면에 금박으로 내 이름이 찍힌 가죽 장정의 성서를 선물했다.(이것 역시 형을 골탕 먹일 속셈으로 이미 읽은 거였다.) 맨 앞면의 백지에는 요한계시록 3장이 적혀 있었다. "볼지어다 내가 문 밖에 서서 두드리노니 누구든지 내 음성을 듣고 문을 열면 내가 그에게로 들어가 그와 더불어 먹고 그는 나와 더불어 먹으리라." 내가 신앙에서 멀어졌음을 암시하는 구절이었는데 근거가 없지는 않았다.

이제 스물다섯 살의 교사로 뉴햄프셔에서 학생들을 가르치는 클레어 누나는 근사한 스포츠재킷을 선물했다. 짠돌이 콘 형의 선물은 기타줄 여섯 세트였다. 그래도 달러 슬릭 기타줄이었다.

어머니가 생일케이크를 들고 왔고 다 같이 역사와 전통을 자랑하는 노래를 불렀다. 놈이 그 자리에 있었다면 로큰롤에 길들여진 목소리로 노래를 불러서 촛불을 꺼트렸겠지만 없었으니 내가 직접 불어서 껐다. 어머니가 접시를 나누어 주는 동안 생각해 보니 아버지와 테리 형한테서는 받은 선물이 없었다. 하다못해 플라워 파워* 넥타이 하나 없었다.

케이크와 아이스크림(당연히 바닐-초코-딸기)을 먹고 난 뒤에 테리 형이 아버지를 흘끗 쳐다보는 것이 내 시야에 들어왔다. 아버지가 어머니를 쳐다보자 어머니는 살짝 어색한 미소를 지었다. 이제 와 생각해 보면 자식들을 키워서 세상 밖으로 내보내는 동안 어머니는

---

* 1960년대 미국에서 전쟁과 폭력에 대한 저항의 상징으로 탄생된 슬로건.

그 어색한 미소를 얼마나 자주 지었는지 모른다.

"차고로 나가자, 제이미." 아버지가 일어서면서 말했다. "터렌스하고 내가 준비한 조그만 선물이 있거든."

'조그만 선물'이란 다름 아니라 1966년형 포드 갤럭시였다. 세차해서 왁스로 닦았고 눈 위를 비추는 달빛처럼 새하얬다.

"오, 마이 갓."

내가 힘없이 탄성을 내뱉자 모두들 웃음을 터뜨렸다.

"차체는 괜찮았는데 엔진은 손을 좀 봐야겠더라고." 테리 형이 말했다. "아빠하고 내가 밸브를 다시 조이고 플러그를 갈고 배터리를 갈고…… 그랬어."

"타이어도 바꿨지." 아버지가 타이어를 가리키며 말했다. "그냥 블랙월이지만 재생타이어는 아니야. 아들, 마음에 드니?"

나는 아버지를 끌어안았다. 아버지와 형을 끌어안았다.

"술을 마시면 운전대를 잡지 않겠다고 나하고 너희 엄마한테 약속해. 나중에 우리 둘이 서로 쳐다보면서 우리가 준 선물 때문에 우리 아들이 아니면 다른 누군가가 다치게 됐다고 자책하기는 싫으니까."

"약속할게요."

아스트리드(새 차로 그녀를 집까지 바래다주면서 마리화나 꽁초를 서로 나눠 피우곤 했다.)가 내 팔을 잡았다.

"제가 그 약속을 잘 지키는지 감시할게요."

해리의 연못까지 두 번 시운전을 하고 돌아왔을 때(모두 태우고 다녀오느라 두 번 왕복해야 했다.) 역사가 반복됐다. 누군가가 내 손을 잡았다. 클레어 누나였다. 누나는 제이컵스 목사님이 전기 신경 자극기로 코니의 목소리를 돌려놓은 그날처럼 나를 부엌 뒷문 앞으로 데려갔다.

"엄마는 너한테 받고 싶은 약속이 하나 더 있대. 그런데 너무 쑥스러워서 말씀을 못 꺼내시겠대. 그래서 내가 대신 얘기하겠다고 했어."

나는 기다렸다.

"아스트리드는 좋은 애야. 입에서 담배 냄새가 나긴 하지만 그것 때문에 점수가 깎이지는 않아. 그리고 안목도 훌륭해. 너를 3년 동안 만난 걸 보면 알 수 있어."

나는 기다렸다.

"머리도 좋아서 앞으로 대학교에도 갈 거야. 그러니까 제이미, 네가 이걸 약속해 줘야겠다. 그 차 뒷자리에서 아스트리드를 임신시키는 일은 없게 하겠다고. 약속할 수 있지?"

나는 하마터면 웃음을 터뜨릴 뻔했다. 만약 내가 웃음을 터뜨렸다면 재미있어서 웃은 게 반, 괴로워서 웃은 게 반이었을 것이다. 지난 2년 동안 아스트리드와 나 사이에는 *쉬는 시간*이라는 암호가 생겼다. 서로 손으로 해 주는 것이 쉬는 시간이었다. 나는 그 뒤로도 여러 번 콘돔 이야기를 꺼냈고 트로이전 콘돔을 세 상자 사다가 하나는 지갑에 넣고 다니고 나머지 두 개는 내 방 굽도리널 뒤에 숨겨놓았지만, 그녀는 맨 첫 번째 콘돔이 찢어지거나 샐 게 분명하다고 장담했다. 그래서…… 쉬는 시간만 반복했다.

"내가 그런 소리 했다고 화났구나, 그렇지?"

"아냐. 누나한테는 한 번도 화난 적 없어."

사실이었다. 나의 분노는 누나와 결혼한 괴물의 몫이었고 그를 향한 분노는 절대 사그라지지 않았다.

나는 누나를 끌어안고 아스트리드를 임신시키는 일은 절대 없을 거라고 약속했다. 그 약속은 지켜졌다. 스카이탑 전망대 근처의 오두막을 찾은 그날 이전에 하마터면 깨질 뻔했지만.

* * *

그동안 나는 가끔 제이컵스 목사의 꿈을 꾸었다. 꿈속에서 그는 내가 만든 가짜 산을 손가락으로 찔러서 동굴을 만들거나 파란 불꽃을 전기 왕관처럼 동그랗게 머리에 두르고 그 충격적인 설교를 했다. 그러나 1974년 6월의 어느 날까지 내 의식 세계 속에서는 사라진 거나 다름없었다. 그때 나는 열여덟 살이었다. 아스트리드도 마찬가지였다.

학교는 끝났다. 크롬 로지스는 여름 내내 공연이 잡혀 있었고(술집에서 하는 공연도 두세 번 있어서 우리 부모님이 마지못해 서면 동의서를 적어 주셨다.) 낮에는 그 전해처럼 마스텔라의 가판대에서 아르바이트를 할 예정이었다. 모턴 오일이 잘돼서 부모님이 메인 대학교 학비를 감당할 수 있었지만 그래도 내 몫은 해야 했다. 그래도 아르바이트를 시작하기 전에 일주일이라는 기간이 있었기에 아스트리드와 많은 시간을 함께 보낼 수 있었다. 어떨 때는 우리 집에, 또 어떨 때는 그녀의 집에 갔다. 오후마다 내 갤럭시를 타고 시골길을 누볐다. 차를 세울 만한 곳이 나타나면 거기서…… 쉬는 시간을 가졌다.

그날 오후에 우리는 9번 도로상의 폐기된 자갈 채취장에서 질이 별로 좋지 않은 현지 마리화나를 넣어서 만 담배를 나누어 피우고 있었다. 후텁지근했고 서쪽에서 먹구름이 점점 커지고 있었다. 천둥소리가 들렸고 번개도 치는 듯했다. 보이지는 않았지만 계기판에 달린 라디오 스피커가 지직거려서 그해 공연마다 우리 밴드가 연주했던 「남자 화장실에서 담배를Smokin' in the Boys Room」이 잠깐 끊겼다.

바로 그때 오랜만에 찾아온 손님처럼 제이컵스 목사의 기억이 떠오르자 나는 시동을 걸었다.

"그거 꺼. 드라이브 가자."

"어디로?"

"아주 오래전에 들은 데가 있어. 아직 있을지 모르겠지만."

아스트리드는 남은 마리화나를 서크리츠* 통에 넣고 좌석 아래에 숨겼다. 나는 9번 도로를 따라서 2~3킬로미터 정도 달리다 고트산 도로를 타고 서쪽으로 향했다. 그 길은 양옆으로 가로수가 빽빽해서 희미하게 남아 있던 오후의 햇살이 다가오는 먹구름에 완전히 덮였다.

"혹시 리조트에 가는 거면 못 들어가." 아스트리드가 말했다. "우리 부모님이 회원증을 갱신하지 않았거든. 나를 보스턴에 있는 학교에 보내려면 허리띠를 졸라매야 한다면서."

그녀는 콧잔등을 찡그렸다.

---

* 목이 아플 때 먹는 캔디.

"리조트에 가려는 거 아니야."

우리는 감리교 청년회가 해마다 프랑크푸르트 소시지를 구워 먹었던 롱메도를 지났다. 사람들이 불안한 눈빛으로 하늘을 흘끗거리며 담요와 아이스박스를 치워서 황급히 차로 달려가고 있었다. 짐을 잔뜩 실은 화차가 하늘을 가로지르기라도 것처럼 이제는 천둥소리가 좀 더 요란해졌고 스카이탑 저편의 어딘가를 때리는 번개 줄기가 보였다. 나는 흥분되기 시작했다. *얼마나 근사한지 몰라.* 제이컵스 목사는 마지막 날에 그렇게 얘기했다. *근사하고 무섭지.*

우리는 **고트산 정문까지 1.6킬로미터, 회원증을 보여 주세요**라고 적힌 안내판을 지났다.

"제이미……"

"스카이탑 전망대로 가는 샛길이 있어. 없어졌을 수도 있지만 그래도……"

없어지지 않았고 여전히 자갈길이었다. 내가 그쪽으로 조금 급하게 방향을 트는 바람에 갤럭시 꽁무니가 처음에는 이쪽으로 흔들렸다가 다시 저쪽으로 흔들렸다.

"네가 뭘 제대로 알면서 이러는 거면 좋겠다."

아스트리드가 말했다. 여름 뇌우 속으로 곧장 달려든다는 데 겁을 먹은 목소리가 아니라 재미있어하는 동시에 살짝 흥분한 목소리였다.

"나도."

경사가 가팔라졌다. 갤럭시 꽁무니가 튀어 오른 돌멩이를 맞고 가끔 덜컹거렸지만 그래도 대체로 잘 버텨 주었다. 샛길로 접어들어서 4킬로미터쯤 달리자 나무들이 멀어지며 스카이탑 전망대가 등장했다. 아스트리드는 탄성을 내뱉으며 좌석에 똑바로 앉았다. 내가 브레이크를 밟자 차가 으드득 소리를 내며 멈추었다.

오른쪽에 지붕은 이끼로 덮여서 내려앉았고 유리창이 박살 난 오두막이 있었다. 희미해져서 뭐라고 적었는지 알 수 없는 낙서들이 페인트칠이 되지 않은 회색 옆면을 얼기설기 장식했다. 이마처럼 불룩 튀어나온 큼지막한 화강암이 저 앞으로 보였다. 그 꼭대기에 반평생 전에 제이컵스가 알려 주었던 것처럼 쇠막대가 구름을 향해 꽂혀 있었는데 새까만 그 막대가 이제는 손으로 건드릴 수 있을 만큼 낮게 느껴졌다. 아스트리드가 쳐다보고 있는 왼쪽으로는 언덕과 들판과 회색이 섞인 초록색 숲이 바다까지 이어졌다. 그쪽에서는 눈부신 태양이 여전히 세상을 환하게 비추고 있었다.

"맙소사, 예전부터 있었던 데야? 그런데 나를 한 번도 데려오지 않은 거야?"

"나도 오늘 처음 왔어. 예전에 계셨던 목사님이 알려 주신 곳인데……"

내 이야기는 여기에서 끊겼다. 번개 한 줄기가 번쩍하고 하늘에서 쏟아졌다. 아스트리드는 비명을 지르며 손으로 머리를 감쌌다. 순간 (이상하면서 소름끼치고 황홀한 순간) 온 사방이 공기 대신 전기로 채워지는 듯한 기분이 느껴졌다. 온몸의 털이, 심지어 코와 귓속의 솜털까지 뻣뻣해졌다. 바로 그때 보이지 않는 거인이 손가락을 퉁기기라도 한 것처럼 딱 하는 소리가 들렸다. 다시 한 번 번쩍하고 하늘을 가른 번개가 쇠막대를 강타하자 쇠막대가, 내 꿈속에 등장한 찰스 제이컵스가 머리에 쓰고 있었던 왕관처럼 파랗게 변했다. 나는 눈이 멀 것 같아서 눈을 감았다. 감았던 눈을 다시 떠 보니 막대가 시뻘겋게 이글거리고 있었다. 제이컵스는 용광로에 넣은 편자처럼이라고 했는데 딱 그랬다. 뒤를 이어서 요란한 천둥소리가 지축을 흔들었다.

"다른 데로 갈까?"

나는 고래고래 소리를 질렀다. 귓속이 웅웅거려서 그러지 않으면 내 목소리가 들리지 않았다.

"아니!" 그녀도 고함을 질렀다. "저기로 가자!"

그러면서 다 쓰러져 가는 오두막을 가리켰다.

나는 차 안이 더 안전하다고 얘기하려다(고무 타이어의 접지 작용으로 번개가 쳐도 안전하다는 소리를 어디에선가 들은 기억이 났다.) 지금까지 수천 번의 폭풍이 스카이탑에 들이쳤지만 오두막은 건재하다는 데 생각이 미쳤다. 그녀와 손을 잡고 오두막으로 달려가는데 이유를 알 것 같았다. 쇠막대가 번개를 흡수하기 때문이었다. 적어도 지금까지는 그랬다.

열린 문 앞에 다다랐을 무렵에는 우박이 쏟아지기 시작해서 돌멩이만 한 얼음 덩어리가 덜컹거리며 화강암을 때렸다.

"아야, 아야, 아야!"

아스트리드는 비명을 질렀지만…… 웃는 얼굴이었다. 그녀는 안으로 달려 들어갔다. 나도 따라 들어갔을 때 인류 최후의 전장에 쏟아지는 포화처럼 번개가 다시 한 번 번쩍 하늘을 갈랐다. 이번에 먼저 들린 소리는 땅이 아니라 탁이었다.

아스트리드가 내 어깨를 잡았다.

"*저것 좀 봐!*"

폭풍이 두 번째로 쇠막대를 강타하는 순간은 놓쳤지만 그 이후의 장면은 똑똑히 보았다. 성 엘모의 불*덩이들이 통통 튀며 바위 부스러기로 덮인 비탈을 데굴데굴 굴러 내려갔다. 대여섯 개 정도는 되어 보였는데 하나둘씩 펑 하고 사라졌다.

아스트리드는 나를 끌어안았지만 그 정도로는 성에 차지 않았는지, 손으로 내 목을 꽉 감싸고 내 몸을 *타고 올라와서* 허벅지로 내 엉덩이를 감았다.

"*끝내준다!*" 그녀가 비명을 질렀다.

우박이 비로 바뀌자 폭우가 쏟아졌다. 스카이탑은 빗줄기에 가려졌지만 쇠막대는 계속 번개에 맞았기 때문에 시야에서 사라지지 않았다. 파란색으로 또는 자주색으로 이글거리다 시뻘겋게 변한 뒤 희미해졌다가 다시 번개에 맞았다.

그런 식의 폭우는 오래가지 않는다. 비가 잦아들자 쇠막대가 꽂힌 화강암 아래가 강으로 변한 것을 볼 수 있었다. 천둥이 계속 으르렁거렸지만 기세를 잃고 골을 내는 수준으로 약해졌다. 땅이 속삭이기라도 하는 것처럼 온 사방에서 물이 흐르는 소리가 들렸다. 동쪽에서는 태양이 여전히 브런즈윅과 프리포트와 예루살렘스 롯을 비추었고 오륜기처럼 서로 얽힌 무지개가 한두 개가 아니라 대여섯 개씩 보였다.

---

* 폭풍우가 부는 밤에 피뢰침이나 돛대, 비행기 날개 등에 나타나는 방전 현상.

아스트리드가 내 쪽으로 고개를 돌리더니 나지막한 목소리로 말했다.

"할 얘기가 있어."

"뭔데?"

문득 그녀가 헤어지자는 얘기를 꺼내서 이 초현실적인 순간을 망치려는 게 분명하다는 생각이 들었다.

"지난달에 엄마가 나를 병원에 데려갔어. 우리가 얼마나 심각한 사이인지는 알고 싶지도 않고 알 바도 아니지만, 내가 몸조심을 하고 있는지는 확인해야겠다면서. 엄마가 한 말을 그대로 전하는 거야. '생리통이 심하고 주기가 불규칙적이라서 먹어야겠다고 하면 돼.' 엄마가 그러더라. '나랑 같이 왔으니까 그렇게 얘기하면 될 거야.'"

내가 얼른 알아차리지 못하자 그녀가 내 가슴을 때렸다.

"바보, 피임약 말이야. 오브럴. 먹기 시작한 뒤로 생리를 한 번 했으니까 이제 안전해. 알맞은 기회를 기다리고 있었는데 이번에 놓치면 영영 오지 않을 것 같아."

그녀는 그 반짝이는 눈으로 내 눈을 쳐다보다 시선을 떨구고 입술을 깨물었다.

"그래도…… 너무 흥분하지는 마, 알았지? 나를 생각해서 살살해 줘. 캐럴이 그러는데 맨 처음에 했을 때 아파서 죽을 뻔했대."

머리 위에서 구름이 걷히고 그 사이로 햇살이 반짝이고 졸졸 흐르는 물소리가 잦아드는 가운데 우리는 (드디어, 실오라기 하나 없이) 서로 옷을 벗겼다. 그녀의 팔과 다리는 벌써 까무잡잡했다. 나머지 부분은 눈처럼 새하얬다. 금색 음모는 여성성을 가리기보다 강조하는 역할을 했다. 지붕이 아직 멀쩡한 한쪽 구석에 낡은 매트리스가 깔려 있었다. 오두막을 그런 용도로 쓴 사람이 우리 이전에도 또 있었던 것이다.

아스트리드는 나를 안에 넣고 나서 가만히 있으라고 했다. 나는 괜찮으냐고 물었다. 그녀는 괜찮다고, 자기가 주도하고 싶어서 그런 거라고 했다.

"가만히 있어 봐, 알았지? 가만히 있어 봐."

나는 가만히 있었다. 가만히 있자니 괴로웠지만 또 한편으로는 짜릿하기도 했다. 그녀가 엉덩이를 들었다. 나는 안으로 좀 더 깊숙이 들어갔다. 그녀가 다시 엉덩이를 들자 나도 좀 더 깊숙이 들어갔다. 매트리스를 보았더니 낡아서 희미해진 무늬와 흙 자국, 그 위를 기어가던 개미 한 마리가 눈에 들어왔던 기억이 난다. 그녀가 다시 엉덩이를 들었다. 내가 끝까지 들어가자 그녀가 헉하고 숨을 내뱉었다.

"어떡해!"

"아파? 아스트리드, 그럼……"

"아냐, 기분 끝내준다. 이제…… 해도 될 것 같아."

그래서 나는 했다. 그래서 우리는 했다.

* * *

그때가 우리 둘에게는 사랑의 여름이었다. 우리는 여러 곳에서 사랑을 나누었지만(시서로 어빙의 트레일러하우스에 있는 놈의 방에서 했을 때는 침대가 주저앉는 바람에 다시 조립해야 했다.) 주로 스카이탑의 오두막을 애용했다. 그곳은 우리만의 공간이었고, 50개쯤 되는 다른 이름들 사이로 우리 이름도 벽에 적었다. 하지만 폭풍은 두 번 다시 구경하지 못했다. 그해 여름에는 그랬다.

가을이 되자 나는 메인 대학교로, 아스트리드는 보스턴에 있는 서퍽 대학교로 떠났다. 나는 그것이 일시적인 이별일 줄 알았다. 방학 때마다 만나고, 언제가 될지는 모르지만 둘 다 학교 공부를 마치면 결혼할 거라고 생각했다. 내가 그때 이후로 남자와 여자의 근본적인 차이점에 대해서 깨달은 몇 가지 사실 가운데 하나를 공개하자면 이것이다. 남자들은 지레짐작을 하지만 여자들은 그런 경우가 거의 없다는 것.

뇌우가 쳤던 날, 집으로 돌아가는 길에 아스트리드가 말했다.

"네가 내 첫 상대라서 기뻐."

나는 나도 그래서 기쁘다고 했지만 그 말의 숨은 뜻에 대해서는 생각해 보지도 않았다.

요란한 이별의식 같은 건 없었다. 그냥 서서히 멀어졌을 뿐인데, 점점 시들해진 우리 사이를 주동한 사람이 있다면 델리아 소더버그였다. 말이 없고 미인이었던 아스트리드의 어머니는 한결같이 상냥했지만 늘 의심스러운 20달러짜리 지폐를 쳐다보는 가게 주인 같은 눈빛으로 나를 대했다. *어쩌면 아무 이상 없을 수도 있어.* 가게 주인은 이렇게 생각한다. *하지만 어딘가 모르게…… 미심쩍은 구석이 있단 말이지.* 만약 아스트리드가 임신을 했다면 내가 그린 미래의 모습은 맞아떨어졌을지 모른다. 그리고 우리는 아주 행복했을지 모른다. 세 아이와 차 두 대가 들어가는 차고 그리고 뒷마당의 수영장, 기타 등등. 하지만 그랬을 것 같지는 않다. 끊임없이 이어지는 공연과 록밴드를 항상 따라다니는 팬들 때문에 헤어졌을 것이다. 돌아보면 델리아 소더버그의 의심이 정당했다고 인정하는 수밖에 없겠다. 나는 20달러짜리 위조지폐였다. 대부분의 가게에서 통용될 수 있을 만큼 훌륭했을지 몰라도 *그녀의* 가게에서는 아니었다.

크롬 로지스하고도 요란한 이별의식 같은 건 없었다. 오로노에서 학교를 다니다 처음으로 주말에 내려갔을 때 금요일 저녁에는 재향군인회관에서, 토요일에는 노스 콘웨이의 스쿠터스 펍에서 공연을 했다. 실력들이 여전했고 이제는 회당 150달러씩 받았다. 「엉덩이를 흔들어 봐Shake Your Moneymaker」에서는 내가 리드 보컬을 맡았고 하프 솔로도 제법 근사하게 소화했던 기억이 난다.

그런데 추수감사절 때 내려가 보니 놈이 새로운 리듬 기타리스트를 영입하고 밴드 이름도 노먼스 나이츠로 바꾼 뒤였다.

"미안." 그는 어깨를 으쓱이며 이렇게 말했다. "출연 요청이 쇄도하는데 삼인조로 할 수는 없잖아. 드럼, 베이스, 기타 두 대, 이게 로큰롤이지."

"괜찮아요. 이해해요."

그의 말이 맞았기 때문에 나는 진심으로 이해했다. 아니, 거의 진심으로 이해했다. 드럼, 베이스, 기타 두 대 그리고 모든 곡은 E코드로 시작.

"내일 저녁 때 윈스럽에 있는 래기드 포니에서 공연할 건데 같이 갈래? 게스트 아티스트, 뭐 이런 걸로?"

"됐어요."

나는 새로운 리듬 기타리스트의 연주를 들었다. 나보다 한 살 어리다는데 이미 나보다 실력이 좋았다. 미친놈처럼 치킨 스크래치 주법을 구현했다. 게다가 공연을 하지 않으면 토요일 저녁 때 아스트리드를 만날 수 있었다. 그래서 아스트리드를 만났다. 그 무렵 그녀는 이미 다른 남자들을 만나고 있었을 것 같다. 집에만 있기에는 미모가 아까웠으니까. 그렇지만 티를 내지는 않았다. 마냥 다정했다. 기분 좋은 추수감사절이었다. 크롬 로지스(또는 노먼스 나이츠가. 그 이름은 끝까지 적응이 되지 않았다. 나로서는 아쉬울 게 없는 일이었지만.)가 전혀 그립지 않았다.

뭐. 아시다시피.

거의 그랬다.

* * *

크리스마스 방학이 시작되기 직전의 어느 날, 메인 대학교의 메모리얼 유니언에 있는 베어스 덴에 들러서 햄버거와 콜라를 먹은 적이 있었다. 나오는 길에 게시판을 확인했다. 교재와 차를 판다는 색인 카드와 여기저기로 태워다 줄 사람을 찾는다는 색인 카드 사이에 이런 광고가 있었다.

좋은 소식! 컴벌랜즈가 재결합을 합니다! **나쁜 소식!** 리듬 기타리스트 자리가 비었어요! 우리는 **요란하고 당당한 커버 밴드**랍니다! 비틀스, 스톤스, 배드핑거, 맥코이스, 바바리안스, 스탠델스, 비어즈, 기타 등등의 곡을 연주할 수 있는 분은 기타를 들고 컴벌랜드 홀 421호로 오세요. 에머슨, 레이크&파머나 블러드, 스웨트&티어스를 좋아하는 분들은 꺼* 주시고요.

그 무렵 나에게는 빨간색 깁슨 SG가 있었기에 그날 오후 수업이 다 끝났을 때 그걸 짊어지고 컴벌랜드 홀로 가서 제이 페더슨을 만났다. 공부 시간에는 소음 제한이 있었기 때문에 그의 방에서 테니스 라켓 스타일로 연주를 했다. 그러다 해가 떨어지자 기숙사 휴게실 콘센트에 플러그를 꽂았다. 우리의 연주 소리가 30분 동안 휴게실을 뒤흔들었고 나는 오디션을 통과했다. 그의 실력이 나보다 월등하게 좋았지만 그런 데에는 이골이 나 있었다. 이러니저러니 해도 나는 놈 어빙과 함께 로큰롤 계에 발을 들여 놓은 사람이었다.

"밴드 이름을 히터스로 바꿀까 하는데." 제이가 말했다. "네 생각은 어때?"

"주중에 공부하는 데 방해가 안 되고 공연 수입을 나누기만 하면 지옥에서 온 찐따들이라고 해도 상관없어."

"더그와 핫 넛츠*에 버금가는 훌륭한 이름이지만 그러면 고등학교 댄스 파트 섭외가 별로 안 들어올 것 같다." 그가 손을 내밀었고 나는 그 손을 잡았다. 그렇게 우리는 죽은 물고기 같은 악수를 했다. "가입을 축하한다, 제이미. 리허설은 수요일 저녁이야. 안 오면 재미없다."

---

* 영어로 핫 넛츠(Hot Nuts)에는 성욕이 하늘을 찌른다는 뜻이 있다.

나에게는 여러 모습이 있지만 재미없는 사람이었던 적은 없었다. 그랬기 때문에 약속을 지켰다. 거의 20년에 걸쳐 열댓 개의 밴드와 함께 100여 도시를 돌아다니는 동안에도 약속을 지켰다. 리듬 기타 리스트는 거의 서 있을 수 없을 정도로 약에 취해도 일자리를 구할 수 있다. 기본적으로 두 가지만 지키면 된다. 공연 약속을 펑크 내지 않고 한 마디 동안 E코드만 칠 줄 알면 된다.

내가 공연 약속을 펑크 내면서부터 문제가 생기기 시작했다.

V

물 흐르듯 지나가는 시간.
번개 사진.
나의 약물 문제.

　메인 대학교를 졸업했을 때(평균 학점 2.9로 아슬아슬하게 우등 졸업생 명단에 들지 못했다.) 나는 스물두 살이었다. 찰스 제이컵스를 다시 만났을 때는 서른여섯 살이었다. 그는 나이에 비해 젊어 보였다. 엄청난 슬픔으로 살이 빠지고 초췌했던 마지막 모습이 내 기억 속에 남아 있었기 때문에 그렇게 느껴졌을 것이다. 반면에 나는 1992년 당시에 실제 나이보다 훨씬 늙어 보였다.

　나는 예전부터 영화라면 사족을 쓰지 못했다. 1980년대 내내 주로 혼자서 영화를 엄청나게 보러 다녔다. 가끔 존 적도 있지만(예컨대 「헤더스」는 누가 봐도 졸음 유발작이었다.) 보통은 아무리 약에 취해도 소음과 컬러와 거의 벗다시피 한 절세 미녀들 사이에서 파도타기를 하며 끝까지 버텼다. 책도 좋아해서 웬만큼 읽었고 폭풍우가 치는 날 모텔 방에서 옴짝달싹도 못하면 텔레비전도 괜찮지만, 제이미 모턴에게는 큼지막한 화면으로 감상하는 영화만 한 게 없었다. 나, 팝콘, 슈퍼 사이즈 콜라만 있으면 충분했다. 그리고 두말하면 잔소리지만 여기에 헤로인까지. 나는 매점에서 하나 더 챙겨 온 빨대를 반으로 물어뜯어서 그걸로 손등에 얹은 가루를 킁킁거렸다. 1990년인가 1991년까지 그렇게 버티다 결국에는 주사기로 넘어갔다. 대부분 그렇게 된다. 내 말을 믿어도 좋다.

영화의 가장 매력적인 부분은 뭔가 하면 시간이 물 흐르듯 지나간다는 것이다. 처음에는 친구도 없고 돈도 없고 형편없는 부모님과 함께 사는 꺼벙한 10대였던 주인공이 갑자기 전성기 시절의 브래드 피트로 돌변한다. 꺼벙이와 신을 가르는 것은 **14년 뒤**라고 적힌 자막뿐이다.

"시간이 빨리 지나가길 바라는 건 못된 습관이야."

우리가 2월 중순에 여름방학을 애타게 그리워하거나 핼러윈이 얼른 오길 바라면 어머니는 이렇게 설교했다. 어쩌면 어머니의 말이 맞을지 모르지만 힘들게 지내는 사람들에게 그런 시간의 점프는 좋은 기회가 될 수 있고, 레이건 정부가 출범한 1980년부터 털사 주박람회가 열린 1992년까지 나는 아주 힘들게 지냈다. 일시적인 기억상실은 있을지언정 자막은 없었다. 나는 하루하루를 꾸역꾸역 살아 나가야 했고 약을 구하지 못하면 하루가 100시간처럼 느껴진 적도 있었다.

페이드인은 이런 식으로 진행된다. 컴벌랜드가 히터스가 되었고 히터스가 J-톤스가 되었다. 우리가 대학생 밴드로 마지막 공연을 벌인 곳은 메모리얼 체육관에서 유쾌한 분위기 속에서 대규모로 거행되었던 1978년 졸업 축하 댄스 파티였다. 우리의 공연은 8시부터 새벽 2시까지 이어졌다. 그 공연을 마친 직후에 제이 페터슨은 일대에서 인기가 많았던 여성 보컬리스트를 영입했다. 그녀는 테너색소폰과 알토색소폰 연주 실력도 엄청났고 이름은 로빈 스토어스였다. 알고 보니 그녀는 우리에게 맞춤이었고 8월이 되자 J-톤스는 로빈 앤드 더 제이스가 되었다. 우리는 메인에서 손꼽히는 파티 밴드로 발전했다. 할 수 있는 공연은 전부 다 소화했고 인생은 즐거웠다.

그리고 이 시점에서 디졸브* 효과가 들어간다.

* * *

14년 뒤에 제이미 모턴은 털사에서 눈을 떴다. 고급 호텔도 아니고 이름만 대면 알 만한 체인 모텔도 아니었다. '페어그라운즈 인'이라는 바퀴벌레 구덩이였다. 켈리 밴 돈의 절약 정신이 그 정도였다. 오전 11시였고 침대가 축축했다. 'H양'의 도움 아래 열아홉 시간 동안 기절하면 침대가 젖을 수밖에 없었다. 약에 취해서 자다가 죽더라도 똑같은 현상이 벌어질 테지만 긍정적인 측면은 있다. 최소한 오줌에 젖은 팬티 차림으로 자다 깰 일은 없다.

나는 코를 킁킁거려서 눈물샘을 자극하고 속옷을 벗으며 좀비처럼 화장실로 걸어갔다. 먼저 면도세트부터 찾았지만…… 수염을 깎으려고 그런 건 아니었다. 가루 몇 그램을 담아서 테이프로 붙여 놓

---

* 화면이 점점 사라지면서 동시에 다음 장면이 겹쳐서 서서히 등장하는 영화의 장면.

은 샌드위치 봉지와 함께 온갖 도구들이 그 안에 들어 있기 때문이었다. 양이 얼마 되지도 않는 쌈지를 훔치러 들어올 작자는 없겠지만 마약 중독자에게 끊임없는 확인은 제2의 천성과 같다.

확인이 끝나자 변기로 건너가서 간밤의 실수 이후에 다시 쌓인 소변을 해결했다. 변기 앞에 그렇게 서 있는데 중요한 사실을 깜빡했다는 깨달음이 찾아왔다. 나는 그때 컨트리 크로스오버 밴드의 멤버로 활동 중이었는데, 우리 밴드가 간밤에 털사 주 박람회장의 대규모 무대에 오르는 소여 브라운*의 공연을 앞두고 오프닝을 장식하기로 되어 있었다. 이를테면 화이트 라이트닝처럼 아직 내슈빌 밴드라고 하기에는 부족한 밴드를 홍보하기 위한 무대였다.

"5시에 음향 체크를 할 거야." 켈리 밴 돈이 말했다. "올 거지?"

"그럼." 내가 대답했다. "내 걱정은 하지 마."

이런.

화장실에서 나오는데 객실 문 아래에 꽂힌 메모지가 보였다. 뭐라고 적혀 있을지 빤했지만 확인하는 차원에서 읽어 보았다. 내용은 간단했고 말투는 상냥하지 않았다.

유니언 고등학교 기악부에 연락해서 리듬 기타하고 슬라이드 기타를 웬만큼 칠 줄 아는 학생을 다행히 찾았어. 너 대신 600달러를 벌게 해 줬더니 좋아하더라. 네가 이 쪽지를 확인할 때쯤이면 우리는 와일드우드 그린으로 가는 중일 거야. 따라올 생각은 하지도 마. 너는 잘렸으니까. 겁나게 미안하

---

* 미국의 컨트리 뮤직 밴드.

지만 더 이상은 안 되겠네.

켈리

추신: 제이미, 내가 이런 소리해 봐야 들은 척도 하지 않겠지만 그 버릇 고치지 않으면 1년 안으로 철창신세를 지게 될 거야. 그나마 운이 좋으면 철창이지. 운이 나쁘면 무덤이고.

나는 쪽지를 바지 뒷주머니에 넣으려고 했지만 쪽지는 털이 빠져가는 초록색 카펫 위로 떨어졌다. 속옷까지 벗어 놓고 깜빡한 탓이었다. 나는 쪽지를 집어서 휴지통에 버리고 창밖을 내다보았다. 마당 주차장에는 낡은 포드와 어떤 농부가 몰고 온 고물 픽업트럭밖에 없었다. 밴드가 타고 다니는 익스플로러와 사운드 담당이 몰고 다니는 장비용 밴은 보이지 않았다. 켈리의 말은 농담이 아니었다. 손발이 잘 안 맞았던 또라이들이 나를 떠났다. 어쩌면 여러 모로 잘된 일일 수도 있었다. 알코올과 배신을 운운하는 노래를 한 번만 더 연주하면 얼마 남지 않은 이성마저 마비될지 모른다는 생각이 가끔 들곤 했었다.

객실 재계약이 선결 과제였다. 길거리가 주 박람회의 물결로 뒤덮인 털사에서 단 하룻밤도 더 있고 싶은 생각이 없었지만 다음 행보를 고민할 시간이 필요했다. 그리고 약도 사야 했다. 주 박람회장에서 약장수를 찾지 못하면 노력이 부족한 거라고 봐야 한다.

축축한 팬티를 차서 구석에 처박고(객실 청소부에게 주는 팁이라고 할까. 나는 이런 저질스러운 생각을 했다.) 더플백을 열었다. 입었던 옷들밖에 없었지만(어제 셀프 빨래방을 찾을 작정이었는데 그것도 깜빡했다.) 그래도 축축하지는 않았다. 나는 옷을 입고 아스팔트에 금이 간 마당을 지나서 모텔 카운터로 향했다. 좀비처럼 걷던 내가 서서히 발을 질질 끌며 걷는 좀비로 변해 갔다. 침을 삼킬 때마다 목이 아팠다. 갈수록 가관이었다.

카운터를 지키는 여자는 50대의 무표정한 시골 아주머니인데 현재는 화산처럼 하늘로 솟은 빨간 머리를 이고 있었다. 조그만 텔레비전에서는 토크쇼 진행자가 폭풍을 주제로 니콜 키드먼과 대화를 나누고 있었다. 텔레비전 위에는 남자애와 여자애에게 강아지를 선물하는 예수의 액자가 걸려 있었다. 나는 그걸 보고 전혀 놀라지 않았다. 상공 비행의 지방*에서는 예수와 산타를 혼동하는 성향이 있다.

"다른 일행은 벌써 체크아웃했는데요." 그녀는 숙박명부에서 내 이름을 확인하더니 이렇게 말했다. 조율이 전혀 안 된 밴조 같은 사투리를 썼다. "두세 시간 전에 떠났어요. 노스캐롤라이나에 간다면서."

"알아요. 나는 그 밴드에서 탈퇴했어요."

그녀는 한쪽 눈썹을 추켜세웠다.

"창작에 따른 의견 차이로요."

눈썹이 한층 더 올라갔다.

"하룻밤 더 있으려고 하는데요."

"아하, 알았어요. 결제는 현금으로 할래요, 아니면 카드로?"

---

* 미국 중부 지방. 동서를 횡단비행할 때 상공에서 비로소 구경할 수 있다는 뜻에서 나온 별명.

현금이 200달러 정도 있었지만 유동성 자산은 박람회장에서 약을 사는 데 써야 했기에 뱅크아메리카 카드를 건넸다. 그녀는 카드사에 전화를 건 다음 한쪽 귀와 두툼한 어깨 사이에 수화기를 끼우고, 미시간 호만큼 쏟아진 물을 전부 다 빨아들이게 생긴 종이타월 광고를 보며 기다렸다. 나도 그녀와 함께 광고를 보았다. 다시 토크쇼가 시작되자 니콜 키드먼 옆에 톰 셀렉이 합류했고 시골 아주머니는 여전히 전화가 연결되길 기다렸다. 그녀는 신경 쓰지 않는 눈치였지만 나는 신경이 쓰였다. 가려움이 시작됐고 아픈 쪽 다리가 욱신거리기 시작했다. 다시 광고가 나올 무렵 시골 아주머니가 고개를 들었다. 그녀는 의자를 돌려서 창밖으로 새파란 오클라호마의 하늘을 내다보며 잠깐 통화했다. 그러더니 전화를 끊고 내 신용카드를 돌려주었다.

"지급 정지라는데요? 그 소리를 듣고 났더니 현금을 받기도 찜찜하네. 현금이 있을지도 모르겠지만."

말이 지나쳤지만 나는 그래도 최대한 깍듯하게 미소를 지어 보였다.

"아무 문제 없는 카드예요. 카드사에서 착각한 거지. 늘 있는 일이잖아요."

"그럼 다른 모텔에 가서 시정을 하시든지."(시정이라니! 시골 아주머니가 그렇게 어려운 단어를 쓰다니!) "이 블록 안에 네 군데 더 있어요. 전부 다 별로라서 그렇지."

이 대로변의 리츠 칼튼 호텔하고는 다르게 말이지. 나는 이런 생각을 했지만 말은 달리 했다.

"다시 한 번 확인해 보세요."

"이봐요, 그쪽 행색을 보아하니 그럴 필요가 없겠는데요."

나는 고개를 돌려서 찰리 대니얼스 밴드 반팔 티셔츠 소매에 대고 재채기를 했다. 최근에 빤 옷이 아니라서 그래도 괜찮았다. 아니, 언제 빨았는지 모를 옷이라서 그래도 괜찮았다.

"그게 무슨 말씀이시죠?"

"나로 말할 것 같으면 첫 남편이랑 남편의 두 형제가 가루에 손을 대기 시작하니까 그 집을 박차고 나온 여자라는 소리예요. 기분 나빠하지 않았으면 좋겠지만 나는 보면 안다고요. 어젯밤 숙박료는 밴드 신용카드로 결제됐는데 이제 소위 말하는 솔로 아티스트가 됐다고 하니까 1시까지 나가 줘요."

"문에는 체크아웃이 3시라고 적혀 있는데요."

시골 아주머니는 강아지를 선물하는 예수 달력 옆에 걸린 안내문에 깨진 손톱을 갖다 댔다. **9월 25일부터 10월 4일까지 열리는 주 박람회 기간 동안에는 체크아웃이 오후 1시입니다.**

"*체크아웃* 철자가 틀렸네요. 시정하셔야겠어요."

그녀는 안내문을 흘끗 쳐다보고는 내 쪽을 다시 돌아보았다.

"그러네요. 하지만 오후 1시라는 부분은 시정할 필요 없죠?" 그녀는 손목시계를 확인했다. "이제 한 시간 반 남았어요. 경찰에 연락하게 하지 마요. 주 박람회 기간에는 따끈따끈한 개똥에 달려드는 똥파리보다 더 삽시간에 출동하니까."

"진짜 어이가 없네."

그때는 기억이 가물가물한 시기였지만 그녀의 대답은 2분 전에 내 귀에 대고 속삭이기라도 한 것처럼 선명하게 기억한다.

"어이가 없긴. 이봐요, 이게 현실이에요."

그녀는 어떤 멍청이가 탭댄스를 추고 있는 텔레비전 쪽으로 고개를 돌렸다.

* * *

아무리 주 박람회 기간이라도 벌건 대낮에 약을 사러 나설 생각은 없었기에 페어그라운즈 인에서 1시 30분까지 버텼다.(시골 아주머니를 골탕 먹이려는 심산이었다.) 그런 다음 한 손에는 더플백을, 다른 손에는 기타 케이스를 들고 길을 나섰다. 먼저 노스 디트로이트 길이 사우스 디트로이트 길로 변하는 지점에 있는 텍사코 주유소에 들렀다. 그 무렵 나는 왼다리를 절뚝거렸고 심장이 뛸 때마다 고관절이 욱신거렸다. 남자 화장실에서 약을 제조해서 절반을 왼쪽 어깨의 움푹 꺼진 지점에 주입했다. 스르르 긴장이 풀렸다. 따끔거리던 목과 욱신거리던 다리가 조금씩 무뎌지기 시작했다.

멀쩡했던 내 왼쪽 다리는 1984년의 어느 화창했던 여름날에 아픈 쪽 다리가 되었다. 나는 그때 가와사키를 타고 달리고 있었다. 반대편 차로에서 어떤 빌어먹을 노인네가 대형 모터보트만 한 쉐보레를 몰고 달려왔다. 그가 내 쪽으로 넘어오자 나는 선택의 기로에 섰다. 비포장 갓길로 피하느냐 정면충돌을 감수하느냐. 나는 누가 봐도 빤한 선택을 했고 빌어먹을 노인네를 무사히 지나갔다. 실수한 부분이 있다면 본 차로로 다시 합류하겠답시고 시속 65킬로미터로 핸들을 틀었다는 것이다. 초보 라이더들에게 충고하노니 자갈길에서 시속 65킬로미터로 핸들을 트는 것은 아주 어처구니없는 발상이다. 오토바이는 폐기처분됐고 내 다리는 다섯 군데나 부러졌다. 고관절도 으스러졌다. 나는 그 직후에 모르핀의 희열을 발견했다.

* * *

왼쪽 다리가 괜찮아지고 가려움증과 경련도 가라앉자 좀 더 기운차게 주유소를 나설 수 있었고, 그레이하운드 터미널에 도착했을 무렵에는 내가 왜 그렇게 오랫동안 켈리 밴 돈과 맛이 간 그 밴드에서 벗어나지 못했는지 자문하는 지경에 이르렀다. 질질 짜는(그것도 무려 C코드로 시작하는) 발라드는 내 취향이 아니었다. 나는 카우보이가 아니라 로커였다.

다음 날 정오에 시카고로 떠나는 버스표를 사고 더플백과 내게 남은 단 하나뿐인 귀중품 깁슨 SG를 짐칸에 맡기는 데 필요한 요금을 지불했다. 표값이 29달러였다. 화장실에 들어가서 남은 돈을 세어 보았다. 159달러로 내 예상이 얼추 맞았다. 미래가 전보다 밝게 느껴졌다. 박람회장에서 약을 사고 하룻밤 신세 질 곳을 찾은 다음(근처 노숙자 쉼터도 좋고 야외도 좋았다.) 내일 큼지막한 회색 개를 타고 시카고로 출발하면 그만이었다. 대부분의 대도시들이 그렇듯 시카고에도 연주자들이 모여 앉아서 농담 따먹기를 하고, 들은 소문을 공유하고, 일자리를 찾는 음악인 거래소가 있었다. 일자리를 구하기 힘든 경우도 있지만(예컨대 아코디언 연주자) 쓸 만한 리듬 기타 연주자는 수요가 많았고 내 실력은 쓸 만한 정도를 살짝 상회하는 수준이었다. 1992년 기준으로 필요한 경우, 리드 기타도 살짝 담당할 수 있을 만한 수준이었다. 물론 인사불성으로 취하지 않았을 때라는 조건이 따르기는 했지만. 켈리 밴 돈의 입에서 내가 못 미더운 인물이라는 소문이 퍼지기 전에 시카고로 건너가서 일자리를 찾는 것이 관건이었다. 그 주정뱅이는 그러고도 남을 만한 인물이었다.

해가 떨어지기 전까지 여섯 시간이 남았기에 나머지를 조제해서 가장 약발이 잘 받을 곳에 주입했다. 그런 다음 가판대에서 서부소설을 한 권 사다가 중간쯤 펼쳐 놓고 벤치에 앉아서 꾸벅꾸벅 졸았다. 재채기 연타를 터뜨리며 눈을 떠 보니 7시였다. 한때 화이트 라이트닝에서 활약했던 리듬 기타리스트가 괜찮은 물건 사냥에 나설 시간이었다.

* * *

박람회장에 도착했을 무렵에는 저녁노을의 흔적으로 서쪽에 시뻘건 주황색 선만 남았다. 마지막 한 닢까지 약을 구하는 데 쓰고 싶었지만 몸이 너무 안 좋아서 택시를 타고 가는 사치를 부렸다. 평소에 약기운이 떨어지면 나타나는 경련이나 통증이 아니었다. 목이 다시 따끔거렸다. 귀에서 고음으로 윙윙거리는 불쾌한 소음이 들렸고 온몸이 불덩이였다. 맨 마지막 증상은 정상적인 반응이라고 나는 스스로 다독였다. 워낙 허벌나게 더운 날이었다. 나머지 증상은 예닐곱 시간 푹 자고 나면 괜찮아질 게 분명했다. 잠은 버스에서 보충할 작정이었다. 나는 로큰롤 부대에 재입대하기 전에 컨디션을 최대한 끌어올리고 싶었다.

박람회장 정문은 그대로 지나쳤다. 바보들이나 공예품 전시장 아니면 가축 전시회에서 헤로인을 사려고 할 것이다. 정문을 지나자 벨스 놀이공원 입구가 나왔다. 지금은 없어졌지만 1992년 9월에는 벨스 놀이공원이 털사 주 박람회의 부대시설로 맹위를 떨치고 있었다. 롤러코스터 두 개(나무로 만든 징고와 좀 더 현대적인 분위기의 와일드캣)가 빙글빙글 돌아가고 있어서 급커브를 돌거나 수직 낙하를 할 때마다 행복한 비명이 들렸다. 워터 슬라이드, 히말라야, 실내에서 운행되는 팬타즈마고리아는 차례를 기다리는 행렬이 길었다.

롤러코스터는 본 체 만 체하고 중앙 통로를 따라서 음식 노점을 지났다. 평소 같으면 튀긴 도넛과 소시지 냄새에 군침이 돌았을 텐데 그날은 속이 살짝 메슥거렸다. 딱 업자처럼 생긴 남자가 경품 고리 던지기 노점 근처를 어슬렁거리기에 하마터면 접근할 뻔했지만 가까이서 보니 약에 취한 분위기였다. 입고 있는 티셔츠(**코카인! 챔피언들의 아침식사!**)가 너무 노골적이었다. 나는 사격 연습장과 나무로 된 우유병 던지기, 스키볼, 행운의 룰렛이 나올 때까지 계속 걸음을 옮겼다. 시간이 지날수록 몸은 더 안 좋아졌고 열은 더 심해졌고 귀에서 들리는 소리는 더 커졌다. 목이 어찌나 아픈지 침을 삼킬 때마다 움찔할 지경이었다.

앞쪽에 오밀조밀한 미니 골프장이 있었다. 깔깔대는 10대들로 가득해서 내가 그라운드 제로*에 도착했음을 알 수 있었다. 밤에 놀러

---

* 핵폭탄이 터지는 지점.

나온 아이들이 있으면 그 옆에 재미를 극대화할 수 있도록 지원을 아끼지 않는 업자들이 있기 마련이다. 아나나 다를까, 딱 업자처럼 생긴 사람이 두엇 보였다. 찔리는 데가 있는 눈빛과 감지 않은 머리를 보면 한눈에 알 수 있었다.

중앙 통로는 T자 모양의 교차로에서 끝이 났다. 그 너머는 미니 골프장이고 이쪽은 박람회장으로 다시 돌아가는 길, 저쪽은 경마장으로 가는 길이었다. 양쪽 다 갈 마음이 없었는데 오른쪽에서 전기가 치직거리는 이상한 소리와 함께 박수갈채와 웃음소리, 탄성이 들렸다. 교차로 쪽으로 좀 더 다가가 보니 치직거리는 소리가 날 때마다 번개처럼 파란 불꽃이 번뜩이고 있었다. 좀 더 완벽하게 표현하자면 스카이탑 전망대에서 본 번개처럼 파란 불꽃이었다. 그 번개를 떠올린 것도 오랜만의 일이었다. 무슨 사기극인지 몰라도 관객이 제법 많았다. 나는 골프장 근처에서 얼쩡거리는 꾼들을 잠깐 대기시키기로 했다. 그런 작자들은 네온사인이 꺼지기 전까지 사라지지 않는 법이었다. 후덥지근하고 맑은 이 오클라호마의 저녁 시간에 번개를 만드는 사람이 누구인지 확인하고 싶었다.

확성기를 통해 누군가가 외쳤다.

"이제 전 세계를 통틀어서 단 한 대뿐인 번개 제조기의 효능을 보셨으니 여러분의 지갑이나 핸드백 속에 든 알렉산더 해밀턴* 한 장으로 얼마나 근사한 사진을 손에 넣을 수 있는지 직접 보여 드리도록 하겠습니다. 여러분에게 평생 잊지 못할 사진 촬영의 기회를 제

---

* 미국 건국의 아버지 중 한 명으로 10달러짜리 지폐 모델이다.

공할 전기 스튜디오를 오픈하기에 앞서 놀라운 시연을 보여 드리죠! 10달러로 어떤 사진을 찍을 수 있는지 정확하게 보여 드리려면 지원자가 한 분 필요한데요! 지원자요! 안 계십니까? 100퍼센트 안전합니다! 아니 이런, 오클라호마 주민들은 미대륙 48주 안에서 용감하기로 유명하다고 들었는데!"

높은 무대 앞에 50~60명 정도 되는 제법 많은 사람들이 모여 있었다. 무대 뒤편을 덮은 캔버스 천은 가로가 약 2미터였고, 세로는 아무리 못해도 6미터는 됨 직했다. 영화 스크린 영상만큼이나 큼지막한 사진이 캔버스 천을 장식하고 있었다. 젊고 아리따운 아가씨가 무도회장처럼 보이는 곳에 있는 사진이었다. 까만 머리를 복잡하게 비틀고 꼬아서 정수리에 얹는 데 몇 시간은 걸렸을 듯했다. 끈 없는 드레스가 많이 파여서 젖가슴 윗부분이 봉긋하게 드러났다. 여기에 다이아몬드 귀걸이를 하고 핏빛 립스틱을 발랐다.

사진사가 머리를 집어넣을 수 있도록 까만 천이 씌워진 19세기 스타일의 구식 카메라가 거대한 무도회장의 아가씨를 마주 보고 삼각대 위에 놓여 있었다. 놓인 위치상 무도회장의 아가씨를 무릎 아래만 찍을 수 있는 각도였다. 그 옆의 기둥 위에는 섬광분이 담긴 쟁반이 놓여 있었다. 까만 양복을 입고 실크해트를 쓴 사기의 대가가 살짝 구부린 한쪽 손을 카메라 위에 올려놓고 있었는데 나는 그를 한눈에 알아보았다.

거기까지는 확실하지만 솔직히 시인하건대 이후의 기억은 신빙성이 떨어진다. 나는 2년 전에 주사기로 넘어가서 처음에는 살갗만 살짝 찌르다 혈관을 겨냥하는 빈도수가 점점 높아진 장기 약물중독자였다. 영양실조 상태였고 심각한 저체중이었다. 그뿐 아니라 열도 났다. 독감이었고 증상이 급속도로 심해지고 있었다. 그날 아침에 일어났을 때만 해도 평소처럼 약발이 떨어져서 콧물이 나는 것이거나 기껏해야 감기인 줄 알았지만, 거인 아가씨 위에 **전기 사진**이라는 문구가 적힌 캔버스 천을 배경으로 구식 삼각대 카메라 위에 손을 얹고 서 있는 찰스 제이컵스를 보았을 무렵에는 꿈속인가 싶게 몽롱했다. 그래서 관자놀이가 살짝 희끗희끗하고 입가에 (희미하게) 주름이 생긴 예전의 목사님을 보고 놀라지 않았다. 우리 어머니와 누나가 플레이보이 버니 차림으로 무대에 합류했대도 아마 놀라지 않았을 것이다.

두세 명의 남자들이 지원자를 찾는 제이컵스의 요청에 손을 들었지만 그는 웃으며 어깨 너머에서 어른거리는 아리따운 아가씨를 가리켰다.

"토요일 저녁에 엄청 용감하게 손을 들어 주신 건 인정합니다만 어깨끈 없는 드레스를 입으면 좀 그렇지 않을까요?"

이 소리에 다들 너털웃음을 터뜨렸다.

"여자분이 나와 주셨으면 좋겠는데요." 내가 반바지를 입고 다니는 꼬맹이였던 시절에 평화의 호수를 보여 주었던 사람이 말했다. "예쁜 여자분. 오클라호마의 예쁜 여자분! 어떻습니까, 여러분? 여러분도 동의하십니까?"

사람들은 박수로 의사를 표현했다. 그러자 이미 표적을 점찍어 놓은 제이컵스가 앞쪽의 누군가를 향해 무선 마이크를 돌렸다.

"아가씨 어때요? 남부럽지 않은 미모를 소유하고 계신데요."

나는 그때 맨 뒤에 서 있었는데, 나에게 신비로운 격퇴 능력이라도 생긴 것처럼 사람들 사이로 길이 생겼다. 사람들을 밀쳐 가며 앞으로 나가서 그랬을 텐데 기억이 나지 않고, 누가 나를 뒤로 다시 떠밀었는지도 기억이 나지 않는다. 앞으로 둥둥 떠가는 느낌이었다. 이제 모든 빛깔들이 더 선명해졌고, 회전목마에서 천천히 흘러나오는 증기 오르간 소리와 징고에서 들리는 비명 소리가 더 커졌다. 내 귀에서 윙윙거리던 소음은 듣기 좋은 화음으로 증폭됐다. 아마 G7이었을 것이다. 나는 향수, 애프터셰이브, 할인점에서 산 헤어스프레이가 뒤엉킨 향긋한 공기를 헤치고 앞으로 움직였다.

오클라호마의 예쁜 아가씨는 싫다고 했지만 친구들이 들은 척도 하지 않았다. 그녀가 친구들에게 떠밀려서 무대 왼쪽 계단을 오르자 까무잡잡하게 탄 허벅지가 단을 너덜너덜하게 처리한 짧은 청치마 아래에서 반짝였다. 헐렁한 초록색 상의는 옷깃이 목을 덮었지만 배가 2~3센티미터쯤 드러났다. 머리칼은 금발이고 길었다. 몇몇 남자들이 휘파람을 불었다.

"예쁜 아가씨들은 자기만의 플러스극을 발산하죠!"

제이컵스는 청중들에게 외치며 실크해트를 휙 벗었다. 그가 모자를 잡은 쪽 손을 움켜쥐었다. 나는 순간 스카이탑 전망대에 올라갔던 그날 이후로 느껴 본 적 없는 기분을 느꼈다. 팔에 소름이 돋았고 목덜미의 털이 쭈뼛 솟았고 허파에 찬 공기가 너무 묵직하게 느껴졌다. 그때 카메라 옆에 놓인 쟁반에서 섬광분이 아닌 다른 무언가가 펑 하고 터지자 캔버스 천이 눈부신 파란색으로 환하게 바뀌었다. 드레스를 입은 아가씨의 얼굴이 지워졌다. 파란빛이 잦아들자 그 아가씨 대신 아홉 시간쯤 전에 페어그라운즈 인에서 나를 내쫓았던 50대 시골 아주머니가 등장했다.(내 눈에는 그렇게 보였다.) 그리고 잠시 후, 네크라인이 깊게 파인 반짝이 드레스를 입은 아가씨가 되돌아왔다.

관객들이 탄성을 터뜨렸고 나도 마찬가지였지만…… 아주 놀랍지는 않았다. 제이컵스 목사님이 또 예전처럼 속임수를 쓴 거였다. 그가 무대 위로 오른 아가씨를 팔로 감싸 안고 우리 쪽으로 돌려세우자 순간 임신이 될까 봐 걱정하는 열여섯 살의 아스트리드 소더버그로 보였을 때도 나는 놀라지 않았다. 가끔 버지니아 슬림 담배 연기를 내 입속으로 불어넣어서 한참 동안 나를 발기하게 했던 아스트리드.

하지만 잠시 후에 그녀는 농장에서 지내다 하룻밤 놀러 나온 예쁘장한 오클라호마 아가씨로 다시 돌아갔다.

얼굴은 여드름투성이고 머리는 이상하게 자른 제이컵스의 조수가 평범한 나무 의자를 들고 뚜벅뚜벅 걸어 나왔다. 그는 카메라 앞에 의자를 내려놓더니 제이컵스의 구닥다리 프록코트에 묻은 먼지를 우스꽝스럽게 터는 척했다.

"앉아요, 아가씨." 제이컵스가 아가씨를 의자 쪽으로 안내하며 말했다. "*짜릿하도록* 재미있는 순간을 약속할게요."

그가 눈썹을 꿈틀거리자 나이 어린 조수가 전기에 감전된 것처럼 부르르 떨었다. 관객들은 박장대소했다. 제이컵스의 시선이 맨 앞줄로 진출한 내게 머물렀다가 지나갔다가 되돌아왔다. 그러다 잠깐의 고민 끝에 다시 움직였다.

"아픈가요?"

아가씨가 물었다. 이제 보니 아스트리드와 닮지 않았다. 당연히 그럴 수밖에 없었다. 그녀는 내 첫 번째 여자친구보다 많이 어렸고…… 아스트리드가 지금 어디에서 살고 있을지 몰라도 소더버그라는 성을 그대로 쓰고 있을 가능성은 거의 없었다.

"전혀요." 제이컵스는 그녀를 안심시켰다. "그리고 지금까지 용감하게 무대 위로 올라온 다른 여자분들하고는 다르게 아가씨의 사진은……"

그는 관객석으로 시선을 옮겨서 이번에는 나를 똑바로 쳐다보았다. "……100퍼센트 무료로 제공됩니다."

그는 계속 조잘거리며 그녀를 의자에 앉혔지만 이제는 맥락을 잃은 사람처럼 살짝 머뭇거리는 기미를 보였다. 조수가 하얀 비단 천으로 아가씨의 눈을 가리는 동안 내 쪽을 계속 흘끗거렸다. 설령 그의 주의가 산만해졌다 한들 구경꾼들은 알아차리지 못했다. 거대한 미녀의 발치에서 아담하고 예쁘장한 아가씨가 사진을 찍는다니(그것도 눈을 가리고) 흥미진진, 그 자체였다. 게다가 눈앞에 보이는 아가씨는 다리를 훌쩍 드러내고 있었고 사진 속의 아가씨는 가슴골을 드러내고 있었다.

"그런데……" 예쁘장한 아가씨가 입을 열자 모든 관객들이 들을 수 있도록 제이컵스가 얼른 그녀의 입에 마이크를 대주었다. "제가 눈을 가리고 있는 사진에 누가 관심이나 있겠어요?"

"*다른 부분은 가려지지 않았잖아, 아가씨!*"

누군가가 큰 소리로 외치자 다들 껄껄대며 환호성을 질렀다. 의자에 앉아 있던 아가씨는 무릎을 꼭 붙였지만 살짝 미소를 머금었다. 성격 좋은 내가 참는다는 식의 미소였다.

"아가씨, 놀라운 경험을 하게 될 거예요." 제이컵스는 이렇게 말하고 관객들에게로 고개를 돌렸다. "전기! 우리는 그것을 대수롭지 않게 간주하지만 이 세상에서 가장 불가사의한 것이 바로 전기입니다! 그에 비하면 가자의 대피라미드는 개미집에 불과하죠! 근대 문명의 기초이니 말입니다! 신사숙녀 여러분, 전기를 안다고 주장하는 사람들도 있지만 우주를 조화로운 총체로 한데 아우르는 전기의 *비밀스러운* 능력에 대해서 아는 사람은 아무도 없습니다. 저는 알고 있을까요? 아뇨, 그렇지 않습니다. 완벽하게는 모릅니다. 하지만 파괴하고 고치고 신비로운 아름다움을 만들어 내는 전기의 능력에 대해서는 알고 있죠! 이름이 어떻게 되죠, 아가씨?"

"캐시 모스요."

"캐시, 아름다움은 보는 사람의 눈에 따라 달라진다는, 그러니까 제 눈에 안경이라는 속담이 있죠. 아가씨와 저와 여기 계신 모든 분들은 오늘 저녁에 그 속담의 진실성을 목격하게 될 테고 아가씨는 손자들에게 보여 줄 수 있을 만한 사진을 들고 이 무대에서 내려가게 될 겁니다. 손자들이 또 *자기* 손자들에게 보여 줄 수 있을 만한 사진을 들고 말이에요! 아직 태어나지 않은 후손들이 그 사진을 보고 감탄하지 않으면 내 이름은 댄 제이컵스가 아니에요."

어차피 댄 제이컵스가 아니잖아.

나는 이제 증기 오르간과 내 귀에서 들리는 음악소리에 맞춰서 춤이라도 추는 것처럼 앞뒤로 몸을 움직이고 있었다. 멈추려고 했지만 멈추어지지가 않았다. 뼈를 조금씩 뽑아내기라도 하는 것처럼 다리가 이상하게 흐물거렸다.

당신은 댄이 아니라 찰스잖아. 우리 형의 목소리를 되찾아 준 사람을 내가 모를 줄 알고?

"자, 신사숙녀 여러분, 이제 눈을 가리는 게 좋을지 모릅니다!"

조수가 요란하게 눈을 가렸다. 제이컵스는 빙그르르 몸을 돌려서 카메라 뒤에 달린 까만 천을 젖히고 그 안으로 들어갔다.

"눈 감아요, 캐시! 가리개를 하고 있어도 전기 펄스가 이 정도로 강하면 눈이 부실 수 있으니까! 셋을 셀게요! 하나…… 그리고…… 둘…… 그리고…… *셋!*"

공기의 밀도가 높아지는 듯한 이상한 기분이 다시 한 번 느껴졌는데 나 혼자만 그런 게 아니었다. 다들 한두 발짝씩 뒷걸음질을 쳤다. 누군가가 내 오른쪽 귀에 대고 손가락을 퉁기기라도 한 것처럼 세게 딱 하는 소리가 들렸다. 파란 불빛이 터지면서 온 세상이 환해졌다.

우와아아. 사람들이 외쳤다. 다시 앞이 보였을 때 배경막이 어떻게 달라졌는지를 확인하고 이번에는 이렇게 외쳤다. **우와아아아아아아아!**

드레스는 같았다. 네크라인이 깊게 파이고 스팽글이 달린 은색 드레스였다. 봉긋하니 매혹적인 젖가슴도 여전했고 복잡한 머리 모양도 마찬가지였다. 하지만 젖가슴이 좀 전보다 작아졌고 머리도 까만색이 아니라 금색이었다. 얼굴도 바뀌었다. 무도회장에 이제는 캐시 모스가 서 있었다. 내가 눈을 깜빡이자 아담하고 예쁘장한 오클라호마 아가씨가 사라지고 다시 아스트리드가 등장했다. 낮에는 내 연인이었고 밤에는 쌍방향으로 이루어진 욕망의 화신이었던 열여 섯 살 무렵의 아스트리드가 등장했다.

구경꾼들이 나지막하게 탄성을 내뱉었고 말도 안 되는 동시에 그 럴듯한 생각 하나가 내 머릿속을 스치고 지나갔다. 물 흐르듯 지나 간 시간에 의해 떠났거나 달라져 버린 과거의 인물들이 그들 눈에 도 보일지 모른다는 생각이었다.

잠시 후에 사진 속의 인물은 캐시 모스로 돌아왔지만 그래도 놀 랍기는 마찬가지였다. 캐시 모스가 현실 속에서는 평생 꿈도 꾸지 못할 값비싼 드레스를 입고 6미터 높이로 우뚝 서 있었다. 다이아몬 드 귀걸이도 여전했고, 의자에 앉아 있는 아가씨는 옅은 핑크색 립 스틱을 발랐지만 사진 속의 거대한 캐시는 새빨간 립스틱을 발랐다.

눈가리개의 흔적도 없었다.

제이컵스 목사님은 여전하시네. 그런데 평화의 호수 위를 걷는 전 기 예수님이나 장난감 모터를 넣은 천으로 된 벨트보다 훨씬 그럴 듯한 속임수를 개발하셨는걸?

제이컵스는 까만 천 아래에서 튀어나오더니 천을 젖히고 카메라 뒤에서 감광판을 꺼냈다. 그가 감광판을 보여 주자 관객들은 또다 시 **우와아아아** 함성을 질렀다. 제이컵스는 고개 숙여 인사하고, 어마 어마하게 당혹스러워하는 캐시를 돌아보았다. 그러고는 캐시에게 감광판을 내밀며 말했다.

"눈가리개 벗어도 돼요, 캐시. 이제는 괜찮아요."

그녀는 가리개를 벗고 감광판 위의 사진을 보았다. 어찌어찌 프랑스 화류계의 창녀로 변신한 오클라호마 아가씨였다. 그녀는 손으로 입을 가렸지만 제이컵스가 마이크를 바로 앞에 갖다 댔기 때문에 *엄마, 깜짝이야*라고 하는 것을 너 나 할 것 없이 들었다.

"이제 뒤를 돌아보세요!" 제이컵스가 외쳤다.

그녀는 일어나서 고개를 돌리더니 고급 반짝이 드레스를 입은 6미터 높이의 자기 모습을 보고 뒤로 휘청했다. 제이컵스가 넘어지지 않도록 한쪽 팔로 그녀의 허리를 감싸 안았다. 그가 뭔지 모를 조종기를 숨기고 있는 마이크 잡은 손으로 다시 주먹을 쥐자, 이번에는 관객들이 단순히 탄성을 내뱉는 수준을 넘어섰다. 몇 명은 아예 비명을 질렀다.

거대한 캐시 모스가 패션모델처럼 서서히 몸을 돌려서 앞면보다 훨씬 깊이 파인 드레스 뒷면을 보여 준 것이다. 게다가 어깨 너머로 뒤를 돌아보며…… 윙크를 했다.

제이컵스가 누가 봐도 아주 노련한 손놀림으로 마이크를 단단히 챙기고 있었기에 캐시가 *아씨, 깜짝이야*라고 다시 내뱉은 소리가 좀 전처럼 선명하게 들렸다.

다들 웃음을 터뜨렸다. 환호성을 질렀다. 그녀의 얼굴이 홍당무로 변하자 환호성이 더 커졌다. 제이컵스와 오클라호마 아가씨 위에서 거대한 캐시가 점점 변해 갔다. 금발이 칙칙해졌다. 이목구비도 희미해지고 빨간색 립스틱만 『이상한 나라의 앨리스』에 나오는 웃는 얼굴의 체셔 고양이처럼 남아서 반짝였다.

그러고 나서 원래 그 아가씨가 다시 등장했다. 캐시 모스의 모습은 완전히 사라졌다.

"하지만 *이* 속에 담긴 사진은 절대 없어지지 않을 거예요." 제이 컵스가 구식 감광판을 들어 보이며 말했다. "오늘 들고 갈 수 있게 조수한테 인화해서 액자에 넣으라고 할게요."

"번드르르하게 말도 잘하는 양반, 조심해요!" 앞줄에서 누군가가 외쳤다. "그 아가씨 기절하겠어요."

하지만 그녀는 기절하지 않았다. 살짝 휘청했을 뿐이다.

기절한 사람은 나였다.

* * *

눈을 떠 보니 나는 퀸사이즈 침대에 누워 있었다. 턱까지 이불이 덮여 있었다. 오른쪽으로 고개를 돌리자 인조 원목을 댄 벽이 보였다. 왼쪽으로 고개를 돌리자 근사한 주방이 보였다. 냉장고, 싱크대, 전자레인지가 있었다. 그 너머에는 소파, 의자 네 개가 놓인 식당이 있었고 심지어 빌트인 텔레비전을 마주 보는 거실에는 안락의자까지 놓여 있었다. 고개를 길게 빼고 운전석까지 확인하지는 못했지만, 순회 마술사로 지금까지 수만 킬로미터를 이동하며 똑같은 사기극을 선보였을 테니(이런 식으로 마감한 적은 없었겠지만) 거기가 어디인지 알 수 있었다. 대형 캠핑카, 아마도 차종은 바운더일 것이었다. 누군가의 집 아닌 집이었다.

나는 온몸이 뜨끈뜨끈했다. 입안은 흙길처럼 퍼석퍼석했다. 거기다 허벌난 금단 증상에 시달렸다. 이불을 젖히자마자 몸이 떨리기 시작했다. 그림자가 내 위로 드리워졌다. 제이컵스였다. 그가 근사한 선물을 내밀었다. 길쭉한 잔에 담아서 구부러지는 빨대를 꽂은 오렌지 주스였다. 약이 가득 담긴 주사기였더라면 더 좋았겠지만 한꺼번에 너무 욕심을 부리면 안 되는 법이었다. 나는 잔을 향해 손을 내밀었다.

그는 먼저 이불을 덮어 주고 침대 옆에 한쪽 무릎을 꿇고 앉았다.

"천천히 마셔라, 제이미. 너 아무래도 많이 아픈 것 같다."

주스를 마셨다. 목구멍이 끝내주게 시원해졌다. 내가 잔째로 들고 마시려고 하자 제이컵스가 잔을 빼앗았다.

"천천히 마시라니까."

내가 손을 내리자 그가 한 모금 더 먹여 주었다. 그때까지는 괜찮았는데 세 모금째 마시자 장이 꼬이면서 오한이 도졌다. 독감 때문에 그런 게 아니었다.

"약 맞아야 해요."

예전 목사님 겸 처음으로 사귄 어른 친구를 오랜만에 만난 자리에서 이런 식으로 첫인사를 건네고 싶지는 않았지만 목마른 약쟁이는 부끄러운 줄 모르는 법이다. 게다가 그의 벽장 안에 해골이 한두 개 보관되어 있을지도 모르는 노릇이었다. 그게 아니라면 찰스가 아니라 댄 제이컵스 행세를 하고 다니는 이유가 뭐겠는가?

"그래. 자국 봤다. 네 몸속에서 날뛰고 있는 뭔지 모를 세균과 싸워 이길 때까지 내가 계속 조달할 작정이다. 그렇지 않으면 뭘 먹이려고 할 때마다 전부 다 토해 버릴 텐데 그러면 안 되잖니? 보아하니 아무리 못해도 20킬로그램은 쪄야겠는데."

제이컵스는 주머니에서 눈금이 그어진 갈색 병을 꺼냈다. 뚜껑에 조그만 숟가락이 달려 있었다. 나는 손을 내밀었다. 그는 고개를 저으며 병을 멀찌감치 떨어뜨렸다.

"좀 전이랑 같아. 운전은 내가 한다."

그는 뚜껑을 열고 누르스름한 가루를 숟가락으로 조금 떠서 내 코 아래에 갖다 댔다. 나는 오른쪽 콧구멍으로 가루를 흡입했다. 그가 다시 한 번 떠서 내밀자 이번에는 왼쪽 콧구멍으로 흡입했다. 나에게 필요한 건 그게 아니었지만(정확히 말하자면 나에게 필요한 분량에는 못 *미쳤지만*) 몸 떨림이 진정됐고, 맛있고 시원한 오렌지 주스를 토할 것 같은 기분도 사라졌다.

"이제 눈 좀 붙여라. 요즘은 한숨 때린다고 하던가? 내가 닭고기 수프를 끓여 주마. 너희 어머니가 만들어 주시던 그런 수프가 아니라 캠벨 깡통이지만 그것밖에 없어서."

"토하지 않고 먹을 수 있을지 모르겠어요."

나는 그렇게 말해 놓고 잘 먹었다. 제이컵스가 들고 있어 준 머그를 깨끗하게 비우고 약을 좀 더 달라고 했다. 그는 눈곱만큼 다시 떠서 주었다.

"그거 어디서 구하셨어요?"

청바지 앞주머니에 병을 다시 집어넣은 그를 보며 내가 물었다.

그는 미소를 지었다. 그러자 그의 얼굴이 환해지면서 사랑하는 아내와 귀여운 아이를 둔 스물다섯 살의 그때로 돌아갔다.

"제이미. 내가 놀이공원이랑 순회공연장에서 공연을 한 지 한참 됐어. 그런데도 어디서 약을 구할 수 있는지 모른다면 장님이거나 바보거나 둘 중 하나겠지."

"그걸로는 부족해요. 주사로 맞아야 해요."

"아니, 너는 주사를 맞고 싶을지 몰라도 나를 통해서 소원을 이룰 일은 없을 거다. 너를 약에 취하게 만들 생각은 없으니까. 네가 경련을 일으켜서 내 노숙지에서 죽으면 안 되니까 돕는 거야. 이제 그만 자라. 12시가 거의 다 됐다. 아침에 상태가 좀 좋아지면 지금 네 등에 업혀 있는 원숭이를 어떤 식으로 떼어 낼지를 비롯해서 여러 가지를 의논해 보자꾸나. 상태가 좋아지지 않으면 세인트 프랜시스나 오클라호마 주립대학 부속병원에 데려갈게."

"병원에서 안 받아 줄걸요? 저는 지금 파산 직전이라 편의점에서 타이레놀을 사 먹는 게 의료보험이거든요."

"스칼렛 오하라가 한 말 있지? 그 문제는 내일 걱정하기로 하자. 내일은 내일의 태양이 뜰 테니까."

"개소리예요." 나는 쉰 목소리로 꺽꺽댔다.

"너는 그렇게 생각한다면 어쩔 수 없지만."

"조금만 더 주세요."

나에게 그 정도 양은 평생 체스터필드 킹을 입에 달고 살았던 사람에게 말보로 라이트 한 대를 주는 격이었지만 그래도 아예 없는 것보다는 나았다.

그는 고민하다 두 번 더 떠서 주었다. 이번에는 심지어 양이 더 적었다.

"심한 독감 환자에게 헤로인을 주다니." 그는 이렇게 말하며 피식 웃었다. "내가 제정신이 아닌가 보다."

이불 아래를 들여다보니 내가 속옷만 입고 있었다.

"제 옷은 어디 있어요?"

"옷장 안에. 내 옷이랑 따로 분리해 놨다. 살짝 썩은 내가 나서."

"청바지 앞주머니에 지갑이 있어요. 그 지갑 안에 더플백이랑 기타 보관증이 있고요. 옷은 없어도 되지만 기타는 찾아야 해요."

"버스 터미널 아니면 기차역?"

"버스요."

약이 그냥 가루였고 그마저도 치료 차원에서 조금 마셨을 뿐인데 아주 좋은 상품이었든지 내 몸속으로 흡수가 유난히 잘됐든지 둘 중 하나였다. 수프가 배 속을 따뜻하게 데웠고 눈꺼풀이 천근만근이었다.

"자거라, 제이미." 그가 말하고 내 어깨를 살짝 쥐었다. "세균을 물리치려면 잠을 자야지."

나는 베개에 머리를 눕혔다. 페어그라운즈 인의 베개보다 훨씬 폭신했다.

"왜 이름을 댄이라고 소개하세요?"

"그것도 내 이름이니까. 찰스 대니얼 제이컵스. 이제 자거라."

나는 잘 생각이었지만 그 전에 짚고 넘어가야 할 부분이 한 군데 있었다. 어른들도 변하기는 하지만 중병으로 고생하거나 사고로 흉터가 생기지 않는 이상 알아볼 수 있기 마련이다. 하지만 아이들은…….

"저를 알아보셨죠? 그러셨다는 걸 알겠더라고요. 어떻게 알아보셨어요?"

"네 얼굴에서 너희 어머니가 보였거든. 어머니는 건강하신지 모르겠네."

"돌아가셨어요. 어머니도, 클레어 누나도."

그는 그 소식을 어떻게 받아들였는지 모르겠다. 나는 눈을 감았고 10초 뒤에 의식을 잃었다.

* * *

눈을 떠 보니 열은 좀 가라앉았지만 몸이 다시 심하게 떨렸다. 제이컵스는 약국에서 파는 1회용 체온계를 내 이마에 붙였다가 1분쯤 뒤에 떼어 내고는 고개를 끄덕였다.

"죽지는 않겠다." 그는 이렇게 말하고 갈색 병에서 두 번 더 약을 먼지만큼 덜어서 주었다. "일어나서 스크램블드에그 좀 먹을 수 있 겠니?"

"화장실 먼저 가고요."

제이컵스가 어디인지 가르쳐 주자 나는 손에 닿는 대로 붙잡고서 조그만 칸막이 공간까지 걸어갔다. 소변이 마려운 것이었지만 서 있을 기운이 없어서 여자처럼 앉아서 해결했다. 나와 보니 그가 스크램블드에그를 만들면서 휘파람을 불고 있었다. 배 속에서 천둥소리가 났다. 깡통에 든 수프 말고 음식다운 음식을 마지막으로 먹은 게 언제였는지 기억을 더듬어 보았다. 이틀 전 저녁 무대에 오르기전에 무대 뒤에서 슬라이스 햄과 치즈를 먹은 게 생각났다. 그 뒤로 뭘 먹었을지 몰라도 기억이 나지 않았다.

"천천히 먹어라." 식탁에 접시를 놓으며 그가 말했다. "먹자마자 바로 토하고 싶지 않으면."

나는 천천히 접시를 비웠다. 그는 내 맞은편에 앉아서 커피를 마셨다. 나도 좀 달라고 하자 우유와 크림을 잔뜩 넣어서 반 잔을 주었다.

"사진 속임수 말이에요. 그거 어떻게 하신 거예요?"

"속임수? 나 상처받았다. 배경막 사진에 인광성 물질을 발랐지. 카메라는 전기 발전기고……"

"그 정도는 저도 알아차렸어요."

"플래시가 아주 강력하고 아주…… 특별한 역할을 하지. 카메라 앞에 앉은 사람의 이미지를 이브닝드레스를 입은 아가씨의 이미지 위로 비추는 역할을 하거든. 상이 오랫동안 맺히지는 않아. 범위가 너무 넓어서. 반면에 내가 판매하는 사진들은 훨씬 더 오래가지."

"손자들한테 보여 줄 수 있을 만큼요? 진짜로요?"

"음. 그건 아니고."

"얼마나 오래가는데요?"

"2년. 어림잡아서."

"그때쯤이면 사진사는 사라진 지 오래고요."

"그렇지. 하지만 중요한 사진들은……" 그는 자기 관자놀이를 톡톡 두드렸다. "여기 보관되거든. 누구나 그래. 그렇지 않니?"

"하지만…… 제이컵스 목사님……"

린든 존슨이 대통령이었던 시절에 그 충격적인 설교를 했던 사람의 모습이 언뜻 내 눈앞을 스치고 지나갔다.

"이제는 그렇게 부르지 말았으면 좋겠다. 그냥 댄이라고 불러. 이제 나는 그냥 댄이니까. 번개로 사진을 찍어 주는 댄. 찰리가 더 편하면 그렇게 부르고."

"하지만 그 아가씨가 돌았잖아요. 배경막 속의 그 아가씨가 360도로 완벽하게 한 바퀴 돌았잖아요."

"영사기법을 응용한 간단한 속임수야." 그는 이렇게 말하면서 시선을 돌렸다가 다시 나를 바라보았다. "낫고 싶니, 제이미?"

"이미 나았어요. 뜬금없이 아팠던 거였나 봐요."

"뜬금없이 아팠던 게 아니라 독감이야. 버스 터미널에 가려고 여길 나서면 12시쯤에 다시 증상이 심해질 거야. 여기 가만히 있으면 며칠 안으로 나을 테고. 하지만 나는 독감에 대해서 묻는 게 아니다."

"저는 괜찮아요."

나는 이렇게 대답했지만 이번에는 내가 시선을 돌릴 차례였다. 내 시선을 다시 돌려놓은 것은 갈색의 조그만 약병이었다. 그가 손가락을 잡고 은색의 짧은 체인으로 연결된 병을 최면술사의 부적처럼 좌우로 흔들었던 것이다. 나는 그쪽으로 손을 내밀었다. 그는 병을 멀찌감치 치웠다.

"얼마나 됐니?"

"헤로인요? 한 3년 정도요." 사실은 6년이었다. "오토바이를 타고 가다 사고가 나서 고관절이랑 다리가 으스러진 적이 있거든요. 그래서 병원에서 모르핀을 맞았는데……"

"당연히 그랬겠지."

"……나중에는 코데인으로 바뀌더라고요. 별로 마음에 안 들어서 코데인이랑 기침 시럽을 같이 먹기 시작했죠. 포수테르핀이라고 들어 보셨어요?"

"장난하니? 순회공연계에서는 G. I. 진이라고 부르지."

"다리가 낫긴 했는데 100퍼센트 완치는 되지 않았죠. 그러다 어떤 친구를 통해서 투시오넥스를 소개받았어요. 앤더슨빌 로커스라는 밴드에서 활동할 무렵이었는데, 아니면 조지아 자이언츠로 이름을 바꾼 다음이었을 수도 있고요. 통증 관리 측면에서는 제대로 진일보한 셈이었는데. 저기, 정말로 이런 이야기 듣고 싶으세요?"

"당연하지."

나는 그러거나 말거나 상관없는 척 어깨를 으쓱했지만 사실은 속이 후련했다. 그때까지 한 번도 시원하게 털어놓은 적이 없었던 것이다. 함께 활동한 밴드에서는 다들 어깨를 으쓱하며 모르는 척했다. 약속을 펑크 내지만 않으면, 「자정 무렵에In the Midnight Hour」의 코드만 외우고 있으면 그랬다. 어마무지하게 어려운 일도 아니었다.

"그것도 감기 시럽이에요. 포수테르핀보다 강력하지만 그런 효과도 에센스 뽑아내는 법을 알아야 맛볼 수 있는 거예요. 병목에 실을 감고 미친 듯이 돌려요. 그러면 원심력 때문에 시럽이 세 층으로 나뉘거든요. 에센스, 그러니까 하이드로콘은 가운데예요. 빨대로 그 부분만 마시는 거죠."

"대단하다."

별로 그렇지도 않은데.

"그 뒤로 계속 통증 때문에 괴로워하다가 다시 모르핀을 맞기 시작했어요. 그러다 효과는 비슷하고 값은 절반인 헤로인을 알게 됐죠." 나는 미소를 지었다. "약물 주식시장 비슷한 게 있거든요. 너도 나도 록 코카인을 하기 시작하니까 헤로인 가격이 폭락했죠."

"네 다리는 멀쩡한 것 같은데." 그가 조심스럽게 말했다. "흉터가 보기 싫기는 하고 근육 손실도 있었겠지만 그렇게 심하지는 않아 보여. 병원에서 치료를 제대로 받았어."

"네, 걸을 수는 있죠. 하지만 철심과 쇠못이 잔뜩 박힌 다리로 4킬로그램짜리 기타를 메고 뜨거운 조명 아래에 세 시간씩 서 있어 보세요. 쓰러진 나를 거두어 주셨으니까 뭐라고 잔소리를 하든 잠자코 듣겠지만 통증에 대해서는 이러쿵저러쿵하지 마세요. 직접 겪어 보지 않으면 아무도 모르는 거니까요."

그는 고개를 끄덕였다.

"상실의 고통을…… 경험했던 사람으로서…… 이해한다. 하지만 이건 너도 속으로는 이미 알고 있을 거라고 생각하는데. 아파하는 건 네 *머리*인데 그걸 다리 탓으로 돌리고 있다는 거 말이다. 머리가 그런 방면으로 교활하거든."

그는 병을 다시 주머니에 넣고(나는 몹시 안타까워하면서 지켜보았다.) 몸을 앞으로 숙여서 내 눈을 똑바로 들여다보았다.

"하지만 내가 전기로 너를 고칠 수 있을 거라고 본다. 100퍼센트 장담은 할 수 없고 너의 정신적인 갈증은 영영 치료가 안 될 수도 있지만 숨 쉴 틈은 생길 거야."

"코니한테 했던 그런 식으로 치료하시려고요? 형이 스키 폴에 맞았을 때처럼요?"

그는 놀란 표정을 짓더니 웃음을 터뜨렸다.

"기억하는구나."

"당연하죠! 그걸 어떻게 잊을 수 있겠어요?"

나는 끔찍한 설교 사건 이후에 제이컵스를 만나러 가지고 했을 때 콘 형이 거부했던 것도 기억하고 있었다. 예수를 부인한 베드로와 똑같지는 않아도 비슷한 맥락이었다.

"의심스러운 치료법이었지, 제이미. 위약 효과에 더 가까운. 이번에는 *진짜야.* 이 방법을 쓰면 고통스러운 금단 기간을 짧게 줄일 수 있을 거다."

"어련하시겠습니까."

"순회공연장에서 본 가면으로 나를 판단하려 드는구나. 하지만 말 그대로 그건 가면이지, 제이미. 나는 공연용 의상을 입고 생업전선에 나설 때가 아닌 이상 웬만하면 거짓말을 하지 않아. 사실 일을 할 때도 거짓말은 거의 하지 않지. 캐시 모스 양의 친구들은 그 사진을 보고 *정말로* 놀라워할 것 아니니."

"그렇겠죠. 어림잡아서 2년 동안요."

"자꾸 말 돌리지 말고 내 질문에 대답해라. 낫고 싶니?"

켈리 밴 돈이 문 틈새로 넣은 쪽지의 추신 부분이 떠올랐다. 그는 나더러 버릇을 고치지 않으면 1년 안으로 철창신세를 지게 될 거라고 했다. 그나마 운이 좋으면 철창이라고 했다.

"3년 전에 끊은 적이 있어요." 마리화나는 계속 피웠지만 그래도 거의 끊은 셈이었다. "온몸을 부들부들 떨고 땀을 한 바가지씩 흘리고 설사도 지려 가며 제대로 했다고요. 그런데 다리가 너무 아파서 절뚝거리면서 걷는 것도 힘들었어요. 신경이 손상된 게 분명해요."

"내가 그것도 치료할 수 있을 거다."

"목사님이 무슨 기적을 낳는 사람이에요? 내가 그렇게 믿어 주길 바라시는 건가요?"

그는 침대 옆 카펫 위에 앉아 있다가 일어섰다.

"오늘은 이 정도면 충분하다. 자거라. 건강을 회복하려면 아직 멀었어."

"도움이 될 만할 걸 좀 주시든지요."

그는 군소리 없이 내 부탁을 들어주었고 확실히 도움이 되었다. 하지만 충분하지는 않았다. 1992년에는 주사를 맞아야 했다. 그것 말고는 방법이 없었다. 마술 지팡이를 흔들면 사라지는 그런 우라질 증상이 아니었다.

내가 생각하기로는 그랬다.

* * *

나는 수프와 샌드위치를 먹고 몸이 아주 심하게 떨리지 않을 만한 분량의 헤로인을 코로 들이마시며 거의 일주일 동안 그의 바운더에 머물렀다. 그가 기타와 더플백을 가져다주었다. 더플백에 여분으로 주사기 한 세트를 넣어 두었는데 찾아보니(둘째 날 저녁이었고 그는 번개 사진으로 관객들을 홀리러 나간 뒤였다.) 없었다. 나는 돌려달라고 애원하면서 주사로 맞을 수 있게 헤로인도 좀 넉넉히 달라고 했다.

"안 돼. 정맥 주사를 놓고 싶으면……"

"지금까지 살갗만 살짝 찔렀어요!"

그는 *이거 왜 이러시나* 하는 표정으로 나를 쳐다보았다.

"그러고 싶으면 네 손으로 장비를 장만해야 할 거다. 오늘 저녁에는 아직 나다닐 만한 상태가 안 될지 몰라도 내일이면 충분할 테고 이 근처라면 쉽게 찾을 수 있겠지. 여기로 다시 돌아올 생각만 하지 않으면 된다."

"그 기적의 치료는 언제 받을 수 있는 건데요?"

"전두엽에 전기 자극을 살짝 가해도 견딜 수 있을 만큼 체력이 회복되면."

그 소리에 한기가 느껴졌다. 나는 그의 침대 밖으로 다리를 내리고(그는 접이 소파 신세를 지고 있었다.), 공연용 의상을 벗어서 조심스럽게 걸고 정신병원이 무대인 공포 영화에 엑스트라로 출연한 환자들이나 입음직한 하얀색 무지 잠옷으로 갈아입는 그를 지켜보았다. 나는 가끔 그가 정신병원에 있어야 할 사람이 아닌가 하는 생각이 들 때가 있었는데 약장수 같은 공연을 하고 다녀서 그런 건 아니었다. 가끔, 특히 전기의 약효에 대해서 이야기할 때 정상인이라고 할 수 없는 눈빛을 보이기 때문이었다. 할로에서 그 설교를 했을 때 보였던 눈빛과 비슷했다.

"찰리 아저씨……" 나는 이제 그를 그렇게 부르고 있었다. "충격 요법인가요?"

그는 침착한 눈빛으로 나를 쳐다보며 하얀 환자용 잠옷의 단추를 채웠다.

"그렇다고 볼 수도 있고 아니라고 볼 수도 있지. 기존의 충격 요법은 분명 아니야. 기존의 전기로 너를 치료하려는 건 아니거든. 내

218

가 허황되게 들리는 장광설을 늘어놓는 이유는 손님들이 그런 분위기를 원하기 때문이야. 그들은 현실이 아니라 환상을 맛보기 위해서 공연장을 찾거든. 하지만 '아무도 모르는 전기'의 능력은 실제로 존재하고 쓰임새가 정말 다양하지. 나도 그 능력을 아직 전부 발견하지는 못했다. 가장 흥미로운 능력도 그렇고."

"그게 뭔지 설명을 들을 수 있을까요?"

"아니. 피곤한 공연을 여러 번 했더니 자야겠다. 내일 아침까지 네가 여기 있어 줬으면 좋겠다만 그렇지 않더라도 어쩔 수 없겠지. 네가 선택한 거니까."

"옛날 옛적에는 인간의 선택은 없고 하나님의 섭리만 있을 뿐이라고 하셨잖아요."

"그때의 나와 지금의 나는 다른 사람이야. 그때는 순진한 청년이었지. 이제 잘 자라고 해주겠니?"

나는 잘 자라고 인사하고 그가 내어 준 침대에 누웠다. 그는 이제 목사는 아닐지 몰라도 어딜 보나 선한 사마리아인이었다. 내가 예리코로 가던 길에 강도들에게 습격을 당한 성서 속의 사람처럼 발가벗겨지지는 않았을지 몰라도 헤로인 때문에 많은 것을 잃은 건 사실이었다. 그는 나를 먹여 주고 재워 주었고 미쳐 날뛰지 않도록 약도 조금씩 주었다. 이제 문제는 그에게 나의 뇌파를 일자로 만들 기회를 허락하느냐 여부였다. '특수 전기' 몇 메가볼트를 내 머릿속으로 흘려보내서 나를 즉사시킬 기회를 허락하느냐 여부였다.

일어나서 지금 내게 필요한 물건을 파는 업자를 찾을 때까지 돌아다녀야겠다고 생각한 게 다섯 번, 어쩌면 열 번 아니면 열댓 번도 넘었다. 드릴 송곳 같은 그 욕구가 내 머릿속을 점점 더 깊숙이 파고들었다. H양을 코로 쿵쿵거리는 정도로는 잠재울 수 없었다. 중추신경을 직접적으로 뻥 하고 터뜨려야 했다. 저질러 버리기로 작정하고 일어나서 셔츠 쪽으로 손을 뻗은 적도 있었지만 부들부들 떨리고 실룩이는 몸으로 땀을 흘리며 다시 자리에 드러누웠다.

마침내 졸음이 쏟아졌다. 나는 *내일, 내일 떠나자* 하고 생각하면서 의식의 줄을 놓았다. 그리고 5일째 날이 밝았을 때(5일째였던 것 같다.) 제이컵스가 바운더 운전석에 앉더니 시동을 걸며 말했다.

"출발하자."

이미 차가 움직이고 있었으니 문을 열고 뛰어내리지 않는 한 나로서는 선택의 여지가 없었다.

VI
전기 치료.
한밤중의 소풍.
뚜껑이 열린 오클라호마 농부.
마운틴 익스프레스 티켓.

제이컵스의 전기 작업실이 있는 곳은 웨스트 털사였다. 지금은 그 일대가 어떨지 모르겠지만 1992년에는 수많은 산업시설이 사장되었거나 사장되어 가고 있는 황량한 공업지대였다. 그는 적막한 올림피아 길의 어느 쇼핑몰 주차장으로 들어가서 윌슨 자동차 정비소 앞에 차를 세웠다.

"부동산 말로는 오랫동안 빈 건물이었다고 하더라." 제이컵스가 말했다. 그는 빛바랜 청바지와 파란색 골프 셔츠를 입고 깨끗하게 감은 머리를 단정하게 빗어 넘겼는데 흥분한 얼굴로 눈을 반짝이고 있었다. 나는 그런 모습을 쳐다보는 것만으로도 불안해졌다. "1년 계약으로 임대하는 수밖에 없었는데 그래도 어마무지하게 쌌지. 들어와라."

"간판 내리고 새로 달아야 하는 거 아니에요?" 나는 살짝 떨리는 손으로 간판의 각을 잡아 보였다. "'번개 사진사. 사장, 제이컵스.' 근사하겠는데요?"

"틸사에 오래 있을 거 아니야. 사진은 실험을 하는 동안 생계를 유지하는 수단일 따름이고. 목회자 시절에서부터 먼 길을 왔다만 아직도 갈 길이 얼마나 먼지 너는 모를 거다. 들어와라, 제이미. 들 어와."

그는 문을 열고 집기 하나 없는 사무공간으로 나를 데리고 들어 갔다. 지저분한 리놀륨 위에 남은 정사각형 모양의 자국을 보면 한 때 책상다리가 어디에 놓였을지 알 수 있었다. 벽에는 끝이 말린 1989년 4월 달력이 걸려 있었다.

차고에는 골함석 지붕이 덮여 있었고 9월의 작열하는 태양 아래 익어 가고 있을 줄 알았더니 의외로 서늘했다. 나지막이 돌아가는 에어컨 소리가 들렸다. 그가 줄줄이 달린 스위치를 켜자(뚜껑을 덮 지 않은 구멍 위로 전선들이 삐죽 튀어나온 것을 보면 최근에 개조한 모양 이었다.) 열 몇 개의 전등이 환하게 불을 밝혔다. 기름때가 묻어서 시 커메진 콘크리트와 한때 리프트가 놓였을 직사각형 모양의 구멍 두 개만 아니었다면 극장인가 보다고 생각할 수도 있었다.

"여기 에어컨 틀면 요금깨나 나오겠어요. 거기다 눈부신 전등도 이렇게 많고."

"어마무지하게 싸. 에어컨들은 내가 직접 만든 거야. 전력도 별 로 안 쓰고 그나마도 대부분 여기서 자가 발전해서 충당하지. 전량 충당할 수도 있지만 그러면 틸사 전력공사에서 들이닥쳐서 전기를 훔쳐 쓰는 건 아닌지 여기저기 들여다볼지 모르니까. 그리고 전등은…… 전구를 손으로 감싸도 화상에 걸릴 위험이 없어. 심지어 손바닥이 따뜻해지지도 않지."

우리 발소리가 빈 공간에 울렸다. 목소리도 마찬가지였다. 유령들이 근무하는 회사에 들어온 듯한 느낌이었다. *내가 약에 찌들어서 그렇게 느껴지는 거겠지.* 나는 속으로 중얼거렸다.

"저기, 아저씨. 방사성 물질은 안 건드리고 있는 거 맞죠?"

그는 얼굴을 찡그리며 고개를 저었다.

"원자력에는 전혀 관심 없어. 그런 건 바보들이나 좋아하는 에너지지. 장래성도 없고."

"그럼 무슨 수로 자가 발전을 하는데요?"

"방법을 알기만 하면 전기로 전기를 낳을 수 있거든. 설명은 그 정도로 해두자. 이쪽으로 와라, 제이미."

저쪽 끝에 전기장치들이 놓인 길쭉한 테이블이 서너 개 있었다. 오실로스코프와 분광계, 그리고 마셜 앰프와 닮았지만 배터리일 수 있는 물건이 두세 개 보였다. 거의 분해된 기판도 있었고, 다이얼이 시커메진 콘솔 게임기도 몇 개 쌓여 있었다. 두툼한 전기 코드는 사방에서 뒹굴었다. 크래프트맨 공구상자일 수도 있는 뚜껑 닫힌 철제함 속으로 사라진 코드도 있었고, 시커먼 기기 뒤편에 그냥 똬리를 틀고 있는 코드도 있었다.

이게 전부 환상일 수도 있어. 기기가 그의 꿈속에서만 살아 움직이는 거지. 하지만 번개 사진은 가짜가 아니었다. 설명이 워낙 빈약해서 무슨 수로 이 많은 것들을 만들었는지 모를 일이었지만 만든 것만큼은 사실이었다. 그리고 나는 눈부신 전등 바로 아래에 서 있

었는데도 정말이지 하나도 뜨겁지 않았다.

"별거 없어 보이네요." 나는 반신반의하는 투로 말했다. "뭔가 더 많을 줄 알았는데."

"섬광등! SF에 나오는 기판에 꽂혀 있는 크롬 도금된 칼날형 개폐기! 「스타 트렉」스크린 게임기! 텔레포테이션 룸 아니면 안개상자 속에 비치는 노아의 방주 홀로그램!"

제이컵스는 신나게 웃었다.

"그런 거 말고요." 나는 이렇게 얘기했지만 사실 그가 맞는 말을 하기는 했다. "좀…… 휑뎅그렁해 보여서요."

"맞아. 내가 최근 들어서 아주 멀리까지 쏘다녔거든. 장비를 몇 개 팔기도 했고. 다른 좀 더 평범한 물건들은 분해해서 창고에 넣었지. 남는 시간이 얼마 없는데도 털사에서 얼마나 열심히 일하고 있다고. 입에 풀칠하고 사는 게 얼마나 짜증나는 일인지 너도 알잖니."

알고도 남았다.

"하지만 최종 목표에 몇 걸음 다가간 건 맞아. 이제는 생각할 시간이 필요한데 하룻밤 동안 대여섯 군데를 돌아다니면서 무슨 생각을 할 수 있겠니?"

"최종 목표가 뭔데요?"

그는 이번에도 내 질문을 못 들은 척했다.

"이쪽으로 와라, 제이미. 시작하기 전에 피로회복제 좀 먹을래?"

이제 시작하고 싶은지 그건 잘 모르겠지만 피로회복제가 필요한 건 맞았다. 그 갈색 병을 낚아채서 그냥 도망쳐 버릴까 생각한 적이 한두 번이 아니었다. 도망쳐 봐야 붙잡혀서 빼앗길 게 뻔하기 때문에 실천에 옮기지 않았을 뿐이다. 내가 나이도 어리고 독감도 거의 다 나았지만 그의 몸 상태가 훨씬 좋았다. 일례로 그는 오토바이 사고로 고관절과 다리가 으스러진 적이 없었다.

그는 여기저기 페인트가 튄 나무의자를 집어서 마셜 앰프처럼 생긴 까만 상자 앞에 놓았다.

"여기 앉아라."

하지만 나는 곧바로 의자에 앉지 않았다. 뒤에 받침대가 달려 있는 액자가 어느 테이블 위에 놓여 있었다. 그는 액자를 향해 손을 내미는 나를 보고 저지하려는 태세를 보였다가 그냥 그 자리에 서서 움직이지 않았다.

라디오에서 흘러나오는 노래를 들으면 과거가 당장 선명하게 떠오를 때가 있다.(다행히 일시적으로 떠올랐다가 사라지지만.) 첫 키스, 친구들과 함께 보낸 즐거웠던 시간 또는 불행했던 인생의 어느 시기. 나는 플리트우드 맥의 「너의 길을 가면 돼Go Your Own Way」를 들을 때마다 어머니의 고통스러웠던 몇 주가 생각난다. 그해 봄에는 라디오를 틀 때마다 그 노래가 나왔던 것 같다. 사진도 마찬가지다. 나는 이 사진을 들여다본 순간 여덟 살의 그때로 돌아갔다. 우리 누나는 장난감 코너에서 모리와 도미노를 쌓았고, 팻시 제이컵스는 피아노 앞에 앉아서 매끈한 금발머리를 좌우로 흔들어 가며 「새벽부터 우리Bringing in the Sheaves」를 쳤다.

스튜디오에서 찍은 사진이었다. 팻시는 정강이 근처에서 나풀거리는 오래전에 유행이 지난 원피스를 입고 있는데 잘 어울렸다. 아이는 반바지에 스웨터 조끼를 입고 그녀의 무릎에 앉아 있었다. 나도 기억하다시피 뒤통수의 머리카락이 삐죽 솟았다.

"우리는 이 아이를 껌딱지 모리라고 불렀어요."

나는 유리 커버를 손으로 훑으며 이렇게 말했다.

"그래?"

나는 고개를 들지 않았다. 그의 떨리는 목소리 때문에 눈을 마주 보기가 두려워졌다.

"네. 그리고 남학생들은 전부 다 사모님을 사랑했어요. 클레어 누나도 그랬고요. 누나는 제이컵스 부인이 되고 싶었을 거예요."

누나를 생각하자 내 눈에 눈물이 고이기 시작했다. 몸이 안 좋았고 금단증상에 시달리고 있었기 때문에 그랬다고 주장할 수도 있었고 그게 맞는 말이기는 했지만 100퍼센트 맞는 말은 아니었다.

나는 팔뚝으로 얼굴을 훔치고 사진을 내려놓았다. 고개를 들어 보니 그는 만질 필요가 없어 보이는 전압 조절기를 만지작거리고 있었다.

"재혼 안 하셨어요?"

"응. 생각도 한 적 없다. 내가 원한 건 팻시하고 모리뿐이었으니까. 내게 필요한 건 그 둘뿐이었으니까. 단 하루도 그들을 생각하지 않은 적이 없고, 단 한 달도 그들이 잘 지내는 꿈을 꾸지 않은 적이 없어. 꿈을 꿀 때는 교통사고가 꿈속에서 벌어진 일이지. 그러다 잠에서 깨. 하나만 물어보자, 제이미. 너희 어머니와 누나에 대해서 말이다. 그 두 사람이 어디 있을지 궁금해한 적 있니? 만약 어딘가에 있다면 그게 어디일지 말이다."

"아뇨."

충격적인 설교를 들은 이후에도 살아남은 믿음의 불씨가 있었다 한들 고등학교와 대학교 때 전부 다 사그라져 버렸다.

"아. 그렇구나."

그는 전압 조절기를 내려놓고 마셜 앰프처럼 생긴 기계를 집었다. 내가 몸담았던 밴드들은 그렇게 비싼 앰프를 감당할 여력이 없었다. 기계에서 웅웅거리는 소리가 났지만 마셜 앰프는 아니었다. 소리가 더 낮고 거의 음악에 가까웠다.

"자, 이제 시작해 볼까?"

나는 의자를 바라보았지만 거기에 앉지는 않았다.

"먼저 약 좀 주신다고 했잖아요."

"그랬지." 그는 갈색 병을 꺼내서 쳐다보더니 내게 건넸다. "이게 마지막일 수도 있으니까 너한테 운전대를 넘기마."

나는 사양하지 않고 두 번 크게 들이켰다. 그가 병을 낚아채 가지 않았더라면 두 번 더 그러고도 남았을 것이다. 그래도 열대 해변이 보이는 창문이 머릿속에서 열렸다. 달콤한 산들바람이 불어 들어왔고 문득 내 뇌파야 어떻게 되거나 말거나 더 이상 신경 쓰이지 않았다. 그래서 나는 의자에 앉았다.

그는 벽에 줄줄이 늘어선 캐비닛에서 테이프가 덕지덕지 달린 너덜너덜한 헤드폰을 꺼냈다. 격자무늬 철망이 이어패드에 씌워져 있었다. 그는 헤드폰을 앰프처럼 생긴 장치에 꽂고 내게 건넸다.

"만약「인 어 가가 다 비다In-A-Gadda-Da-Vida」가 들리면 튈 거예요."

그는 미소만 지을 뿐 아무 대꾸도 하지 않았다.

나는 헤드폰을 썼다. 귀에 닿는 철망이 시원하게 느껴졌다.

"아저씨도 이거 해 봤어요? 아파요?"

"아프지 않을 거다."

그는 첫 번째 질문에는 대답하지 않았다. 아프지 않을 거라더니 농구선수들이 쓰는 마우스가드를 주고, 내 표정을 보며 미소를 지었다.

"그냥 예방 차원에서 주는 거야. 껴라."

나는 그가 시키는 대로 했다.

그는 주머니에서 초인종만 한 크기의 하얀색 플라스틱 상자를 꺼냈다.

"이제……"

하지만 그때 그가 상자에 달린 버튼을 누르자 나는 말을 잇지 못했다.

* * *

나는 기절하지도 않았고 시간이 빠르게 흐르거나 끊긴 것처럼 느껴지지도 않았다. 최소한 1.5미터 거리를 두고 서 있는 제이컵스가 내 귀에 대고 손가락을 퉁기기라도 한 것처럼 아주 크게 딱 하는 소리가 들렸을 따름이다. 그런데 마셜 앰프를 닮은 그 장치 옆에 서 있던 그가 어느 순간 나를 내려다보았다. 하얀색 원격조종기는 보이지 않았고 내 머리는 이상해졌다. 뭔가에 갇혔다.

"무슨 일이, 무슨 일이, 무슨 일이, 무슨 일이. 벌어졌어요. 벌어졌어요. 무슨 일이 벌어졌어요. 무슨 일이 벌어졌어요, 벌어졌어요, 무슨 일이 벌어졌어요. 벌어졌어요. 무슨 일이."

"그만해라. 아무 문제 없으니까."

하지만 그는 자신 없는 목소리였다. 겁에 질린 목소리였다.

헤드폰이 없었다. 나는 일어서려다 문제의 정답을 발표하고 싶어서 안달이 난 2학년생처럼 한쪽 손을 번쩍 들었다.

"무슨 일이. 무슨 일이. 무슨 일이. 벌어졌어요. 벌어졌어요, 벌어졌어요. 무슨 일이 벌어졌어요."

그가 내 뺨을 세게 때렸다. 나는 뒤로 휘청했다. 의자가 작업대의 철제 면에 바짝 붙어 있지 않았더라면 넘어졌을 것이다.

나는 손을 내리고 똑같은 말을 반복하던 것을 멈추고 그를 그냥 쳐다보기만 했다.

"네 이름이 뭐지?"

무슨 일이 벌어졌다고 대답하겠지. 나는 생각했다. *이름은 '무슨 일이', 성은 '벌어졌어요'라고.*

그런데 아니었다.

"제이미 모턴요."

"가운데 이름은?"

"에드워드."

"내 이름은?"

"찰스 제이컵스. 찰스 *대니얼* 제이컵스."

그는 헤로인이 담긴 조그만 병을 꺼내서 내게 주었다. 나는 병을 쳐다보다가 그에게 돌려주었다.

"아직은 괜찮아요. 방금 전에 주셨잖아요."

"그래?"

그는 손목시계를 내게 보여 주었다. 우리가 여기 도착한 시점은 느지막한 오전이었다. 지금은 오후 2시 15분이었다.

"그럴 리가 없는데."

그는 호기심을 보였다.

"어째서?"

"왜냐면 시간이 지나지 않았거든요. 그런데…… 지난 모양이네요. 그렇죠?"

"맞아. 우리 둘이서 아주 오랫동안 대화를 나누었지."

"무슨 이야기를 했는데요?"

"너희 아버지. 너희 형제들. 돌아가신 너희 어머니. 그리고 죽은 클레어."

"제가 누나에 대해서 뭐라고 했어요?"

"손버릇이 나쁜 남자랑 결혼했는데 창피해서 3년 동안 쉬쉬했다고. 그러다 결국 앤디에게 털어놓았는데……"

"이름이 폴 오버턴이었어요. 뉴햄프셔의 잘나가는 사립학교 영어 선생님이었고요. 앤디 형이 그 학교로 찾아가서 주차장에서 기다리다가 오버턴이 나오니까 죽도록 두들겨 팼죠. 우리는 모두 클레어 누나를 사랑했어요. 누구라도 그랬어요. 아마 폴 오버턴도 나름대로 누나를 사랑했을 테지요. 아무튼 누나가 첫째, 앤디 형이 둘째였으니까 특히 가까웠어요. 제가 그렇게 얘기했나요?"

"거의 정확히. 앤디가 그랬지. '우리 누나 한 번만 더 건드리면 죽을 줄 알아.'"

"그리고 또 뭐라고 했는데요?"

"클레어가 그 집을 나와서 보호명령을 신청하고 이혼소송을 제기했다고. 노스콘웨이로 이사해서 다른 학교에 취직했다고. 이혼판결이 나고 6개월이 지났을 때 오버턴이 그 학교로 찾아가서 방과 후에 교실에서 시험지를 채점하고 있었던 클레어를 총으로 쏴서 죽이고 자기도 자살했다고."

그렇다. 클레어 누나는 죽었다. 시끄럽고 대개 행복했던 우리 대가족은 그녀의 장례식장에서 마지막으로 한자리에 모였다. 10월의 어느 화창한 날이었다. 장례식이 끝났을 때 나는 플로리다로 차를 몰았다. 그냥 한 번도 가 본 적이 없는 곳이기 때문이었다. 한 달 뒤에 나는 잭슨빌에서 팻스 클라인스 립스틱과 공연하고 있었다. 기름 값이 비쌌고 날이 대체로 따뜻했기에 차를 팔고 가와사키 오토바이를 장만했다. 알고 보니 현명한 선택이 아니었다.

작업실 한쪽 구석에 조그만 냉장고가 있었다. 제이컵스가 냉장고 문을 열고 애플 주스병을 꺼내서 들고 왔다. 나는 다섯 모금 만에 전부 다 해치웠다.

"한번 일어나 봐."

나는 의자에서 일어서다 휘청거렸다. 제이컵스가 팔꿈치를 잡아주었다.

"아직까지는 좋아. 이제 저 끝까지 걸어 봐라."

처음에는 취객처럼 비틀거렸지만 끝까지 갔다가 다시 돌아왔을 때는 괜찮았다. 나무랄 데 없이 안정적이었다.

"좋아. 절뚝거리는 기미조차 없네. 다시 박람회장으로 가자. 너 좀 쉬어야 해."

"무슨 일이 벌어진 게 *분명한데요. 뭐죠?*"

"아마도 뇌파가 살짝 재구성됐을 거다."

"아마도라고요?"

"응."

"*확실하지는 않다는 거죠?*"

그는 한참 동안 고민하는 눈치였지만 어쩌면 몇 초에 불과했을 수도 있다. 나는 일주일이 지난 다음에서야 시간 감각을 되찾았다. 마침내 그가 말했다.

"나는 아주 귀한 책들을 몇 권 입수했고 연구는 아직 갈 길이 멀다. 그러니까 가끔 사소한 위험부담을 감수하는 때도 있다는 뜻이지. 물론 허용할 수 있는 정도로만. 너 지금 괜찮지 않니?"

나는 아직 단정 짓기에는 이르다는 생각이 들었지만 내 생각을 말로 표현하지는 않았다. 이미 엎질러진 물이었다.

"가자, 제이미. 오늘 저녁에 할 일이 많아서 내가 쉬어야 해."

나는 바운더 앞에 도착했을 때 문을 열려고 손을 내밀다 또다시 번쩍 들고 말았다. 팔꿈치가 꼼짝하지 않았다. 관절이 쇠로 변해 버린 듯한 느낌이었다. 끝까지 내려오지 않으면 어쩌나, 평생 *선생님, 선생님, 저요* 하는 아이처럼 한 손을 들고 다녀야 하는 건가 싶어서 순간 끔찍해졌다. 하지만 잠시 후에 풀렸다. 나는 팔을 내리고 문을 열어서 차에 탔다.

"조금 지나면 괜찮아질 거다."

"무슨 짓을 했는지도 잘 모르면서 그건 어떻게 아세요?"

"전에도 봤던 증상이거든."

* * *

그는 박람회장의 늘 대던 곳에 차를 세우고 헤로인이 든 조그만 병을 다시 보여 주었다.

"이거 필요하면 주마."

그런데 필요하지 않았다. 아홉 가지 코스로 이루어진 추수감사절 만찬을 깨끗하게 비우고 몇 분 뒤에 나온 바나나 스플릿을 보는 듯한 심정이었다. 달달한 그 디저트가 맛있다는 건 알고 다른 때 같았으면 와구와구 먹어 치웠을 게 뻔하다는 것도 알지만 진수성찬을 먹고 난 뒤라 당기지 않는 그런 느낌이었다. 진수성찬 뒤에 대하는 바나나 스플릿은 갈망의 대상이 아니라 그냥 사물이다.

"나중에요."

나는 이렇게 말했지만 나중에는 오지 않았다. 과거사를 글로 적고 있는 지금, 나는 가벼운 관절염을 앓는 초로의 나이이기에 앞으로도 그런 날이 올 리 없다는 것을 안다. 그는 나를 고쳤지만 위험한 방법이었고 그도 그렇다는 것을 알았다. 감당할 만한 수준의 위험 부담을 운운할 때 중요한 것은 누구에게 감당할 만한 수준이냐는 것이다. 찰스 제이컵스는 선한 사마리아인이었다. 그런가 하면 반쯤 정신이 나간 과학자였고 그날 방치된 자동차 정비소에서는 내가 그의 최신판 모르모트였다. 나는 그의 손에 목숨을 잃었을 수도 있는데 차라리 그랬더라면 얼마나 좋았을까 하는 생각이 가끔(사실은 자주) 든다.

* * *

　나는 오후 내내 잠을 잤다. 눈을 떠 보니 예전의 제이미 모턴으로
돌아간 것처럼 머리가 맑고 기운이 넘쳤다. 나는 침대 옆으로 다리를
내리고 앉아서 공연용 의상으로 갈아입는 그의 모습을 지켜보았다.
　"궁금한 게 있는데요."
　"웨스트 털사에서 벌인 우리의 조그만 실험 얘기라면 사양하겠
다. 지금 상태가 그대로 유지되는지 아니면 욕구를 주체할 수 없는
상태로 돌아가는지 네가 한번 지켜보지 그러니? 젠장, 이 망할 놈의
넥타이는 제대로 매지는 법이 없네. 브리스코는 전혀 쓸모도 없고."
　브리스코는 필요할 때 우스꽝스러운 표정을 지어서 관중들의 시
선을 다른 데로 돌리는 조수 이름이었다.
　"그대로 계세요. 다 망치고 있잖아요. 제가 매 드릴게요."
　나는 그의 뒤에 서서 어깨 너머로 손을 내밀어 넥타이를 매 주었
다. 이제는 손도 떨리지 않아서 식은 죽 먹기였다. 뇌에 가해진 충격
이 잦아들었을 때 내 걸음걸이가 그랬던 것처럼 손도 나무랄 데 없
이 안정적이었다.
　"이건 어디서 배웠니?"
　"사고 후에, 넘어지지 않고 두세 시간 동안 서서 공연할 수 있게
됐을 때 언더테이커스*라는 그룹에 합류했거든요." 대단한 그룹은
아니었다. 내가 가장 월등한 실력을 자랑하는 멤버로 꼽히는 밴드

라면 그럴 수밖에 없었다. "전부 다 프록코트를 입고 실크해트를 쓰고 얇은 넥타이를 맸어요. 드러머하고 베이스 기타리스트가 한 여자를 두고 싸우는 바람에 깨졌지만 그래도 덕분에 새로운 기술을 터득했죠."

"뭐…… 고맙다. 나한테 물어보려던 게 뭐였니?"

"번개 사진 공연 말이에요. 여자들 사진만 찍으시잖아요. 그러면 손님이 50퍼센트로 주는 거 아니에요?"

그는 개구쟁이처럼 씩 웃었다. 목사관 지하실에서 게임을 진행했을 때 짓던 미소였다.

"원래 카메라를 개발했을 때는…… 사실은 발전기와 영사기를 합쳐 놓은 장치라는 것을 너도 알 테지만 남자와 여자, 양쪽 다 촬영할 생각이었어. 노스캐롤라이나 바닷가에 조이랜드라는 조그만 놀이공원이 있었거든. 지금은 문을 닫았지만 근사한 곳이었지. 내가 아주 좋아했던 곳이기도 하고. 내가 '조이랜드 애비뉴'라 불리던 공원 중앙 통로에서 공연을 했을 때 미스테리오의 거울 저택 옆에 로그의 갤러리가 있었거든. 거기에 얼굴을 뚫어 놓은 실물 크기의 마분지 인형이 있었어. 해적도 있었고, 총을 든 깡패도 있었고, 기관단총을 든 터프걸도 있었고, 배트맨에 나오는 조커와 캣우먼도 있었지. 구멍에 얼굴을 대면 사진기를 들고 돌아다니던 '할리우드 걸스'라고 불리는 직원들이 사진을 찍어 주었지."

"거기서 아이디어를 얻은 거예요?"

---

* 영어로 장의사라는 뜻이다.

"응. 그때 나는 미스터 일렉트리코로 분장했었어. 레이 브래드버리에게 경의를 바치기 위해서였는데 시골사람들이라 아무도 몰랐을 거야.* 지금보다 조잡한 영사기를 개발해 놓았지만 그걸 공연장에서 활용할 생각은 하지 못했거든. 테슬라 코일이랑 야곱의 사다리라고 불리는 불꽃식 발전기만 썼지. 내가 목사 시절에 미니 야곱의 사다리를 너희들한테 보여 준 적이 있었잖니. 화학 약품으로 불꽃 색깔을 바꾸었는데 기억나니?"

기억났다.

"로그의 갤러리를 보니까 영사기 고유의 기능을 활용할 방법이 떠올라서 번개 사진을 발명한 거다. 또 다른 사기극이라고 볼 수도 있겠지만…… 연구에 도움이 되었고 지금도 마찬가지야. 조이랜드에서 공연하는 동안에는 까만색 고급 넥타이를 맨 남자와 드레스를 입은 아리따운 아가씨를 배경막에 넣었거든. 그런데 사진을 찍는 남자들이 있긴 해도 의외로 몇 명 안 되는 거야. 시골사람들이라 그렇게 번드르르하게 차려입은 친구를 보면 다들 비웃어서 그랬던 것 같아. 하지만 여자들은 절대 비웃지 않지. 여자들은 번드르르하게 차려입는 걸 좋아하거든. 화려하면 화려할수록 좋아하지. 그래서 샘플 사진을 보면 줄을 서."

"이런 식으로 공연을 한 지 얼마나 됐어요?"

그는 한쪽 눈을 살짝 감고 계산하다가 놀라워하며 양쪽 눈을 번쩍 떴다.

---

* 어렸을 때 축제에서 만난 미스터 일렉트리코라는 마술사에게 영생을 선물 받은 것이 레이 브래드버리의 작가 인생에 지대한 영향을 미쳤다고 한다.

"15년이 다 됐네."

나는 웃으며 고개를 저었다.

"목사님이 보따리장수가 다 되셨네요."

내뱉고 보니 해서는 안 될 소리였지만 우리 목사님의 방향 전환이 아직도 적응이 되지 않았다. 하지만 그는 기분 나빠하지 않았다. 거울에 비친 완벽하게 매인 넥타이를 감탄하는 눈빛으로 바라보더니 내게 윙크를 날렸다.

"그게 그거야. 둘 다 시골사람들을 설득하는 직업이잖니. 이제 나가서 전기 좀 팔고 와야겠다."

그는 바운더 한복판에 놓인 조그만 테이블에 헤로인을 두고 갔다. 나는 그 병을 가끔 훔쳐보았고 한 번 집은 적도 있었지만 쓰고 싶은 생각은 들지 않았다. 솔직히 말하자면 애초에 왜 그런 데다 인생을 낭비했는지 이해가 되지 않았다. 비정상적이었던 욕구가 꿈처럼 느껴졌다. 집착에서 벗어나면 전부 다 그런 심정일까. 알 수 없었다.

지금도 여전히 모르겠다.

* * *

젊은 녀석들이 종종 그렇듯 브리스코가 새로운 일자리를 찾는답시고 떠나 버렸을 때 내가 그 일을 대신해도 되겠느냐고 묻자 제이컵스는 당장 좋다고 했다. 할 일은 별로 없었지만 덕분에 그는 카메라를 들고 무대를 오르내리고 실크해트를 건네주고 전기에 감전된 척 연기할 촌놈을 번번이 구하는 수고로움을 덜 수 있었다. 그는 심

지어 공연하는 동안 깁슨 기타 연주를 깔면 어떻겠느냐는 의견까지
제시했다.

"긴장감 넘치는 코드를 연주하는 거지. 아가씨가 통닭이 될지 모
른다는 불안감을 조성할 수 있게."

그거야 식은 죽 먹기였다. A마이너와 E를 반복하면(「해 뜨는 집」과
「스프링힐 광산의 참사Springhill Mining Disaster」의 기본 코드다.) 언제 어디서
나 당장이라도 먹구름이 닥칠 듯한 분위기를 연출할 수 있다. 느리
고 요란한 드럼 연주를 추가하면 금상첨화겠다는 생각이 들긴 했지
만 그래도 재미있었다.

"너무 열심히 할 것 없다." 찰스 제이컵스가 충고했다. "조만간 떠
날 생각이니까. 박람회가 끝나면 여기 놀이공원 이용객 숫자가 곤
두박질치거든."

"어디로 옮기려고요?"

"잘 모르겠지만 나는 혼자 여행하는 데 이골이 난 사람이거든."
그는 내 어깨를 철썩 때렸다. "알고 있으라고."

그거야 나도 이미 알고 있었다. 아내와 아이를 잃은 뒤로 찰스 제
이컵스는 철저하게 원맨 플레이를 고수했다.

작업실에 있는 시간이 점점 짧아졌다. 그는 장비들을 가져와서 이
동을 시작하면 바운더 뒤에 달고 다니는 조그만 트레일러에 실었
다. 앰프를 닮았지만 앰프가 아닌 기기는 들고 오지 않았다. 쇠 상자
도 네 개 중에 두 개만 들고 왔다. 어디에 가든 새로 시작할 작정인
가 보다는 생각이 들었다. 한쪽 길을 끝까지 가 보았으니 새로운 길
을 개척하려는 것 같았다.

나는 약물에서 해방된(그리고 절름발이 신세에서 해방된) 지금, 뭘 하면 좋을지 알 수 없었지만 고압 전류의 황제와 함께 순회공연을 다닐 생각은 없었다. 그에게 고맙기는 했지만 헤로인 중독의 악몽을 잊은 마당이라(아이를 낳고 나면 출산의 고통을 잊는 여자들과 닮은 꼴이었다.) 아주 많이 고맙지는 않았다. 게다가 나는 그가 무서웠다. 그의 '아무도 모르는 전기'도 무서웠다. 그는 전기를 거론할 때마다 *우주의 비밀*이라는 둥, *궁극의 진리로 향하는 길*이라는 둥 화려한 수식어를 동원했지만 아빠의 옷장 안에서 총을 발견한 어린애만큼이나 아는 게 없었다.

옷장 얘기가 나왔으니 말인데…… 솔직히 내가 몰래 들여다보기는 했다. 그 안에는 팻시, 모리 그리고 셋이서 함께 찍은 사진들로 가득한 앨범이 들어 있었다. 페이지마다 너덜너덜했고 제본이 풀려 있었다. 앨범을 얼마나 자주 들여다보았는지 샘 스페이드*가 아니라도 알 만한 상황이었는데, 나는 그가 앨범을 꺼내는 것을 본 적이 없었다. 이 앨범은 아무도 모르는 비밀이었다.

그의 전기처럼 그랬다.

* * *

10월 3일 새벽, 털사 주 박람회가 내년을 기약하며 폐막하기 직전에 뇌 충격파의 후유증이 또 다시 나를 찾아왔다. 나는 제이컵스

---

* 대실 해밋의 탐정소설 『몰타의 매』의 주인공.

의 일을 돕고 받는 돈으로(하는 일에 비해서 금액이 제법 컸다.) 박람회
장에서 네 블록 떨어진 곳에 일주일 단위로 방을 하나 얻었다. 그가
아무리 나를 좋아해도(좋아하는지 안 하는지는 모르겠지만) 혼자 지내
고 싶어 하는 눈치였고 이제 그에게 침대를 돌려줄 때도 됐기 때문
이었다.

　나는 저녁 마지막 공연을 마무리 짓고 한 시간쯤 지나서 자정 무
렵에 퇴근하면 곧바로 잠자리에 들었다. 별일이 없는 한 거의 그랬
다. 약을 끊었더니 잠이 잘 왔다. 그런데 그날 새벽에 두 시간 뒤에
눈을 떠 보니 잡초가 우거진 하숙집 뒷마당이었다. 하늘에는 얇은
얼음 같은 달이 걸려 있었다. 그 아래에 한쪽 양말만 신고 이두박근
위로 고무줄을 맨 제이미 모턴이 알몸으로 서 있었다. 어디서 난 고
무줄인지 알 수가 없었지만 고무줄 위로는 핏줄이 불룩 솟아서 주
사를 맞기 딱 좋은 상태였고, 아래로는 하얗고 차갑고 감각이 없
었다.

　"무슨 일이 벌어졌어." 나는 한 손에 포크를 들고(그것도 어디서 났
는지 아무도 모를 일이었다.) 불룩 솟은 위 팔뚝을 계속 찌르고 있었
다. 핏방울이 열 군데 넘게 맺혀 있었다. "무슨 일이. 벌어졌어. 무슨
일이 벌어졌어. 어머니, 무슨 일이 벌어졌어요. 무슨 일이. 무슨 일이."

　나는 속으로 그만하라고 외쳤지만 효과가 없었다. 아예 통제 불능
은 아닐지 몰라도 *내가* 통제할 수 있는 상태는 아니었다. 감추어진
트랙을 따라서 평화의 호수를 느릿느릿 가로지르던 예수님 인형이
생각났다. 내가 딱 그 짝이었다.

　"무슨 일이."

쿡.

"무슨 일이 벌어졌어."

쿡-쿡.

"무슨 일이……"

나는 혀를 내밀어서 깨물었다. 다시 *딱* 하는 소리가 들렸다. 이번
에는 귓가가 아니라 머릿속 깊숙한 곳에서 들렸다. 말하고 싶은 충
동과 찌르고 싶은 충동이 그 소리와 함께 사라졌다. 포크가 내 손에
서 떨어졌다. 임시 지혈대를 풀자 피가 다시 통하기 시작하면서 팔
뚝이 따끔거렸다.

나는 부들부들 떨리는 몸으로 달을 올려다보며 누가 아니면 무엇
이 나를 조종하고 있었는지 궁금해했다. 나는 분명 조종당하고 있
었다. 다시 방 안으로 들어가 보니(다행히 산들바람에 덜렁거리는 물건
을 아무한테도 들키지 않았다.) 깨진 유리 조각을 밟는 바람에 발을 심
하게 베인 상태였다. 그랬으면 잠에서 깼어야 마땅한데 그러지 않
았다. 왜 그랬을까? 왜냐하면 내가 잠을 자고 있지 않았기 때문이
다. 나는 그렇다고 장담할 수 있었다. 무언가가 나를 내 몸 속에서
내쫓고 내 몸을 자동차처럼 운전하고 있었다.

나는 발을 씻고 다시 침대에 누웠다. 제이컵스에게는 그 일에 대
해서 함구했다. 얘기한들 무슨 소용이 있었겠는가. 그는 헤로인 중
독을 기적적으로 치료한 것에 비하면 한밤중에 산책을 하다 발을
베인 것쯤은 아무것도 아니지 않으냐고 했을 테고 어쩌면 그의 말
은 맞았을 것이다. 그래도.

무슨 일이 벌어진 것만큼은 분명했다.

＊ ＊ ＊

그해에 털사 주 박람회는 10월 10일에 폐막했다. 나는 그날 여유롭게 기타를 튜닝하고 그의 넥타이를 맬 수 있도록 넉넉히 5시 30분쯤에 제이컵스의 캠핑카로 찾아갔다. 이제는 일종의 전통으로 자리잡은 그의 넥타이를 매 주는데 누군가가 문을 두드렸다. 제이컵스가 미간을 찌푸리며 나갔다. 자정을 끝으로 그날 밤에 여섯 번의 공연을 앞두고 있었는데 시작하기 전부터 흐름을 끊기기 싫었던 것이다.

제이컵스가 "중요한 일 아니면 나중에⋯⋯"라고 말하며 문을 여는 순간, 가슴받이가 달린 작업복을 입고 케이스* 모자를 쓴 농부(열받은 오클라호마 농부)가 그의 입을 향해 주먹을 날렸다. 제이컵스는 뒤로 비틀거리다 자기 발에 걸려서 넘어지는 바람에 하마터면 식탁에 머리를 부딪쳐서 기절할 뻔했다.

방문객은 달려 들어와서 허리를 숙이고 제이컵스의 옷깃을 움켜잡았다. 나이는 제이컵스와 비슷한데 덩치가 훨씬 컸다. 그리고 격분한 상태였다. 나는 골치 아파질 수 있겠다고 생각했다. 이미 골치 아파지기 시작했지만, 병원에 장기 입원해야 하는 그런 사태가 벌어질 가능성을 염두에 두고 한 생각이었다.

"너 때문에 우리 애가 경찰서에 잡혀갔잖아!" 농부가 고함을 질렀다. "이 새끼야, 너 때문에 죽을 때까지 전과가 우리 애를 따라다니게 됐잖아! 꼬리에 깡통이 달린 강아지처럼!"

---

* 농기구를 만들었던 회사.

나는 생각하고 말고 할 것도 없이 싱크대에 있던 냄비를 집어서 그의 옆통수를 냅다 후려쳤다. 오클라호마 농부는 제이컵스를 잡았던 손을 놓고 놀란 표정으로 나를 쳐다보았다. 어마어마한 매부리코 양옆으로 파인 주름살을 따라서 눈물이 흘러내렸다.

제이컵스는 잽싸게 달아나서 손을 짚고 몸을 일으켰다. 아랫입술이 두 군데 찢어져서 피가 나고 있었다.

"덩치가 좀 비슷한 상대를 고르시지그래요?"

내가 물었다. 논리 정연한 담론이라고 할 수는 없었지만 그런 싸움에 휘말리면 우리는 학교 운동장으로 순간 이동을 하게 된다.

"우리 애가 재판을 받게 됐단 말이다!" 농부는 음이 안 맞는 밴조 같은 오클라호마 사투리로 내게 고함을 질렀다. "저 버러지 같은 자식 때문에! 쥐새끼처럼 뿔뿔거리는 저 개차반 같은 자식 때문에!"

그는 개차반이라고 했다. 정말로 그 단어를 썼다.

나는 스토브에 냄비를 내려놓고 그에게 빈손을 보여 주었다. 그리고 가장 나긋나긋한 목소리로 그를 달랬다.

"댁이 지금 무슨 소리를 하는 건지 모르겠네요. 아마……" 하마터면 찰스라고 할 뻔했다. "댄도 이게 무슨 소리인가 하고 있을 겁니다."

"우리 딸! 우리 딸 캐시! 캐시 모스! 저 작자 말로는 무대 위로 올라와 주었다고 사진이 공짜라고 혔는디, 공짜가 아니었단 말이여! 그 사진 때문에 큰일 나게 생겼다고! 그 사진 때문에 내 딸 인생이 개차반이 되어 부렀다고!"

나는 조심스럽게 그의 어깨를 팔로 감싸 안았다. 두들겨 맞을 수도 있겠다 싶었는데 이제 그는 분노가 해소되었는지 서글프고 당혹스러운 표정만 짓고 있을 따름이었다.

"밖으로 나갑시다. 시원한 벤치에 앉아서 어떻게 된 영문인지 알려 주세요."

"댁은 뭐요?"

나는 *제이컵스 씨의 조수*라고 말하려고 했지만 너무 매가리 없게 느껴졌다. 뮤지션으로 보낸 세월이 도움이 되었다.

"저분 에이전트입니다."

"그래요? 그럼 보상금 줄 수 있겠소? 왜냐하면 보상금을 받아야 겠거든. 변호사 비용만으로도 죽을 지경이란 말이오." 그는 제이컵스를 손가락으로 가리켰다. "너 때문에! 개차반 같은 네놈 자식이 저지른 잘못 때문에 말이다!"

"저…… 저기……" 제이컵스는 턱에 묻은 피를 손바닥으로 훔쳤다. "지금 무슨 말씀을 하시는 건지 전혀 모르겠는데요, 모스 씨."

나는 모스를 문 앞까지 끌고 간 참이라 그 기세를 놓치고 싶지 않았다.

"나가서 시원한 바람 맞으면서 의논합시다."

모스는 순순히 따라 나왔다. 직원용 주차장 끝에 녹이 슨 테이블이 놓여 있고 너덜너덜한 캔버스 파라솔이 햇볕을 막아 주는 음료수 매점이 있었다. 나는 콜라를 큰 걸로 사서 그에게 건넸다. 그는 테이블 위로 넘치도록 따라서 꿀꺽꿀꺽 몇 모금 만에 종이컵 절반을 비웠다. 그러더니 컵을 내려놓고 손바닥으로 이마를 눌렀다.

"차가운 음료수를 이런 식으로 마시면 안 되는데. 그럼 머리가 찌를 듯이 아파지지 않소?"

"그렇죠."

나는 그렇게 대답하고, 희미한 달빛을 맞으며 알몸으로 서서 혈관이 불거진 팔뚝을 포크로 찔렀던 것에 대해 생각했다. 무슨 일이 벌어졌다. 내가 그런데 캐시 모스도 그런 모양이었다.

"왜 그러는지 말씀해 보시죠."

"그자가 찍어 준 사진 말이오, 그게 우라질 골칫거리란 말이오. 어딜 가든 그 사진을 들고 다녔지 뭐요. 친구들이 놀리기 시작했는데도 아랑곳하지 않고 사람들한테 자기가 *사실*은 그렇게 생겼다고 말하고 다니면서. 내가 하루 날을 잡아서 정신 차리게 만들어 주려고 했더니 아이 엄마가 그만하라고, 시간이 지나면 저절로 가라앉을 거라고 하더군요. 그리고 그래 보였소. 이틀인가 3일인가 잘 모르겠지만 사진을 방에 두고 다녔으니까. 사진 없이 미용학원에 갔으니까. 우리는 그렇게 끝난 줄 알았소."

그런데 아니었다. 10월 7일, 그러니까 3일전에 그녀는 털사 남동쪽의 브로큰 애로에 있는 J. 데이비드 보석점 안으로 들어갔다. 손에는 쇼핑백을 들고 있었다. 제이컵스의 무대에서 사람들의 시선을 한 몸에 받은 뒤로 몇 번 들락거렸기 때문에 두 직원 모두 그녀를 알아보았다. 직원 하나가 도움이 필요하냐고 물었다. 캐시는 아무 대꾸도 없이 그를 지나쳐서 가장 비싼 장신구를 넣어 두는 진열장 앞으로 다가갔다. 쇼핑백에서 망치를 꺼내 진열장 윗면 유리를 박살냈다. 요란한 경보음을 무시하고 손을 두 군데씩이나 꿰매야 할 만큼 베어 가며("흉터가 남을 거요." 그녀의 아버지는 슬퍼했다.) 안으로 손을 넣어서 다이아몬드 귀걸이를 꺼냈다.

"이 귀걸이, 내 거예요. 드레스랑 잘 어울리겠어요."

* * *

모스의 이야기가 끝나자마자 SECURITY라고 적힌 까만색 티셔츠를 입은 덩치 큰 남자 둘이 등장했다.

"무슨 문제라도 있습니까?" 그중 한 명이 물었다.

"아뇨." 나는 이렇게 대답했고 실제로 아무 문제 없었다. 이야기를 통해 모스의 분노가 해소된 것은 잘된 일이었다. 하지만 그로 인해 그가 위축된 것은 잘된 일이 아니었다. "모스 씨는 지금 막 가려던 참이었어요."

그는 남은 콜라를 움켜쥐고 자리에서 일어났다. 찰스 제이컵스의 혈흔이 그의 손마디에서 말라 가고 있었다. 그는 어쩌다 생긴 건지 모르겠다는 듯이 혈흔을 쳐다보았다.

"그 사람을 경찰에 고발해도 소용없겠죠? 사진을 찍어 준 것밖에 없다고 할 테니 말이오. 젠장, 게다가 공짜였으니."

"가시죠, 선생님." 경비 하나가 말했다. "박람회 구경하실 거면 제가 손에 도장 찍어 드릴게요."

"아뇨. 우리 가족은 박람회라면 지긋지긋합니다. 집에 갈 거요." 모스는 걸음을 옮기다 말고 뒤를 돌아보았다. "예전에도 이런 적이 있습니까? 우리 캐시처럼 정신을 잃은 사람이 또 있었소?"

무슨 일이 벌어졌어. 나는 생각했다. 무슨 일이, 무슨 일이, 무슨 일이.

"아뇨. 한 명도 없었습니다."

"있었더라도 그랬다고 하겠소? 맥은 그 사람의 에이전트인데."

그 말을 끝으로 모스는 고개를 숙였고 뒤도 돌아보지 않고 멀어졌다.

* * *

바운더로 돌아가 보니 제이컵스는 피 묻은 셔츠를 갈아입고 행주에 얼음을 가득 담아서 점점 더 부풀어 가는 아랫입술에 대고 있었다. 그는 내가 모스에게 들은 이야기를 전해 듣더니 이렇게 물었다.

"넥타이 한 번만 다시 매 주겠니? 벌써 늦었다."

"워." 내가 말했다. "워, 워, 워. 캐시를 고쳐 주셔야죠. 저를 고쳐 주셨던 것처럼. 헤드폰을 씌워서."

그는 경멸에 가까운 눈빛을 내게 던졌다.

"친애하는 아버님이 내 접근을 허락할 것 같니? 게다가 그 아가씨의 문제는…… 그 충동 장애는…… 저절로 없어질 거야. 몸값 제대로 하는 변호사라면 제정신이 아니었다고 법원을 설득할 수 있을 테니 괜찮을 거야. 가벼운 처벌을 받고 끝나겠지."

"처음 있는 일이 아니로군요, 그렇죠?"

그는 어깨를 으쓱했다. 여전히 내 쪽을 쳐다보고 있었지만 나와 시선을 맞추지는 않았다.

"가끔 후유증이 생겼던 건 맞아. 진열장을 부수고 귀걸이를 꺼낸 모스 양처럼 그렇게 극적인 경우는 없었지만."

"지금 독학으로 연구하고 계시죠, 그렇죠? 손님들이 사실상 모르모트인 거죠. 그런 줄 자기들만 모를 뿐. *저도 모르모트였고요*."

"이제 괜찮아졌잖아, 안 그래?"

"그렇죠."

가끔 새벽에 내 몸 찌르기 마라톤 대회가 펼쳐지기는 하지만.

"그럼 넥타이 좀 매 주라."

나는 그에게 화가 나서(무엇보다 뒷문으로 슬그머니 빠져나가서 경비를 불렀다는 데 화가 났다.) 그냥 무시하려고 했다. 하지만 그에게 진 빚이 있었다. 그가 내 목숨을 구해 주었으니 고마운 일이었다. 덕분에 이제 *정상적인* 생활을 하게 되었으니 더욱 고마운 일이었다.

그래서 넥타이를 매 주었다. 그리고 공연을 했다. 여섯 번이나 했다. 박람회 폐막을 알리는 불꽃놀이가 시작되자 사람들은 우와아아아 하고 소리를 질렀지만 번개로 사진을 촬영하는 댄이 신비한 능력을 발휘했을 때 터진 탄성이 더 컸다. 나는 A마이너와 E코드를 번갈아 연주하는 틈틈이 배경막에 뜬 자기 모습을 꿈꾸듯 올려다보는 아가씨를 보며 그 가운데 누가 살짝 마음의 평화를 잃게 될지 궁금해했다.

* * *

문 아래에 봉투가 꽂혀 있었다. 요가 수련자라면 인생은 데자부의 연속이라고 할 만한 상황이었다. 하지만 이번에는 침대에 오줌을 싸지 않았고, 의학적으로는 완치된 다리가 욱신거리지 않았고, 독감에 걸리지 않았고, 약발이 떨어져서 온몸을 부산하게 떨지 않았다. 나는 허리를 숙이고 봉투를 집어서 열었다.

내 인생의 제5의 인물은 끈적끈적한 작별인사를 하는 성격이 아니었다. 그건 인정해야 할 것이다. 그 봉투 안에는 암트랙 기차표가 담긴 봉투가 들어 있었고 거기에 메모지가 클립으로 꽂혀 있었다. 메모지에는 콜로라도 주 네덜랜드에 사는 누군가의 이름과 집 주소가 적혀 있었다. 그 아래에 제이컵스가 세 문장을 끼적여 놓았다. *이 남자를 찾아가면 일자리를 줄 거다. 나한테 진 빚이 있거든. 넥타이 매줘서 고마웠어. CDJ.*

암트랙 봉투를 열어 보니 털사에서 덴버로 가는 마운틴 익스프레스 편도 티켓이 들어 있었다. 나는 그 티켓을 한참 동안 쳐다보며 돈으로 환불받을까 고민했다. 아니면 그 열차를 타고 덴버의 음악인 거래소를 찾아갈지를. 하지만 리듬감을 다시 찾으려면 시간이 걸릴 터였다. 내 손끝은 물렁해졌고 나의 재능은 녹이 슬었다. 그리고 약물 문제도 걸렸다. 지방 공연을 다니면 약물이 도처에 널려 있다. 제이컵스가 말하길 2년 정도가 지나면 번개 사진의 마법이 사라진다고 했다. 중독 치료도 그러지 말란 법이 없지 않은가. 그 자신도 모르는데 어떻게 내가 장담할 수 있을까.

그날 오후에 나는 택시를 타고 그가 임대한 웨스트 털사의 자동차 정비소를 찾아갔다. 이쪽 끝에서 저쪽 끝까지 아무것도 없었다. 기름얼룩으로 시커메진 바닥에 전선 조각 하나 남지 않았다.

여기서 무슨 일이 벌어졌지. 나는 생각했다. 만약 다시 한 번 기회가 주어진다면 그 헤드폰을 다시 쓸 것인가, 그것이 문제였다. 나는

다시 쓸 거라는 결론을 내렸고, 어떤 경로인지는 나도 잘 모르겠지만 이 결론이 열차표를 어떻게 할 것인지 결정하는 데 도움이 됐다. 나는 그 표로 덴버로 건너갔고 버스를 타고 로키 산맥 서쪽 비탈 높이 자리 잡은 네덜랜드로 찾아갔다. 그리고 거기서 휴 예이츠를 만나 세 번째 인생을 시작했다.

VII

집으로.
울프조 목장.
번개처럼 치유하시는 하나님.
디트로이트에서 귀가 멀다.
프리즘 현상.

우리 아버지는 아내와 다섯 아이들 가운데 두 명을 앞세우고 2003년에 눈을 감았다. 클레어 모턴 오버턴은 서른 살도 되지 않았을 때 헤어진 남편의 손에 목숨을 잃었다. 우리 어머니와 큰형은 둘 다 쉰한 살에 세상을 떠났다.

질문: 죽음아, 너의 독침은 어디 있느냐?

정답: 염병할 곳곳에 있지.

나는 아버지의 추도식을 지내러 할로의 집으로 내려갔다. 이제는 우리 집 앞길과 9번 도로뿐 아니라 대부분이 포장도로로 바뀌었다. 우리가 예전에 수영을 했던 곳에는 아파트 단지가 들어섰고 실로 교회에서 800미터 떨어진 곳에 빅애플이라는 편의점도 생겼다. 우리 교회는 아직도 마이라 해링턴의 집과 길을 사이에 두고 마주 보고 있었고(할무니는 일찌감치 하늘나라로 올라갔지만) 우리 집 뒷마당에는 여전히 타이어 그네가 나무에 매달려 있었다. 테리 형의 아이들이 탔을 텐데 이제는 다들 커 버렸다. 세월이 오래돼서 밧줄이 너덜너덜하고 시커멨다.

밧줄을 갈아 줘야겠네. 나는 이런 생각을 했지만…… 누굴 위해서, 왜 그래야 하나 싶었다. 나는 아이가 없었으니 내 아이들을 위한 것도 아니었고 여기는 더 이상 내 집도 아니었다.

집 앞 진입로에 주차된 차라고는 낡은 51년형 포드뿐이었다. 맨첫 번째 로드 로켓처럼 보였지만 그럴 수는 없었다. 로드 로켓 1호는 처음 출전한 캐슬록 스피드웨이 경주에서 첫 바퀴를 돌다 드웨인 로비쇼 손에 박살이 났다. 하지만 트렁크에 델코 배터리 스티커가 붙어 있었고 옆면에 새빨갛게 19번이라고 적혀 있었다. 까마귀한 마리가 보닛 위에 내려앉았다. 까마귀가 보이면 어떤 식으로 악마의 눈을 만들어야 하는지* 아버지가 가르쳐 주었던 게 기억이 나면서(*이래 봐야 아무 효과도 없겠지만 조심해서 나쁠 건 없잖니. 아버지는 그렇게 얘기했다.*) 이런 생각이 들었다. *불길한데. 여긴 뭔가가 이상해.*

하와이는 콜로라도보다 훨씬 먼 곳이니 콘 형이 아직 도착하지 않은 건 이해가 됐지만 테리 형은 어디 있을까 싶었다. 테리 형과 형의 아내 애나벨은 계속 여기서 살았다. 그리고 보위 부부는 어디 있을까? 클러키 부부는? 퍼쿼트 부부는? 드윗 부부는? 모턴 연료회사 직원들은? 아버지의 연세가 많기는 했지만 그들 모두를 앞세웠

---

* 집게손가락과 새끼손가락만 들고 나머지 손가락을 구부리는 것을 말한다.

을 리는 없었다.

나는 주차하고 차에서 내렸는데 이제 보니 포틀랜드의 허츠에서 몰고 온 포드 포거스가 아니었다. 열일곱 번째 생일 때 아버지와 형에게 선물 받은 66년형 갤럭시였다. 조수석에 어머니에게 받은 케네스 로버츠 하드커버 소설 세트가 놓여 있었다. 『올리버 위즈웰』과 『아룬델』과 기타 등등이었다.

꿈이로구나. 예전에도 꿨던 꿈이로구나.

그 사실을 깨달았다고 안심이 되지는 않았다. 두려움만 커질 따름이었다.

내가 자란 집 지붕에 까마귀 한 마리가 내려앉았다. 타이어 그네가 달린 나뭇가지에도 한 마리가 내려앉았다. 껍질이 다 벗겨져서 뼈처럼 눈에 확 들어오는 나뭇가지였다.

나는 뭐가 있는지 알기 때문에 집 안으로 들어가고 싶지 않았다. 하지만 발이 저절로 움직였다. 나는 계단을 올라갔고 테리 형이 8년 전에(아니면 10년 전에) 새 단장한 현관 사진을 보내 주었는데도 여기에서는 여전히 예전의 널빤지라 끝에서 두 번째 계단을 밟자 예전처럼 심술 맞게 삐걱거렸다.

다들 식당에서 나를 기다리고 있었다. 전부는 아니고 죽은 가족들만 모여 있었다. 어머니는 병석에 누워서 지냈던 그 추웠던 2월의 모습처럼 미라나 다름없었다. 아버지는 마지막으로 심장 마비를 일으키기 직전에 테리 형이 크리스마스카드와 함께 보내 준 사진 속의 그 모습처럼 창백하고 쭈글쭈글했다. 앤디 형은 투실투실했지만 (비쩍 말랐었는데 중년에 살이 많이 쪘다.) 고혈압 환자답게 불그스름했던 안색이 이제는 밀랍처럼 파리했다. 클레어 누나가 최악이었다. 제정신이 아니었던 전 남편은 누나를 그냥 죽이는 데 만족하지 않았다. 남편 곁을 떠나는 만용을 부렸으니 완벽하게 제거해야 옳았다. 그는 누나의 얼굴을 세 번 쐈다. 누나가 교실 바닥에 쓰러진 이후에도 두 번 더 방아쇠를 당긴 다음 자기 머리에 총알을 박았다.

"앤디 형. 형은 어떻게 된 거야?"

"전립선. 네 말을 들었어야 하는 건데."

식탁 위에 곰팡이로 뒤덮인 생일 케이크가 놓여 있었다. 내가 지켜보는 가운데 설탕 코팅이 볼록 솟아서 벌어지더니 후추병만 한 까만색 개미가 기어 나왔다. 개미는 죽은 우리 형의 팔과 어깨를 지나서 얼굴로 기어 올라갔다. 어머니가 고개를 돌렸다. 뻑뻑한 힘줄이 오래된 부엌문에 달린 녹슨 스프링처럼 끼익거리는 소리가 들렸다.

"생일 축하한다, 제이미."

어머니가 말했다. 아무 감정이 없고 귀에 거슬리는 목소리였다.

"생일 축하한다, 아들." 아버지가 말했다.

"생일 축하한다, 동생." 앤디 형이 말했다.

마지막으로 클레어 누나가 한쪽 눈구멍밖에 남지 않은 얼굴로 나를 돌아보았다. *아무 말도 하지 마. 누나가 입을 열면 내가 미쳐 버릴 테니까.*

하지만 누나가 입을 열자 부러진 이로 막힌 구멍에서 낱말들이 흘러나왔다.

"그 차 뒷자리에서 그 아이를 임신시키는 일은 없게 해."

그러자 어머니가 꼭두각시 인형처럼 고개를 끄덕였고 그동안 해

묵은 케이크에서 거대한 개미들이 계속 기어 나왔다.

나는 귀를 막으려고 했지만 손이 너무 무거웠다. 옆구리 근처에서 힘없이 늘어진 채 움직일 줄 몰랐다. 내 뒤에서 현관 널빤지가 심술 맞게 삐걱거리는 소리가 들렸다. 한 번이 아니라 두 번 들렸다. 새로운 인물들이 등장했다는 뜻인데 누군지 알 수 있었다.

"아니야." 내가 말했다. "됐어. 부탁이야. 이제 그만 됐어."

하지만 팻시 제이컵스가 내 어깨에 손을 얹었고 껍딱지 모리의 손은 내 무릎 바로 위쪽을 껴안았다.

"무슨 일이 벌어졌어."

팻시가 내 귀에 대고 얘기했다. 머리카락이 내 뺨을 간질였다. 사고로 뜯긴 두피에 대롱대롱 매달려 있는 머리카락이었다.

"무슨 일이 벌어졌어."

모리가 내 다리를 좀 더 세게 끌어안으며 맞장구를 쳤다.

이윽고 그들이 함께 노래를 부르기 시작했다. 멜로디는 「생일 축하합니다」인데 가사가 달라졌다.

"*무슨 일이 벌어졌네! 무슨 일이 벌어졌네! 사랑하는 우리 제이미, 무슨 일이 벌어졌네!*"

그 순간 나는 비명을 지르기 시작했다.

* * *

내가 맨 처음으로 이 꿈을 꾼 곳은 덴버로 가는 열차 안이었는데 (같은 칸에 탄 승객들로서는 다행스러운 일이었지만) 현실 속에서 내가 지른 비명은 목구멍 깊은 속에서 끙끙거리는 후두음처럼 들렸다. 이후 20년 동안 나는 똑같은 꿈을 스무 번 넘게 꾸었고 항상 공포에 젖어서 똑같은 생각을 하며 깨어났다. *무슨 일이 벌어졌어.*

그 당시에 앤디 형은 멀쩡하게 살아 있었다. 나는 형에게 전화해서 전립선 검사를 받아 보라고 얘기하기 시작했다. 형은 처음에는 웃어넘기더니 점점 짜증을 내면서 우리 아버지는 아직 건강에 아무 문제가 없고 앞으로도 20년은 거뜬히 사실 수 있을 만큼 좋아 보이지 않으냐고 했다.

"그럴지도 모르지." 나는 말했다. "하지만 엄마는 젊은 나이에 암으로 돌아가셨잖아. 외할머니도 그랬고."

"혹시 네가 모를까 봐 알려 주겠는데 두 분 다 전립선은 없었어."

"유전의 신이 그런 데 신경 쓸 것 같아? 가장 환영받을 만한 곳에 암세포를 보내고 그만이지. 아니, 그렇게 질색하는 이유를 모르겠네. 똥꼬에 손가락 넣고 10초면 끝나잖아. 의사가 양손으로 형의 어깨를 잡고 있는 게 느껴지면 모를까, 그렇지 않은 이상 뒷구멍의 순결에 대해서 걱정할 필요도 없고."

"쉰 살이 되면 받을 거야. 그게 권장사항이니까 권장사항에 따를 거야. 그러니까 더 이상 왈가왈부하지 마. 제이미, 나는 네가 정신을 차려서 기쁘다. 음악계에서 제대로 된 일을 하고 있는 것도 기쁘고. 하지만 그렇다고 해서 내 인생을 감독할 권리가 주어지는 건 아니야. 그건 주님이 하시는 일이지."

쉰이면 늦어. 쉰이면 이미 손쓸 수 없는 지경에 이를 거라고.

나는 형을 사랑했기에(내 보잘것없는 의견을 밝히자면 살짝 짜증나는 전도사로 자라기는 했어도) 우회해서 형수인 프랜신을 괴롭혔다. 예감을, 그것도 아주 강한 예감을 느꼈다고, 앤디 형이 들었더라면 콧방귀를 뀌었을 얘기까지 했다. 부탁이에요, 형수님. *제발 전립선 검사를 받게 해 주세요.*

앤디 형은 결과를 신뢰할 수 없는 검사라고 투덜거리며 마흔일곱 번째 생일 직후에 PSA 검사를 받는 타협안을 내놓았다.("두 사람 입을 막기 위해서."라고 했다.) 그런데 성서를 즐겨 인용하며 병원공포증이 있는 형이라도 반박할 수 없는 결과가 나왔다. 10점 만점에 10점이 나온 것이었다. 형은 루이스턴의 비뇨기과 전문의를 찾아갔고 수술을 받았다. 그리고 3년 뒤에 완치 판정을 받았다. 그러고는 1년 뒤에 (그러니까 쉰한 살 때) 잔디밭에 물을 주다 뇌졸중을 일으켰고 구급차에 실려서 병원에 도착하기도 전에 예수님의 품에 안겼다. 뉴욕주 북부에서 벌어진 일이라 거기서 장례를 치렀다. 할로에서는 추도식이 열리지 않았다. 나로서는 다행스러운 일이었다. 꿈속에서 워낙 자주 집을 찾아갔기 때문이었다. 그 꿈은 제이컵스에게 받은 약물 중독 치료로 인해 생긴 장기적인 후유증이었다. 그것만큼은 분명했다.

* * *

2008년 6월의 어느 화창한 월요일에도 나는 다시 이 꿈을 꾸었고 잠에서 깬 뒤에도 10분 동안 침대에 누워서 마음을 가라앉혔다. 이윽고 호흡이 느려졌고 입을 열면 *무슨 일이 벌어졌다*는 말만 몇 번이고 반복할 것 같은 느낌도 사라졌다. 나는 이제 약을 끊었다고, 그것이야말로 내 인생에 있어서 가장 중요한 사실이라고, 그로 인해 내 인생이 훨씬 살 만해졌다고 속으로 되뇌었다. 꿈은 이제 주기가 점점 길어졌고 자다 깨어 보니 내가 무언가로 내 몸을 찌르고 있었던 것도 최소한 4년 전의 일이었다.(맨 마지막에 쓰인 도구도 주걱이라 데미지가 전혀 없었다.) *조그만 수술 자국이랑 다를 게 없잖아.* 나는 이런 식으로 내 자신을 설득했고 보통은 그렇게 생각할 수 있었다. 하지만 꿈을 꾸고 난 직후에는 *그 뒤에* 뭔가 사악한 존재가 도사리고 있는 듯한 느낌을 받았다. 그리고 그 존재는 여자였다. 그 당시에도 그것만큼은 분명히 느낄 수 있었다.

샤워를 하고 옷을 갈아입을 즈음이 되자 꿈은 희미한 안개처럼 사라졌다. 이내 완벽하게 타서 없어질 것이었다. 경험상 알 수 있었다.

나는 네덜랜드 볼더 캐니언 가에 있는 아파트 2층에 살고 있었다. 2008년 무렵에는 대출을 받으면 주택을 장만할 수 있을 만한 형편이 됐지만 대출을 받기는 싫었다. 나 혼자 사는 거라 아파트면 충분했다. 침대는 제이컵스의 캠핑카에 놓여 있던 침대처럼 퀸 사이즈였고 그 침대를 함께 쓸 공주님들은 몇 년 동안 끊이지 않았다. 요즘 들어 뜸해지기는 했지만 그거야 예상하던 바였다. 나는 얼마 있으면 쉰둘이었고 그 정도면 얼추 매끈한 바람둥이들이 추레한 색골 영감으로 불가피한 변신을 시작하는 나이였다.

게다가 서서히 쌓여 가는 통장 잔고를 보는 것이 좋았다. 나는 절대 구두쇠는 아니었지만 돈을 하찮게 여기지도 않았다. 빈털터리 환자로 페어그라운즈 인에서 눈을 떴을 때의 기억이 아직도 생생했다. 한도를 초과한 내 신용카드를 돌려주면서 빨간 머리의 시골 여자가 짓던 표정도 마찬가지였다. *다시 한 번 확인해 보세요.* 내가 말했다. 그러자 그녀는 *이봐요, 그쪽 행색을 보아하니 그럴 필요가 없겠는데요*라고 했다.

그래, 하지만 지금의 내 모습을 보라고, 재수 없는 아줌마야. 나는 4러너를 몰고 카리부 대로를 서쪽으로 달리며 생각했다. 털사에서 찰스 제이컵스를 만난 뒤로 체중이 18킬로그램이 늘었지만 183센티미터의 키에 86킬로그램이면 보기 좋았다. 뭐, 배가 납작하지는 않고 마지막으로 측정한 콜레스테롤 수치에 문제가 있었지만 그 당시에는 내가 다하후* 생존자처럼 보였다. 나는 평생 E 스트리트 밴드와 함께 무대를 누비거나 카네기홀에서 공연할 일이 없겠지만, 좋아하고 잘하는 일을 하며 아직도 현역으로(그것도 활발하게) 활동하고 있었다. 속으로 입버릇처럼 중얼거렸다시피 이보다 더 많은 걸 원하면 신의 노여움을 살 수 있었다. 그러니까 신의 노여움을 사지는 말도록 하자, 제이미. 페기 리가 그 옛날에 라이버와 스톨러가 작사, 작곡한 「그게 전부인가요?Is That All There Is?」라는 구슬픈 노래를 부르거든 채널을 돌려서 다른 신나는 음악을 듣도록 하자.

* * *

카리부 대로를 타고 6킬로미터를 더 달려서 산속으로 좀 더 가파

---

* 나치의 포로수용소가 있었던 도시.

른 길이 시작됐을 무렵, 나는 '울프조 목장까지 3킬로미터'라고 적힌 표지판 쪽으로 핸들을 틀었다. 대문에 달린 키패드에 내 암호를 입력하고 '직원 및 관계자'라고 된 자갈 주차장에 차를 세웠다. 그 주차장이 꽉 찬 것은 리한나가 울프조에서 EP 녹음을 했을 때 한 번뿐이었다. 그날은 진입로를 거의 대문까지 가득 메운 차들이 더 많았다. 그 아가씨는 수행단이 어마어마했다.

페이건 스타샤인(본명은 힐러리 캐츠)이 두 시간 전에 말들에게 먹이를 주었겠지만 그래도 나는 2열 종대로 이루어진 마구간으로 가서 녀석들에게 조그맣게 썬 사과와 당근을 주었다. 녀석들은 대부분 덩치가 크고 생김새가 준수했다. 가끔 발이 네 개 달린 캐딜락 리무진처럼 여겨질 때도 있을 정도였다. 하지만 내가 가장 아끼는 녀석은 낡아 빠진 쉐보레에 가까웠다. 회색 바탕에 검은 얼룩이 박혔고 혈통이고 뭐고 없는 바틀비는 내가 기타와 더플백 하나 달랑 들고 불안해서 벌벌 떨며 등장했을 때부터 여기 이 울프조 목장을 지키고 있었고 그때도 젊지 않은 나이였다. 이빨이 몇 년 전에 대부분 빠지고 없었지만 반추하느라 턱을 게으르게 좌우로 움직여 가며 몇 개 안 남은 이빨로 사과를 잘도 씹었다. 그러는 내내 옅은 갈색 눈으로 내 얼굴을 빤히 쳐다보았다.

"너는 좋은 녀석이야, 바트." 나는 녀석의 코와 주둥이를 쓰다듬으며 말했다. "그리고 나는 좋은 녀석이라면 사족을 못 쓰지."

녀석은 알고 있다는 듯이 고개를 끄덕였다.

친구들은 '페이그'라고 부르는 페이건 스타샤인이 앞치마에 담긴 모이를 닭들에게 먹이고 있었다. 그래서 손을 흔들 수 없었기에 그

녀는 쉰 목소리로 우렁차게 인사를 건네고 「매시드 포테이토 타임
Mashed Potato Time」 처음 두 소절을 불렀다. 나도 그녀를 따라서 다음 두
소절을 불렀다. 방금 전에 만든, 세상에서 가장 맛있는, 어쩌고저쩌
고. 페이건은 예전에 백 보컬로 활약했고 한창때는 포인터 시스터
스 멤버 비슷한 목소리를 자랑했다. 그런가 하면 또 골초라 마흔 살
에 이르자 목소리가 우드스톡 무대에 오른 조 카커에 더 가까워졌다.

1번 스튜디오는 문이 닫혔고 어두컴컴했다. 나는 불을 켜고 메모
판에 적힌 그날의 세션 스케줄을 확인했다. 10시에 하나, 2시에 하
나, 6시에 하나, 9시에 하나, 이렇게 네 개였다. 9시에 시작하는 것
은 자정을 넘길 가능성이 있었다. 2번 스튜디오도 못지않게 스케줄
이 빡빡했다. 네덜랜드는 로키 산맥 서쪽 비탈에 자리 잡은, 공기도
희박한 소도시인데(상주인구가 1500명이 안 된다.) 크기에 걸맞지 않
게 음악계에서는 존재감이 어마어마하다. 범퍼스티커에 **네덜랜드!
내슈빌이 흥에 젖는 곳!**이라고 적힌 문구가 과장이 아니다. 휴 예이
츠의 아버지가 울프조 목장을 운영했던 시절에 조 월시가 1번 스튜
디오에서 첫 앨범을 녹음했고, 존 덴버는 2번 스튜디오에서 마지막
앨범을 녹음했다. 한번은 휴가 덴버의 미공개 녹음테이프를 들려준
적이 있었다. 얼마 전에 롱-EZ라는 실험용 비행기를 장만했다고 밴
드 멤버들에게 이야기하는 그의 목소리를 듣는 순간 내 몸에 소름
이 돋았다.*

네덜랜드의 시내에는 어느 요일에 가도 라이브 음악을 들을 수

----

* 존 덴버가 이 비행기를 타고 가다 추락해서 사망했다.

있는 술집이 아홉 군데가 있었고 녹음실이 우리 말고도 세 군데 더 있었다. 하지만 울프조 목장이 가장 크고 가장 훌륭했다. 내가 휴의 집무실로 소심하게 찾아가서 찰스 제이컵스의 소개로 왔다고 했던 날에도 에디 반 헤일런, 레너드 스키너드, (전성기 시절의) 액슬 로즈 그리고 U2를 비롯해서 벽에 걸린 사진이 족히 스무 장은 넘었다. 하지만 그가 가장 자랑스럽게 여긴 사진은(그도 함께 찍은 유일한 사진이기도 했다.) 스테이플스 싱어스의 사진이었다.

"메이비스 스테이플스 여신이지." 그는 내게 이렇게 말했다. "미국 최고의 여자 가수랄까. 그 비슷한 수준은 아무도 없어."

나도 순회공연을 다니며 남 밑에서 일하는 동안 싸구려 싱글이나 형편없는 인디 밴드 앨범 작업에 참여한 적은 있었지만 선열로 드러누운 리듬 기타리스트의 대타로 닐 다이아몬드의 세션 멤버가 됐을 때 처음으로 메이저 레이블을 경험했다. 나는 그날 겁에 질렸지만(깁슨 SG 기타 위로 허리를 숙이고 먹은 걸 토할 수도 있을 만큼) 이후부터 세션맨으로 숱한 활약을 벌였다. 대부분 대타였지만 가끔은 초빙될 때도 있었다. 벌이가 어마어마하지는 않아도 형편없는 수준은 결코 아니었다. 주말에는 콤스톡 러드라는 동네 술집에서 하우스 밴드와 함께 연주했고 덴버에서 슬쩍슬쩍 무대에 섰다. 휴가 아버지 사후에 시작한 라커토믹이라는 여름 캠프에서 연주가를 꿈꾸는 고등학생들을 가르치기도 했다.

휴가 그 일도 맡아 주지 않겠느냐고 했을 때 나는 거부했었다.

"그건 못 해요. 악보를 읽을 줄도 모르는걸요!"

"음표를 읽을 줄 모르는 거지 태블러처를 읽는 데는 아무 문제 없잖아. 이 아이들이 배우고 싶어 하는 건 그게 전부야. 다행히 그것만 가르쳐 주면 대부분 만족한다고. 여기 이 산골에서 세고비아를 발굴할 것도 아니잖아."

그의 말이 맞았고 두려움이 가시자 가르치는 게 재미있어졌다. 일단 수업을 하다 보면 크롬 로지스 시절이 생각났다. 그리고…… 창피한 고백일지 몰라도 라커토믹에서 아이들을 가르치는 즐거움이 아침마다 바틀비에게 사과를 주며 코를 쓰다듬을 때 느껴지는 즐거움과 비슷했다. 아이들이 원하는 것은 로큰롤 연주였고 대부분 방법을 터득했다. 한 마디 동안 E코드를 치는 법만 배우면 그걸로 끝이었다.

2번 스튜디오도 어두컴컴했지만 무키 맥도널드가 사운드보드를 켜 놓았다. 나는 전원을 끄면서 그에게 짚고 넘어가야겠다고 머릿속에 메모했다. 그는 실력은 좋았지만 40년 동안 코카인을 하다 보니 건망증이 있었다. 내 깁슨 SG가 다른 장비들과 함께 벽에 세워져 있었다. 잠시 후에 가타 워너라는 그 동네 로커빌리 콤보의 데모 녹음이 있기 때문이었다. 나는 스툴 의자에 앉아서 「하이힐 스니커스Hi-Heel Sneakers」나 「내 마력이 발하기 시작했네Got My Mojo Working」 같은 곡들을 10분 정도 테니스 라켓 스타일로 연주하며 손을 풀었다. 내 실력은 순회공연을 다니던 때보다 훨씬 훌륭해졌지만 에릭 클랩턴이 될 가능성은 전혀 없었다.

전화가 왔다. 스튜디오에 전화가 오면 실제로 벨이 울리지 않고 파란 불이 깜빡였다. 나는 기타를 내려놓고 전화를 받았다.

"2번 스튜디오, 커티스 메이필드입니다."

"저승은 살기가 어때, 커티스?" 휴 예이츠가 물었다.

"어두컴컴해요. 그래도 마비가 풀려서 좋아요."

"듣던 중 반가운 소식이네. 큰집으로 와. 보여 줄 게 있어."

"30분 뒤에 녹음 들어가야 하는데요. 다리가 긴 컨트리 뮤직 아가씨랑."

"무키한테 준비를 맡겨."

"그게 돼야 말이죠. 아직 오지도 않았어요. 게다가 2번 스튜디오 사운드보드를 켜 놨어요. 또."

휴는 한숨을 쉬었다.

"내가 얘기할게. 큰집으로 오기나 해."

"알았어요. 하지만 사장님, 무키한테는 *제가* 얘기할게요. 제 일이니까."

그는 웃음을 터뜨렸다.

"처음 만났을 때 아무 말도 못 하던 샌님은 어디로 갔는지 가끔 궁금할 때가 있다니까? 얼른 와. 보면 기절할 테니까."

* * *

큰집은 휴의 콘티넨털 빈티지 자동차가 모퉁이에 주차되어 있고 이리저리 얼기설기 뻗은 목장을 두고 하는 말이었다. 그는 기름을 많이 먹는 차라면 사족을 쓰지 못했고 그런 사치를 부릴 만한 여력이 됐다. 울프조는 적자를 간신히 면하는 수준이었지만 예이츠 집안의 선대들이 우량 사업에 투자한 자금이 많았고 휴(혼전 합의서를 쓴 상태에서 두 번 이혼했고 아이는 없었다.)는 그 집안의 마지막 후손이었다. 말, 닭, 양 그리고 돼지 몇 마리를 키웠지만 그건 취미에 불과했다. 자동차와 엔진이 큰 소장용 픽업트럭들도 마찬가지였다. 그가 좋아하는 것은, 그것도 아주 좋아하는 것은 음악이었다. 자기 말로는 한때 연주자였다는데 호른이나 기타를 든 것을 한 번도 본 적은 없었다.

예전에 그가 이렇게 얘기한 적이 있었다.

"음악이 최고지. 대중소설은 사라지고 텔레비전 프로그램도 사라지고 2년 전에 무슨 영화를 봤느냐고 하면 자네, 대답할 수 있겠어? 하지만 음악은 남잖아. 유행가조차도. 아니, 특히 유행가가 남지.「빗방울이 내 머리 위로 계속 떨어지네Raindrops Keep Fallin' on My Head」를 비웃어도 좋아. 하지만 앞으로 50년 뒤에도 사람들은 그 유치한 쓰레기를 듣고 있을걸?"

* * *

그를 만난 날을 기억하는 것은 어렵지 않았다. 오페라 윈도*가 달린 콘티넨털이 앞에 주차되어 있는 것까지 울프조 목장은 그때나 지금이나 똑같고 나만 달라졌다. 그는 1992년 가을의 그날, 문 앞에서 나를 맞이해 악수를 하고 자기 집무실로 데려갔다. 그러고는 파이퍼 컵 경비행기도 착륙할 수 있을 만큼 널찍한 책상 뒤편의 등받

---

* 뒷좌석 양 옆의 작은 창.

이가 높은 의자에 앉았다. 나는 긴장감을 달래며 그를 따라 들어갔다. 벽에 걸린 유명 인사들의 사진을 보았을 때 얼마 남지도 않았던 입안의 침이 다 말라 버렸다.

그는 지저분한 AC/DC 티셔츠에 그보다 더 지저분한 청바지를 입은 나를 위아래로 쳐다보며 말했다.

"찰스 제이컵스한테 전화를 받았네. 몇 년 전에 내가 그 목사님에게 신세를 진 적이 있지. 갚을 수도 없을 만큼 엄청난 신세였는데 자네를 받아 주면 그 빚을 갚은 셈 치겠다더군."

나는 입도 벙긋하지 못하고 책상 앞에 서 있기만 했다. 밴드 오디션이야 익숙했지만 이건 뭔가 달랐다.

"예전에 약물 중독자였다고?"

"네."

아니라고 해 봐야 소용없는 일이었다.

"헤로인이었다고 하던데."

"네."

"그런데 지금은 끊었다면서?"

"네."

끊은 지 얼마나 됐느냐고 물을 줄 알았더니 아니었다.

"그러지 말고 좀 앉지. 콜라 마시겠나? 맥주? 레모네이드? 아니면 아이스티라도?"

나는 자리에 앉았지만 등받이에 몸을 기대고 편하게 있지는 못했다.

"아이스티가 좋겠네요."

그는 책상에 달린 인터컴을 눌렀다.

"조지아? 아이스티 두 잔 부탁해." 그러고는 내게 말했다. "여기는 정식 목장일세, 제이미. 하지만 내가 관심 있는 가축은 악기를 들고 다니는 동물이지."

나는 미소를 지으려고 했지만 바보처럼 보일 것 같아서 포기했다. 그는 아랑곳하지 않는 눈치였다.

"록밴드, 컨트리밴드, 솔로 아티스트. 그들이 주요 고객이지만 덴버 라디오 방송국 CM송도 만들고 해마다 20~30권씩 오디오북 작업도 한다네. 마이클 더글러스가 여기서 포크너 소설을 녹음했을 때 조지아는 하마터면 바지에다 오줌을 지릴 뻔했지. 대중적인 이미지는 그렇게 수더분하게 보이더니 스튜디오에서는 얼마나 완벽주의를 추구하던지."

나는 뭐라고 대꾸하면 좋을지 알 수 없었기에 잠자코 아이스티가 오기만을 기다렸다. 입안이 말라서 사막 같았다.

그는 앞으로 몸을 숙였다.

"정식 목장에 제일 필요한 게 뭔지 아나?"

나는 고개를 저었지만 그의 부연 설명이 이어지기 전에 예쁘장한 흑인 여자가 얼음이 가득 든 길쭉한 아이스티 잔 두 개를 은쟁반에 담아서 들고 들어왔다. 잔마다 민트 가지가 꽂혀 있었다. 나는 레몬 두 조각만 짜서 넣고 설탕은 건드리지도 않았다. 헤로인 중독자 시절에는 설탕이라면 사족을 쓰지 못했는데 자동차 정비소에서 헤드폰으로 치료한 그날 이후부터 단맛이라면 넌더리가 났다. 털사를 출발한 직후에 식당차에서 허쉬 초콜릿 바를 하나 샀는데 먹을 수가 없었다. 냄새만 맡아도 구역질이 났다.

"고마워, 조지아."

"별말씀을요. 회의 시간 잊지 마세요. 2시에 시작하고 레스가 기다리고 있을 거예요."

"기억하고 있을게."

조지아가 밖으로 나가서 등 뒤로 조심스럽게 문을 닫자 휴는 내 쪽으로 고개를 돌렸다.

"정식 목장에 필요한 게 뭔가 하면 현장 감독이라네. 울프조의 목장과 농장 쪽은 루퍼트 홀이 관리를 맡고 있지. 유능한 친구야. 그런데 음악 감독이 지금 볼더 커뮤니티 병원에 입원해 있다네. 레스 캘러웨이. 어디선가 들어 본 이름 아닌가?"

나는 고개를 저었다.

"그럼 엑설런트 보드 브라더스는?"

그러자 생각이 났다.

"인스트루멘털 그룹 아닌가요? 딕 데일 앤드 히스 델-톤스처럼 서프 사운드를 추구하는."

"맞아. 태평양도 멀고 대서양도 먼 콜로라도 출신 그룹치고는 특이한 선택이지. 차트 40위까지 오른 히트곡도 하나 있었고, 「알루나 아나 카야」라는 곡인데 거의 욕에 가까운 하와이 말로 '우리 같이 자자'는 뜻이라네."

"그 노래, 기억나요." 두말하면 잔소리였다. 누나가 수백 번 들은 노래였다. "처음부터 끝까지 여자 웃음소리를 넣었잖아요."

예이츠는 씩 웃었다.

"그 웃음소리 덕분에 원 히트 밴드가 될 수 있었지. 그걸 넣은 아저씨가 바로 나였다네. 사실 나중에 그냥 즉흥적으로 넣은 거였지. 우리 아버지가 여기 사장이었던 시절에. 그리고 배꼽 빠져라 웃는 그 아가씨도 여기 직원일세. 힐러리 카츠인데 요즘은 페이건 스타 샤인이라고 불러 달라더군. 이제는 정신 차렸지만 그 당시에는 아산화질소에 중독돼서 웃음을 멈추지 못했지. 내가 그 웃음소리를 녹음실에서 곧바로 땄다네. 당사자도 모르게. 음반이 히트하니까 밴드 측에서 그 친구 몫으로 7000달러를 줬지."

나는 고개를 끄덕였다. 록의 계보를 찾아보면 그 비슷하게 운이 좋아서 잘된 경우가 많다.

"아무튼 엑설런트 보드 브라더스는 순회공연을 한 번 한 뒤에 두 번 거덜이 났다네. 그게 무슨 뜻인지 아나?"

그게 무슨 뜻인지는 나도 경험상 알고 있었다.

"파산하고 해체했다는 뜻이죠."

"맞아. 그 뒤로 레스는 고향에 내려와서 내 밑에서 일을 하기 시작했다네. 연주보다 프로듀싱 실력이 훨씬 좋아서 올해로 15년째 음악 총감독으로 근무하고 있지. 찰스 제이컵스의 전화를 받았을 때 자네한테 레스가 하던 일을 맡기면 되겠다 싶더군. 일을 배우면서 돈도 벌고 아르바이트 삼아서 공연도 하고 기타 등등. 지금도 그 생각에는 변함이 없지만 배우는 속도에 박차를 가해 줘야겠어. 레스가 지난주에 심장마비를 일으켰거든. 내가 들은 바로는 괜찮을 거라고는 하지만, 살도 많이 빼야 하고 약도 엄청 먹어야 해서 1~2년 안으로 은퇴를 하겠다네. 그 정도면 자네한테 일을 맡겨도 될지 판단하기에는 충분한 기간이긴 하지만."

나는 공포에 가까운 감정을 느꼈다.

"예이츠 씨……"

"그냥 휴라고 부르게."

"휴, 저는 A&R에 대해서 아는 게 전혀 없는데요. 녹음 스튜디오는 같이 연주하던 그룹이 시간당 얼마씩 내고 빌렸을 때 말고는 가본 적이 없고요."

"자식을 끔찍이 아끼는 리드 기타리스트의 부모님이 비용을 부담했겠지? 아니면 하루에 여덟 시간씩 웨이트리스로 일하는 드러머의 부인이 발이 시큰거리도록 일해 가며 받은 팁으로 냈든지."

맞다. 보통은 그런 식이었다. 정신을 차린 부인에게 내쫓기기 전까지는.

그는 손깍지를 끼고 몸을 앞으로 숙였다.

"일을 배우든지 못 배우든지 둘 중 하나겠지. 목사님 말로는 배울 거라고 했어. 나한테는 그거면 충분해. 그래야지. 그분께 진 빚이 있으니까. 당분간은 스튜디오 불을 켜고 AH 파악하고…… 그게 뭔지는 알지?"

"아티스트별 시간표(Artists Hours)요."

"맞아. 그리고 밤에 문단속만 하면 돼. 레스가 복귀하기 전까지 다른 직원한테 안내를 부탁하겠네. 이름은 무키 맥도널드. 무키를 따라다니면서 그 친구가 실수하는 부분까지 꼼꼼히 눈에 담으면 많은 걸 배울 수 있을 걸세. 무슨 일을 하든 그 친구한테 일지 기록은 맡기지 말고. 그리고 또 한 가지. 마리화나를 피우더라도 제 시각에 출근하고 불만 내지 않으면 상관없어. 하지만 H양한테 다시 손을 댄다는 소리가 들리면……"

나는 그의 눈을 똑바로 쳐다보았다.

"그럴 일은 없을 겁니다."

"지금까지 여럿이 내 앞에서 그렇게 용감하게 선언을 했지. 그중
몇 명은 이미 저세상 사람이 됐지만. 하지만 가끔 선언이 지켜질 때
도 있더군. 그게 자네의 경우가 됐으면 좋겠네. 하지만 분명하게 짚
고 넘어가겠네. 거기에 손을 대는 순간 자네는 끝이라고. 내가 찰리
에게 진 빚이 있건 없건. 알겠나?"

알고도 남았다.

* * *

조지아 던린은 2008년에도 1992년만큼 아름다웠지만 살이 좀 붙
었고 까만 머리가 희끗희끗해지기 시작했으며 다초점 안경을 썼다.

"오늘 아침에 사장님이 왜 그렇게 흥분했는지 혹시 알아요?"

그녀가 내게 물었다.

"전혀 모르겠는데요."

"욕을 하다가 몇 번 웃다가 다시 욕을 하지 뭐예요. 염병, 누가 모
르냐고 했다가 개새끼 어쩌고 하더니 뭘 집어 던지는 것 같았어요.
혹시 누가 잘리는 건 아닌지, 그것만 알면 되는데. 그런 거면 병가를
내려고요. 서로 부딪치는 상황은 감당이 안 돼서요."

"지난겨울에 고기 배달 온 사람한테 화분을 던진 분이 할 소리는
아닌 것 같은데요."

"그거랑 이거는 다르죠. 그 한심한 새끼는 내 엉덩이를 만지려고 했잖아요."

"한심한 새끼가 보는 눈은 있는데요?" 나는 이렇게 말했다가 그녀가 째려보자 얼른 덧붙였다. "농담이에요."

"흥. 지난 몇 분 동안은 잠잠했어요. 심장마비로 쓰러지신 건 아니었으면 좋겠는데."

"텔레비전에서 뭘 본 거 아닐까요? 아니면 신문에서 뭘 읽었든지."

"텔레비전은 내가 들어가고 15분 뒤에 껐고 《카메라》하고 《포스트》는 두 달 전에 끊었어요. 필요한 정보는 인터넷에 다 있다면서. 내가 '휴, 인터넷 기사는 면도할 나이도 안 된 남자애들이랑 주니어 브라를 하고 다니는 여자애들이 쓰는 거예요. 믿을 만한 게 못 된다고요.'랬는데 나는 아무것도 모르는 노인네인 줄 알아요. 그렇게 말은 하지 않지만 눈빛을 보면 알 수 있다고요. 우리 딸이 콜로라도 대학교에서 컴퓨터 강의를 듣고 있는데! 블로그에 있는 헛소리 믿지 말라고 한 사람이 우리 *브리*라고요. 아무튼 들어가 봐요. 하지만 사장님이 증기 폐색으로 죽어서 의자에 앉아 있더라도 심폐소생술 해 달라고 나 부르지 마요."

그녀는 휴의 집무실로 아이스티를 들고 왔던 16년 전의 그때처럼 당당하게 고개를 들고 미끄러지듯 걸어갔다.

나는 문을 두드렸다. 휴는 죽지는 않고 대형 책상 뒤에 웅크리고 앉아서 편두통 환자처럼 관자놀이를 문지르고 있었다. 노트북이 앞에 펼쳐져 있었다.

"직원을 자르실 건가요?"

내 물음에 휴가 고개를 들었다.

"응?"

"조지아가 그러는데 직원을 자르실 거면 병가를 내겠다고 하던데요."

"아무도 안 잘라. 무슨 말도 안 되는 소릴."

"뭘 집어 던지셨다면서요."

"헛소리라니까." 그는 말을 하다 말고 멈추었다. "그러고 보니 성스러운 반지를 다룬 그 쓰레기 기사를 봤을 때 쓰레기통을 차긴 했네."

"그럼 무슨 기사인지 얼른 얘기하세요. 저도 쓰레기통 걷어차고 일하러 갈 수 있게요. 오늘 해야 할 일이 160억 개예요. 그 가타 워나 세션 뛰려면 곡도 두 개 배워야 하고요. 쓰레기통으로 필드골을 날리면 점프 시동이 제대로 걸릴 수도 있겠네요."

휴는 다시 관자놀이를 문질렀다.

"이럴 줄은 알았지만, 그럴 작자인 줄 알았지만, 이렇게…… 이렇게 *어마어마*할 줄은 몰랐단 말이지. 하지만 자네도 알다시피 다들 그러잖아. 모 아니면 도라고."

"무슨 말씀을 하시는 건지 도무지 모르겠네요."

"알게 될 거야, 제이미. 알게 될 거야."

나는 그의 책상 한쪽 귀퉁이에 엉덩이를 걸쳤다.

"나는 매일 아침마다 윗몸 일으키기를 하고 실내용 자전거를 타면서 6시 뉴스를 보거든. 일기예보를 하는 아가씨들을 보는 것만으로도 유산소 운동을 하는 효과가 있어서. 그런데 오늘 아침에 주름을 없애 주는 마법의 크림이랑 타임 워너 추억의 명화 컬렉션 말고 다른 광고를 봤어. 믿기지가 않더라고. 씨발, 믿기지가 않았지. 그런데 또 한편으로는 믿기더군."

그는 웃음을 터뜨렸다. 재미있을 때 터뜨리는 웃음이 아니라 우라지게 믿기지 않을 때 터뜨리는 웃음이었다.

"그래서 바보상자를 끄고 인터넷으로 좀 더 검색을 했지."

내가 책상을 돌아서 그의 옆으로 가려고 하자 그가 한 손을 들어서 나를 막았다.

"먼저 나랑 어딜 같이 가 줄 수 있느냐고 묻고 싶은데, 제이미. 몇번의 실패 끝에 드디어 자기 운명을 깨달은 사람을 만나러."

"좋아요, 그러죠. 저스틴 비버 콘서트만 아니면 돼요. 비버 콘서트에 가기엔 좀 늙은 몸이라."

"아, 비버 콘서트보다 훨씬 재미있을 거야. 이것 좀 보게. 눈 아플 때까지 빤히 쳐다보지는 말고."

나는 그의 옆으로 다가가 내 인생의 제5의 인물과 세 번째로 만났다. 맨 처음 눈에 들어온 것은 사이비 최면술사의 시선이었다. 그는 펼친 손을 얼굴 양옆에 대고 양쪽 가운뎃손가락에 두툼한 금반지를 끼고 있었다.

'C. 대니 제이컵스 목사의 2008년 치유의 순회 부흥회'라고 적힌 포스터가 홈페이지에 떠 있었다.

그 옛날
천막의 부활!

6월 13~15일
노리스 카운티 박람회
덴버에서 동쪽으로 30킬로미터

출연 :
전직 '소울 싱어' 앨 스탬퍼
데비나 로빈슨의 가스펠 로빈스

*** 그리고 ***

복음의 치유 능력을 접하는
대니 제이컵스의 시간에 출연했던
C. 대니 제이컵스 전도사

노래를 통해 영혼을 새롭게 다지고
치유를 통해 믿음을 다시 채우고
대니 목사만이 들려줄 수 있는
성스러운 반지 이야기에 전율을!

"가난한 자들과 병신들과 소경들과 저는 자들을 데려오라 하니라.
주인이 종에게 이르되 길과 산울 가로 나가서
사람을 강권하여 데려다가 내 집을 채우라." 누가복음 14:21, 23

당신의 인생을 바꿀 하나님의 권능을 경험하십시오!

13일 금요일 7PM
14일 토요일 2PM / 7PM
15일 일요일 2PM / 7PM

여호와는 부드럽게 말씀하시고 열왕기상 19:12
여호와는 번개처럼 치유하시니 마태복음 24:27

혼자 오시건!
다 같이 오시건!
새로워짐을 경험하십시오!

모인 사람들이 기뻐하며 경외하는 표정으로 일어서서 지켜보는 가운데 목발을 집어 던지는 남자아이의 사진이 맨 아래에 있었다. 사진 밑에 달린 캡션에는 '2007년 5월 30일 미주리 주 세인트루이스에서 근이영양증을 치료받은 로버트 리버드'라고 되어 있었다.

나는 죽었거나 중범으로 체포됐다고 보도된 옛 친구의 얼굴을 접한 사람처럼 어안이 벙벙했다. 하지만 내 안의 어떤 부분(달라진 부분, 치료된 부분)은 놀라지 않았다. 그 부분은 줄곧 이런 순간을 기다리고 있었다.

휴는 웃으며 말했다.

"이런, 입속으로 날아 들어온 새를 삼킨 사람 같은 표정을 짓고 있군그래." 그러고는 그 순간 내 머릿속에 떠오른 단 한 가지 제대로 된 생각을 말로 표현했다. "그 목사가 예전 수법으로 돌아간 모양이야."

"그러게요." 나는 인용된 마태복음을 가리켰다. "하지만 저건 원래 치유에 대해 이야기한 문구가 아닌데요."

그는 눈썹을 추켜세웠다.

"자네가 성서에 조예가 깊은 줄 몰랐는걸?"

"모르시는 게 그것 말고도 많죠. 그를 놓고 둘이서 이야기를 나눠본 적이 없으니까요. 하지만 저는 털사 훨씬 이전부터 찰스 제이컵스하고 아는 사이였어요. 제가 어렸을 때 우리 교회 목사님이었거든요. 처음으로 맡은 목회였는데 아마 그게 처음이자 마지막이었을 겁니다. 지금까지는요."

그의 얼굴에서 미소가 사라졌다.

"말도 안 돼! 그때 그 사람이 몇 살이었는데? 열여덟 살?"

"스물다섯 살쯤 됐을 거예요. 저는 예닐곱 살이었고요."

"그때도 사람들을 치료하고 그랬나?"

"아뇨." 우리 형은 예외였다. "그 당시에는 정통 감리교도였어요. 성찬식 때 포도주 대신 웰치스 포도주스를 주는. 모든 신도들이 그를 좋아했어요." 적어도 그 끔찍한 설교 이전까지는 그랬다. "교통사고로 아내와 아들을 잃은 뒤에 일을 그만뒀죠."

"그 목사가 결혼을 했었다고? 아이가 있었다고?"

"네."

휴는 생각에 잠겼다.

"그러니까 결혼반지를 적어도 한 개는 낄 권리가 있군그래. 그게 결혼반지라면 말이지. 그럴 것 같지는 않지만. 이걸 보게."

그는 홈페이지 상단의 메뉴 바로 커서를 옮겨서 '기적의 증언' 항목을 클릭했다. 유튜브 비디오들이 화면에 일렬로 떴다. 아무리 못해도 열댓 개는 됐다.

"휴, 찰스 제이컵스를 만나고 싶다면 저도 기꺼이 따라가겠지만 오늘 아침에는 그 이야기를 할 겨를이 없는데요."

그는 나를 빤히 쳐다보았다.

"이제 보니 새를 삼킨 사람 같은 표정이 *아니로군*. 배를 한 대 세게 얻어맞은 사람 같은 표정이지. 이 비디오 한 개만 보고 놓아 주겠네."

포스터에 등장한 남자아이가 중간쯤에 등장했다. 휴가 비디오를 클릭했다. 길이는 불과 1분 남짓인데 조회수는 100만 번을 훌쩍 넘졌다. 선풍적인 인기라고 할 수는 없었지만 그와 비슷했다.

화면이 움직이기 시작하자 누군가가 KSDK 채널 명패가 달린 마이크를 로버트 리버드의 얼굴에 갖다 댔다. 화면에 등장하지 않는 여자가 말했다.

"그 치유라는 걸 받았을 때 어떤 일이 벌어졌는지 얘기해 주겠니, 바비?"

"네. 목사님이 제 머리를 잡았을 때 성스러운 결혼반지들이 양옆, 그러니까 여기서 느껴졌어요." 바비는 자기 관자놀이를 가리켰다. "나무가 타는 것처럼 딱 하는 소리가 들렸고요. 제가 1~2초 정도 정신을 잃었을 수도 있어요. 그러고 나서…… 뭐랄까…… *따뜻한 기운*이 제 다리를 타고 흘러 내려갔고…… 그리고……" 아이는 흐느껴 울기 시작했다. "일어설 수 있게 됐어요. 걸을 수 있었어요! 나은 거예요! 대니 목사님께 하나님의 축복이 함께 하시길!"

휴는 의자에 기대고 앉았다.

"증언들을 전부 보지는 않았지만 본 *것마다* 거의 비슷했어. 뭐 생각나는 거 없나?"

"그러게요." 나는 조심스럽게 대답했다. "사장님은요?"

우리는 '그 목사'가 휴에게 어떤 호의를 베풀었는지 지금까지 얘기한 적이 없었다. 전화 한 통으로 이제 막 헤로인 중독에서 벗어난 사람을 울프조 목장에 취직시킬 만큼 엄청난 호의인 것만큼은 분명했다.

"자네 지금 시간이 없다면서? 점심으로 뭘 먹을 건가?"

"피자 시켜 먹을 거예요. 컨트리 앤드 웨스턴 아가씨들 녹음이 끝

나면 롱몬트에서 온 어떤 남자 차례인데요…… 서류상으로는 '대
중음악을 새롭게 해석하는 바리톤'이라는데……"

휴는 잠깐 멍한 표정을 짓다가 손바닥으로 이마를 때렸다.

"맙소사, 조지 데이먼인가?"

"네, 맞아요."

"맙소사, 그 인간 죽은 줄 알았더니. 한참 됐거든, 자네가 오기 전
에. 맨 처음 우리랑 녹음한 음반이 「데이먼 더즈 거슈윈」이었어. CD
가 나오기 훨씬 전이었지. 8트랙 녹음 테이프는 있었을지 몰라도.
노래가 하나같이, *정말이지 하나같이* 케이트 스미스가 부르는 「신
이여, 미국을 축복하소서God Bless America」 같았지. 무키한테 맡겨. 둘이
서로 아는 사이거든. 무키가 망쳐 놓으면 자네가 믹싱 단계에서 손
을 보면 되잖아."

"그래도 될까요?"

"음. 그 목사가 벌이는 이 근사하고 성스러운 개수작을 같이 보러
가기 전에 자네가 그에 대해서 어떤 걸 알고 있는지 듣고 싶네. 오
래전에 나누었어야 하는 대화였는지 모르겠지만."

나는 고민해 보았다.

"알겠습니다…… 하지만 얻으려는 게 있으면 내놓을 줄도 알아야
하지 않을까요. 완벽하고 공정한 정보의 교환이랄까요."

그는 배가 적잖이 나온 웨스턴 스타일의 셔츠 위에 깍지 낀 손을
얹고 의자에 몸을 묻었다.

"자네가 무슨 생각을 하는지 모르겠지만 부끄러워할 일은 아니
야. 그냥…… 믿기지 않는 일일 뿐이지."

"저는 믿을 겁니다."

"그럴지도. 나가기 전에 마태복음의 그 구절은 뭔지, 자네는 그걸 어떻게 알았는지 얘기해 주겠나?"

"하도 오래전에 들은 거라 정확하게 기억은 안 나지만 대충 이런 내용이었어요. '번개가 동쪽에서 시작돼 서쪽으로 번쩍이며 하늘을 뒤덮듯 예수님이 오시는 것도 그럴 것이다.' 치유가 아니라 세상의 종말에 대한 내용이에요. 그리고 제가 기억하는 이유도 제이컵스 목사님이 좋아했던 구절이었기 때문이고요."

나는 시계를 흘끗 확인했다. 다리가 긴 컨트리 아가씨(이름이 맨디 어쩌고였다.)는 약속 시간보다 일찍 오는 습관이 있었기에 이미 기타를 옆에 세워 두고 1번 스튜디오 앞 계단에 앉아 있을 가능성이 컸지만 그래도 그 자리에서 알아내야 할 게 한 가지 있었다.

"그게 결혼반지일 것 같지는 않다고 하신 이유가 뭡니까?"

"자네한테는 그 반지를 쓰지 않은 모양이로군? 자네의 약물 문제를 해결해 주었을 때는 말이지."

나는 문을 닫은 자동차 정비소를 머릿속에 떠올렸다.

"네. 헤드폰이었어요."

"그게 언제였나? 1992년?"

"네."

"내가 그 목사를 만난 건 1983년이었어. 그새 수법을 업데이트한 모양이로군. 다시 반지로 돌아간 이유는 헤드폰보다 더 종교적으로 보이기 때문이겠지. 하지만 나 때보다…… *그리고* 자네 때보다 발전했을 거야. 그래야 우리 목사님이지, 안 그래? 늘 한 차원 더 높은 걸 추구해야지."

"그분을 그 목사라고 부르시는데. 사장님을 만났을 당시에 목회를 하고 있었던 모양이죠?"

"그렇기도 하고 아니기도 하고. 복잡해. 가게, 이제 그만 나가 보게, 아가씨가 기다릴 것 아닌가. 어쩌면 미니스커트를 입고 올지 몰라. 그러면 대니 목사를 머리에서 지울 수 있겠지."

정말로 그녀는 미니스커트를 입었고 다리가 끝내주게 예뻤다. 하지만 나는 그 다리를 거의 의식하지 못했고 일지를 확인하지 않는 이상 그녀가 그날 무슨 노래를 녹음했는지 기억나지도 않았다. 내 머릿속은 온통 찰스 대니얼 제이컵스, 일명 '그 목사' 생각뿐이었다. 이제는 대니 목사라고 불리는 그 사람 생각뿐이었다.

* * *

무키 맥도널드는 사운드보드 때문에 잔소리를 들으면 고개를 숙이고 묵묵히 고개를 끄덕이며 앞으로는 정신 차리겠다고 했다. 그리고 실제로 정신을 차렸다. 잠깐 동안은 그랬다. 그러다 1~2주가 지나서 들어가 보면 1번 스튜디오나 2번 스튜디오 아니면 양쪽 모두 사운드보드가 켜져 있었다. 나는 마약범을 감옥에 넣는 것이 어처구니없는 발상이라고 생각하지만 약물 장기 복용이 건망증의 지름길인 것만큼은 분명하다.

그는 조지 데이먼의 녹음을 부탁한다는 내 말을 듣고 희색을 띠며 외쳤다.

"예전부터 내가 정말 좋아했던 가수야! 모든 노래를 어떻게 불렀는가 하면……"

"케이트 스미스가 「신이여, 미국을 축복하소서」를 부르듯이 했죠? 알아요. 둘이 좋은 시간 보내요."

* * *

대저택 뒤편의 오리나무 숲 속에 예쁘고 아담한 피크닉 공간이 있었다. 조지아와 몇몇 여직원들이 거기서 점심을 먹고 있었다. 휴는 그들과 멀찌감치 떨어진 테이블로 나를 데려가더니 큼지막한 가방에서 샌드위치 두세 개와 닥터 페퍼 두 캔을 꺼냈다.

"터비스에서 닭고기 샐러드하고 참치 샐러드 사왔어. 자네 먼저 고르게."

나는 참치 샐러드를 선택했다. 우리는 우뚝한 산속 그늘에 앉아서 한동안 말없이 먹기만 했다. 잠시 후에 휴가 말했다.

"내가 예전에 리듬 기타를 쳤거든. 자네보다 실력이 훨씬 좋았지."

"대개가 그렇죠."

"막판에는 미시건의 존슨 캐츠라는 밴드에서 활동을 했고."

"70년대 밴드 말씀인가요? 군복 셔츠를 입고 이글스 비슷한 사운드를 냈던 밴드요?"

"우리가 인기를 얻은 건 사실 80년대 초반이었지만 맞아, 바로 그 밴드였어. 히트 싱글이 네 곡이었는데 전부 1집 수록곡이었지. 그런데 애초에 그 앨범이 어쩌다 알려지게 되었는지 아나? 제목과 재킷 덕분이었는데 둘 다 내 아이디어였어. 제목은 「엄청난 히트곡을 전부 칠 줄 아는 너희 삼촌 잭」이었고 실제로 우리 삼촌 잭 예이츠가 거실에서 우쿨렐레를 치는 모습을 재킷 사진으로 썼거든. 묵직하고 기이한 전자음을 많이 쓴 곡들을 안에 실었고. 그래미 상 시상식 때 최우수 음반상을 받지 못한 것도 놀랄 일은 아니었지. 그 당시는 토토의 시대였거든. 우라질 「아프리카^{Africa}」, 그거 완전 쓰레기 같은 곡이었잖아."

그는 곰곰이 생각에 잠겼다.

"아무튼 나는 캐츠로 2년 동안 활동하면서 히트 앨범을 만들었지. 첫 번째와 두 번째 순회공연까지 함께 했고. 그러다 탈퇴를 했어."

"왜요?"

나는 이렇게 물었지만 생각했다. 약물 때문이었겠지. 그 당시에는 다들 그랬으니까. 하지만 그의 대답은 뜻밖이었다.

"귀머거리가 됐거든."

* * *

존슨 캐츠의 공연은 블루밍턴의 서커스 원에서 시작돼 오크파크의 콩그레스 극장으로 장소를 옮겼다. 소규모 공연장이었고 그 동네 재즈 연주자들이 바람잡이 역할을 했다. 그런 다음 디트로이트로 건너가 본격적인 공연을 시작할 예정이었다. 서른 개 도시를 돌며 밥 시거와 실버 불릿 밴드의 오프닝 무대에 서기로 한 것이었다. 대형 경기장에서 열리는 진짜 록 콘서트였다. 누구나 꿈꿀 만한 그런 기회였다.

휴의 이명 증상은 블루밍턴에서부터 시작됐다. 처음에 그는 로큰 롤에 영혼을 판 대가로 간주했다. 자부심이 높은 연주자들 중에서 가끔 이명을 겪어 본 적 없는 사람이 어디 있겠는가. 피트 타운센드를 보라. 에릭 클랩턴, 닐 영을 보라. 그런데 오크파크에서 현기증과 구역질이 시작됐다. 휴는 공연 도중에 비틀거리며 무대 밖으로 나가서 모래통에 대고 속을 게웠다.

"그 위에 어떤 문구가 붙어 있었는지 아직까지 기억이 나." 그가 말했다. **"소화용으로만 사용할 것."**

그는 어찌어찌 공연을 마치고 인사를 한 뒤에 비틀거리며 무대 밖으로 나갔다.

"왜 그래?" 펠릭스 그랜비가 물었다. 그는 리드 기타리스트이자 리드 보컬이었다. 그 말인 즉 대다수의 대중들(적어도 록에 열광하는 사람들) 눈에는 그가 곧 존슨 캐츠였다. "술 마셨어?"

"위장염이야. 괜찮아지고 있어."

휴는 정말 그런 줄 알았다. 앰프가 꺼지자 이명도 가시는 듯했다. 하지만 다음 날 그 증상이 다시 찾아왔고 끔찍한 귀울림 말고는 거의 아무 소리도 들리지 않았다.

눈앞으로 닥친 참사를 완벽하게 이해한 존슨 캐츠 멤버는 펠릭스 그랜비와 휴, 이렇게 두 명이었다. 폰티악에서 열리는 실버돔 공연이 고작 3일 뒤였다. 9만 명을 수용할 수 있는 공간이었다. 디트로이트가 사랑하는 밥 시거가 전면에 나섰으니 빈자리가 거의 없을 것이었다. 존슨 캐츠는 인기의 정점이었고 로큰롤 계에서 그런 기회는 두 번 다시 오지 않을 가능성이 컸다. 그래서 펠릭스 그랜비는 화이트 라이트닝의 켈리 밴 돈이 내게 내린 조치를 휴에게 취했다.

"그 친구를 원망하지는 않아." 휴가 말했다. "입장이 바뀌었다면 나도 그랬을 테니까. 그는 디트로이트의 라무르 스튜디오에서 세션맨을 빌렸고 그날 밤 실버돔 무대에는 그 세션맨이 올라갔지."

그랜비는 휴를 직접 자르기는 했지만 말로 한 게 아니라 쪽지를 써서 붙여 놓았다. 그는 존스 캐츠의 다른 멤버들은 중산층 출신이지만 휴는 집안에 돈이 많지 않으냐고 했다. 그러니까 편안하게 일등석을 타고 콜로라도로 돌아가서 최고로 실력이 좋은 의사들에게 진찰을 받을 수 있을 거라고 했다. 그랜비는 말미에 대문자로 이렇게 적었다. **너는 너도 모르는 새 우리 곁으로 돌아와 있을 거야.**

"그러기는 개뿔."

그늘에 앉아서 터비스 샌드위치를 먹으며 휴가 말했다.

"그래도 그 시절이 그립죠?" 내가 물었다.

"아니." 한참 동안 정적이 흘렀다. "응."

* * *

그는 콜로라도로 돌아가지 않았다.

"돌아갔다 하더라도 비행기를 타지는 않았을 거야. 2만 피트 상공으로 올라가면 내 머리가 터질지 모른다는 생각이 들었거든. 게다가 집에 가고 싶지도 않았고. 그저 아직까지 피가 나는 상처를 핥고 싶은 마음뿐이었는데 아픈 상처를 핥기에는 디트로이트가 제격이었지. 아무튼 내 스스로 그렇게 최면을 걸었어."

증상은 나아지지 않았다. 현기증, 경증에서 중증을 넘나드는 구역질, 그리고 가끔은 나지막하고 가끔은 이러다 머리가 폭발하지 않을까 싶을 정도로 심한 귀울림. 가끔 이 모든 증상이 한꺼번에 썰물처럼 빠져나가면 열 시간, 심지어 열두 시간 동안 내리 잤다.

그는 여유가 없는 것도 아닌데 그랜드 가의 싸구려 호텔에서 지냈다. 수술이 불가능한 악성 뇌종양이 생겼다는 진단을 받을까 봐 두려운 마음에 2주 동안 미적거리며 병원에 가지 않았다. 그러다 잉스터 가의 응급 의료 센터에 억지로 찾아가자 열일곱 살쯤 되어 보이는 힌두교 의사가 고개를 끄덕이며 그의 이야기를 귀담아 듣고 몇 가지 검사를 하더니 정식 병원에 가서 몇 가지 검사를 추가로 받고, 미안하지만 자기는 처방할 수 없는 실험용 구토억제제를 처방받으라고 했다.

휴는 병원에 가는 대신 '8마일 길'로 알려진 디트로이트의 그 유명한 거리를 (현기증이 허락하는 한도 내에서) 한참 동안 정처 없이 돌아다녔다. 하루는 먼지를 뒤집어쓴 쇼윈도에 라디오, 기타, 전축, 카세트 플레이어, 앰프 그리고 텔레비전이 진열되어 있는 가게 앞을 지난 적이 있었다. 간판에 따르면 중고 및 신상품을 판매하는 제이컵스 전자용품점이라는데…… 휴 예이츠가 보기에는 대부분 고물이었고 신상품은 하나도 없는 듯했다.

"내가 그 안으로 들어간 정확한 이유는 나도 잘 모르겠어. 그 온갖 음향기기에 섬뜩한 그리움을 느꼈을까. 아니면 자학이었을까. 단순히 에어컨이 틀어져 있을 테니 더위를 식힐 수 있겠다고 생각했을지도 모를 일이지. 그보다 더 엄청난 착각은 없었지만. 어쩌면 문 위에 걸린 문구 때문이었을 수도 있어."

"뭐라고 적혀 있었는데요?"

휴는 나를 보며 미소를 지었다.

"*목사는 믿어도 됩니다.*"

* * *

손님은 그밖에 없었다. 선반은 쇼윈도에 놓인 상품들보다 훨씬 특
이한 용품들로 가득했다. 그가 아는 것들도 있었다. 계량기, 오실로
스코프, 전기 계량기와 전압 조정기, 진폭 조정기, 정류기, 역변환
장치. 그 나머지는 처음 보는 것들이었다. 전깃줄이 바닥을 구불구
불 지나갔고 온 사방에 전선이 설치되어 있었다.

반짝이는 크리스마스 전구를 뱅 둘러서 달아 놓은 문 너머에서
가게 주인이 나왔다.("내가 들어오는 순간 종이 울렸을지 모르지. 나는
분명 듣지 못했지만." 휴가 말했다.) 내 인생의 제5의 인물은 물 빠진
청바지와 단추를 끝까지 채운 흰색의 민무늬 셔츠를 입고 있었다.
그의 입술이 "*안녕하세요.*"에 이어서 "*제가 도와 드릴 게 있으면 말
씀하세요.*"인가 싶게 움직였다. 휴는 손사래를 치며 고개를 젓고 선
반을 둘러보았다. 스트래토캐스터 기타를 집어서 음이 맞는지 가볍
게 퉁겨 보았다.

감지 않은 휴의 로커용 장발은 떡이 진 채 어깨에 닿았고 입은 옷
도 그 못지않게 지저분했지만 제이컵스는 불안해하는 기미 없이 호
기심 어린 눈빛으로 그를 지켜보았다. 5분쯤 그렇게 둘러보고 흥미

를 잃은 그가 싸구려 호텔로 돌아가려고 했을 때 현기증이 닥쳤다. 그가 휘청거리며 내민 손에 분해되어 있던 스테레오 스피커가 맞아서 바닥으로 떨어졌다. 금세 정신을 차렸지만 한동안 먹은 게 별로 없었기 때문에 세상이 잿빛으로 변했다. 그의 머리가 먼지로 덮인 가게의 나무 바닥에 부딪치기 직전에는 까맣게 변했다. 내 경험과 똑같았다. 장소만 다를 뿐이었다.

눈을 떠 보니 그는 제이컵스의 사무실에 누워 있었고 이마에 차가운 수건이 얹혀 있었다. 휴는 사과하며 깨진 물건이 있으면 변상하겠다고 했다. 제이컵스는 놀란 표정으로 눈을 껌뻑이며 뒤로 움찔했다. 휴가 지난 몇 주 동안 여러 번 접한 반응이었다.

"제 목소리가 너무 컸다면 죄송합니다. 제 말소리가 안 들려서요. 귀가 먹었거든요."

제이컵스는 지저분한 책상 맨 위 서랍에서 메모지를 꺼냈다.(전선 조각과 배터리로 난잡했을 그 책상이 그려졌다.) 그가 뭐라고 적어서 메모지를 들어 보였다.

최근에? 아까 기타 치는 걸 봤거든요.

"맞아요. 메니에르 증후군인가 뭔가에 걸렸어요. 원래 음악을 하는데." 휴는 자기가 한 말을 곰곰이 되짚고 웃음을 터뜨렸다. 그의 귀에는 웃음소리가 들리지 않았지만 제이컵스가 미소로 화답했다. "아무튼 예전에는 그랬다고요."

제이컵스는 메모지를 한 장 넘긴 다음 뭐라고 간단하게 적어서 보여 주었다.

만약 메니에르 증후군이라면 내가 도와 드릴 수 있을 것 같은데요.

＊＊＊

"당연히 도와주셨겠죠." 내가 말했다.

점심시간은 끝났다. 여직원들은 이미 안으로 들어갔다. 나는 해야 할 일들이 있었지만(많았지만) 휴의 이야기를 끝까지 듣기 전에는 일어날 생각이 없었다.

"우리는 그의 사무실에 한참 동안 앉아 있었어. 한쪽이 글로 써야 하니까 대화 속도가 워낙 느려서. 나는 어째서 도와줄 수 있겠다고 생각하느냐고 물었지. 그는 최근 경피성 전기 신경 자극(Transcutaneous Electrical Nerve Stimulation), 줄여서 TENS를 실험 중이라도 하더군. 전기로 손상된 신경을 자극하는 것은 수천 년 된 방법이라고, 어떤 로마인이 발명한 건데⋯⋯"

내 기억 속 깊숙한 곳에서 먼지를 뒤집어쓰고 있던 문이 열렸다.

"스크리보니우스라는 로마인이었죠. 다리가 아픈 사람이 전기뱀장어를 밟으면 통증이 사라졌다고요. 그리고 '최근' 어쩌고 한 건 순뻥이에요, 휴. 그 목사님은 정식으로 개발하기 전부터 TENS를 쓰고 있었거든요."

휴는 눈썹을 추켜세우고 나를 빤히 쳐다보았다.

"말씀 계속하세요."

"좋아. 하지만 나중에 다시 이 부분으로 돌아오는 거지?"

나는 고개를 끄덕였다.

"사장님 것을 보여 주시면 저도 제 것을 보여 드린다. 서로 그러기로 했잖습니까. 제가 힌트 하나 드릴게요. 제 이야기에도 기절하는 부분이 있어요."

"그래…… 나는 그에게 메니에르 증후군은 수수께끼 같은 병이라고 얘기했지. 신경에 문제가 있는 건지, 바이러스 때문에 중이에 만성적으로 물이 차는 건지, 박테리아 때문인지 아니면 유전병인지 의사들도 모른다고. 그는 이렇게 적더군. *모든 병의 원인은 사실상 전기입니다.* 나는 말도 안 되는 소리라고 했지. 그는 그냥 미소를 짓더니 메모지를 한 장 넘겨서 한참 동안 뭐라고 썼어. 그런 다음 내게 건네더군. 워낙 오래전 일이라서 뭐라고 적혀 있었는지 정확하게는 기억이 안 나지만, 첫 문장은 죽을 때까지 잊지 못할 거야. *전기는 모든 생명체의 근간입니다.*"

제이컵스가 했음직한 말이었다. 그 말이 지문보다 더 확실한 그의 상징이었다.

"나머지는 이런 식이었어. *겁낼 것 없어요. 마이크로볼트 단위예요. 칼륨을 전해액 삼아서 흐르고요. 우리 몸은 칼륨을 이온, 즉 전하를 띠는 입자로 전환해서 뇌뿐 아니라 심장과 **기타 모든 것**을 조절합니다.* 기타 모든 것이라는 단어는 대문자로 써서 동그라미를 쳐 놓았더군. 내가 메모지를 돌려주자 그는 그 위에다 잽싸게 뭔가를 그린 다음 내 눈, 귀, 배, 다리를 가리켰다네. 그러고는 메모지에 그린 그림을 보여 주었지. 번개였어."

왜 아니겠는가.

"이제 그만 본론으로 들어가시죠, 사장님."

"그게 말이지……"

* * *

휴는 생각해 보겠다고 말했다. 말로 표현하지는 않았지만(하지만 속으로는 분명 그런 생각을 하고 있었다.) 그에게 제이컵스는 생면부지였다. 대도시마다 돌아다니는 정신병자일지도 모르는 일이었다.

제이컵스는 휴의 망설임을 이해한다고, 자기도 많이 망설여진다고 썼다.

저도 용기를 내서 제안한 겁니다. 당신이 저를 모르는 만큼 저도 당신을 모르니까요.

"위험한 겁니까?"

휴는 벌써부터 어조와 억양을 잃고 로봇처럼 변해 가는 목소리로 물었다.

목사는 어깨를 으쓱하고 메모지에 적었다.

*지금 장난하세요? 귀에 직접 전기를 통과시키는데 당연히 어느 정도 위험이 따르죠. 하지만 **전압이 낮아요, 알겠죠?** 바지에 오줌을 지리는 게 최악의 부작용일 겁니다.*

"이건 말도 안 되는 짓이에요. 이런 대화를 나누고 있다는 것 자체가 우리가 제정신이 아니라는 증거라고요."

목사는 어깨를 으쓱할 뿐 이번에는 아무 말도 쓰지 않았다. 그냥 쳐다보기만 했다.

휴는 한 손으로 수건을 움켜쥐고(아직 축축했지만 이제는 따뜻해졌다.) 사무실에 앉아서 제이컵스의 제안을 심각하게 고민했다. 그를 만난 지 얼마 되지 않았지만 심각하게 고민할 만한 일이라는 생각이 들었다. 그는 음악을 하는 사람인데 귀가 멀었고 그가 창립한 밴드가 전국적인 성공을 목전에 두고 있는 이 시점에 버림을 받았다. 귀가 멀어도 꿋꿋하게 살아 나간 연주자들도 있고 위대한 작곡가도 한 명 있었지만(베토벤), 휴의 문제는 청각장애로 끝나는 게 아니었다. 현기증이 나고 몸이 떨리고 주기적으로 앞이 보이지 않았다. 속이 메스껍고 구역질이 나고 설사가 나고 맥박이 빨라졌다. 그중에서도 최악은 거의 끊임없이 이명이 들린다는 것이었다. 그는 귀가 먹으면 정적으로 둘러싸이는 줄 알았다. 그런데 그의 경우에는 그렇지가 않았다. 휴 예이츠의 머릿속에서는 듣기 싫은 도난 경보기가 끊임없이 울렸다.

그뿐만이 아니었다. 지금까지 인정하지는 않았지만 곁눈질을 하듯 가끔 흘끗 쳐다보기만 했던 진실이 하나 있었다. 그가 디트로이트에 남은 이유는 용기를 그러모으는 중이기 때문이었다. '8마일 길'에는 전당포가 많았고 전당포마다 총을 팔았다. 이 남자가 하자는 게 뭔지 몰라도 누군가가 쓰던 38구경 총구를 이로 물고 입천장을 겨누는 것보다 더 나쁠 수 있을까?

그는 귀청을 울리는 로봇 같은 목소리로 말했다.

"씨발. 합시다."

* * *

휴는 나머지 이야기를 하는 동안 오른손으로 오른쪽 귀를 만지작거리며 먼 산을 바라보았다. 무의식중에 하는 행동인 것 같았다.

"그는 쇼윈도에 CLOSED 팻말을 걸고 문을 잠그고 블라인드를 내렸지. 그런 다음 현금 등록기 옆 부엌 의자에 나를 앉히고 군대에서 쓰는 사물함만 한 철제 상자를 카운터에 올려놓았어. 그 안에는 금 망사처럼 보이는 걸로 감싼 쇠반지가 두 개 들어 있더군. 크기는 조지아가 잔뜩 멋 부리고 출근했을 때 하는 큼지막하고 대롱대롱한 귀걸이가 비슷했고. 어떤 귀걸이를 말하는 건지 알지?"

"그럼요."

"양쪽 바닥에 고무 장치가 달려 있고 거기에 전선이 꽂혀 있었어. 전선은 초인종만 한 조종기로 연결됐고. 그가 조종기를 열고 AAA건전지처럼 생긴 걸 보여 주더군. 나는 긴장을 풀었지. 저 정도면 별로 다칠 것도 없겠다고 생각하면서. 그런데 그가 고무장갑…… 그 왜, 여자들이 설거지할 때 끼는 거 있잖은가, 그걸 끼고 집게로 반지를 집으니까 불안해지더군."

"찰리의 AAA건전지는 시중에서 파는 것과 다를 거예요. 훨씬 강력하죠. 아무도 모르는 전기에 대해서는 아무 얘기 않던가요?"

"어이구, 수십 번 하다마다. 그가 제일 좋아하는 화제였지. 하지만 그건 나중 일이었고 나는 뭐라는 건지 절대 이해하지 못했다네. 그도 과연 제대로 이해했을까 싶어. 눈빛이……"

"곤혹스러워하는 눈빛이었죠? 곤혹스럽고 걱정스러워하면서도 흥분한 눈빛."

"그래, 맞아. 그가 집게를 잡은 채로 내 귀에 반지를 대고 나더러 조종기에 달린 버튼을 눌러 달라고 하더군. 자기는 손이 없어서 그렇다며. 나는 하마터면 거부할 뻔했지만 전당포 쇼윈도에 진열된 권총들이 불현듯 떠오르자 버튼을 눌렀지."

"그러고 나서 의식을 잃었죠."

나는 자신할 수 있었기에 묻는 게 아니라 딱 잘라서 말했다. 하지만 그의 대답은 뜻밖이었다.

"의식을 잃었고 내가 '프리즘'이라고 부른 현상도 벌어졌지만 그건 나중이었어. 그 순간에는 내 머릿속에서 딱 하는 소리가 엄청 크게 들리기만 했지. 내 다리가 불쑥 뻗어 나갔고 정답을 안다고 필사적으로 선생님에게 알리고 싶은 초등학생처럼 내 손이 머리 위로 번쩍 들렸다네."

그 말을 듣자 기억들이 되살아났다.

"그리고 입안에서 무슨 맛이 느껴졌어. 동전을 빨고 있었던 것 같은 그런 맛. 나는 물 한 잔 마실 수 있겠느냐고 제이컵스에게 물었다가 내가 묻는 소리가 *들린다*는 것을 알아차리고 울음을 터뜨렸다네. 한참 동안. 그가 나를 안아 주었지." 마침내 휴가 먼 산에서 시선을 거두고 나를 쳐다보았다. "그러고 났더니 그를 위해서라면 무슨 일이든 할 수 있겠다는 생각이 들더군, 제이미. 무슨 일이든."

"그 기분 압니다."

"내가 진정이 되니까 그가 나를 가게로 데리고 나가서 코스 헤드폰을 씌웠다네. 헤드폰을 FM 방송에 연결하고 볼륨을 계속 줄이면서 나한테 들리느냐고 물었지. 그가 볼륨을 0으로 낮출 때까지 다 들렸고 심지어 0으로 낮춘 뒤에도 들린다고 장담할 수 있는 지경이었어. 그 덕분에 청각을 되찾은 정도가 아니라 처음으로 잼밴드를 시작한 열네 살 때만큼이나 예민해졌지 뭔가."

294

휴는 어떤 식으로 은혜를 갚으면 되겠느냐고 제이컵스에게 물었다. 목사는 머리를 자르고 목욕을 해야 하는 꾀죄죄한 남자를 앞에 두고 고민에 잠겼다. 마침내 그가 말문을 열었다.

"이러면 어떨까요. 이 동네에서는 장사가 신통치 않고 떠돌이들 중에 상당히 섬뜩한 사람들이 있어서요. 모든 장비를 노스사이드의 창고로 옮겨서 다음 행보를 고민할까 합니다. 그걸 도와주시면 되겠네요."

"그보다 더한 것도 해드릴 수 있는데요." 휴는 자기 목소리가 들린다는 사실에 여전히 희열을 느끼며 말했다. "창고 임대료를 제가 부담하고 사람을 써서 장비를 전부 옮겨 드릴 수 있어요. 그렇게 안 보이겠지만 그럴 만한 능력이 됩니다. 정말로요."

제이컵스는 그의 의견에 경악하는 눈치였다.

"절대 안 됩니다! 팔려고 내놓은 상품들은 거의 쓰레기지만 장비는 귀한 물건들이고 대부분 연구실로 쓰는 뒷방에 있는데 함부로 건드리면 안 되거든요. 일을 도와주시면 그걸로 충분합니다. 하지만 그 전에 좀 쉬세요. 먹을 것도 챙겨 드시고. 살도 몇 킬로그램만 찌우고. 제 조수로 일할 생각이 있으신가요, 예이츠 씨?"

"그렇게 해주길 원하신다면요. 제이컵스 씨, 제이컵스 씨가 얘기를 하고 저는 그걸 듣고 있다는 게 아직도 믿기지가 않네요."

"일주일만 지나면 당연시 여기게 될 겁니다." 그는 대수롭지 않다는 듯이 말했다. "기적이라는 게 원래 그렇거든요. 욕할 필요는 없어요. 인간의 천성일 따름이니까요. 하지만 아무도 관심을 가져 주지 않는 자동차의 도시 한 귀퉁이에서 기적을 함께 한 이상 저를 제이컵스 씨라고 부르는 건 용납하지 못하겠습니다. 예이츠 씨한테만큼은 목사라고 불려야겠습니다."

"교회 목사님 할 때 그 목사 말씀인가요?"

"맞습니다." 그는 이렇게 대답하고 씩 웃었다. "제일전기교회 찰스 D. 제이컵스 담임 목사. 너무 고생시키지는 않겠다고 약속드릴게요. 서두를 필요 없어요. 천천히 할 겁니다."

* * *

"당연히 그랬겠죠."

"그게 무슨 소린가?"

"그는 이삿짐센터 직원도 필요 없고 사장님의 돈도 필요 없었을 겁니다. 그가 원한 건 사장님의 시간이었죠. 아마 사장님을 연구했을 거예요. 부작용은 없는지. *사장님은 무슨 생각을 하셨습니까?*"

"그 당시에? 아무 생각도 하지 않았어. 거대한 환희의 구름을 타고 다니기만 했지. 만약 목사가 나더러 디트로이트 퍼스트 은행을 털라고 했으면 아마 터는 시늉이라도 했을걸? 그런데 이제 와 생각해 보니 자네 말이 맞는 것도 같군. 따지고 보면 팔 만한 물건이 거의 없어서 할 일도 별로 없었거든. 뒷방에 몇 개 더 있기는 했지만 큼지막한 트럭 한 대만 있으면 몽땅 다 싣고 이틀이면 8마일 길에서 떠날 수 있었어. 그런데 그는 그걸 일주일 넘게 질질 끌었지." 그는 생각에 잠겼다. "음, 맞아. 나를 관찰하고 있었던 거야."

"연구하고 있었던 거라니까요. 부작용은 없는지." 나는 손목시계를 흘끗 쳐다보았다. 15분 안으로 스튜디오에 도착해야 하는데 여기서 계속 미적거렸다가는 늦을 것이다. "1번 스튜디오까지 같이 걸어가면서 어떤 부작용이 있었는지 들려주세요."

우리는 걸었고, 휴는 제이컴스에게 전기 치료를 받은 뒤에 정신을 잃을 때가 있었다고 했다. 금세 회복됐지만 처음 이삼일 동안 자주 벌어졌고 의식이 사라지는 실질적인 느낌은 없었다. 좀 전과 다른 장소에 와 있고 5분 아니면 10분이 지나 있는 식이었다. 그와 제이컴스가 장비와 중고품을 제이컴스가 누군가에게서 빌린 낡은 배관 설비용 소형 밴(기적적으로 치료해 준 또 다른 환자에게 빌렸을 법했지만 그렇다 한들 휴는 확인할 수 없었다. 목사는 그런 부분에 대해서 절대 함구했다.)에 싣는 도중에 두 번 그런 현상이 벌어진 적도 있었다.

"그럴 때 어떤 일이 벌어지느냐고 물었더니 그는 아무 일도 없이 지나간다고 하더군. 그래서 그냥 아무렇지 않게 짐을 옮기고 대화를 나누었지."

"그분의 얘기를 믿으십니까?"

"그 당시에는 믿었어. 그런데 지금은 잘 모르겠네."

휴는 어느 날 밤(치료를 받고 5일인가 6일이 지났을 때) 싸구려 호텔방 의자에 앉아서 책을 읽고 있었는데, 문득 정신을 차리고 보니 벽을 마주 보고 구석에 서 있었다.

"무슨 말인가를 중얼거리면서요?"

나는 그렇게 물으면서 생각했다. *무슨 일이 벌어졌어. 무슨 일이,*

무슨 일이, 무슨 일이.

"아니. 하지만……"

"하지만 뭐요?"

그는 기억을 떠올리며 고개를 저었다.

"바지를 벗고 운동화를 신었더라고. 사각 팬티에 리복 운동화를 신고 거기 서 있었던 거야. 정상이 아니지?"

"엄청요. 그런 식의 가벼운 졸도가 얼마나 계속됐습니까?"

"2주차에는 두세 번밖에 안 했어. 3주차에는 완전히 없어졌고. 하지만 그것 말고 더 오래 지속된 다른 증상이 있었지. 눈과 관련된 거였는데. 프리즘 현상. 달리 뭐라고 표현하면 좋을지 모르겠네. 이후로 5년 동안 열 몇 번 겪었지. 그 뒤로는 한 번도 없었고."

우리는 스튜디오에 도착했다. 브롱코스라고 새겨진 모자를 거꾸로 써서 전 세계를 통틀어 가장 나이 많은 스케이트보더처럼 보이는 무키가 기다리고 있었다.

"밴드가 도착했어. 안에서 연습하고 있어." 그는 언성을 낮추었다. "어이, 실력이 우라지게 형편없어."

"좀 늦게 시작하겠다고 전해 주세요. 늦게까지 하는 걸로 해서 시간은 맞춰 주겠다고."

무키는 휴를 보았다가 나를 보았다가 다시 휴를 쳐다보며 감정의 온도를 쟀다.

"저기, 누가 잘리거나 그러는 건 아니죠?"

"자네가 사운드보드를 또 켜 놓지 않는 이상 그럴 일은 없어." 휴가 말했다. "자네는 들어가게. 어른들끼리 얘기 좀 하게."

무키는 경례하고 안으로 들어갔다.

휴는 내 쪽으로 고개를 돌렸다.

"프리즘 현상이 실신보다 훨씬 희한했지. 어떤 식으로 설명하면 좋을지 모르겠네. 어떤 남자도 말했다시피 직접 경험하지 않으면 알 수가 없거든."

"그래도 한번 해 보세요."

"그 현상이 벌어지려면 항상 느낌이 왔어. 하루 종일 평소처럼 일을 하면서 지내다 갑자기 시야가 *쨍해지는* 듯한 느낌이 왔지."

"치료를 받은 뒤에 소리가 들렸던 것처럼요?"

그는 고개를 저었다.

"아니, 그건 진짜였잖아. 내 귀는 요즘도 목사에게 치료를 받기 전보다 훨씬 좋아. 청력 검사를 받아 보면 입증이 될 거야. 굳이 그런 테스트를 받아 본 적은 없지만. 시야가 쨍해지는 건 그것과 다르게…… 간질 환자들은 손목이 쿡쿡 쑤시거나 있지도 않은 냄새를 맡는 식으로 발작의 징조를 느낀다고 하잖나."

"그런 걸 전조라고 하죠."

"맞아. 시야가 쨍해지기 전에 드는 그 느낌이 바로 전조였지. 그러고 난 다음에…… 색깔들이 펼쳐졌어."

"색깔들."

"모든 사물의 가장자리가 빨간색, 파란색, 초록색으로 가득했어. 색들이 앞뒤로 일렁였고. 꼭 프리즘을 통해서 세상을 보는 것 같았지만, 사물을 확대하는 동시에 산산이 조각내는 프리즘이었지." 그는 좌절감의 표현으로 자기 이마를 톡톡 두드렸다. "나로선 그렇게 설명하는 게 최선이야. 그 현상이 벌어지는 30~40초 동안에는 세상을 관통해서 보는 듯한 기분이 들었는데 그 뒤에 또 다른 세상이 있었지. *더 진짜 같은 세상이.*"

그는 진지한 표정으로 나를 바라보았다.

"그게 프리즘 현상이었어. 지금까지 아무한테도 얘기한 적이 없다네. 무서워서 죽을 것 같았거든."

"목사님한테도 얘기하지 않으셨나요?"

"얘기하고 싶었지만 목사가 이미 떠난 뒤에 맨 처음 그 현상이 벌어졌거든. 목사는 거창한 작별 인사도 없이 그냥 조플린에서 일거리가 생겼다는 쪽지만 남기고 떠나 버렸다네. 프리즘 현상은 기적적으로 치유된 지 6개월 정도 지나서 내가 여기 이 네덜란드로 돌아왔을 때 맨 처음 찾아왔고 그 현상은…… 말로 표현할 수 없을 만큼 아름다웠지만 두 번 다시 겪지 않았으면 좋겠네. 그 또 다른 세상이 실제로 존재하는 곳이라 하더라도 보고 싶은 마음이 없거든. 그리고 내 머릿속에 존재하는 세상이라면 거기 그대로 머물러 있었으면 하고."

무키가 나왔다.

"얼른 시작하고 싶대, 제이미. 괜찮으면 내가 하고 있을게. 망칠 일은 없을 거야. 이자들에 비하면 데드 밀크멘 같은 밴드가 비틀스 수준이니까."

그럴지 모르지만 그들은 돈을 내고 스튜디오를 빌렸다.

"아니에요. 내가 들어갈게요. 2분만 더 기다려 달라고 하세요."

그는 사라졌다.

휴가 말했다.

"자, 자네는 내 이야기를 들었지만 나는 자네 이야기를 못 들었군. 자네 이야기를 듣고 싶은 마음은 여전한데."

"오늘 밤 9시쯤에 한 시간 정도 시간이 납니다. 제가 큰집으로 찾아가서 말씀드릴게요. 금방 끝날 겁니다. 제 이야기도 기본적으로 사장님의 이야기하고 비슷하니까요. 치료를 받아서 낫고 부작용이 희미해져 가다 완전히 사라졌거든요."

100퍼센트 진실은 아니었지만 녹음이 나를 기다리고 있었다.

"프리즘 현상은 없었고?"

"네. 다른 게 있었죠. 예를 들면 욕을 하지 않는 투렛 증후군 같은 것 말이에요."

나는 죽은 가족들의 꿈을 꾼다는 이야기는 당분간 비밀에 부치기로 마음먹었다. 어쩌면 나에게는 그 꿈들이 휴의 또 다른 세상과 같은 것일 수 있었다.

"가서 그를 만나야 해." 휴는 내 팔을 잡았다. "정말이지 그래야 하네."

"사장님 말씀이 맞는 것 같습니다."

"하지만 성대한 만찬으로 재회의 기쁨을 누릴 일은 없을 걸세, 알겠나? 나는 심지어 그와 대화를 나누고 싶은 마음도 없어. 그냥 보고 싶을 따름이지."

"알겠습니다." 나는 그의 손을 내려다보았다. "이제 멍이 들기 전에 그 손 좀 놓아주세요. 노래 몇 곡 녹음해야 하는데요."

그는 손을 놓았다. 나는 스튜디오 안으로 들어갔다. 가죽 재킷과

옷핀 어쩌고 하는 이 동네 펑크 밴드의 연주 소리가 들렸다. 라몬즈*가 1970년대에 훨씬 더 잘하던 스타일이었다. 어깨 너머를 돌아보니 휴는 아직도 그 자리에 서서 산을 바라보고 있었다.

세상 너머의 세상이라. 나는 이런 생각을 했다가 머릿속에서 지우며(또는 지우려고 애를 써 보며) 일을 하러 갔다.

* * *

내가 노트북을 망가뜨려서 개인 노트북을 따로 장만한 것은 1년이 지난 다음이었지만, 컴퓨터라면 1번 스튜디오와 2번 스튜디오에 굴러다녔기에(2008년 무렵에는 거의 모든 음반을 맥으로 녹음했다.) 5시쯤 숨을 돌릴 수 있게 되었을 때 C. 대니 제이컵스를 인터넷으로 검색해 보니 수천 개의 검색 결과가 떴다. 'C. 대니'가 10년 전부터 전국적인 유명인사로 지내는 동안 나는 많은 걸 못 보고 지나친 모양인데, 그게 내 잘못은 아니었다. 나는 텔레비전 애청자라고 볼 수 없었고 대중문화에 대한 내 관심은 음악을 중심으로 유지됐으며 교회에 다니던 시절은 오래전에 끝났다. 그러니 위키피디아의 소개에 따르면 '21세기의 오럴 로버츠'라는 이 전도사의 존재를 모를 수밖에 없었다.

그는 대형교회를 거느리지 않았지만 그가 매주 진행하는 「복음의 치유 능력을 접하는 시간」은 채널 사용료는 낮고 '헌금'이라는 수익

---
* 미국의 4인조 펑크 록 밴드.

률은 상당히 높은 케이블 채널을 통해 전국으로 방송됐다. 그 옛날 천막식의 부흥회는 녹화돼서 전국 거의 각지로 전파됐다.(사람들이 잘 속아 넘어가지 않는 동부는 건너뛰었다.) 여러 해 동안 촬영된 사진을 보면 제이컵스는 나이가 들었고 머리가 희끗희끗해졌지만 광적이며 어딘지 모르게 상처 받은 눈빛만큼은 여전했다.

* * *

나는 휴와 함께 홈그라운드로 제이컵스를 만나러 가기 일주일쯤 전에 조지아 던린에게 전화해서 콜로라도 대학교에서 컴퓨터를 공부하는 그녀 딸의 연락처를 물었다. 딸의 이름은 브리애나였다.

브리와 나는 상당히 흥미진진한 대화를 나누었다.

VIII
천막 부흥회.

네덜랜드에서 노리스 카운티 박람회장까지는 110킬로미터였기에 대화를 나눌 시간이 많았지만, 휴와 나는 덴버 동쪽에 다다랐을 때까지 거의 아무 말도 하지 않았다. 그냥 앉아서 풍경만 감상했다. 아바다를 떠날 줄 모르는 스모그만 빼면 완벽한 늦여름의 어느 날이었다.

이윽고 휴가 흘러간 명곡을 계속 들려주던 KXXL 채널 라디오를 끄고 말했다.

"목사가 자네 형 콘래드의 후두염인지 뭔지를 고쳐 주었을 때도 후유증이 있었나?"

"아뇨, 하지만 그럴 만도 했죠. 제이컵스가 말하길 가짜였다고, 플라시보 효과였다고 했고 저도 그 말을 믿었거든요. 아마 정말 그랬을 거예요. 텔레비전에서 인지도를 높이는 걸 빅 프로젝트로 여긴

초창기였으니까요. 콘래드 형은 심리적으로 나아도 된다는 허락이 필요했을 뿐이에요."

"믿음은 효과가 강력한 법이지." 휴도 동의했다. "신념도 그렇고. 요즘은 사는 사람이 거의 없는데도 CD를 녹음하겠다고 줄서서 기다리는 그룹과 솔로 가수들을 봐. C. 대니 제이컵스에 대해서 조사는 해 봤나?"

"많이요. 조지아의 딸이 도와주고 있어요."

"나도 좀 해 봤는데 자네 형 같은 경우가 많을 거야. 심신증 환자들은 대니 목사가 신비로운 주님의 반지로 그들을 건드린 순간 나았다고 결론을 내리는 거지."

그럴지도 모르지만 나는 털사 박람회장에서 제이컵스의 공연을 본 적이 있기에 팁의 액수를 늘리는 비법을 터득한 게 분명하다는 생각이 들었다. 촌뜨기들에게 지글거리는 소리만 들려줄 것이 아니라 스테이크도 같이 좀 주어야 한다는 것을 말이다. 편두통이 사라졌다고 선포하는 여자들과 좌골 신경통이 없어졌다고 외치는 남자들도 좋지만 그런 건 눈에 잘 보이지 않았다. 이를테면 그들은 번개 사진이 아니었다.

그의 정체를 폭로하는 웹사이트가 아무리 못해도 스무 군데가 넘었고 그 가운데 'C. 대니 제이컵스: 믿음의 사기꾼'이라는 사이트가 있었다. 수백 명의 사람들이 여기에 대니 목사가 없앴다고 하는 '악성 종양'이 돼지 간 아니면 염소 내장이었다는 글을 올렸다. C. 대니의 예배에 카메라 휴대는 금물이었고 사진을 찍는 사람이 보이면 '안내원'들이 필름을 몰수했지만 그래도 유출된 사진들이 많았다.

대부분은 C. 대니의 홈페이지에 게재된 공식 비디오들을 사실상 뒷받침하는 것처럼 보였다. 하지만 대니 목사가 손에 쥔 번들거리는 덩어리가 정말 염소 내장처럼 보이는 사진들도 있었다. 내가 짐작하건대 종양 어쩌고는 가짜였다. 그 대목은 너무 순회공연 냄새가 났다. 그렇다고 제이컴스가 하는 모든 것이 가짜는 아니었다. 보트만 한 크기의 링컨 콘티넨털에 타고 있는 여기 이 두 남자가 증인이었다.

"자네는 몽유병과 불수의운동이 나타났다고 했지? WebMD 사이트에 따르면 그런 걸 간대성 근경련이라고 부른다고 하더군. 자네의 경우에는 일시적인 경련이었지만. 그리고 뭘로 자네를 자꾸 찌르고 싶었다고 했지? 무의식중에는 계속 주사를 맞고 싶은 사람처럼 말이야."

"네."

"나는 의식을 잃은 상태에서 말을 하고 돌아다녔지. 술을 너무 많이 마셔서 필름을 끊긴 거랑 비슷했어. 술만 빼면."

"그리고 프리즘 현상을 겪었고요."

"그렇지. 그리고 자네가 얘기한 털사의 그 아가씨가 있잖나. 귀걸이를 훔쳤다는 아가씨 말이야. 세상에서 가장 박력 있게 진열장을 깨고 귀걸이를 꺼냈다며?"

"그가 찍어 준 사진 속에서 자기가 그 귀걸이를 달고 있었으니 자기 거라고 생각했던 거죠. 아마 털사를 돌아다니며 드레스도 찾아 헤맸을 거예요."

"자기가 진열장을 깼던 걸 기억하던가?"

나는 고개를 저었다. 나는 캐시 모스가 재판을 받기 한참 전에 틸사를 떠났지만 브리애나 던린이 인터넷에서 짧은 기사를 찾았다. 캐시 모스는 아무것도 기억이 나지 않는다고 주장했고 판사가 그녀의 말을 믿었다는 기사였다. 그는 정신 감정을 명하고 그녀를 부모의 보호관찰 아래 석방했다. 그 뒤로 그녀는 시야에서 사라졌다.

휴는 한참 동안 침묵을 지켰다. 나도 마찬가지였다. 우리는 펼쳐지는 길을 바라보았다. 이제는 산을 빠져나와서 길이 지평선까지 일직선으로 곧게 이어졌다. 이윽고 그가 말했다.

"목적이 뭘까, 제이미? 돈? 몇 년 동안 지역 행사장을 돌아다니다 어느 날, '아하, 이건 푼돈밖에 안 되네. 치유 사역으로 떼돈을 벌어보면 어떨까?' 이런 생각이 들었을까?"

"그럴지도 모르지만 제가 알기로 찰스 제이컵스는 떼돈에 관심을 보인 적이 없어요. 손바닥만 한 우리 마을에서 목사 생활을 파탄 낸 이래 180도 변신을 했으면 모를까 지금은 종교에도 관심이 없고, 틸사에서도 종교적인 분위기를 전혀 느끼지 못했어요. 부인과 아들은 애지중지했죠. 캠핑카에 사진첩이 있던데 어찌나 열심히 들여다보았는지 떨어지기 직전이더군요. 여러 실험에 대한 관심도 분명 여전할 겁니다. 아무도 모르는 전기에 관한 한, 자동차에 미친 미스터 토드*하고 비슷하고요."

"그게 무슨 소리인지 모르겠군."

"집착이 심하다는 뜻이에요. 누가 제게 묻는다면 다양한 실험을

---

* 『버드나무에 부는 바람』의 등장인물. 자동차에 미쳐서 패가망신할 뻔한다.

진행하느라 돈이 필요한 것 같다고 대답하겠습니다. 소심하게 박람회장을 순회하며 벌 수 있는 금액보다 많은 돈이 필요한 거라고요."

"그러니까 치유가 종점이 아니다? 그게 목적이 아니다?"

장담할 수는 없었지만 치유가 목적인 것 같지는 않았다. 부활 사업이야말로 그가 외면한 종교를 냉소적으로 비웃는 수단인 동시에 '헌금'을 통해 삽시간에 떼돈을 벌 수 있는 방법이기는 했지만 제이컵스는 돈을 바라고 나를 치료해 준 게 아니었다. 꼬리표는 버렸지만 예수를 섬기는 성직자의 두 가지 기본적인 교의라 할 수 있는 구휼과 자비는 버릴 수 없었던 어느 평범한 기독교 신자가 내민 도움의 손길이었을 뿐이다.

"그의 목적지가 어디인지는 모르겠네요."

"그는 안다고 생각하나?"

"네."

"아무도 모른다는 그 전기 말일세. 그는 과연 그 전기의 정체를 알고 있을까?"

정체가 뭐건 그에게 상관이나 있을까. 생각하고 보니 섬뜩했다.

* * *

노리스 카운티 박람회는 9월 중순부터 하순까지 거행됐다. 나는 2~3년 전에 여자친구와 함께 구경하러 간 적이 있었는데 규모가 상당했다. 지금은 6월이라 큼지막한 캔버스 천막 한 개만 있을 뿐 황량했다. 박람회 기간 동안에는 가장 저질스러운 행사(사기 도박과

18금 공연)가 여기서 열렸다. 넓은 주차장은 자동차와 픽업트럭으로 가득했다. 대부분 범퍼에 **예수님이 나를 위해 죽으셨으니 나는 그를 위해 살리라** 같은 스티커를 붙인 고물차였다. 이발소 표시등처럼 빨간색, 흰색, 파란색 줄무늬로 이루어진 거대한 전기 십자가가 천막 꼭대기를 장식하고 있었다. 기둥에 볼트로 고정시킨 듯했다. 안에서 복음 악단의 열정적인 연주와 관객들의 리드미컬한 박수 소리가 들렸다. 사람들이 계속 쏟아져 들어가고 있었다. 대부분 머리가 희끗희끗했지만 젊은 친구들도 많았다.

"다들 즐거운 시간을 보내고 있나 보네." 휴가 말했다.

"그러게요. '러브 형제의 순회 부흥회*'인데요?"

평원에서 시원한 바람이 불어왔고 천막 밖은 18도로 쾌적했지만 안으로 들어가면 28도는 될 것이었다. 오버올 작업복을 입은 농부와 발그스름한 얼굴로 행복한 표정을 짓고 있는 나이 많은 주부들이 보였다. 덴버에서 곧바로 퇴근했는지 양복을 입은 남자와 근사한 원피스를 입은 여자들도 보였다. 청바지에 워크셔츠를 입은 시카고 목장 노동자 대표단도 있었는데 몇몇은 걷어 올린 소매 아래로 교도소에서 새긴 문신이 보였다. 심지어 눈물 모양 문신도 몇 개 눈에 띄었다. 맨 앞쪽은 휠체어 사단의 차지였다. 6인조 밴드가 몸을 좌우로 흔들며 즉흥 연주를 하고 있었다. 풍성한 암적색 성가대 옷을 입은 대여섯 명의 덩치 큰 여자들이 그 앞에서 열정적으로 사이드 스텝을 밟고 있었다. 데비나 로빈슨과 가스펠 로빈스였다. 그

---

* 닐 다이아몬드의 노래 제목이다.

들은 갈색 얼굴과 대조적인 하얀 이를 반짝이며 머리 위로 손뼉을
쳤다.

무선 마이크를 손에 든 데비나가 춤을 추며 앞으로 나와 전성기
시절의 아레사 프랭클린처럼 듣기 좋은 탄성을 터뜨리며 노래를 시
작했다.

"내 가슴속에 예수님이 있어,

예수님이 있어, 예수님이 있어,

영광의 나라로 오를 수 있다네, 그대들과 함께!

그가 내 죄를 모두 씻어 주셨으니

오늘이라도 오를 수 있다네.

내 가슴속에 예수님이 있어, 예수님이 있어!"

그녀가 신도들에게 합창을 유도하자 다들 우렁차게 노래를 불렀
다. 휴와 나는 뒤쪽에 자리를 잡았다. 1000명 이상 수용할 수 있는
천막이 이제 입석만 남았다. 휴가 내 쪽으로 몸을 기울이더니 내 귀
에 대고 고함을 질렀다.

"저 목소리 좀 들어 봐! 엄청난데?"

나는 고개를 끄덕이고 같이 박수를 치기 시작했다. '예수님이 있
어'가 수없이 반복되는 다섯 줄짜리 가사였는데 노래를 마쳤을 무
렵 데비나의 얼굴에서 땀방울이 흘러내렸고 심지어 휠체어 사단마
저 심취한 분위기였다. 절정에 다다르자 그녀는 마이크를 높이 들
고 또다시 아레사 프랭클린처럼 포효했다. 오르간 연주자와 리드
기타리스트는 그 마지막 코드에 필사적으로 매달렸다.

마침내 두 사람의 연주가 끝나자 그녀가 외쳤다.

"아름다운 여러분, 할렐루야라고 외쳐 주세요!"

그들은 할렐루야라고 외쳤다.

"이번에는 주님의 사랑을 아는 사람처럼 외쳐 주세요!"

그들은 주님의 사랑을 아는 사람처럼 외쳤다.

데비나는 만족스러워하며 앨 스탬퍼를 맞이할 준비가 됐느냐고 물었다. 그들은 준비가 되고도 남았음을 알렸다.

밴드가 느리고 나긋나긋한 곡을 연주했다. 관중들은 줄줄이 늘어선 접이의자에 앉았다. 대머리 흑인이 130킬로그램이 넘는 거구를 가뿐하게 움직이며 씩씩하게 무대로 걸어 나왔다.

휴는 좀 더 나지막이 말할 수 있게 내 쪽으로 더 가까이 고개를 숙였다.

"70년대에 보-라이츠로 활동했던 친구야. 당시에는 젓가락처럼 비쩍 말랐고 커피 테이블을 숨길 수 있을 만큼 부풀린 아프로 헤어 스타일을 하고 다녔지. 죽은 줄 알았더니. 코카인을 그렇게 많이 했으니 죽었어야 맞거든."

스탬퍼가 당장 수긍하고 나섰다.

"저는 엄청난 죄인이었습니다." 그가 관중들에게 고백했다. "지금은 주님 덕분에 그냥 엄청난 대식가가 되었지만요."

청중들이 웃음을 터뜨렸다. 그는 함께 웃고 나서 다시 진지한 표정을 지었다.

"저는 예수님의 은총으로 구원을 받았고 대니 제이컵스 목사에게 중독을 치료받았습니다. 여러분들 가운데 몇 분은 제가 보-라이츠 시절에 부른 세속적인 노래를 기억하실지 모르고 또 그보다 적은 몇 분은 제가 솔로로 독립해서 부른 곡들을 기억하실지 모르겠습니다. 하지만 요즘 저는 다른 노래들을 부르고 있습니다. 예전에는 외면했던 주님이 내리신 노래인데⋯⋯"

"예수님을 찬양하라!" 객석에서 누군가가 외쳤다.

"맞습니다, 형제님. 예수님을 찬양해야죠. 제가 지금 그러려는 것 아니겠습니까?"

그는 나도 어렸을 때 배운 기억이 나는 「하나님의 진리 등대」라는 찬송가를 부르기 시작했다. 목소리가 어찌나 깊고 진솔한지 내 목이 메어서 아플 지경이었다. 그의 노래가 끝났을 무렵, 대부분의 신도들이 눈을 반짝이며 따라 부르고 있었다.

그는 두 곡을 더 부른 다음(두 번째 곡은 멜로디와 백 비트가 앨 그린의 「함께합시다Let's Stay Together」와 수상하리만치 닮았다.) 가스펠 로빈스를 다시 소개했다. 가스펠 로빈스가 노래를 불렀다. 그도 함께 불렀다. 그들은 주님을 향해 즐거운 소음을 연출하며 객석을 좋으신 하나님과 예수님에게로 오라고 외치는 광적인 분위기로 몰고 갔다. 신도들이 빨개진 손으로 박수를 치며 자리에서 일어나자 조명이 꺼졌고 무대를 비추는 눈부시게 하얀 조명만 남은 가운데 C. 대니 제이컵스가 그 속으로 들어섰다. 분명 내가 아는 찰리이자 휴가 아는 목사였지만, 나와 마지막으로 만났을 때와 다른 모습이었다.

그는 풍성한 까만색 외투(조니 캐시*가 무대에서 입는 것과 비슷했다.)로 비쩍 마른 몸을 일부 가렸지만 그래도 수척한 얼굴이 진실을

---

* 미국의 가수 겸 배우.

폭로했다. 그 얼굴에는 다른 진실도 담겨져 있었다. 내가 생각하기에 살아오는 동안 엄청난 상실(엄청난 비극)을 경험한 사람들은 대부분 갈림길에 다다른다. 그 당시에는 아닐지 몰라도 충격이 가신 뒤에는 그렇다. 몇 달 뒤가 될 수도 있고 몇 년 뒤가 될 수도 있다. 그런 사람들은 겪은 일로 인해 팽창하거나 아니면 수축한다. 뉴에이지처럼 들릴지 몰라도(아마 그럴 것이다.) 어쩔 수 없다. 내가 아무것도 모르면서 나불대는 건 아니다.

찰스 제이컵스는 수축했다. 그의 입술은 핏기 없이 얇았다. 파란 눈은 이글거렸지만 주름살로 이루어진 그물에 갇혀서 작아 보였다. 뭔가에 가려진 듯했다. 내가 여섯 살이었을 때 해골산 속에 굴을 뚫는 법을 가르쳐 주었던 유쾌했던 젊은 남자, 콘 형이 말을 못 하게 된 사연을 너무나 다정하게 귀를 기울이며 들어 주었던 남자……. 그 남자가 지금은 반항하는 학생을 때리려고 하는 그 옛날 뉴잉글랜드의 학교 선생님처럼 보였다.

잠시 후에 그가 미소를 짓자 나와 친구가 되어 주었던 그 젊은 남자가 복음을 외치는 이 떠돌이 전도사의 어딘가에 아직 살아 있을지 모른다는 일말의 희망이 내 안에서 싹텄다. 그 미소가 그의 온 얼굴을 환히 밝혔다. 신도들은 박수갈채를 보냈다. 안도감에 그런 것도 있었을 것이다. 그는 양손을 들었다가 손바닥을 밑으로 해서 내렸다.

"앉으세요, 형제자매 여러분. 앉으세요, 신사숙녀 여러분. 서로 인사합시다."

사람들이 요란하게 부스럭거리며 자리에 앉았다. 천막 안이 고요해졌다. 모든 이의 시선이 그에게로 향했다.

"여러분이 예전에도 들은 적 있는 반가운 소식을 제가 들고 왔습니다. 하나님은 여러분을 사랑하신다는 소식을요. 네, 하나님은 여러분 모두를 사랑하십니다. 반듯하게 살았던 분들도, 죄의 진창에 깊이 빠져 지냈던 분들도. 하나님은 여러분을 너무나 사랑하셨기에 요한복음 3장 16절에 나왔다시피 독생자를 주셨죠. 십자가에 못 박히기 전날, 하나님의 아들은 요한복음 17장 15절에 나왔다시피 여러분을 악에 빠지지 않게 보전해 달라고 기도합니다. 사도행전 17장 11절에서도 이야기하다시피 하나님이 우리의 잘못을 바로잡으려 하시는 것도, 우리에게 무거운 짐과 고통을 내리시는 것도 우리를 사랑하시기 때문입니다. 따라서 우리를 사랑하시는 마음으로 무거운 짐과 고통도 거두어 주시지 않겠습니까?"

"맞습니다. 주님을 찬양하라!"

휠체어석에서 누군가가 격앙된 목소리로 외쳤다.

"저는 미국을 떠도는 방랑자로, 하나님의 사랑을 전하는 도구로 여러분 앞에 섰습니다. 제가 여러분을 받아들이듯 여러분도 저를 받아 주시겠습니까?"

그들은 그러겠노라고 고함을 질렀다. 땀이 내 얼굴과 휴의 얼굴과 우리 양옆에 앉은 사람들의 얼굴을 타고 흘러내렸지만, 제이컵스의 얼굴은 땀 한 방울 없이 환하게 빛났다. 스포트라이트가 비추는 곳에 서 있는 데다 까만 외투까지 입고 있으니 우리보다 더 더울 텐데도 그랬다.

"예전에 저는 결혼을 했었고 아들이 하나 있었죠. 하지만 끔찍한 사고가 벌어졌고 아내와 아들은 물에 빠져 죽었습니다."

내 얼굴에 찬물이 끼얹어진 듯한 느낌이 들었다. 내가 보기에는 거짓말을 할 이유가 없는 시점에서 거짓말이 등장했다.

청중들은 웅성거리며 탄식에 가까운 소리를 냈다. 많은 여자들이 눈물을 흘렸고 몇몇 남자들도 마찬가지였다.

"저는 그때 하나님에게서 고개를 돌렸고 속으로 그를 저주했습니다. 황야를 헤맸습니다. 뉴욕, 시카고, 털사, 조플린, 댈러스, 티후아나를. 메인 주의 포틀랜드와 오리건 주의 포틀랜드를. 하지만 어디든 다 똑같은 황야일 따름이었죠. 저는 하나님에게서 멀어졌지만 아내와 아들에 얽힌 추억과 멀어진 적은 없었습니다. 예수님의 가르침은 외면했지만 그걸 외면한 적은 없었습니다."

그는 왼손을 들어서 평범한 결혼반지라고 하기에는 너무 넓고 두툼한 금반지를 보였다.

"여자들의 유혹이 있었습니다. 당연히 그럴 수밖에요. 저는 남자이고 어딜 가든 보디발의 아내*가 있기 마련이니까요. 하지만 저는 넘어가지 않았습니다."

"주님을 찬양하라!"

어떤 여자가 외쳤다. 창녀가 부인복으로 위장하더라도 한눈에 보디발의 아내인 줄 알아차릴 수 있다고 생각하는지 모를 여자였다.

"그러던 어느 날, 유난히 심하고…… 유난히 솔깃한 유혹을 거부하고 났을 때…… 사울이 다메섹으로 가는 길에 그랬던 것처럼 주

---

* 성서에서 요셉을 유혹하려고 했던 인물.

님의 계시를 받았습니다."

"주님의 말씀이시다!"

한 남자가 천국을 향해(아니면 천막 지붕을 향해) 양손을 들며 외쳤다.

"하나님은 제게 사명이 있다고, 다른 이들의 무거운 짐과 고통을 거두는 것이 저의 사명이라고 하셨습니다. 꿈속에서 저를 찾아오셔서 성스러운 말씀과 하나님의 아들, 예수 그리스도의 가르침을 통해 하나님의 가르침과 혼인하였음을 상징하는 다른 반지를 끼라고 하셨습니다. 저는 그때 피닉스에서 하나님과는 전혀 상관없는 축제 무대에 서 있었는데 하나님이 제게 구약시대의 모든 순례자처럼 식량도 물도 없이 사막으로 들어가라고 하셨습니다. 황야에서 두 번째이자 마지막 결혼반지를 찾을 수 있을 거라면서요. 그 결혼에 충실하면 아주 훌륭한 일을 할 수 있을 테고, 천국에서 아내와 아들을 만날 수 있을 것이며, 우리의 진정한 결혼이 주님의 거룩한 빛이 비치는 가운데 주님의 거룩한 보좌에 다시 봉헌될 수 있을 거라고 하셨습니다."

여기저기서 더 많은 사람들이 울부짖고 외쳤다. 깔끔한 비즈니스 정장에 커피색 스타킹과 최신 유행하는 스타일의 굽 낮은 구두를 신은 여자가 통로로 쓰러지더니 모음으로만 이루어진 듯한 언어로 간증하기 시작했다. 그 여자와 함께 온 (남편인지 남자친구인지 모를) 남자는 옆에 무릎을 꿇고 앉아서 그녀의 머리를 손으로 받치고 다정한 미소를 지으며 독려했다.

"그는 믿지도 않는 말을 하고 있어요." 나는 어안이 벙벙했다. "전부 거짓말이에요. 사람들도 그걸 느낄 수 있지 않을까요?"

하지만 그들은 느끼지 못했고 휴는 내 말을 듣지 않았다. 뭐에 홀린 듯 빤히 쳐다보고만 있었다. 천막은 희열의 도가니였고 제이컴스의 음성은 전기라는 은총 덕분에(그리고 무선 마이크 덕분에) 호산나를 뚫고 쩌렁쩌렁 울렸다.

"저는 하루 종일 걸었습니다. 휴게소 쓰레기통에 누가 버린 음식이 있기에 그걸 먹었습니다. 오솔길 옆에 콜라 반 병이 있기에 그걸 마셨고요. 잠시 후에 하나님이 길 밖으로 나서라고 하시자 점점 어두워지고 있었고 저보다 경험이 많은 카우보이들도 그 사막에서 죽었지만 저는 그분의 말씀을 따랐습니다."

그때쯤이면 근교가 나왔겠지. 부자들이 사는 노스스코츠데일이 나왔을 수도 있고.

"그날 밤은 구름이 덮여서 어두컴컴했고 별빛 하나 보이지 않았습니다. 그런데 자정이 막 지났을 때 구름 사이로 달빛 한 줄기가 바위 더미를 비추었습니다. 저는 바위 더미로 다가갔고 그 아래에서 이걸…… 발견했습니다."

그는 오른손을 들었다. 세 번째 손가락에 좀 전과 다른 두툼한 금반지가 끼워져 있었다. 객석에서 박수갈채와 할렐루야가 터졌다. 나는 계속 이해해 보려고 애를 썼지만 계속 실패했다. 이들은 주기적으로 컴퓨터를 통해 친구들과 연락하고 그날의 뉴스를 챙기는 사람들, 기상 위성과 간 이식 수술을 당연하게 여기는 사람들, 자기들은 증조부 세대보다 30~40년을 더 살 거라고 기대하는 사람들이었다. 그런데 거기에 비하면 산타와 이빨 요정이 잔혹한 사실주의처럼 여겨질 만한 이야기에 넘어가고 있었다. 그가 그들에게 똥을 먹이고 있는데 그걸 즐기고 있었다. 그도 그걸 즐기고 있는 것 같았기에 나는 환멸을 느꼈고 그렇다는 것이 더 불쾌했다. 그는 할로에서 나와 알고 지냈던 그 남자, 털사에서 그날 나를 데려갔던 그 남자가 아니었다. 하지만 그가 상심해서 어쩔 줄 몰라 하는 캐시 모스의 농부 아버지를 어떤 식으로 대했는지를 생각하면 이 남자에게 그때부터 그런 조짐이 보였다고 인정하는 수밖에 없었다.

그가 이들을 증오하는지 그건 모르겠지만 경멸하는 것만큼은 분명해. 나는 그런 생각이 들었다.

어쩌면 아닐 수도 있었다. 어쩌면 그는 관심이 없을 수도 있었다. 부흥회가 끝났을 때 헌금함 속에 얼마나 들어 있는지 말고는.

내가 이런 생각을 하는 동안에도 그는 간증을 계속하고 있었다. 밴드가 연주를 시작해서 분위기를 더욱 고조시켰다. 가스펠 로빈스가 몸을 좌우로 흔들며 손뼉을 치자 신도들도 따라했다.

제이컵스는 세속적인 결혼과 종교적인 결혼, 이 두 가지 결혼을 상징하는 반지로 조심스럽게 치유를 시도했던 첫 순간을 이야기했다. 하나님이 그를 통해 사랑과 치유의 메시지를 더 많은 사람들에게 전하고 싶어 한다는 것을 깨달았을 때에 대해서 이야기했다. 그는 자신이 그럴 만한 위인이 못 된다고 무릎을 꿇고 괴로워하며 거듭 공표했다. 하나님은 그의 말이 사실이라면 그에게 반지를 주지 않았을 거라고 대답했다. 제이컵스는 천상의 흡연실에서 파이프 담배를 뻐끔거리고 굽이치는 천국의 언덕을 내다보며 이 문제를 놓고 하나님과 오랜 대화라도 나눈 것처럼 이야기했다.

나는 그의 지금 모습이 싫었다. 학교 선생님처럼 좁은 얼굴과 부릅뜬 파란 눈이 싫었다. 까만 외투도 싫었다. 순회공연업계에서는 그런 외투를 공연용 재킷이라고 불렀다. 벨스 놀이공원에서 제이컵스의 전기 사진 사기극을 돕는 동안 나도 그 정도는 배웠다.

"다 같이 기도합시다."

제이컵스는 그렇게 말하고, 아픈 사람처럼 잠깐 눈을 찡그리며 무릎을 꿇었다. 류머티즘일까? 관절염일까? *대니 목사님, 자기부터 치료하시지요.*

모인 사람들은 또다시 요란하게 부스럭거리고 환희에 속삭이며 무릎을 꿇었다. 우리처럼 천막 뒤편에 서 있었던 사람들도 따라 했다. 나는 하마터면 거부할 뻔했지만(심지어 나처럼 교회를 떠난 감리교도가 보기에도 이 부흥회는 신을 모독하는 쇼 비즈니스 냄새를 물씬 풍겼다.) 털사에서 그랬던 것처럼 그의 시선을 끄는 사태만큼은 피하고 싶었다.

그는 네 목숨을 살렸잖아. 나는 생각했다. *그걸 잊으면 안 되지.*

맞는 말이었다. 그리고 그때 이후로 좋은 시절을 보내지 않았던가. 나는 기도를 하기 위해서가 아니라 당황스러움에 눈을 감았다. 오지 말걸 그랬다는 생각이 들었지만 사실 선택의 여지가 없었다. 조지아 던린에게 컴퓨터에 빠삭한 딸을 소개해 달라고 한 것을 다시 한 번 후회했다.

이미 엎질러진 물이었지만.

대니 목사는 참석한 사람들을 위해 기도했다. 오고 싶었지만 바깥출입이 여의치 않아서 오지 못한 사람들을 위해 기도했다. 선한 남자와 여자 들을 위해 기도했다. 미합중국을 위해, 하나님이 이 나라의 지도자들을 하나님의 지혜로 가득 채워 주길 기도했다. 그런 다음 본론으로 들어가서 하나님이 당신의 뜻대로 그의 손과 성스러운 반지를 통해 치유의 기적을 이루어 주길 기도했다.

밴드의 연주는 계속됐다.

"치유를 받고 싶은 분이 있습니까?"

그가 또다시 찡그린 얼굴로 힘겹게 일어나며 물었다. 앨 스탬퍼가 앞으로 나와서 부축해 주려고 하자 제이컵스는 전직 소울 가수에게 손사래를 쳤다.

"짐을 내려놓고 싶거나 고통에서 자유로워지고 싶은 분이 있습니까?"

모인 사람들은 큰 소리로 있다고 했다. 맨 앞 두 줄의 휠체어 사단과 만성 환자들은 넋이 나간 눈빛으로 빤히 쳐다보고 있었다. 대부분 초췌하고 금방이라도 죽을 것처럼 아파 보이는 그 뒷줄 사람들도 마찬가지였다. 붕대, 기형, 산소마스크, 말라비틀어진 팔다리, 부목들이 보였다. 열 받은 뇌가 머리 안에서 지그를 추는 뇌성마비 환자들은 몸을 속수무책으로 뒤틀고 흔들었다.

데비나와 가스펠 로빈스가 사막 위로 부는 봄바람처럼 가만가만히 「예수님이 앞으로 나오라 하시네」를 부르기 시작했다. 빳빳하게 다린 청바지와 흰색 셔츠, 초록색 조끼를 입은 안내원들이 요술처럼 등장했다. 그중 몇 명이 치유를 받기 원하는 사람들을 가운데 통로에 한 줄로 세우기 시작했다. 나머지 *대다수*는 자전거 짐바구니만큼이나 큼지막한 버들가지 헌금 바구니를 들고 객석을 돌아다녔다. 동전이 땡그랑거리는 소리가 들릴 때도 있었지만 어쩌다 한 번씩이었다. 대부분 순회공연업계에서 '대박'이라고 불리는 배춧잎이었다. 방언으로 얘기하던 여자는 남자친구인지 남편인지가 부축해서 다시 접이의자에 앉혔다. 흐트러진 머리칼이 흥분해서 발개진 얼굴을 덮었고 정장 재킷에는 흙이 묻었다.

내 몸에도 흙이 묻은 듯한 기분이었지만 이제 내가 정말로 목격하고 싶었던 순간이 찾아왔다. 나는 주머니에서 수첩과 볼펜을 꺼냈다. 브리애나 던린 덕분에 조사한 내용이 수첩에 이미 몇 가지 적혀 있었다.

"뭐 하는 건가?" 휴가 나지막이 물었다.

나는 고개를 저었다. 치유가 이제 막 시작되려는 참이었는데, 나는 대니 목사의 홈페이지에서 본 비디오가 워낙 많았기에 어떤 식으로 진행될지 알고 있었다. *고전적인 수법이네요.* 브리는 비디오 몇 개를 직접 보고 나서 그렇게 말했다.

휠체어에 탄 여자가 앞으로 나섰다. 제이컵스는 이름을 묻고 그녀의 입에 마이크를 대 주었다. 그녀는 떨리는 목소리로 그녀의 이름은 로웨나 민투어이며, 멀리 디모인에서 온 학교 선생님이라고 밝혔다. 관절염이 심해서 이제는 걸을 수가 없다고 했다.

제이컵스는 공연용 재킷 바깥 주머니에 마이크를 넣고 그녀의 머리를 손으로 잡아서 얼굴을 자기 가슴에 품고 관자놀이에 반지를 대고 눌렀다. 그는 눈을 감았다. 조용히 기도를 하느라 그의 입술이 움직였다. 아니면 "뽕나무 숲을 빙글빙글 돌자.*"고 했을지도 모를

---

* 어린이들이 부르는 동요 가사다.

일이었다. 갑자기 그녀가 움찔거렸다. 두 손을 양옆으로 치켜들어서 하얀 새처럼 펄럭였다. 놀라서인지 전기의 충격 때문인지 눈을 휘둥그레 뜨고 제이컵스의 얼굴을 빤히 쳐다보았다.

그러더니 휠체어에서 일어섰다.

사람들이 할렐루야를 외쳤다. 그녀가 제이컵스를 끌어안고 그의 뺨에 키스 세례를 퍼붓자 몇몇 남자들이 허공으로 모자를 던졌다. 나로 말할 것 같으면 영화라면 모를까, 실제로는 한 번도 본 적이 없는 광경이었다. 제이컵스는 그녀의 어깨를 잡고 객석(흥분의 도가니였고 나 또한 예외는 아니었다.)으로 돌려세웠고 순회공연의 대가답게 침착하게 마이크를 꺼냈다.

"남편한테 걸어가세요, 로웨나!" 제이컵스가 마이크에 대고 벼락처럼 외쳤다. "남편에게로 한 걸음, 한 걸음 걸을 때마다 예수님을 찬양하세요! 하나님을 찬양하세요! 그분의 거룩하신 이름을 찬양하세요!"

그녀는 균형을 잡느라 팔을 앞으로 내밀고 흐느껴 울며 남편에게로 비틀비틀 걸어갔다. 초록색 조끼를 입은 안내원이 휠체어를 밀고 뒤를 바짝 따라가며 그녀가 주저앉을 경우에 대비했지만…… 그런 일은 없었다.

그런 식으로 한 시간 동안 계속됐다. 음악은 그칠 줄 몰랐고 깊숙한 헌금 바구니도 마찬가지였다. 제이컵스가 전원을 치료하지는 않았지만 그 시골 양반들은 한도가 초과됐을 게 분명한 신용카드만 남겨 두고 수금원들에게 탈탈 털렸다. 휠체어 사단 대다수가 성스러운 반지와 접촉해도 일어나지 못했지만 대여섯 명은 성공했다.

나는 그들의 이름을 전부 적고 제이컵스의 손길이 닿아도 상태가 전과 다름없이 가망 없이 보이는 사람들의 이름에는 가위표를 그었다.

앞이 보인다고 선포한 여자 백내장 환자는 밝은 불빛에 비추자 눈을 덮고 있던 우윳빛 막이 정말 사라진 것 같았다. 어떤 사람은 굽었던 팔이 펴졌다. 심장에 문제가 있어서 울부짖던 젖먹이는 스위치를 내리기라도 한 것처럼 울음을 뚝 그쳤다. 고개를 숙이고 삼두근 목발을 짚고 단상에 오른 남자는 차고 있었던 목 보호대를 벗고 목발을 내던졌다. 후기로 접어든 만성 폐색성 폐질환을 앓고 있었던 여자는 산소마스크를 떨어뜨렸다. 이제는 편안하게 숨을 쉴 수 있고 답답했던 가슴이 뻥 뚫렸다고 했다.

대부분의 경우 수치를 매기기가 불가능했고 몇몇은 사기극일 가능성도 농후했다. 예컨대 3년 만에 처음으로 복통이 사라졌다고 한 궤양 환자가 그랬다. 당뇨병에 걸려서 한쪽 다리를 무릎 밑으로 절단했는데 손과 남은 발가락의 감각이 다시 느껴진다고 한 여자도 마찬가지였다. 통증이 완전히 사라졌다며 하나님을 찬양한 두어 명의 만성 편두통 환자도 의심스러웠다.

어쨌거나 나는 그들의 이름을 적었고, 어느 도시와 어느 주에서 왔는지 밝히면 그것도 적었다. 실력이 좋고 이 프로젝트에 관심을 보이게 된 브리 던린에게 정보를 최대한 많이 물어다 주고 싶었다.

제이컵스가 그날 저녁에 종양을 없애 준 환자는 딱 한 명뿐이었고 그마저도 그가 신비로운 반지를 갖다 대기 전에 공연용 재킷 속으로 잽싸게 손을 집어넣었다 빼는 것을 보았기 때문에 나는 그의 이름을 적을 생각조차 하지 않았다. 그가 헉 소리를 내뱉으며 환호하는 관객들에게 보여 준 것은 슈퍼마켓에서 파는 송아지 간 비슷했다. 그가 그 물건을 초록 조끼에게 건네자 초록 조끼는 병에 넣어서 황급히 안 보이는 곳으로 치웠다.

마침내 제이컵스가 그날의 치유 시간이 다 됐음을 선포했다. 그게 뭘 기준으로 정해지는지 모르겠지만 그는 확실히 기운이 다한 듯해 보였다. 사실상 죽을 것 같은 얼굴이었다. 얼굴은 여전히 보송보송했지만 셔츠 앞섶이 가슴에 들러붙었다. 기회를 잡지 못하고 아쉬워하며 해산하는 신도들(대다수가 분명 다음번 부흥회에 따라갈 것이었다.)에게서 물러서며 비틀거렸다. 앨 스탬퍼가 다가가서 붙잡아 주자 이번에는 그의 도움을 받았다.

"기도합시다."

제이컵스는 숨을 헐떡였고, 나는 그러다 그가 그 자리에서 실신하거나 심장마비에 걸리는 건 아닌지 걱정스러워졌다.

"하나님께 감사를 드리면서 우리의 짐을 그분께 내려놓도록 합시다. 그러고 나면 앨과 데비나와 가스펠 로빈스가 노래로 형제자매 여러분을 배웅할 겁니다."

그가 이번에는 무릎을 꿇지 않았지만 신도들은 생전에 두 번 다시 그럴 수 있을 거라고 상상하지 못했을 몇몇 사람들까지 무릎을 꿇었다. 또다시 옷자락들이 바람을 가르는 소리가 들렸고 내 옆에서 누군가가 켁켁거리는 소리가 거기에 하마터면 묻힐 뻔했다. 내가 마침 알맞게 고개를 돌렸을 때 천막 덮개 사이로 휴의 격자무늬 셔츠 뒷면이 사라지고 있었다.

* * *

휴는 몸을 반으로 접어서 무릎을 움켜쥐고 5미터 멀리 있는 가로 등 아래에 서 있었다. 밤공기가 제법 쌀쌀해져서 그의 발 사이로 보이는 곤죽에서 희미하게 김이 났다. 내가 다가가는 동안 그의 몸이 들썩이면서 곤죽이 더 커졌다. 내가 팔을 잡자 그가 홱 고개를 돌리며 비틀거리는 바람에 하마터면 자기 토사물 위로 넘어질 뻔했다. 그랬더라면 집으로 돌아가는 길이 향기로웠을 것이다.

나를 바라보는 그의 공포에 어린 눈빛은 산불 속에 갇힌 짐승의 눈빛과도 같았다. 하지만 그는 이내 진정하고 몸을 일으키며 뒷주머니에서 목장 일꾼 스타일의 구닥다리 반다나를 꺼냈다. 그걸로 입을 닦았다. 그는 손을 떨고 있었다. 얼굴은 시체처럼 새하앴다. 가혹한 가로등 불빛 때문에 어떤 부분은 확연하게 비쳐 보였지만 그렇지 않은 부분도 있었다.

"미안, 제이미. 자네 때문에 놀라서."

"그러신 것 같았어요."

"더워서 그랬나 봐. 이제 그만 갈까? 사람들이 빠져나오기 전에."

휴는 링컨을 향해 걷기 시작했다. 나는 그의 팔꿈치에 손을 댔다. 그는 내 손을 떨쳐냈다. 아니, *피했다.*

"왜 그러셨는데요?"

그는 선뜻 대답을 하지 않고 디트로이트에서 생산된 대형 모터보트를 세워 놓은 주차장 저쪽으로 걸어가기만 했다. 나는 옆에서 따라 걸었다. 차에 다다르자 그는 위로라도 얻으려는 듯 이슬이 내린 보닛 위에 손을 얹었다.

"프리즘 현상이 나타났어. 아주, 아주 오랜만에. 그가 그 마지막 환자를 치료하는 동안 기미가 느껴지더군. 교통사고로 하반신이 마비됐다고 한 그 남자 말이야. 그가 휠체어에서 일어나는 순간 모든 게 *선명해졌어.* 모든 게 뚜렷해졌어. 무슨 소리인지 알겠나?"

나는 알 수 없었지만 아는 척 고개를 끄덕였다. 우리 뒤에서 신도들이 즐겁게 박수를 치며 「내가 얼마나 예수님을 사랑하는지」를 목청껏 불렀다.

"그러다…… 목사가 기도를 하기 시작한 순간…… 색깔들이." 그는 입술을 떨며 나를 쳐다보았다. 스무 살은 더 나이를 먹은 듯이 보였다. "예전보다 훨씬 더 환했어. 그로 인해 모든 것이 산산조각이 났고."

그가 손을 뻗어 내 셔츠를 움켜쥐는 바람에 단추 두 개가 떨어져 나갔다. 꼭 물에 빠진 사람 같았다. 그의 눈은 접시만 했고 겁에 질려 있었다.

"그러다…… 조각들이 다시 합쳐졌지만 색깔들은 없어지지 않았어. 겨울밤에 보이는 북극광처럼 이리저리 뒤틀리며 춤을 추었지. 그리고 사람들은…… 더 이상 사람들이 아니었고."

"그럼 뭐였는데요?"

"개미." 휴가 속삭였다. "열대 우림에서만 삼직한 커다란 개미였어. 갈색 개미, 까만 개미, 빨간 개미. 그런 개미들이 몸 안에 들어 있는 그 독, 포름산을 입에서 뚝뚝 흘리며 죽은 눈빛으로 그를 쳐다보고 있었어." 그는 까칠한 숨을 길게 내뱉었다. "그런 광경이 두 번 다시 보이면 차라리 죽어 버리겠어."

"하지만 없어졌죠?"

"응. 없어졌지. 고맙게도."

그는 주머니에서 열쇠를 꺼내다 바닥에 떨어뜨렸다. 내가 열쇠를
집었다.

"제가 운전할게요."

"그래. 좋지." 그는 조수석 쪽으로 가려다 나를 쳐다보았다. "자네
도 그랬어, 제이미. 내가 자네를 보았더니 커다란 개미 옆에 서 있었
어. 그러다 고개를 돌려서…… 나를 쳐다보았는데……"

"그럴 리 없어요. 저는 사장님이 나가는 걸 보지도 못했는걸요."

그는 내 말소리가 들리지 않는 듯했다.

"고개를 돌려서…… 나를 쳐다보았는데…… *미소를 지으려고 하
는 것 같았어. 자네 주변은 온통 얼룩덜룩했고 자네 눈빛도 다른 사
람들처럼 죽어 있었어. 입안에 독을 가득 머금고 있었고.*"

* * *

휴는 울프조 목장으로 들어가는 큼지막한 나무문이 나올 때까지
더 이상 아무 말도 하지 않았다. 문이 닫혀 있기에 나는 차에서 내
려서 문을 열려고 했다.

"제이미."

나는 그를 돌아보았다. 안색이 돌아오기는 했지만 아주 살짝이
었다.

"그의 이름을 내 앞에서 두 번 다시 꺼내지 말아 주게. *절대.* 꺼내
는 순간 자네는 여기서 끝장이야. 알아들었지?"

　나는 알아들었다. 하지만 그렇다고 나까지 조사를 접어야 하는 것
은 아니었다.

IX
침대에서 부고 읽기.
다시 캐시 모스.
래치스.

2009년 8월 초의 어느 일요일 아침에 브리애나 던린과 나는 침대에서 부고를 살피고 있었다. 브리는 진정한 전문가만 부릴 수 있는 요술을 부려서 10여 개의 주요 일간지에 실린 부고를 한데 모아 알파벳 순서로 정리해 놓았다.

전에도 이렇게 즐거운 분위기에서 부고를 살핀 적이 있었지만 종착지에 점점 가까워지고 있다는 것을 우리도 알고 있었다. 9월이면 그녀는 뉴욕으로 날아가 초봉이 여섯 자리로 시작되는 그런 IT 회사에서 면접을 볼 예정이었고(이미 달력에 연필로 표시한 동그라미가 네 개였다.) 나도 나름대로 계획이 있었다. 하지만 함께 보내는 시간은 모든 면에서 내게 유익했고, 자기한테도 유익했다는 그녀의 말을 믿지 않을 이유가 없었다.

자기 나이의 절반도 안 되는 여자와 놀아나는 남자가 이 세상에

나 혼자는 아니었고 누군가가 노인이 바보짓을 하면 더 바보 같다고, 늦바람이 무섭다고 한다면 왈가왈부할 생각은 없지만 적어도 단기적으로 보았을 때 그런 관계는 나쁘지 않다. 우리 둘 다 서로에게 애착이 없었고 장기적인 관계에 대한 환상이 없었다. 우리는 어쩌다 보니 그렇게 됐고 먼저 적극적으로 나온 쪽은 브리애나였다. 노리스 카운티에서 천막 부흥회가 열리고 약 3개월, 우리가 컴퓨터 수사를 시작하고 4개월이 지났을 때였다. 나는 원래 주관이 뚜렷한 성격이 아닌 데다 어느 날 저녁에 그녀가 내 아파트에서 블라우스와 치마를 벗었을 때는 더욱 그랬다.

"너 진심으로 이걸 원하니?"

"물론이죠." 그녀는 씩 웃었다. "조만간 넓은 세상으로 나갈 텐데 아빠 콤플렉스를 먼저 해결하는 게 낫지 않겠어요?"

"너의 아빠가 백인이고 전직 기타리스트였나 보지?"

내 말에 그녀는 웃음을 터뜨렸다.

"어두운 곳에서는 모든 고양이가 회색으로 보이기 마련이잖아요, 제이미. 자, 할 거예요, 말 거예요?"

우리는 했고 느낌이 끝내줬다. 스물네 살인 그녀의 젊음이 나를 흥분시켰다고 하지 않으면 거짓말일 테고, 내가 그녀를 감당할 수 없었던 적이 없었다고 하면 그것 역시 거짓말일 것이다. 나는 그 첫날밤에 두 탕을 뛰고 기진맥진한 몸으로 그녀 옆에 대자로 누워서 조지아가 뭐라고 하겠느냐고 물었다.

"나한테서 이 이야기를 들을 일은 없을 거예요. 아저씨한테서는 어떨 것 같아요?"

"절대 없지. 하지만 네덜랜드가 워낙 작은 마을이잖아."

"맞는 말이지만 내가 보기에는 작은 마을에서는 어디까지나 말로만 몸을 사리거든요. 엄마가 나더러 *뭐라*고 하면 예전에 엄마도 휴 예이츠의 장부만 관리한 게 아니지 않으냐고 일깨워 드릴 거예요."

"그게 정말이니?"

그녀는 키득거렸다.

"백인 남자들은 엄청 *바보* 같을 때가 있다니까?"

* * *

이제 우리는 그녀 옆에는 커피를, 내 옆에는 차를, 둘 사이에는 그녀의 노트북을 두고 베개를 받치고 앉았다. 여름 햇살(아침 햇살이 늘 최고였다.)이 바닥에 직사각형 무늬를 만들었다. 브리는 내 티셔츠 한 장만 걸치고 있었다. 짧게 자른 머리는 꼬불거리는 까만색 모자나 다름없었다.

"내가 없더라도 아저씨 혼자 아무 문제없이 계속할 수 있어요. 아저씨는 컴맹인 척하잖아요? 밤에 나를 쿡쿡 찌를 수 있는 곳에 두려고 그러는 거겠죠. 하여간 검색이 뭐 그리 어려운 일도 아니거든요. 그리고 자료는 이미 충분하지 않아요?"

사실 맞는 말이었다. 우리는 C. 대니 제이컵스의 홈페이지에서 기적의 증언 코너에 실린 세 사람으로부터 시작했다. 세인트루이스에서 근이영양증을 치료받았다는 로버트 리버드라는 소년이 명단의 첫 번째였다. 브리가 이 세 명에 노리스 카운티 부흥회에 참석한 게 분명한 인물들을 추가했다. 예컨대 누가 봐도 순식간에 나았다고 할 수 있는 로웨나 민투어 같은 인물들이었다. 만약 눈물을 흘리며 남편에게 비틀비틀 걸어갔던 게 미리 짜고 한 거였다면 아카데미 여우주연상 감이었다.

브리는 콜로라도에서부터 캘리포니아에 이르기까지 대니 제이컵스 목사의 치유 부흥회가 열린 곳을 추적했다. 모두 열 군데였다. 우리는 신종 물고기를 연구하는 해양 생물학자처럼 열심히 홈페이지의 기적의 증언 코너에 새롭게 추가된 유튜브 영상을 감상했다. 각영상의 신빙성에 대해 의논한 끝에(처음에는 거실에서, 나중에는 여기이 침대에서) 그들을 완전 개뻥, 아마도 개뻥, 알쏭달쏭, 믿지 않을 수없음, 이렇게 네 개의 카테고리로 나누었다.

이러는 과정에서 일급 명단이 서서히 만들어졌다. 아파트 2층의내 집 침실에서 맞이한 햇살 화창했던 8월의 그날 아침, 그 명단에적힌 이름은 열다섯 개였다. 750명에 육박하는 명부에서 치료되었다고 98퍼센트 장담할 수 있다고 추린 사례가 그 정도였다. 로버트리버드도 그 안에 있었다. 앨버커키에서 온 메이블 저긴스도 있었다. 로웨나 민투어와 노리스 카운티 박람회장에서 목 보호대를 뜯고 목발을 내던졌던 벤 힉스도 있었다.

힉스는 흥미로운 사례였다. 그와 그의 아내는 제이컵스의 순회공연단이 다른 곳으로 이동하고 2~3주 지나서 《덴버 포스트》에 게재된 기사를 통해 기적의 진위를 입증했다. 그는 덴버커뮤니티칼리지의 역사학과 교수였고 흠잡을 데 없는 평판의 소유자였다. 자기 자신을 종교에 회의적인 인물로 규정했고 노리스 카운티 부흥회에 참석한 것은 '최후의 수단'이었다고 표현했다. 힉스의 아내도 그의 말을 뒷받침했다. "우리 부부는 어안이 벙벙하고 감사할 따름이죠." 그녀는 이렇게 말하고, 그들 부부가 다시 교회에 다니기 시작했다고 덧붙였다.

리버드, 저긴스, 민투어, 힉스 그리고 일급 명단의 다른 인물들은 모두 2007년 5월부터 샌디에이고에서 순회 부흥회가 끝난 2008년 12월, 그 사이에 제이컵스의 '성스러운 반지'와 접촉했다.

브리는 가벼운 마음으로 추적 조사를 시작했지만 2008년 10월부터 태도가 진지해졌다. 먼로 카운티 《위클리 텔리그램》에 실린 로버트 리버드의 (사실상 단신에 불과한) 기사를 발견한 다음부터였다. "기적의 소년"이 "예전에 앓았던 근이영양증과는 무관한 이유로" 세인트루이스 아동병원에 입원했다는 기사였다.

브리는 컴퓨터와 전화로 조사에 나섰다. 리버드의 부모는 대화를 거부했지만 브리가 C. 대니 제이컵스의 사기 행각을 폭로할 계획이라고 밝히자 아동병원의 간호사 한 명이 마침내 대화에 응했다. 우리는 사실 그럴 생각이 없었지만 그 작전이 효과가 있었다. 간호사는 그녀의 이름을 어떤 매체에도 밝히지 않는다는 조건 아래 바비 리버드가 이른바 '연쇄 두통'으로 입원해 여러 가지 검사를 받았고 뇌종양의 가능성은 없는 것으로 밝혀졌다고 전했다. 결국 아이는 미주리 주 오크빌의 개즈리지 병원으로 이송됐다.

"그게 어떤 병원인데요?" 브리가 물었다.

"정신병원이에요." 간호사가 말했다. 브리가 이 말을 머릿속에 접수하는 동안 그녀는 이렇게 덧붙였다. "개즈리지에 입원한 환자들은 대부분 퇴원하지 못해요."

브리는 좀 더 알아보려고 했지만 개즈리지 병원에서 단단한 벽에 부딪쳤다. 나는 리버드를 우리의 최초 감염자로 간주했기에 세인트루이스로 날아가서 렌터카를 몰고 오크빌로 찾아갔다. 병원에서 가장 가까운 술집에서 며칠 오후를 보낸 끝에 60달러라는 푼돈을 쥐여 주고 어느 잡역부에게 이야기를 들을 수 있었다. 그 잡역부가 말하길 로버트 리버드는 지금도 걷는 데 아무 문제가 없지만 자기 병실 모퉁이까지만 걷는다고 했다. 모퉁이를 지나면 누군가가 침대나 가까운 의자로 데려다 줄 때까지 잘못해서 벌을 받는 아이처럼 가만히 서 있기만 했다. 컨디션이 좋은 날에는 식사를 했다. 하지만 컨디션이 안 좋은 날이 더 많았고 그런 날에는 관으로 영양분을 공급해야 했다. 그는 유사 긴장증 환자로 분류됐다. 잡역부의 표현을 빌자면 백치였다.

"지금도 연쇄 두통을 앓고 있나요?" 내가 물었다.

잡역부는 두툼한 어깨를 으쓱했다.

"아무도 모를 일이죠."

맞는 말이었다.

* * *

우리가 파악한 바에 따르면 일급 명단의 인물들 가운데 아홉 명은 별문제 없었다. 로웨나 민투어는 다시 교편을 잡았고 벤 힉스는 치료를 받고 5개월이 지난 2008년 11월에 내가 직접 만났다. 그에게 모든 사실을 공개하지는 않았지만(예컨대 일반적인 전기가 됐건 특수한 전기가 됐건 그 부분에 대해서는 일절 함구했다.) 나의 진실성을 입증하는 데 필요한 정보는 충분히 제공했다. 1990년대 초반에 제이컵스에게 헤로인 중독을 치료받았고 그 뒤로 심란한 후유증에 시달렸지만 차츰 줄다 지금은 완전히 없어졌다고 밝혔다. 내가 궁금해했던 것은 그도 후유증을 겪었는지 여부였다. 실신하거나 반짝이는 빛을 보았거나 몽유병 증세를 보였거나 투렛 증후군 환자처럼 말을 쏟아낸 적이 있는지 여부였다.

그는 전혀 없었다고 말했다. 더 이상 멀쩡할 수가 없다고 했다.

"하나님이 그를 통해 역사하신 건지 뭔지 나는 잘 모르겠습니다." 힉스는 그의 사무실에서 커피를 앞에 두고 내게 말했다. "집사람은 그렇게 생각하는데 뭐, 좋아요. 하지만 나는 그러거나 말거나 상관없어요. 이제 나는 아무 통증이 없고 하루에 3킬로미터씩 걸어요. 두 달이 지나면 테니스도 칠 수 있을 만큼 상태가 좋아질 것 같아요. 몇 걸음만 달리면 되는 복식이라면요. 내 관심사는 *그런 거예요.* 당신 얘기처럼 당신도 그에게 치료를 받았다면 내 말뜻을 이해하겠죠."

이해했지만 나는 그보다 많은 것들을 알고 있었다.

로버트 리버드는 친구들과 콜라를 마시는 게 아니라 정맥에 꽂힌 관으로 포도당을 홀짝이며 정신병원에 누워 있었다.

와이오밍 주 샤이엔에서 말초신경증을 치료받은 퍼트리셔 파밍데일은 장님이 되려고 눈에 소금을 뿌렸다. 그녀는 왜 그랬는지는 물론이고 자기가 그랬다는 것조차 전혀 기억하지 못했다.

솔트레이크시티에 사는 스테판 드루는 뇌종양으로 추정되는 병을 치료받은 뒤 걷기 중독에 걸렸다. 25킬로미터 마라톤을 달린 적도 몇 번 있었는데 의식이 없는 상태에서 그런 것이 아니었다. 그가 말하길 걷고 싶은 충동이 문득 느껴지면 걸을 수밖에 없었다고 했다.

애너하임의 베로니카 프리몬트는 자칭 "시야 방해"를 겪었다. 한번은 그것 때문에 천천히 달리던 도중에 교통사고가 난 적도 있었다. 약물과 알코올 검사 결과 아무 문제없는 것으로 밝혀졌지만 그래도 그녀는 재발할까 두려운 마음에 면허증을 반납했다.

샌디에이고에 사는 에밀 클라인은 다쳤던 목을 기적적으로 고친 이후에 뒷마당으로 나가서 흙을 먹고 싶은 충동에 주기적으로 시달렸다.

라스베이거스의 블레이크 길모어는 본인의 주장에 따르면 2008년 늦여름에 C. 대니 제이컵스에게 림프종을 치료받았다. 그런데 손님들에게 욕을 하는 바람에 블랙잭 딜러로 일하던 곳에서 그 후 한 달만에 잘렸다. 예컨대 이런 식이었다. "한 장 더 받아. 씨발, 한 장 더 받으라고, 이 쫄보 새끼야." 세 아이들에게도 이 비슷하게 고함을 지르다 아내에게 쫓겨났다. 그는 패션쇼 드라이브의 허름한 모텔로 거처를 옮겼다. 그리고 2주 뒤, 크레이지 글루를 손에 든 채 욕실 바닥에서 시신으로 발견됐다. 그 접착제로 콧구멍과 입을 막아 버린 것이었다. 브리가 검색한 부고 가운데 제이컵스와 얽힌 인물이 여럿 있었지만, 연관성을 확신할 수 있는 경우는 그 한 명뿐이었다.

캐시 모스가 등장하기 전에는 말이다.

* * *

아무것도 넣지 않은 브렉퍼스트 티를 주입했는데도 다시 졸음이 쏟아졌다. 브리의 노트북에 탑재된 자동 스크롤 기능 때문이었다. 나는 유용한 기능이기는 하지만 최면 효과가 있다고 투덜거렸다.

"아저씨, 앨 졸슨*이 한 말을 살짝 바꿔서 얘기하자면 이 정도는 아무것도 아니라고 할 수 있어요. 내년에 애플이 패드 스타일의 컴퓨터를 출시할 거라는데 그러면……" 그때 삑 소리와 함께 자동 스크롤이 멈추었다. 브리는 한 문장이 빨간색으로 칠해진 화면을 빤히 들여다보았다. "어허. 맨 처음 조사를 시작했을 때 아저씨가 알려 준 이름이 떴네요."

"어떤 거?"

누구냐고 묻는 거였다. 그 당시에 내가 알려 줄 수 있었던 이름은 몇 개 안 됐고 그중에 우리 형 콘래드도 있었다. 제이컵스는 플라시보 효과라고 주장했지만 그래도……

"조용히 하세요. 링크 클릭할게요."

나는 허리를 숙여서 들여다보았다. 맨 처음에 든 감정은 안도감이었다. 콘 형이 아니었다. 당연한 거였다. 그리고 났을 때 두 번째로 찾아온 감정은 경악이었다.

털사 《월드》에 실린 부고의 주인공이 향년 38세의 캐서린 앤 모스였던 것이다. 부고에 따르면 돌연사였다고 했다. 그리고 이런 문

---

* 1900년대 초에 활약한 미국의 가수, 영화배우, 코미디언.

구도 있었다. *상심한 캐시의 모친과 부친은 조화 대신 자살 방지 네트워크에 기부금을 보내 달라고 한다. 이곳에 보낸 기부금은 세금 공제가 된다.*

"브리. 지난주……"

"뭘 찾아야 되는지 아니까 가만히 있어요." 그녀는 먼저 이렇게 말을 하고 그런 다음 내 얼굴을 쳐다보았다. "괜찮아요?"

"응."

나는 이렇게 대답했지만 괜찮은지 아닌지 알 수가 없었다. 오래전에 번개 사진을 찍으려고 단상으로 올라왔을 때 캐시 모스의 모습이 계속 생각났다. 단을 너덜너덜하게 처리한 청치마 아래로 까무잡잡하게 태운 다리가 반짝였던, 아담하고 예쁘장한 오클라호마 아가씨였다. *예쁜 아가씨들은 자기만의 플러스극을 발산하죠.* 제이컵스는 그렇게 말했지만 캐시의 에너지는 중간에 마이너스극으로 바뀌고 말았다. 그런 미모의 아가씨에게 구혼자가 없었을 리 만무한데 남편 이야기는 없었다. 자식 이야기도 없었다.

여자를 좋아하는 취향이었을지 모르지. 나는 그렇게 생각했지만 상당히 설득력이 떨어졌다.

"여기 있네요." 브리는 내가 더 편하게 볼 수 있게 노트북을 돌렸다. "같은 신문이에요."

사이러스 에이버리 기념교에서 죽음의 점프를 하다. 헤드라인에 이렇게 적혀 있었다. 캐시 모스는 유서를 남기지 않았고 상심한 부모는 혼란스러워했다. "뒤에서 민 사람이 있지 않을까 싶은데요." 모스 부인은 이렇게 말했지만…… 기사에 따르면 살인일 가능성은 배

제되었다는데 이유는 밝히지 않았다.

예전에도 이런 적이 있습니까? 1992년에 모스 씨는 내게 그렇게 물었다. 내 인생의 제5의 인물의 얼굴에 주먹을 날려서 입술을 터뜨린 뒤에 한 말이었다. *우리 캐시처럼 정신을 잃은 사람이 또 있었소?*

네. 지금은 이런 생각이 들었다. *네, 전에도 그런 적이 있을 겁니다.*

"제이미, 장담할 수는 없는 일이에요." 브리가 내 어깨를 건드리며 말했다. "16년이면 긴 세월이에요. 전혀 다른 문제 때문일 수도 있잖아요. 암이나 다른 중병에 걸렸다는 걸 알게 됐을 수도 있어요. 그것도 통증이 심한 중병에 걸렸다는 걸 말이에요."

"그가 원인이야. 나는 알아. 지금쯤은 너도 알 거라고 생각한다만. 그의 실험 대상들은 대부분 나중에 아무 문제없었지만 일부는 머릿속에 시한폭탄이 심어졌어. 캐시 모스가 그랬는데 그게 터진 거지. 앞으로 10년, 20년 뒤에 몇 명이나 더 터질까?"

나는 내가 그중 한 명일 수 있다는 생각을 하고 있었고 브리도 내 생각을 분명 알아차렸을 것이다. 그녀는 휴에 대해서는 몰랐다. 내 쪽에서 할 이야기가 아니기 때문이었다. 그는 천막에서 부흥회가 열렸던 그날 밤 이후로 프리즘 현상을 겪지 않았지만(그때도 스트레스 때문에 생겼을 것이다.) 언제든 다시 겪을 수 있었다. 우리 둘이 서로 아무 얘기도 하지 않았지만 그렇다는 것을 그도 알았다.

시한폭탄.

"이제 그 사람을 찾으러 나서겠네요."

"두말하면 잔소리지."

캐서린 앤 모스의 부고가 최종 결정을 내리는 데 필요한 마지막 증거였다.

"그만하라고 그 사람을 설득할 거죠?"

"설득할 수 있다면."

"설득해도 넘어오지 않으면요?"

"그럼 모르겠다."

"같이 가 주길 바라면 같이 가 드릴게요."

하지만 그녀는 내키지 않아 했다. 표정에서 훤히 드러났다. 그녀는 지적인 아가씨답게 순수한 연구를 향한 열정으로 이 일을 시작했고 잠자리가 덤으로 주어졌지만 더 이상 순수하다고 볼 수 없는 분위기로 흘러가자 덜컥 겁이 난 것이었다.

"너는 그 사람 근처에 갈 일이 없을 거다. 하지만 그가 지금 8개월째 감감무소식이고 매주 하던 텔레비전 프로그램도 재방송으로 때우고 있잖니. 요즘 어디서 지내는지 좀 알아봐 줬으면 좋겠는데."

"그건 알아봐 드릴 수 있어요." 그녀는 노트북을 옆으로 치우고 시트 아래로 손을 넣었다. "하지만 그 전에 다른 걸 먼저 했으면 좋겠는데. 아저씨도 생각이 있다면 말이에요."

나도 생각이 있었다.

* * *

노동절 직전에 브리 던린과 나는 바로 그 침대에서 작별을 고했다. 거의 몸으로 작별 인사를 했고 우리 둘 다 만족스러웠지만 슬픈 느낌도 있었다. 그녀보다 내가 더 슬펐을 것이다. 그녀는 뉴욕에 사는 아리따운 싱글 커리어 우먼의 삶을 앞두고 있었다. 나는 2년 있으면 공포의 55세였다. 내 인생에 생기발랄한 젊은 아가씨는 두 번 다시 없을 거라는 생각이 들었고 내 짐작은 전적으로 맞아떨어졌다.

그녀는 긴 다리를 뽐내며 눈부신 알몸 그대로 침대에서 빠져나갔다.

"아저씨가 찾던 정보를 알아냈어요." 그녀는 서랍장 위에 놓아둔 핸드백을 뒤지기 시작했다. "생각보다 어려웠어요. 지금은 대니얼 찰스라는 이름을 쓰고 있어서."

"역시. 가명은 아니지만 그 비슷한 거야."

"예방 조치에 가까운 거겠죠. 유명 인사들이 호텔에 체크인할 때 사인 받으려는 사냥개들을 피하려고 가짜 이름 아니면 본명을 변형한 이름을 쓰는 것처럼 말이에요. 지금 살고 있는 집을 대니얼 찰스로 빌렸는데 그 이름으로 개설된 통장이 있어서 수표 부도를 내지 않는 이상 불법은 아니에요. 하지만 법을 어기지 않으려면 본명을 써야 하는 경우도 가끔 생기는 법이거든요."

"이번에는 어떤 때가 그런 경우에 해당하는데?"

"작년에 뉴욕 주 포킵시에서 차를 사면서 본명으로 등록했더라고요. 으리으리한 건 아니고 그냥 미색 포드 토러스예요." 그녀는 다시 침대로 돌아와서 내게 종이를 한 장 건넸다. "여기요, 미남 아저씨."

종이에는 '대니얼 찰스(일명 찰스 제이컵스, 일명 C. 대니 제이컵스), 래치스, 래치모어, 뉴욕 12561'이라고 적혀 있었다.

"래치스면 걸쇠라는 뜻 아니냐?"

"그 사람이 세 들어 사는 집 이름이에요. 사실 집이라기보다 저택이에요. 정확히 말하면 *대문이 달린* 저택. 래치모어는 뉴팔츠 북쪽에 있는 조그만 마을이에요. 같은 우편번호를 쓰고요. 옛날에 립 밴 윙클이 난쟁이들이랑 볼링을 쳤던 캣스킬 산속이에요. 그 당시에는 볼링이 아니라…… 음, 아저씨 손이 포근하고 따뜻하네요. 나인핀이라고 불렸지만."

그녀가 내 품속으로 바짝 파고들자 나는 내 나이 또래 남자들이 점점 자주 하게 되는 말을 했다. 뜻은 고맙지만 지금은 감당이 안 될 것 같다고 말이다. 이제 와 생각해 보면 좀 더 열심히 노력하지 않은 게 후회스럽긴 하다. 대미를 장식했더라면 좋았을 텐데.

"괜찮아요. 그냥 안고 있어 줘요."

나는 그녀를 안아 주었다. 그 채로 우리 둘이서 깜빡 졸았는지 정신을 차려 보니 침대를 비추던 햇살이 바닥으로 옮겨 가 있었다. 브리는 펄떡 일어나서 옷을 입기 시작했다.

"정신 차려야 해요. 오늘 해야 할 일이 수천 가진데." 그녀는 브래지어 후크를 잠그더니 거울로 나를 쳐다보았다. "언제 그 사람 만나러 갈 거예요?"

"아마도 10월 이후에. 휴가 나를 대신할 사람을 미네소타에서 불렀는데 10월은 되어야 올 수 있대."

"나한테 계속 연락해야 해요. 이메일이랑 전화로. 거기 가 있는 동안 하루라도 연락이 끊기면 걱정될 거예요. 아저씨한테 아무 일 없는지 확인하러 찾아갈지 몰라요."

"그러지 마."

"그러니까 그럴 일 없게 계속 연락하시라고요, 백인 아저씨."

그녀는 옷을 입고 와서 침대 가에 걸터앉았다.

"만나러 갈 필요 없을지 몰라요. 그런 생각은 안 해봤어요? 부흥회 일정도 잡힌 것 없고 홈페이지는 개점휴업 상태고 텔레비전에서도 재방송만 계속 나오고 있잖아요. 요전 날 어떤 블로그에서 '대니 목사는 도대체 어디로 간 걸까?'라는 글을 본 적 있어요. 그 아래로 댓글이 몇 페이지 달렸더라고요."

"말하고 싶은 게 뭔데?"

그녀는 내 손을 잡고 손깍지를 꼈다.

"우리도 알다시피…… 뭐, 정확하게 안다고 볼 수는 없지만 상당히 확실하죠. 그는 사람들을 도와주는 과정에서 몇 명을 다치게 했어요. 좋아요, 이미 엎질러진 물이고 주워 담을 수 없죠. 그런데 그가 치유를 중단하면 더 이상 아무도 해칠 일이 없잖아요. 그렇다면 그와 정면으로 부딪칠 이유가 없지 않나요?"

"만약 그가 치유를 중단했다면 다른 일을 벌여도 될 만큼 돈을 많이 벌었기 때문이야."

"어떤 일 말이에요?"

"그건 모르지만 그의 전적을 보았을 때 위험한 일일 수 있어. 그리고 브리…… 내 말 잘 들어." 나는 똑바로 일어나 앉아서 그녀의 다른 쪽 손을 잡았다. "다른 건 둘째 치더라도 그가 저지른 일에 대해서 책임을 추궁하는 사람이 있어야 하지 않겠어?"

그녀는 내 손을 잡고 차례대로 입을 맞추었다.

"하지만 그 사람이 꼭 아저씨라야 할 필요는 없잖아요. 어쨌거나 아저씨는 성공한 경우인데."

"그러니까 내가 나서야지. 그리고 찰리하고 나는…… 오래전부터 알고 지낸 사이야. 아주 오래전부터."

* * *

나는 덴버 국제공항으로 나가서 그녀를 배웅하지 않았지만(그건 엄마가 할 일이었다.) 그녀가 도착하자마자 긴장과 흥분이 뒤섞인 목소리로 내게 전화했다. 뒤가 아니라 앞을 보겠다고 했다. 다행스러운 일이었다. 그러고 나서 20분 뒤에 다시 벨이 울렸을 때 나는 이번에도 그녀의 전화인 줄 알았다. 그런데 아니었다. 그녀의 어머니였다. 조지아가 얘기 좀 할 수 있겠느냐고 했다. 점심을 먹으면서.

이런.

우리는 맥기스에서 만났다. 식사는 맛있었고 대화는 즐거웠고 주로 일 얘기였다. 우리 둘 다 디저트는 됐고 커피만 달라고 했을 때 조지아가 풍만한 가슴을 테이블 위에 올려놓으며 본론으로 들어갔다.

"그래서, 제이미. 이제 두 사람은 끝난 거예요?"

"그게…… 음…… 조지아……"

"맙소사, 웅얼웅얼 말 더듬지 마요. 내가 무슨 뜻에서 하는 말인지 완벽하게 이해하잖아요. 그리고 내가 당신을 잡아먹으려는 것도 아닌데. 내가 그럴 생각이었으면 작년에 했을 거예요. 그 아이가 당신이랑 맨 처음 침대로 뛰어들었을 때." 그녀는 내 표정을 보더니 미소를 지었다. "아니, 그 아이는 나한테 얘기하지 않았고 나도 묻지 않았어요. 그럴 필요가 없었는걸요. 얼굴을 보면 다 티가 나서. 그 아이는 당신한테 내가 왕년에 휴하고 그 비슷한 관계였다고 얘기했겠죠. 그렇죠?"

나는 입을 지퍼로 잠그는 시늉을 했다. 그러자 그녀의 미소가 폭소로 바뀌었다.

"아, 좋아요. 그거 마음에 드네요. 그리고 나는 당신이 좋아요, 제이미. 거의 처음부터, 당신이 젓가락처럼 비쩍 말랐고 뭔지 모를 약물의 후유증으로 고생하고 있었던 그 시절부터 그랬어요. 하수구에서 걸어 나온 빌리 아이돌*처럼 생겼더라고요. 나는 흑백 혼혈에 대해서도 아무 편견이 없어요. 나이차에 대해서도. 내가 운전면허증을 딸 수 있는 나이가 됐을 때 우리 아버지가 나한테 뭘 주셨는지 알아요?"

나는 고개를 저었다.

"라디에이터 그릴은 반이 날아갔고, 타이어는 반들반들하게 닳았고, 로커 패널에는 녹이 슬었고, 엔진은 재순환유를 1리터씩 꿀꺽꿀꺽 해치우는 1960년형 플리머스. 아버지는 그 차를 황야의 폭격기라고 불렀죠. 운전면허를 새로 딴 사람은 그런 고물차를 몰고 난 다음에 검사필증이 붙은 차로 옮겨가야 한다고 했고요. 내가 무슨 뜻에서 하는 말인지 알겠죠?"

알고도 남았다. 브리는 수녀가 아니었기에 나 이전에도 나름대로 침대에서의 모험을 즐겼지만 꾸준히 만난 사람은 내가 처음이었다. 뉴욕에서 그녀는 한 단계 업그레이드할 것이다. 그녀와 같은 인종

---

* 영국의 가수 겸 배우.

은 아니더라도 최소한 나이가 좀 더 비슷한 남자에게로.

"내가 정말로 하고 싶은 이야기를 꺼내기 전에 그 부분을 분명하게 짚고 넘어가고 싶었을 뿐이에요." 그녀가 허리를 좀 더 숙이자 출렁이는 가슴 때문에 커피 잔과 물 잔이 위험에 처했다. "당신을 대신해서 어떤 조사를 하고 있는지 물어도 대충 얼버무리려고 하던데 그 아이가 무서워한다는 걸 나는 알아요. 휴한테 물어보려고 했더니 나를 잡아먹을 듯이 굴더군요."

개미. 나는 생각했다. *그의 눈에는 모인 사람들이 개미로 보였지.*

"그 전도사에 얽힌 거죠. 그 정도는 알아요."

나는 아무 말도 하지 않았다.

"꿀 먹은 벙어리가 됐어요?"

"그렇다고 볼 수도 있겠네요."

그녀는 고개를 끄덕이며 뒤로 기대고 앉았다.

"좋아요. 상관없어요. 다만 앞으로 브리애나는 빼 주었으면 좋겠어요. 그래 줄래요? 나이 지긋한 당신의 거시기는 내 딸의 팬티 근처에 얼씬도 하지 말았으면 좋겠다고 한 번도 얘기한 적 없는 나를 생각해서라도."

"브리애나는 손 뗐어요. 우리 둘이 이미 그러는 게 좋겠다고 했어요."

그녀는 사무적으로 고개를 끄덕였다.

"휴가 그러는데 당신, 잠깐 자리를 비운다면서요?"

"맞아요."

"그 전도사를 만나러 가는 거예요?"

나는 아무 말도 하지 않았다. 시인하는 것과 다름없는 반응이었고 그녀도 그렇다는 것을 알고 있었다.

"조심해요." 조지아는 테이블 너머로 손을 내밀어서 그녀의 딸이 종종 그랬던 것처럼 나와 손깍지를 꼈다. "당신하고 브리가 조사한 게 뭐였는지 몰라도 그 아이가 얼마나 심란해했는지 몰라요."

* * *

나는 10월 초의 어느 날, 뉴버그의 스튜어트 공항으로 날아갔다. 나뭇잎에 물이 들어가고 있어서 래치모어까지 가는 길이 아름다웠다. 그 마을에 도착했을 때는 오후가 저물어 갈 무렵이라 인근의 모텔 식스란 곳에 체크인했다. 와이파이는커녕 모뎀도 없어서 노트북으로 객실 바깥세상과 소통할 방법이 없었지만 와이파이가 없어도 래치스를 찾을 수 있었다. 브리가 이미 알아봐 주었다. 래치모어 중심가에서 27번 도로를 타고 동쪽으로 6킬로미터를 가면 한때 집안 대대로 재산이 많은 밴더 잰던 가문의 소유였던 저택이 나왔다. 20세기 초반에 그 재산이 말랐는지 래치스가 팔려서 과체중 숙녀와 술 취한 신사들을 위한 고급 요양원으로 개조됐다. 거의 21세기 초반까지 그런 식으로 유지되다 요즘은 매매 또는 임대로 내놓은 상태였다.

잠이 쉽게 오지 않을 줄 알았더니 거의 눕자마자, 제이컵스를 만나면 뭐라고 할지 고민하는 도중에 잠이 들었다. 제이컵스를 만날 수 있을지 그것도 문제였다. 다음 날 아침 일찍 눈을 떠 보니 또다시 화창한 가을날이 나를 맞았고 나는 상황을 봐 가며 대처하는 것이 제일 좋은 방법일지 모르겠다는 결론을 내렸다. 길을 미리 정해 놓지 않으면 거기서 탈선할 일도 없었다.(어쩌면 잘못 생각한 것일 수도 있었지만.)

9시에 렌터카를 몰고 6킬로미터를 달려갔지만 아무것도 보이지 않았다. 1~2킬로미터쯤 더 가서 이 계절의 마지막 농작물을 산뜩 쌓아 놓은 가판대 앞에 차를 세웠다. 시골 출신인 내가 보기에 감자들은 형편없었지만 호박은 예술이었다. 10대 아이 두 명이 가판대를 지키고 있었다. 생김새가 닮은 것을 보니 남매지간이었다. 둘 다 지겨워서 아무 생각이 없는 표정이었다. 나는 래치스로 가는 길을 물었다.

"지나오셨어요." 여자아이가 말했다. 누나였다.

"그건 나도 알아. 어쩌나 지나쳤는지 그걸 모르겠단 말이지. 길을 잘 알아봐 놓았고 제법 큰 건물일 텐데."

"예전에는 표지판이 있었어요." 남자아이가 말했다. "그런데 임대한 남자가 없애버렸어요. 아빠 말로는 사람들을 만나기 싫어서 그랬을 거래요. 엄마는 저 잘난 맛에 사는 사람일지 모른다고 했고요."

"입 닥쳐, 월리. 아저씨, 뭐 사실 거예요? 아빠가 30달러어치는 팔아야 오늘 장사를 접을 수 있다고 했거든요."

"호박 살게. 길 제대로 알려 주면."

여자아이는 연극배우처럼 한숨을 내쉬었다.

"호박 하나면. 1달러 50센트. 우와."

"호박 하나를 5달러에 사겠다면?"

월리와 누나는 서로 흘끗 쳐다보았고 잠시 후에 여자아이가 미소를 지었다.

"좋아요."

* * *

나는 비싸게 산 호박을 주황색 위성처럼 뒷좌석에 얹고 왔던 길을 되짚어 갔다. 여자아이 말로는 스프레이로 '메탈리카 짱'이라고 적힌 큼지막하고 평평한 돌을 찾으면 된다고 했다. 돌이 보이자 시속 15킬로미터로 속도를 낮추었다. 300미터쯤 더 갔을 때 좀 전에 못 보고 지나쳤던 갈림길이 눈에 들어왔다. 포장도로였지만 심하게 웃자란 잡초가 입구를 덮었고 가을 낙엽이 잔뜩 쌓여 있었다. 내가 보기에는 위장용 같았다. 농작물을 팔던 아이들에게 이 집에 사는 사람의 직업이 뭔지 아느냐고 물었더니 그들은 어깨를 으쓱했다.

"아빠는 주식하는 사람일지 모른다고 했어요." 여자아이가 말했다. "그런 데 살다니 떼돈을 벌었나 봐요. 엄마 말로는 방이 50개는 될 거라고 했거든요."

"그 사람을 만나려는 이유가 뭔데요?"

이번에는 남자아이가 한 말이었다.

누나가 팔꿈치로 동생을 찔렀다.

"버릇없게, 월리."

"내 생각이 맞는다면 오래전에 알고 지냈던 사람이거든. 고맙다, 얘들아. 덕분에 선물 하나 챙겼네."

나는 호박을 들었다.

"그걸로 파이 만들면 엄청 많이 나올 거예요." 남자아이가 말했다.

아니면 호박 초롱을 만들어도 되겠네. 나는 이런 생각을 하며 래치스로 향하는 길로 접어들었다. 나뭇가지들이 차 옆면을 긁었다. *안에 촛불 대신 조그맣고 환한 전구를 넣는 거야. 눈 바로 뒤에다.*

그 길(넓고 포장이 잘 된 고속도로와의 교차 지점을 지나면 조그만 길로 바뀌었다.)은 S자로 계속 구불구불 이어지는 오르막이었다. 사슴이 앞에서 느릿느릿 지나가는 바람에 두 번이나 차를 세워야 했다. 그 녀석들은 태평한 눈빛으로 내 차를 쳐다보았다. 아주 오랫동안 사냥꾼이 이 숲을 찾은 적이 없는 모양이었다.

6킬로미터쯤 가자 굳게 닫힌 철문이 나왔다. 양옆에 팻말이 걸려 있는데 왼쪽에는 **사유지**라고, 오른쪽에는 **출입 금지**라고 적혀 있었다. 자연석으로 만든 기둥에 인터컴이 달려 있었고, 비디오카메라가 고개를 모로 꼬고 방문객을 내려다보고 있었다. 나는 인터컴 버튼을 눌렀다. 심장이 쿵쾅거렸고 진땀이 났다.

"여보세요? 아무도 안 계신가요?"

처음에는 아무 소리도 들리지 않았다. 그러다 드디어.

"어떻게 오셨나요?"

해상도가 대부분의 인터컴보다 훨씬 좋았지만(사실 끝내줬다.) 제이컵스의 관심사를 감안했을 때 놀랄 일은 아니었다. 그의 목소리는 아니었지만 비슷했다.

"대니얼 찰스를 만나러 왔는데요."

"찰스 씨는 사전 약속 없이 손님을 만나지 않습니다."

인터컴이 알렸다.

나는 고민하다 다시 **통화** 버튼을 눌렀다.

"댄 제이컵스를 만나러 왔다면요? 털사에서 전기 사진이라는 순회공연을 했을 때는 그 이름을 썼는데요."

인터컴 너머의 인물이 말했다.

"무슨 말씀을 하는지 모르겠지만 아무튼 찰스 씨는 만나지 않을 겁니다."

울림이 깊은 그 테너 음성의 주인공이 누군지 문득 알 것 같았다.

"제이미 모턴이라고 전해 주세요, 스탬퍼 씨. 그가 첫 번째 기적을 보였을 때 제가 옆에 있었다고 말씀해 주시고요."

아주 오랫동안 정적이 이어졌다. 대화가 이렇게 끝났나 싶었고 나는 난처해졌다. 렌트한 소형차로 철문을 들이받는 것 말고는 방법이 없었는데 그런다 한들 철문의 승리로 돌아갈 게 분명했다.

내가 막 몸을 돌리려던 찰나, 앨 스탬퍼가 말했다.

"무슨 기적 말씀인가요?"

"우리 콘래드 형이 목소리를 잃은 적이 있어요. 제이컵스 목사님이 그걸 고쳐 주셨죠."

"카메라를 쳐다보세요."

나는 그가 시키는 대로 했다. 몇 초 지났을 때 인터컴을 통해 다른 목소리가 들렸다.

"들어와라, 제이미." 찰스 제이컵스가 말했다. "만나서 반갑구나."

전기 모터가 웅웅거리기 시작했고 철문이 열리면서 감추어진 길이 펼쳐졌다. *평화의 호수를 건넌 예수님처럼 말이지.* 나는 이런 생

각을 하며 차에 올라타서 문을 통과했다. 50미터쯤 더 갔을 때 급커
브가 다시 등장했고 나는 커브를 돌기 전에 철문이 닫히는 것을 보
았다. 그걸 보고 내가 사과를 잘못 먹은 죄로 에덴에서 쫓겨난 원주
민들을 떠올린 것은 놀랄 일이 아니었다. 이러니저러니 해도 나는
성서와 함께 어린 시절을 보냈으니 말이다.

* * *

래치스는 빅토리아 양식으로 시작했을지 몰라도 여러 건축가가
벌인 실험이 뒤죽박죽 섞여서 얼기설기 확장이 된 거대한 건물이었
다. 4층이었고, 박공이 많았고, 유리를 끼운 서쪽 끝의 둥그스름한 증
축 건물에서는 허드슨 밸리의 골짜기와 호수들이 내다보였다. 27번
도로는 다채롭게 반짝이는 풍경을 관통하는 시커먼 줄기와 같았다.
본관은 희끗희끗한 헛간 나무였고 여러 개의 큼지막한 별관도 그와
비슷한 분위기였다. 어느 건물에 제이컵스의 실험실이 있을지 궁금
했다. 그중 한곳에 실험실이 있는 것만큼은 분명했다. 건물 뒤로 보
이는 땅은 경사가 훨씬 가팔랐고 나무들로 뒤덮였다.
한때 벨보이가 스파 이용객과 알코올 중독자들의 고급 승용차에
서 짐을 내렸을 포르티코 아래에는 제이컵스가 본명으로 등록한 수
수한 포트 토러스가 주차되어 있었다. 나는 그 뒤에 차를 세우고 풋
볼 경기장만큼 길어 보이는 현관을 향해 계단을 올라갔다. 초인종을
누르려고 손을 뻗었지만 그 전에 문이 열렸다. 앨 스탬퍼가 1970년
대 스타일의 나팔바지와 끈이 달린 홀치기염색 티셔츠를 입고 문

앞에 서 있었다. 부흥회에서 보았을 때보다 살이 더 쪄서 덩치가 얼추 이삿짐 트럭만 했다.

"안녕하세요, 스탬퍼 씨. 제이미 모턴입니다. 초기에 발표하신 노래들, 저도 아주 좋아합니다."

나는 손을 내밀었다.

그는 악수에 응하지 않았다.

"무슨 일로 오셨는지 모르겠지만 제이컵스 씨는 면담을 환영할 상황이 아닌데요. 할 일이 많은 데다 건강도 좋지 않습니다."

"대니 목사님 말씀이신가요?" (약간…… 놀리는 투로 물었다.)

"주방으로 오십시오."

넘버 원 소울 브라더답게 따뜻하고 울림이 깊은 목소리였지만 표정은 *당신 같은 작자들은 주방이면 충분하고도 남지*라고 말하고 있었다.

나는 상관없었고 나 같은 사람들은 정말로 그 정도면 충분했지만, 그가 나를 그곳으로 안내하기 전에 내가 익히 아는 목소리가 이렇게 외쳤다.

"제이미 모턴! 가장 적당한 때에 찾아와 주었군!"

제이컵스는 오른쪽으로 몸을 기울인 채 살짝 다리를 절며 현관을 가로질러 왔다. 이제 거의 백발로 변한 머리를 여전히 뒤로 완전히 넘겨서 반짝이는 두피가 아치 모양으로 드러났다. 하지만 파란 눈만큼은 변함없이 날카로웠다. 그는 입가를 당겨서 (적어도 내가 보기에는) 포식 동물 같은 미소를 짓고 있었다. 거구의 스탬퍼를 투명인간 취급하며 그대로 지나쳐 오른손을 내밀었다. 오늘 그쪽 손에는 반지가 없었지만 왼손에는 반지를 끼고 있었다. 얇고 긁힌 자국이 있는 수수한 금반지였다. 다른 한 쌍은 이제 뼈만 남은 손가락에 끼워진 채 할로 공동묘지에 묻혀 있을 것이었다.

나는 그의 손을 잡았다.

"털사에서 보고 오랜만이네요, 찰리 아저씨. 그렇죠?"

그는 한 표 달라는 정치인처럼 내 손을 위아래로 흔들며 고개를 끄덕였다.

"아주, *아주* 오랜만이지. 지금 몇 살이냐, 제이미?"

"쉰셋이에요."

"가족들은? 다 잘 있지?"

"자주 못 만나지만 테리 형은 요즘도 털사에서 연료 회사를 하고 있어요. 애가 셋이에요. 아들 둘, 딸 하나. 이제는 제법 컸죠. 콘 형은 하와이에서 계속 별을 관찰하고 있어요. 앤디 형은 몇 년 전에 죽었어요. 뇌졸중으로."

"그것 참 안타까운 소식이로군. 하지만 너는 좋아 보인다. 건강해 보여."

"아저씨도요." 빤한 거짓말이었다. 위대한 미국 남자의 나이를 나누는 3단계가 잠깐 생각났다. 청년기, 중년기 그리고 우라지게 좋아 보인다는 말을 듣는 시기. "아저씨는 지금…… 어떻게 되시죠? 일흔인가요?"

"거의 그 정도 됐지." 그는 내 손을 계속 위아래로 흔들고 있었다. 손힘이 좋았지만 그래도 그 아래에 숨겨 있는 희미한 떨림이 느껴졌다. "휴 예이츠는? 아직도 그 밑에서 일하고 있니?"

"네. 휴는 잘 지내요. 옆방에서 핀 떨어지는 소리도 들을 수 있을 정도고요."

"잘됐다. 잘됐어." 그는 마침내 내 손을 놓았다. "앨, 제이미하고 내가 할 얘기가 많아서. 레모네이드 두 잔만 가져다주겠나? 서재에 있겠네."

"너무 무리하시는 거 아니죠?"

스탬퍼는 불신과 반감이 깃든 눈빛으로 나를 쳐다보았다. *질투하는 거야.* 나는 그런 생각이 들었다. *마지막 부흥회가 끝난 이래 제이컵스를 독차지하고 있었고 계속 그러길 바랐는데 말이지.*

"기운을 아껴서 일하는 데 쓰셔야 할 텐데요."

"괜찮아. 오랜 친구만큼 좋은 강장제가 또 어디 있겠나. 따라오려무나, 제이미."

그는 큰 복도로 앞장서 왼쪽으로 풀먼식 침대차만큼 긴 식당을, 오른쪽으로 1번, 2번, 3번 거실을 지났다. 가운데 거실에는 제임스 캐머런의 영화 「타이타닉」에 소품으로 썼음직한 거대한 샹들리에가 달려 있었다. 원형 홀을 지나자 반질반질한 나무가 반질반질한 대리석으로 바뀌면서 우리 발소리가 더 크게 울렸다. 따뜻한 날이었는데 집 안이 쾌적했다. 에어컨 돌아가는 부드러운 속삭임이 들렸고 기온이 따뜻한 수준을 넘어서는 8월 같은 때 이 공간을 시원하게 유지하려면 비용이 얼마나 들지 궁금해졌다. 털사에서 본 작업실을 생각해 보면 얼마 들지 않을 것 같긴 했지만.

서재는 한쪽 끝에 자리 잡은 동그란 방이었다. 둥그스름한 책꽂이에 책이 수천 권 꽂혀 있었지만 이렇게 경치가 좋은 데서 과연 책을 읽을 수 있을까 싶었다. 서쪽 벽 전면이 유리로 덮여 있었고 그 너머로 끝도 없이 이어지는 허드슨 밸리와 저 멀리서 짙은 청색으로 반짝이는 강물까지 완벽하게 보였다.

"병 치료가 수입이 짭짤하죠."

나는 문을 닫아서 모턴 가족 같은 시골 촌놈들의 출입을 차단하고 부잣집 나리들의 놀이터로 쓰였던 고트산이 다시 생각났다. 세상에는 돈을 주어야 살 수 있는 풍경도 있는 법이다.

"모든 면에서 그렇지. 너한테 계속 마약을 멀리하고 있느냐고 물을 필요는 없겠구나. 안색을 보면 알 수 있겠어. 눈빛도 그렇고."

그는 이런 식으로 내가 그에게 진 빚을 일깨운 다음 자리를 권했다.

막상 이렇게 그와 마주하자 어떤 식으로 또는 어디에서부터 시작하면 좋을지 알 수가 없었다. 조금 있으면 (조수 겸 집사 노릇을 하고 있는) 앨 스탬퍼가 레모네이드를 들고 들어올 텐데 그의 앞에서 말을 꺼내고 싶지도 않았다. 그런데 고민할 필요가 없었다. 내가 의미 없는 잡담을 늘어놓을 새도 없이 전직 보-라이츠 리드 싱어가 그어느 때보다 뚱한 얼굴로 들어왔던 것이다. 그는 우리 둘 사이에 놓인 체리목 테이블에 쟁반을 내려놓았다.

"고맙네, 앨."

"별말씀을요." 그는 자기 보스만 상대하고 나는 본 체 만 체했다.

"바지 멋진데요. 보니까 비지스가 난해한 음악을 때려치우고 디스코로 선회했던 시절이 생각나네요. 거기 잘 어울리는 옛날 옛적 통굽 단화만 있으면 되겠어요."

그는 소울이 느껴진다고 할 수 없는(그리고 크리스천답다고도 할 수

없는) 눈빛으로 나를 쳐다보고 나갔다. 씩씩대며 나갔다고 해도 과
언이 아니었다.

제이컵스는 레모네이드를 집어서 한 모금 마셨다. 과육이 떠 있는
걸 보니 집에서 직접 만든 것인 듯했다. 그리고 그가 잔을 다시 내
려놓았을 때 얼음이 달그락거리는 소리가 난 것으로 미루어 보았을
때 중풍일 거라는 내 짐작이 맞는 듯했다. 그날 나의 추리는 셜록
홈즈 뺨치는 수준이었다.

"무례했다, 제이미." 제이컵스는 이렇게 말했지만 재미있어하는
투였다. "손님이, 그것도 불청객이 그러면 쓰나. 너희 어머니가 보셨
더라면 부끄러워하셨을 거다."

나는 어머니 어쩌고 한 부분(분명히 의도적인 발언이었다.)은 못 들
은 척했다.

"불청객이건 아니건 아저씨는 저를 보고 반가워하시는 것 같던
데요."

"물론이지. 당연히 반갑지 않겠니? 레모네이드 마셔라. 더워하는
것 같은데. 그리고 솔직히 얘기하자면 조금 불편해하는 것 같기도
하다만."

사실 그랬지만 이제 무섭지는 않았다. 내가 느끼는 감정은 분노였
다. 내가 앉아 있는 이 거대한 저택은 거대한 부지로 둘러싸였고 그
부지에는 거대한 수영장과 골프장이 있을 게 분명했다. 아마 잡초
가 무성해서 골프를 칠 수는 없겠지만 그래도 있는 건 있는 거였다.
말년의 찰스 제이컵스는 이렇게 호화로운 저택에서 전기 실험을 벌
이고 있었다. 반면에 로버트 리버드는 다른 어딘가에서 한쪽 구석

에 오도카니 서 있었다. 요즘 배변 기능에는 전혀 관심이 없을 테니 기저귀를 차고 있을 수도 있었다. 베로니카 프리몬트는 감히 운전대를 잡을 수 없어서 버스로 출퇴근을 하고 있었고, 에밀 클라인은 여전히 흙을 집어먹고 있을지 모를 일이었다. 그리고 아담하고 예쁘장했던 오클라호마 아가씨 캐시 모스는 이제 관 속에 누워 있었다.

침착하게, 백인 아저씨. 브리의 충고가 들렸다. *서두르지 마요.*

나는 레모네이드 맛을 보고 다시 쟁반에 내려놓았다. 체리목으로 마감한 값비싼 테이블에 자국을 남기고 싶지 않았다. 이 빌어먹을 물건이 골동품일 수 있었다. 그리고 좋다, 어쩌면 내 안에 두려움이 아직 살짝 남아 있을지 몰라도 최소한 *내* 잔 속의 얼음은 달그락거리지 않았다. 내가 잔을 내려놓는 동안 제이컵스는 오른쪽 다리를 왼쪽 다리 위로 올려놓았는데 손을 써서 움직여야 했다.

"관절염인가요?"

"응. 하지만 심각하지는 않아."

"성스러운 반지로 치료하지 않으시다니 의외네요. 그러면 자학이 될 테니까 안 하신 건가요?"

그는 아무 대꾸 없이 장관을 물끄러미 내다보았다. 진회색의 덥수룩한 눈썹(사실상 일자 눈썹)이 강렬하고 파란 눈 위로 한데 모아졌다.

"아니면 후유증이 두려우신 건가요? 그런 건가요?"

그는 *그만하라*는 뜻에서 한쪽 손을 들었다.

"이리저리 찔러보는 건 이제 그만하자. 내 앞에서 그럴 것 없잖니, 제이미. 그러기엔 우리 운명이 너무 복잡하게 얽혀 있는걸."

"아저씨가 하나님을 믿지 않듯이 저도 운명을 믿지 않아요."

그는 나를 돌아보며 이를 활짝 드러냈지만 온기라고는 느껴지지 않는 예의 그 미소를 다시 한 번 지었다.

"다시 한 번 반복한다. 이제 그만. 네가 어떤 일로 찾아왔는지 얘기하면 내가 널 만나서 반가워하는 이유를 얘기해 주마."

솔직하게 털어놓는 것 말고는 달리 방법이 없었다.

"병 치료를 중단하라고 말씀드리려고 왔어요."

그는 레모네이드를 한 모금 더 마셨다.

"그 덕분에 많은 사람들이 아주 많이 좋아졌는데 왜 그래야 하지, 제이미?"

내가 찾아온 이유를 알잖아요. 나는 이런 생각이 들었다. 그러고 나서 잠시 후에는 그보다 더 꺼림칙한 생각이 들었다. *나를 기다리고 있었잖아요.*

나는 그런 생각들을 떨쳐 버렸다.

"몇몇 사람들은 좋아지지 않았으니까요."

나는 일급 명단을 뒷주머니에 넣어서 왔지만 그걸 꺼낼 필요는 없었다. 그들의 이름과 부작용은 모두 외우고 있었다. 나는 먼저 휴와 그의 프리즘 현상에서부터 짚고 넘어가서 노리스 카운티 부흥회 때 그 현상이 어떤 식으로 재발했는지 이야기했다.

제이컵스는 어깨를 으쓱했다.

"그 순간 스트레스 때문에 그런 거지. 그 뒤로 또 재발했다고 하던가?"

"재발했다는 이야기를 들은 적은 없어요."

"재발했다면 너한테 얘기했겠지. 너랑 같이 있었을 때 그걸 마지막으로 겪었으니까. 휴는 아무 문제 없어, 내가 보장하마. 너는 어떠냐, 제이미? 현재 겪고 있는 후유증이 있니?"

"악몽을 꾸죠."

그는 의례적으로 콧방귀 뀌는 소리를 냈다.

"악몽이야 누구나 가끔 꾸지. 나도 마찬가지고. 하지만 이제는 필름이 끊기지 않지? 강박적으로 말을 하거나 몸을 갑자기 실룩거리거나 살을 찌르지도 않고?"

"네."

"것 봐라. 예방주사를 맞고 나서 팔이 따끔거리는 수준이잖니."

"하지만 다른 몇몇 사람들이 겪은 후유증은 그보다 좀 더 심각한데요. 예컨대 로버트 리버드만 해도 그래요. 그 아이를 기억하시나요?"

"이름은 얼핏 기억이 난다만 치료해 준 사람이 좀 많았어야지."

"미주리에서 왔어요. 근이영양증을 앓았고요. 목사님 홈페이지에 그 아이의 영상이 있는데요."

"아, 그래, 이제 생각이 난다. 부모님이 헌금을 아주 많이 내셨지."

"근이영양증은 없어졌지만 그와 더불어서 정신까지 놓아 버렸어요. 지금 식물인간 수용소라고 불리기도 하는 그런 병원에 있어요."

"그것 참 안타까운 소식이로구나."

제이컵스는 이렇게 말하고 풍경 쪽으로 다시 시선을 돌렸다. 뉴욕 주 중부가 겨울을 향해 불타오르고 있었다.

나는 다른 사례도 죽 늘어놓았지만 그는 내가 하는 이야기의 상당 부분을 이미 아는 눈치였다. 맨 마지막에 내가 캐시 모스 이야기를 꺼냈을 때 딱 한 번 놀라고 그만이었다.

"맙소사. 그 아가씨 아버지가 노발대발했었지."

"이번에는 아저씨의 입을 향해 주먹을 날리는 정도로 그치지 않을 거예요. 아저씨가 어디 사는지 알아낸다면 말이죠."

"그럴지도 모르지. 하지만 제이미, 너는 큰 그림을 놓치고 있다." 그는 뼈만 앙상한 무릎 위로 손깍지를 끼고 내 눈을 똑바로 쳐다보며 허리를 숙였다. "내가 치료한 딱한 영혼들이 얼마나 많으냐. 너도 알다시피 스스로 치료가 된 경우가 몇 명 있기는 했지. 심신증 환자들 같은 경우에는 말이다. 하지만 나머지는 아무도 모르는 전기 덕분에 치료가 됐잖니. 물론 하나님이 그 공을 가로채기는 했지만 말이다." 그는 살짝 이를 보이며 잠깐 맥없이 미소를 지었다. "너한테 예를 하나 들어 보마. 내가 신경외과 의사이고 네가 악성 뇌종양 환자로 나를 찾아왔는데 수술이 불가능하지는 않지만 아주 까다롭다고 치자. 아주 위험하다고. 내가 너에게 수술을 받다가 사망할 확률이…… 음…… 25퍼센트라고 말했다고 치자. 그래도 너는 수술을 받지 않으면 끔찍한 시간을 보내다 죽을 것을 알기에 강행하지 않을까? 당연히 그러겠지. 수술해 달라고 내게 애원하겠지."

나는 논쟁의 여지가 없다는 것을 알았기에 아무 말도 하지 않았다.

"내가 실제로 전기를 동원해서 치료한 사람이 몇 명이나 된다고 생각하니?"

"글쎄요. 조수하고 저는 분명하다고 확신할 수 있는 경우만 셌어요. 몇 명 안 되던데요."

그는 고개를 끄덕였다.

"훌륭한 조사 방법이로구나."

"인정해 주셔서 감사합니다."

"나도 명단을 보유하고 있는데 훨씬 길다. 성공하면 나는 알거든. 전기가 효험을 발휘하면 느낄 수 있어. 확실하게. 그리고 내 추적 조사에 따르면 이후에 역효과로 고생한 사람은 몇 명 안 된다. 3퍼센트 아니면 5퍼센트 정도지. 내가 방금 전에 제시한 뇌종양 사례와 비교하면 상당한 확률 아닐까."

나는 추적 조사라는 단어에 멈칫했다. 나에게는 브리애나밖에 없었다. 그에게는 그가 치료한 환자들을 기꺼이 관찰할 추종자들이 수백 명, 아니 수천 명이었다. 그는 부탁만 하면 그들을 동원할 수 있었다.

"캐시 모스만 빼고 제가 얘기한 사례를 모두 알고 계셨죠?"

· 그는 대답하지 않았다. 나를 쳐다보기만 했다. 그의 표정에 의구심은 없었다. 바위처럼 단단한 확신만 있을 따름이었다.

"당연히 그러셨겠죠. 예의 주시하셨을 테니까. 아저씨에게 그들은 모르모트일 뿐인데 모르모트 몇 마리가 병에 걸린들 무슨 상관이겠어요? 죽은들 무슨 상관이겠어요?"

"그건 너무 부당한 비난이로구나."

"과연 그럴까요? 아저씨가 종교인 행세를 하는 이유는 여기 이래치스에 있을 게 분명한 실험실에서 한 그대로 했다가는 인간들을 상대로 실험을 벌이고…… 그들 일부를 살해한 죄로 체포될 게 분명하기 때문이죠." 나는 그의 눈을 똑바로 쳐다보며 허리를 숙였다. "신문에서는 아저씨를 요제프 멩겔레*라고 부를 테고요."

"환자 몇 명 잃었다고 요제프 멩겔레라고 불리는 외과의사 봤니?"

"그 사람들은 뇌종양에 걸렸다고 목사님을 찾아오는 게 아니잖아요."

"그런 사람도 몇 명 있었고 그들 대부분은 땅속에 묻히는 대신 오늘도 즐겁게 살아가고 있잖니. 내가 순회 부흥회를 하면서 가짜 종양을 보여 준 적이 있지 않으냐고? 있었지. 그걸 자랑스럽게 생각하지는 않는다만 불가피한 조치였다. 없어진 걸 보여 줄 수는 없으니까." 그는 생각에 잠겼다. "사실 내 부흥회에 참석한 사람들이 대부분 불치병 환자는 아니었지만 어떻게 보면 그런 식의 치명적이지 않은 질병이 더 안 좋지. 한참 동안 고통으로 점철된 인생을 살아야 할 것 아니겠니. 어떤 경우에는 극도로 고통스러운 삶을. 그런데 너는 가만히 앉아서 잣대질이나 하다니."

그는 서글프게 고개를 저었지만 서글픈 눈빛이 아니었다. 분노한 눈빛이었다.

"캐시 모스는 고통스러워하지 않았고 그녀가 자원하지도 않았어요. 아저씨가 그녀를 뽑았죠. 섹시했으니까. 시골뜨기들 눈요깃감으로 훌륭했으니까."

브리가 그랬던 것처럼 제이컵스도 모스가 자살을 한 다른 이유가 있을지 모른다고 했다. 16년은 긴 세월이라고, 많은 일이 벌어질 수 있다고 했다.

"알면서 그런 말씀을 하시네요."

그는 레모네이드를 마시고 이제는 확연하게 부들부들 떨리는 손으로 잔을 내려놓았다.

---

* 나치 수용소에서 수감자들을 대상으로 생체 실험을 벌였던 내과의사.

"이건 무의미한 대화다."

"중단할 생각이 없으니까요?"

"이미 중단했으니까. C. 대니 제이컵스는 부흥회를 두 번 다시 열지 않을 거다. 지금은 인터넷 상에서 그에 대한 논의와 추측이 난무하고 있지만 사람들이 관심을 보이는 기간은 길지 않아. 그의 이름은 금세 대중들의 머릿속에서 지워질 거다."

만약 그렇다면 나는 문을 때려 부수러 왔다가 잠겨 있지 않다는 것을 알게 된 셈이었다. 덕분에 마음이 진정되기는커녕 불안만 가중됐다.

"6개월 내지 1년이 지나면 홈페이지에 제이컵스 목사가 건강 악화로 은퇴했다는 공지가 뜰 거다. 그 이후에 홈페이지는 폐쇄될 테고."

"왜요? 연구가 끝났기 때문인가요?"

하지만 나는 찰스 제이컵스의 연구가 끝날 수 있을 거라고 믿지 않았다.

그는 다시 고개를 돌려서 풍경을 감상했다. 그러다 마침내 꼬았던 다리를 내리고 의자 팔걸이를 잡고 자리에서 일어났다.

"같이 밖으로 나가자, 제이미. 보여 줄 게 있다."

* * *

앨 스탬퍼가 식탁 앞에 서 있는데 1970년대 디스코 바지를 입은 비곗덩이 같았다. 그는 우편물을 분류하고 있었다. 집에서 만든 와플이 버터와 시럽을 뚝뚝 흘리며 그의 앞에 산더미처럼 쌓여 있었다. 그의 옆에는 술 상자가 놓여 있었다. 의자 옆 바닥에는 편지와 소포가 잔뜩 담긴 우체국 플라스틱 통이 세 개 놓여 있었다. 내가 지켜보는 가운데 스탬퍼가 마닐라 봉투를 뜯었다. 봉투를 흔들자 삐뚤삐뚤한 글씨로 쓴 편지와 휠체어에 앉은 소년 사진, 10달러짜리 지폐가 나왔다. 지폐는 술 상자에 넣고 와플을 우적우적 씹으며 편지를 대충 읽었다. 그의 옆에 서자 제이컵스가 그 어느 때보다 야위어 보였다. 이번에는 아담과 이브가 아니라 잭 스프랫과 그의 아내*가 생각났다.

"부흥회는 접었어도 헌금은 계속 들어오는 모양이네요."

스탬퍼는 표독스럽게 무관심한 눈빛(세상에 그런 눈빛이 있을지 모르겠지만)으로 나를 쳐다보더니 다시 편지를 개봉하고 분류하는 작업을 계속했다. 그동안 물론 와플도 계속 먹었다.

"우리는 편지를 빠짐없이 읽어 보지." 제이컵스가 말했다. "안 그런가, 앨?"

"맞습니다."

"답장도 빠짐없이 하고요?" 내가 물었다.

"해야겠죠." 스탬퍼가 대답했다. "아무튼 *나는* 그렇게 생각합니다. 그리고 도와주는 사람만 있다면 할 수 있어요. 한 명이면 충분해요. 대니 목사님이 작업실로 옮긴 컴퓨터 대신 다른 컴퓨터를 한 대 들여놓고요."

"그 문제는 이미 얘기가 끝났잖아, 앨. 애원하는 사람들과 편지를

---

* 영어권 동요에 등장하는 부부. '잭 스프랫은 비계를 못 먹고, 그의 아내는 비계가 없으면 못 먹고. 그래서 둘이 같이 먹으면 접시까지 핥아서 깨끗.' 이런 가사다.

주고받기 시작하면……"

"끝이 없을 거라고요. 저도 알아요. 저는 다만 주님의 일은 어떻게 된 건지 궁금할 따름입니다."

"자네가 지금 하고 있잖은가."

제이컵스가 말했다. 다정한 말투였다. 하지만 재미있어하는 눈빛이었다. 재주를 부리는 개를 보는 눈빛이었다.

스탬퍼는 아무 대꾸도 하지 않고 다음 봉투를 개봉했다. 이번에는 사진은 없고 편지와 5달러짜리 지폐뿐이었다.

"가자, 제이미. 저 친구는 일하게 두고."

* * *

진입로에서는 별관들이 깔끔하고 말쑥해 보였는데 가까이서 보니 여기저기 판자에 금이 가 있었고 외관을 손볼 필요가 있었다. 우리가 헤치고 지나가는 우산잔디는 마지막으로 조경을 했을 때 거금이 들었을 텐데 깎아야 했다. 얼른 조치를 취하지 않으면 8000제곱미터에 달하는 뒷마당이 풀밭으로 변할 지경이었다.

제이컵스가 걸음을 멈추었다.

"어느 건물이 내 실험실일 것 같니?"

나는 창고를 가리켰다. 가장 커서 크기가 틸사의 자동차 수리점 비슷했다.

그는 미소를 지었다.

"화이트 샌즈에서 맨 처음 원자폭탄을 시험한 뒤로 맨해튼 프로젝트에 참여하는 관계자 숫자가 점점 축소됐던 거 아니?"

나는 고개를 저었다.

"폭탄이 발사됐을 무렵에는 직원들을 수용하느라 지었던 조립식 관사가 몇 채씩 비어 있었지. 잘 알려지지 않은 과학 연구의 법칙이 바로 이거야. 최종 목표에 가까워질수록 필요한 보조 인력은 줄어들기 마련이라는 것."

그는 허름한 공구 창고처럼 생긴 곳으로 가서 열쇠고리를 꺼내 문을 열었다. 안이 더울 줄 알았더니 대저택 못지않게 시원했다. 왼편에 놓인 작업대 위에는 공책 몇 권과 매킨토시 컴퓨터밖에 없었고 현재 컴퓨터 화면에는 질주하는 말들이 끊임없이 이어지는 화면 보호기가 떠 있었다. 컴퓨터 앞에는 인체 공학적이고 비싸 보이는 의자가 놓여 있었다.

창고 오른편 선반에는 은박 담뱃갑처럼 보이는 상자들이 쌓여 있었는데…… 담뱃갑과 다른 점이 있다면 대기 중인 앰프처럼 웅웅거린다는 것이었다. 바닥에 놓인 또 다른 상자는 초록색이었고 호텔의 미니 냉장고만 했다. 위에 텔레비전 모니터가 얹혀 있었다. 제이컵스가 나지막이 손뼉을 치자 화면이 켜지면서 빨간색, 파란색, 초록색의 기둥이 숨을 쉬는 것처럼 위로 올라갔다가 아래로 내려왔다. 재미로 따지자면 「빅 브라더」*를 대체할 만한 프로그램은 아니었다.

"여기서 일을 하세요?"

---

* 약 3개월간 동고동락하는 참가자들의 모습을 24시간 촬영해서 보여 주는 리얼리티 프로그램.

"응."

"장비는 어디 있는데요? 기구는요?"

그는 컴퓨터와 텔레비전 모니터를 차례대로 가리켰다.

"저기 그리고 저기 있잖니. 하지만 가장 중요한 장비는……" 그는 자살을 몸짓으로 표현하는 사람처럼 자기 관자놀이를 가리켰다. "이거지. 너는 지금 세계 최고의 전자 공학 연구소에 서 있는 거야. 내가 여기서 발명한 것들에 비하면 에디슨이 멘로파크에서 선보인 발명품은 하찮게 느껴질 정도지. 세상을 바꿀 수도 있는 발명품들이거든."

하지만 세상을 좋은 쪽으로 바꿀 수 있을지, 그건 의문이었다. 내 눈에는 아무것도 아닌 것처럼 보이는 장비를 꿈을 꾸는 눈빛으로, 주인인 양 둘러보는 그의 표정이 꺼림칙했다. 하지만 그의 주장을 헛소리로 치부할 수는 없었다. 은색 통과 냉장고만 한 초록색 상자 안에서 잠자고 있는 전력이 느껴졌다. 그 창고에 있는 것은 튕겨져 나온 전류가 입속의 금속 충전재를 움직이는 게 느껴질 만큼, 전속력으로 돌아가는 발전소와 바짝 붙어 있는 것과 비슷했다.

"나는 지금 지열을 이용해서 전류를 생산하고 있지." 그는 초록색 상자를 톡톡 두드렸다. "이게 토양 동기 발전기다. 이 아래에 중간 정도 규모의 낙농장에서 쓸 만한 굵기의 저수관이 연결되어 있지. 하지만 이 발전기는 반만 돌려도 래치스뿐 아니라 허드슨 계곡 전체에 전력을 공급할 수 있을 만큼 엄청난 과열 증기를 만들어 낼 수 있어. 최고로 돌리면 대수층* 전체를 주전자에 든 물처럼 끓일 수 있고. 물론 그러면 이걸 만든 의미가 무색해질 수 있겠지만."

그는 껄껄 웃었다.

"말도 안 돼요."

나는 말했다. 하지만 성스러운 반지로 뇌종양과 절단된 척수를 치료하는 것도 말도 안 되는 일이었다.

"말이 된다니까, 제이미. 인터넷에서 쉽게 구할 수 있는 부품으로 이보다 조금 큰 발전기를 만들면 동부 해안 전체를 환히 밝힐 수 있어." 그는 자랑하는 투가 아니라 사실을 전하는 투로 태연하게 말했다. "내가 그러지 않는 이유는 에너지 생산에 관심이 없기 때문이야. 지구가 폐수로 질식해서 죽건 말건 상관없어. 내가 보기엔 그래도 싸거든. 게다가 내 목적을 이루려면 지열 에너지로는 턱도 없어. 그걸로는 부족하단 말이지." 그는 생각에 잠긴 눈빛으로 컴퓨터 화면을 질주하는 말들을 바라보았다. "특히 여름에는 여기서 더 많은 걸 기대했는데…… 뭐, 어쩔 수 없지."

"그러니까 이 중에서 전기로 돌아가는 장비는 없는 거로군요?"

그는 재미있어하는 한편 나를 경멸하는 눈빛으로 나를 쳐다보았다.

"당연하지."

"*아무도 모르는* 전기로 돌아가는 거로군요."

"맞다. 나는 이 전기를 그렇게 부르지."

"스크리보니우스 이후로 그 오랜 세월이 흐르는 동안 아무도 그걸 몰랐는데 목사님이 발견한 거죠. 취미 삼아 건전지로 움직이는

---

* 지하수를 품고 있는 지층.

장난감을 만들던 목사님이."

"아, 그건 아니야. 예전에는 아는 사람이 있었지. 15세기 후반에 루트비히 프린이『데 베르미스 미스테리스』에서 언급한 적이 있었거든. 그는 이것을 포테스타스 마그눔 우니베르숨, 즉 우주를 움직이는 힘이라고 불렀지. 사실 프린은 스크리보니우스가 쓴 표현을 그대로 옮긴 거지만. 할로를 떠난 뒤로 포테스타스 우니베르숨이, 그걸 찾는 것이, 그걸 활용하기 위한 연구가 나의 전부가 되었지."

나는 그가 망상증 환자라고 믿고 싶었지만 환자들을 치료했던 것하며 틸사에서 보았던 삼차원 사진을 놓고 보았을 때 아니었다. 어쩌면 그건 상관없을 수 있었다. 중요한 건 C. 대니 제이컵스가 은퇴했다는 그의 말이 정말인지 여부일 수 있었다. 만약 그가 기적의 치유 사업을 접는다면 내 임무는 끝난 거였다. 그렇지 않은가.

그는 강연하는 투로 늘어놓았다.

"내가 무슨 수로 여기까지 발전을 이루었고, 무슨 수로 나 혼자서 그 많은 걸 발명했는지 들어 보면 과학이 여러 모로 패션 사업만큼이나 변덕스럽다는 걸 알 수 있을 거다. 트리니티*가 화이트 샌즈에서 터진 게 1945년의 일이었지. 그로부터 4년 뒤에 러시아인들이 세미팔라틴스크에서 처음으로 원자폭탄을 터트렸고. 아이다호의 아코에서 맨 처음 핵분열로 전기를 만든 게 1951년이었지. 그로부터 반세기 만에 전기는 못생긴 신부 들러리로 전락하고 말았어. 모두들 원자력이라는 아리따운 신부만 보면서 탄식을 터뜨렸지. 조만

---

* 인류 최초의 핵실험에 사용된 핵무기.

간 핵분열은 못생긴 신부 들러리로 강등되고 핵융합이 아리따운 신부가 되겠지. 전기 이론 연구는 보조금이건 지원금이건 씨가 말라 버렸어. 그보다 더 심각하게는 *관심* 자체가 말라 버렸지. 현대의 모든 전력원이 암페어와 볼트로 전환을 거쳐야 하는데도 전기는 요즘 골동품 취급을 받고 있어!"

이제는 강연이라기보다 분노 표출에 가까웠다.

"살리고 죽일 수 있는 엄청난 능력에도 불구하고, 지구상의 모든 이의 삶을 개조할 수 있음에도 불구하고, *아직 제대로 된 이해가 부족한데도 불구하고* 사람들은 이 분야의 연구를 무시하지! 중성자가 섹시하다고! 전기는 재미없다고, 값나가는 물건은 다 꺼내 가고 쓸모없는 쓰레기만 남은 먼지투성이 창고 같다고. 하지만 그 창고에 아무것도 없는 게 아니야. 아무도 모르는 뒷문을 열면 본 사람이 거의 없는, 천상의 아름다움을 간직한 물건들로 가득한 방들이 나오거든. 그리고 그 방들은 끝도 없이 이어지지."

"그런 얘기를 들으니까 불안해지는데요, 아저씨."

가볍게 얘기하려고 했는데 엄청 심각한 투가 되고 말았다.

그는 아랑곳하지 않고 작업대와 선반 사이를 절뚝절뚝 걸으며 바닥을 물끄러미 쳐다보고, 잘 있는지 확인하려는 사람처럼 지날 때마다 초록색 상자를 손끝으로 건드렸다.

"그래, 다른 사람들도 그 방들을 다녀갔지. 내가 맨 처음은 아니야. 스크리보니우스도 있었으니까. 프린도 있었고. 하지만 대부분 나처럼 자기가 발견한 사실을 공개하지 않았어. 왜냐하면 능력이 어마어마하거든. 사실 끝을 알 수 없을 정도거든. 원자력? 하! 그건 어린애 장난이지!" 그는 초록색 상자를 건드렸다. "이 안에 든 것을 막강한 동력원에 연결하면 핵에너지는 장난감 권총처럼 하찮은 것이 되어 버리지."

목이 말라서 레모네이드를 두고 온 게 후회스러워졌다. 나는 헛기침을 하고 말문을 열었다.

"아저씨, 아저씨가 하는 이야기가 전부 진짜라고 칩시다. 그런데 아저씨가 지금 어떤 걸 다루는지 알고는 계신 건가요? 그게 어떤 식으로 돌아가는지?"

"좋은 질문이로구나. 내가 역으로 하나 물으마. 너는 벽에 달린 스위치를 켜면 어떤 일이 벌어지는지 아니? 불이 켜지면서 방 안의 어둠을 몰아내기까지 어떤 일련의 과정을 거치는지 조목조목 설명할 수 있니?"

"아뇨."

"네 손가락으로 회로가 닫히기도 하고 열리기도 한다는 건?"

"전혀 몰랐는데요."

"그래도 불을 켜는 데는 아무 문제가 없지? 연주할 시간이 되면 전기 기타를 켜는 것도 마찬가지고."

"그렇긴 하지만 동부 해안 전체를 환히 밝힐 수 있을 만큼 강력한 앰프에 연결한 적은 없는데요."

그는 망상증 환자에 가까울 만큼 의심이 가득한 눈빛으로 나를 쳐다보았다.

"네가 무슨 뜻에서 그런 말을 꺼냈는지 모르겠구나."

나는 그의 말이 진심이라고 믿었고 그랬기에 무엇보다 섬뜩했다.

"신경 쓰실 것 없어요."

나는 더 이상 왔다 갔다 하지 못하게 그의 어깨를 잡고 나를 쳐다볼 때까지 기다렸다. 하지만 그가 휘둥그레 뜬 눈으로 나를 바라보아도 내 뒤 어딘가를 보고 있는 듯한 느낌이 들었다.

"아저씨, 치료는 중단하지만 에너지 위기를 종식할 생각은 아니라면 뭘 하고 싶으신 거죠?"

처음에 그는 아무 대답도 하지 않았다. 최면 상태에 빠진 것처럼 멍해 보였다. 그러다 내 손을 떨치고 다시 왔다 갔다 걷기 시작하며 강연하는 교수 같은 말투로 이야기했다.

"내가 인간들에게 사용한 송전 장치는 여러 차례 개조됐지. 휴 예이츠의 청각장애를 치료했을 때는 금과 팔라듐을 입힌 큼지막한 반지를 썼어. 지금 생각해 보면 어처구니없을 만큼 구닥다리로 느껴진다. 컴퓨터 다운로드의 시대에 비디오카세트 같다고 할까? 너한테 쓴 헤드폰이 그보다 크기는 작지만 훨씬 강력했지. 네가 헤로인 중독자가 돼서 나타났을 무렵에는 팔라듐 대신 오시뮴을 쓰고 있었어. 오시뮴이 비용도 덜 들어서 그 당시의 나처럼 예산이 빠듯한 사람에게는 플러스 요인이었지. 헤드폰이 효과적이기는 했지만 부흥회에서 그럴듯하게 보일 리가 없잖아. 예수님이 헤드폰을 썼겠니?"

"안 썼겠죠. 하지만 결혼반지도 안 꼈을걸요? 미혼이었으니까."

그는 들은 척도 하지 않았다. 감방 속의 죄수처럼 왔다 갔다 걷기만 했다. CIA와 전 세계 유대인들의 음모와 장미결사회*를 운운하며

---

* 중세에 독일에서 결성된 신비주의적 비밀 결사단.

대도시를 배회하는 망상증 환자 같다고도 볼 수 있었다.

"그래서 나는 다시 반지로 돌아가서 신도들의…… 구미에 맞는…… 이야기를 만들어 냈지."

"달리 표현하자면 홍보 문구를 만든 거죠."

그 말을 듣고 그는 현실로 돌아왔다. 그가 씩 웃자 순간 내 어린 시절의 제이컵스 목사가 되살아났다.

"그래, 맞아, 홍보 문구. 그 무렵에는 루테늄과 금 합금을 썼기 때문에 반지가 훨씬 작아졌지. 훨씬 강력해지기도 했고. 이제 그만 나갈까, 제이미? 긴장한 것처럼 보이는구나."

"맞아요. 아저씨의 전기를 이해는 못할지 몰라도 느낄 수는 있거든요. 꼭 제 혈관 속에 비눗방울을 집어넣는 느낌이에요."

그는 웃음을 터뜨렸다.

"그래! 이곳의 공기는 *전기를 띠고 있다*고 할 수 있지! 하! 나는 그 느낌이 좋다만 나야 이골이 났으니까. 가자. 나가서 상쾌한 바람을 쏘이자꾸나."

* * *

저택으로 다시 돌아가는데 바깥세상이 이보다 더 향긋할 수 없었다.

"궁금한 게 하나 더 있는데요, 찰리 아저씨. 물어봐도 될까요?"

그는 한숨을 쉬었지만 언짢아하는 기색은 아니었다. 폐소공포증을 유발하는 그 조그만 공간에서 벗어나자 그는 다시 정상인이 되었다.

"대답할 수 있는 거면 기꺼이 알려 주마."

"시골 사람들에게 아저씨의 부인과 아들이 익사했다고 하잖아요. 거짓말을 하는 이유가 뭐죠? 무슨 의도로 그러시는지 모르겠는데요."

그는 걸음을 멈추고 고개를 숙였다. 다시 고개를 들었을 때는 언제 평온한 정상인의 형상을 하고 있었느냐는 듯이 안색이 변할 정도로 강렬한 분노의 표정을 짓고 있어서 나도 모르게 한 발짝 뒷걸음질을 치게 되었다. 산들바람이 불자 점점 벗어져 가는 머리칼이 일자 눈썹 위로 쏟아졌다. 그는 머리칼을 뒤로 쓸어 넘기고, 끔찍한 두통에 시달리는 사람처럼 관자놀이를 손바닥으로 눌렀다. 하지만 말문을 열었을 때 그의 음성은 무미건조하고 나지막했다. 표정을 보지 못했더라면 이성적인 목소리로 착각할 수도 있었다.

"그들은 진실을 알 자격이 없으니까. 너는 그들을 시골 사람이라고 부르는데 얼마나 알맞은 표현이냐. 그들은 머리라는 것을 쓰지 않아. 머리가 상당히 좋은 경우가 많은데도 말이다. 그리고 종교라는 거대한 허위 보험회사만 맹신하지. 종교는 이승에서 규칙을 준수하면 저승에서 영원토록 기쁨을 누릴 수 있다고 약속하지만 그것만으로는 부족해. 고통이 찾아오면 그들은 기적을 바라거든. 그들에게 나는 그들의 머리 위에서 뼈를 흔드는 대신 마법의 반지를 몸에 갖다 대는 주술사에 불과해."

"진실을 알아차린 사람이 아무도 없었나요?"

브리와 함께 조사해 보니 「X파일」의 폭스 멀더가 한 말이 적어도 한 가지 면에서는 맞았다. 진실은 저 너머에 있고 거의 모든 이가 유리로 만든 집에서 사는 요즘 같은 시대에는 누구든 컴퓨터와 인터넷만 있으면 진실을 알아낼 수 있다.

"내가 한 말 못 들었니? 그들은 진실을 알 자격이 없고 그래도 상관없어. 왜냐하면 그들은 진실을 원하지 *않으니까.*" 그가 미소를 짓자 앙다문 이가 보였다. "그들은 아가*에서 말하는 팔복도 원치 않지. 그들이 원하는 건 치료뿐이야."

* * *

우리가 주방을 가로질러도 스탬퍼는 고개를 들지 않았다. 우편함 두 개가 비었고 세 번째 우편함에 든 편지를 처리하는 중이었다. 이제 술 상자가 반쯤 찬 것 같았다. 수표도 있었지만 대부분 꾸깃꾸깃한 현금이었다. 제이컵스가 주술사에 대해서 했던 말이 생각났다. 시에라리온에서 주술사를 찾은 고객들은 농작물과 방금 전에 목을 비튼 닭을 들고 문밖에 한 줄로 서서 기다렸다. 사실 똑같은 거였다. 이게 전부 그냥 대박이었다. 횡령이었다. 수입원이었다.

다시 서재로 돌아갔을 때 제이컵스는 얼굴을 찡그리며 자리에 앉아서 남은 레모네이드를 마셨다.

"오후 내내 화장실 들락거리게 생겼네. 그게 나이 듦의 저주지. 내가 제이미, 너를 만나서 반가워했던 이유는 너를 고용하고 싶기 때문이다."

---

* 구약성서의 한 편. 저자가 솔로몬이라고 하는데 확실치는 않다.

"뭐를 하고 싶다고요?"

"못 들은 척하지 마라. 앨은 조만간 떠날 거다. 그는 아는지 모르는지 확실치 않지만 나는 알아. 그는 내 과학적인 연구에 전혀 관심이 없거든. 치료의 근거가 그거라는 걸 알지만 가증스러운 괴물이라고 생각하지."

나는 하마터면 *그의 판단이 옳다면요?* 하고 물을 뻔했다.

"그가 하던 일을 네가 맡아 주었으면 한다. 날마다 편지를 개봉해서 보낸 사람의 이름과 불만을 정리하고, 헌금을 챙기고, 일주일에 한 번씩 래치모어에 가서 수표를 저금하는 거다. 직접 찾아오는 사람들이 거의 없어지다시피 했지만 그래도 일주일에 아무리 못해도 열댓 명은 되는데, 그 사람들을 심사해서 돌려보내는 일도 하고."

그는 고개를 돌려서 나를 똑바로 쳐다보았다.

"그리고 앨이 거부한 일도 맡아주었으면 한다. 내 목표를 향해 마지막 몇 걸음을 디딜 수 있도록 도와주는 것 말이다. 거의 다 왔는데 체력이 달리지 뭐냐. 조수가 있으면 아주 유용할 텐데 우리 둘이 전에도 호흡이 잘 맞았잖니. 휴에게 월급을 얼마 받는지 모르겠지만 내가 두 배, 아니 세 배를 주마. 어떻게 생각하니?"

나는 아무 말도 할 수가 없었다. 할 말을 잃었다.

"제이미? 내가 대답을 기다리고 있다만."

나는 레모네이드를 들었다. 이번에는 남아 있던 얼음이 달그락거렸다. 나는 레모네이드를 마시고 잔을 다시 내려놓았다.

"목표라고요. 그게 뭔데요?"

그는 잠깐 고민에 잠겼다. 아니면 그러는 척했다.

"아직은 말할 수 없다. 내 밑에서 일을 하면서 아무도 모르는 전기의 능력과 장점에 대해 좀 더 이해하고 나면. 그때라면 모를까."

나는 일어나서 손을 내밀었다.

"다시 만나서 반가웠습니다." 이것 역시 원활한 인간관계를 위해 그냥 하는 빈말이었지만 그에게 얼굴이 좋아 보인다고 했던 것보다 훨씬 엄청난 거짓말이었다. "건강 잘 챙기세요. 그리고 조심하시고요."

그는 자리에서 일어났지만 내 손을 잡지는 않았다.

"실망이로구나. 그리고 솔직히 조금 화가 나기도 하고. 예전에 네 목숨을 구해 준 피곤한 늙은이를 야단치려고 그 먼 길을 온 거냐."

"아저씨, 그 아무도 모르는 전기가 통제 불능의 지경에 이르면 어쩌시려고요?"

"그럴 리 없어."

"체르노빌의 관리자들도 그렇게 생각했겠죠."

"너 아주 형편없구나. 내가 너를 이 집에 들인 이유는 감사하고 이해해 주리라고 생각했기 때문이야. 그런데 둘 다 내가 잘못 생각했던 모양이다. 앨이 나가는 길을 안내해 줄 거다. 좀 누워야겠다. 너무 피곤하네."

"찰리 아저씨, 저도 감사하게 생각해요. 아저씨의 은혜를 인정하지 않는 게 아니에요. 하지만……"

"하지만." 그의 얼굴은 딱딱하게 굳었고 흙빛이었다. "늘 하지만이라고 하지."

"아무도 모르는 전기는 둘째 치고 자기 부인과 아들을 죽인 하나님에게 복수할 수 없으니 병에 걸린 사람들에게 복수하는 사람 밑에서 일할 수는 없어요."

흙빛이었던 그의 얼굴이 하얗게 질렸다.

"네가 어떻게 감히? 네가 어떻게 *감히*?"

"그중에 치료받은 사람도 몇 명 있겠죠. 하지만 아저씨는 그들 모두를 함부로 대하고 있어요. 이제 나가 볼게요. 스탬퍼 씨에게 안내받을 필요 없어요."

나는 현관 쪽으로 다시 발걸음을 옮겼다. 대리석을 딸각딸각 밟으며 원형 홀을 지나는데 그가 뻥 뚫린 공간 때문에 더욱 쩌렁쩌렁하게 울리는 음성으로 뒤에서 외쳤다.

"우리 얘기 아직 안 끝났다, 제이미. 내가 장담한다. 아직 멀었어."

* * *

스탬퍼가 문을 열어 줄 필요도 없었다. 내 차가 다가가자 자동으로 열렸다. 나는 진입로 입구에서 차를 세웠고 휴대전화 창에 안테나가 뜬 것을 보고 브리에게 전화를 걸었다. 그녀는 신호음이 한 번 떨어지자마자 전화를 받았고 내가 뭐라고 운을 떼기도 전에 아무 일 없느냐고 물었다. 나는 아무 일 없다고, 제이컵스가 나에게 일자리를 제안했다고 전했다.

"진짜예요?"

"응. 그래서 싫다고 했……"

"헐, *당연한 거 아니에요*?"

"그런데 중요한 건 그게 아니야. 순회 부흥회도, 환자들을 치료하는 것도 이제 안 한대. 예전에 보-라이츠로 활동했고 지금은 찰리의 개인 비서로 일하는 앨 스탬퍼 씨가 불만스러워하는 걸 보면 정말 그런가 봐."

"그럼 이제 끝난 거예요?"

"론 레인저가 충직한 인디언 파트너에게 한 말을 빌자면 '톤토, 여기서 우리가 할 일은 끝났군.'이야."

그가 아무도 모르는 전기로 전 세계를 폭발하지 않는 이상.

"콜로라도에 도착하면 전화해 줘요."

"그럴게. 뉴욕은 어때?"

"끝내줘요!"

열정적인 그녀의 목소리와 비교가 되면서 내가 쉰세 살보다 더 나이를 먹은 것처럼 느껴졌다.

나는 그녀의 대도시 생활에 대해 좀 더 이야기를 나눈 뒤 기어를 주행으로 바꿔서 고속도로를 타고 다시 공항으로 향했다. 몇 킬로미터쯤 가서 백미러를 들여다보았을 때 뒷좌석에 놓인 주황색 위성이 내 눈에 들어왔다.

찰리에게 호박을 선물한다는 걸 깜빡하고 말았다.

X
결혼식 종소리.
개구리를 삶는 법.
귀향 파티.
"이 편지를 읽고 싶을 거다."

나는 그 뒤로 2년 동안 브리와 자주 통화했지만 그녀를 실제로 다시 만난 것은 2011년 6월 19일, 그녀가 브리애나 던린-휴스가 되는 롱아일랜드의 어느 교회에서였다. 우리의 통화 내용은 주로 찰스 제이컵스와 그의 심란한 치료 행위였지만(후유증을 앓는 것으로 추정되는 사람을 대여섯 명 더 찾았다.) 시간이 지날수록 그녀의 직업과 어느 파티에서 만나 이내 한 집에서 살게 된 조지 휴스에게로 점점 중심이 이동했다. 그는 대기업 변호사였고 아프리카계 미국인이었고 이제 갓 서른이었다. 브리의 어머니가 보기에는 모든 면에서 만족스러운 상대였다. 외동딸을 둔 싱글맘에게 그보다 더 만족스러운 상대는 없었다.

그동안 대니 목사의 홈페이지는 폐쇄됐고 인터넷 상에서 그를 두고 떠드는 이야기도 어쩌다 한 번씩으로 줄어들었다. 그가 죽었거나 치매 환자가 돼서 가명으로 사설 기관에 입원했을 거라는 추측이 나돌았다. 2010년 말 무렵까지 내가 추가로 입수한 고급 정보는 두 개뿐이었는데 둘 다 흥미롭기는 해도 그의 행적을 밝히는 데에는 아무 도움이 되지 않았다. 하나는 앨 스탬퍼가 「예수님 감사합니다」라는 CD를 발매했다는 것이고(휴 예이츠의 우상인 매비스 스테이플스도 참여했다.) 또 하나는 래치스가 "자격을 갖춘 개인이나 단체"의 임대 매물로 다시 시장에 나왔다는 것이었다.

찰스 대니얼 제이컵스는 그렇게 레이더에서 사라졌다.

* * *

휴 예이츠가 결혼식을 앞두고 걸프스트림 항공기를 한 대 전세 내서 울프조 목장의 전 직원을 태웠다. 무키 맥도널드는 결혼식장에서 펄럭이는 소매가 달린 페이즐리 무늬 셔츠와 꼭 끼는 일자바지, 스웨이드 비틀스 부츠, 사이키델릭한 헤드스카프로 1960년대를 근사하게 재현했다. 신부 어머니는 중고로 구입한 앤 로*의 드레스로 눈이 튀어나올 만한 자태를 연출했고 혼인 서약이 오가는 동안 펑펑 흘린 눈물로 코르사주를 적셨다. 신랑은 노라 로버츠의 로맨스 소설에서 걸어 나온 듯, 키가 크고 까무잡잡하며 인물이 훤했다. 나는 알딸딸한 대화에서 광란의 댄스로 피로연장의 분위기가 바뀌기 전에 그와 기분 좋은 대화를 나누었다. 브리가 나라는 녹슨

---

* 재클린 케네디의 웨딩드레스를 디자인한 미국의 디자이너.

로커 패널이 달린 고물 자동차로 운전을 배웠다고 그에게 말했는지 알 수 없었지만 언젠가는 얘기할 게 뻔했다. 여느 때보다 기분 좋은 잠자리를 하고 난 뒤에 그럴 가능성이 컸다. 남편이 그 얘기를 듣고 눈을 부라리더라도 나는 그 자리에 없을 테니 그러거나 말거나 상관없었다.

신혼부부가 휴에게 선물 받은 걸프스트림을 타고 하와이로 신혼여행을 떠났기 때문에 네덜란드 팀은 아메리칸 에어라인을 타고 콜로라도로 돌아갔다. 휴가 건배를 하는 중간에 그의 선물을 공개하자 브리는 아홉 살짜리처럼 펄쩍펄쩍 뛰며 그를 끌어안았다. 그 순간만큼은 찰스 제이컵스가 안중에도 없었을 테고 그래야 옳았다. 하지만 그의 존재는 한 번도 내 머릿속에서 영영 지워진 적이 없었다.

날이 이슥해졌을 때 무키가 리드 싱어의 능력이 출중하고 다수의 흘러간 명곡을 레퍼토리로 갖춘 아주 훌륭한 록&블루스 밴드의 리더의 귀에 대고 뭐라고 속삭였다. 리더는 고개를 끄덕이더니 나더러 무대 위로 올라와서 리듬 기타를 한두 곡 연주해주지 않겠느냐고 했다. 나는 혹했지만 악마의 유혹에 넘어가지 않고 사양했다. 로큰롤을 즐기기에 너무 많은 나이는 없을지 몰라도 나이가 들수록 솜씨는 퇴보하고 공개적으로 망신을 당할 확률은 높아지기 마련이다.

내 스스로 은퇴했다고 생각하지는 않았지만 라이브로 연주한 지 1년이 넘었고 아주 급할 때 서너 번 녹음 세션으로 참여한 게 고작이었다. 그리고 그마저도 완벽했다고 말할 수 없었다. 한번은 녹음한 곡을 다시 듣다 드러머가 시큼한 무언가를 씹은 것처럼 얼굴을 찡그린 적이 있었다. 나와 시선이 마주치자 그는 베이스 음이 안 맞는다고 했다. 그건 거짓말이었고 우리 둘 다 그게 거짓말이라는 것을 알고 있었다. 50대 남자가 딸 뻘인 여자와 침대에서 사랑 놀음을 하는 게 우스운 짓이라면 그 남자가 스트랫 기타를 뜯으며 「더티 워터Dirty Water」에 맞춰서 몸부림을 치는 것도 그 못지않게 우스운 짓이다. 그래도 나는 약간의 동경과 적지 않은 향수를 달래며 그들이 연주하는 모습을 바라보았다.

누군가가 내 손을 잡기에 고개를 돌려 보니 조지아 던린이었다.

"얼마나 그립길래 그래요, 제이미?"

"그립기는 해도 존중하는 마음이 더 커요. 그래서 여기 이렇게 앉아 있는 거예요. 저 사람들이 워낙 잘해서."

"그리고 당신은 이제 그러지 못해서?"

콘 형의 방에 들어갔더니 깁슨 어쿠스틱 기타가 내게 속삭이는 소리가 들렸을 때가 생각났다. 내게 「체리, 체리」를 칠 수 있다고 했을 때가 생각났다.

"제이미?" 그녀가 내 눈앞에 대고 손가락을 퉁겼다. "정신 차려요, 제이미."

"혼자 재미 삼아 칠 정도는 되죠. 하지만 기타를 들고 사람들 앞에 설 수 있는 시절은 끝났어요."

알고 보니 그건 나의 착각이었다.

* * *

2012년에 나는 쉰여섯 살이 되었다. 휴와 그의 오랜 여자친구가 저녁을 사 주었다. 집으로 돌아가는 길에 개구리를 삶는 법 어쩌고 했던 옛날이야기(어쩌면 여러분도 들어 본 적 있을지 모르겠다.)가 생각났다. 찬물에 넣고 물을 끓이는데 천천히 끓이면 개구리가 워낙 멍청해서 튀어나오지 않는다고 했다. 그게 진짜인지 아닌지 모르겠지만 나이를 먹는 과정에 대한 기가 막힌 비유라는 생각이 들었다.

10대 시절에 나는 50대 이상을 보면 딱하고 답답했다. 그들은 너무 천천히 걸었고, 너무 천천히 이야기했고, 영화나 공연을 보러 나가는 대신 텔레비전을 보았고, 그들에게 즐거운 파티는 이웃 사람들과 핫팟*을 나누어 먹고 11시 뉴스가 시작되기 전에 잠자리에 드는 것이었다. 그런데 내가 막상 그 나이가 되고 보니(50대, 60대, 건강이 비교적 괜찮은 70대라면 대부분 그렇겠지만) 별로 나쁘지 않았다. 세상을 보는 시각은 딱딱하게 굳고 좋았던 시절에는 어땠는지 마구 늘어놓는 성향이 더 커지기는 해도(나는 전속력으로 폭주하는 약물중독자로 이른 바 좋았던 시절의 대부분을 허비했으니 적어도 그런 성향만큼은 피할 수 있었다.) 머리는 늙지 않기 때문이다. 대부분 오십 줄로 접어들면 인생의 환상이 서서히 잦아들지 않을까. 세월이 흐르는 속도는 빨라지고 통증은 가중되고 걸음걸이는 느려지지만 그래도 좋은 점이 있다. 평온 속에 감사하는 마음이 찾아오고(나 같은 경우에는 그렇다.) 남은 시간 동안 최대한 올바른 삶을 살겠다는 결심이 선다. 내가 일주일에 한 번씩 볼더의 노숙자 쉼터에서 수프를 배식하

---

* 고기와 채소를 넣고 오븐에서 뭉근하게 익힌 스튜.

고, 콜로라도를 무시하지 말라는 서너 명의 과격한 정당 후보 밑에서 일을 한 것도 그 때문이었다.

나는 여전히 어쩌다 한 번씩 여자를 만났다. 여전히 일주일에 두 번 테니스를 치고 하루에 최소 10킬로미터씩 자전거를 타서 배는 납작하게, 엔도르핀은 왕성하게 유지했다. 물론 면도를 하다 보면 늘어난 입가와 눈가의 주름이 눈에 들어왔지만 전반적으로 내 외모는 크게 달라지지 않았다고 생각했다. 두말하면 잔소리지만 그것이야말로 노년의 점잖은 착각이었다. 2013년 여름에 할로로 돌아갔을 때 나는 진실을 깨달았다. 나 역시 냄비 속에 담긴 개구리에 불과했다. 좋은 소식이 있다면 아직은 물 온도가 미지근하다는 것이었다. 나쁜 소식이 있다면 이 과정이 조만간 멈출 가능성이 없다는 것이었다. 나이의 진정한 3단계는 청년기, 중년기, '염병할 내가 어쩌다 이렇게 금세 나이를 먹었지?'이다.

* * *

2013년 6월 19일, 브리가 조지 휴스와 결혼한 뒤로 딱 2년이 지나고 첫 아이를 낳은 지 1년이 지났을 무렵, 내가 별로 특별할 것 없는 녹음을 마치고 집으로 돌아가 보니 풍선 그림으로 화사하게 꾸민 봉투가 우편함에 들어 있었다. 발신인 주소가 낯이 익었다. 메인 주 할로, 메소디스트 대로 RFD 2호였다. 봉투를 열어 보니 테리 형 가족의 사진이 들어 있고 그 위에 이렇게 적혀 있었다. **둘보다 하나가 낫다! 우리 파티에 참석해 주세요!**

나는 카드를 펼치려다 희끗희끗한 테리 형의 머리와 불룩 나온 애너벨의 배와 이제 어른이 된 세 아이를 보고 멈칫했다. 한때 축 늘어진 스머페트 팬티만 입고 깔깔대며 스프링클러 사이를 누볐던 꼬맹이 숙녀가 미인으로 자라서 아기(내 조카 손녀 카라 린)를 안고 있었다. 삐쩍 마른 남자아이는 콘 형을 닮았다. 건장한 아이는 섬뜩하리만치 제 아빠를 닮았는데…… 딱하게 나를 닮은 구석도 있었다.

나는 초대장을 펼쳤다.

2013년 8월 31일
두 가지 엄청난 행사가 열립니다!

터렌스와 애너벨의
결혼 35주년!
 ## 카라 린의 첫돌!

시간 : 오후 12부터 ?시까지
장소 : 일단은 우리 집에서, 그 이후에 유레카 그레인지로 이동
음식 : 어마어마하게 준비할 예정!
밴드 : 캐슬록 올스타스

술을 가져올 생각은 하지 마시라! 맥주와 포도주가 무한 제공됩니다!

이 밑에 형이 남긴 메시지가 있었다. 예순 번째 생일을 치른 지 몇 개월이 지났는데도 예전처럼 글씨가 엉망이었다. 예전에 어떤 선생님이 성적표에 '글씨 연습을 좀 해야 함!'이라고 적은 쪽지를 클립으로 꽂아서 보낸 적이 있었다.

안녕 제이미!
파티에 참석해라, 알겠지? 앞으로 두 달 동안 스케줄 조정할 수 있을 테니 핑계는 사절이다. 군니 형도 하와이에서 온다는데 네가 콜로라도에서 못 올 이유가 없잖아! 보고 싶다, 동생아!

나는 초대장을 부엌 문 뒤에 놓인 버들가지 바구니에 던졌다. 내가 그 바구니를 '나중에 바구니'라고 부르는 이유는 나중에 답장하기로 마음먹은 편지들로 가득하기 때문인데…… 다들 짐작했겠지만 한 번도 답장한 적이 없었다. 나는 할로로 돌아가고 싶은 생각이 전혀 없다고 혼자 뇌까렸고 그건 맞는 말일 수 있었지만 가족의 유혹이 만만치 않았다. 스프링스틴이 피로 맺은 관계보다 더 좋은 것은 없다는 가사를 괜히 쓴 게 아닐지 모른다.

달린이라는 청소부가 일주일에 한 번씩 와서 청소기를 밀고 먼지를 닦고 침대 시트를 갈아 주었다.(침대 시트는 스스로 갈아야 한다는 교육을 받고 자랐기에 남에게 맡긴다는 사실에 아직도 죄책감이 느껴졌다.) 워낙 뚱한 노인네라 그녀가 오는 날마다 나는 반드시 집을 비웠다. 그런데 달린이 청소하러 온 날 집으로 돌아가 보니 그녀가 '나중에 바구니'에서 초대장을 꺼내 식탁 위에 세워 놓았다. 한 번도 없었던 일이라 일종의 징조처럼 느껴졌다. 그날 저녁에 나는 컴퓨터 앞에 앉아서 한숨을 쉬고 테리 형에게 두 단어로 된 이메일을 보냈다. *나도 갈게.*

* * *

엄청난 노동절 주말이었고 나는 인정사정없이 즐거운 시간을 보냈다. 하마터면 못 간다고 할 뻔했다니…… 아무 답장도 하지 않을 뻔했다니 믿기지가 않을 정도였다. 그랬더라면 이미 나달나달했던 가족과의 끈이 영영 끊겼을 것이었다.

뉴잉글랜드는 무더웠고 금요일 오후에 포틀랜드 제트포트에 착륙한 비행기는 불안정한 기류 때문에 유난히 덜컹거렸다. 차를 몰고 캐슬 카운티로 향하는 길은 더뎠지만 차가 막혀서 그런 건 아니었다. 기억 속의 지형지물(농장, 돌담, 문을 닫아서 어두컴컴한 브라우니 스토어)을 일일이 쳐다보며 감탄하느라 그런 거였다. 고스란히 보존된 내 어린 시절을 시간이 흘러서 흠집이 나고 먼지가 쌓이고 불투명해진 비닐 너머로 어렴풋이 보는 듯한 느낌이었다.

나는 6시가 지난 다음에서야 증축을 해서 면적이 거의 두 배로 늘어난 고향 집에 도착했다. 공항에서 렌트한 차라고 써 있다시피 한 (내가 타고 온 포드 이클립스도 마찬가지였다.) 빨간색 마쓰다가 진입로에 세워져 있었고 잔디밭에는 모턴 연료 트럭이 주차되어 있었다. 트럭을 주름종이와 꽃으로 잔뜩 꾸며서 퍼레이드용 꽃차 같았다. 큼지막한 안내판이 앞바퀴에 기대고 세워져 있었다. **점수는 테리와**

애너벨이 35점, 카라 린이 1점! 양쪽 모두의 승리입니다! 파티장을 제대로 찾으셨군요! 들어오세요! 나는 주차하고 계단을 올라가서 문을 두드리려고 주먹을 들었다가 '뭐하는 거야, 어렸을 때 살았던 집인데.' 하는 생각이 들자 그냥 안으로 들어갔다.

순간 나이가 한 자리 숫자에 불과했던 시절로 시간을 거슬러 올라간 듯한 기분이 느껴졌다. 온 가족이 1960년대처럼 식탁에 둘러앉아서 너 나 할 것 없이 웃고 떠들고 옥신각신하며 폭찹, 으깬 감자, 축축한 행주로 덮인 접시를 주거니 받거니 하고 있었다. 행주는 옥수수 구이가 식지 않도록 우리 어머니가 애용한 방법이었다.

처음에는 거실 쪽 끝에 앉아 있는 기품 넘치고 머리 희끗희끗한 남자가 누군지 알 수 없었고, 그 옆에 앉아 있는 까만 머리의 미남 청년은 분명 모르는 사람이었다. 그러다 명예 교수 분위기의 그 남자가 나를 보고 얼굴을 환히 빛내며 자리에서 일어나자 콘 형이라는 것을 알 수 있었다.

"제이미!"

콘 형은 큰 소리로 외치며 식탁을 돌아 나오다 하마터면 의자에 앉아 있던 애너벨을 넘어뜨릴 뻔했다. 형은 나를 덥석 끌어안고 얼굴에 키스 세례를 퍼부었다. 나는 웃으며 형의 등을 두드렸다. 이윽고 테리 형까지 합류해 우리를 끌어안았고 삼형제가 어색하게 추는 *미츠바 탄츠**에 바닥이 들썩였다. 콘 형의 우는 얼굴이 보이자 나도 살짝 울고 싶은 기분이 들었다.

---

* 유대인의 결혼식에서 남자들이 신부 앞에서 추는 춤.

"둘 다 그만해!" 테리 형은 이렇게 말해 놓고 자기는 계속 펄쩍펄쩍 뛰었다. "이러다 바닥 꺼지겠어."

우리는 잠시 동안 계속 펄쩍펄쩍 뛰었다. 그래야만 할 것 같았다. 그래도 괜찮았다. 그래도 좋았다.

* * *

콘 형은 자기보다 스무 살쯤 어려 보이는 미남 청년을 소개했다. "하와이 대학교 식물학과에 재학 중인 친한 친구"라고 했다. 나는 그와 악수하며 두 사람이 캐슬록 인에 방을 따로 잡았을지 궁금해 했다. 요즘 같은 시대에 그러지는 않았을 것 같았다. 나는 콘 형이 동성애자라는 사실을 언제 맨 처음 알아차렸는지 기억이 나지 않았다. 아마 형은 대학원에 다니고 나는 메인 대학교에서 컴벌랜즈와 함께 「천 가지 춤의 고장Land of a Thousand Dances」를 연주하던 시절이었을 것이다. 부모님은 훨씬 전에 알아차렸을 텐데 두 분이 아무렇지 않게 여겼기에 우리도 그랬다. 아이들은 말로 표현된 규칙보다 무언의 본보기를 통해 더 많은 것을 배운다. 적어도 내가 생각하기에는 그렇다.

아버지는 1980년대 초반에 처음이자 마지막으로 내 앞에서 둘째 아들의 성적 취향에 대해 이야기했다. 나는 그 당시 필름이 끊긴 시절을 보내고 있었고 웬만해서는 집에 전화하는 일이 없었는데 기억하는 것을 보면 어지간히 인상에 남았던 모양이다. 나는 아버지에게 아직 살아 있음을 알리고 싶었지만 내가 기정사실로 받아들인 얼마 남지 않은 죽음이 내 목소리에서 느껴질까 두려웠다.

"나는 매일 밤 코니를 위해서 기도한다." 그때 통화를 하던 도중에 아버지가 말했다. "빌어먹을 에이즈인가 뭔가 하는 것 때문에 말이다. 그 병이 퍼지도록 일부러 내버려 두는 것 같단 말이지."

콘 형은 그 병에 걸리지 않았고 아주 건강해 보였지만, 가뜩이나 식물학과에 있다는 친구 옆에 앉아 있으니 누가 봐도 나이를 먹은 티가 났다. 그가 로니 퍼쿼트와 같이 거실 소파에 나란히 앉아서 「해 뜨는 집」을 부르며 화음을 맞추려고 했지만…… 헛수고로 돌아갔을 때의 모습이 언뜻 내 머리를 스치고 지나갔다.

내가 한 생각들이 표정으로 드러났는지 콘 형이 눈물을 훔치며 씩 웃었다.

"누가 빨래를 걸을 차례인지 옥신각신했던 때가 언제 적인가 싶다, 그렇지?"

"언제 적인가 싶지."

나는 맞장구를 쳤고, 너무 멍청해서 스토브 위에 올려놓은 냄비 물이 점점 따뜻해지고 있다는 사실을 알아차리지 못하는 개구리를 다시금 떠올렸다.

테리 형과 애너벨의 딸 돈이 카라 린을 안고 우리 옆으로 왔다. 아이의 눈은 우리 어머니가 모턴 집안의 파란색이라고 했던 바로 그 색이었다.

"안녕하세요, 제이미 삼촌. 조카 손녀예요. 내일 첫돌인데 그날을 기념하느라 이가 나고 있어요."

"아이가 예쁘구나. 안아 봐도 될까?"

돈은 교정기를 끼던 시절에 마지막으로 만난 낯선 사람을 향해 수줍게 미소를 지었다.

"되긴 되는데 모르는 사람이 안으면 귀청이 떨어져라 악을 써요."

나는 울음이 터지자마자 돌려줄 각오를 하고 아이를 받아 안았다. 그런데 카라 린은 나를 유심히 살피다 손을 내밀어서 내 코를 잡고 비틀었다. 그러더니 웃음을 터뜨렸다. 우리 가족은 환호성을 지르며 박수를 쳤다. 아이는 놀란 표정으로 주위를 두리번거리다 우리 어머니를 빼다 박았다고 장담할 수 있는 눈으로 나를 다시 돌아보았다.

그러고는 다시 웃음을 터뜨렸다.

* * *

다음 날 열린 실제 파티의 등장인물은 기본적으로 같았고 조연만 추가됐다. 일부는 한눈에 알아볼 수 있었다. 나머지는 어디서 본 듯한 얼굴이었는데, 알고 보니 그중 몇 명은 오래전에 아버지 밑에서 일을 했던 직원들의 자녀이자 이제는 한층 넓어진 테리 형의 제국에서 근무하는 직원이었다. 형은 연료 회사뿐 아니라 뉴잉글랜드 전역에서 체인으로 운영되는 모턴스 패스트숍이라는 편의점 사업도 하고 있었다. 악필이 성공에는 아무 지장이 없었다.

캐슬록에서 건너온 출장 연회 요리사들이 네 개의 그릴 앞에 버티고 서서 기절초풍할 정도로 맛있는 샐러드와 디저트와 함께 먹을 햄버거와 핫도그를 구웠다. 강철로 만든 통에서 맥주가 나왔고 나무로 만든 통에서는 포도주가 나왔다. 내가 뒷마당에서 베이컨을 잔뜩 넣은 칼로리 폭탄을 열심히 씹고 있는데 테리 형의 영업사원 하나(술에 취했고 성격이 명랑했고 말이 많았다.)가 프라이버그에 있는 스플래시 시티와 뉴햄프셔에 있는 리틀턴 레이스웨이도 테리 형의 사업장이라고 내게 알려 주었다.

"그 경주장으로는 돈을 한 푼도 못 벌어요." 영업사원이 말했다. "그래도 우리 사장님이 어떤 분인지 아시잖아요. 스톡카*하고 폭격기라면 사족을 못 쓰죠."

기름때가 묻은 티셔츠에 엉덩이가 축 늘어진 멜빵 작업복을 입고 아버지와 함께 차고에서 다양한 형태의 로드 로켓을 만들었던 형의 모습이 떠오르면서 문득 고향에 남은 시골 쥐라고 할 수 있는 우리 형이 잘 사는구나 하는 생각이 들었다. 어쩌면 부자일 수도 있겠다는 생각이 들었다.

돈이 카라 린을 데리고 내 근처로 올 때마다 그 아이는 내 쪽으로 팔을 내밀었다. 결국 나는 오후 거의 내내 그 아이를 안고 다녔고 아이는 내 어깨 위에서 잠이 들었다. 이걸 본 아이 아빠가 짐을 덜어 주었다.

"놀랐어요." 그는 뒷마당에서 가장 큰 나무 그늘이 드리워진 곳에 담요를 깔고 아이를 눕히면서 말했다. "아이가 다른 사람을 그 정도로 좋아한 적이 없거든요."

"그렇다니 우쭐한데?"

나는 이렇게 말하고 이가 나느라 발개진 아이의 뺨에 입을 맞추

---

* 일반 승용차를 개조한 경주용 차.

었다.

옛날이야기들이 끊임없이 이어졌다. 경험한 사람이 들으면 어마어마하게 재미있지만 경험하지 못한 사람이 들으면 지루하기 짝이 없는 이야기들이었다. 나는 맥주와 포도주를 피해 다녔기 때문에 파티 장소가 6킬로미터 멀리 있는 유레카 그레인지로 옮겨졌을 때 기사로 임명돼서 난방유 회사 소유의 거대한 킹캡 픽업트럭의 기어를 바꾸느라 골머리를 앓았다. 30년 동안 수동 운전을 해 본 적이 없었기에 내가 클러치를 잘못 밟아서 트럭이 꿀렁거릴 때마다 술에 취한 승객들(짐칸에 앉은 일고여덟 명까지 세면 열 명이 넘었다.)은 웃음을 터뜨렸다. 짐칸에서 아무도 굴러떨어지지 않은 게 기적이었다.

출장 연회 요리사들이 먼저 건너가서 내 기억 속에 선명하게 남아 있는 댄스 플로어 옆에 음식을 차려 놓았다. 그 자리에 서서 넓고 반질반질한 나무 바닥을 쳐다보고 있는데 콘 형이 와서 내 어깨를 잡았다.

"옛 추억이 밀려드니, 동생아?"

나는 무서워서 죽을 것 같은 심정을 달래고 뜨끈뜨끈한 겨드랑이에서 뿜어져 나오는 땀 냄새를 맡으며 처음으로 연주 무대에 섰던 때가 생각났다. 나중에 우리가 연주하는 「누가 이 비를 멈출 것인가」에 맞춰서 왈츠를 추며 지나갔던 어머니, 아버지도 생각났다.

"얼마나 많은 추억이 생각나는지 형은 상상도 못 할걸?"

"나도 알 것 같은데?" 형은 그렇게 말하면서 나를 끌어안았다. 내 귀에 대고 다시 한 번 속삭였다. "나도 알 것 같은데?"

＊＊＊

집에서 함께 점심을 먹은 인원이 70명 정도였다면 7시에 유레카 그레인지 넘버7에 모인 인원은 그 두 배였고, 찰스 제이컵스의 마술 같은 냉방 기술로 천장에서 느릿느릿 돌아가는 선풍기를 보완하고 싶은 마음이 굴뚝같았다. 나는 할로의 명물이라 할 수 있는 디저트(깡통 과일을 넣어서 굳힌 라임맛 젤-O)를 집어서 밖으로 들고 나갔다. 플라스틱 숟가락으로 조금씩 떠먹으며 건물 모퉁이를 돌자 그 아래에서 아스트리드 소더버그와 처음으로 입을 맞추었던 비상계단이 나왔다. 그녀가 입었던 털 파카 모자가 그녀의 얼굴 주변으로 얼마나 완벽한 타원형을 그렸는지 생각이 났다. 딸기맛 립스틱도 생각이 났다.

괜찮았어? 내가 물었다. 그러자 그녀는 이렇게 대답했다. *다시 한 번 해 봐. 그럼 대답해 줄게.*

"어이, 신입생." 바로 뒤에서 말소리가 들리자 나는 펄쩍 뛰었다. "오늘 밤에 연주 좀 해 볼래?"

처음에 나는 그를 알아보지 못했다. 나를 크롬 로지스의 리듬 기타리스트로 발탁한 주인공이자 흐느적거리는 장발족이었던 고등학생이 정수리는 벗어지고 구레나룻은 희끗희끗하며 배는 꽉 끼는 바지허리 위로 늘어진 남자로 변해 있었다. 나는 젤-O가 담긴 조그만 종이 접시를 잡은 손을 늘어뜨리고 그를 빤히 쳐다보았다.

"놈? 놈 어빙?"

그는 뒤편의 금니가 보일 정도로 활짝 웃었다. 나는 젤-O를 내동댕이치고 그를 끌어안았다. 그는 웃으며 나를 마주 안았다. 우리는 서로에게 좋아 보인다고 했다. 오랜만이라고 했다. 그리고 당연히 옛날이야기를 했다. 놈은 해티 그리어가 임신하는 바람에 그녀와 결혼했다고 했다. 결혼 생활은 몇 년 만에 끝이 났지만 그들은 이혼 직후 악감정의 시기가 지나자 과거를 잊고 친구처럼 지내기로 했다. 두 사람 사이에서 태어난 딸 드니스는 지금 마흔을 목전에 두었고 웨스트브룩에서 미용실을 하고 있었다.

"대출을 다 갚아서 온전히 제 가게야. 재혼해서 아들을 둘 낳았는데, 너하고 나 사이에서 하는 말이지만 드니가 제일 예뻐. 해티도 재혼해서 아이를 하나 낳았지." 그는 음산한 미소를 지으며 내 쪽으로 몸을 숙였다. "두 번째 남편은 감옥을 들락날락해. 아이보다 죽음의 가루가 더 좋은 거지."

"케니하고 폴은 어떻게 됐어요?"

베이스 기타를 쳤던 케니 러플린도 크롬 로지스 시절에 사귀었던 여자친구와 결혼했고 지금도 잘 살고 있었다.

"루이스턴에서 보험영업소를 하고 있어. 수완이 좋아. 오늘 밤에 여기 왔는데. 못 봤어?"

"네."

봤지만 못 알아봤을 수 있었다. 그리고 그도 나를 못 알아봤을 수 있었다.

"그리고 폴 부샤르는……" 놈은 고개를 저었다. "아케이디아 주립공원에서 등산하다 추락했어. 이틀 버티다 죽었지. 1990년에. 어쩌면 고마운 일일지 몰라. 의사들 말로는 목숨을 부지했더라도 목

아래로 움직이지 못했을 거라고 했거든. 그러니까 전신 마비 환자가 됐을 거라고 말이야."

나는 끝까지 버틴 우리의 드러머를 그려 보았다. 산소 호흡기를 쓰고 침대에 누워서 대니 목사가 나오는 텔레비전을 시청하는 그를 그려 보았다. 나는 고개를 저어서 허튼 생각을 떨쳤다.

"아스트리드는? 아스트리드는 어디 사는지 알아요?"

"동쪽 바닷가 근처 어딘데. 캐스틴이던가? 로클랜드던가?" 그는 고개를 저었다. "기억이 안 나네. 대학을 중퇴하고 결혼하는 바람에 부모님이 노발대발했지. 이혼했을 때는 두 배로 노발대발했을걸? 바닷가재 전문점, 뭐 그런 음식점을 하는 것 같은데 내 말 믿지는 마. 너희들, 죽고 못 살았지?"

"네. 그랬죠."

그는 고개를 끄덕였다.

"풋사랑이었으니까. 세상에 그런 게 또 어디 있겠냐. 그래도 난 아스트리드를 보고 싶다고 말 못 하겠다. '소다 버거'가 그 당시에 걸어 다니는 다이너마이트였잖아. 걸어 다니는 _니트로글리세린_. 안 그래?"

"맞아요." 나는 스카이탑 전망대 근처의 버려진 오두막을 떠올렸다. 그리고 쇠막대도. 번개에 맞았을 때 얼마나 시뻘겋게 이글거렸던가. "맞아요, 그랬죠."

잠깐 정적이 흘렀고 그가 내 어깨를 때렸다.

"그래서, 어쩔래? 오늘밤에 우리랑 같이 공연할래? 그러겠다고 하는 게 좋을 거야. 네가 없으면 우리 밴드가 우라지게 한심해질 테니까."

"선배가 있는 밴드예요? 캐슬록 올스타스가? 케니 선배도 있고요?"

"그렇다니까. 예전처럼 무대에 자주 오르지는 않지만 이번 기회는 놓칠 수가 없었지."

"테리 형이 선배한테 부탁했어요?"

"테리 형이 너한테 한두 곡 맡길 수 있겠다고 생각했을지 모르지만 그 형이 부탁한 건 아니야. 그냥 옛날 밴드를 찾았는데 아직까지 살아 있고, 아직까지 이 동네 똥밭에서 어슬렁거리고, 아직까지 무대에 서는 사람이 나하고 케니밖에 없었을 뿐이야. 우리 리듬 기타리스트는 리스본폴스에서 온 목수인데 지난 수요일에 지붕에서 떨어지는 바람에 다리가 양쪽 다 부러졌어."

"저런."

"덕분에 나는 잘됐지. 삼인조로 올라갈 생각이었는데 알다시피 그러면 재미가 없잖아. 크롬 로지스 넷 중 셋이 뭉치다니 나쁘지 않네. 35년도 더 전에 PAL 댄스파티 때 무대에 오른 게 마지막이었던 걸 감안하면. 그러니까 같이 하자. 재결성 공연, 뭐 그런 거라고 치고."

"선배, 나는 지금 기타도 없어요."

"내 트럭에 세 개 있어. 아무거나 골라. 맨 첫 곡은 「기다려 슬루피」라는 것만 기억하면 돼."

* * *

우리는 알코올이 빚은 열렬한 박수 세례를 받으며 무대로 올라갔다. 예전처럼 삐쩍 말랐지만 이제는 결코 사랑스럽다고 볼 수 없는, 사마귀가 얼굴에 몇 군데 생긴 케니 러플린이 펜더 P-베이스의 끈을 조절하다 말고 고개를 들어서 나와 주먹을 서로 부딪쳤다. 나는 기타를 들고 맨 처음 이 무대에 섰을 때처럼 떨리지는 않았지만 아주 생생한 꿈을 꾸는 듯한 기분이 들었다.

놈은 늘 그랬던 것처럼 한 손으로 마이크를 조절하고, 흘러간 로큰롤 명곡이 터지길 기다리는 관객들에게 말했다.

"여러분, 드럼 세트에는 캐슬록 올스타스라고 적혀 있지만 오늘밤에는 리듬 기타리스트를 특별히 영입했고 앞으로 두세 시간 동안 우리는 다시 크롬 로지스입니다. 제이미, 시작해."

나는 비상계단 아래에서 아스트리드에게 입을 맞추었던 때를 생각했다. 놈의 녹슨 미니버스와, 낡은 트레일러하우스의 무너진 소파에 앉아서 지그재그 종이로 약을 말며 내게 운전면허증을 단박에 따고 싶으면 그 우라질 머리부터 자르는 게 좋을 거라고 했던 그의 아버지 시서로를 생각했다. 오번 롤로드롬에서 10대들을 위한 댄스음악을 연주했던 것과 에드워드 리틀과 리스본 하이인지, 스본 하이와 세인트돔인지 학생들 사이에서 필연적인 싸움이 벌어졌을 때도 연주를 멈추지 않았던 것을 생각했다. 내가 냄비에 담긴 개구리인 줄 몰랐던 시절에는 사는 게 어땠는지 생각했다.

나는 큰 소리로 외쳤다.

"원, 투, 어떻게 하면 되는지 알지!"

E코드.

이 썩을 것들은 전부 E코드로 시작된다.

* * *

1970년대였다면 통금이 시작되는 새벽 1시까지 연주했을지 모르지만 지금은 1970년대가 아니었고 11시 무렵이 되자 우리는 땀을 뚝뚝 흘리며 탈진했다. 그래도 상관없었다. 테리 형의 명령으로 10시에 맥주와 포도주가 치워졌고 알코올이 사라지자 인원이 금세 줄었다. 남은 사람들도 대부분 자리에 다시 앉아서 음악만 들을 뿐 지쳐서 춤은 추지 못했다.

"예전보다 훨씬 잘하는데, 신입생?" 악기를 챙기면서 놈이 말했다.

"선배도요."

*좋아 보인다*는 말만큼이나 새빨간 거짓말이었다. 열네 살 때는 내가 노먼 어빙보다 기타를 더 잘 치는 날이 올 거라고 상상도 하지 못했는데 그런 날이 오고야 말았다. 그는 알 만하지만 아무 말 않고 그냥 넘어가겠다는 뜻이 담긴 미소를 지어 보였다. 케니까지 우리 곁으로 다가오자 크롬 로지스의 남은 멤버 셋은 고등학생 때였다면 "호모 짓"이라고 불렀을 포옹을 했다.

테리 형이 맏아들 테리 2세를 데리고 찾아왔다. 형은 피곤해 보였지만 어마어마하게 행복해 보이기도 했다.

"콘하고 친구는 운전을 못할 정도로 술을 많이 마신 사람들을 데리고 캐슬록으로 갔어. 테리 2세를 부조종사로 빌려줄 테니까 남은 할로 사람들은 네가 킹캡에 싣고 와 줄래?"

나는 좋다고 대답하고 놈과 케니에게 마지막 작별 인사를 한 다음 나에게 배정된 술꾼들을 한데 싣고 출발했다. 아무리 해가 졌다지만 그래도 내 손바닥 안인데 조카는 일일이 길을 알려 주다 마지막 두세 커플을 스택폴 도로에서 내려 줄 무렵이 되자 잠잠해졌다. 돌아보니 조수석 유리창에 머리를 대고 잠이 들어 있었다. 나는 메소디스트 대로에 있는 고향집에 도착했을 때 조카를 깨웠다. 그 아이는 내 뺨에 입을 맞추고(그 아이는 몰랐겠지만 나는 엄청난 감동을 받았다.) 비틀비틀 집 쪽으로 걸어갔다. 사춘기답게 일요일 대낮까지 잠을 잘 것이다. 나는 혹시 내가 쓰던 방을 저 아이가 쓰고 있을까 궁금해하다가 아닐 거라는 결론을 내렸다. 그는 증축된 쪽에 지낼 것이다. 시간은 모든 것을 바꾸어 놓는데 어쩌면 그것도 나쁘지 않은 일일지 모른다.

킹캡 열쇠를 복도 고리에 걸고 렌터카 쪽으로 걸어가는데 차고에서 새어 나오는 불빛이 보였다. 다가가서 안을 들여다보니 테리 형이 있었다. 파티복을 작업복으로 갈아입은 상태였다. 1960년대 후반이나 1970년대 초반에 출시된 셰비 SS가 천장에 달린 전등 불빛을 받고 파란 보석처럼 반짝였다. 새 장난감에 광을 내는 중이었다.

내가 들어가자 형이 고개를 들었다.

"잠이 안 와서. 너무 흥분했나 봐. 이 녀석을 왁스로 좀 닦다가 자러 들어가야겠다고 생각했지."

나는 보닛을 손으로 쓸었다.

"예쁘다."

"지금이야 그렇지만 포츠머스 경매장에서 찜했을 때만 해도 전혀 아니었지. 대부분의 입찰자들이 고물 취급했지만 나는 되살릴 수 있을 것 같더라고."

"부활시킨 거네."

내가 말했다. 테리 형에게 한 말이 아니라 혼잣말에 가까웠다.

형은 생각에 잠긴 눈빛으로 나를 쳐다보다 어깨를 으쓱했다.

"그렇다고 볼 수도 있겠다. 변속기만 바꾸면 거의 다 끝났어. 옛날 로드 로켓들하고는 다르지?"

나는 웃음을 터뜨렸다.

"맨 처음 로드 로켓이 스피드웨이에서 완전히 뒤집혔던 거 기억나?"

테리 형은 눈을 부라렸다.

"첫 바퀴에서 그랬잖아. 우라질 드웨인 로비쇼 같으니라고. 시어스 백화점에서 면허증을 땄을 거다."

"아직 살아 있어?"

"아니, 10년 전에 죽었어. 최소한 10년 전에. 뇌종양으로. 딱하게도 발견했을 때 이미 손 쓸 도리가 없었어."

내가 신경외과 의사라고 치자. 제이컵스는 래치스에서 만난 그날, 이렇게 말했다. 내가 너에게 수술을 받다가 사망할 확률이 25퍼센트라고 말했다고 치자. 그래도 너는 강행하지 않을까?

"너무하네."

그는 고개를 끄덕였다.

"우리 어렸을 때 했던 말 기억나? '너무한 게 뭐야? 인생. 인생이 뭐야? 잡지.* 얼마야? 15센트. 나 10센트밖에 없는데. 너무하네.' 이런 식으로 계속 이어졌던 거."

---

* 잡지 《라이프(Life)》를 말한다.

"기억나. 그때는 그게 농담인 줄 알았는데." 나는 머뭇거렸다. "클레어 누나 생각 자주 해, 테리 형?"

형은 걸레를 양동이에 던지고 개수대로 가서 손을 씻었다. 예전에는 수도꼭지가 하나밖에 없었는데(찬물만 나오는) 이제는 두 개였다. 형은 물을 틀고 라바 비누를 집어서 비누칠을 하기 시작했다. 아버지에게 배운 대로 팔꿈치까지 칠했다.

"날마다 하지. 앤디 형 생각도 하지만 그만큼 자주 하지는 않아. 칼이랑 포크를 그렇게 좋아하지 않았더라면 좀 더 오래 살 수 있었을지는 몰라도 그건 이른바 순리였으니까. 하지만 클레어 누나의 경우에는…… 우라지게 잘못됐잖아. 안 그래?"

"맞아."

형은 보닛에 기대고 서서 멍하니 어딘지 모를 곳을 쳐다보았다.

"누나가 얼마나 예뻤는지 기억나?" 형은 천천히 고개를 저었다. "예쁜 우리 누나였잖아. 그 새끼…… 그 *짐승* 새끼가 창창했던 우리 누나의 앞날을 짓밟고 겁쟁이처럼 빠져나갔지." 형은 한 손으로 얼굴을 쓸었다. "누나 얘기 하지 말자. 울컥해지려고 한다."

나도 울컥해지려고 했다. 나에게 엄마 노릇을 대신할 수 있을 만큼, 딱 그 정도 나이차가 났던 클레어 누나. 평생 아무도 해친 적 없는 예뻤던 우리 누나, 클레어.

우리는 키 큰 풀숲에서 울어 대는 귀뚜라미 소리를 들으며 현관 앞마당을 가로질렀다. 귀뚜라미들은 여름이 끝나 가는 걸 아는지 8월 말과 9월 초에 가장 요란하게 울었다.

테리 형은 계단이 시작되는 곳에서 걸음을 멈추었다. 아직까지 촉촉하게 젖은 형의 눈가가 내 눈에 들어왔다. 형은 오늘 즐거운 시간을 보냈지만 그래도 길고 힘든 하루였다. 막판에 클레어 누나 이야기를 꺼내다니 내 실수였다.

"자고 가라. 소파를 펴면 침대가 되는데."

"아니야. 아침에 그 숙소에서 파트너랑 셋이 아침 먹기로 코니 형이랑 약속했어."

"*파트너?*" 형은 말하며 눈을 부라렸다. "흥."

"워, 워, 터렌스 형. 20세기 사람처럼 굴지 마. 요즘은 마음만 먹으면 그런 사람들끼리 결혼할 수 있는 주가 열 군데도 넘어. 여기 이 주도 그렇고."

"아, 나는 신경 안 써. 누가 누구랑 결혼하든 상관없어. 코니 형은 어떻게 생각할지 몰라도 그 녀석은 *파트너*가 아니라서 그런 거지. 빈대는 척 보면 알거든. 야, 나이도 형의 절반밖에 안 된다."

그 말을 들었더니 나이가 내 절반에도 못 *미쳤던* 브리애나가 생각났다.

나는 테리 형을 끌어안고 뺨에 살짝 입을 맞추었다.

"내일 봐. 점심 먹자, 공항으로 가기 전에."

"알았어. 그리고 제이미. 너 오늘 기타 끝내주게 잘 치더라."

나는 고맙다고 인사하고 차 쪽으로 걸어갔다. 문을 여는데 형이 내 이름을 불렀다. 나는 돌아보았다.

"제이컵스 목사님이 마지막으로 설교단에 섰던 일요일 기억나? 우리가 끔찍한 설교라고 부른 사건이 있었던 날 말이야."

"응. 생생하게 기억하지."

"그때 다들 엄청 충격을 받았고 아내와 아들을 잃은 슬픔 때문에 그런 거라고 했잖아. 그런데 그거 알아? 클레어 누나 생각을 하니까 찾아가서 손이라도 잡고 싶은 거 있지." 테리 형은 작업복 위로 팔짱(우리 아버지를 닮아서 팔이 근육질이었다.)을 끼고 있었다. "이제 와 생각해 보니까 그런 설교를 하다니 용감했구나 싶거든. 이제 와 생각해 보니까 한 마디, 한 마디가 맞는 말이었거든."

* * *

테리 형은 돈을 많이 벌었을지 몰라도 여전히 알뜰해서 일요일 점심으로 남은 출장 연회 음식을 먹었다. 나는 점심 내내 카라 린을 무릎에 앉히고 손톱만 하게 자른 음식을 먹였다. 나설 시간이 돼서 돈에게 다시 넘기자 아이가 내 쪽으로 팔을 벌렸다.

"안 돼요, 우리 아기." 나는 놀라우리만치 보드라운 이마에 입을 맞추었다. "할아버지는 이제 가야 해."

아이가 할 줄 아는 말은 열 몇 마디뿐이었지만(내 이름도 있었다.) 이해하는 말은 훨씬 많아서 내 말뜻을 알아들었다. 그 조그만 얼굴을 찡그리며 다시 팔을 벌리는데, 우리 어머니와 죽은 누이를 닮은 파란 눈 가득 눈물이 고여 있었다.

"얼른 가." 콘 형이 말했다. "안 그러면 저 아이를 데려다 키워야 하게 생겼네."

그래서 나는 얼른 떠났다. 렌터카로, 포틀랜드 제트포트로, 덴버 국제공항으로, 네덜랜드로 갔다. 하지만 나를 향해 내밀었던 그 토실토실한 팔과 눈물이 그렁그렁 맺혔던 모턴 집안의 파란색 눈이 계속 생각났다. 한 살밖에 안 됐는데 내가 좀 더 있다 가길 바랐다. 아무리 멀리 떨어져 있었더라도, 아무리 오랫동안 외지에서 살았더라도 그럴 때 고향에 왔다는 느낌이 드는 것 같다.

좀 더 있다 가라고 붙잡는 곳이 고향이지 않은가.

* * *

2014년 3월, 대부분의 스키족들이 베일, 아스펜, 스팀보트 스프링스 그리고 우리의 엘도라 산을 떠난 이후에 엄청난 눈보라가 들이닥칠 거라는 소식이 전해졌다. 그 유명한 극소용돌이 때문에 그릴리에는 이미 1미터 넘게 폭설이 내렸다.

나는 거의 하루 종일 울프조에 틀어박혀서 스튜디오와 대저택에 널빤지를 대는 휴와 무키를 거들었다. 그러다 바람이 거세어지고 잿빛 하늘에서 눈발이 날리기 시작했을 때 조지아가 재킷을 입고 귀마개와 울프조 목장 마크가 새겨진 모자를 쓰고 밖으로 나왔다. 잔뜩 호통을 치려는 기세였다.

"이 사람들 퇴근시켜요." 그녀가 휴에게 말했다. "어느 길가에 발이 묶여서 6월까지 옴짝달싹 못하기 전에."

"도너 일행*처럼 말이죠?" 내가 말했다. "하지만 무키는 절대 안 먹을래요. 너무 질겨요."

---

* 1800년대에 미국 중부에서 캘리포니아로 대륙 횡단을 시도했다가 겨울에 산악 지대에서 고립돼 식량이 떨어지자 시신을 먹으며 연명한 사람들.

"두 사람 얼른 가, 휘이." 휴가 말했다. "가는 길에 스튜디오 문 잘 닫았는지 다시 한 번만 확인해 주고."

우리는 그렇게 하고 추가로 마구간까지 확인했다. 나는 심지어 가장 아끼던 바틀비가 3년 전에 죽었음에도 불구하고 녀석들에게 잘게 자른 사과까지 나누어 주었다. 무키를 하숙집에 내려 주었을 무렵에는 폭설이 내리고 초속 30미터가 넘는 강풍이 불었다. 네덜랜드 도심은 인적이 없었고 신호등은 흔들렸고 일찌감치 문을 닫은 가게들 입구에 눈 더미가 이미 쌓여 있었다.

"쌩하니 들어가!"

무키가 바람 소리 너머로 외쳤다. 반다나로 입과 코를 덮고 묶어서 나이 많은 무법자 같아 보였다.

나는 성질 나쁜 일진처럼 내 차를 계속 어깨로 밀치는 바람을 가르고 쌩하니 달렸다. 걸어가는 동안 바람이 더 심해져서, 심술을 부리기로 작정하면 콜로라도의 겨울이 어떤 식인지 모르고 대책 없이 깨끗하게 수염을 깎은 얼굴에 옷깃이 들러붙었다. 아파트 건물 안으로 들어간 뒤에는 두 손으로 공동 현관문을 잡고 당겨야 닫을 수 있었다.

우편함을 확인하니 편지가 한 통 들어 있었다. 나는 편지를 꺼냈고 누가 보낸 편지인지 한눈에 알아차렸다. 비뚤배뚤하고 가느다랗게 변했지만 그래도 제이컵스의 필체를 알아볼 수 있었다. 한 가지 놀라운 부분이 있다면 *메인 주 모턴, 유치 우편과*라고 적힌 발신인 주소였다. 내 고향은 아니지만 바로 옆 마을이었다. 내 소견으로는 불편하리만치 가까웠다.

나는 손바닥에 대고 봉투를 치다 말고 하마터면 맨 처음에 느낀 충동에 따라 갈기갈기 찢어서 문을 열고 바람에 날려 버릴 뻔했다. 그랬더라면 뭐가 어떻게 달라졌을지 지금도(날마다, 가끔은 매 시간마다) 궁금하다. 하지만 그러지 않고 반대로 뒤집었다. 그곳에 똑같이 불안한 필체로 딱 한 줄이 적혀 있었다. *이 편지를 읽고 싶을 거다.*

아니었지만 나는 그래도 봉투를 뜯었다. 좀 더 작은 봉투를 감싸고 있는 종이가 나왔다. 두 번째 봉투 위에 *이걸 열기 전에 내 편지부터 읽어라*라고 적혀 있었다. 그래서 나는 그 편지부터 읽었다.

아아, 그 편지부터 읽어 버렸다.

2014년 3월 4일

제이미에게

네 이메일 주소를 업무용과 개인용 양쪽 모두 입수했다만(너도 알다시피 나만의 방법이 있거든.) 나는 구식으로 살아가는 늙은이라 중요한 개인 업무는 편지로, 그것도 가능한 한 자필 편지로 처리해야 한다고 믿는다. 너도 보다시피 아직은 '자필' 편지가 가능하단다, 언제까지 가능할지는 모르겠다만. 2012년 가을에는 가볍게, 작년 여름에는 그보다 좀 심각하게 뇌졸중을 겪었거든. 그래서 글씨가 가관이더라도 이해해 주기 바란다.

내가 너에게 편지로 연락하는 이유가 하나 더 있지. 이메일은 삭제하기가 너무 쉬운데 반해 누군가가 펜과 잉크로 정성스럽게 쓴 편지는 찢어 버리기가 그보다 조금은 더 어렵지 않니. 네가 이 편지를 읽을 확률을 높일 수 있게 봉투 뒷면에다가도 한 줄 덧붙일 작정이다. 답장이 없으면 특사를 파견해야겠다만 그러고 싶지는 않구나. 시간이 없거든.

특사라. 마음에 들지 않는 단어였다.

　마지막으로 만났을 때 내가 너에게 조수가 되어 달라고 했지. 너는 거부했고. 다시 한 번 부탁하려고 하는데 이번에는 네가 수락할 거라고 확신한다. 내 연구가 마지막 단계에 접어들었으니 그래야만 해. 이제 남은 건 마지막 실험뿐이다. 성공을 확신하지만 혼자서 진행할 엄두가 나지 않는구나. 도와줄 사람이 필요하고, 그런가 하면 증인도 필요하다. 거짓말이 아니라 너도 거의 나만큼 이 실험과 관계가 있어.

　너는 거절할 생각이겠지만 나는 옛 친구인 너를 잘 안다. 동봉한 편지를 읽으면 네 생각이 바뀔 거라고 믿는다.

찰스 D. 제이컵스

　바람이 윙윙거렸다. 눈은 고운 모래 비슷한 소리를 내며 문에 달린 유리를 때렸다. 볼더로 가는 길은 이미 통제되었거나 아니면 조만간 통제될 것이다. 나는 좀 더 작은 봉투를 집으며 생각했다. 무슨 일이 벌어졌어. 무슨 일인지 알고 싶지 않았지만 이제 와서 돌이키기에는 너무 늦은 듯했다. 나는 내 아파트로 올라가는 계단에 앉아서 유난히 사나운 바람이 건물을 흔드는 소리를 들으며 봉투를 열었다. 제이컵스의 필체처럼 비뚤배뚤한 글씨가 아래로 점점 기울며 이어졌지만 한눈에 알아볼 수 있었다. 당연히 그럴 수밖에 없었다.

이 글씨로 적힌, 때로는 화끈하기 이를 데 없었던 연서를 받아 본 적이 있기 때문이었다. 배 속이 물컹거렸고 순간 이러다 정신을 잃는 게 아닌가 싶었다. 나는 고개를 숙였고 편지를 들지 않은 쪽 손으로 눈을 감싸고 관자놀이를 눌렀다. 현기증이 가시자 거의 아쉬울 지경이었다.

나는 편지를 읽었다.

2014년 2월 25일

제이콥스 목사님께

목사님이 제 마지막 희망이에요.

이런 말을 하다니 미친 짓 같지만 진짜예요. 제가 목사님에게 연락하는 이유는 제 친구 제니 놀턴이 권유했기 때문이에요. 제니는 간호사이고 하나님은 믿지만 치유의 기적은 절대 믿은 적이 없대요. 그런데 몇 년 전에 로드아일랜드 주 프로비던스에서 열린 목사님의 부흥회에서 손을 오므렸다 폈다 할 수 없고 옥시콘틴*에 '중독'될 만큼 심했던 관절염을 치료받았다고 해요. 제니가 이러더군요. "혼잣말로는 앨 스탬퍼의 노래를 들으러 가는 거라고 중얼거렸어. 보-라이츠로 활동하던 시절의 음반을 전부 가지고 있었거든. 하지만 치료를 받고 싶은 사람이 있느냐는 목사님의 말에 줄을 선 걸 보면 속으로는 내가 거길 찾아간 진짜 이유를 알았던 거야." 제니가 말하길 목사님의 반지가 관자놀이에 닿은 순간 손과 팔의 통증이 사라졌고

---

* 마약성 진통제.

옥시콘틴을 먹을 필요도 없어졌대요. 관절염이 치료됐다는 것보다 그 말을 더 믿기가 어렵더군요. 제 주변에는 그 약을 먹는 사람이 워낙 많아서 '약을 끊기'가 얼마나 어려운지 알거든요.

제이컵스 목사님, 저는 폐암에 걸렸어요. 방사선 치료를 받느라 머리카락이 다 빠졌고 화학 요법을 받느라 구역질이 떠날 줄 몰랐는데(체중이 27킬로그램이나 빠졌어요.) 그 지옥 같은 치료에도 불구하고 종양이 없어지질 않았어요. 병원에서는 한쪽 폐를 들어내는 수술을 하자는데 제 친구 제니가 저를 붙잡아 앉히더니 이렇게 얘기하더군요. "내가 냉혹한 진실을 알려줄게. 병원에서는 대부분 손 쓸 도리가 없을 때 그런 수술을 하자고 하고, 그걸 아는데도 불구하고 수술을 하는 이유는 그 방법밖에 없기 때문이야."

다음 장으로 넘기는데 머리가 지끈거렸다. 오랜만에 처음으로 약에 취하고 싶었다. 약에 취해야 맨 아래에서 나를 기다리고 있는 발신인 이름을 보았을 때 비명을 참을 수 있을 것 같았다.

제니 말로는 목사님에게 치료받은 환자들을 인터넷으로 찾아보았는데 확실해 보이는 사례가 자기 말고도 많다고 하더군요. 목사님이 더 이상 순회 부흥회를 하지 않으신다는 건 알아요. 은퇴하셨을 수도 있고 몸이 편찮으실 수도 있고 어쩌면 돌아가셨을 수도 있겠죠.(저뿐 아니라 목사님을 위해서 그건 아니길 기도하지만요.) 건강하게 살아 계시더라도 배달된 편지를 더 이상 읽지 않으실 수도 있고요. 그렇기에 병에 쪽지를 담아서 바다로 던지는 것과 같다는 것을 알지만 그래도 왠지 모르게(꼭 제니 때문만은 아니에요.) 편지를 보내 보고 싶네요. 쪽지가 담긴 병이 바닷가에 닿아서 누군가가 그 쪽지를 읽을 수도 있으니까요.

저는 수술을 받지 않겠다고 했어요. 그러니까 정말로 목사님이 마지막 희망이에요. 얼마나 가망이 없고, 또 어리석을 수도 있는 희망인지 알지만 성서에도 이런 말이 있잖아요. "믿는 자에게는 능치 못할 일이 없느니라." 답장 기다릴게요……. 못 받아도 어쩔 수 없고요. 어찌 됐건 주님께서 목사님을 축복하고 지켜 주시길 바랍니다.

희망에 사는

아스트리드 소더버그 드림

메인 주 마운트 데저트 아일랜드

모건 피치 도로 17번지 04660

(207) 555-6454

아스트리드라니. 하나님 맙소사.

몇십 년 만에 다시 아스트리드가 등장하다니. 눈을 감자 앳되고 예쁜 얼굴을 파카 모자로 감싸고 비상계단 아래에 서 있는 그녀의 모습이 보였다.

나는 눈을 뜨고 그녀의 주소 아래에 제이컵스가 덧붙인 메모를 읽었다.

그녀의 진료 기록과 최근에 찍은 엑스레이 사진을 보았다. 내 말 믿어도 된다. 거짓말이 아니야. 내가 봉투를 감싼 편지에서도 밝혔다시피 나만의 방법이 있거든. 방사선 치료와 화학 요법으로 왼쪽 폐의 종양은 크기가 줄었지만 완전히 제거되지는 않았고 오른쪽 폐에는 종양이 더 많아졌더구나. 그래서 심각한 상태지만 <u>나는 그녀를 살릴 수 있어.</u> 이번에도 내 말을 믿어도 되는데 그런 암은 마른 덤불에 난 불과 같아서 금세 번지기 마련이지. 시간이 얼마 남지 않았기에 네가 당장 결정을 내려야 한다.

그 정도로 시간이 얼마 남지 않았다면서 전화로 얘기하지 않은 이유가 뭐죠? 나는 궁금했다. *그게 아니면 이 악마의 거래장을 특급으로 보낼 수도 있었잖아요.*

하지만 나는 답을 알았다. 그의 관심사는 아스트리드가 아니었기에 시간이 얼마 남지 않길 *바랐을* 것이다. 아스트리드는 졸이었다. 반면에 나는 저 뒷줄에 놓인 말이었다. 이유는 모르겠지만 아무튼 그랬다.

마지막 부분을 읽는 동안 편지를 잡은 내 손이 부들부들 떨렸다.

만약 네가 올여름에 연구를 마무리할 수 있도록 나를 돕겠다고 하면 너의 옛 친구(그리고 아마도 너의 옛 애인)는 암을 물리치고 살아날 수 있을 것이다. 만약 네가 거부하면 나는 그녀가 죽도록 내버려 둘 것이다. 물론 너에게는 이 말이 잔인하고 심지어는 극악무도하게 들리겠지만 내 연구의 엄청난 의미를 깨닫는다면 생각이 바뀔 것이다. 그래, 너마저 생각이 바뀔 거야! 내 유선전화번호와 휴대전화번호, 양쪽 모두 아래에 적었다. 나는 소더버그 양의 번호를 옆에 두고 이 편지를 쓰고 있다. 네가 전화하면(물론 좋은 쪽으로 결론을 내리고 말이다.) 그녀에게 연락할 생각이다.

선택은 너의 손에 달려 있다, 제이미.

나는 2분 더 계단에 앉아서 심장의 두근거림이 가라앉길 바라며 심호흡을 했다. 내 쪽을 향해 기울었던 그녀의 골반과, 강철봉처럼 단단해져서 욱신거리던 나의 물건과, 내 입속으로 담배 연기를 불어넣는 동안 내 목덜미를 어루만졌던 그녀의 손을 계속 생각했다.

마침내 나는 일어나 두 통의 편지를 달랑달랑 늘어뜨리고서 내 아파트로 올라갔다. 계단은 길지도 가파르지도 않았고 나는 자전거를 열심히 탄 덕분에 몸 상태가 좋았는데도 두 번이나 쉬면서 숨을 골라야 끝까지 올라갈 수 있었고, 손이 너무 떨려서 다른 손으로 잡고서야 열쇠를 구멍에 꽂을 수 있었다.

날은 어두웠고 아파트는 컴컴했지만 나는 전등을 켤 겨를이 없었다. 얼른 해치워야 할 일이 있었다. 허리춤에 찼던 전화기를 꺼내 소파 위로 던지고 제이컵스의 휴대전화 번호를 눌렀다. 신호음은 한 번으로 그쳤다.

"안녕, 제이미."

"이런 개자식아. 염병할 개자식아."

"목소리 들으니까 반갑구나. 어느 쪽으로 결정을 내렸니?"

그는 우리에 대해 얼마나 알고 있었을까? 내가 무슨 얘기를 한 적이 있었나? 아스트리드가 한 적이 있었나? 그런 적 없다면 그가 어디까지 캔 걸까? 알 수가 없었고 상관도 없었다. 그의 말투로 짐작하건대 형식적으로 물어본 거였다.

나는 가능한 빨리 건너가겠다고 했다.

"오고 싶다면 당연히 와도 된다. 나야 기쁘지, 7월까지는 필요가 없긴 해도. 그녀를 만나고 싶지 않다면…… 지금 상태가 그러니 말이다. 그러니까……"

"날씨가 괜찮아지자마자 비행기를 탈게요. 만약 내가 도착하기 전에 아스트리드를 고칠 수 있다면…… 치료할 수 있다면…… 하세요. 하지만 아저씨가 지금 어디 있든 간에 내가 갈 때까지 아스트리드를 잡아 두세요. 무슨 일이 있어도."

"나를 못 믿는구나?"

그는 몹시 슬퍼하는 척하는 했지만 나는 믿지 않았다. 그는 감정 투사의 대가였다.

"어떻게 믿을 수가 있겠어요, 찰리 아저씨? 어떤 식으로 작전을 수행하는지 봤는데."

그는 한숨을 쉬었다. 몰아치는 바람이 건물을 흔들고 처마를 따라서 울부짖었다.

"지금 아저씨가 있는 곳은 모턴 어디에요?"

나는 물었지만…… 제이컵스처럼 형식적으로 물어본 거였다. 인생은 바퀴와 같아서 출발 지점으로 항상 돌아가기 마련이다.

XI
고트산.
그녀가 기다린다.
미주리에서 날아온 비보.

그래서 크롬 로지스의 부활을 짤막하게 경험하고 6개월여 만에 나는 다시 포틀랜드 제트포트에 내려서 다시 북쪽의 캐슬 카운티로 달렸다. 하지만 이번에는 목적지가 할로가 아니었다. 고향까지 아직 8킬로미터가 남았을 때 9번 도로에서 빠져나와 고트산 대로로 갈아 탔다. 날은 따뜻했지만 메인 주에도 며칠 전에 봄 눈보라가 들이닥 쳤기 때문에 녹은 눈이 졸졸 흐르는 기분 좋은 소리가 사방에서 들 렸다. 여전히 길가를 빽빽하게 채운 소나무와 가문비나무들은 얹힌 눈 때문에 가지가 늘어졌지만 도로 자체는 제설 작업이 끝나서 오 후 햇살을 맞으며 촉촉하게 반짝였다.

어렸을 때 청년회 소풍 장소였던 롱메도가 보이자 나는 2~3분 정도 서 있었고 스카이탑 전망대로 이어지는 옆길에서는 더 오랫동 안 서 있었다. 아스트리드와 내가 처녀, 총각 딱지를 떼었던 다 쓰러져 가는 오두막을 다시 찾을 여유는 없었고, 여유가 있었다 한들 찾아갈 수도 없었다. 자갈길이 이제는 포장도로로 바뀌었고 그 길도 제설 작업이 끝났지만 오크의 주먹만 한 맹꽁이자물쇠가 달린 튼튼한 나무문이 앞을 막고 있었다. 그것만으로는 부족한지 **절대 출입 금지**와 **무단 침입자에게는 법정 최고 형량이 구형됨**이라고 적힌 큼지막한 팻말이 있었다.

1.5킬로미터쯤 더 가자 고트산 정문 관리실이 나왔다. 그 길은 막히지 않았지만 갈색 제복 위에 가벼운 재킷을 걸친 경비가 지키고 있었다. 재킷의 단추를 채우지 않은 이유는 날이 따뜻해서일 수도 있었고 허리춤에 찬 권총을 보여 줌으로써 진입을 막으려는 것일 수도 있었다. 권총이 큼지막해 보였다.

나는 차창을 내렸지만 경비가 내 이름을 묻기도 전에 관리실 문이 열리면서 찰스 제이컵스가 나왔다. 두툼한 파카를 입었지만 한 줌밖에 안 남은 체구를 감추지 못했다. 마지막으로 만났을 때 그가 여위었다면 지금은 비쩍 말랐다. 예전보다 훨씬 심하게 절었고 따뜻하고 반가운 미소를 지으려고 했을지 몰라도 얼굴 왼쪽만 살짝 움직일 수 있어서 비웃음에 가까워 보였다. *뇌졸중 때문이로구나.*

"제이미, 만나서 반갑다!" 그가 손을 내밀자 나는 악수를 했지만…… 서슴없이 그의 손을 잡지는 않았다. "내일은 되어야 올 줄 알았는데."

"콜로라도에서는 폭풍이 지나가면 곧바로 공항을 재가동하거든요."

"그렇겠지, 그렇겠지. 네 차를 타고 올라가도 될까?" 그는 경비 쪽을 턱으로 가리켰다. "내려올 때는 샘이 골프 카트로 태워다 줬고 경비실 안에는 난로가 있다만 요즘은 이렇게 봄처럼 화창한 날에도 금세 추위를 느껴서. 예전에 우리가 봄에 내리는 눈을 뭐라고 했는지 기억나니, 제이미?"

"가난한 농부의 비료라고 했죠. 타세요."

그는 절뚝거리며 차 앞쪽을 가로질렀고 샘이 팔을 잡아 주려고 하자 홱 뿌리쳤다. 얼굴 근육을 잘 움직일 수가 없고 절뚝거린다기보다 휘청거리는 것에 가깝게 걸었지만 그래도 팔팔했다. *사명감에 불타서 그런 거겠지.*

그는 끙 하고 안도의 한숨을 쉬며 올라타 히터를 켰고 모닥불을 쪼이는 사람처럼 조수석 쪽 통풍구에 대고 울퉁불퉁한 손을 비볐다.

"이거 켜도 괜찮지?"

"그럼요."

"여길 보면 래치스 진입로가 생각나지 않니?" 그는 이렇게 물으며 계속 손을 비볐다. 종이가 듣기 싫게 바스락거리는 소리가 났다. "나는 그런데."

"뭐…… 저것만 없으면요."

나는 한때 스모키 트레일이라는 중급자용 스키 슬로프가 있었던 왼쪽을 가리켰다. 이름이 스모키 트위스트였을 수도 있겠다. 지금은 리프트 케이블 하나가 끊어졌고, 기온이 조금이라도 떨어지면 앞으로 5주 동안 없어지지 않을 눈더미 속에 리프트 두세 개가 반쯤 묻혀 있었다.

"지저분하지." 그도 동의했다. "하지만 고칠 필요는 없어. 눈이 녹으면 리프트를 전부 치울 생각이거든. 내가 스키를 탈 수 있는 날은 끝났으니까, 안 그러냐? 어렸을 때 여기 와 본 적 있니, 제이미?"

콘 형과 테리 형과 두 사람의 평지 출신 친구들을 따라서 대여섯 번 온 적이 있었지만 나는 더 이상 잡담을 나눌 기분이 아니었다.

"그 친구, 여기 있나요?"

"응, 12시쯤에 도착했다. 친구라는 제니 놀스턴이 데려왔더구나. 어제 오려고 했는데 동쪽 바닷가 일대는 폭풍우가 더 심했대. 그리고 네 다음 질문에 미리 대답하자면 아니, 아직 치료하지 않았다. 가엾게도 기운이 하나도 없어서. 내일이면 치료할 여유가 충분히 생길 테고 그녀가 너를 만날 여유도 충분히 생길 거다. 물론 네 쪽에서 원하면 오늘 만날 수도 있겠지. 그녀가 새 모이만큼이나마 저녁을 먹을 때. 식당에 폐쇄회로 TV가 설치돼 있거든."

폐쇄회로 TV에 대한 내 생각을 밝히려는 찰나, 그가 한쪽 손을 들었다.

"흥분하지 말게, 친구. 내가 설치한 게 아니야. 내가 매입하기 전부터 설치되어 있었지. 직원들이 제대로 일을 하고 있는지 보려고 경영진이 설치한 모양이야."

얼굴 반쪽만으로 짓는 그의 미소가 그 어느 때보다 비웃음에 가까워 보였다. 나만 그렇게 생각한 것일 수도 있겠지만 그건 아닐 것이다.

"쌤통이다 싶어요? 저를 여기로 불러다 놓으니까 고소한가요?"

"설마." 그는 고개를 반쯤 돌리고 우리 양옆으로 지나가는, 쌓여서 녹아 가는 눈 더미를 바라보았다. 그러다 다시 내 쪽으로 고개를 돌렸다. "뭐. 어쩌면. 약간은. 지난번에 만났을 때 네가 좀 콧대 높고 당당하게 굴었어야지. 좀 *거만했어야지.*"

지금은 콧대 높고 당당하거나 거만한 기분이 느껴지지 않았다. 덫에 걸려든 기분이었다. 내가 여기 있는 이유는 결국 40년 넘게 만난 적 없는 여자 때문이었다. 가까운 편의점에서 한 갑, 또 한 갑씩 자기 운명을 스스로 결정한 여자 때문이었다. 편의점 아니면 캐슬록의 약국에서. 그 약국은 들어가자마자 보이는 전면 카운터에서 담배를 살 수 있었다. 정작 약을 사려면 뒤쪽까지 걸어가야 했다. 삶의 또 한 가지 아이러니라고 할까. 나는 산장에 제이컵스를 내려 주고 그대로 내달리는 상상을 했다. 심각하게 구미가 당기는 상상이었다.

"정말 그 친구를 죽도록 내버려 두려고 했나요?"

"응."

제이컵스는 계속 통풍구 앞에 대고 손을 녹였다. 이제 나는 그 손을 잡고 울퉁불퉁한 손가락을 막대 빵처럼 부러뜨리는 상상을 했다.

"왜요? 내가 왜 그렇게 우라지게 중요한 존재인데요?"

"너는 내 운명이거든. 너희 집 대문 앞에 무릎을 꿇고 앉아서 흙먼지를 파헤치던 너를 처음 본 그 순간 나는 알아차렸지." 그는 독실한 신자처럼 아니면 정신병 환자처럼 침착하게 말했다. 어쩌면 그 둘 사이에는 별 차이가 없을지 모른다. "네가 털사에 등장했을 때 확실하다는 결론을 내렸고."

"지금 어떤 일을 하고 있는데요, 아저씨? 올여름에 나한테 어떤 도움을 받고 싶다는 거예요?"

이건 전에도 했던 질문이지만 차마 물어보지 못한 것들도 있었다. *얼마나 위험한 일인데요? 얼마나 위험한지 알기는 해요? 그게 안중*

에 있기는 해요?

그는 나에게 얘기할지 말지 고민하는 눈치였지만…… 사실 그가 무슨 생각을 했는지 나로서는 알 길이 없었다. 잠시 후 고트산장이 눈앞에 등장했다. 래치스보다 훨씬 크지만 보기 흉하고 현대적인 분위기를 물씬 풍겼다. 잘못 지어진 프랭크 로이드 라이트의 작품 같았다. 1960년대에 스키를 타러 왔던 돈 많은 사람들 눈에는 현대적이고 심지어 미래지향적으로 보였을 수도 있을 것이다. 그런데 지금은 유리 눈이 달린 입체파 괴물 같았다.

"아! 다 왔구나. 씻고 좀 쉬는 게 좋겠지? *나도 좀 쉬고 싶다. 제이미, 네가 있어서 아주 신나기는 하지만 피곤하기도 하거든.* 3층 스노 스위트에 묵도록 해라. 루디가 안내해 줄 거다."

* * *

루디 켈리는 물 빠진 청바지와 회색의 길고 헐렁한 셔츠를 입고, 오돌토돌한 고무 밑창이 달린 흰색의 간호사용 신발을 신은, 덩치가 산만 한 남자였다. 그의 말에 따르면 정식 간호사이자 제이컵스의 개인 비서라고 했다. 덩치로 보았을 때 보디가드 역할도 겸하지 않을까 싶었다. 그의 악수는 물고기처럼 흐느적거리는 뮤지션들의 인사와 달랐다.

어렸을 때 리조트 로비에는 온 적 있었고 콘 형과 형의 친구 가족들과 한 번 점심을 먹은 적도 있었지만(엉뚱한 포크를 쓰거나 셔츠에 음식을 흘릴까 봐 계속 벌벌 떨었다.) 객실층으로 올라가는 건 처음이었다. 엘리베이터가 공포 소설에서 보면 늘 층과 층 중간에 서는 덜 거덕거리는 구닥다리 양동이처럼 생겼기에 얼마나 오랫동안 여기 머물지 몰라도 계단으로 걸어 다니기로 마음을 먹었다.

난방이 후끈하게 돌아갔고(찰스 제이컵스의 아무도 모르는 전기 덕분일 게 분명했다.) 군데군데 보수한 흔적이 있었지만 마구잡이식이었다. 나간 전등도 없고 바닥 널이 삐걱거리지도 않았지만 방치된 분위기가 역력했다. 스노 스위트는 복도 맨 끝 방이었고 널찍한 거실의 전망이 스카이탑만큼 훌륭했지만 벽지에 군데군데 물 얼룩이 졌고 바닥 왁스제와 갓 칠한 페인트 냄새가 나던 로비와 다르게 곰팡이 냄새가 희미하게 느껴졌다.

"제이컵스 씨가 6시에 그분의 방에서 저녁 식사를 같이 하자고 하십니다." 루디가 말했다. 말투가 부드럽고 정중했지만 생김새는 교도소 영화에 등장하는 재소자(탈옥 계획을 세우는 역할이 아니라 탈옥수를 저지하는 교도관이 있으면 닥치는 대로 죽이는 사형수) 같았다. "괜찮으시겠습니까?"

"좋아요."

나는 루디가 나가자 문을 잠갔다.

* * *

나는 틀자마자 뜨거운 물이 펑펑 나오는 욕실에서 샤워를 하고 깨끗한 옷으로 갈아입었다. 그러고도 시간이 남기에 덮개가 씌워진 퀸 사이즈 침대에 누웠다. 간밤에 잠을 설쳤고 비행기에서는 절대 못 자는 성격이라 한숨 자 두면 좋을 텐데 잠이 오지 않았다. 계속 아스트리드 생각만 났다. 예전의 모습을 떠올리며 지금은 어떤 모습일지 상상했다. 나와 같은 이 건물 3층 아래에 있는 그녀.

루디가 6시가 되기 2분 전에 와서 조용히 문을 두드렸을 때 나는 옷을 차려입고 멀쩡하게 깨어 있었다. 내가 계단으로 가자고 하자 그는 겁쟁이는 한눈에 알아볼 수 있다는 의미가 담긴 미소를 살짝 지었다.

"엘리베이터 절대 안전합니다. 제이컵스 씨가 직접 보수를 감독 하셨는데 그 낡은 미끄럼 상자가 최우선 사항이었어요."

나는 군소리하지 않았다. 내 인생의 제5의 인물이 이제는 목사님 도 아니고 목사도 아니고 목회자도 아니라는 생각을 하고 있었다. 인생의 이 지점에 이르러서는 주름살 제거 수술을 망친 빈 디젤처 럼 생긴 남자에게 혈압을 측정 받는 평범한 노인으로 돌아갔다.

제이컵스의 방은 서관 1층에 있었다. 그는 까만 정장과 마지막 단 추를 채우지 않은 하얀 셔츠로 갈아입었다. 자리에서 일어나 그 반 쪽짜리 미소를 지으며 나를 맞았다.

"고맙네, 루디. 노마에게 15분 안으로 식사 준비해 달라고 전해 주겠나?"

루디는 고개를 끄덕이고 나갔다. 제이컵스는 여전히 미소를 머금 은 얼굴로 또다시 손을 맞대고 비벼서 듣기 싫은 종이 소리를 내며 내 쪽으로 고개를 돌렸다. 창밖으로 불빛 하나 비추지 않고 어둠을 뚫고 봄 눈을 가를 손님 한 명 없는 스키 슬로프와 어디로 향하는지 모를 고속도로가 보였다.

"미안하지만 수프하고 샐러드뿐이야. 2년 전에 고기를 끊었거든. 뇌에 기름이 껴서."

"수프하고 샐러드도 좋아요."

"그리고 빵도 있다. 노마가 직접 만드는 사워도우. 맛이 기가 막혀."

"맛있겠네요. 아스트리드를 만나고 싶은데요, 찰리 아저씨."

"노마가 그녀와 친구 제니 놀턴에게 7시쯤에 저녁을 내갈 거다. 식사가 끝나면 놀턴 양이 아스트리드에게 진통제를 투여하고 화장실에 데리고 갈 테고. 놀턴 양에게 루디의 도움을 받으라고 해도 말을 듣지 않는구나. 안타깝게도 제니 놀턴은 더 이상 나를 못 믿는 눈치야."

나는 아스트리드의 편지를 떠올렸다.

"아저씨가 관절염을 치료해 줬는데도요?"

"아, 그때는 내가 대니 목사였잖니. 지금은 온갖 종교적인 수식을 내려놓았더니 놀턴 양이 의심스러워하고 있어. 두 사람한테 솔직하게 얘기했지. 그래야 할 것 같아서. 진실이 그런 거다, 제이미. 사람들의 의심만 사지."

"제니 놀턴도 후유증을 앓고 있나요?"

"전혀. 기적을 운운하는 헛소리에 기댈 수가 없으니 꺼림칙하게 여기는 거지. 그나저나 후유증 이야기가 나왔으니 말인데 서재로 가자. 저녁이 나오기 전에 잠깐 보여 줄 게 있다."

스위트룸 응접실 벽면에 움푹 들어간 공간이 서재였다. 컴퓨터가 켜져 있었고 끝없이 질주하는 말들이 특대형 화면을 장식하고 있었다. 그는 불편함에 얼굴을 찡그리며 자리에 앉아서 키보드를 두드렸다. 말들이 사라지고 폴더가 딱 두 개밖에 없는 파란색 데스크톱 화면이 떴다. 폴더 이름은 A와 B였다.

그가 A폴더를 클릭하자 이름과 주소가 알파벳 순서로 떴다. 그가 버튼을 누르자 스크롤이 중간 속도로 움직였다.

"이게 뭔지 알겠니?"

"치료받은 환자들 명단 아닐까요?"

"완치됐다고 **확인된** 환자들 명단이다. 전부 뇌로 전류를 흘려보내는 치료를 받았지. 물론 어느 전기 기술자도 모를 만한 전류다만. 전부 합해서 3100명이 넘어. 그렇다는 걸 믿어 주겠니?"

"네."

그는 고개를 돌리느라 아픈 기색이 역력한데도 나를 돌아보았다.

"진심이냐?"

"네."

제이컵스는 만족스러워하는 표정을 지으며 A폴더를 닫고 B폴더를 열었다. 역시 알파벳 순서로 이름과 주소가 줄줄이 이어졌는데 이번에는 스크롤이 내려가는 속도가 더뎌서 나도 아는 이름 몇 개를 읽을 수 있었다. 강박적으로 걸어 다녔던 스테판 드루. 흙을 먹었던 에밀 클라인. 눈에 소금을 뿌렸던 퍼트리셔 파밍데일. 좀 전보다 명단이 훨씬 짧았다. 스크롤이 끝나기 전에 로버트 리버드의 이름이 내 눈앞을 스치고 지나갔다.

"이건 심각한 후유증을 앓고 있는 사람들 명단이다. 전부 합해서 87명이야. 지난번에 만났을 때 얘기했다시피 전체의 3퍼센트도 안 돼. 예전에는 B폴더에 적힌 이름이 170개가 넘었지만 대개 증상이 사라졌다. 의학적으로 표현하자면 문제가 해소됐다고 할까. 너처럼 말이지. 8개월 전에 추적 조사를 중단했지만 계속했다면 숫자가 이보다 더 줄었을 거라고 확신한다. 트라우마를 극복하는 인체의 능력은 놀라운 수준이거든. 이 새로운 전기를 대뇌 피질과 신경 다발에 적절하게 투여하면 그 능력을 무한대로 발휘할 수 있어."

"지금 누굴 설득하려고 그런 얘기를 하는 건가요? 저예요 아니면 아저씨예요?"

그는 역겹게 퐈 하는 소리를 내며 숨을 내뱉었다.

"내가 이런 얘기를 꺼낸 이유는 너를 안심시키기 위해서야. 울며 겨자 먹기 식인 조수보다는 적극적인 조수가 더 좋으니까."

"오라고 해서 왔잖아요. 약속한 대로 할게요……. 아스트리드만 치료해 주면요. 그거면 충분하지 않은가요?"

부드럽게 문을 두드리는 소리가 들렸다.

"들어와요." 제이컵스가 말했다.

동화에 나오는 마음씨 좋은 할머니처럼 인상이 푸근하고 넉넉하며, 백화점 청원경찰처럼 두 눈이 반짝이는 여자가 들어왔다. 그녀는 응접실에 쟁반을 내려놓고 똑바로 서서 아무 무늬 없는 까만색 원피스 옆으로 단정하게 손을 모았다. 제이컵스는 또다시 신음 소리를 내며 자리에서 일어나 비트적비트적 걸어갔다. 나는 그의 팔꿈치를 잡고 부축하는 것으로 조수 생활(적어도 지금 이 인생의 새로운 무대에서 내게 주어진 역할이 그것이었다.)의 첫 걸음을 내디뎠다. 그는 고맙다고 인사하며 나를 서재 밖으로 안내했다.

"노마, 제이미 모턴을 소개하겠네. 최소한 내일 아침 식사 시간까지 여기 있을 테고 올여름에 다시 와서 더 한참 동안 머물 거야."

"영광입니다."

그녀는 그렇게 말하고 손을 내밀었다. 나는 그 손을 맞잡았다.

"그 악수가 노마에게 얼마나 엄청난 의미인지 너는 모를 거다."
제이컵스가 말했다. "어렸을 때부터 사람들과의 접촉을 극도로 혐
오했거든. 그렇지, 노마? 너도 두고 보면 알겠지만 신체적인 문제가
아니라 정신적인 문제였지. 그래도 지금은 치료를 받고 나았어. 내
가 보기에는 흥미로운 사례인데 네 생각은 어떠냐?"

나는 노마에게 만나서 반갑다고 말하고 필요 이상으로 길게 그녀
의 손을 잡고 있었다. 그러다 그녀가 점점 불안해하는 기미를 보이
자 손을 놓았다. 나았을지 몰라도 *완전히* 낫지는 않았다. 그것도 흥
미로운 부분이었다.

"놀턴 양이 오늘 저녁에는 환자를 조금 일찍 데리고 나와서 식사
를 하겠답니다, 제이컵스 씨."

"알겠네, 노마. 고마워."

그녀는 나갔다. 우리는 저녁을 먹었다. 가벼운 메뉴였지만 그래도
더부룩하게 얹혔다. 모든 신경이 밖으로 뻗쳐서 살갗이 지글거렸다.
제이컵스는 나를 약 올리기라도 하려는 것처럼 천천히 식사를 하더
니 드디어 빈 수프 그릇을 옆으로 치웠다. 그는 빵을 한 조각 더 집으
려는 듯이 손을 내밀었다가 손목시계를 확인하고는 손을 거두었다.

"따라오너라. 네 옛 친구를 만날 때가 된 것 같구나."

* * *

복도 맞은편 문에는 **리조트 관계자 외 출입 금지**라고 적혀 있었다. 제이컵스는 앞장서서 빈 책상과 아무것도 없는 책꽂이들이 갖추어진 큼지막한 외부 사무실을 가로질렀다. 내부 사무실로 들어가는 문은 잠겨 있었다.

"경비업체에서 주 7일, 24시간 파견하는 경비 말고는 직원이 루디하고 노마뿐이야. 나는 두 사람을 믿지만 유혹에 노출할 필요는 없다고 본다. 그런데 이상한 낌새를 전혀 느끼지 못하는 사람들을 엿보는 것은 상당한 유혹이겠지, 그렇지 않니?"

나는 아무 대꾸도 하지 않았다. 대꾸를 할 수 있을 것 같지도 않았다. 입안이 낡은 카펫처럼 바짝 말랐다. 전부 합해서 열두 개의 모니터가 가로 세 줄, 세로 네 줄로 차곡차곡 쌓여 있었다. 제이컵스는 **식당 카메라3**이라고 된 전원 버튼을 눌렀다.

"아마 이게 우리가 원하는 화면일 거다."

명랑했다. 대니 목사와 게임쇼 진행자가 반씩 섞인 목소리였다.

아득한 시간이 흐른 것처럼 느껴진 다음에서야 지직거리며 흑백 화면의 초점이 맞추어졌다. 식당은 넓어서 테이블이 최소 쉰 개는 되어 보이는데 딱 한 테이블에만 사람들이 앉아 있었다. 두 여자가 앉아 있었지만 노마가 허리를 숙이고 수프 접시를 내려놓느라 나머지 한 여자를 가리고 있었기 때문에 처음에는 제니 놀턴밖에 안 보였다. 제니는 까만 머리의 미인이었고 50대 중반이었다. 고맙다고 인사하는 말소리는 들리지 않아도 입 모양으로 할 수 있었다. 노마가 고개를 끄덕이고 허리를 펴서 물러나자 첫사랑의 잔상이 내 눈에 들어왔다.

만약 이것이 로맨스 소설이었다면 나는 이런 식으로 말을 했을 것이다. "워낙 오랜 시간이 흘렀으니 달라질 수밖에 없었고 질병의 습격으로 조금 손상됐을지 몰라도 본질적인 아름다움이 남아 있었다." 나도 그렇게 말할 수 있었으면 좋겠지만 여기서 거짓말을 하기 시작하면 지금까지 내가 한 모든 이야기가 의미를 잃는다.

아스트리드는 휠체어 신세를 지고 있는 노파였다. 얼굴은 핏기 없이 늘어진 살가죽이었고 거기에 박힌 까만 눈으로 자기 앞에 놓인 음식을 힘없이 쳐다보는데 전혀 식욕이 없어 보였다. 같이 온 친구가 큼지막한 뜨개 모자(스코틀랜드에서 쓰는 빵모자 비슷했다.)를 씌워 놓았지만 옆으로 미끄러져서 짤막하고 하얀 솜털로 뒤덮인 민머리가 드러났다.

그녀는 힘줄밖에 안 남은 앙상한 손으로 숟가락을 집었다가 내려놓았다. 까만 머리 여자가 열심히 권했다. 핏기 없는 여자는 고개를 끄덕였다. 그러느라 모자가 떨어졌지만 아스트리드는 알아차리지도 못하는 눈치였다. 그녀는 숟가락으로 수프를 떠서 천천히 입으로 가져갔다. 그러는 동안 거의 다 흘렸다. 그녀가 입술을 내밀고 남은 수프를 홀짝이자 내가 잘게 자른 사과를 주면 죽고 없는 바틀비가 어떤 식으로 받아 먹었는지 생각이 났다.

무릎이 휘청거렸다. 모니터의 행렬 앞에 놓인 의자가 없었다면 나는 그대로 바닥으로 쓰러졌을 것이다. 제이컵스는 울퉁불퉁한 손을 등 뒤로 깍지 끼고 내 옆에 서서 희미한 미소를 머금은 채 앞뒤로 몸을 흔들고 있었다.

이 이야기는 로맨스 소설이라기보다 사실적인 기록이기에 이 자리에서 덧붙이자면 나는 스멀스멀 번지는 안도감을 느꼈다. 나는 악마의 거래를 이행할 필요가 없었다. 휠체어에 앉아 있는 그 여자는 되살아날 가망이 없었다. 암세포가 핏불 테리어처럼 그녀를 꽉 물고서 찢어발기고 있었다. 녀석은 그녀가 갈기갈기 찢길 때까지 공격을 멈추지 않을 것이다.

"끄세요." 나는 속삭였다.

제이컵스는 내 쪽으로 몸을 기울였다.

"뭐라고? 내가 요즘 귀가 잘 안 들려서……"

"뭐라는지 제대로 들었잖아요, 아저씨. *끄라고요.*"

그는 내가 시키는 대로 했다.

* * *

우리는 휘날리는 눈보라를 맞으며 유레카 그레인지 넘버7의 비상 계단 아래에서 입을 맞추고 있었다. 아스트리드는 내 입속으로 담배 연기를 불어넣으며 혀끝으로 처음에는 내 윗입술을, 다음에는 그 안쪽의 잇몸을 가볍게 훑었다. 나는 그녀의 젖가슴을 움켜잡고 있었지만 두툼한 파카 때문에 느낌이 별로 없었다.

영원히 키스해 줘. 나는 생각했다. *영원히 키스해 줘. 세월이 우리를 어디로 데려갔고 너는 어떻게 변해 버렸는지 확인할 필요 없도록.*

하지만 이 세상에 영원한 키스는 없다. 그녀가 뒤로 물러나자 털 달린 모자 안에 든 잿빛 얼굴과 칙칙한 눈과 처진 입이 보였다. 내 입속에 들어갔던 혀는 까맸고 껍질이 벗겨지고 있었다. 나는 송장과 입을 맞추고 있었던 것이다.

그런데 그게 아닐 수도 있었다. 그 입술이 움직이며 씩 웃었다.

"무슨 일이 벌어졌어." 아스트리드가 말했다. "그렇지 않아, 제이미? 무슨 일이 벌어졌고 '어머니'가 조만간 올 거야."

* * *

나는 헉하고 숨을 내뱉으며 움찔 눈을 떴다. 속옷 차림으로 침대에 누웠는데 지금은 알몸으로 한쪽 구석에 서 있었다. 침대 옆 테이블에 있었던 볼펜을 오른손에 쥐고 왼쪽 팔뚝을 찔러서 파란색 점무더기가 점점 커져 가고 있었다. 나는 볼펜을 바닥으로 떨어뜨리고 비틀비틀 뒷걸음질을 쳤다.

스트레스 때문일 거야. 휴가 노리스 카운티 부흥회에서 프리즘 현상을 다시 겪은 것도 스트레스 때문이었잖아. 오늘 밤에도 스트레스가 원인일 거야. 게다가 눈에 소금을 뿌리거나 그런 것도 아니잖아. 정신을 차리고 보니 내가 밖에서 허겁지겁 흙을 먹고 있었던 것도 아니고.

4시 15분, 다시 잠을 청하기에는 너무 늦었고 벌떡 일어나기에는 너무 이른, 쥐 죽은 듯이 고요한 새벽이었다. 나는 들고 온 두 개의 가방 중에 작은 쪽에서 책을 한 권 꺼내고 창가에 앉아서 펼쳤다. 노마의 수프와 샐러드를 먹었을 때 입으로 그랬던 것처럼 무감각하게 눈으로 글자들을 받아들였다. 그러다 결국 포기하고 그저 어둠을 내다보며 날이 밝기를 기다렸다.

오랜 기다림 끝에 날이 밝았다.

* * *

토스트 한 쪽과 차 반 잔을 아침이라고 부를 수 있을지 모르겠지만…… 아무튼 나는 제이컵스의 스위트룸에서 아침을 먹었다. 제이컵스는 나와 다르게 프루트 컵, 스크램블드에그, 산더미 같은 튀김을 해치웠다. 그렇게 비쩍 말랐는데 어디로 다 들어가는지 알 수가 없었다. 문 옆 테이블에 마호가니 상자가 놓여 있었다. 그가 말하길 그 안에 치료 도구가 들어 있다고 했다.

"요즘은 반지를 쓰지 않아. 무대에 서지 않으니 그걸 쓸 필요가 없지."

"언제 시작하실 거예요? 얼른 끝내고 떠났으면 하는데요."

"조만간. 네 친구는 낮 동안에는 자다 깨다 하는데 밤에는 잠을 잘 자지 못해. 간밤에는 특히 힘들었을 거다. 자정에 진통제를 투여받아야 하는데 내가 놀턴 양에게 주지 말라고 했거든. 뇌파를 둔감하게 만들기 때문에. 이스트 룸에서 할 거다. 지금 이 시간에는 그 방이 제일 좋아. 너와 내가 하나님은 세속 교회에서 만든 짭짤하고 저절로 유지되는 수단이라는 것을 몰랐다면 아침 햇살만으로도 다시 믿음이 샘솟기에 충분하거든."

그는 몸을 앞으로 내밀고 나를 진지하게 쳐다보았다.

"네가 참석할 필요는 없다. 어제 저녁에 네가 얼마나 심란해하는지 보았으니까. 올여름에는 너의 도움이 필요하겠지만 오늘은 루디나 놀턴 양의 도움을 받아도 돼. 내일 다시 오지 그러니? 할로에 잠깐 가서 형과 그쪽 가족들을 만나는 게 어때? 그러고 나서 돌아오면 180도 달라진 아스트리드 소더버그를 만날 수 있을 거다."

어떻게 보면 불안한 대목이 바로 그 지점이었다. 할로를 떠난 이래 찰스 제이컵스는 사기로 명성을 쌓았다. 대니 목사라는 이름으로 무대에 서서 돼지 간을 보여 주며 종양을 제거했다고 선포했다. 이력서로 신뢰를 얻은 게 아니었다. 휠체어에 앉아 있었던 그 초췌한 여자가 정말 아스트리드 소더버그였을까?

내 심장은 그렇다고 했다. 내 머리는 심장에게 조심하라고, 아무것도 믿지 말라고 했다. 놀턴이라는 여자가 공범일 수 있었다. 순회 공연업계의 표현을 빌자면 바람잡이일 수 있었다. 앞으로 30분이 가혹한 시간이 되겠지만 슬그머니 도망쳐서 제이컵스가 사기극을 벌일 수 있도록 허용할 생각은 전혀 없었다. 물론 성공하려면 진짜 아스트리드가 필요하겠지만 오랫동안 순회 부흥회를 하며 모은 돈이 있으니 얼마든지 가능했다. 나의 오래전 여자친구가 말년에 경제적인 어려움을 겪고 있었다면 특히 그럴 수 있었다.

물론 있을 법하지 않은 시나리오이긴 했다. 결국 나를 붙잡은 것은 실패로 돌아갈 게 분명한 이번 시도를 끝까지 지켜보아야 한다는 책임감이었다.

"그냥 있을게요."

"좋을 대로 해라." 그는 미소를 지었다. 마비된 쪽 입술이 여전히 협조를 하지 않았지만 이번에는 전혀 비웃음처럼 느껴지지 않았다. "너랑 다시 일하면 좋겠지. 털사에서의 그 시절도 생각나고."

문을 나지막이 두드리는 소리가 들렸다. 루디였다.

"여자분들을 이스트 룸으로 모셨습니다, 제이컵스 씨. 놀턴 양 말로는 언제든 오시면 된다고 합니다. 소더버그 양이 몹시 괴로워하고 있으니 빠르면 빠를수록 좋겠다고 하네요."

* * *

나는 마호가니 상자를 겨드랑이춤에 끼고 동관까지 제이컵스와 나란히 복도를 걸었다. 거기서 평정심이 무너지자 제이컵스를 먼저 보내고 문 앞에 잠깐 서 있었다.

그는 알아차리지 못했다. 여자들에게 온 신경을(그리고 상당한 카리스마를) 집중했다.

"제니 그리고 아스트리드!" 그가 따뜻하게 외쳤다. "내가 가장 좋아하는 두 숙녀분!"

제니 놀턴은 그가 내민 손을 살짝 건드리는 시늉만 냈다. 내가 봐도 손가락들이 똑바르고 관절염의 기미가 전혀 없었다. 아스트리드는 손을 들려는 시도조차 하지 않았다. 휠체어에 구부정하게 앉아서 그를 올려다보기만 했다. 산소마스크가 얼굴 아랫부분을 덮고 있었고 그녀의 옆을 지키는 바퀴 달린 카트에 산소통이 놓여 있었다.

제니가 뭐라고 하는지 안 들릴 정도로 나지막이 제이컵스에게 말을 하자 그는 열심히 고개를 끄덕였다.

"맞아요, 시간을 지체하면 안 되지. 제이미……"

그는 고개를 돌렸다가 내가 없는 것을 보고 짜증난 목소리로 나를 불렀다.

열두어 걸음이면 눈부신 아침 햇살로 가득한 방 한복판까지 갈 수 있었는데 그 열두어 걸음을 걷는 데 아주 오랜 시간이 걸린 것 같았다. 물속을 걷는 느낌이었다.

아스트리드는 통증을 견디는 데 온 신경을 집중한 사람답게 무심한 눈빛으로 나를 흘끗 쳐다보았다. 그녀가 알아차린 눈치 없이 자기 무릎으로 다시 시선을 떨어뜨리자 나는 일말의 안도감을 느꼈다. 하지만 이내 그녀가 홱 하니 고개를 들었다. 투명한 마스크 안에서 입을 벌렸다. 그녀가 두 손에 얼굴을 묻자 마스크가 옆으로 밀렸다. 놀란 마음은 약간에 불과했을 것이다. 그런 모습을 나에게 보였다는 충격이 훨씬 컸을 것이다.

그녀는 더 한참 동안 손으로 얼굴을 가리고 싶었겠지만 그럴 만한 기력이 없었기에 손이 무릎으로 떨어지고 말았다. 그녀는 울고 있었다. 눈물로 닦여서 눈동자가 다시 젊어졌다. 그녀의 정체에 대해 품었던 의구심이 모두 사라졌다. 그녀는 누가 뭐래도 아스트리드였다. 내가 사랑했던 소녀가 늙고 병든 여자의 망가진 몸 속에 들어 있었다.

"제이미?" 그녀가 갈까마귀처럼 쉰 목소리로 물었다.

나는 청혼하려는 애인처럼 한쪽 무릎을 꿇고 앉았다.

"맞아. 나야."

나는 그녀의 한쪽 손을 잡고 뒤집어서 손바닥에 입을 맞추었다. 손이 차가웠다.

"나가. 이런 모습 너한테……" 그녀가 숨을 들이쉬자 휘파람 소리가 났다. "······보여 주고 싶지 않아. 어느 누구한테도 보여 주고 싶지 않아."

"괜찮아."

찰리가 너를 고쳐 줄 테니까. 나는 이렇게 덧붙이고 싶었지만 참았다. 아스트리드는 가망이 없었다.

잠깐 단둘이 있을 수 있도록 제이컵스가 제니를 데리고 멀찌감치 가서 대화를 나누었다. 제이컵스가 가끔 배려심이 넘칠 때도 있기 때문에 장단을 맞추기가 더 지랄 맞았다.

"담배였어." 그녀는 그 갈까마귀 같은 목소리로 말했다. "그걸로 자기 목숨 줄을 끊다니 너무 바보 같지 않아? 알면서 그랬으니 더 바보 같은 짓이었지. 모두 알면서 그러긴 하지만. 그런데 웃긴 게 뭔지 알아? 아직도 피우고 싶다는 거야." 그녀는 웃음을 터뜨렸다가 이것이 심한 기침 발작으로 바뀌자 아파했다. "세 갑을 몰래 들고 왔어. 제니가 보고 치우더라. 이제 와서 그런들 무슨 소용있다고."

"쉿."

"끊었어. 7개월 동안 끊었어. 아이가 죽지 않았다면 영원히 끊었을지 몰라. 우리는······" 그녀는 쌕쌕거리는 소리를 내며 숨을 들이마셨다. "우리는 뭔가에 속으면서 살아가고 있어. 나는 그렇게 생각해."

"다시 만나니까 좋다."

"거짓말도 잘한다, 제이미. 저분이 뭐 하러 너까지 부른 거니?"

나는 아무 말도 하지 않았다.

"뭐, 상관없어." 예전에 우리가 사랑을 나누었을 때 그랬던 것처럼 아스트리드의 손이 내 뒤통수로 움직이자 그녀가 그 죽어 가는 입술로 나에게 입을 맞추려는 건 아닌가 하는 끔찍한 생각이 들었다. "머리칼이 그대로 있네. 예쁘고 숱도 많다. 나는 다 빠졌는데. 화학 요법 때문에."

"다시 자랄 거야."

"아니야. 이건……" 그녀는 주위를 두리번거렸다. 숨을 쉴 때마다 어린애 장난감처럼 휘파람 소리가 났다. "머저리들이나 하는 헛고생이야. 내가 그 머저리고."

제이컵스가 제니를 데리고 돌아왔다.

"이제 시작할 시간이 됐다." 그러고는 아스트리드에게 말했다. "금세 끝날 테고 통증도 전혀 없을 거예요. 의식을 잃겠지만 대부분 자기가 의식을 잃은 줄도 몰라요."

"영원히 깨어나지 않았으면 좋겠어요."

아스트리드가 힘없이 미소를 지으며 그에게 말했다.

"자, 자, 그런 생각은 하지 마요. 내가 100퍼센트 성공을 보장한 적은 없지만 금세 몸이 훨씬 가뿐해질 거예요. 시작하자, 제이미. 상자 열어라."

나는 그가 시키는 대로 했다. 상자를 열어 보니 끝에 까만색 플라스틱이 달린 뭉툭한 강철 막대 두 개와 위에 슬라이드 스위치가 달린 조종기가 벨벳이 깔린 움푹한 곳에 들어 있었다. 클레어 누나와 내가 콘 형을 데리고 갔을 때 제이컵스가 썼던 기구와 생김새가 똑같았다. 이 방에 모인 네 사람 중에 세 명은 바보고 한 명은 정신병자라는 생각이 내 머릿속을 스치고 지나갔다.

제이컵스가 막대를 꺼내서 끝에 달린 까만색 플라스틱을 맞댔다.

"제이미, 조종기 꺼내서 슬라이드 스위치를 아주 살짝 움직여라. 눈곱만큼만. 딸깍 하는 소리가 들릴 거다."

내가 시키는 대로 하자 그는 플라스틱을 서로 분리했다. 밝은 파란색 불똥이 튀었고 잠깐 동안이지만 강렬하게 우-우-웅 하는 소리가 들렸다. 기괴한 전기 복화술이라도 하는 것처럼 막대가 아니라 방 저쪽 끝에서 소리가 들렸다.

"아주 훌륭해. 이제 시작해도 되겠다. 제니, 아스트리드의 어깨를 잡아 주겠어요? 경련을 일으킬 텐데 그러다 정신을 잃고 바닥에 쓰러지면 안 되잖아요."

"성스러운 반지는 어디 있나요?"

제니가 물었다. 그녀는 시간이 지날수록 점점 더 의심스러워하는 표정과 말투로 변해 갔다.

"이게 반지보다 훨씬 나아요. 훨씬 강력해요. 훨씬 성스럽다고 할까? 이제 아스트리드의 어깨를 잡아 줄래요?"

"그러다 감전돼서 죽으면 어떡해요!"

그러자 아스트리드가 갈까마귀처럼 듣기 싫은 목소리로 말했다.

"나는 그래도 아무 상관없어, 제니."

"그럴 일은 없어요." 제이컵스가 강연하는 말투로 바꾸어서 말했다. "그런 일은 벌어질 수가 없어요. ECT 요법, 흔히들 말하는 전기 충격 요법을 쓸 때는 150볼트까지 올려서 대발작을 일으키지요. 하지만 *이건*……" 그는 막대를 서로 부딪쳤다. "최고 출력으로 높여도 전류계 바늘 하나 움직이지 못해요. 내가 쓰려는 에너지, 지금 이 순간에도 이 방 안에서 우리를 감싸고 있는 에너지는 일반적인 도구로는 측정이 안 되는 거예요. 기본적으로 알 수도 없는 에너지고요."

알 수도 없다니 내가 듣고 싶은 단어가 아니었다.

"얼른 해 주세요." 아스트리드가 말했다. "지금 너무 피곤하고 가슴 속에 쥐가 한 마리 들어 있어요. 불타는 쥐가요."

제이컵스는 제니를 쳐다보았다. 그녀는 머뭇거렸다.

"부흥회에서는 이러지 않았는데요. *전혀* 달랐는데요."

"그랬겠죠. 하지만 *이게* 진정한 부활이에요. 두고 보면 알 거예요. 어깨 잡아요, 제니. 세게 누를 준비하고. 친구가 다칠 일은 없을 거예요."

그녀는 그가 시키는 대로 했다.

제이컵스는 내 쪽으로 관심을 돌렸다.

"내가 막대 끝을 아스트리드의 관자놀이에 갖다 대면 스위치를 밀어라. 딸깍 하는 소리를 세면서. 그 소리가 네 번째로 들리면 멈추고 내 지시를 기다려. 준비됐지? 시작한다."

그는 그녀의 머리 양옆의 움푹 들어간 곳, 파란 핏줄이 가느다랗게 펄떡거리는 그곳에 막대 끝을 갖다 댔다. 아스트리드가 새침한 목소리로 조그맣게 중얼거렸다.

"다시 만나서 정말 반가웠어, 제이미." 그러고는 눈을 감았다.

"몸이 요란하게 들썩일 수 있으니까 꽉 누를 준비를 해요." 제이컵스가 제니에게 말했다. 그러고는 내게 말했다. "됐다, 제이미."

나는 슬라이드 스위치를 밀었다. 딸깍…… 딸깍…… 딸깍…… 딸깍.

* * *

아무 변화가 없었다.

늙은이의 노망이었던 거지. 예전에는 무슨 수로 그랬는지 몰라도 이제는 할 수 없게 된……

"두 칸 더." 그의 목소리는 무미건조하고 자신만만했다.

나는 그가 시키는 대로 했다. 여전히 아무 변화가 없었다. 제니의 손이 어깨에 얹혀서 아스트리드의 자세가 좀 전보다 구부정해졌다. 쌕쌕거리는 숨소리를 듣고 있기가 괴로웠다.

"한 칸 더."

"아저씨, 지금 거의 끝에……"

"내 말 안 들리니? 한 칸 더!"

나는 스위치를 밀었다. 다시 딸각 소리가 났고 이번에는 방 저편에서 들리는 우우웅 소리가 **우우웅**으로 훨씬 커졌다. 번쩍하는 불빛이 보이지 않았는데도(적어도 내 기억으로는 그렇다.) 잠깐 눈이 부셨다. 내 머릿속 깊은 곳에서 폭뢰가 터진 듯한 느낌이었다. 제니 놀턴이 비명을 질렀던 것 같다. 아스트리드가 휠체어에 앉은 채로 움찔거리는데 경련이 워낙 심해서 (결코 경량급이라고 볼 수 없는) 제니가 하마터면 뒤로 내동댕이쳐질 뻔하는 것이 어렴풋이 보였다. 쇠약한 아스트리드의 다리가 앞으로 불쑥 튀어나왔다가 힘이 풀렸다가 다시 불쑥 튀어나왔다. 방범 경보기가 요란하게 울리기 시작했다.

루디가 방으로 달려 들어왔고 노마도 곧바로 뒤따라 들어왔다.

"*시작하기 전에 그 빌어먹을 물건을 꺼 놓으라고 내가 분명 얘기*

했을 텐데!" 제이컵스가 루디에게 고함을 질렀다.

아스트리드의 팔이 제자리로 돌아와서 그녀의 어깨 위에 다시 손을 올려놓은 제니의 얼굴 바로 앞까지 번쩍 들렸다.

"죄송합니다, 제이컵스 씨……"

"당장 **꺼**, 이 한심한 인간 같으니라고!"

제이컵스는 내 손에서 조종기를 낚아채 스위치를 꺼짐으로 되돌려놓았다. 아스트리드는 캑캑거리는 소리를 내고 있었다.

"*대니 목사님, 아스트리드가 숨을 못 쉬고 있어요!*"

제니가 외쳤다.

"*바보 같은 소리!*" 제이컵스는 날카롭게 쏘아붙였다. 그는 뺨이 발그스름했고 두 눈은 반짝였다. 스무 살쯤 젊어 보였다. "노마! 관리실에 연락해요! 실수로 경보기가 울린 거라고!"

"제가……"

"얼른! 얼른! 젠장, **얼른!**"

그녀는 나갔다.

아스트리드가 눈을 떴지만 눈이 아니라 툭 튀어나온 흰자에 불과했다. 그녀는 또다시 간대성 경련 환자처럼 움찔거리다 다리로 차고 휙휙거리며 조금씩 앞으로 움직였다. 물에 빠진 사람처럼 두 팔을 허우적거렸다. 요란한 경보기 소리가 계속 귀청을 때렸다. 나는 바닥으로 주저앉지 않게 그녀의 골반을 잡고 의자 쪽으로 밀었다. 바지 가랑이가 거무칙칙했고 지린내가 코를 찔렀다. 위를 올려다보니 그녀의 한쪽 입가에서 거품이 흘러내리고 있었다. 거품이 턱을 타고 블라우스 칼라로 떨어지자 그곳도 거무칙칙하게 변했다.

경보기 소리가 멈추었다.

"이제 좀 살 것 같네."

제이컵스는 허벅지를 짚고 몸을 앞으로 숙여서 호기심만 있을 뿐 걱정하는 기미는 전혀 없는 눈빛으로 아스트리드의 경기를 지켜보고 있었다.

"*의사를 불러요!*" 제니가 외쳤다. "*못 붙잡고 있겠어요!*"

"허튼소리." 제이컵스는 그만이 지을 수 있는 반쪽짜리 미소를 짓고 있었다. "쉽게 될 줄 알았나? 다른 것도 아니고 암이란 말이야. 조금만 기다리면……"

"벽에 문이 있어요." 아스트리드가 말했다.

더 이상 쉰 목소리가 아니었다. 뒤집혔던 눈동자가 다시 제자리로 돌아왔지만…… 한꺼번에 그러는 게 아니라 한쪽씩 돌아왔다. 제자리를 찾았을 때 그 눈동자가 향한 곳은 제이컵스였다.

"목사님은 안 보일 거예요. 작고 담쟁이덩굴로 덮여 있거든요. 담쟁이덩굴은 죽었어요. 그녀는 문 저쪽, 무너진 도시 위에서 기다리고 있어요. 종이 하늘 위에서."

피가 차갑게 식는다는 건 사실상 있을 수 없는 일이지만 나는 그때 그런 느낌이었다. *무슨 일이 벌어졌어.* 나는 생각했다. *무슨 일이 벌어졌고 '어머니'가 조만간 올 거야.*

"누가?" 제이컵스가 물으며 아스트리드의 한쪽 손을 잡았다. 반쪽짜리 미소는 사라지고 없었다. "누가 기다린다고?"

"네." 그녀는 그의 눈을 빤히 쳐다본다. "*그녀요.*"

"누구? 아스트리드, 누가 기다린다고?"

아스트리드는 처음에는 아무 말도 하지 않았다. 그러다 모든 이가 보일 정도로 입을 늘려서 끔찍한 미소를 지었다.

"목사님이 바라는 그 사람은 아니에요."

제이컵스가 그녀의 뺨을 때렸다. 아스트리드의 고개가 한쪽으로 홱 돌아갔다. 침이 튀었다. 나는 놀라서 고함을 질렀고 그가 다시 손을 들자 손목을 붙잡았다. 이로써 그를 저지할 수 있었지만 쉽게 된 일이 아니었다. 그는 말도 안 되게 힘이 셌다. 히스테리 아니면 분노 폭발이 아니고서야 설명할 수 없는 괴력이었다.

"때리면 어떡해요!" 제니가 외치며 아스트리드의 어깨를 놓고 휠체어를 돌아 나왔다. "미친 거 아니에요? 때리면 어떡⋯⋯"

"그만해." 아스트리드가 말했다. 목소리에 힘이 없었지만 또렷했다. "그만해, 제니."

제니는 고개를 돌렸다. 그녀를 맞이한 광경을 보고 눈을 휘둥그레 떴다. 창백했던 아스트리드의 뺨에 희미하게 혈색이 돌기 시작했던 것이다.

"왜 저분한테 소리를 질러? 무슨 일 있었어?"

응. 나는 생각했다. 무슨 일이 벌어졌어. 무슨 일이 거의 분명하게 벌어졌어.

아스트리드는 제이컵스를 돌아보았다.

"언제 하실 거예요? 얼른 해 주세요. 통증이 아주⋯⋯ 아주⋯⋯"

우리 셋은 그녀를 빤히 쳐다보았다. 아니, 이제는 다섯이었다. 루디와 노마까지 이스트 룸 문 앞으로 돌아와서 빤히 쳐다보고 있었다.

"잠깐만." 아스트리드가 말했다. "잠깐만요."

그녀는 가슴에 손을 댔다. 병마에 시달려 납작해진 젖가슴을 손으로 감쌌다. 배를 눌렀다.

"이미 치료를 하신 거죠, 그렇죠? 하셨다는 걸 알겠어요. 통증이 없어요!" 그녀는 숨을 들이쉬었다가 못 믿겠다는 듯이 웃음을 터뜨렸다. "게다가 숨을 쉴 수 있어요! *제니, 내가 다시 숨을 쉴 수 있어!*"

제니 놀턴이 무릎을 꿇고 머리 양쪽 옆에 손을 대고 주기도문을 외는데 어찌나 빠른지 78회전 전축에 올려놓은 45회전 음반 같았다. 누군가가 같이 외기 시작했다. 노마였다. 그녀도 무릎을 꿇고 있었다.

제이컵스는 곤혹스러워하는 표정으로 나를 쳐다보았다. 어떤 뜻이 담긴 표정인지 쉽사리 알 수 있었다. *봤지, 제이미? 재주는 내가 다 부리고 공은 하늘에 계시다는 그분이 다 가져간다니까?*

아스트리드는 휠체어에서 일어나려고 했지만 쇠약한 다리가 버텨 주지 못했다. 그녀가 얼굴로 넘어지기 전에 내가 달려가서 끌어안았다.

"아직은 안 돼. 아직은 힘이 너무 없어."

내가 다시 휠체어에 앉히자 그녀는 눈을 휘둥그레 뜨고 나를 쳐다보았다. 산소마스크는 빼빼 꼬인 채 그녀의 목 왼편에 대롱대롱 방치되어 있었다.

"제이미? 제이미 맞아? 여긴 어쩐 일이야?"

나는 제이컵스를 쳐다보았다.

"치료를 받은 뒤에 나타나는 단기 기억 상실은 흔한 증상이지. 아스트리드, 지금 대통령이 누군지 알아요?"

그녀는 어리둥절한 표정을 지었지만 망설임 없이 대답했다.

"오바마요. 그리고 바이든이 부통령이고요. 저 진짜 나은 거예요? 이러다 다시 나빠지는 건 아니죠?"

"진짜 나은 거고 그럴 일 없지만 지금은 그런 데 신경 쓸 때가 아니에요. 자……"

"제이미? 진짜 제이미야? 머리가 새하얗다!"

"맞아. 이제 거의 다 끝났어. 찰리가 하는 얘기를 들어 봐."

"내가 너한테 푹 빠졌었지. 그런데 너는 기타는 잘 쳤을지 몰라도 약에 취했을 때 아니면 춤은 별로 못 췄어. 고등학교 댄스파티가 끝났을 때 스타랜드에서 저녁을 먹었는데 그때 네가 뭘 주문했느냐면……" 그녀는 말을 멈추고 입술을 핥았다. "제이미?"

"응."

"나, 숨을 쉴 수 있어. 다시 숨을 쉴 수 있어." 그녀는 울고 있었다.

제이컵스가 무대에 오른 최면술사처럼 그녀의 눈앞에 대고 손가락을 퉁겼다.

"집중해요, 아스트리드. 여기 누구랑 같이 왔죠?"

"제……제니요."

"어제 저녁에는 뭘 먹었나요?"

"소파요. 소파하고 샐러드."

제이컵스는 눈물이 그렁그렁 맺힌 아스트리드의 눈앞에 대고 다시 손가락을 퉁겼다. 그러자 그녀는 눈을 깜빡이며 움찔했다. 그녀의 살갗 밑에서 근육이 팽팽하게 당겨지고 탄탄해지는 것이 내 눈에 느껴졌다. 경이롭고도 섬뜩했다.

"수프요. 수프하고 샐러드."

"아주 좋아요. 벽에 달린 문은 뭔가요?"

"문이라뇨? 그게 무슨……"

"담쟁이덩굴로 덮였다고 했어요. 그 너머에 무너진 도시가 있다고 했고요."

"기억이…… 나지 않아요."

"그녀가 기다린다고 했어요. 그리고 또……"제이컵스는 이해하지 못하는 그녀의 표정을 유심히 쳐다보다 한숨을 쉬었다. "됐어요. 좀 쉬는 게 좋겠군요."

"그렇겠죠? 그런데 사실 춤을 추고 싶어요. 환희의 춤을요."

"나중에 출 수 있을 겁니다."

그는 아스트리드의 손을 토닥였다. 웃는 얼굴로 토닥였지만 내가 보기에는 문과 도시에 대해 기억하지 못하는 그녀에게 매우 실망한 눈치였다. 나는 아니었다. 나는 찰스 제이컵스의 아무도 모르는 전기가 그녀의 머릿속 가장 깊숙한 곳을 관통했을 때 그녀가 무엇을 보았는지 알고 싶지 않았다. 그녀가 말한 숨겨진 문 뒤에서 뭐가 기다리고 있었는지 알고 싶지 않았다. 하지만 나는 알 것 같았다.

어머니.

종이 하늘 위에서.

* * *

아스트리드는 오전 내내 그리고 오후 늦게까지 잤다. 그러다 눈을 떴을 때 배가 고파서 죽을 것 같다고 했다. 이 소리를 듣고 제이컵스는 기뻐하며 '우리 환자'에게 구운 치즈 샌드위치와 설탕 코팅을 걷어낸 케이크를 작은 것 한 조각 가져다주라고 노마 골드스톤에게 말했다. 약해진 위장에 설탕 코팅은 너무 부담스러울 수도 있다고 했다. 제이컵스, 제니 그리고 나는 그녀가 샌드위치 모두와 케이크 반쪽을 먹어 치운 다음에서야 포크를 내려놓는 것을 지켜보았다.

"남은 것도 먹고 싶은데 배가 부르네요."

"서두르지 마."

제니가 말했다. 그녀는 무릎에 펼쳐 놓은 냅킨을 계속 뜯고 있었다. 아스트리드를 보고 있다가도 금세 시선을 돌렸고 제이컵스는 아예 쳐다보지도 않았다. 그녀의 발상으로 제이컵스를 찾아왔고 친구의 상태가 갑작스럽게 호전돼서 분명 기뻐하고 있었지만, 이스트룸에서 본 광경 때문에 심하게 충격을 받은 게 분명했다.

"집에 가고 싶어."

"아, 아스트리드. 그래도 될지……"

"충분히 건강해진 느낌이야. 진짜야." 아스트리드는 미안해하는 눈빛으로 제이컵스를 쳐다보았다. "제가 고마워할 줄 몰라서 그러는 게 아니에요. 앞으로 죽을 때까지 기도할 때마다 목사님을 기억할게요. 그저 집에 있고 싶어서요. 목사님만 괜찮으시다면……"

"괜찮아요, 괜찮아요." 그는 용무가 끝났으니 그녀를 얼른 내보내고 싶은 눈치였다. "자기 침대보다 더 좋은 약이 어디 있겠어요. 서두르면 해가 떨어지기 전에 도착할 수 있겠네요."

제니는 더 이상 아무 반대도 하지 않고 다시 냅킨만 뜯었다. 하지만 나는 그녀가 고개를 숙이기 전에 지은 안심하는 표정을 보았다. 이유는 다를지 모르지만 그녀도 아스트리드처럼 얼른 떠나고 싶었던 것이다.

아스트리드의 혈색이 돌아온 것은 놀라운 변화의 일부에 불과했다. 그녀는 휠체어에 똑바로 앉을 수 있었다. 눈빛은 맑고 초롱초롱했다.

"어떤 식으로 감사를 드려야 할지 모르겠네요, 제이컵스 씨. 갚을 길이 없다는 걸 알지만 저한테 필요한 게 있으면 언제든 말만 하세요."

"사실 몇 가지 있는데요." 그는 울퉁불퉁한 오른손으로 하나씩 꼽았다. "잘 챙겨 먹기. 자기. 열심히 운동해서 체력 회복하기. 그럴 수 있겠어요?"

"네. 그럴게요. 그리고 담배는 두 번 다시 손도 대지 않을게요."

그는 손사래를 쳤다.

"절대 피우고 싶지 않을 거예요. 안 그러니, 제이미?"

"아마도요."

"놀턴 양?"

그녀는 그에게 엉덩이를 꼬집히기라도 한 것처럼 움찔했다.

"아스트리드는 물리치료를 받아야 해요. 친구를 대신해서 놀턴 양이 알아봐 줘도 좋겠네요. 저 빌어먹을 휠체어에서 얼른 일어날수록 좋아요. 그렇겠죠? 내 생각이 딱 맞겠죠?"

"네, 대니 목사님."

그는 미간을 찌푸렸지만 그녀에게 호칭이 틀렸다고 지적하지는 않았다.

"두 분이 해줄 수 있는 일이 한 가지 더 있는데 아주 중요한 거예요. *이번 일과 관련해서 내 이름을 들먹이지 않는 것.* 앞으로 몇 달 동안 할 일이 많은데 치료받길 바라는 환자들이 우르르 이곳으로 찾아오는 건 절대 원치 않으니까. 알겠죠?"

"네." 아스트리드가 대답했다.

제니는 시선을 떨어뜨린 채 고개를 끄덕였다.

"아스트리드, 병원에 가면 놀라워할 텐데 차도를 보여 달라고 기도했더니 응답을 받았다고만 해요. 의사가 기도의 효험을 믿건 믿지 않건 그건 상관없어요. 어느 쪽이건 MRI상의 증거는 받아들일 수밖에 없을 테니까. 행복하게 미소를 짓고 있는 당신의 얼굴은 두말할 나위도 없을 테고요. 행복하고 *건강하게* 미소를 짓고 있는 그 얼굴 말이에요."

"네, 알았어요. 뭐든 하라는 대로 할게요."

"내가 객실까지 휠체어 밀어 줄게." 제니가 말했다. "떠날 거면 짐을 싸는 게 좋겠다."

그 말에 숨은 의미는 *나 얼른 나가고 싶어*였다. 그 점에서는 그녀와 찰스 제이컵스의 생각이 같았다. 둘이 서로 딱 맞았다.

"알았어." 아스트리드는 수줍은 표정으로 나를 쳐다보았다. "제이미, 콜라 한 개만 가져다줄래? 너한테 할 얘기가 있는데."

"그래."

제이컵스는 제니가 아스트리드의 휠체어를 밀고서 아무도 없는 식당을 지나 저쪽 문으로 다가가는 모습을 지켜보았다. 그들이 사라지자 그는 내 쪽으로 고개를 돌렸다.

"자. 우리 서로 합의한 거지?"

"네."

"먹튀하지 않을 거지?"

먹튀는 돈만 챙기고 잽싸게 도망치는 것을 말한다.

"네. 먹튀하지 않을 거예요."

"그럼 됐다." 그는 두 여자가 사라진 문 쪽을 쳐다보고 있었다. "내가 예수를 버리니까 놀턴 양이 이제는 나를 별로 좋아하지 않는 눈치야, 그렇지 않니?"

"무서운 거겠죠."

그는 상관없다는 듯이 어깨를 으쓱했다. 미소처럼 어깨도 한쪽만 으쓱거렸다.

"10년 전이었다면 소더버그 양을 치료하지 못했을 거다. 어쩌면 5년 전에도. 하지만 지금은 일이 급속도로 진전되고 있어. 올여름이면……"

"올여름이면 뭐요?"

"아무도 모를 일이지. 아무도 모를 일이야."

당신은 알잖아요. 나는 생각했다. *당신은 알잖아요, 찰리.*

* * *

"이것 봐, 제이미."

내가 탄산음료를 들고 찾아갔을 때 아스트리드가 말했다.

그녀는 휠체어에서 일어나 비틀거리며 침실 창가에 놓인 의자까지 세 발짝을 걸어갔다. 넘어지지 않게 의자를 잡고서 몸을 돌린 뒤 안도와 기쁨의 한숨을 쉬며 주저앉았다.

"별거 아니긴 하지만……"

"지금 장난해? 대단한 거지." 나는 그녀에게 얼음을 가득 넣은 콜라 잔을 건넸다. 심지어 행운을 위해 라임 한 조각까지 가장자리에 꽂았다. "게다가 날마다 점점 좋아질 거 아냐."

방에는 우리 둘밖에 없었다. 제니는 짐을 마저 싸야겠다며 나갔지만 내가 보기에는 이미 다 싼 듯했다. 아스트리드의 외투가 침대 위에 펼쳐져 있었다.

"제이컵스 씨만큼이나 너한테도 신세를 많이 진 것 같아."

"아니야."

"거짓말하지 마, 제이미. 코가 점점 자라고 벌들한테 무릎을 쏘이고 싶어? 제이컵스 씨는 병을 고쳐 달라는 편지를 아직까지 수천 통씩 받고 있을 거야. 그가 우연히 내 편지를 뽑았겠어? 네가 그 편지 읽는 일을 했니?"

"아니. 그건 네 친구 제니가 좋아하는 앨 스탬퍼의 일이었어. 찰리가 나중에 나한테 연락했지."

"연락을 받고 네가 와 주었어. 수십 년이 지났는데. 왜 그랬어?"

"올 수밖에 없었으니까. 더 이상 뭐라고 설명하면 좋을지 모르겠다. 네가 나의 전부였던 때가 있었다는 말밖에."

"그한테 뭘 약속한 건 아니고? 그걸 뭐라고 하더라…… 퀴드 프로 쿼?*"

"전혀 없어."

나는 딱 잘라서 말했다. 나는 중독자로 지내던 세월 동안 거짓말의 달인이 되었고 서글픈 현실이지만 그런 기술은 없어지지 않는다.

"이쪽으로 와. 내 가까이 서 봐."

나는 그녀가 시키는 대로 했다. 그녀는 일말의 망설임이나 쑥스러움 없이 내 청바지 앞섶에 손을 얹었다.

"너는 이걸 거칠게 들이밀지 않았어. 그런 남자애가 많지 않았을 텐데. 너는 경험이 없는데도 부드럽게 다루는 법을 알았어. 나한테도 네가 세상의 전부였어." 그녀는 손을 떨어뜨리고 전과 다르게 흐리멍덩하지도 고통에 사로잡히지도 않은 눈으로 나를 바라보았다. 이제 그 눈은 생기로 가득했다. 그리고 걱정으로 가득했다. "너는 *뭔가*를 약속했어. 나는 알아. 무슨 약속을 했느냐고 묻지는 않을게. 하지만 나를 사랑한 적이 있었다면 그 사람을 조심해. 나를 살려 준 사람을 두고 이런 말하기 싫지만 위험인물이야. 너도 그렇다는 걸 알겠지만."

내가 생각했던 것만큼 엄청난 거짓말의 달인은 아니었던 모양이다. 아니면 그녀가 *치료*를 받고 나서 더 많은 것을 볼 수 있게 된 것일 수도 있었다.

"아스트리드, 걱정할 거 전혀 없어."

"혹시…… 키스 한번 할 수 있을까, 제이미? 단둘이 있는 동안? 내가 지금 볼품없다는 건 알지만 그래도……"

---

* '오는 게 있으면 가는 게 있다'는 뜻의 라틴어.

나는 한쪽 무릎을 꿇고(또다시 청혼하려는 애인처럼 느껴졌다.) 그녀에게 입을 맞추었다. 그녀가 보잘것없기는 했지만 그날 아침에 비하면 멀쩡이었다. 그래도…… 입술과 입술이 만나는 입맞춤에 불과했다. 꺼지지 않은 불씨 같은 건 없었다. 적어도 내 쪽에서는 그랬다. 그래도 우리는 한데 묶여 있었다. 제이컵스가 우리의 매듭이었다.

그녀는 내 뒤통수를 쓰다듬었다.

"희끗희끗하건 아니건 머리칼이 여전히 보기 좋네. 살다 보면 남는 게 별로 없는데 너한테는 그게 남았나 봐. 안녕, 제이미. 고마웠어."

* * *

나는 나가는 길에 제니와 잠깐 이야기를 나누었다. 그녀가 경과를 지켜볼 수 있을 만큼 아스트리드와 가까운 데서 사는지 궁금했기 때문이었다.

그녀는 미소를 지었다.

"아스트리드하고 나는 이혼녀 동지예요. 내가 로클랜드로 이사하고 거기 병원에서 근무하면서부터 가깝게 지냈어요. 그러니까 10년 전부터요. 아스트리드가 병에 걸린 뒤에는 내가 그 집으로 들어갔고요."

나는 그녀에게 휴대전화번호와 울프조 목장의 전화번호를 알려주었다.

"후유증을 겪을 수 있어요."

그녀는 고개를 끄덕였다.

"대니 목사님한테 들었어요. 아니, 제이컵스 씨한테요. 그 이름은 적응이 잘 안 되네요. 아무튼 뇌파가 재구성될 때까지 몽유병 환자처럼 걸어다닐 수도 있다고 하더군요. 4개월에서 6개월 동안요. 앰비엔이나 루네스타 같은 수면제를 과다 복용한 사람들에게서 그런 증상이 나타나는 것을 본 적 있어요."

"네, 그런 증상이 나타날 가능성이 가장 크죠."

하지만 그것 말고도 흙을 먹거나 강박적으로 걸어다니거나 투렛 증후군이나 도벽이나 휴 예이츠와 같은 프리즘 현상이 생길 가능성도 있었다. 내가 알기로 앰비엔은 이런 부작용이 없었다.

"하지만 다른 증상이 나타나면…… 연락 주세요."

"무슨 걱정을 하시는데요? 뭣 때문에 그러는지 말씀해 주세요."

"확실하게는 모르겠고 아스트리드는 아마 괜찮을 거예요."

제이컵스의 주장에 따르면 대부분 그렇다고 했다. 나는 그를 별로 신뢰하지 않지만 그 말은 믿어야 했다. 이미 엎질러진 물이었다. 이미 저질러진 일이었다.

제니는 까치발을 하고 내 뺨에 입을 맞추었다.

"아스트리드는 *괜찮아질* 거예요. 믿음을 버린 제이컵스 씨는 어떻게 생각할지 몰라도 이건 하나님의 은총이거든요. 그 방법이 없었더라면, 그가 없었더라면 6주 안으로 죽었을 테니까요."

* * *

아스트리드는 휠체어를 타고 장애인용 경사로를 내려갔지만 제니의 스바루에는 제 발로 올라탔다. 제이컵스가 문을 닫았다. 그녀는 열린 차창 밖으로 팔을 내밀어 양손으로 그의 손을 맞잡고 다시 한 번 감사 인사를 했다.

"내가 좋아서 한 일인 걸요. 약속만 기억하면 돼요." 그는 붙잡았던 손을 빼서 그녀의 입술에 손가락을 갖다 댔다. "아무한테도 얘기하면 안 돼요."

나는 허리를 숙여서 그녀의 이마에 입을 맞추었다.

"잘 챙겨 먹어. 쉬고. 물리치료 받고. 그리고 인생을 즐겨."

"알겠습니다, 대장님." 그녀는 내 뒤에서 현관 앞 계단을 천천히 올라가는 제이컵스를 보더니 내 눈을 쳐다보며 좀 전에 했던 말을 반복했다. *"조심해."*

"걱정 마."

"할 거야."

그녀는 심각하게 불안해하는 눈빛으로 내 눈을 쳐다보았다. 그녀도 나처럼 나이를 먹었지만 병이 사라지자 크롬 로지스가 「행운을 빌어Knock on Wood」나 「넛부시 시티 리미츠Nutbush City Limits」를 연주하는 동안 해티, 캐럴, 수전과 함께 무대 앞에서 섹시하게 몸을 흔들던 소녀의 모습이 보였다. 비상계단 아래에서 내가 입 맞추었던 소녀의 모습이 보였다.

"걱정할 거야."

나는 찰스 제이컵스가 있는 현관으로 자리를 옮겼고, 정문으로 향하는 길을 달려가는 제니 놀턴의 조그맣고 깔끔한 아웃백을 같이 바라보았다. 눈이 녹기 좋은 날이라 눈 더미가 조금씩 사라져서 벌써 파릇파릇해지기 시작한 잔디가 드러났다. *가난한 농부의 비료.* 나는 생각했다. *예전에는 그렇게 불렀지.*

"저 여자들이 입 다물고 있어 줄까?" 제이컵스가 물었다.

"네."

영원히는 아닐지 몰라도 그가 주장하는 것처럼 마무리가 머지않았다면 그 일이 끝날 때까지는 다물고 있을 것이다.

"약속했잖아요."

"너는, 제이미? 너도 약속을 지킬 거냐?"

"네."

내 대답에 그는 만족한 눈치였다.

"하룻밤 더 자고 가지 그러니?"

나는 고개를 저었다.

"엠버시 스위트에 방 잡아 놨어요. 이른 비행기라."

그리고 *래치스를 얼른 빠져나오고 싶어서 안달이 났던 것처럼 여기에서도 얼른 빠져나가고 싶거든요.*

그 말은 하지 않았지만 그는 분명 눈치 챘을 것이다.

"알았다. 나중에 연락할 테니 준비하고 있어라."

"뭘 바라세요? 각서라도 쓸까요? 오겠다고 했으니까 올 거예요."

"그래. 우리 둘이 거의 평생 동안 당구공처럼 서로 튕기면서 지냈지만 그럴 날도 이제 거의 끝났다. 7월 말, 아무리 늦어도 8월 중순이면 서로 만나는 것도 끝이야."

그의 말이 맞았다. 하나님에게 굽어살펴 달라고 할 일이었다.

물론 하나님이 있다면 말이다.

＊＊＊

신시내티에서 비행기를 갈아탔는데도 다음 날 오후 1시도 되기 전에 덴버로 돌아갈 수 있었다. 시간 여행을 할라 치면 제트기를 타고 서쪽으로 가는 게 최고다. 전화기를 켜 보니 메시지가 두 통 와 있었다. 첫 번째 메시지는 제니가 보낸 것이었다. 간밤에 아스트리드의 방문을 걸어 잠그고 잠자리에 들었는데 베이비 모니터에서 삑삑거리는 소리가 나지 않았고 6시 30분에 깨어 보니 아스트리드가 여전히 곯아떨어져 있더라고 했다.

"일어나서는 반숙 달걀 한 개와 토스트 두 조각을 먹었어요. 안색을 보면…… 꿈이 아니라고 되뇌어야 할 정도예요."

기분 좋은 메시지였다. 브리애나 던린(이제는 브리애나 던린-휴스가 된)이 보낸 메시지는 안 좋았다. 내가 타고 온 유나이티드 비행기가 착륙하기 몇 분 전에 남긴 거였다. "로버트 리버드가 죽었어요, 제이미. 자세한 내용은 나도 몰라요." 하지만 저녁 무렵이면 알 수 있을 거라고 했다.

브리와 접촉한 간호사의 말에 따르면 개즈리지 병원에 입원한 환자들은 대부분 살아서 나가지 못한다고 했는데 대니 목사에게 근이영양증을 치료받은 아이가 그 대부분의 경우에 들어갔다. 그는 청바지로 만든 올가미에 목을 매단 채 병실에서 발견됐다. 그가 남긴 쪽지에는 이렇게 적혀 있었다. *지옥에 떨어진 사람들이 계속 보여요. 줄이 끝도 없이 이어져요.*

458

XII
금서.
메인에서 보낸 휴가.
메리 페이의 슬픈 사연.
다가오는 폭풍.

약 6주가 지났을 때 나는 예전의 연구 파트너가 보낸 이메일을 받았다.

수신: 제이미

발신: 브리

제목: 참고 사항

아저씨가 뉴욕 주 북부에 있는 제이컵스의 집에 다녀온 뒤에 보낸 이메일에서 『데 베르미스 미스테리스』라는 책에 대해서 이야기한 적이 있었잖아요. 내가 그 제목을 기억한 이유는 고등학교 때 들은 라틴어 수업 덕분에 번역하면 '벌레의 신비'가 된다는 걸 알았기 때문일 거예요. 이렇게 찾아보고 있는 걸 보면 제이컵스의 모든 것을 파헤치는 것은 끊기 어려운 습관인가 봐요. 이쯤에서 덧붙이자면 남편한테는 알리지 않았어요. 남편은 내가 제이컵스의 모든 것을 잊은 줄 알아요.

아무튼 이건 심각한 주제예요. 가톨릭교회에서 정한 여섯 권의 이른바 금서에 『데 베르미스 미스테리스』가 들어가거든요. 금서들을 한데 뭉뚱그려서 '마도서'라고 하는데 나머지 다섯 권은 뭔가 하면 『아폴로니우스의 서』(아폴로니우스는 그리스도가 살던 시대의 의사였어요.), 『알베르투스 마그누스의 서』(주술, 부적, 망자와의 대화), 『레메게톤』과 『클라비쿨라 살로모니스』(솔로몬 왕이 썼다고 해요.), 그리고 『피카트릭스의 마도서』예요. H. P. 러브크래프트의 작품 속에 등장하는 『네크로노미콘』이라는 가상의 마도서의 기원이 맨 마지막 책과 『데 베르미스 미스테리스』였다고 하죠.

모든 금서에는 여러 판본이 존재하는데 『데 베르미스 미스테리스』만 **예외**예요. 위키피디아에 따르면 20세기 초반에 가톨릭교회에서 보낸 밀사들이(댄 브라운의 작품이 연상되죠?) 『데 베르미스 미스테리스』를 모두 태워서 대여섯 권만 남았대요.(그런데 교황청에서는 그런 책이 존재했다는 사실조차 인정하지 않아요.) 남은 책들은 전부 세간에서 사라졌고 개인 소장가들의 손에 폐기되었거나 그들의 수중에 있을 것으로 추정되고 있죠.

제이미, 모든 금서는 **능력**과 (요즘은 '과학'이라고 불리는) 연금술, 수학 그리고 끔찍한 주술 의식의 결합을 통해 그 능력을 획득하는 방법을 다뤄요. 아마도 전부 헛소리겠지만 왠지 불안해요. 아저씨 말로는 제이컵스가 평생 전기를 연구했다는데 그의 치료 사례들을 보면 상당히 엄청난 능력을 손에 넣게 됐을지 모른다는 결론을 내릴 수밖에 없거든요. 오래된 속담이 떠오르는 대목이죠. "호랑이 꼬리를 잡은 사람은 감히 놓지 못한다."

아저씨가 생각해 보아야 할 다른 문제들이 두어 개 있어요.

하나: 17세기 중반까지만 해도 가톨릭교도들은 포테스타스 마그눔 우니
베르숨(우주의 원동력)을 연구한다는 낙인이 찍히면 제명당하기
십상이었어요.

둘: 위키피디아에 따르면(뒷받침하는 근거가 없긴 해요.) 러브크래프
트의 작품 속에 등장하는 가상의 『네크로노미콘』에서 대부분의 사
람들이 기억하는 2행 연구는 러브크래프트가 접할 기회가 있었던
『데 베르미스 미스테리스』(그런 희귀본을 살 만한 여유는 없었을
테니 분명 자기 책은 아니었을 거라고 해요.)에서 도용한 거라고 해요.
그 2행 연구가 뭔가 하면 "죽지 않는 것은 영원히 존재할 수 있으
나 기묘한 영겁 속에서는 죽음마저도 죽으리라." 나는 이 구절을
읽고 악몽을 꿨어요. 농담 아니에요.

아저씨는 가끔 찰스 대니얼 제이컵스를 '내 인생의 제5의 인물'이라고
불렀잖아요. 이제는 관계를 청산했으면 좋겠어요. 예전에는 누가 이런 소
리를 하면 웃어넘겼을 텐데 그때는 부흥회에서 기적의 치유가 이루어진다
고 하면 헛소리인 줄 알았거든요.

나중에 연락해 줘요, 알았죠? 아저씨가 제이컵스의 모든 것을 정리했다
는 걸 알 수 있게.

늘 아저씨를 생각하는
브리

나는 이메일을 인쇄해서 두 번 읽었다. 그런 다음 『데 베르미스

미스테리스』를 인터넷에서 검색해 브리가 이메일에서 한 이야기와 하지 않은 이야기들을 모조리 파악했다. '마법과 주술이 담긴 어둠의 서'라는 고서 전문 블로그에서는 금서가 된 루트비히 프린의 마도서를 가리켜 "인류 역사상 가장 위험한 책"이라고 했다.

* * *

나는 집 밖으로 나서 한 블록을 걸어가 대학교 때 잠깐 피운 이래 처음으로 담배를 한 갑 샀다. 우리 건물 안에는 흡연 공간이 없었기에 계단에 앉아서 불을 붙였다. 첫 모금에 기침이 났고 머리가 빙빙 돌았고 이런 생각이 들었다. 찰리가 나서 주지 않았다면 이 녀석들 때문에 아스트리드가 죽었을 거 아냐.

맞는 말이었다. 제이컵스와 기적의 치유 능력이 없었다면 그랬을 것이다. 호랑이 꼬리를 잡고서 절대 놓을 생각을 하지 않는 그가 없었다면.

무슨 일이 벌어졌어. 아스트리드는 내 꿈속에 등장해 예전의 상큼함이라고는 모두 사라진 미소를 지으며 이렇게 말했다. 무슨 일이 벌어졌고 어머니가 조만간 올 거야.

그러고 나서 제이컵스의 아무도 모르는 전기를 머리에 쏘인 다음에는 이렇게 말했다. 벽에 문이 있어요. 문은 담쟁이덩굴로 덮였어요. 담쟁이덩굴은 죽었어요. 그녀가 기다리고 있어요. 제이컵스가 누굴 얘기하는 거냐고 묻자 이렇게 대답했다. 목사님이 바라는 그 사람은 아니에요.

약속을 안 지키면 되잖아. 나는 담배를 던지며 생각했다. *그러는 사람이 어디 한둘이겠어?*

맞는 말이지만 이건 그럴 수 없었다. 이번 약속은 그럴 수 없었다.

나는 다시 안으로 들어갔고 담뱃갑은 구겨서 우편함 옆에 있는 쓰레기통에 던졌다. 집으로 올라가 음성 메시지를 남길 생각을 하며 브리의 휴대전화로 연락했는데 의외로 그녀가 받았다. 나는 이메일 잘 받았다고 인사하고 찰스 제이컵스를 다시 만날 생각이 없다고 말했다. 아무 죄책감도 망설임도 없이 거짓말을 했다. 브리의 남편 생각이 맞았다. 그녀는 제이컵스의 모든 것과 결별해야 했다. 나는 메인으로 돌아가 내 약속을 이행해야 하는 순간이 찾아오면 똑같은 이유에서 휴 예이츠에게도 거짓말을 할 것이다.

예전에 10대답게 서로에게 홀딱 반한 두 아이가 있었다. 그들은 몇 년 뒤, 빅토리아 홀트의 고딕 로맨스 소설처럼 천둥이 쏟아지고 번개가 번쩍이는 가운데 폐허가 된 오두막에서 사랑을 나누었다. 그리고 한참 시간이 흘러서 중독의 궁극적인 대가를 치르기 직전에 찰스 제이컵스에게 구원을 받았다. 나는 그에게 두 배로 빚을 졌다. 여러분도 이미 눈치 챘겠지만 그렇다고 아무 말 없이 지나가면 더 큰 진실을 생략하는 것이 될 것이기에 밝히자면 *나는 궁금한 마음도 있었다.* 그래서 판도라의 상자의 뚜껑을 열고 그 안을 들여다보는 그의 모습을 옆에서 지켜보고 싶었다.

* * *

"이런 식으로 어물쩍, 싸가지 없게 일을 그만두려는 건 아니겠지?"

휴는 장난처럼 얘기하려고 했지만 진심으로 걱정하는 눈빛이었다.

"설마요. 그냥 두어 달 쉬고 싶어서 그래요. 지겨워지면 6주 만에 올 수도 있고요. 할 수 있을 때 메인에 있는 가족들이랑 다시 시간을 보내고 싶어서요. 더 나이 들기 전에."

나는 메인에 있는 가족들 근처에도 갈 생각이 없었다. 그들은 안 그래도 고트산과 너무 가까운 데서 살고 있었다.

"자식이랑 똑같네그려." 그는 우울한 목소리로 말했다. "올가을이면 내 나이도 대규모 가두행진을 선두 지휘한 트럼본 숫자하고 같아진다고.* 올봄에 무키가 그만둔 것만으로도 타격이 큰데. 자네마저 영영 떠나면 여기 문을 닫아야 할지도 몰라."

그는 한숨을 쉬었다.

"자식이 있었다면 물려주고 죽을 수 있을까? 천만에. 가업을 이어 달라고 하면 아이들이 뭐라고 하는지 알아? '미안해요, 아빠. 아빠가 같이 어울려 다니지 말라고 한 그 마약하는 고등학교 동창이랑 캘리포니아에서 와이파이가 장착된 서핑 보드 만들 거예요.'"

"사장님이 먼저 이야기를 꺼냈으니 말인데……"

"그래, 그래, 뿌리를 찾는 것도 좋지. 어린 조카랑 쎄쎄쎄도 하고 형이 클래식 카를 다시 조립하는 것도 거들고. 여기 여름은 어떤 식인지 자네도 알잖아."

물론 알았다. 먼지보다 더 더디게 시간이 흘러갔다. 여름이면 가

---

* 메러디스 윌슨의 뮤지컬 「뮤직 맨」을 대표하는 「일흔여섯 개의 트럼본」의 첫 소절 가사에 빗대서 자기 나이가 일흔여섯 살이 된다고 말한 것이다.

장 형편없는 밴드마저 스케줄이 꽉 찼고, 밴드들마다 술집이나 콜로라도와 유타에서 열리는 40여 가지 여름축제에서 라이브로 연주하느라 음반을 녹음할 시간이 거의 없었다.

"조지 데이먼이 있을 거잖아요. 요란하게 복귀를 선언했으니까."

"그렇지. 콜로라도를 통틀어 유일하게 「당신을 볼 거예요I'll Be Seeing You」를 「신이여, 미국을 축복하소서」처럼 만들 수 있는 사람이랄까."

"어쩌면 전 세계를 통틀어서 한 명뿐일지도요. 사장님, 그 이후로 프리즘 현상 다시 겪은 적 없죠?"

그는 호기심 어린 눈빛으로 나를 쳐다보았다.

"없는데. 그걸 묻는 이유가 뭐지?"

나는 어깨를 으쓱했다.

"난 아무 이상 없어. 매일 밤마다 두세 번씩 일어나서 간장 종지만큼 오줌을 싸긴 하지만 그 정도야 내 나이에 당연한 거고. 하지만…… 재미있는 이야기 하나 들려줄까? 내 입장에서는 재미있다기보다 으스스하지만."

나는 그의 이야기를 딱히 듣고 싶지는 않았지만 들어야 할 것 같았다. 때는 6월 초였다. 제이컵스는 아직 연락이 없었지만 조만간 연락을 할 터였다. 분명했다.

"같은 꿈을 계속 꾸고 있거든. 꿈속에서 내가 있는 곳은 여기 이울프조가 아니라 어린 시절을 보낸 아바다야. 누군가가 문을 두드리는데 그냥 두드리는 게 아니라 쾅쾅 때리고 있어. 나는 그 소리가 듣기 싫어. 왜냐하면 어머니라는 걸 아는데 어머니는 돌아가셨거든. 아바다에서 살던 시절에는 어머니가 건강하게 살아 있었으니 바보 같은 발상이지만 그래도 나는 알아. 나는 복도를 걸어가. 가고 싶지 않은데 발이 계속 움직이는 거야. 꿈속에서는 어떤 식인지 자네도 알잖아. 그 무렵 어머니는 두 주먹으로 문을 부서져라 두드리고 나는 고등학교 영어 수업 시간에 읽어야 했던 공포 소설을 떠올리지. 제목이 『8월의 열기』였던 것 같은데."

『8월의 열기』가 아니죠. 『원숭이의 손』이죠. 문을 두드리는 장면이 나오는 작품은.

"나는 문손잡이를 향해 손을 내밀다 땀에 흠뻑 젖은 채로 눈을 떠. 그 꿈이 무슨 뜻일까? 내가 무의식적으로 엄청난 탈출을 준비하는 걸까?"

"그럴지도 모르죠."

나는 맞장구를 쳤지만 머릿속에서는 이미 대화를 접었다. 나는 다른 문을 생각하고 있었다. 죽은 담쟁이덩굴로 덮인 조그만 문을 생각하고 있었다.

* * *

제이컵스는 7월 1일에 전화했다. 나는 그때 녹음실에서 애플 프로 소프트웨어를 업데이트하고 있었다. 그의 목소리가 들리자 컨트롤 보드 앞에 앉아서 해체된 드럼 세트 말고는 아무것도 없고 방음이 되는 리허설 룸을 창 너머로 들여다보았다.

"네가 약속을 지켜야 할 때가 거의 됐다."

술을 마신 것처럼 우물거리는 말투였지만 나는 그가 블랙커피보다 더 독한 음료를 마시는 것을 본 적이 없었다.

"알겠어요." 내 목소리는 차분했다. 그러지 않을 이유가 없었다. 기다리던 전화였다. "언제쯤 가면 될까요?"

"내일. 아무리 늦어도 모레. 아마 나랑 같이 리조트에서 지내기 싫을 테지만, 적어도 처음에는 그렇겠지만……"

"제대로 파악하셨네요."

"……한 시간 이내의 거리에 있어야 한다. 내가 전화하면 바로 올 수 있게."

그 말을 듣자 『호각을 불면 내가 찾아가겠네, 그대여』*라는 또 다른 섬뜩한 이야기가 생각났다.

"알겠어요. 하지만요, 아저씨."

"음?"

"내게 요구할 수 있는 시간은 두 달이에요. 노동절이 다가올 때쯤이면 어떻게 됐든 서로 빠이빠이하는 겁니다."

다시 정적이 흘렀지만 그의 숨소리가 들렸다. 힘겹게 몰아쉬는 것처럼 들려서 아스트리드가 휠체어에 앉아서 내던 소리가 생각났다.

"그래…… 알았다." *아야따.*

"괜찮으세요?"

"뇌졸중이 또 오려나 봐." *내절중.* "말씨는 예전보다 어눌할지 몰라도 머리는 예전 못지않으니 걱정 마라."

대니 목사님, 자기부터 치료하시지요. 나는 또다시 이런 생각을

---

* 현대 공포소설의 효시라고 일컬어지는 몬터규 로즈 제임스의 작품.

했다.

"전할 소식이 있는데요, 찰리 아저씨. 로버트 리버드가 죽었어요. 그 미주리에서 온 남자아이 말이에요. 목을 매서 자살했대요."

"유감으로구나." 그는 유감스러워하는 말투가 아니었고 자세한 내용을 묻느라 시간을 허비하지도 않았다. "도착하거든 전화해서 어디 묵는지 알려 주렴. 한 시간 이내의 거리에 있어야 한다는 거 잊지 말고."

"알았어요." 나는 이렇게 말하고 전화를 끊었다.

나는 비정상적으로 조용한 녹음실에 몇 분 동안 앉아서 벽에 걸린 앨범 재킷 액자들을 쳐다보다 로클랜드에 있는 제니 놀턴에게 전화를 걸었다. 그녀는 벨이 한 번 올리자마자 받았다.

"우리 아가씨는 어떻게 지내고 있어요?"

"잘 지내요. 살이 쪘고 날마다 1.5킬로미터씩 걷고 있어요. 스무 살은 젊어 보여요."

"후유증은 없고요?"

"전혀요. 발작도 몽유병도 기억 상실증도 없어요. 고트산에서 지내는 동안 있었던 일들을 많이 기억하지 못하지만 내가 보기에 그건 축복인 것 같아요. 안 그래요?"

"제니, 당신은 어때요? 별일 없어요?"

"잘 지내요. 그런데 이제 끊어야 해요. 오늘은 병원이 정신없거든요. 휴가가 얼마 안 남아서 얼마나 다행인지 몰라요."

"아스트리드 혼자 두고 어디 가면 안 돼요, 알았죠? 왜냐하면 그건 좋은 생각이 못……"

"그럼요, 그럼요, 절대 그럴 일 없어요!" 그녀의 목소리에서 뭔가가 느껴졌다. 왠지 모르게 신경질적인 기미가 느껴졌다. "제이미, 나호출 받았어요. 이제 끊어야 해요."

나는 어두워진 컨트롤 보드 앞에 앉았다. 앨범 재킷들을 바라보았다. 정확히 말하면 요즘은 CD 재킷이었고 엽서만 한 크기였다. 나는 생일이라고 66년형 포드 갤럭시를 첫 차로 선물 받고 얼마 지나지 않았을 때를 생각했다. 놈 어빙과 함께 달렸을 때를 생각했다. 그는 우리가 할로 스트레이트라고 부른 27번 도로의 3킬로미터짜리 직선 구간에 진입하면 페달을 끝까지 밟아 보라고 나를 들볶았다. 이 차의 능력이 어디까지인지 보자고 했다. 시속 130킬로미터에 달하면 앞면이 덜컹거리기 시작했지만 나는 겁쟁이처럼 보이고 싶지 않았기에(열일곱 살 때는 겁쟁이처럼 보이지 않는 것이 아주 중요한 일이다.) 페달에서 발을 떼지 않았다. 140킬로미터가 되면 덜컹거림이 가라앉았다. 150킬로미터가 되면 노면과의 접촉면이 줄면서 갤럭시가 꿈결처럼 위험하게 가벼워졌고 나는 컨트롤의 한계에 달했음을 알 수 있었다. 브레이크를 건드리지 않도록 조심스럽게 페달에서 발을 떼면(고속에서 브레이크를 밟으면 큰일 난다는 것을 아버지에게 배워서 알고 있었다.) 갤럭시는 속도가 점점 느려졌다.

지금 그렇게 달릴 수 있다면 얼마나 좋을까.

* * *

아스트리드가 기적적으로 건강을 되찾은 날 묵었던 제트포트 근처의 엠버시 스위트가 모든 면에서 괜찮아 보였기에 이번에도 그곳에 체크인했다. 캐슬록 인에서 기다릴까 하는 생각도 들었지만 아는 사람(예컨대 노먼 어빙과 같은)과 맞닥뜨릴 가능성이 너무 컸다. 그러면 십중팔구 테리 형의 귀에 소식이 전해질 것이다. 그러면 형은 내가 어쩐 일로 메인에 왔는지, 어째서 자기 집에 묵지 않는지 궁금해할 것이다. 그건 내가 대답하고 싶지 않은 질문들이었다.

시간이 흘렀다. 7월 4일에는 수천 명의 사람들과 포틀랜드 산책로에서 불꽃놀이를 구경했다. 머리 위에서 모란과 국화와 왕관이 터지고 카스코 만에 비친 꽃과 왕관들이 물결 위에서 일렁이면 다같이 탄성을 질렀다. 그 뒤로 며칠 동안 요크의 동물원, 케너벙크포트의 시쇼어 트롤리 박물관, 페머퀴드 포인트의 등대를 보러 다녔다. 와이스 3대의 작품이 전시된 포틀랜드 미술관도 둘러보았고 오건퀴트 극장에서 「버디 홀리 스토리」의 마티네 공연(주인공 역을 맡은 가수 겸 배우가 훌륭했지만 게리 부시에는 못 미쳤다.)도 감상했다. 질릴 때까지 바닷가재를 먹었다. 바위투성이 바닷가를 한참 동안 걸었다. 일주일 동안 두 번 메인 쇼핑몰의 북스어밀리언 서점에 가서 페이퍼백을 사다가 방에서 졸릴 때까지 읽었다. 어디든 휴대전화를 들고 다니며 제이컵스의 전화를 기다렸지만 전화는 오지 않았다. 두어 번 먼저 전화할까 하는 생각이 든 적도 있었지만 그런 생각을 하다니 제정신이 아니라며 마음을 다잡았다. 잠자는 사자의 코털을 건드릴 이유가 없었다.

날씨는 나무랄 데 없이 완벽해서 습도는 낮고 하늘은 구름 한 점 없고 기온은 날마다 20도 초반을 유지했다. 소나기가 오더라도 보통 밤에 쏟아졌다. 어느 날 저녁에 TV 기상 캐스터 조 커포는 이걸 가리켜 "배려가 뭔지 아는 비"라고 표현했다. 그러면서 방송 생활 35년 만에 이렇게 날씨 좋은 여름은 처음이라고 덧붙였다.

올스타 경기가 미니애폴리스에서 열리고 야구 정기 시즌이 속개 되고 8월이 다가오자 제이컵스를 만나지 않고 콜로라도로 돌아갈 수 있을지 모른다는 희망이 싹텄다. 네 번째로 뇌졸중이 발병했고 이번에는 치명적이었을지 모른다는 생각이 들자 《포틀랜드 프레스 헤럴드》의 부고난을 예의 주시했다. 그러길 바란 건 아니었지만 그래도……

염병할, 아니긴 무슨. 사실 그러길 바랐다.

7월 25일 지역방송 시간에 조 커포가 좋은 일들은 모두 끝나기 마련이라며 현재 중서부를 달구고 있는 폭염이 주말을 기해서 뉴잉 글랜드로 이동하겠다고, 아쉬워하는 목소리로 나를 비롯해서 메인 남부의 모든 시청자들에게 알렸다. 7월 마지막 주 내내 기온은 30도 중반을 유지할 테고 8월에도 적어도 초반에는 사정이 다르지 않을 것 같다고 했다. 커포는 이렇게 충고했다. "여러분, 에어컨을 점검하 시기 바랍니다. 괜히 삼복더위라고 불리는 게 아니니까요."

그날 저녁에 제이컵스가 전화를 했다.

"일요일이다. 늦어도 오전 9시까지 와 주기 바란다."

나는 알았다고 했다.

* * *

조 커포의 예보가 맞았다. 토요일 오후부터 폭염이 시작되더니 일요일 아침 7시 30분에 렌터카에 오르는데 그때부터 이미 후텁지근했다. 도로는 한산했고 나는 금세 고트산에 도착했다. 정문을 향해 오르막길을 달리는데 스카이 전망대로 가는 샛길이 다시 개방됐고 튼튼한 나무 문이 열려 있는 것이 눈에 들어왔다.

경비원 샘이 나를 기다리고 있었지만 이번에는 제복 차림이 아니었다. 청바지를 입고 뒷문을 내린 타코마 픽업트럭 짐칸에 앉아서 베이글을 먹고 있었다. 내가 다가가자 그는 베이글을 조심스럽게 냅킨 위에 내려놓고 내 쪽으로 걸어왔다.

"안녕하세요, 모턴 씨. 일찍 오셨네요."

"차가 없어서요."

"네, 여름에는 지금 이 시각이 돌아다니기 제일 좋아요. 조금 있으면 매사추세츠의 밥맛들이 우르르 바닷가로 달려가거든요." 그는 파란색이 벌써부터 흰색으로 부옇게 바래 가는 하늘을 올려다보았다. "몸뚱이 구우면서 피부암 세포나 만들라고 해요. 나는 집에서 시원한 에어컨 바람 쏘이면서 삭스 경기나 볼 테니까."

"조만간 교대 시간인가 봐요?"

"모두들 더 이상 교대 시간이고 뭐고 없어요. 제이컵스 씨에게 모턴 씨가 왔다고 알리면 이제 임무 끝이에요."

"그럼 남은 여름 즐겁게 보내요."

나는 손을 내밀었다. 그는 내가 내민 손을 맞잡았다.

"그분이 무슨 꿍꿍이속인지 아세요? 저 비밀 잘 지켜요. 입이 무겁거든요."

"나도 몰라요."

그는 안 속는다는 듯이 윙크를 하고는 지나가라고 수신호를 보냈다. 첫 번째 모퉁이를 돌기 전에 백미러를 들여다보니 그가 베이글을 집고 타코마의 뒷문을 세게 닫고 운전대에 오르고 있었다.

이제 임무 끝이에요.

나도 그렇게 말할 수 있으면 얼마나 좋을까.

* * *

제이컵스는 현관 앞 계단을 천천히, 조심스럽게 내려와서 나를 맞았다. 왼손에 지팡이를 들고 있었다. 입술이 전보다 더 심하게 뒤틀렸다. 주차장에 있는 차는 한 대뿐이었고 내가 아는 차였다. 조그맣고 깔끔한 스바루 아웃백이었다. 트렁크에 스티커가 붙어 있었다. **한 명의 목숨을 구하는 자는 영웅이고 천 명의 목숨을 구하는 자는 간호사다.** 심장이 철렁 내려앉았다.

"제이미! 만나서 반갑구나!"

*만나서*가 *안나서*처럼 들렸다. 그가 지팡이를 들지 않은 쪽 손을 내밀었다. 힘겹게 내민 거였지만 나는 외면했다.

"아스트리드가 왔으면 보내세요, 지금 당장. 내가 괜한 허세 부리는 것 같으면 어디 한번 해 보시고요."

"진정해라, 제이미. 아스트리드는 200킬로미터 멀리 있는 로클랜드 남쪽의 아늑하고 조그만 보금자리에서 회복에 전념하고 있어. 그 친구 제니가 친절하게도 내 실험이 끝날 때까지 도와주겠다고 했을 뿐이다."

"친절하고는 상관없는 일인 것 같은데요. 내 말이 틀렸으면 반박해 보시죠."

"안으로 들어가자. 밖은 벌써부터 푹푹 찌는구나. 차는 나중에 주차장으로 옮기면 돼."

그는 지팡이를 짚어도 계단을 올라가는 속도가 더뎠고 비틀거리는 바람에 내가 부축하는 수밖에 없었다. 팔을 잡아 보니 뼈밖에 없었다. 꼭대기에 다다랐을 때 그는 숨을 헐떡거렸다.

"잠깐 쉬어야겠다."

그는 현관에 일렬로 놓인 셰이커 교도 스타일의 흔들의자에 주저앉았다.

나는 난간에 걸터앉아서 그를 쳐다보았다.

"루디는요? 그 사람이 간병인 아니었어요?"

제이컵스는 전보다 더 반쪽짜리가 되어 버린 특유의 미소를 내게 지어 보였다.

"이스트 룸에서 소더버그 양을 치료하고 얼마 안 있어 루디와 노마, 두 사람 모두 사표를 제출했지. 요즘은 괜찮은 일손을 구하기가 얼마나 힘든지 아니, 제이미? 물론 이 자리에 있는 사람은 제외하고 말이다."

"그래서 제니 놀턴을 고용했군요."

"그랬지. 그리고 탁월한 선택이었어. 그녀의 간병 지식이 루디 켈리보다 훨씬 훌륭하지 뭐냐. 나 좀 부축해 주겠니?"

내가 그를 잡고 일으켜 세웠고 우리는 시원한 실내로 들어갔다.

"주방에 주스랑 아침용 페이스트리 있다. 나는 제1휴게실에 먼저 가 있을 테니 뭐든 먹고 그쪽으로 오렴."

페이스트리는 생략하고 큼지막한 냉장고 안의 유리병에 든 오렌지 주스만 한 잔 따랐다. 유리병을 다시 넣으면서 비축 식량을 살펴보니 열흘 분은 족히 되어 보였다. 아껴서 먹으면 2주도 버틸 수 있을 듯했다. 그 정도 기간 동안 여기서 지내는 걸까, 아니면 제니 놀턴이나 내가 슈퍼마켓이 있는 가장 가까운 마을이라 할 수 있는 야머스로 장을 보러 나갔다 와야 할까?

경비 업무는 종료되었다. 제이컵스는 가정부 말고 간병인만 다시 들였으니(점점 악화되는 제이컵스의 상태를 감안했을 때 놀랄 일은 아니었다.) 제니가 (다른 일들은 물론이고) 그의 식사를 준비하고 어쩌면 침대 시트까지 갈고 있다는 뜻이었다. 나는 그때만 해도 그곳에 우리 셋밖에 없는 줄 알았다.

그런데 알고 보니 4인조였다.

* * *

제1휴게실은 북쪽이 전면 유리로 덮여 있어서 롱메도와 스카이탑 전망대가 내다보였다. 오두막은 보이지 않았지만 부연 하늘로 삐죽 솟은 쇠막대는 언뜻 눈에 들어왔다. 그것을 보았을 때 상황이 마침내 파악되기 시작했지만…… 속도가 더뎠고 제이컵스가 그림을 아주 분명하게 만들어 줄 결정적인 조각 하나를 감추고 있었다. 여러분은 모든 조각이 있었는데 알아차렸어야 하는 것 아니냐고 할지 모르겠지만 나는 탐정이 아니라 기타리스트였고 추론에 엄청난 재능이 있지도 않았다.

"제니는 어디 있나요?"

내가 물었다. 제이컵스는 소파를 차지하고 앉아 있었다. 나는 나를 통째로 집어삼키려고 하는 맞은편 윙백 체어에 앉았다.

"하는 일이 있어서."

"무슨 일인데요?"

"아직은 몰라도 된다. 조만간 알게 되겠지만." 그가 깍지 낀 손을 지팡이 꼭대기에 올려놓고 몸을 앞으로 숙이자 포식성 조류 같아 보였다. 조금 있으면 너무 늙어서 날지 못할 조류 같아 보였다. "궁금한 것들이 많겠지. 제이미. 나는 네가 생각하는 것보다 네 심정을 훨씬 잘 안다. 호기심이 너를 여기로 데려온 가장 큰 이유라는 것을. 머지않아 답을 들을 수 있겠지만 오늘은 아닐 거다."

"그럼 언제인가요?"

"정확하게는 말 못 하겠지만 조만간이야. 그동안 우리 식사를 준비하고 내가 호출하면 와주기 바란다."

그는 하얀 상자를 보여 주었다. 생김새는 그날 이스트 룸에서 썼던 것과 크게 다르지 않은데 여기에는 슬라이드 스위치 대신 버튼이 달렸고 노티플렉스라는 회사 이름이 새겨져 있었다. 그가 버튼을 누르자 차임벨이 아래층에 있는 큼지막한 객실 전체에 쩌렁쩌렁 울려 퍼졌다.

"화장실 시중까지 들 필요는 없어. 그건 아직 혼자 할 수 있거든. 그렇지만 내가 샤워하는 동안에는 옆에 서 있어야 한다. 내가 넘어질 경우에 대비해서 말이지. 하루에 두 번씩 내 등과 엉덩이와 허벅지에 약도 발라 주어야 해. 아, 그리고 내 방으로 종종 식사를 가져다주어야 할 거다. 내가 게으르거나 너를 개인 집사처럼 부리고 싶어서 그런 게 아니라 금세 피곤해져서 기운을 비축해야 하거든. 할 일이 한 가지 더 남았다. 크고 아주 중요한 일인데 그때가 되었을 때 기운이 충분히 남아 있어야 해."

"식사를 준비하고 가져다 드리는 거야 얼마든지 하겠지만 간병인 업무라면 제니 놀턴에게 맡겨야……"

"얘기했잖니, 하는 일이 있다고. 그래서 그녀가 하던 일을 네가 인계받아야 해……. 왜 그런 표정으로 나를 쳐다보는 게냐?"

"아저씨를 만난 날을 떠올리고 있었어요. 나는 그때 여섯 살밖에 안 됐지만 생생하게 기억해요. 흙으로 산을 쌓아서……"

"그랬지. 나도 생생하게 기억한다."

"……병정놀이를 하고 있었어요. 그림자가 나를 덮었죠. 고개를 들어 보니 아저씨가 서 있었어요. 아까 무슨 생각을 하고 있었냐면 아저씨의 그림자가 평생 나를 덮고 있었다는 거예요. 그래서 어떻게 해야 하는가 하면 지금 당장 뛰쳐나가 그 그림자에서 벗어나야겠죠."

"하지만 그러지 않겠지."

"맞아요. 그러지 않을 거예요. 하지만 이거 알아요? 나는 아저씨가 어떤 사람이었는지도 기억해요. 어떤 식으로 곧바로 무릎을 꿇고 앉아서 나랑 같이 병정놀이를 했는지. 아저씨의 미소도 기억해요. 지금은 아저씨가 미소를 지으면 비웃음으로밖에 안 보여요. 얘길 하면 명령밖에 안 들리고요. 이거 해라, 저거 해라, 이유는 나중에 알려 주마. 예전의 그 모습은 어디로 간 건가요, 찰리 아저씨?"

그가 소파에서 끙끙대며 일어나 앉았고, 내가 도와주려고 하자 손사래를 쳤다.

"그런 질문을 하다니 똑똑했던 아이가 멍청한 어른이 되었구나. 적어도 나는 아내와 아들을 잃었을 때 약물로 버티지는 않았다."

"아무도 모르는 전기가 있었잖아요. 그게 *아저씨*에게는 약물이었죠."

"값진 의견 들려줘서 고맙다만 이런 의미 없는 대화는 이제 그만하면 어떻겠니? 2층에 청소가 된 객실이 몇 개 있다. 그중에 마음에 드는 방이 있을 거다. 점심으로는 달걀 샐러드 샌드위치하고 탈지유 한 잔, 오트밀 건포도 쿠키 부탁한다. 섬유질이 장에 좋다고 해서."

"찰리……"

"이제 그만." 그는 절뚝절뚝 엘리베이터를 향해 걸으며 말했다. "조만간 모두 다 알게 될 거다. 그동안 소시민적인 판단은 너 혼자 간직하고 있어라. 점심시간은 정오. 쿠퍼 스위트로 가져다주기 바란다."

그는 나갔고 나는 어안이 벙벙해서 한동안 아무 말도 할 수가 없었다.

* * *

3일이 지났다.

밖은 찜통이었고 지평선은 걷힐 줄 모르는 습한 안개로 흐릿했다.

리조트 안은 시원하고 쾌적했다. 나는 식사를 준비했고 그는 둘째 날 저녁에는 1층에서 나와 같이 식사를 했지만 그 외에는 자기 방에서 먹었다. 식사를 방으로 가져갈 때 보면 귀도 점점 나빠지고 있는지 텔레비전 소리가 요란하게 귀청을 때렸다. 그는 일기예보 채널을 유난히 좋아하는 듯했다. 내가 문을 두드리면 늘 텔레비전을 끈 다음 들어오라고 했다.

내가 실질적인 간병에 입문한 것도 그 3일 동안이었다. 그는 아침에 샤워를 할 때 스스로 옷을 벗고 물을 트는 것까지는 할 수 있었다. 환자용 샤워 의자에 앉아서 비누칠을 하고 씻었다. 나는 그의 침대에 앉아서 호출을 기다렸다. 그가 호출하면 내가 가서 물을 끄고 데리고 나와서 몸을 닦아 주었다. 그의 몸은 감리교 목사와 순회공연업자 시절의 앙상한 잔재만 남았다. 골반은 털이 뽑힌 추수감사절 칠면조처럼 삐죽 튀어나왔다. 갈비뼈마다 그림자가 졌다. 엉덩이는 영락없는 비스킷이었다. 내 부축을 받으며 침대로 돌아오는 동안 뇌졸중 덕분에 모든 게 오른쪽으로 쏠렸다.

나는 통증을 가라앉히는 볼타렌 젤을 발라 주고 피아노 건반만큼이나 칸막이가 많은 플라스틱 통에 든 약을 가져다주었다. 그 약을 다 삼킬 때쯤이면 볼타렌의 약효가 발휘되기 시작해서 스스로 옷을 입을 수 있었다. 오른쪽 양말만 예외라 신겨 주어야 했지만 나는 항상 그가 끙끙대며 사각팬티를 입을 때까지 기다렸다. 나이 먹은 그의 남근과 대면하고 싶은 마음이 눈곱만큼도 없기 때문이었다.

"좋아." 내가 뼈만 앙상한 종아리까지 양말을 올려 주면 그는 이렇게 말했다. "나머지는 내가 하마. 고맙다, 제이미."

그는 늘 고맙다고 했고 문이 닫히자마자 텔레비전을 틀었다.

그 3일은 한없이 길게 느껴졌다. 리조트의 수영장에는 물을 채우지 않았고 밖을 걷기에는 너무 더웠다. 하지만 헬스클럽이 있어서 책을 읽지 않는 동안에는(대부분 얼 스탠리 가드너, 루이 라무어, 《리더스 다이제스트》 축약본들로 채워진 허접한 도서관이 있었다.) 에어컨이 나오는 근사한 그곳에서 혼자 운동을 했다. 러닝머신 위에서 달리고 고정식 자전거를 타고 스테어마스터를 밟고 아령을 들었다.

내 방 텔레비전에서 나오는 채널은 폴란드 스프링에서 운용하는 8번뿐이었고 그마저도 수신 상태가 안 좋아서 너무 지직거리는 바람에 볼 수가 없었다. 선셋 라운지의 벽걸이 텔레비전도 마찬가지였다. 어딘가에 찰스 제이컵스만 접속할 수 있는 위성 안테나가 있는 듯했다. 나는 위성 안테나를 같이 쓰면 안 되느냐고 물어보려다 마음을 접었다. 그는 그러라고 할 테고 나는 그의 것을 뭐든 마음대로 쓸 수 있을 것이다. 하지만 그의 선물에는 대가가 따랐다.

그렇게 운동을 하는데도 잠자리가 뒤숭숭했다. 한동안 잠잠했던 악몽이 되살아났다. 죽은 가족들이 고향집 식탁에 둘러앉아 있고 곰팡이가 핀 생일 케이크에서 거대한 벌레들이 기어 나왔다.

* * *

7월 30일 새벽 5시가 조금 지났을 때 나는 1층에서 나는 듯한 소리를 듣고 눈을 떴다. 하지만 꿈속에서 들은 소리이겠거니 하며 다시 누워서 눈을 감았다. 그런데 막 잠이 들려는 순간 그 소리가 다시 들렸다. 냄비가 조용히 달그닥거리는 것 같은 소리였다.

나는 일어나서 청바지를 주워 입고 얼른 1층으로 달려 내려갔다. 주방에는 아무도 없었지만 하역장 옆쪽으로 난 뒤 계단을 내려가는 누군가가 창문 너머로 어렴풋이 보였다. 뛰쳐나가 보니 제니 놀턴이 옆면에 **고트산 리조트**라고 적힌 골프 카트 운전석으로 올라가고 있었다. 그녀의 옆자리에는 달걀 네 개가 담긴 그릇이 있었다.

"제니! 잠깐만요!"

그녀는 움찔했다가 나라는 걸 알고는 미소를 지었다. 노력에는 A학점을 주고 싶었지만 결과는 신통치 않았다. 그녀는 내가 마지막으로 만났을 때보다 10년은 늙어 보였고 눈 밑의 검은 그늘을 보면 잠을 설치는 사람이 나 말고도 또 있다는 것을 알 수 있었다. 염색을 하지 않아서 윤기 나는 까만색 아래로 보이는 흰머리가 못해도 5센티미터는 됐다.

"나 때문에 깼어요? 미안하지만 당신 탓이에요. 식기 건조대가 냄비랑 프라이팬으로 꽉 차 있어서 팔꿈치로 쳤지 뭐예요. 어머니가 식기 세척기 쓰라고 안 가르치셨어요?"

그 질문에 대답하자면 '네'였다. 우리 집에는 식기 세척기가 없었다. 어머니는 그릇이 많지 않은 이상 자연 건조가 가장 간편한 방법이라고 가르쳤다. 하지만 나는 지금 부엌 정리를 주제로 그녀와 대화를 나누고 싶은 마음은 없었다.

"여기서 뭐하는 거예요?"

"달걀 가지러 왔어요."

"그걸 묻는 게 아니라는 거 알잖아요."

그녀는 시선을 돌렸다.

"얘기할 수 없어요. 약속을 했거든요. 아니, 계약서를 썼어요." 그녀는 무미건조한 웃음을 터뜨렸다. "법정에 들고 가도 효력이 있을지는 모르겠지만 그래도 지킬 생각이에요. 나도 당신처럼 진 빚이 있으니까요. 그리고 조금 있으면 당신도 알게 될 거예요."

"지금 당장 알고 싶은데요."

"이만 가 봐야 해요, 제이미. 그는 우리 둘이 노닥거리는 걸 좋아하지 않아요. 알면 노발대발할 거예요. 그냥 달걀 몇 개 먹고 싶었을 뿐이에요. 치리오스나 콘푸로스트 같은 시리얼을 한 접시만 더 보면 비명을 지를 것 같아서."

"차 배터리가 방전된 게 아닌 이상 야머스에 있는 푸드 시티에 가서 달걀을 마음대로 사다 먹으면 되잖아요."

"일이 끝날 때까지 여길 떠날 수 없어요. 당신도 마찬가지고요. 다른 건 묻지 마요. 약속을 지켜야 하니까."

"아스트리드를 위해서죠?"

"뭐…… 간병 조금 하는 걸로 은퇴해도 충분할 만큼 돈을 많이 받기도 했지만 맞아요, 대체로 아스트리드를 위해서죠."

"당신이 여기 있는 동안 아스트리드는 누가 챙기고 있나요? 챙겨 주는 사람이 있어야 하는데요. 찰리한테 무슨 소리를 들었는지 모르겠지만 그에게 치료받은 몇몇 환자들의 경우 실제로 후유증을 겪었고 때로는 아주……"

"제대로 보살핌을 받고 있으니까 그 부분에 대해서는 걱정하지 않아도 돼요. 주변에…… 좋은 친구들이 있어요."

이번에는 그녀가 좀 더 힘 있고 자연스러운 미소를 지었고 나는 한 가지 사실만큼은 분명하게 깨달을 수 있었다.

"서로 애인 사이죠, 그렇죠? 당신하고 아스트리드하고 말이에요."

"파트너예요. 우리는 메인 주에서 동성 결혼이 합법화되고 얼마 안 있어서 정식으로 결혼 날짜를 잡았어요. 그런데 아스트리드가 병에 걸렸죠. 내가 얘기할 수 있는 건 거기까지예요. 이제 갈게요. 오래 자리를 비우면 안 되거든요. 달걀은 많이 남겨 놨으니까 걱정하지 마요."

"오래 자리를 비우면 왜 안 되는데요?"

그녀는 시선을 피하며 고개를 저었다.

"이제 가야 해요."

"통화했을 때 이미 여기 와 있었던 건가요?"

"아뇨…… 하지만 오게 될 거라는 건 알고 있었어요."

나는 반짝이는 이슬 속에 골프 카트 바퀴 자국을 남기며 언덕을 터덜터덜 내려가는 그녀의 뒷모습을 바라보았다. 그 보석 같은 이슬은 머지않아 사라질 것이다. 이제 겨우 날이 밝았는데 벌써부터 내 팔과 이마에 땀이 맺힐 정도로 더웠다. 그녀는 나무 사이로 사라졌다. 그곳으로 내려가면 오솔길이 나올 것이다. 그 오솔길을 따라가면 오두막이 나올 것이다. 다른 생에 내가 아스트리드 소더버그와 가슴과 가슴을, 엉덩이와 엉덩이를 맞대고 누워 있었던 그곳이.

* * *

그날 오전에 『스타일스 저택의 괴사건』(죽은 누나가 좋아했던 책이다.)을 읽고 있는데 10시가 막 지났을 때 제이컵스가 누른 호출 차임벨 소리가 1층을 가득 채웠다. 나는 그가 고관절이 부러진 몸으로 바닥에 쓰러져 있지는 않길 바라며 쿠퍼 스위트로 올라갔다. 그건 괜한 걱정이었다. 그는 옷을 갈아입고 지팡이에 기대서 창밖을 내다보고 있었다. 나를 돌아보며 눈을 반짝였다.

"오늘이 그날이 될 것 같다. 준비하고 있어라."

하지만 아니었다. 저녁을 들고 갔을 때 텔레비전은 꺼져 있었고 그는 문을 열어 주지 않았다. 심술이 난 아이처럼 닫힌 문 너머에서 가라고 고함을 질렀다.

"뭐 좀 드셔야죠."

"지금 내게 필요한 건 평온하고 조용한 환경이다! 가만 내버려 둬!"

나는 10시쯤에 다시 올라갔다. 왁자지껄한 텔레비전 소리가 들리는지 귀를 기울여 보고, 들리면 토스트라도 먹고 자야 하지 않겠느냐고 묻기 위해서였다. 텔레비전은 꺼져 있었지만 제이컵스는 아직 취침 전이었고 가는귀가 먹은 사람들이 통화할 때 늘 그렇듯 고래고래 소리를 지르고 있었다.

"내 쪽에서 준비가 될 때까지 그 여자를 보내면 안 돼! 단단히 지키고 있어! 내가 그거 하라고 돈을 주는 거니까 *확실하게* 하라고!"

처음에는 제니와 문제가 생긴 건가 싶었다. 그녀가 더 이상 못 참겠다며 떠나겠다고 한 게 아닌가 싶었다. 아스트리드와 함께 지내는 동쪽 바닷가의 집으로 가겠다고 했을 가능성이 가장 컸다. 그러다 문득 그가 통화하는 상대가 제니일지 모르겠다는 생각이 들었다. 그렇다면 이게 무슨 뜻일까? 보내다는 단어가 찰스 제이컵스 나이의 사람들에게 무엇을 의미하는지, 그것 하나만 생각이 날 뿐이었다.

나는 문을 두드리지 않고 자리를 떴다.

그가 기다리고 있었던 것은(우리 모두 기다리고 있었던 것은) 다음 날 찾아왔다.

* * *

내가 점심을 가져다주고 얼마 지나지 않은 1시에 호출 차임벨이 울렸다. 스위트룸 방문이 열려 있었고 그 앞으로 다가가자 멕시코 만의 기온과, 그것이 다가오는 허리케인 시즌에 어떤 의미인지를 운운하는 기상 전문가의 목소리가 들렸다. 잠시 후 그의 말소리가 끊기면서 날카롭게 웅웅거리는 소리가 들렸다. 안으로 들어가 보니 화면 하단에 빨간 줄이 떠 있었다. 뭐라고 적혔는지 확인하기도 전에 사라졌지만 기상 경보인 것만큼은 분명했다.

오랜 폭염 기간에 발생하는 악천후라고 하면 떠오르는 게 뇌우였고, 뇌우라고 하면 떠오르는 게 번개였고, 번개라고 하면 떠오르는 게 나로서는 스카이탑이었다. 분명 제이컵스도 마찬가지였을 것이다.

그는 이번에도 정장을 입고 있었다.

"오늘은 허위 경보 아니다, 제이미. 폭풍이 지금은 뉴욕 주 북부에 있지만 동쪽으로 이동하면서 점점 거세어지고 있어."

다시 웅웅거리는 소리가 들렸고 이번에는 뭐라고 떴는지 읽을 수 있었다. **요크, 컴벌랜드, 앤드로스코긴, 옥스퍼드, 캐슬 카운티에 8월 1일 새벽 2시까지 기상 경보. 극심한 뇌우가 칠 확률 90%. 폭우, 강풍, 골프공 크기의 우박이 동반될 수 있음. 야외 활동 자제 바람.**

당연한 소리하고 있네.

"이번 폭풍은 소멸되거나 경로가 바뀌지 않을 거다." 광기 아니면 절대적인 확신에서 비롯된 차분한 목소리였다. "그러면 *안 되지.* 그녀는 오래 버티지 못할 테고 나도 다른 사람과 처음부터 다시 시작하기에는 너무 나이가 많고 건강이 안 좋거든. 골프 카트를 주방 옆 하역장에 대 놓고 신호가 떨어지면 당장 출발할 수 있게 대기하고 있어라."

"목적지는 스카이탑이겠죠?"

그는 특유의 삐딱한 미소를 지었다.

"얼른 가라. 나는 이 폭풍을 주시하고 있어야 해. 올버니에서는 한 시간 동안 백 번 넘게 번개가 치고 있다는구나. 근사하지 않니?"

근사하다니 나라면 선택하지 않을 단어였다. 번개 한 번에 몇 볼트의 전기가 만들어진다고 했는지 기억이 나지 않았지만 엄청나다는 건 알고 있었다.

단위가 수백만이었다.

* * *

오후 5시가 조금 지났을 때 제이컵스의 호출 차임벨이 다시 울렸다. 그의 방으로 올라가는데 그가 낙담해서 씩씩거렸으면 좋겠다는 마음도 있었고 미치도록 궁금한 마음도 있었다. 호기심은 금방 충족될 수 있을 것 같았다. 하늘이 서쪽에서부터 급속도로 어두워지고 있었고 아직 멀긴 하지만 우르르 쿵쾅거리며 점점 다가오는 천둥소리가 들렸다. 하늘에서 대군이 움직이는 듯했다.

제이컵스는 여전히 오른쪽으로 몸이 기울었지만 흥분한 탓에 (흥분해서 어쩔 줄 몰라 했다.) 몇 살은 젊어 보였다. 마호가니 상자가 소파 옆 작은 탁자 위에 놓여 있었다. 그는 텔레비전을 끄고 대신 노트북을 켜 놓았다.

"이것 봐라, 제이미! 아름답지 않니!"

해양대기청에서 발표한 그날 저녁 일기 예보도가 화면 위에 떠 있었다. 점점 죄어 오는 주황색과 빨간색 원뿔이 캐슬 카운티 바로 위를 지나고 있었다. 7시에서 8시 사이에 폭풍우가 들이닥칠 가능성이 가장 높다고 했다. 손목시계를 흘끗 확인해 보니 5시 15분이었다.

"그렇지 않니? 아름답지 않니?"

"글쎄요."

"앉아라. 하지만 그 전에 물 한 잔 가져다주겠니? 설명할 게 있는데 이제 때가 된 것 같다. 하지만 얼른 출발해야 해, 그렇고말고. 순회공연업계에서 쓰는 단어를 빌자면 얼른 먹튀해야 해."

그는 낄낄대며 웃었다.

나는 객실 냉장고에서 물병을 꺼내 워터포드 물 잔에 따랐다. 쿠퍼 스위트 손님들에게는 최고급만 제공됐다. 그가 물을 한 모금 마시고 맛을 음미하며 입술을 빼끔거리자 거죽끼리 쩝쩝거리는 소리가 났다. 듣지 않아도 좋았을 소리였다. 천둥이 우르르 쿵쾅거렸다. 그는 옛 친구가 도착하길 기다리는 사람처럼 미소를 지으며 소리가 들리는 쪽으로 고개를 돌렸다. 그랬다가 다시 내 쪽으로 시선을 돌렸다.

"너도 알다시피 나는 대니 목사 놀음으로 떼돈을 벌었다. 하지만 개인 전용기, 난방이 되는 개집, 도금한 욕실 같은 데 쓰지 않고 두 가지에 투자했지. 하나는 사생활 확보. 예수를 외치는 이교도들이라면 신물이 났거든. 또 하나는 최고 중의 최고로 엄선한, 미국 10여 개 대도시의 10여 군데 사설조사기관. 나는 그들에게 특정 질병으로 고생하는 특정 환자들을 찾아서 추적하는 임무를 맡겼다. 비교적 희귀한 질병을 앓는 환자를. 전부 합해서 여덟 가지였지."

"아픈 환자를 찾았다고요? 치료받은 환자가 아니라요? 저한테는 그렇게 얘기하셨잖아요."

"아, 치료받은 환자들도 어느 정도 추적했지. 너만 후유증에 관심 있는 게 아니었거든. 하지만 그것이 그들의 주요 업무는 아니었지. 그들은 10년 전부터 이 딱한 환자들을 수백 명씩 찾아서 주기적으로 내게 새로운 명단을 보냈다. 전에는 앨 스탬퍼가 그 서류를 관리했는데 그가 그만둔 이후에는 내가 직접 하고 있다. 그 딱한 환자들은 숱하게 세상을 떠났고 다른 환자들이 그들의 자리를 메웠지. 너도 알다시피 인간은 질병과 슬픔을 타고난 운명이지 않니."

나는 아무 대꾸도 하지 않았지만 천둥이 대신했다. 서쪽 하늘이 이제 불길하게 어두컴컴했다.

"연구가 진행되는 동안……"

"『데 베르미스 미스테리스』라는 책도 연구의 일부분이었나요?"

그는 놀란 표정을 짓더니 다시 느긋해졌다.

"제법인데. 데 베르미스는 일부분이 아니라 내 연구의 근간이었지. 그는 죽는 그날까지 독일의 성에서 벌레를 먹으며 난해한 수학을 연구했다. 길게 기른 손톱으로 어느 날 밤 목을 찔러서 피로 침실 바닥에 방정식을 그리며 서른세 살의 나이로 생을 마감했고."

"진짜로요?"

그는 한쪽 어깨만 으쓱하고 이어서 한쪽 입으로만 씩 웃어 보였다.

"진상은 아무도 모를 일이지. 사실이라면 교훈적인 이야기지만 그런 선지자들의 이력은 어느 누구도 그들의 전철을 밟지 않도록 막는 데 전념하는 사람들의 손에 의해 쓰이니까. 그런 사람들은 대부분 천국보험회사를 관리하는 종교계 인사들이었고. 하지만 지금은 그런 데 신경 쓸 것 없다. 프린 이야기는 나중에 하면 되니까."

과연 그럴 수 있을까요.

"연구가 진행되는 동안 조사원들의 엄선 작업이 시작됐지. 그 결과 수백 명이 수십 명으로 줄었다. 올 초에는 수십 명이 열 명으로 줄었고. 6월에는 열 명이 세 명으로 줄었다." 그는 몸을 앞으로 숙였다. "나는 최후의 환자라고 할 수 있는 한 사람을 찾고 있었어."

"마지막 치료 대상을 말이죠."

이 말에 그는 재미있어하는 표정을 지었다.

"그렇게 볼 수도 있겠지. 그래, 맞아. 이렇게 해서 메리 페이의 슬픈 사연이 우리 앞에 등장하는데 마침 시간이 좀 있으니 작업실로 이동하기 전에 그 얘기를 들려주마." 그가 쉰 웃음을 터뜨리자 그에게 치료받기 전에 아스트리드가 냈던 목소리가 생각났다. "최후의 작업실이라고 해야겠지. 이 작업실은 훌륭한 장비를 갖춘 병실이기도 하다만."

"제니 간호사가 관리하는 곳이고요."

"제니가 보물이지 뭐냐! 로디 켈리였다면 어쩔 줄 몰라 하거나…… 귓속에 말벌이 들어간 강아지처럼 깽깽거리며 도망쳤을 텐데 말이다."

"무슨 사연인지 얘기해 주시죠. 제가 어떤 일에 휘말리게 되는지 알 수 있게요."

그는 의자에 몸을 묻었다.

"예전에, 1970년대에 프랭클린 페이라는 남자가 재니스 셸리라는 여자와 결혼을 했지. 두 사람은 컬럼비아 대학교 영문학과 대학원생이었고 나중에 같이 교편을 잡았다. 프랭클린은 등단한 시인이었고…… 나도 그의 작품을 읽어 본 적이 있는데 상당히 훌륭했어. 시간만 좀 더 있었다면 훌륭한 시인이 됐을지 모른다. 그의 아내는 제임스 조이스를 주제로 논문을 썼고 영문학과 아일랜드문학을 가르쳤지. 1980년에 두 사람은 딸을 낳았다."

"메리를요."

"맞아. 1983년에 그들은 2년 교환교수로 더블린의 아메리칸 대학에서 학생들을 가르쳐 달라는 제안을 받았다. 여기까지 이해했지?"

"네."

"1985년 여름, 너는 음악을 하고 나는 순회공연장에서 번개 사진이라는 사기극을 벌이고 있었을 때 페이 부부는 미국으로 돌아가기 전에 아일랜드를 여행하기로 했지. 그래서 영국과 아일랜드 사촌들이 이동식 주택이라고 부르는 캠핑카를 빌려 여행길에 나섰다. 그러다 하루는 오펄리 주의 어느 펍에서 점심을 먹고 출발하자마자 농작물을 싣고 가던 트럭과 정면충돌을 하고 말았지 뭐냐. 페이 부부는 목숨을 잃었다. 안전띠를 하고 뒷좌석에 앉아 있었던 아이는 중상을 입었지만 목숨을 부지했고."

그의 아내와 아들을 앗아간 교통사고를 거의 똑같이 재현한 사고였다. 그 당시에는 그도 유사점을 알고 있을 거라고 생각했는데 지금은 잘 모르겠다. 가끔 우리는 너무 가까워서 판단이 어려울 때가 있다.

"그들이 역주행을 해서 생긴 사고였지. 프랭클린이 맥주나 포도주를 너무 많이 마셔서 아일랜드라는 걸 깜빡하고 습관처럼 우측통행을 한 게 아닌가 싶다만. 미국 배우도 그런 적이 있었지. 이름은 기억이 나지 않는다만."

나는 기억했지만 굳이 알려 주지는 않았다.

"병원에서 메리는 여러 차례 수혈을 받았지. 이 이야기의 행방을 알겠니?"

나는 고개를 저었다.

"오염된 혈액을 수혈 받은 거야, 제이미. 흔히 광우병이라고 하는 크로이츠펠트야코프병을 유발하는 감염성 프리온*에 오염된 혈액을 말이다."

---

* 크로이츠펠트야코프병 등의 유발 인자로 여겨지는 단백질 분자.

다시 천둥이 쳤다. 이번에는 우르르 하지 않고 쾅 하고 쏟아졌다.

"메리는 이모의 손에 자랐다. 학교 성적이 좋아서 법률 비서가 됐고 법학 학위를 따려고 학교로 돌아갔다가 2학기 만에 그만두고 결국에는 예전처럼 비서로 다시 일을 했지. 그때가 2007년이었어. 그녀가 걸린 병은 잠복기를 거쳐 작년 여름에 증상을 보이기 시작했다. 통상 약물 복용 아니면 신경 쇠약 아니면 양쪽 모두일 때 나타나는 증상이었지. 그녀는 일을 그만두었다. 수입이 끊겼고 2013년 10월부터 간대성 근경련, 운동 실조, 발작과 같은 신체적인 증상까지 나타나기 시작했다. 완전히 깨어난 프리온이 구멍을 내며 그녀의 뇌를 열심히 갉아먹고 있었던 거다. 요추 천자와 MRI 촬영 결과 범인을 밝힐 수 있었지."

"맙소사."

이동 중에 어느 모텔에서 보았던 오래전 뉴스 화면이 떠올랐다. 진흙투성이 축사에서 네 다리를 벌리고 고개를 모로 틀고 흰자위를 보이며 일어서려고 무작정 울어 대던 소가 생각났다.

"예수님도 메리 페이는 돕지 못해."

"하지만 아저씨는 도울 수 있죠."

그는 대답 대신 뭔지 모를 표정을 지었다. 그러더니 고개를 돌리고 어두워져 가는 하늘을 들여다보았다.

"나 좀 일으켜 주겠니. 번개와의 약속을 놓치긴 싫다. 평생 이 순간을 기다려 왔는데." 그는 조그만 탁자 위에 놓인 마호가니 상자를 가리켰다. "그리고 저것도 들고 와 주고. 그 안에 든 물건이 필요할 거야."

"마법의 반지 대신 마법의 막대로군요."

하지만 그는 고개를 저었다.

"이번에는 아니다."

* * *

우리는 엘리베이터를 탔다. 그는 로비까지 자력으로 걸어가서 안 쓰는 벽난로 근처 의자에 주저앉았다.

"동관 복도 끝에 비품실이 있어. 그 안에 보면 내가 지금까지 피해 왔던 장비가 있을 거다."

알고 보니 앉는 곳은 버들가지로 엮었고 미친 듯이 끽끽거리는 철제 바퀴가 달린 휠체어를 두고 한 말이었다. 나는 휠체어를 밀고 로비로 가서 그를 부축해 앉혔다. 그가 마호가니 상자 쪽으로 손을 내밀자 건네주었지만 불안한 마음이 없지 않았다. 그는 아이라도 되는 것처럼 상자를 가슴에 끌어안았고 식당을 지나 아무도 없는 주방으로 가는 동안 질문과 함께 하던 이야기를 계속했다.

"페이 양이 왜 로스쿨을 그만뒀는지 알겠니?"

"병이 나서 그랬겠죠."

그는 한심해하는 표정으로 고개를 저었다.

"내 얘기 안 들었니? 프리온은 그 당시에 아직 잠복기였어."

"적성에 안 맞는다고 결론을 내렸나요? 학점이 별로 좋지 않았나요?"

"둘 다 아니다." 그는 나를 쳐다보며 나이 든 난봉꾼처럼 눈썹을 꿈틀거렸다. "메리 페이는 이 시대의 진정한 여걸, 그러니까 싱글맘이다. 아들 이름은 빅터인데 지금 일곱 살이고. 내가 직접 만난 적은 없어. 메리가 원치 않았거든. 둘이서 아이의 미래를 의논하는 동안 사진을 수없이 보여 주었지. 그 아이를 보니 내 아들이 생각나더구나."

하역장으로 나가는 입구에 다다랐지만 나는 문을 열지 않았다.

"아이도 그녀와 같은 보균자인가요?"

"아니. 적어도 지금은 아니다."

"앞으로는 어떤데요?"

"100퍼센트 확신할 수는 없지만 C-J 프리온 검사에 음성 반응이 나왔어. 적어도 아직까지는." 또다시 천둥소리가 지축을 흔들었다. 바람이 불자 문을 흔들렸고 순간적으로 처마를 따라 나지막한 울음소리가 들렸다. "자, 제이미. 이제 그만 가야 한다."

* * *

하역장 계단이 너무 가팔라서 그가 지팡이를 짚고 어떻게 해 볼 수가 없는 지경이라 내가 안아서 옮겼다. 그는 충격적일 만큼 가벼웠다. 나는 그를 골프 카트 조수석에 내려놓고 운전석에 앉았다. 자갈을 지나 리조트 뒤편의 넓은 잔디밭으로 향하는 내리막길로 접어들었을 때 또 다시 요란한 천둥소리가 들렸다. 서쪽 하늘에 흑자주색 구름이 겹겹이 쌓여 있었다. 불룩한 몸통에서 갈라져 나온 번개가 세 갈래로 하늘을 갈랐다. 폭풍이 우리를 비껴 지나갈 가능성은 사라졌고 폭풍이 강타하면 온 세상이 뒤흔들릴 것이었다.

"오래전에 스카이탑의 쇠막대가 어떤 식으로 번개를 유인하는지 너한테 얘기한 적이 있는데. 평범한 피뢰침보다 훨씬 번개에 잘 맞는다고. 기억나니?"

"네."

"직접 가서 확인한 적 있니?"

"아뇨."

나는 주저 없이 거짓말을 했다. 1974년 여름에 스카이탑 전망대에서 있었던 일은 나와 아스트리드만의 비밀이었다. 브리가 첫 경험에 대해 물었다면 그녀한테는 얘기했을지 몰라도 찰스 제이컵스한테는 아니었다. 절대 아니었다.

"『데 베르미스 미스테리스』에서 프린은 '우주라는 공장을 돌리는 거대한 기계'와 그 기계를 움직이는 동력의 물줄기에 대해 이야기하지. 그는 그 물줄기를 뭐라고 했는가 하면……"

"포테스타스 마그눔 우니베르숨."

그는 나를 빤히 쳐다보며 숱 많은 눈썹을 예전에 헤어라인이 있었음직한 곳까지 치켜세웠다.

"내가 너를 잘못 생각했구나. 멍청한 녀석이 절대 아니었어."

바람이 불었다. 몇 주 동안 깎지 않은 잔디 사이로 잔물결이 일었다. 내 뺨으로 느껴지는 쌩한 공기는 아직 따뜻했다. 이것이 차가워지면 비가 내릴 것이다.

"그게 번개죠? 그 포테스타스 마그눔 우니베르숨이 말이에요."

"아니다, 제이미." 그는 다정하달 수도 있는 어조로 말했다. "번개는 전압은 높지만, 내가 아무도 모르는 전기라고 부르는 것을 채우는 수많은 원동력 가운데 하나일 뿐이다. 아무도 모르는 전기 역시 어마어마할지 몰라도 그 자체는 지류에 불과하지. 그보다 더 큰 물줄기, 인간의 능력으로는 이해할 수 없는 에너지를 채우는. 그것이 바로 프린이 얘기한 포테스타스 마그눔 우니베르숨이고 내가 오늘 그걸 끌어내고 싶은 거다. 번개하고······ 이건." 그는 뼈만 앙상한 손으로 상자를 들었다. "목적을 위한 수단에 불과하지."

우리는 숲 속으로 들어갔고 달걀을 가지러 온 날 제니가 갔던 길을 따라갔다. 머리 위에서 나뭇가지들이 흔들렸다. 조만간 바람과 우박에 뜯길지 모르는 나뭇잎들이 열띤 대화를 나누고 있었다. 내가 불쑥 가속 페달에서 발을 떼자 골프 카트는 전동차답게 당장 멈추었다.

"우주의 비밀을 들여다보려는 거면 저는 빼 주세요. 기적의 치료만으로도 충분히 섬뜩한데 아저씨는 지금······ 그러니까······ 일종의 출입문을 운운하고 있잖아요."

작은 문. 죽은 담쟁이덩굴로 덮인 문.

"진정해라. 맞아, 출입문이 있지. 프린도 그걸 언급했고 아스트리드도 그걸 얘기했던 거라고 생각한다. 하지만 그걸 열 생각은 없다. 열쇠 구멍으로 들여다보고 싶을 뿐이지."

"도대체 왜요?"

그는 걷잡을 수 없는 경멸이 담긴 눈빛으로 나를 쳐다보았다.

"결국 너도 어리석은 인간이었니? 모든 인류 앞에 닫혀 있는 문을 뭐라고 부를 수 있겠니?"

"그냥 얘기해 주시면 안 되나요?"

그는 가망 없는 인간을 대하듯 한숨을 쉬었다.

"출발해라, 제이미."

"싫다면요?"

"그럼 나 혼자 걸어갈 거다. 다리가 더 이상 버텨 주지 못하면 기어갈 거고."

두말하면 잔소리지만 그건 허풍이었다. 그는 내가 없으면 움직일 수 없는 상태였다. 하지만 나는 그걸 몰랐기에 출발했다.

* * *

나와 아스트리드가 사랑을 나누었던 오두막은 보이지 않았다. 등이 굽어서 주저앉았고 낙서투성이 오두막이 있었던 자리에 이제는 가장자리를 녹색으로 칠한 작고 근사한 하얀색 별장이 있었다. 네모반듯한 잔디밭과 내일이면 폭풍으로 깨끗하게 뽑혀서 없어질 화려한 색상의 여름 꽃들이 보였다. 별장 동쪽에서 포장도로가 자갈길로 바뀌었다. 아스트리드와 스카이탑을 들락거렸을 때 밝은 기억이 나는 그 자갈길의 끝에 불룩한 반구 모양의 화강암이 있었고 거기에 꽂힌 쇠막대가 시커먼 하늘 향해 솟아 있었다.

꽃무늬 블라우스와 하얀색 나일론으로 된 간호사 바지를 입은 제니가 추운 사람처럼 가슴 아래로 팔짱을 껴서 손으로 팔꿈치를 감싸고 현관 앞에 서 있었다. 목에 청진기를 걸고 있었다. 나는 계단 앞에 카트를 대고, 내리려고 안간힘을 쓰는 제이컵스 쪽으로 앞을 빙 돌아갔다. 제니가 계단을 내려와서 나와 함께 그를 부축했다.

"드디어 와 주셨군요!" 그녀는 점점 거세게 부는 바람 때문에 고함을 질러야 했다. 소나무와 가문비나무들이 바람에 허리를 굽히고 고개를 숙였다. "안 오시는 줄 알았어요!"

천둥소리가 쏟아지고 번쩍이는 번개가 그 뒤를 잇자 그녀는 움찔했다.

"안으로 들어가요!" 나는 그녀에게 외쳤다. "얼른요!"

바람이 차가워졌고 땀에 젖은 내 피부가 온도계처럼 정확하게 공기의 변화를 감지했다. 폭풍이 들이닥칠 때까지 몇 분밖에 안 남았다.

우리는 제이컵스를 양쪽에서 부축하고 계단을 올라갔다. 얼마 안 남은 그의 머리칼이 바람에 소용돌이쳤다. 그는 계속 지팡이를 쥐고 있었고 마호가니 상자를 보호하듯 가슴에 품고 있었다. 덜거덕거리는 소리에 스카이탑 쪽을 쳐다보니 예전에 번개에 맞아서 쪼개져 나온 화강암 조각이 바람에 날려 낭떠러지 너머로 굴러떨어졌다.

안으로 들어갔지만 제니가 문을 닫지 못했다. 내가 사력을 다한 끝에 간신히 닫을 수 있었다. 문이 닫히자 바람의 울부짖음이 조금 잠잠해졌다. 별장의 목조 뼈대가 삐걱거리는 소리가 들렸지만 튼튼한 것 같았다. 우리가 날아갈 걱정은 없었고 번개가 우리 근처를 때리면 쇠막대가 맞아줄 것이었다. 적어도 나는 그래주길 바랐다.

"주방에 반 병 남은 위스키가 있다." 제이컵스는 숨이 찬 듯했지만 그것 말고는 침착했다. "놀턴 양이 다 해치웠다면 얘기는 달라지겠지만?"

그녀는 고개를 저었다. 안색이 창백했고 휘둥그레 뜬 눈은 반짝거렸다. 눈물 때문이 아니라 공포 때문이었다. 그녀는 천둥이 칠 때마

498

다 펄쩍 뛰었다.

"살짝 입술만 축이게 가져다주겠니?" 제이컵스가 내게 말했다.
"손가락 한 마디면 충분해. 너하고 놀턴 양이 마실 것도 한 잔씩 따르고. 지금까지 쏟은 노력의 성공을 기원하며 건배하자."

"나는 술 생각도 없고 건배할 생각도 없어요." 제니가 말했다. "얼른 끝내고 싶은 마음뿐이에요. 이런 일에 관여하다니 내가 제정신이 아니었던 거죠."

"뭐하니, 제이미. 세 잔 따라와. 얼른. 템푸스 푸지스.*"

술병은 개수대 옆 조리대에 있었다. 나는 주스 잔을 세 개 꺼내서 조금씩 따랐다. 다시 약을 시작하게 될까 봐 지금까지 술을 거의 입에 대지 않았지만 이번만큼은 술이 필요했다.

거실로 돌아가 보니 제니가 보이지 않았다. 번개가 창문 위에서 파랗게 번쩍거렸다. 스탠드와 천장등이 깜빡이다 다시 환해졌다.

"우리 환자를 살피러 갔어. 내가 놀턴 양 것까지 마셔야겠다. 네가 마시겠다면 모를까."

"그녀에게 할 얘기가 있어서 저를 주방으로 보낸 거였나요?"

"말도 안 되는 소리."

그는 멀쩡한 쪽 얼굴로 미소를 지었다. 얼굴의 나머지 절반은 심각하고 조심스러웠다. *거짓말이라는 거 너도 알지.* 그 나머지 절반은 이렇게 얘기하는 듯했다. *하지만 이미 엎질러진 물이야. 그렇지 않니?*

---

* 시간은 쏜살과 같다는 뜻의 라틴어.

나는 그에게 주스 잔을 건네고, 제니 몫의 잔은 잡지들이 우아한 부채꼴로 정리되어 있는 소파 저쪽 끝 탁자 위에 놓았다. 탁자가 놓인 바로 그 자리에서 내가 아스트리드의 몸속으로 난생처음 들어갔을지 모르겠다는 생각이 들었다. *가만히 있어 봐.* 그녀는 이렇게 말했다. *기분 끝내준다.*

제이컵스가 잔을 들었다.

"성공을······"

나는 그의 말이 끝나기도 전에 잔을 비웠다.

그는 나무라는 눈빛으로 나를 쳐다보다 술을 꿀꺽 들이켰다. 마비된 쪽 입술을 타고 흘러내린 한 방울만 예외였다.

"네 눈에는 내가 혐오스럽게 보이겠지? 네 눈에 내가 그렇게 비치는 걸 유감스럽게 생각한다. 네가 생각하는 것보다 훨씬 더."

"혐오스러운 게 아니라 무섭게 보이는데요. 알지도 못하는 능력을 가지고 노는 사람을 보면 무섭다는 생각이 들거든요."

그는 제니 몫의 주스 잔을 들었다. 마비된 쪽 얼굴이 잔을 통과하면서 확대되어 보였다.

"반론을 제기할 수도 있다만 뭐 하러 그러겠니. 폭풍이 코앞으로 들이닥쳤고 하늘이 다시 맑아지면 우리는 다시 볼일이 없을 텐데. 하지만 너의 호기심만큼은 남자답게 인정해 주기 바란다. 궁금했던 게 너를 여기로 불러들인 가장 큰 이유였다고. 나처럼. 프린처럼. 억지로 여기 끌려온 사람은 가엾은 제니뿐이야. 그녀는 연인의 빚을 갚기 위해서 왔지. 그래서 우리와 다르게 숭고하다고 할 수 있지."

그의 뒤에서 문이 열렸다. 병실 냄새가 훅 풍겼다. 소변, 바디 로션, 소독약 냄새였다. 등 뒤로 문을 닫은 제니가 제이컵스의 손에 들린 잔을 보고 잡아챘다. 그녀가 얼굴을 찡그리며 잔을 비우자 목의 힘줄이 튀어나왔다.

제이컵스는 지팡이 위로 허리를 숙이고 그녀를 유심히 관찰했다.

"혹시……?"

"맞아요."

천둥소리가 쾅 하고 지축을 흔들었다. 그녀는 조그맣게 비명을 지르며 빈 주스 잔을 떨어뜨렸다. 잔은 카펫에 맞고 데굴데굴 굴러갔다.

"다시 안으로 들어가게. 제이미하고 나도 조만간 따라 들어갈 테니."

제니는 아무 말 없이 병실로 다시 들어갔다. 제이컵스는 나를 마주 보았다.

"내 말 잘 들어라. 안으로 들어가면 왼편으로 서랍장이 보일 거다. 맨 위 서랍에 권총이 있다. 경비 샘이 나를 대신해서 조달해 주었지. 그걸 쓸 필요는 없을 거다만 쓸 일이 생기거든 제이미…… 망설이면 안 된다."

"도대체 제가 왜……"

"우리는 어떤 문에 대해서 이야기했지. 저 세상으로 들어가는 문. 조만간 우리는 점점 작아져서, 심신(心神)만 남은 상태가 돼서 육신을 빈 장갑처럼 남겨 두고 그 문을 통과할 거다. 가끔 죽음이 자연스럽게 고통을 끝내는 고마운 손길이 될 때도 있지. 하지만 얼토당토않게 잔인하고 연민이라고는 털끝만큼도 없는 자객처럼 찾아올 때가 너무 많아. 어이없고 무의미한 사고로 목숨을 잃은 내 아내와 아들이 완벽한 사례일 거다. 네 누나도 그렇고. 그 셋 말고도 많아. 나는 거의 평생 동안 믿음과 천국을 운운하는, 어린애들이나 믿을 법한 이야기를 나불거리며 그 어이없음과 무의미함을 설명하려는 사람들에게 분통을 터뜨리며 살아왔다. 그런 헛소리는 내게 위안이 된 적이 없었고 너도 마찬가지였을 거다. 하지만…… 그곳에는 뭔가가 있지."

맞아. 나는 창유리가 흔들릴 정도로 가까운 데서 요란하게 허공을 가르는 천둥소리를 들으며 생각했다. *문 너머 그곳에는 뭔가가 있고 무슨 일이 벌어질 거야. 아주 끔찍한 일이. 내가 막지 않으면 그럴 거야.*

"나는 실험을 하면서 그 뭔가를 어렴풋이 보았다. 아무도 모르는 전기로 환자들을 치료할 때마다 그 형체를 목격했다. 심지어 너도 알아차린 후유증들을 통해서도 느꼈다. 이승 너머 어떤 미지의 존재가 흘린 부스러기가 바로 후유증이거든. 인간은 누구나 한 번쯤은 죽음의 장벽 너머에 무엇이 있을지 궁금해하지. 제이미, 오늘 우리가 그걸 직접 확인할 거다. 나는 아내와 아들이 어떻게 됐는지 알고 싶다. 이 생이 끝났을 때 우주가 우리 모두를 위해 무엇을 준비해 놓는지 알고 싶고 그걸 알아낼 작정이다."

"그건 우리에게 허락된 일이 아닐 텐데요."

충격으로 목이 잠겨서 바람 소리 때문에 그가 내 말을 들었는지 알 수가 없었는데 들은 모양이었다.

"너는 클레어를 날마다 생각하지 않니? 누나가 어딘가에 여전히 존재하지 않는지 궁금하지 않니?"

나는 아무 말도 하지 않았지만 그는 내가 무슨 대답이라도 한 것처럼 고개를 끄덕였다.

"당연히 그렇겠지. 조만간 답을 알 수 있을 거다. 메리 페이가 우리에게 답을 알려 줄 거다."

"무슨 수로요?" 나는 입술에 아무 감각도 없었다. 알코올 때문에 그런 건 아니었다. "아저씨의 치료를 받았다면 그녀가 무슨 수로요?"

그는 정말 그렇게 아무것도 모르겠느냐고 묻는 눈빛으로 나를 쳐다보았다.

"나는 그녀를 치료하지 *못한다*. 내가 앞에서 얘기한 여덟 가지 질병을 선택한 이유가 여덟 가지 모두 아무도 모르는 전기로 고칠 수 없기 때문이었어."

바람 소리가 아우성으로 바뀌었고 첫 빗방울이 별장의 서쪽 면을 불규칙하게 때리는데 어찌나 세게 때리는지 꼭 돌멩이에 맞은 것 같은 소리가 들렸다.

"우리가 리조트에서 여기로 오는 동안 놀턴 양이 메리 페이의 산소 호흡기를 껐다. 죽은 지 거의 15분이 지났지. 피가 점점 식어 가고 있어. 어렸을 때 감염된 질병으로 구멍이 났지만 그래도 여전히 훌륭한 그녀의 머릿속 컴퓨터도 꺼졌고."

"아니…… 정말로……"

나는 말문을 맺을 수가 없었다. 어안이 벙벙했다.

"그렇다. 이 수준에 도달하기까지 수년의 연구와 실험을 거쳐야 했지만 그렇다. 나는 번개를 아무도 모르는 전기에 이르는 도로로, 아무도 모르는 전기를 *포테스타스 마그눔 우니베르숨*에 이르는 대로로 활용해서 메리 페이를 불완전하게나마 부활시킬 작정이다. 죽음의 왕국으로 들어가는 문 너머에 무엇이 있는지 진상을 알아낼 작정이다. 다녀온 사람의 입을 통해 들을 거다."

"제정신이 아니로군요." 나는 문 쪽으로 몸을 돌렸다. "저는 손 뗄게요."

"네가 정말로 떠날 생각이라면 내가 말릴 수는 없겠지. 이런 폭풍이 부는 와중에 밖으로 나가겠다는 것은 아주 무모한 발상이지만. 네가 없어도 나는 실험을 강행할 생각이고 그러면 나뿐 아니라 놀턴 양의 목숨까지 위험해질 수 있다고 하면 네가 판단을 내리는 데 도움이 될까? 아스트리드가 목숨을 구하자마자 그녀가 죽는다면 이 얼마나 얄궂은 일이겠니."

나는 고개를 돌렸다. 내 손은 문손잡이를 잡고 있었다. 빗방울이 문 저쪽 면을 사납게 두드렸다. 번개가 카펫 위로 잠깐 파란 직사각형을 그렸다.

"너도 클레어가 어떻게 됐는지 알아낼 수 있어."

그는 이제 나지막하고 부드러운 음성으로, 가장 설득력 있는 대니 목사의 음성으로 말했다.

유혹하는 악마의 음성이었다.

"어쩌면 클레어와 대화를 나눌 수 있을지도 몰라……. 사랑한다고 말하는 그녀의 음성을 들을 수 있을지도. 그러면 놀랍지 않겠니? 물론 그녀가 저쪽 세상에서 의식이 있는 실체로 살아가고 있다는 가정이 성립되어야 하는 거지만…… *알고 싶지 않니?*"

다시 번개가 번쩍였고 마호가니 상자의 틈 사이로 위험해 보이는 푸르스름한 자주색 광선이 잠깐 보였다가 사라졌다.

"이 말을 들으면 위안이 될지 모르겠다만 페이 양도 동의한 실험
이다. 서류도 말끔하게 구비됐어. 내 재량으로 이른바 연명 조치를
중단할 수 있는 권한을 부여한다는 자필 서약까지. 내가 그녀의 유
해를 잠깐, 아주 깍듯하게 사용하는 대가로 메리의 아들은 성인이
될 때까지 넉넉한 신탁 자금의 지원을 받게 될 거다. 손해 보는 사
람은 아무도 없어, 제이미."

과연 그럴까요? 나는 생각했다. 과연 그럴까요?

천둥이 울부짖었다. 이번에는 번개가 치기 직전에 희미하게 틱 하
는 소리가 들렸다. 제이컵스도 그 소리를 들었다.

"때가 됐다. 나랑 같이 방에 들어갈 거 아니면 가라."

"같이 들어갈게요. 들어가서 아무 일 없길 기도할게요. 왜냐하면
찰리, 이건 실험이 아니거든요. 악마의 농간이지."

"마음대로 생각하고 마음대로 기도해도 좋다. 어쩌면 네가 나보
다 운이 좋을지 모르지…… 정말 그럴까 싶긴 하다만."

그는 문을 열었고 나는 그를 따라서 메리 페이가 숨을 거둔 방 안
으로 들어갔다.

XIII
메리 페이의 부활.

    메리 페이가 임종을 맞은 방에는 동쪽으로 큼지막한 창문이 달려 있었지만 폭풍이 거의 이곳까지 들이닥쳤기 때문에 흐릿한 은색 비의 장막 말고는 그 너머로 아무것도 보이지 않았다. 테이블 등을 켜 놓았음에도 불구하고 방 안은 그림자의 둥지였다. 제이컵스가 얘기한 서랍장이 내 왼쪽 어깨를 스쳤지만 맨 위 서랍에 들어 있다는 권총 생각은 나지 않았다. 내 모든 관심은 병상에 가만히 누워 있는 형체에게로 쏠렸다. 다양한 모니터가 꺼져 있고 링거대가 한쪽 구석으로 치워져 있어서 나의 시야를 가리는 것이 아무것도 없었다.

    그녀는 미인이었다. 그녀의 뇌를 갉아먹은 질병의 모든 흔적이 죽음으로 지워져 위를 쳐다보고 있는 얼굴(눈처럼 하얀 피부가 짙은 밤색의 탐스러운 머리칼과 대조를 이루며 더욱 돋보였다.)이 여느 카메오*처럼 완벽했다. 눈은 감았다. 짙은 속눈썹이 뺨 위로 내려앉았다. 입은 살짝 벌렸다. 어깨까지 시트로 덮여 있었다. 깍지 낀 손이 봉긋 솟은 가슴 위에 얹혀 있었다. 고등학교 3학년 때인가에 배운 시 한 구절이 불현듯 떠올라 머릿속에서 낭랑하게 울렸다. *그대의 히아신스 같은 머리칼, 고전적인 얼굴······ 어쩌나 조각상처럼 서 있는지······*.**

제니 놀턴이 양손을 으스러져라 맞잡고 이제는 쓸모가 없어진 산소 호흡기 옆에 서 있었다.

번개가 번쩍 하늘을 갈랐다. 잠깐 주변이 환해지면서 얼마나 오래인지 모를 세월 동안 그 자리에 서서 태풍이 들이닥칠 때마다 할 테면 해보라며 맞상대했을 스카이탑의 쇠막대가 보였다.

제이컵스가 상자를 내밀었다.

"좀 도와주겠니, 제이미. 서둘러야 해. 이거 받아서 뚜껑 열어라. 그 이후로는 내가 알아서 하마."

"안 돼요." 제니가 한쪽 구석에서 말했다. "제발이지 편히 쉴 수 있게 내버려 두세요."

제이컵스는 창문을 두드리는 빗소리와 절규하는 바람 소리 때문에 그녀의 말을 못 들었을지 모른다. 나는 들었지만 무시하는 쪽을 선택했다. 우리는 이런 식으로 천벌을 초래한다. 그만하라고, 너무 늦기 전에 그만하라고 애원하는 목소리를 무시함으로써 말이다.

나는 상자를 열었다. 안에는 막대도 조종기도 없었다. 그 대신 꼬마 숙녀의 구두에 달린 끈처럼 얇은 금속 머리띠가 있었다. 제이컵

---

* 보석이나 조개 등에 보통 사람의 얼굴을 양각으로 새긴 장신구.
** 에드거 앨런 포가 쓴 「헬렌에게」의 일부 구절이다.

스가 머리띠를 조심스럽게(경건하게) 꺼내서 살짝 잡아당겼다. 머리띠가 늘어났다. 이번에도 희미하게 탁 하는 소리에 이어서 또다시 번개가 치자 초록색 빛이 머리띠를 감싸고 춤을 추었다. 금속이라는 무생물이 아니라 뱀이나 뭐 그런 것처럼 보였다.

제이컵스가 말했다.

"놀턴 양, 그녀의 머리를 들어 주게."

그녀는 머리칼이 날릴 정도로 세차게 고개를 저었다.

그는 한숨을 쉬었다.

"제이미. 네가 해라."

나는 꿈을 꾸는 사람처럼 침대 쪽으로 움직였다. 자기 눈에 소금을 부은 퍼트리셔 파밍데일이 생각났다. 흙을 먹는 에밀 클라인이 생각났다. 대니 목사의 부흥회에 모인 신도들이 거대한 개미처럼 보였다는 휴 예이츠가 생각났다. 나는 생각했다. *모든 치료에는 대가가 따르는 법이지.*

다시 탁 하는 소리에 이어 또다시 번개가 번쩍 하늘을 갈랐다. 아우성을 지르는 천둥소리에 집이 흔들렸다. 테이블 등이 꺼졌다. 일순 방 안이 어둠의 나락으로 떨어졌지만 이내 타닥거리며 발전기가 되살아났다.

"얼른!"

제이컵스가 고통에 겨운 목소리로 외쳤다. 그의 손바닥에 난 화상이 내 눈에 들어왔다. 그런데도 그는 머리띠를 놓지 않았다. *포테스타스 마그눔 우니베르숨*에 이르는 그의 마지막 전도체이자 도관이었으니 감전사를 당하더라도 그걸 놓지 않았을 거라고 나는 예나 지금이나 그렇게 생각한다.

"번개가 쇠막대를 때리기 전에 얼른!"

나는 메리 페이의 머리를 들었다. 밤색 머리가 그 완벽한(그리고 완벽하게 정지한) 얼굴 옆으로 쏟아져 내려서 베개 위로 쌓였다. 찰리는 내 옆에서 허리를 숙이고 들뜬 숨을 거칠게 몰아쉬었다. 그의 날숨에서 풍기는 노인 냄새와 환자 냄새가 코를 찔렀다. 몇 달만 기다리면 그 문 너머에 무엇이 있는지 그가 직접 알아볼 수 있겠다는 생각이 들었다. 물론 그가 원하는 것은 그게 아니었다. 기존의 모든 종교의 중심에는 믿음을 돈독히 다지고 심지어 순교의 경지에 이르도록 독실한 신심을 유도하는 성스러운 수수께끼가 하나 있었다. 그는 죽음의 문턱 너머에 뭐가 있는지 알아내고 싶었을까? 물어보나 마나였다. 하지만 그가 그보다 더 원했던 것은(나는 진심으로 그랬을 거라고 믿는다.) 그 수수께끼를 파헤치는 일이었다. 그것을 불빛 아래로 끌고 가서 들어 보이며 이렇게 외치는 것이었다. *자! 너희들은 지금까지 이것을 위해 신의 이름 아래 성전과 살인을 자행했다. 자, 너희들이 보기에 마음에 드느냐?*

"머리칼…… 머리칼을 들어라." 그는 비난하는 눈빛으로 한쪽 구석에 서서 벌벌 떠는 여자를 돌아보았다. "망할! 자르라고 그렇게 얘기했건만!"

제니는 아무 대꾸도 하지 않았다.

나는 메리 페이의 머리칼을 들었다. 비단처럼 부드럽고 묵직했다. 제니가 왜 이걸 자르지 않았는지 알 수 있었다. 차마 자를 수가 없었던 것이다.

제이컵스는 움푹 들어간 관자놀이를 꽉 조이도록 얇은 금속 띠를 그녀의 이마에 얹었다.

"됐다." 그는 이렇게 중얼거리며 허리를 폈다.

나는 죽은 여인의 머리를 조심스럽게 베개 위로 다시 내려놓았다. 뺨 위로 내려앉은 까만 속눈썹을 바라보는데 효과가 없을 거라는 생각이 들면서 마음이 편안해졌다. 환자를 치료하는 거야 그렇다 쳐도 15분 전(아니, 이제는 거의 30분이 지났다.)에 죽은 여자를 되살리는 것은 차원이 다른 문제였다. 가능할 수가 없었다. 몇백만 볼트의 번개가 무슨 조화를 *부린다* 한들(그녀의 손가락이 실룩이거나 머리가 돌아간다 한들) 건전지와 연결했을 때 죽은 개구리의 다리가 움찔하는 것처럼 무의미한 일이었다. 그가 바라는 것은 무엇이었을까? 그녀의 뇌가 나무랄 데 없이 건강했다 하더라도 지금쯤 부패되기 시작했을 것이다. 뇌사는 돌이킬 수 없다. 나도 그 정도는 알았다.

나는 뒤로 물러섰다.

"이제 어떻게 하면 되죠?"

"기다리자. 오래 걸리지 않을 거다."

* * *

30초쯤 뒤에 꺼진 테이블 등은 다시 켜지지 않았고 바람 소리에 덮인 채로 웅웅거리던 발전기 소리도 더 이상 들리지 않았다. 제이컵스는 메리 페이의 머리에 금속 띠를 씌우자 그녀에 대한 관심을 잃은 듯했다. 함교에 선 선장처럼 등 뒤로 손깍지를 끼고 창밖을 내다 보기만 했다. 쏟아지는 빗줄기에 쇠막대가 완전히 가려졌지만(심지어 어둑어둑한 형체조차 보이지 않았다.) 번개에 맞으면 보일 것이었다. 번개가 막대를 *때리면* 보일 것이었다. 아직까지 번개는 막대를 때리지 않았다. 정말로 신이라는 존재가 있어서 찰스 제이컵스의 반대편에 섰을 수도 있겠다는 생각이 들었다.

"조종기는 어디 있죠? 저 쇠막대랑 연결이 된 선은요?"

그는 저능아 대하듯 나를 바라보았다.

"번개 너머의 에너지를 조종할 방법은 없다. 티타늄 상자도 숯덩이로 만들어 버릴 테니까. 그리고 연결선은…… 너지, 제이미. 네가 여기로 불려 온 이유를 아직까지 몰랐단 말이냐? 설마 내가 *끼니나* 챙겨 달라고 너를 불렀을까?"

듣고 보니 내가 왜 지금까지 알아차리지 못했는지 이해할 수가 없었다. 왜 이렇게 한참 만에야 알아차렸는지 이해할 수가 없었다. 아무도 모르는 전기는 내 몸속에, 그리고 대니 목사에게 치료받은 환자들의 몸속에 늘 들어 있었다. 메리 페이의 뇌 속에 오랫동안 잠복했던 병균처럼 잠이 들었다가 가끔씩 깨어나 흙을 먹거나 눈에 소금을 뿌리거나 바지로 목을 매게 만들었다. 그 조그만 문을 열려면 열쇠가 두 개 필요했다. 메리 페이가 그 하나였다.

내가 나머지 하나였다.

"찰리, 그만해요."

"*그만하라고? 너 지금 제정신이냐?*"

그럼요. 제정신이 아닌 사람은 아저씨죠. 저는 이제 정신을 차렸고요.

너무 늦지만은 않았길 바랄 따름이었다.

"문 저편에서 뭔가가 기다리고 있어요. 아스트리드 말로는 '어머니'라고 했어요. 아저씨는 '어머니'를 만나고 싶을지 몰라도 저는 아니에요."

나는 메리 페이의 이마에서 금속 왕관을 벗기려고 허리를 숙였다. 그가 나를 꽉 끌어안고 잡아당겼다. 그의 팔은 뼈밖에 안 남아서 금세 뿌리칠 수 있어야 맞는 거였는데 그러지 못했다. 그가 집착의 광기를 다해서 나를 붙잡고 있었다.

우리가 그림자로 덮인 그 어둑어둑한 방에서 엎치락뒤치락하고 있었을 때 갑자기 바람이 멎었다. 빗줄기가 약해졌다. 창문 너머로 쇠막대가 다시 보였고 불룩 튀어나온 화강암 이마처럼 생긴 스카이탑의 주름 사이로 흐르는 조그만 물줄기도 보였다.

다행이다. 폭풍이 지나갔구나.

나는 빠져나오기 직전에 실랑이를 멈추었고 덕분에 그날의 끔찍한 사건을 원천 봉쇄할 기회를 놓쳤다. 폭풍이 지나간 게 아니었다. 대규모 공세를 앞두고 숨을 고른 것에 불과했다. 허리케인에 버금가는 속도로 바람이 다시 불었고 번개가 치기 직전에 내가 아스트리드와 함께 여기 온 날 느꼈던 기분이 나를 다시 찾아왔다. 온몸의 털이 곤두서고 방 안의 공기가 기름처럼 변하는 듯한 느낌이었다. 이번에는 탁이 아니라 소구경 권총이 발사된 것처럼 **딱** 하는 소리가 났다. 제니는 공포의 비명을 질렀다.

톱날 모양의 불줄기가 구름을 뚫고 스카이탑의 쇠막대를 때리자 막대가 파랗게 변했다. 내 머릿속이 비명들의 합창으로 가득 차는 순간, 지금까지 찰스 제이컵스가 치료한 모든 환자와 번개 카메라로 찍은 모든 사람들의 비명 소리라는 것을 알 수 있었다. 후유증으로 고생한 사람들뿐만이 아니라 수천 명에 달하는 그들 모두였다. 비명이 10초 동안만 계속됐어도 나는 미쳐 버렸을 것이다. 하지만 막대를 달군 전기 불줄기가 물러나고 불구덩이에서 이제 막 꺼낸 낙인처럼 칙칙한 선홍색의 막대만 남자 그 고통에 겨운 비명들도 사라졌다.

천둥이 지축을 흔들었고 폭포처럼 퍼붓는 비와 함께 우박이 와르르 쏟아졌다.

"*어떡해!*" 제니가 비명을 질렀다. "*어떡해! 저것 좀 봐요!*"

메리 페이의 머리를 감싼 왕관이 초록색으로 반짝이며 환하게 빛나고 있었다. 나는 눈을 넘어 머릿속 깊숙한 데서 그것을 느꼈다. 내가 연결선이기 때문이었다. 내가 도관이기 때문이었다. 초록색 빛이 희미해지기 시작했을 때 번개가 또다시 쇠막대를 때렸다. 합창단이 다시 소리를 질렀다. 이번에는 머리띠가 초록색을 지나 흰색으로 번뜩거리자 너무 눈이 부셔서 쳐다볼 수가 없을 정도였다. 나는 눈을 감고 손으로 귀를 막았다. 이제는 하늘색으로 변한 왕관의 잔상이 어둠속에 남았다.

머릿속에서 들리던 비명이 사그라졌다. 눈을 떠보니 왕관에 깃든 광채도 사그라지고 있었다. 제이컵스는 무언가에 홀린 사람처럼 눈을 휘둥그레 뜨고 메리 페이의 시신을 쳐다보고 있었다. 마비된 쪽 입가에서 침이 흘러내렸다.

우박이 마지막으로 격렬하게 몸부림을 치다 멎었다. 빗줄기가 잦아들기 시작했다. 스카이탑 너머의 나무들 위로 꽂히는 여러 갈래의 번개가 보였지만 폭풍은 이미 동쪽으로 지나가고 있었다.

제니가 갑자기 방문을 열고 밖으로 뛰쳐나갔다. 그녀가 거실을 가로지르다 뭔가에 부딪치는 소리가 들렸고 홱 하니 열린 현관문(내가 안간힘을 써서 닫아 놓은)이 벽을 때리자 쾅 하는 소리가 났다. 그렇게 그녀는 사라졌다.

제이컵스는 아랑곳하지 않았다. 새까만 눈썹을 뺨 위로 드리우며 눈을 감고 누워 있는 죽은 여자 위로 허리를 숙일 따름이었다. 이제 왕관은 금속이라는 무생물에 불과했다. 어둑어둑한 방 안에서 어슴푸레하게 빛나지도 않았다. 왕관이 그녀의 피부를 태웠을지 몰라도 띠에 가려서 자국이 보이지 않았다. 하지만 태우지 않은 것 같았다. 그랬더라면 살이 타는 냄새가 났을 것이다.

"일어나." 아무 반응이 없자 제이컵스는 고함을 질렀다. "일어나라고!" 그는 그녀의 팔을 잡고 점점 세게 흔들었다. "일어나! 일어나, 이 망할 년아, *일어나!*"

그에게 잡혀 흔들리는 동안 그녀의 머리는 싫다는 듯이 도리질을 쳤다.

"일어나, 이 잡년아, 일어나라고!"

그는 그녀를 침대 밖으로 끌어내 바닥으로 내동댕이칠 기세였고 나는 더 이상의 모독을 두고 볼 수가 없었다. 나는 그의 오른쪽 어깨를 잡고 그녀에게서 떼어냈다. 우리는 비틀비틀 뒷걸음질을 치며 어색한 춤을 추다 서랍장에 부딪쳤다.

그는 분노와 좌절로 이글거리는 얼굴로 나를 돌아보았다.

"이거 놔! 놓으란 말이다! 비참하고 한심한 목숨을 구해 주었더니 감히……"

그때 무슨 일이 벌어졌다.

           * * *

침대에서 나지막이 웅웅거리는 소리가 들렸다. 나는 제이컵스를 잡았던 손을 살짝 풀었다. 시신은 찰리가 흔든 덕분에 팔만 양옆으로 뻗고 있을 뿐 아까처럼 그대로 누워 있었다.

바람 소리였을 거야. 나는 생각했다. 시간만 충분했더라면 그런 식으로 나를 설득할 수 있었겠지만 설득을 시도해 보려고 하기도 전에 그 소리가 다시 들렸다. 침대에 누워 있는 여자에게서 희미하게 웅웅거리는 소리가 났다.

"돌아오고 있어." 제이컵스가 말했다. 잔인한 아이의 손에 눌린 두꺼비처럼 접시만 한 눈이 툭 튀어나왔다. "부활하고 있어. *살아나고 있어.*"

"아니에요."

그는 내 말을 들었을지 몰라도 전혀 신경 쓰지 않았다. 그의 관심사는 오직, 소용돌이치며 이 방 안에 들끓는 그림자 속에 창백한 달걀형 얼굴을 묻고 침대 위에 누워 있는 여자뿐이었다. 그는 피쿼드호의 갑판 위에서 에이허브 선장*이 그랬던 것처럼 마비된 다리를

---

* 『모비딕』의 주인공.

질질 끌며 그녀에게로 휘청휘청 다가갔다. 혀로는 마비되지 않은 쪽 입술을 핥았다. 그런 채로 숨을 헐떡이며 말했다.

"메리. 메리 페이."

나지막이 웅웅거리는 귀에 거슬리는 소리가 다시 들렸다. 그녀는 여전히 눈을 감고 있었지만 죽어서 꿈을 꾸는 사람처럼 감은 채로 눈동자를 움직였다는 것을 알아차린 순간, 나는 공포의 한기를 느꼈다.

"내 말 들리나?" 그의 목소리는 거의 병적인 수준의 간절함으로 쩍쩍 갈라졌다. "내 말 들리면 신호를 보여 봐."

웅웅거리는 소리는 계속 이어졌다. 제이컵스는 손바닥을 그녀의 왼쪽 젖가슴에 얹고 나를 돌아보았다. 놀랍게도 웃고 있었다. 어둠 속에서 그의 얼굴이 해골처럼 느껴졌다.

"심장은 뛰지 않아. 그래도 살아 있어. *살아 있다고!*"

아니야. 그녀는 기다리는 거야. 하지만 기다림은 거의 끝이 났지.

제이컵스는 다시 그녀에게로 고개를 돌리고 반쪽이 마비된 얼굴을 숙여 시신의 얼굴 몇 센티미터 앞으로 들이댔다. 줄리엣을 만난 로미오처럼 그랬다.

"*메리!* 메리 페이! 돌아와! 돌아와서 어디에 다녀왔는지 얘기해야지!"

그 뒤로 벌어진 일을 글로 기록하기는커녕 다시금 떠올리는 것조차 나로서는 힘겨운 일이지만 그래도 기록으로 남겨야 하는 이유는 이 비슷하게 천벌을 받을 만한 실험을 고민 중인 사람이 이 경고를 읽고 마음을 접을 수도 있기 때문이다.

그녀가 눈을 떴다.

메리 페이가 눈을 떴다. 하지만 그것은 *인간의* 눈이 아니었다. 절대 열려서는 안 될 문의 자물쇠가 번개로 박살이 나자 '어머니'가 그 문을 열고 나왔다.

* * *

처음에 그 눈은 파란색이었다. 밝은 파란색이었다. 그 안에는 아무것도 없었다. 완전히 텅 빈 상태였다. 그 눈이 제이컵스의 열망하는 얼굴을 지나 천장을, 천장을 지나 그 너머의 구름 낀 하늘 위를 바라보았다. 그랬다가 다시 돌아왔다. 그 눈이 그에게 머물자 알아보는 듯한(정체를 파악한 듯한) 기미를 보였다. 그녀가 다시 그 웅웅거리는 소리를 냈지만 내가 봤을 때 숨을 쉰 적은 없었다. 하긴 숨을 쉴 필요가 없었다. 그녀는 죽은 몸이었고…… 인간의 것이 아닌 눈만 예외일 뿐이었다.

"어딜 다녀왔나, 메리 페이?" 그의 목소리가 떨렸다. 마비된 쪽 입가에서 계속 흘러내린 침으로 시트에 축축한 자국이 남았다. "어딜 다녀왔고 거기서 무엇을 보았나? 죽음 너머에는 뭐가 기다리던가? *저편에는 뭐가 있던가? 얘기해 봐!*"

죽은 뇌가 자라서 껍데기가 작아지기라도 한 것처럼 그녀의 머리가 펄떡거리기 시작했다. 그녀의 눈이 처음에는 연보라색으로, 그다음에는 자주색으로, 그다음에는 남색으로 점점 짙어졌다. 입가가 점점 벌어지면서 미소가 함박웃음이 되었다. 나중에는 이가 전부 보일 정도가 되었다. 그녀의 한쪽 손이 거미처럼 침대보 위를 느릿느릿 움직여 제이컵스의 손목을 붙잡았다. 그는 그녀의 차가운 손길에 헉하고 숨을 내뱉으며 쓰러지지 않으려고 다른 손을 버둥거렸다. 내가 그 손을 잡았고 이렇게 해서 우리 셋(2인의 산 자와 1인의 죽은 자)은 하나로 연결이 되었다. 그녀의 머리가 베개 위에서 펄떡거렸다. 그렇게 점점 커졌다. 점점 *부풀었다.* 그녀는 이제 미인이라고 할 수 없었다. 인간이라고 할 수도 없었다.

그 방은 사라지지 않고 여전히 그 자리를 지키고 있었지만 환영이라는 것을 알 수 있었다. 별장도 스카이탑도 리조트도 환영이었다. 살아 있는 모든 세상이 환영이었다. 내가 현실이라고 생각했던 것은 낡은 나일론 스타킹처럼 얇은 막에 불과했다.

그 뒤에 *진짜* 세상이 있었다.

현무암 덩어리들이 울부짖는 별들로 구멍이 뚫린 까만 하늘을 향해 솟았다. 그 돌덩어리들이 무너진 광활한 도시의 유일한 잔재인 듯했다. 황량한 풍경 속에 무너진 도시가 서 있었다. 주변이 황량하기는 하지만 텅 비어 있지는 않았다. 끝없어 보이는 벌거벗은 인간들의 너른 행렬이 고개를 숙이고 휘청거리며 그 사이를 터벅터벅 걸어왔다. 이 악몽 같은 행렬이 머나먼 지평선까지 이어졌다. 개미처럼 생긴 것들이 그들을 다그쳤다. 대부분 까만색이었지만 정맥혈처럼 짙은 빨간색도 있었다. 인간들이 쓰러지면 그 개미처럼 생긴 것들이 달려들어서 일어날 때까지 깨물고 머리로 들이받았다. 젊은 남자와 늙은 여자 들이 보였다. 젖먹이를 안은 10대들도 보였다. 서로 도우려고 하는 아이들도 보였다. 모든 이의 얼굴이 공포로 무표정했다.

　그들은 울부짖는 별들을 머리에 이고 행진하다 쓰러졌고, 팔과 다리와 배를 구멍이 나도록 뜯기는 벌을 받아도 피 한 방울 흘리지 않으며 허둥지둥 일어섰다. 피 한 방울 흘리지 않는 이유는 죽은 몸이기 때문이었다. 이승에서의 어리석은 신기루는 갈기갈기 찢겼고, 그들을 기다린 것은 모든 교단의 전도사들이 약속한 천국 대신 거석으로 이루어진 죽음의 도시와 그 자체가 막인 하늘이었다. 울부짖는 별들은 별이 아니었다. 구멍이었고 거기에서 들리는 울부짖음은 *포테스타스 마그눔 우니베르숨*에서 나는 소리였다. 하늘 너머에는 어떤 존재들이 있었다. 그들은 살아 있었고 전능했고 완전히 제정신이 아니었다.

　이승 너머 어떤 미지의 존재가 흘린 부스러기가 후유증이거든. 찰리는 이렇게 말을 했었는데 그 존재가 이 메마른 곳, 흘끗 쳐다보기만 해도 누구나 미쳐 버리게 만들 수 있는 광란의 진실로 이루어진 이 프리즘 같은 세상 속에 숨어 있었다. 알몸으로 행진하는 망자들이 개미처럼 생긴 것들을 섬기듯 개미처럼 생긴 것들은 이 위대한 존재들을 섬겼다.

　어쩌면 이 도시는 도시가 아니라 이 땅에서 죽은 이들이 먼저 노예가 되었다가 잡아먹히는 개미굴일 수도 있었다. 잡아먹히면 그들은 마침내 영영 죽는 걸까? 아마 아닐 것이었다. 브리가 이메일에 적은 시구를 떠올리고 싶지 않았지만 떠올리지 않을 수 없었다. *죽지 않는 것은 영원히 존재할 수 있으나 기묘한 영겁 속에서는 죽음마저도 죽으리라.*

그 행렬 어딘가에 팻시 제이컵스와 껌딱지 모리가 있었다. 그 안 어딘가에 클레어 누나가 있었다. 누나는 천국으로 건너갈 자격이 있는데도 이곳에 왔다. 텅 빈 별들을 이고 있는 불모의 땅, 개미처럼 생긴 감시자들이 섬뜩하게 인간을 닮은 얼굴을 하고 때로는 기어 다니고 때로는 똑바로 서 있는 납골의 왕국. *이 참혹한 곳이 내세였고 그런 곳이 사악한 인간들뿐 아니라 우리 모두를 기다리고 있었다.*

내 머릿속이 휘청거리기 시작했다. 차라리 다행스러워서 하마터면 이성의 끈을 놓을 뻔했다. 하지만 나는 한 가지 생각에 집중하며 정신을 차릴 수 있었다. 지금 이 순간까지도 나를 지탱하고 있는 그것은 이 악몽 같은 풍경이 신기루일지 모른다는 생각이었다.

"*아니야!*" 나는 고함을 질렀다.

행진하던 망자들이 내 목소리가 들리는 쪽으로 고개를 돌렸다. 개미처럼 생긴 것들도 아래턱을 갈고 혐오스러운(혐오스럽지만 똑똑해 보이는) 눈을 번뜩이며 똑같이 고개를 돌렸다. 그들의 머리 위에서 하늘이 어마어마한 굉음과 함께 찢어지기 시작했다. 가시 같은 털 뭉치로 뒤덮인 시커멓고 거대한 다리가 하늘을 뚫고 내려왔다. 그 다리의 끝에는 사람들의 얼굴로 만들어진 발톱이 달려 있었다. 그 다리의 주인이 원하는 것은 딱 하나, 부정하는 목소리를 잠재우는 것뿐이었다.

그 다리의 주인은 '어머니'였다.

"*아니야!*" 나는 다시 고함을 질렀다. "*아니야, 아니야, 아니야, 아니야!*"

죽었다 살아난 여자와 연결이 되어 있기 때문에 이런 환영이 보이는 것이었다. 아무리 극심한 공포 속에 있더라도 그건 알 수 있었다. 제이컵스의 손이 족쇄처럼 내 손을 꽉 잡고 있었다. 그게 오른손이었다면(마비되지 않은 쪽 손이었다면) 나는 제때 빠져나오지 못했을 것이다. 하지만 힘이 없는 왼손이었다. 나는 그 더러운 다리가 내 쪽으로 뻗어 오고 비명을 지르는 얼굴들로 만들어진 발톱이 더듬더듬 다가오며 그 까만 종이 너머에서 기다리는 알 수 없는 공포의 세계 속으로 날려 버리려고 했을 때 온 힘을 다해 손을 뺐다. 이제 하늘 틈새 사이로 이승의 존재들은 절대 쳐다보면 안 되는 광기 어린 빛과 빛깔들이 보였다. 빛깔들이 살아 있었다. 꿈틀꿈틀 나를 뒤덮는 그것들을 느낄 수 있었다.

나는 마지막으로 손을 힘껏 당겨 뒤로 엉덩방아를 찧으며 찰리의 손아귀에서 놓여났다. 텅 빈 평원, 무너진 광활한 도시, 더듬거리는 발톱…… 이 모든 것이 사라졌다. 나는 다시 별장의 침실로 돌아와 대자로 누워 있었다. 내 인생의 제5의 인물은 침대 가에 서 있었다. 메리 페이(혹은 제이컵스의 아무도 모르는 전기가 그녀의 시신과 죽은 머리 속으로 소환한 뭔지 모를 시커먼 것)가 그의 손을 잡았다. 그녀의 머리는 인간의 얼굴이 조잡하게 그려진, 펄떡거리는 해파리였다. 눈은 윤기 없는 까만색이었다. 미소는…… 그냥 쓰는 표현일 뿐 누구든 *실제*로는 입이 귀에 걸리도록 웃을 수가 없을 텐데 죽었으되 죽지 않은 여자가 그렇게 웃고 있었다. 얼굴 아래쪽 절반이 떨리고 진동하는 시커먼 구덩이가 되었다.

제이컵스는 불룩 튀어나온 눈으로 그녀를 응시했다. 얼굴이 치즈처럼 누르스름했다.

"퍼트리셔? 팻시? 어디 있어? 모리는?"

그것이 처음이자 마지막으로 말을 했다.

"무(無)의 공간으로 위대한 이를 섬기러 갔다. 죽음도 없고 빛도 없고 쉼도 없는 곳으로."

"아니야." 그는 가슴을 들썩이고 비명을 질렀다. "아니야!"

그는 뒤로 물러서려고 했다. 그러자 그녀가(그것이) 얼른 붙잡았다. 죽은 여자의 입에서 굽은 발톱이 달린 까만 다리가 나왔다. 발톱이 살아 있었다. 얼굴이었다. 내가 아는 얼굴이었다. 껍딱지 모리인데 비명을 지르고 있었다. 다리가 그녀의 입을 통과하자 음침하게 부스럭거리는 소리가 났다. 지금도 나는 악몽을 꾸면 그 소리가 들린다. 쭉 뻗어 나온 다리가 침대 시트를 건드리고 거죽이 벗겨진 손가락처럼 꼼지락거리자 탄 자국이 남고 가느다란 연기가 덩굴처럼 피어올랐다. 메리 페이였던 그것의 까만 눈이 불룩 튀어나오면서 펼쳐졌다. 둘이 콧잔등 위에서 만나자 하나의 거대한 구슬이 되어 탐욕에 젖은 멍한 눈빛으로 앞을 바라보았다.

찰리의 머리가 뒤로 꺾였고 그가 꼬르륵거리는 소리를 내기 시작했다. 까치발을 하고 서서, 이 세상의 바로 옆에 붙어 있는 광기 어린 황천에서 건너오려는 그것에게서 벗어나려고 마지막 발작을 하는 듯했다. 그는 이내 무릎으로 주저앉으며 앞으로 쓰러져 이마를 침대에 얹었다. 기도를 하는 사람처럼 보였다.

그것은 그를 놓고 말로 표현할 수 없는 관심을 내게로 돌렸다. 까만 벌레 다리를 구멍 같은 입 밖으로 늘어뜨린 채 침대 시트를 젖히고 비틀거리며 일어나려고 했다. 이제 팻시의 얼굴이 모리의 얼굴에 더해졌다. 그 둘이 한데 녹아서 몸부림쳤다.

나는 벽에 등을 대고 다리를 밀며 일어났다. 안에 든 그것 때문에 목이 졸리기라도 하는 것처럼, 부풀어서 펄떡거리는 메리 페이의 얼굴이 점점 시커메졌다. 까맣고 반들반들한 눈이 나를 응시했고 거기에 비친 거석의 도시, 끝없이 이어지는 죽은 자의 행렬을 볼 수 있을 것만 같았다.

서랍장 맨 위 서랍을 연 기억은 없다. 문득 정신을 차리고 보니 내가 총을 들고 있었다. 안전장치가 달린 자동 권총이었다면 나는 그것이 일어나 어기적거리며 방 안을 가로질러 나를 붙잡았을 때까지 가만히 서서 움직일 줄 모르는 방아쇠를 당기려고만 했을 것이다. 그 발톱이 벌린 입 속으로 나를 내동댕이치고 나는 감히 '아니야'라는 단어를 내뱉었다는 이유로 저승에서 입에 담지 못할 벌을 받았을 것이다.

하지만 자동 권총이 아니었다. 리볼버였다. 나는 다섯 발을 쐈고 네 발이 메리 페이가 임종을 맞은 침대에서 일어나려고 하는 그것에 적중했다. 내가 몇 발을 쏘았는지 정확하게 아는 이유가 있다. 요란한 총성이 들리고 어둠 속에서 반복적으로 번쩍이는 총구가 보이고 내 손 안에서 움찔거리는 총신이 느껴졌지만 전부 남이 겪는 일처럼 느껴졌다. 그것은 팔다리를 마구 흔들며 뒤로 넘어졌다. 한데 녹은 얼굴이 한데 합쳐진 입으로 비명을 질렀다. 이런 생각을 했던 기억이 난다. 총으로 '어머니'를 죽일 수는 없어, 제이미. 안 돼, 그녀는 아니야.

하지만 그것은 더 이상 꿈쩍하지 않았다. 그것의 입에서 나온 흥물은 베개 위로 축 늘어졌다. 제이컵스의 아내와 아들의 얼굴은 점점 희미해졌다. 나는 눈을 가리고 계속 비명을 질렀다. 목이 쉴 때까지 비명을 질렀다. 그러고 나서 손을 내리자 발톱은 사라지고 없었다. 어머니도 사라지고 없었다.

애초부터 있지도 않았던 거지. 여러분이 이렇게 얘기하더라도 나는 비난하지 않겠다. 나도 그 자리에 없었다면 믿지 않았을 것이다. 하지만 나는 그 자리에 있었다. 죽은 사람들도. 그리고 그녀도.

이제는 시신에 박힌 네 개의 총알 때문에 죽어서도 평온을 누리지 못한 메리 페이밖에 없었다. 그녀는 머리칼을 부채꼴로 펼쳐 놓고 입을 벌린 채 뻐딱하게 누워 있었다. 그녀의 가운에 뚫린 구멍 두 개와 그 아래, 그러니까 그녀의 엉덩이 주변으로 뭉쳐진 시트에 뚫린 구멍 두 개가 보였다. 지금은 흔적도 없이 사라진 그 끔찍한 발톱이 남긴 탄 자국도 보였다.

제이컵스가 아주 천천히 왼쪽으로 움직이기 시작했다. 나는 손을 내밀었지만 움직임이 더디고 꿈을 꾸는 듯 몽롱했다. 그의 근처에 가지도 못했다. 그는 무릎을 구부린 채 모로 바닥에 쓰러졌다. 눈을 휘둥그레 뜨고 있었지만 이미 게슴츠레했다. 말로 표현할 수 없는 공포의 표정이 이목구비에 낙인처럼 찍혀 있었다.

찰리, 심하게 감전 당한 사람처럼 보이네요. 이런 생각이 들자 웃음이 터졌다. 웃음을 주체할 수가 없었다. 나는 허리를 숙이고 쓰러지지 않게 무릎을 잡았다. 소리는 거의 나지 않았지만(비명을 지르느라 목이 잠겼다.) 그래도 진심에서 우러난 웃음이었다. 왜냐하면 정말로 우스운 상황이었다. 누가 봐도 그렇지 않은가. 심하게 감전을 당하다니! 충격적인 사건이었다! 배꼽 빠질 일이었다!

하지만 그렇게 웃는 동안에도(웃느라 몸에 경련이 일고 구토가 쏠리는 동안에도) 나는 털로 뒤덮인 그 까만 다리가 입속에 다시 스르르 빠져나와 비명을 지르는 얼굴들을 빚지 않을까 싶어서 메리 페이를 예의 주시했다.

그러다 마침내 비틀비틀 임종의 방에서 빠져나와 거실을 가로질렀다. 제니 놀턴이 열어 놓고 나간 문 사이로 날아 들어온 나뭇가지 몇 개가 카펫 위에 떨어져 있었다. 내 발에 밟힌 나뭇가지에서 뼈처럼 우드득하는 소리가 나자 다시 비명을 지르고 싶었지만 너무 피곤했다. 정말이지 너무 피곤했다.

겹겹이 쌓인 먹구름이 여기저기 마음대로 번개를 날리며 동쪽으로 이동하고 있었다. 조만간 브런즈윅과 프리포트의 길거리가 물에 잠길 테고 우박 때문에 빗물 배수관이 일시적으로 막히겠지만, 먹구름과 내가 서 있는 곳 사이에는 앤드로스코긴 카운티 이쪽에서 저쪽까지 여러 빛깔의 무지개가 떴다. 아스트리드와 내가 여기 온 날에도 무지개가 뜨지 않았나?

하나님이 노아에게 무지개로 언약의 증거를 주셨네. 목요일 저녁 청년회 예배 때 우리는 이런 노래를 불렀고, 팻시 제이컵스는 피아노 의자에 앉아서 하나로 묶은 머리를 좌우로 흔들었다. 무지개는 폭풍이 지나갔다는 좋은 징조이지만 나는 휴 예이츠가 생각나서 다시금 공포와 섬뜩함을 느꼈다. 휴와 그의 프리즘 현상. 개미처럼 생긴 것들을 보았던 휴.

주변이 어두워지기 시작했다. 내가 기절하기 직전이라 그런 거였는데 잘 된 일이었다. 눈을 떠 보면 머릿속에서 이 모든 기억들이 지워졌을 수 있었다. 그게 차라리 나았다. 미쳐 버리는 게 차라리 나았다……. '어머니'를 만날 일만 없다면.

죽는 게 최고였다. 로버트 리버드는 그걸 알았다. 캐시 모스도 그랬다. 그때 리볼버가 생각났다. 나를 위한 총알이 한 발 남아 있을 테지만 그건 해결책이 될 수 없을 것 같았다. '어머니'가 제이컵스에게 하는 말을 들은 이상 그럴 것 같았다. 죽음도 없고 빛도 없고 쉼도 없는 곳.

그녀는 위대한 이(Great One)들만 있는 곳이라고 했다.

무(無)의 공간이라고.

무릎이 꺾이자 나는 문가에 기대고 쓰러졌고 그 자리에서 정신을 잃었다.

XIV
후유증.

이것이 3년 전에 벌어졌던 일이다. 나는 지금 콘래드 형과 가까운 카일루아에서 살고 있다. 카일루아는 하와이에 있는 아름다운 바닷가 마을이다. 내가 사는 동네는 바닷가에서 한참 멀고 현대적인 분위기와는 그보다 먼 오네와 거리지만 아파트가 (하와이치고) 널찍하고 저렴하다. 게다가 쿨레이 대로와 가깝다는 것도 중요한 포인트다. 브랜든 L. 마틴 정신병원이 쿨레이 대로에 있고 내 담당 정신과 의사가 거기서 진료를 한다.

에드워드 브레스웨이트 말로는 자기가 마흔한 살이라지만 내 눈에는 서른 살로 보인다. 예순한 살(올 8월이면 내가 예순한 살이다.)의 눈에 스물다섯에서 마흔다섯 사이는 남녀를 불문하고 서른으로 보인다. 끔찍한 20대(적어도 내 경우에는 그랬다.)를 이제 막 넘긴 것처럼 보이는 사람을 진지하게 대하기란 힘든 노릇이지만 그래도 나는 열심히 노력하고 있다. 우울증 치료제는 해당 사항이 없을지 몰라도 브레스웨이트가 많은 도움이 되고 있기 때문이다. 어떤 사람들은 우울증 치료제를 좋아하지 않는다. 그걸 먹으면 생각과 감정이 둔해지기 때문이라는데 맞는 말이라고 나도 선언하는 바이다.

정말이지 맞는 말이다.

나는 운동을 선택하느라 기타를 포기했고 천문학을 선택하느라 운동을 포기한 콘 형 덕분에 에드를 알게 되었다. 콘 형은 그래도…… 배구의 신이고 테니스 실력도 나쁘지 않다.

나는 브레스웨이트 박사에게 여러분이 지금까지 읽은 이야기를 모두 털어놓았다. 아무것도 감추지 않았다. 물론 그는 거의 믿지 않지만(제정신 박힌 사람이라면 누구라도 그럴 것이다.) 얼마나 속이 후련한지 모른다. 게다가 어떤 부분에서는 그도 멈칫할 수밖에 없다. 사실임을 증명할 수 있기 때문인데 예컨대 대니 목사만 해도 그렇다. 지금도 그의 이름을 검색창에 입력하면 거의 100만 개에 달하는 사이트가 검색된다. 내 말을 못 믿겠거든 직접 확인해 보길. 그의 치료를 둘러싼 진위 공방은 지금까지 계속되고 있지만, 그 점에서는 생전에 프랑스 수녀의 파킨슨병을 치료했고 죽은 지 6년 뒤에 어느 코스타리카 여자의 동맥류를 치료했다는(요령도 좋다!) 요한 바오로 교황도 마찬가지다. 찰리에게 치료받은 환자들이 겪은 일(그들이 자신에게 저지른 일과 남들에게 저지른 일)도 억측이 아니라 사실이다. 에드 브레스웨이트는 내가 이런 사실들을 이야기에 끼워 맞춰서 그럴듯하게 꾸몄다고 생각한다. 작년 말에 내 앞에서 융이 한 말을 인용했을 때 그의 속내를 털어놓은 거나 다름없었다. "가장 탁월한 이야기꾼들은 정신병원에 입원해 있다고 하죠."

나는 정신병원에 입원하지 않았다. 마틴 정신병원에서 진료가 끝나면 얼마든지 병원을 나서 고요하고 화창한 내 아파트로 돌아갈 수 있다. 고마운 일이다. 아직까지 살아 있는 것도 고마운 일이다. 대니 목사에게 치료를 받은 환자들은 대다수가 고인이 되었다. 2014년 여름부터 2015년 가을까지 수십 명씩 스스로 목숨을 끊었다. 어쩌면 수백 명씩 그랬을지도 모르는 일이다. 나는 저승에서 다시 깨어나 끔찍한 개미 병정들에게 괴롭힘을 당하며 텅 빈 별을 머리에 이고 알몸으로 행진하는 그들의 모습을 어쩔 수 없이 상상하며 그 행렬 속에 나는 없다는 사실에 기뻐한다. 이유는 뭐가 됐건 삶에 감사하는 태도야말로 온전한 정신을 유지하고 있다는 증거이지 않을까. 나는 온전한 정신이 일부 영영 사라졌어도(메리 페이가 임종을 맞은 방에서 목격한 광경 때문에 한쪽 팔 아니면 다리처럼 잘려 나갔다.) 그럭저럭 살아가는 법을 터득했다.

그리고 매주 화요일과 목요일이면 2시부터 2시 50분까지 50분 동안 이야기를 한다.

이야기를 정말 많이 한다.

* * *

폭풍이 지나가고 다음 날 아침에 눈을 떠 보니 고트산 리조트 로비의 어느 소파였다. 얼굴이 욱신거렸고 방광이 터질 듯했지만 식당 맞은편에 있는 남자 화장실에서 용변을 해결하고 싶은 마음은 추호도 없었다. 거울이 달려 있어서 거기 비친 내 얼굴을 내 뜻과 상관없이 볼 수 있기 때문이었다.

볼일을 보러 밖으로 나가자 현관 앞 계단에 부딪쳐서 박살이 난 리조트 골프 카트가 보였다. 좌석과, 기본적인 기능만 갖춘 대시보드에 핏자국이 남아 있었다. 내 셔츠를 내려다보니 거기도 핏자국이 있었다. 통통 부은 코를 훔치자 적갈색 딱지가 손가락에 묻어 나왔다. 그러니까 전혀 기억은 나지 않지만 내가 골프 카트로 계단을 들이받는 바람에 얼굴을 부딪친 모양이었다.

스카이탑 근처의 별장을 다시 찾아가고 싶은 마음이 눈곱만큼도 없는 정도가 아니었지만 그래도 어쩔 수 없었다. 골프 카트에 올라타는 것까지는 쉬웠다. 그걸 몰고 숲 속 오솔길을 내려가는 건 그보다 어려워서 떨어진 나뭇가지를 치우느라 카트를 멈출 때마다 다시 출발하기가 점점 힘들어졌다. 코는 욱신거렸고 머리는 긴장성 두통으로 지끈거렸다.

문이 아직까지 열려 있었다. 나는 카트를 세우고 내렸지만 처음에는 다시 피가 스며나올 때까지 통통 부은 가엾은 코를 비비며 그 자리에 서 있는 것 말고는 아무것도 할 수가 없었다. 날은 화창하고 눈이 부셨지만(태풍이 무더위와 습기를 모두 날려 버렸다.) 열린 문 너머는 그늘진 동굴이었다.

걱정할 것 없어. 나는 속으로 중얼거렸다. *아무 일도 없을 거야. 다 끝났잖아.*

하지만 끝난 게 아니면 어쩔 것인가. 무슨 일이 계속 벌어지고 있다면 어쩔 것인가.

그녀가 그 얼굴이 달린 발톱을 내밀 준비를 하고서 나를 기다리고 있으면 어쩔 것인가.

나는 한 번에 한 칸씩 어렵사리 계단을 올라갔고 등 뒤 숲 속에서 까마귀 한 마리가 쉰 소리로 까악거리자 움찔하고 비명을 지르며 머리를 손으로 감쌌다. 내가 달아나지 않은 딱 한 가지 이유가 있다면 거기에 뭐가 있는지 확인하지 않는 한 메리 페이가 임종을 맞은 방이 평생 나를 쫓아다닐 것임을 알기 때문이었다.

펄떡거리는 외눈박이 흉물은 없었다. 제이컵스의 마지막 환자는 내가 마지막으로 본 모습 그대로 누워 있었고 가운에 두 개의 구멍이, 그녀의 엉덩이 주변으로 뭉쳐진 시트에 또 두 개의 구멍이 뚫려 있었다. 입은 벌어져 있었고 거기서 기어 나왔던 시커멓고 끔찍한 괴물은 흔적도 없었지만 나는 꿈을 꾼 거라고 나 자신을 설득하려는 시도조차 하지 않았다. 꿈이 아님을 알기 때문이었다.

이제는 칙칙하고 시커메진 금속 띠가 아직까지 그녀의 이마에 끼워져 있었다.

제이컵스는 자세가 바뀌었다. 무릎을 구부리고 침대 가에 모로 누워 있는 게 아니라 저편의 서랍장에 기대고 앉아 있었다. 순간 그가 그때 죽은 게 아니었나 하는 생각이 들었다. 충격으로 다시 뇌졸중을 일으켰지만 목숨을 잃을 정도로 심한 건 아니었을까. 나중에 정신을 차리고 서랍장까지 기어가 거기서 눈을 감은 걸까.

하지만 그가 리볼버를 들고 있었다.

나는 미간을 찌푸리고 한참 동안 그것을 쳐다보며 기억을 더듬었다. 하지만 아무 기억도 나지 않았고 에드 브레스웨이트가 최면으로 차단된 기억을 되살려 보겠느냐고 했을 때도 거절했다. 최면 상태일 때 내 머릿속 가장 어두컴컴한 곳에서 뭐가 흘러나올지 두려운 마음도 있지만 사실은 무슨 일이 벌어졌을지 알기 때문이다.

나는 제이컵스(공포의 표정이 여전히 낙인처럼 얼굴에 찍혀 있었다.)에게서 시선을 거두고 메리 페이를 바라보았다. 분명 리볼버를 다섯 발 쏘았는데 네 발만 그녀에게 맞았다. 한 발은 엉뚱한 데로 날아갔는데 내 심리 상태를 고려했을 때 놀랄 일도 아니었다. 그런데 벽으로 시선을 들어 보니 구멍이 두 개 뚫려 있었다.

내가 전날 밤, 리조트에 갔다가 다시 여기로 왔을까? 불가능하지는 않은 얘기였지만 아무리 정신을 잃은 상태였다 해도 내가 그랬을 것 같지는 않았다. 아니다, 나는 현장을 수습하고 여기서 나갔다. 그런 다음 리조트로 돌아가서 골프 카트로 계단을 들이받고 비틀거리며 계단을 올라가 로비에서 잠이 들었다.

제이컵스가 스스로 거기까지 기어간 게 아니었다. 내가 끌어다 옮겼다. 서랍장에 기대서 앉혀 놓고 오른손에 총을 쥐여 준 다음 벽에 대고 쏘았다. 이 기이한 현장을 발견한 경찰들은 그냥 지나가겠지만 만에 하나 제이컵스의 손을 검사하면 화약이 검출될 것이었다.

메리 페이의 얼굴을 덮어 주고 싶었지만 현장을 고스란히 보존해야 했고 나는 그 그늘진 방을 탈출하고 싶은 마음뿐이었다. 하지만 잠깐 해야 할 일이 있었다. 나는 내 인생의 제5의 인물 옆에 무릎을 꿇고 앉아서 뼈밖에 안 남은 그의 손목을 짚었다.

"그만했어야죠, 찰리. 오래전에 그만했어야죠."

하지만 그가 멈출 수 있었을까? 그렇다고 대답하기는 쉽고 그렇다면 책임을 전가할 수 있을 것이다. 하지만 나도 멈추지 않았으니 나에게도 책임이 있다고 할 수밖에 없을 것이다. 호기심은 끔찍한 것이지만 인간적인 것이기도 하다.

너무나 인간적인 것이기도 하다.

* * *

"나는 그 자리에 없었어요." 나는 브레스웨이트 박사에게 이렇게 말했다. "나는 그렇게 생각하기로 했어요. 내가 그 자리에 있었다고 증언할 수 있는 사람은 딱 한 명뿐이기도 했고요."

"그 간호사 말이죠. 제니 놀턴."

"그녀는 나를 도울 수밖에 없을 거라고 생각했어요. 우리 둘이 서로 도울 수밖에 없다고, 제이컵스가 메리 페이의 생명 유지 장치를 끄라고 난리를 부리기 시작했을 때 둘이 같이 고트산에서 내려왔다고 말하면 될 거라고. 내가 그녀의 역할에 대해 함구하겠다고 약속하면 제니도 내 계획에 찬성할 게 분명하다고 생각했어요. 나는 그녀의 휴대전화번호를 몰랐지만 제이컵스는 알고 있지 않겠어요? 쿠퍼 스위트에 그의 주소록이 있었고 아니나 다를까, 그녀의 번호가 적혀 있더군요. 그 번호로 전화했지만 음성 사서함으로 넘어가더군요. 그녀에게 전화해 달라고 메시지를 남겼어요. 주소록에 아스트리드의 번호도 있길래 그다음으로 그녀에게 전화를 걸었고요."

"그런데 역시 음성 사서함으로 넘어갔죠."

"네." 나는 양손에 얼굴을 묻었다. 아스트리드가 전화를 받을 수 있는 시절은 그 무렵에 이미 끝나 버렸던 것이다. "맞아요."

* * *

어떻게 된 일인지 설명하자면 이렇다. 제니는 골프 카트를 몰고 리조트로 갔다. 거기서 자기 스바루로 갈아탔다. 마운트 데저트 섬으로 단숨에 달려갔다. 아늑한 집으로 돌아가고 싶은 마음뿐이었다. 아늑한 집은 곧 아스트리드를 의미했고, 과연 아스트리드가 기다리고 있었다. 두 사람의 시신은 현관문 바로 앞에서 발견됐다. 제니가 들어서자마자 아스트리드가 고기 칼을 들고 파트너의 목을 향해 달려든 모양이었다. 그런 다음 그 칼로 자기 손목을 그었다. 가로로 그었으니 권장 사항을 따랐다고 볼 수 없지만…… 뼈가 있는 곳까지 칼이 닿았다. 나는 말라 가는 피 웅덩이 속에 두 사람이 누워 있는데 먼저 핸드백에 든 제니의 전화가 울리고, 그다음으로 칼꽂이가 달린 조리대 위에 놓인 아스트리드의 전화가 울리는 광경을 상상한다. 상상하고 싶지 않지만 멈출 수가 없다.

* * *

제이컵스에게 치료를 받은 환자들이 전부 그런 건 아니지만 이후로 2년 동안 상당수가 스스로 목숨을 끊었다. 그들이 전부 사랑하는 사람들을 데리고 떠나지는 않았지만 과반수 이상이 그랬다. 나는 조사 결과 알게 된 이 사실을 에드 브레스웨이트에게도 전했다. 그는 우연의 일치로 간주하려고 한다. 그는 광기와 자살과 살인 퍼레이드를 통해 내린 나의 결론을 반박하고 싶겠지만 그럴 수가 없다. 내가 내린 결론이 뭔가 하면 '어머니'가 제물을 요구하기 때문이라는 것이다.

눈에 소금을 뿌렸던 퍼트리셔 파밍데일은 시력이 어느 정도 회복되자 잠을 자던 나이 많은 아버지의 목을 조르고 남편의 루거로 자기 머리를 날렸다. 흙을 먹었던 에밀 클라인은 아내와 아들을 쏘고 차고로 가서 잔디깎기용 기름을 자기 몸에 뿌린 뒤 성냥을 그었다. 클리블랜드 부흥회에서 암을 치료받은 앨리스 애덤스는 남자친구의 AR-15를 들고 편의점에 가서 세 명을 무작위로 살해했다. 탄창이 비자 주머니에서 총신이 짧은 38구경을 꺼내 자기 입천장에 대고 쏘았다. 샌디에이고에서 대니 목사에게 (크론병을) 치료받은 마거릿 트리메인은 아파트 9층 발코니에서 젖먹이 아들을 던진 뒤 뒤따라 뛰어내렸다. 목격자들의 증언에 따르면 그녀는 추락하는 동안 한 마디도 하지 않았다고 한다.

그리고 앨 스탬퍼도 있었다. 여러분도 그를 알 것이다. 슈퍼마켓에서 파는 타블로이드 신문의 헤드라인을 대문짝만 하게 장식했던 그를 어찌 모를 수가 있겠는가. 그는 두 전처를 저녁 식사에 초대했는데 차가 막히는 바람에 한 명(아마 두 번째 부인)이 늦게 도착했다. 그녀로서는 다행스러운 일이었던 것이, 문이 열려 있는 스탬퍼의 웨스트체스터 집 안에 들어가 보니 첫 번째 부인이 정수리가 함몰된 채 식탁 의자에 묶여 있었다. 그때 보-라이트 출신의 가수가 피와 머리카락이 묻은 야구방망이를 휘두르며 주방에서 나왔다. 두 번째 부인은 비명을 지르며 집 밖으로 도망쳤고 스탬퍼가 그 뒤를 쫓았다. 그는 반 블록쯤 갔을 때 인도에 쓰러져서 심장마비로 죽었다. 덩치가 헤비급이었으니 당연한 노릇이었다.

워낙 전국 각지에서 벌어진 데다 미국인의 일상 속으로 점점 만연해 가는 다른 무분별한 폭력 사태 속에 묻혔을 테니 내가 발견한 사례들 말고도 많을 것이다. 브리라면 다른 사례들도 찾을 수 있을지 모르지만 콜로라도에서 혼자 살고 있었다 하더라도 나를 돕지 않았을 것이다. 브리 던린-휴스는 요즘 나를 피하는데, 충분히 이해가 되는 반응이다.

작년 크리스마스 직전에 휴가 브리의 어머니에게 전화해 큰집의 자기 사무실로 와 달라고 했다. 깜짝 선물을 준비했다는 이유에서였는데 정말이었다. 그는 스탠드 코드로 예전 애인의 목을 조르고 시신을 차고로 옮겨서 클래식 링컨 콘티넨털 조수석에 실었다. 그런 다음 운전석에 앉아서 시동을 걸고 록 음악이 나오는 라디오를 틀고 배기가스를 마셨다.

브리는 내가 제이컵스 근처에 가지도 않겠다고 약속한 것을 알지만…… 내가 거짓말을 했다는 것도 안다.

* * *

"그 이야기가 전부 진짜라고 칩시다."
얼마 전 상담 시간 때 에드 브레스웨이트가 말했다.
"과감하신데요." 내가 말했다.

그는 미소를 지었지만 딴 이야기로 새지는 않았다.

"그렇다 한들 당신이 본 그 섬뜩한 사후세계까지 자동으로 *진짜* 가 되는 건 아니에요. 그것 때문에 여전히 괴로워하고 있다는 걸 알지만 천국과 지옥을 보았다는 사람들이 『요한계시록』을 쓴 파트모스 섬의 요한을 비롯해서 얼마나 많습니까. 할아버지…… 할머니…… 심지어 어린애들까지 저승을 보았다고 하잖아요. 『3분』 은 네 살 때 죽음의 문턱에서 사후 세계를 목격했다는 아이의 이야기……"

"콜튼 부포였죠. 나도 읽었어요. 예수님만 탈 수 있는 말이 있다고 하던데."

"마음껏 비웃으세요." 브레스웨이트는 어깨를 으쓱했다. "주님도 알다시피 비웃기야 쉽죠…… 하지만 부포는 유산돼서 있는 줄도 몰랐던 누이를 거기서 만났잖습니까. 그건 틀림없는 사실이에요. 그 살인-자살 사건들처럼 말이죠."

"살인-자살 사건들은 많지만 콜튼은 누이를 한 명 만나고 끝이었잖아요. 수량의 차이가 있어요. 내가 통계 수업은 들은 적 없지만 그 정도는 알아요."

"그 아이가 본 사후 세계가 거짓이었다고 하면 저도 좋죠. 그래야 당신이 본 광경인 황폐한 도시, 개미처럼 생긴 것들, 까만 종이로 된 하늘도 똑같이 거짓이었다는 제 주장에 힘이 실리니까요. 제 의도 가 뭔지 아시겠죠?"

"네. 저도 그렇다고 믿을 수 있으면 좋겠네요."

당연히 나도 그렇게 믿을 수 있으면 좋을 것이다. 누구라도 그럴 것이다. 인간은 누구나 죽을 운명인데 내가 본 그런 곳으로 간다는 생각을 하면 일상에 어두운 그림자가 드리워지는 정도가 아니라 인생이 사소하고 하찮게 느껴진다. 나뿐 아니라 모든 이의 인생이 그렇게 느껴진다. 그래서 나는 한 가지 믿음에 집착한다. 아침에 눈을 뜨자마자, 밤에 잠자리에 들기 직전에 그걸 주문처럼 왼다.

어머니가 거짓말을 했다.

어머니가 거짓말을 했다.

어머니가 거짓말을 했다.

거의 속아 넘어갈 때도 있지만…… 여러 가지 이유에서 잘 되지 않는다.

흔적들이 보이기 때문이다.

* * *

나는 휴가 브리의 어머니를 살해한 뒤 자살했다는 소식이 기다리고 있을 네덜란드로 돌아가기 전에 할로의 고향 집에 들렀다. 그런데에는 두 가지 이유가 있었다. 제이컵스의 시신이 발견되면 경찰이 내게 연락해 메인에서의 행적을 물을 수 있었다. 그것도 중요한 이유였지만(경찰에서는 끝까지 묻지 않았다.) 그보다 더 중요한 이유가 있었다. 익숙한 곳과 나를 사랑하는 사람들이 주는 위안이 필요했기 때문이었다.

하지만 나는 원하는 것을 얻지 못했다.

여러분도 카라 린을 기억할 것이다. 내 조카 손녀. 2013년 노동절

파티 때 내 어깨에 고개를 묻고 잠이 들 때까지 내가 안고 다녔던 아이. 내가 근처에 가기만 하면 팔을 내밀었던 아이. 내가 나고 자란 집에 들어가자 카라 린이 제 엄마와 아빠를 양옆에 두고, 나도 예전에 앉았을지 모를 옛날 아기 의자에 앉아 있었다. 그런데 나를 보자마자 비명을 지르며 몸을 좌우로 격렬하게 흔드는 바람에 아이 아빠가 붙잡지 않았더라면 바닥으로 굴러떨어질 뻔했다. 아이는 아빠에게 안긴 뒤에도 가슴에 얼굴을 묻고 고래고래 빽빽거렸다. 할아버지 테리 형이 나를 현관 밖으로 데리고 나간 다음에서야 그쳤다.

"도대체 왜 저러는지 모르겠네." 형이 농담조로 말했다. "지난번에는 너라면 사족을 못 쓰더니만."

"그러게 말이지."

나는 이렇게 말했지만 당연히 이유를 알고 있었다. 하루 아니면 이틀 정도 머물며 흡혈귀가 피를 빨아먹듯 정상적인 가족의 기를 몸속에 담으려고 했더니 틀려먹었다. 카라 린이 나에게서 뭘 느꼈는지 몰라도 겁에 질린 그 아이의 조그만 얼굴을 두 번 다시 보고 싶지 않았다.

나는 테리 형에게 그냥 인사나 하려고 들른 거라고, 포틀랜드에서 비행기를 타야 하기 때문에 저녁도 못 먹고 간다고 했다. 노먼 어빙이 전국적으로 인기를 얻을 만한 밴드가 있다기에 그가 말한 밴드의 연주를 따려고 루이스턴에 갔다 오는 길이라고 했다.

"노먼 말이 맞아?"

"아니. 완전 수준 미달이야."

나는 일부러 손목시계를 확인했다.

"비행기 시간 신경 쓸 필요 뭐 있냐. 다른 비행기 타면 되지. 들어가서 식구들이랑 같이 저녁 먹자, 동생아. 카라도 진정이 될 거야."

내가 보기에는 그럴 것 같지 않았다.

나는 테리 형에게 울프조에서 반드시 챙겨야 하는 음반 녹음이 있다고 했다. 저녁은 나중에 먹자고 했다. 형이 팔을 벌리자 나는 형을 두 번 다시 만나지 못할 가능성이 크다는 것을 알기에 힘껏 끌어안았다. 그 당시에는 살인-자살 사건에 대해 몰랐지만 내가 뭔지 모를 유독한 기운을 어쩌면 평생 지니고 다녀야 할지 모른다는 건 알았다. 사랑하는 사람들을 감염시키고 싶은 마음은 눈곱만큼도 없었다.

나는 렌터카로 돌아가는 길에 걸음을 멈추고 잔디밭과 메소디스트 대로 사이에 놓인 흙밭을 바라보았다. 도로는 예전에 포장이 됐지만 그 흙길은 내가 여섯 번째 생일 선물로 누나에게 받은 장난감 병정을 가지고 놀던 시절과 똑같았다. 1962년 가을의 어느 날 거기에 무릎을 꿇고 앉아서 병정놀이를 하고 있었을 때 내 위로 누군가의 그림자가 드리워졌다.

그 그림자는 아직도 사라지지 않았다.

* * *

"당신은 누군가를 살해한 적이 있나요?"

에드 브레스웨이트는 똑같은 질문을 여러 번 묻는다. 그게 이른바 점증 반복이지 않을까 싶다. 나는 늘 미소를 지으며 없다고 대답한다. 내가 가엾은 메리 페이에게 총알을 네 발 날린 건 사실이지만 그때 그 여인은 이미 죽은 몸이었고 찰스 제이컵스는 치명적인 뇌졸중으로 죽었다. 그날 잠잠히 지나갔더라도 다른 날, 어쩌면 그해가 저물기 전에 뇌졸중이 발병했을 것이다.

"그리고 확실히 자살도 하지 않았고요." 에드는 혼자 빙그레 웃으며 말을 잇는다. "제가 헛것을 보는 거라면 얘기가 달라지겠지만."

"헛것을 보는 거 아니에요."

"그러고 싶은 충동은 있나요?"

"아뇨."

"이론상으로도 전혀 가능성이 없나요? 예를 들어 잠이 오지 않는 한밤중이라든지 그럴 때도요?"

"네."

요즘 내 일상은 행복과는 거리가 멀지만 우울증 치료제 덕분에 안정이 됐다. 자살은 내 안중에 없다. 죽으면 어떤 곳으로 건너가는지 알기에 가능한 한 오래 살고 싶다. 그리고 다른 이유도 있다. 맞는 생각인지 엉뚱한 생각인지 모르겠지만 내게는 속죄할 거리가 많은 것 같다. 그렇기 때문에 요즘도 모범 시민으로 살려고 한다. 나는 아우푸푸 가에 있는 하버 하우스 수프 가게 주방에서 음식을 만든다. 케올루 대로의 네이네이 구스 빵집 옆에 있는 굿윌에서 일주일에 이틀 자원 봉사를 한다. 죽으면 아무것도 속죄할 수 없지 않은가.

"제이미, 당신은 왜 낭떠러지에서 뛰어내리고 싶은 충동을 느끼지 않는 특별한 나그네쥐가 되었을까요? 왜 항체가 생겼을까요?"

나는 그저 미소를 지으며 어깨를 으쓱한다. 이유를 알려 줄 수는 있지만 그는 내 말을 믿지 않을 것이다. 메리 페이가 우리 세상과 연결된 '어머니'의 문이었다면 나는 열쇠였다. 시체를 쏜들 아무것도 죽일 수 없지만('어머니'와 같은 불멸의 존재는 죽을 수도 없다.) 내가 그 총의 방아쇠를 당김으로써 문을 잠갔다. 나는 입으로만 *아니야*라고 외친 게 아니었다. 내세의 존재가, 위대한 이들 가운데 하나가 그 *아니야*라고 한 것 때문에 내게는 종말론에나 어울림직한 최후의 복수를 하지 않은 거라고 하면 정신과 의사가 나를 강제 입원시킬 것이다. 그건 싫다. 내게는 하버 하우스에서 일을 돕거나 굿윌에서 옷을 분류하는 것보다 훨씬 중요한 임무가 있다.

* * *

나는 에드와의 상담 시간이 끝나면 접수대로 가서 수표로 계산한다. 뜨내기 록 기타리스트 출신의 레코딩 엔지니어가 지금은 부자가 되었기 때문에 가능한 일이다. 아이로니컬하지 않은가. 휴 예이츠는 직계 비속 없이 사망했고 (아버지, 할아버지, 증조할아버지에게 물려받은) 재산이 상당했다. 맬컴 '무키' 맥도널드와 힐러리 캐츠(일명 페이건 스타샤인)에게 현금을 선물하는 등 자잘한 유증이 많았지만 나와 조지아 던이 대부분의 유산을 양분해서 물려받기로 되어 있었다.

조지아가 휴의 손에 죽었으니 유언 검인 변호사들이 20년 동안 유언장의 그 항목을 가지고 법적으로 우적우적 씹어먹으며 짭짤한 수임료를 챙길 수도 있었겠지만 변호사라는 악마를 끌어들인 사람이 없었기에(나는 전혀 그럴 생각이 없었다.) 분란이 없었다. 휴의 변호사들은 브리에게 연락해 고인이 그녀의 어머니이므로 상속권을 주장할 수도 있다고 전했다.

그런데 브리가 상속권을 주장하지 않았다. 내 쪽 업무를 처리한 변호사의 전언에 따르면 브리는 휴의 돈을 가리켜 "오염됐다"고 했다. 어쩌면 맞는 말일지 몰라도 나는 내 몫을 챙긴 것에 대해 전혀 양심의 가책을 느끼지 않았다. 내가 휴의 치유에 전혀 관여한 바가 없었기 때문이겠지만 그보다는 나도 이왕 오염된 마당에 가난하게 오염된 생활을 하는 것보다 편안하게 오염된 생활을 하는 것이 낫겠다는 이유가 더 컸다. 조지아의 몫이었던 몇백만 달러는 어떻게 됐는지 모르고 알아보고 싶은 마음도 없다. 아는 게 너무 많으면 좋지 않다. 나는 이제 그렇다는 걸 안다.

* * *

나는 일주일에 두 번씩 받는 상담이 끝나고 병원비를 계산하면 에드 브레스웨이트의 대기실을 나선다. 그러면 카펫이 깔린 넓은 복도 양옆으로 다른 진찰실들이 이어진다. 오른쪽으로 가면 로비가 나오고 로비를 지나면 쿨레이 대로다. 하지만 나는 오른쪽으로 가지 않는다. 왼쪽으로 간다. 에드를 만난 것은 우연이었다. 나는 원래 다른 일로 브랜든 L. 마틴 정신병원을 찾았다.

나는 복도를 지나서 이 거대한 시설의 초록색 심장이라 할 수 있는 향기롭고 관리가 잘된 정원을 가로지른다. 환자들이 여기 앉아서 믿음직한 하와이의 햇볕을 쪼인다. 대다수가 제대로 옷을 갖추어 입었고, 일부는 잠옷 아니면 나이트가운을 입었고, 몇 명은 환자복을 입었다. 일부는 같은 환자 아니면 보이지 않는 상대와 대화를 나누고 있다. 나머지는 그냥 앉아서 약에 잔뜩 취한 멍한 눈빛으로 나무와 꽃을 바라본다. 두세 명은 자해를 하거나 남을 해치지 못하도록 간병인이 따라다닌다. 간병인들은 내가 지나가면 대개 이름을 부르며 인사한다. 그들은 이제 나를 잘 안다.

이 야외 아트리움 저편에 코스그로브 홀이 있다. 마틴 정신병원에는 입원 병동이 세 개인데 그 가운데 하나다. 나머지 두 개는 주로 약물 남용의 문제가 있는 단기 입원 환자용이다. 그들의 입원 기간은 평균 28일이다. 코스그로브는 문제를 해결하기까지 좀 더 오랜 시간이 걸리는 환자들을 위한 곳이다. 만에 하나 해결이 된다면 말이다.

코스그로브의 복도도 본관의 복도처럼 넓고 카펫이 깔려 있다. 본관의 복도처럼 공기도 나무랄 데 없이 시원하다. 하지만 벽에 그림이 걸려 있거나 음악이 흐르지 않는다. 그 안에서 일부 환자들이 외설스러운 말을 중얼거리거나 사악한 명령을 내리는 목소리를 듣기 때문이다. 본관 건물의 복도에는 문이 열린 방이 몇 개 있다. 여기는 전부 닫혀 있다. 콘래드 형이 지금 거의 2년째 코스그로브 홀에 입원해 있다. 마틴 정신병원의 관리자와 형의 담당의는 좀 더 영구적인 시설(마우이의 알로하 빌리지가 거론됐다.)로 옮기길 바라지만 내가 고집을 부리고 있다. 여기 카일루아에 있으면 내가 에드와의 상담이 끝난 뒤에 면회할 수 있고 휴의 넉넉한 인심 덕분에 형의 병원비도 감당할 수 있기 때문이다.

하지만 솔직히 고백하건대 코스그로브 복도를 걸어가는 것이 내게는 시련이다.

나는 발에 시선을 고정하고 걸어가려고 한다. 아트리움 입구에서 콘 형의 조그만 병실까지 정확히 142걸음이라는 것을 알기에 가능한 방법이다. 항상은 아니지만(가끔 내 이름을 속삭이는 목소리가 들린다.) 대부분은 성공한다.

여러분도 콘 형의 파트너를 기억할 것이다. 하와이 대학교 식물학과의 섹시남. 나는 예나 지금이나 그의 이름을 밝힐 생각이 없다. 한 번이라도 문병을 왔다면 밝혔을지 모르지만 그는 한 번도 문병을 온 적이 없었다. 누가 물으면 그는 분명 이렇게 대답할 것이다. *나를 죽이려고 했던 사람을 도대체 뭐 때문에 문병하러 갑니까?*

나는 두 가지 이유를 댈 수 있다.

첫째, 콘 형은 그때 제정신이 아니었다. 아니…… 아예 아무 정신이 없었다. 형은 스탠드로 그 섹시남의 머리를 때린 다음 욕실로 달려 들어가 문을 잠그고 신경안정제인 바륨을 한 움큼(조그맣게 한 움큼) 삼켰다. 식물학과 청년은 정신이 들자(머리에서 피가 나서 꿰매야 했지만 다른 데는 전부 멀쩡했다.) 119에 연락했다. 출동한 경찰이 욕실 문을 부쉈다. 콘 형은 의식을 잃고 욕조에서 코를 골고 있었다. 그를 살핀 응급구조사는 배를 눌러서 구토를 유발하지도 않았다.

콘 형은 아주 적극적으로 식물학과 청년을 죽이거나 자살하려고 하지 않았다. 그게 두 번째 이유다. 물론 형은 제이컵스가 초기에 치료한 환자였다. 어쩌면 맨 첫 번째 환자였다. 할로를 떠나던 날 찰리는 내게 콘 형이 *스스로* 병을 고친 거나 다름없다고 했다. 눈 가리고 아웅 식의 속임수만 살짝 첨가됐을 뿐이라고 했다. *신학교에서 가*

르치는 기술이야. 나는 전부터 그런 데 재주가 있었지.

하지만 그건 거짓말이었다. 치료는 콘 형이 현재 겪고 있는 유사 긴장증만큼이나 진짜였다. 이제는 알겠다. *내가 제이컵스에게 속은 거였다.* 한 번도 아니고 몇 번이나 속은 거였다. 그래도…… 받은 복을 세어 보라지 않는가. 콘래드 모턴은 내가 어머니를 깨우기 전에 수십 년 동안 별을 보며 지냈다. 그리고 형에게는 희망이 있다. 형은 테니스를 치고(친다고 절대 말은 하지 않지만) 내가 얘기했다시피 배구의 신이다. 담당의의 말에 따르면 형이 점점 더 많은 외부 반응을 보이기 시작했다고 하고(그게 도대체 뭔지 모르겠지만), 간호사와 잡역부들이 병실에 들어갔을 때 구석에 서서 머리로 벽을 가볍게 치고 있는 경우가 줄었다고 한다. 에드 브레스웨이트는 시간이 지나면 콘래드 형이 완전히 돌아올지 모른다고 한다. *부활할지 모른다*고 한다. 나는 그럴 거라고 믿기로 한다. 사람들이 말하길 삶이 있는 곳에 희망이 있다고 하니 나도 왈가왈부하지 않기로 한다. 하지만 나는 역도 성립한다고 믿는다.

희망이 있기에 내가 살아간다고 말이다.

나는 일주일에 두 번, 에드와의 상담이 끝나면 형의 병실 거실에 앉아서 좀 더 잡담을 늘어놓는다. 실제 있었던 일들을 이야기할 때도 있다. 하버 하우스에서 소동이 벌어져서 경찰이 충돌했다고, 거의 새거나 다름없는 옷들이 유난히 많이 굿윌에 들어왔다고, 내가 드디어 「와이어」를 5시즌까지 전부 보았다고. 네이네이 구스 빵집에서 종업원으로 일하는 여자와 만나고 있다는 둥, 테리 형과 스카이프로 한참 동안 수다를 떤다는 둥, 지어낸 이야기를 할 때도 있다.

우리의 문병이 대화라기보다 독백에 가깝기에 허구가 필수다. 내 실생활은 요즘 싸구려 호텔 객실보다 더 휑뎅그렁하기 때문에 진실만으로는 부족하다.

맨 마지막에는 항상 형에게 너무 말랐다고, 더 많이 먹어야겠다고 하고 사랑한다고 한다.

"형도 나 사랑해?"

지금까지 형은 대답을 한 적이 없지만 가끔 살짝 미소를 지을 때는 있다. 그것도 일종의 대답이라고 볼 수 있지 않을까?

* * *

4시가 되고 문병 시간이 끝나면 나는 왔던 길을 되짚어 그림자(야자나무, 아보카도 그리고 그 한가운데 큼지막하게 자리 잡은 배배 꼬인 반얀 나무의 그림자)들이 점점 길어지기 시작한 아트리움으로 향한다.

발걸음 수를 세고, 앞에 보이는 문을 잽싸게 확인할 때 말고는 카펫에 단단히 시선을 고정한다. 내 이름을 속삭이는 목소리가 들리지 않을 때는 그렇다.

그 목소리가 들려도 어떨 때는 못 들은 척할 수 있다.

어떨 때는 못 들은 척하지 못한다.

어떨 때는 나도 모르게 고개를 들어 보면 편안한 파스텔 톤의 노란색으로 칠해진 병원 벽이, 케케묵은 회반죽이 발렸고 담쟁이덩굴로 뒤덮인 회색 돌 벽으로 바뀌어 있다. 담쟁이는 죽었고 덩굴은 움켜 쥔 해골의 손 같다. 아스트리드의 말마따나 벽에 달린 조그만 문은 감추어져 있지만 그래도 있긴 있다. 케케묵어서 녹이 슨 열쇠구멍을 타고 그 뒤에서 목소리가 흘러나온다.

나는 결연하게 계속 발걸음을 옮긴다. 당연한 일이다. 그 문 저편에는 이해할 수 없는 참상이 기다리고 있다. 죽음의 땅뿐 아니라 죽음 *너머의* 땅, 광기 어린 빛깔과 미친 기하학적 구조와 위대한 자들이 끝없이 생경한 삶을 살며 끝없이 사악한 생각을 하는 천길만길의 구멍이 있다.

그 문 너머에는 무(無)의 공간이 있다.

나는 계속 걸으며 브리가 마지막으로 보낸 이메일에 적은 시구를 생각한다. *죽지 않는 것은 영원히 존재할 수 있으나 기묘한 영겁 속에서는 죽음마저도 죽으리라.*

제이미. 나만 볼 수 있는 문구멍 사이로 늙은 여자의 속삭임이 들린다. *이리 와. 이리 와서 같이 살자.*

아니야. 나는 환상 속에서 그녀에게 했던 말을 반복한다. *아니야.*

그리고…… 아직까지는 별탈없다. 하지만 결국에는 무슨 일이 벌어질 것이다. 늘 그렇기 마련이다. 그때가 되면……

나는 '어머니'에게 갈 것이다.

2013년 4월 6일~2013년 12월 27일

작가의 말

척 베릴은 내 에이전트다. 그는 내 책을 팔았고 그와 더불어 도움과 위로를 아끼지 않았다.

낸 그레이엄은 날카로운 시선과 그보다 더 날카로운 파란 펜으로 이 원고의 교정을 보았다.

러스 도어는 지칠 줄 모르는 자료 조사원으로서 정보가 필요할 때 정보를 주었다. 내가 잘못 쓴 게 있다면 내가 이해를 잘못해서 그런 거다. 그러므로 그가 아니라 나를 탓할 일이다.

수전 몰도는 내가 눈엣가시처럼 굴어도 꼬박꼬박 전화를 받아서 채찍질해 주었다.

마셔 드필리포와 **줄리 유글리**는 내가 상상의 세계 속에서 살 수 있도록 현실적인 문제들을 처리해 주었다.

태비사 킹은 나의 아내이자 최고의 평론가로서 허술한 부분들을 찾아내 고치게 했다. 그러면 나는 내 능력이 닿는 한도 내에서 열심히 고쳤다. 나는 그녀를 무척 사랑한다.

그 밖의 모든 사람들과 **록 바텀 리메인더스**에게 특별한 감사를. 나는 그들을 통해 로큰롤을 즐기기에 너무 많은 나이는 없다는 것을 깨달았고 1992년부터 「자정 무렵에」에 맞춰 발을 높이 구르고 있다. E코드. 이 썩을 것들은 전부 E코드로 시작된다.

— 메인 주 뱅고어에서

옮긴이 | 이은선

연세대학교 중문과와 같은 학교 국제학대학원 동아시아학과를 졸업했다. 편집자와 저작권 담당자로 일했으며, 현재는 전문 번역가로 활동 중이다. 옮긴 책으로는 옮긴 책으로는 『11/22/63』, 『닥터 슬립』, 『미스터 메르세데스』, 『파인더스 키퍼스』, 『셜록 홈즈 실크 하우스의 비밀』, 『셜록 홈즈 모리어티의 죽음』 등이 있다.

리바이벌

1판 1쇄 펴냄 2016년 12월 16일
1판 3쇄 펴냄 2018년 12월 13일

지은이 | 스티븐 킹
옮긴이 | 이은선
발행인 | 박근섭
편집인 | 김준혁
책임편집 | 장은진
펴낸곳 | 황금가지

출판등록 | 2009. 10. 8 (제2009-000273호)
주소 | 06027 서울 강남구 도산대로 1길 62 강남출판문화센터 5층
전화 | 영업부 515-2000 편집부 3446-8774 팩시밀리 515-2007
홈페이지 | www.goldenbough.co.kr

도서 파본 등의 이유로 반송이 필요할 경우에는 구매처에서 교환하시고
출판사 교환이 필요할 경우에는 아래 주소로 반송 사유를 적어 도서와 함께 보내주세요.
06027 서울 강남구 도산대로 1길 62 강남출판문화센터 6층 민음인 마케팅부

한국어판 © ㈜민음인, 2016. Printed in Seoul, Korea
ISBN 979-11-5888-217-4 03840

조이랜드

스티븐 킹 장편소설 | 나동하 옮김 | 424쪽 | 13,000원

"『조이랜드』의 핵심은 '성장'이며, 이는
내 젊은 시절을 생생하게 떠올리게 했다." – 조지 R. R. 마틴

아마존 선정 2013년 최고의 미스터리 스릴러
기적과 공포, 그리고 즐거움의 세계로 당신을 초대한다!

스물한 살의 대학생 데빈은 여자 친구 웬디로 인해 상처받은 마음을 달랠 겸 놀이공원인 '조이
랜드'에서 아르바이트를 하게 된다. 그리고 '공포의 집'이란 놀이 시설에서 사 년 전 린다 그레이
라는 젊은 여성의 시체가 발견되었으며, 결국 범인이 누구인지 밝혀지지 않은 채 사건이 흐지부
지 마무리되었다는 이야기를 듣는다. 공원에서 함께 일하는 점쟁이인 로지 골드는 데빈의 인생
에 한 소년소녀가 나타날 것이라고 예언한다. 조이랜드의 마스코트 해피 하운드 하위의 인형 탈
을 쓰고 일하던 어느 날, 그는 우연치 않게 한 소녀의 목숨을 구하게 되고 영웅 대접을 받는다.
그리고 얼마 후 휠체어를 탄 마이크 로스라는 소년이 그의 삶에 들어오게 되는데…….